U0119415

傷痕文學大系 05

湄河紀事

一個革命者的臨終反思

李運啟◎著

博客思出版社

自序

革命理念曾經激蕩過一代又一代人，一國又一國人。自法國革命後的三百多年中，全世界數以億計的人因為革命而失去了生命。或者因為革命而被殺，或者因為革命而殺人，或者因為革命而自殺，或者因為革命而死於戰爭、饑餓、寒冷和疾病。

革命的目的，總是神聖而崇高的。為人類的平等，為社會的正義。可是以數億生命為代價的革命，是否就達到了革命的目的呢？

最能鼓動革命者的理念是平等。

所有的革命理論都有一個深入人心的觀點，即人是生而平等的，只是因為社會制度的不公，才導致了人與人的等級和差別。為了證明生而平等的理念，人們假設了一個理想的原始共產主義社會。在原始時代，人與人之間沒有等級差別，沒有貧富懸殊，沒有壓迫和剝削，人們共同勞動，共同享受。

原始社會誰也沒有經歷過，任何關於原始社會的描述都只能依靠猜測和假設。

如果人是從猿猴演化而來的學說成立的話，則可以從猿猴的生存狀態推斷早期人類是個什麼樣子。我們所看到的原始猴群遠不是一個平等的世界，在猴群中猴王是可以不勞動的，卻可以優先享受勞動果實，更為不平等的是猴群中的所有母猴都歸猴王一人所有。

後來的國王顯然是從猴王轉變過來的，國王可以擁有全天下最漂亮最可愛的女人，而且一個人可以擁有成千上萬的妃子。但無論如何，人類還是往前進步了，因為普通猴子是不能擁有妻子的，而普通人卻可以擁有自己的老婆。人類越是往前進，便越是朝著較為平等的方向發展。

人類有沒有可能達到完全平等的狀態呢？答案顯然是否定的。因為到目前為止，還沒有出現過一個完全平等的世界，即便是人們通過暴力推翻了不平等的社會，但新的不平等隨即又產生了。正如年輕的猴子依靠暴力趕走老猴王之後，他又成了眾多母猴的佔有者。

在近幾百年中，人類在平等口號的鼓舞之下，發動了一場又一場革命，建立了一個又一個新的社會制度，但不平等卻照常存在。

法國是近代革命的發源地，也是暴發革命最多的國家之一，但很難說今天的法國就要比英國平等很多。前蘇聯也是在劇烈的革命之後建立起來的國家，它的不平等在葉爾欽《我的自述》中曾經有過詳細的描述：「你在職位的階梯上爬得越高，歸你享受的東西就越豐富，如果你爬到了黨的權力金字塔的頂尖，則可享有一切——你進入了共產主義，共產主義完全可以在一個單獨的國家裡為那些獲取權位的少數人而實現。」「全莫斯科享受各類特供商品的人總共有四萬人。國營百貨大樓有一些櫃檯是專為上流社會服務的。而那些級別稍稍低一點的頭頭們，則有另外的專門商店為他們服務：一切都取決於官階高低。」如果葉爾欽的描述尚帶有某種偏見的話，蘇聯人民在國家解體時的態度則說明它的不平等已到了讓人難以忍受的程度。

中國也曾經嘗試過絕對的平等，所有人都把糧食交歸公有，全部到食堂就餐，其代價卻是數千萬人死於饑餓。目前堅持革命理想最堅決的無過於朝鮮了，朝鮮仍在推行一種看似「平等」的政策，但同樣是一種需要忍饑挨餓的平等。而且，在一個權力仍可以世襲的國家，要稱之為「平等」只怕也很難讓人信服。

革命難以帶來平等，是否必然能帶來正義呢？

「正義」是一個意識形態上的名詞。如果沒有統一的標準，誰都會認為自己代表著正義。以革命的名義鎮壓反革命，革命者總認為自己是在伸張正義，可以不擇手段，不計後果。前蘇聯十月革命時認為私有制是不義的，對地主富農和資本家採取了無情打擊，並且將他們從肉體上予以消滅。可是不到一百年的時間，俄羅斯又恢復了私有制，地主、富農、資本家又得以重新湧現，當初以革命的名義消滅了的那幾百萬地主、富農、資本家，其正義性又表現在哪裡呢？希特勒當初如此大規模地消滅猶太人，絕對認為自己是在做著一件代表「正義」的事情！

革命在多大程度上能帶來正義，一時難以估量，而革命所帶來的破壞作用，卻顯而易見，其最大的破壞莫過於對生命的殘酷毀滅。在一個小的國家，發動一場革命，動輒可以消滅幾十萬人，在一個大的國家，動輒可以消滅幾百萬人，甚至上千萬人。為什麼這麼多的人就一定要為革命而付出生命的代價呢？為什麼那些被消滅的人就沒有權利活在這個世界上呢？對那些無辜死去的人，死亡本身即是一種不義！

幾十年來，我們一直把各種各樣的人當成我們的敵人。而這些所謂的「敵人」，在很大程度上都是我們假想出來的。當我們把他人當成「敵人」的時候，他人便自然而然地也把我們當成了「敵人」。只要我們總是把他人當朋友，在衝突面前總是堅持協調而非暴力的手段，則將如孔子所說的「四海之內皆兄弟也」，敵人又在哪裡呢？

越是文明的人類，越應該遠離暴力！今天我們之所以越發感到孔子的偉大，是因為世界三大信仰體系中，唯獨孔子反對暴力，而且反對任何一種形式的暴力！

相比之下，那些不崇尚革命理念的國家，幾百年來一直過得安寧而幸福。

當我們回顧人類革命史的時候，便越能感受到和諧理念的重要。通過妥協的手段，採用漸進的方式，才是改良社會的最佳途徑。尤其當世界上還有相當一部分國家、一部分人，沉迷於革命理想的時候，我們更應該大力宣導和諧理念，使之成為一種造福於人類的普世價值！

目次

前言

這一天終究還是來了！當玉芳拿著化驗單走進病室，我看見她紅紅的眼睛時，心裡便已知道了結果。之前一個多月，我一直咳嗽不止，肺部隱隱作痛，開始以為是感冒，吃了很多感冒藥，不僅沒有效果，而且越來越嚴重了。當時我就懷疑是腫瘤。對這個結果，我早有心理準備，畢竟自己活了七十多歲，多次在鬼門關上掙脫了出來，還看到了那麼多的人死於非命，我能活到今天，並且能過上一段幸福日子，相比那些逝去的戰友和親人，已經是非常幸運的了。所以，我安慰玉芳說，沒事，人總會有這麼一天的。

我知道自己在這個世上的日子已經不多了，唯一的遺憾是沒有把我一生經歷的事情記下來，之前雖動過幾次筆，每次都因為別的事情給耽擱了，還有將近一半的內容沒有完成。現在再沒有其它事情，值得讓我操心的了，我決意在有限的時間內，把剩餘的部分寫完，也算是為自己一生經歷過的那些事情，留下一個大體的印記。

醫生說要進行化療，我堅決地拒絕了，而是到中醫科，開了些中藥，我相信通過慢慢調理，總還能堅持過一年半載。能有半年時間，對我來說，就已經非常充足了。

一、投奔抗日

在我退休之前，每年填寫工作簡歷時，其中有一欄參加革命的時間，我一直填寫的都是一九四三年五月，而實際上一九四三年五月只是我參加抗日的時間。

鬼子進入湄河縣城後，湄河中學停了課，母親見我待在家裡閒著無聊，便要我到舅舅家去走走，不料這一去，卻促使我走上了抗日的道路。

舅舅家在梁家鋪，距梨花洲有十多里路程，那時沒有車，只能步行去。每次去舅舅家，我的心情都十分輕鬆愉快，愉快的原因只有我自己知道，因為又可以見到淑英了。

淑英是舅舅的女兒，比我小三歲。我和淑英之間的事，家中雖然沒有明說，但似乎都有那個意思，尤其是母親，一說到淑英，就誇她溫順懂事。他們平時當著我們的面，也開開這樣的玩笑，每次都弄得淑英紅著個臉，羞羞地低著頭，不說話。

淑英讀過幾年私塾，所以在鄉下也就算是很有文化的女性了。本來她還想到城裡繼續念中學，但舅舅說女孩子讀那麼多書做什麼，再加上要負擔淑英的哥哥念書，所以她念了幾年私塾後，就留在了家裡，但她心中仍然想著上學的事。我到湄河讀中學後，放了假，照例要去舅舅家一趟，淑英每次都要我把念過的課本給她帶過去，數學、物理這些理科課本她看不懂，但國文、歷史，她卻讀得津津有味，有些地方甚至比我還記得更清楚。讀不懂的地方，她就用鉛筆標記好，等我下次去的時候，就把標記的地方拿出來，問我是什麼意思。她有次讀了《詩經》中的一首詩：「關關雎鳩，在河之洲。窈窕淑女，君子好逑。」問我「好逑」是什麼意思，我一時也沒有弄清楚，想當然地解釋道：「逑」就是求婚的意思。她哦了一聲，說我明白了。直到多年後，我詳細讀了《詩經》的注釋，才發現「逑」是配偶的意思，「好逑」就是理想的配偶。可是在淑英眼裡，無論我說的是什麼，她都相信是正確的。

「你們班上有沒有女同學？」在我作了解釋之後，她突然問我。

「有幾個。」我說。

「她們是不是窈窕淑女？」

「有兩個還可以。」我想了一下說。

「你們關係好不好？」她酸酸地問道。

「一般般。你吃醋了？」我看著她笑道。

「才沒有呢！」淑英放下書本，徑直走出去了，我在後面看著，不覺有些得意。

早幾個星期，母親過生日，淑英和舅媽一道來祝賀，中飯過後，我帶著淑英一起去看梨花，才走進園中，她就哧地一滑，摔倒在地上。因為剛下過一場雨，園中的麻石小路，變得很濕滑。我趕緊走上去將她抱了起來，她的身體像一團棉花似的，柔柔軟軟，散發出一股淡淡的清香，我把她抱起來後，仍然捨不得放下，第一次這麼緊密地抱到一個女性的身體，心中只覺得怦怦直跳。

「裙子都髒了。」她站開去，看了看背後說。那天她穿著套淡青色長裙，屁股上沾了一些泥巴。

「沒摔到哪裡吧？」我關切地問道。

「沒有。」

「我牽著妳的手吧。」我提議道：「免得又摔一跤。」

她勉強地把手伸了過來，她的手柔軟細長，握在手上像握著一團棉團似的。

我們沿著麻石路走了一會，走到一塊空地上停了下來。

「這些花好漂亮。」淑英鬆開我的手，朝四周看了看，禁不住讚嘆道。

上午下了一陣小雨，午後漸漸地放晴了，沾著雨水的花瓣，在陽光的照射下，愈益顯得粉嫩多姿，鮮艷欲滴。我從樹上摘下幾朵粉色的梨花。

「你摘花做什麼？」她問我。

「給妳戴上。」我轉過身來說。

我拿著梨花插到她的頭髮中，聞到一股淡淡的清香，花的香味和她頭髮的清香混雜在一起。

「好看不？」她問我。

「好看，像個古典美女。」我說。她插上幾朵梨花後，愈益顯得清艷動人。

淑英的臉，和梨花一樣，粉嫩清純。我看著她的臉，卻發現她也大膽地看著我，四目相交，不覺情意綿綿。我一把拉住她的手，她顯得六神無主，想抽回去，卻又任我拉著，眼睛躲躲閃閃，不知要看哪裡才好。我突然忍不住在她粉嫩的臉上吻了一下，她嚇得趕緊站了開去，口裡還哎呀了一聲，斜著眼睛埋怨了我一句：「你壞死了」。

一路上，我滿腦子想的都是淑英見到我時的那張燦爛的笑臉，心裡想著今天一定要找機會再吻她一次。

可是走到梁家鋪的村口時，卻聽兩個村民議論說，鬼子剛剛離去，還強姦了兩個女孩子，其中一個叫英妹子。我聽了心裡一沉，英妹子莫不就是淑英？心裡像被什麼東西絞了一下似的，只感到一陣一陣的痛，並陡然昇起一股對鬼子的強烈仇恨，心裡罵道：「他奶奶的，老子要跟你們拼了！」我急急忙忙跑到舅舅家，看見舅媽一個人坐在堂屋裡哭著，我心都涼了半截，心想這下完了，怯怯地進了門，喊了一聲舅媽。

舅媽看見我，止住哭，和我招呼了一聲，我正要問是怎麼一回事，舅媽說：「鬼子把你……」。她話還沒說完，卻見淑英從裡屋走了出來，我盯著她瞧了瞧，雖然沒有了平時的笑臉，卻也沒發現什麼異常。

「你看什麼？」她見我盯著她，奇怪地問道。

「妳沒事吧？」我焦急地問道。

「我有什麼事？」她疑惑地看著我。

「聽說鬼子糟蹋了兩個女孩子。」

「那是張秀英，我跟我媽躲到山上去了。」淑英不無得意地說道。

聽她這麼一說，一直緊揪著的心，這時才總算鬆了下來。

「那舅媽怎麼哭？」

「我爹被鬼子打了，傷了脊椎。」淑英說。

「舅舅呢？」

「在裡屋躺著。」

我走進裡屋，看見舅舅斜躺在床上，蜷縮著身子，臉色發白，嘴裡不住地呻吟著，見我進來，就憋著氣罵鬼子不是東西。

從舅舅口中，我才得知事情的原委。梁家鋪維持會長梁老三跟舅舅是本家，事先找到舅舅，說日本人要到村裡收點糧食，中午在梁老三家裡吃飯，要舅舅去幫忙。舅舅擔心日本人進村後殺人放火，不敢答應，梁老三信誓旦旦地保證，日本人說了，只要收足了糧食，絕不傷及無辜百姓。還說日本人去了其他幾個村收糧，都相安無事。日本人如果收不到糧食，肯定會殺人放火，到時遭殃的還是大家。舅舅覺得他說的也有道理，就答應了他。上午一共來了十幾個日本兵，看見擺在院裡的糧食，顯得很高興，豎起大拇指誇獎梁老三，說他是大大的良民。

吃過飯後，日本兵上了車，車子眼看就要開了，沒想到鄰居兩個女孩從河邊洗衣服回來，站在車上的幾個日本兵突然獸性大發，嘰哩哇啦從車上跳下來，將兩個女孩往車上拖，舅舅看不慣，想上前去阻止，被兩個鬼子拖到一邊一頓拳打腳踢，脊椎被踢斷了。那兩個女孩還只有十五六歲，就這麼被鬼子糟蹋了。

日本兵走後，舅舅責怪梁老三，怎麼說話不算數，梁老三眼淚汪汪，滿臉委屈地說，他平時跟日本人打交道，看上去比中國人還講禮貌，哪知道一喝了酒就變得畜生不如。

看著舅舅疼痛難忍的樣子，我想說幾句安慰的話，卻又不知如何開口。

「這鬼子不知要搞到什麼時候？」舅舅嘆著氣說。

「不殺死幾個鬼子，老子誓不為人！」我恨恨地說道。

從舅舅家回來的路上，我就暗自下了決心要去參加抗日武裝。

晚飯後，父親坐在八仙桌旁吸煙，那煙杆足有半米長，呈烏黑色，只有握手的地方，現出一片澄亮的金黃色來。父親個頭不高，大約一米六五的樣子，過了五十之後，身體開始慢慢發起福來，臉也變得圓圓的，本來就不大的一雙眼睛完全陷到眼囊中去了。飯後吸一袋煙，是他多年來的一個習慣。

我嗯嗯了兩聲，坐到八仙桌旁，父親吧達吧達吸了兩口煙，知道我有話跟他說，便側過臉來看著我。

「我想去抗日。」我說。

父親聽後默然了半晌，磕了磕煙筒，說：「你想去就去。」

父親向來是個知書達理之人，識大體，顧大局，在這種大節面前，我知道他肯定是不會反對的。

母親對於我要去抗日，卻極不情願，因為哥哥楚懷北，已經加入到四十四軍，奔赴抗日前線去了，現在我又要去，她擔心兩個兒子都會死在戰場上。

父親對於母親的表現不以為然，說現在這世道，躲在家裡，未必就能平安無事，你老弟不是就被日本人踢斷了脊椎？但他要我去找楚懷北，說他在四十四軍已經昇至連長，要我到他的部隊去。我因為一向不喜歡楚懷北的霸道作風，自然不想去投奔他，只說和幾個同學商量後再說。

第二天一大早，我就去了東河鎮。鎮上住了我四個同學，吳磊，鍾鳴、顏永玉和王仲甫，我和永玉、仲甫同班，吳磊和鍾鳴則比我們要高一屆，雖然不在一個班，但因為都是東河鎮人，所以平常在一起玩得比較多。吳磊住在鎮的東頭，我第一個便去了他家。吳磊的父親是個地主，在東河鎮附近有幾十畝水田，房子還是那種老式的院子。吳磊是個胖子，個頭不高，圓圓臉，小眼睛，喜歡開玩笑，口袋裡經常放著一把梳子，時不時拿出來梳一下頭髮。那時他正戀著班上一個叫艾瓊的女同學。

我到他家時他還沒起床，聽說要去抗日，他一下子從床上蹦了起來，連聲說：「去！去！去！打死他幾個狗日的鬼子，害得我們書都沒有讀。」

「尤其害得胖子看不到艾瓊。」我開玩笑道。

「去你的！打鬼子是為了保衛中國女人不受欺負。」吳磊挺起胸脯，頗為豪氣地說。

離吳磊家不遠，便是鍾鳴父親的醬油作坊，他家的房子有前後兩進，前面生產醬油，後面住家。還沒到他家門口，就聞到一股難聞的臭豆豉味。吳磊用手搧著鼻子，做著一副怪臉說，老是住在這種環境中，人都變臭去。

鍾鳴的母親坐在店裡賣醬油，知道我們是來找鍾鳴的，將我們引到後面的房子中。鍾鳴正躺在床上看書，吳磊走過去，把他的書扔到一邊說：「都什麼時候了，你還有心思看書？」

「不看書做什麼？」

「抗日去呀。」吳磊嚷道。

「你？去抗日？」鍾鳴坐起身子，疑惑地看著吳磊問道。

「是啊。」吳磊說。

「我們一起去。」我說：「你去不去？」

「我也正在想這個問題。」鍾鳴從床上站了起來說：「國家都破亡了，我們不能坐以待斃。」

鍾鳴比我略高，國字臉，濃眉大眼，做什麼事都精神飽滿，熱情洋溢，說起話來頭頭是道。聽他這麼一說，心裡不覺陡然昇起一股豪邁的激情來。

幾個人一起去找永玉。永玉的父親開了家百貨店，在鎮的中間，這一片是全鎮的中心，也是全鎮最熱鬧的地方，除了永玉家的百貨店之外，還有幾家雜貨店。我們到店裡時，永玉正在幫他父親上貨。永玉個頭跟我差不多，體形偏瘦，沉靜少言，看上去文質彬彬，見到我們時也只是點了點頭。他父親倒是十分熱情，搬出凳子來讓我們坐，還從地上堆著的紙袋中拿出一包餅乾放在我們面前。我們礙於他父親在場，不敢提起去抗日的事。永玉見我們坐了半天不說話，知道有事要跟他說，便將我們帶到街上。鍾鳴說了我們準備一起去抗日的事，問他去不去，他幾乎沒有猶豫就答應了。我問他父親會不會反對，永玉說，他自己可以作主。

仲甫的父親是湄河紗廠的老板，廠子開在縣城附近，但他和家裡人住在鎮的西頭。我們到他家時，他正翹著個二郎腿，坐在門口抽煙。仲甫是個大個子，足有一米八高，因為家境寬裕，經常西裝革履，派頭十足。他見我們來了，將我們引到客廳中，叫傭人上了茶過來。鍾鳴跟他說明來意時，他猶疑了半天沒有表態，我問他去還是不去，他遲遲疑疑地說他想到紗廠去做事。鍾鳴說，國難當頭，我們作為男人應該有所擔當，不能只顧及家裡的事情。吳磊說，不趕走日本鬼子，你家招的那些女工都會成了鬼子的下飯菜。吳磊口裡經常冒出一些鬼靈精怪的話來，說得大家有些想笑，又覺得不是笑的時候，便都忍住了。

幾個人左說右說，終於說動了仲甫。

在投奔什麼樣的隊伍上，鍾鳴和仲甫意見不一，仲甫主張投奔國軍，因為國軍有正式番號，是正規武裝，武器精良；但鍾鳴主張參加抗日聯隊，因為抗日聯隊就在本縣範圍內，可以保衛自己的家鄉，而且抗日聯隊的隊長胡應成是他表叔。吳磊支持仲甫，而我和永玉都贊同鍾鳴的意見，最後少數服從多數。

第二天上午，我們約了在永玉家的百貨店碰頭，其他人都按時到了，唯獨仲甫遲遲未來，我們便一起走到仲甫家，在門口碰到仲甫的嫫毑，她拄著根拐杖，將我們攔住，說：「仲甫就我們王家一根獨苗，他不能跟你們去打仗。」

「仲甫人呢？」吳磊問。

「他生病了。」仲甫嫫毑說：「你們去你們的，不要管他了。」

「算了，我們走吧。」鍾鳴說。

我們便四個人上路了。吳磊說他父母也不肯他去打仗，說他年紀還小，不是打仗的時候。他是偷偷從家裡跑出來的，還偷了他父親十幾塊銀元。他把銀元從口袋裡拿出來，往上拋出一塊，然後又用手接著，發出一陣清脆的響聲。看他口袋裡有那麼多銀元，我們幾個都羨慕不已，後悔沒跟父母多要點錢出來。

抗日聯隊駐紮在桑木鄉鄉公所。桑木鄉位於湄河縣與武山縣交界的地方，山嶺險峻，交通閉塞，適合打游擊。我們到達鄉公所附近時，突然從一棵大樹後面衝出一個黑瘦的年輕人來，手裡端著支槍，將我們喝住，問是做什麼的。幾個人看著槍口，頓時變得緊張起來，倒是鍾鳴還鎮定，說我們來投奔抗日聯隊的。那人不信，問道，你們有證件嗎。我們互相望了望，都沒有證件。鍾鳴說，胡應成是我表叔。那人才把槍放下，臉色也變得和善起來，叫我們跟他一起走。他說他姓張，叫張秉初，是抗日聯隊的戰士。張秉初一路上雖然和我們說著話，但似乎並未放鬆警惕，他一直走在我們的身後，如果有誰落在他後面了，他就會停下來讓那人先走。

趕到鄉公所時，胡應成還在床上睡午覺，張秉初不敢叫醒他，他把我們交給勤務兵，就繼續站崗去了。

我們大約等了一個小時，從裡屋走出一個人，身材高大，皮膚黝黑，穿著身黃色軍裝，腰上繫根皮帶，看見鍾鳴，叫了一句：「鳴伢子，你來做什麼？」

「成叔，我們來抗日。」鍾鳴趕緊站起來答應道。

「四個人？」他掃了我們幾個一眼。

「是的，他們是我同學。」鍾鳴指著我們說。

「好哇，你們這些大知識分子來當兵，歡迎呀。」

他轉過頭來看了吳磊一眼，見他個子有些矮，隨口問了一句：

「你也來當兵？」

「是的。」吳磊答道。

「怎麼不長個子？」胡應成拍了拍他的肩膀打趣道。

「都往橫的長了。」吳磊拍了拍自己的肚子說。

「你小子還蠻幽默的。」胡應成笑道，我們也都跟著笑了起來。

我們到聯隊後，才知道所謂的聯隊，其實只有百來號人，幾十條槍，很多隊員居然還拿著鳥銃和梭標當武器。胡應成原是湄河警備大隊的副大隊長，縣政府撤離時，他自願留下來組織抗日武裝，警備大隊便給了他五十支槍和十箱彈藥。

湄河及相鄰數縣內大大小小活躍著十幾支抗日隊伍，但都是各自為政，互不統屬，胡應成取名抗日聯隊，原是想將這些隊伍統一起來，並派人到各個山頭去聯繫。大家對於統起來都說好，可以集中力量打鬼子，但一說到誰做頭領的問題，就各自打著算盤，互不買帳，和武山縣的一支游擊隊還因為地盤的問題差點大打出手，最後統一的事便不了了之。

桑木鄉因為地處偏僻，日本鬼子進入湄河縣城後，還沒有時間顧及到這個小鎮。我們每天上午和下午都要在大街上進行操練，一路高喊著「一二三四」，唱著軍歌，不時引來鎮上居民的圍觀。我們幾個穿著軍服，手持梭鏢，走在其中，也頗有一種豪邁的氣概。桑木鎮不大，只住了百多戶人家，不要十分鐘便可以從街頭走到街尾。只是因為附近鄉下的居民都要到鎮上來購置生活必需品，有些農副產品也要拿到鎮上來銷售，所以市面上倒一向不顯冷清，每天人來人往，看上去十分熱鬧。吳磊偷來的那十幾塊銀元，很快便被我們消耗在酒館中了。在鎮的西頭，有一家小酒館，出售自釀的穀酒，每個星期的周末，大家在房裡閒著無聊，便跑到酒館去喝酒。吳磊的酒量最大，付帳也積極，他說不把口袋裡的錢花完，說不定那天中了鬼子的槍，就太不抵了。說得大家都哈哈笑了起來。我說，你命大，子彈打不中你。吳磊低著頭去喝了一口酒，拍了一下自己的肚皮說，子彈又沒長眼睛，知道它會往哪裡跑，我的面積比你們都要大。說得大家又是一陣笑。

但這種安穩的生活沒有持續多久，鬼子便推行所謂的「蠶食政策」，對抗日武裝的據點逐個逐個地予以侵佔。鎮上的居民聽說鬼子要來，頓時陷入一片惶恐之中，鬼子還沒到，大半的居民就轉移到鄉下去了。

鬼子來的那天，聯隊幾乎未作任何抵抗，就撤到了山上，因為我們知道鬼子的槍炮厲害，幾百萬裝備精良的中央軍都被它打得潰不成軍，我們這點武器根本不是鬼子的對手。我們站在山頂，看著鬼子的車隊浩浩蕩蕩，長驅直入，在中國的土地上如入無人之境，既倍感恥辱，又無可奈何。吳磊憤恨地罵了一句：「他媽的！」彷彿日本鬼子成了這裡的主人，我們倒像賊一樣要四處躲藏。

在我的印象中，抗日聯隊只主動出擊過一次，而且是為了搶奪鬼子的糧食。

我們撤離桑木鄉公所後，駐紮到了老狼山，山腳邊有一座破落的關聖廟，只有五六間房子。剛到那裡時，百十號人就擠住在這五六間小房子中，後來胡應成讓我們自己動手，在關聖廟旁搭建了一線木棚，才住得稍微寬鬆了一點。

我們撤退的時候，從鄉公所運了幾十擔糧食到山上，可是不到兩個月時間，糧食便所剩無幾。老狼山附近住戶稀少，窮人居多，幾乎無糧可籌，胡應成便想到去搶鬼子的糧食。

那時剛剛秋收不久，正是鬼子四處徵征糧的季節。我們打探到鬼子在桑木鄉強徵了幾萬斤糧食，正準備運往湄河縣城，因為不知道鬼子運糧的時間，我們便提前在他們必經的路上埋伏下來。

埋伏的地方叫三岔沖，顧名思義，這地方山高路窄，地勢險隘，一條土公路正好從兩座山崖下穿過。山崖上林深樹密，陰森可怖，便於隱蔽，百多號人埋伏在裡面悄無聲息。

我們在三岔沖埋伏了兩天兩晚。剛到那個地方時，隊員們都處於一種興奮狀態，好像是來參加一場游戲似的。到了下午，就顯得有些疲憊了，大家開始扯閒談，談起戰爭結束後要去做什麼。永玉和吳磊躺在我左邊，永玉說打跑了日本鬼子，他就去教書。

躺在我右邊的是附近一個農民，叫黃貢山，講話有些結巴，年紀比我們略大幾歲，因為第一次上戰場，他看上去有些緊張。我問他戰爭結束了想幹什麼，他奇怪地看了我一眼，說：「還幹、幹、幹什麼？種、種、種田啊。」

「你是怎麼參加聯隊的？」我問他。

「鬼子燒、燒了我的房子，沒、沒地方住，只能來打、打、打仗。」他說。

「那你想做什麼？」吳磊問我。

「抗戰勝利了，我去做學問。」我想了想說，覺得做學問是件很單純的事情，「你呢？」

「我的理想沒你們高尚。」吳磊說：「我的理想是討三個老婆。」說得我們幾個都哈哈笑了起來。

「難怪你小子一天到晚想著女人。」我捶了他一拳說。

一直埋伏到第二天下午，仍然沒看到鬼子的影子，大家都有些不耐煩了，開始懷疑情報是不是準確，有人甚至提議是不是撤了算了。胡應成說，如果晚飯前再等不到，我們就撤。

可是正當大家想著要撤的時候，在山崖上放哨的張秉初彎腰跑了過來，悄聲對大家說：「來了，鬼子來了。」

我們順著他指的方向望去，果然看見前面走來一串黑影。慢慢看清了，是一小隊日本兵和偽軍，打著太陽旗，晃晃悠悠地走了過來，前面還驅趕著七八條牛，顯然是鬼子搶來的耕牛，準備趕到城裡去屠宰的。牛的後面跟著十來輛馬車，每輛車上都堆滿著麻袋。胡應成看了罵道：「媽的，搞下這些車，足夠我們吃大半年的了。」

大家趕緊埋伏到壕溝中，氣氛一下子變得緊張起來。當我斂聲靜氣地躲下之後，腦子裡突然蹦出一個念頭，如果我中槍了怎麼辦？我還從來沒有感覺到死亡離我如此之近，戰爭總是要死人的，不是你死，就是他死。也許明天，我就看不到太陽昇起，看不到這個世界了。我下意識地看了看天上的太陽，太陽已開始偏西了，它是那麼的明亮和耀人眼目，可是對於即將在它眼皮底下發生的殺戮卻無動於衷，它看到的戰爭和死亡實在太多了。我不知道別人怕不怕，下意識地轉過頭去看了看旁邊的人，發現黃貢山的臉色開始變白了，呼吸也變得急促起來。人都是怕死的，每個人都一樣。人死了，就變成了這嶺上的一堆泥土，沒有人會記得你。

當戰鬥打響之後，這些想法便被忘得一乾二淨。

胡應成事先交代好，等他的命令再開槍。鬼子離我們越來越近了，五百米，三百米，兩百米，我感覺到自己的心臟怦怦直跳，握著扳機的手已經布滿汗水。突然旁邊不知是誰沒等到口令就率先開了槍，於是大家一起向鬼子開火。隊伍中有一挺捷克機槍，大家都寄望這把機槍能掃倒一大片鬼子，可是剛打了不到一梭子，機槍就突然啞了，打不出子彈。吳磊沒有武器，胡應成安排他在一個鐵桶中燃放鞭炮，鞭炮的響聲近似於機槍。現在機槍打不出子彈了，但鐵桶中的鞭炮還劈劈啪啪響個不停。

走在鬼子前頭的那幾頭牛，一聽到槍響，就飛也似的跑了開去，一下子跑得無影無蹤。

鬼子的軍隊訓練有素，聽到槍聲馬上分散開來，匍匐在路邊的水溝中。敵人在水溝中待了一陣，看出我們的火力並不強，便開始還擊，他們有一門迫擊炮，朝我們埋伏的地方連發了幾炮。

炮彈在我身邊炸了開來，我抬眼望去，每個人臉上頓時都布滿了一層厚厚的灰塵。開始有人流血了，很多人是第一次參加戰鬥，從來沒有經歷過這種場面，幾個被炮彈炸傷的隊員趴在地上哭了起來。不一會兒，壕溝裡到處都是血，這些血很快就凝固了，變成一團團黑色的血塊。不遠處一個隊員腹部中了彈，連腸子都流了出來，躺在地上痛苦地呻吟著。

鬼子有機槍，有迫擊炮，而我們最好的武器就是那挺打不出子彈的輕機槍。

敵人的火力過於強大，眼看頂不住了，胡應成只好下令撤離戰場。所謂撤離，其實就是逃跑，隊員們像一窩蜂似的，沒命地往後跑了起來。

吳磊跑在我前面，突然看到他身子一歪，倒在了地上，我以為他是被樹根絆倒了，趕緊跑過去扶他，卻發現他的背部濕了一大塊，顯然是中彈了，我本能地想放下他，趕快往前跑，可又覺得這麼跑了太不道義，便用力去扶他。吳磊歪在地上，望著我的眼神顯得很無助，他摸索著從口袋裡拿出那把梳子，斷斷續續地跟我說：「我不行了！你——這——送給艾瓊！」

我接過梳子，想把他扶起來，但試著扶了幾下，卻怎麼也拉不動，鬼子的子彈不停地從後邊打過來，胡應成這時從我身邊跑過，一把抓住我的胳膊就往前跑：「你還磨蹭什麼？鬼子就過來了！」

我知道自己救不了他，只好跟著胡隊長一起跑。跑過兩百多米我仍回頭看了看，看見吳磊躺在草叢中一動也沒動，山坡底下已經可以看到鬼子的身影。

一路狂奔到山的那邊，胡應成才命令停下來收攏隊伍。百來號隊員只剩下了七十多人，那些受傷的隊員只怕再也回不來了。

吃過晚飯後，我和鍾鳴、永玉在關聖廟外面的石階上坐了一陣，幾個人說起白天的戰鬥，仍心有餘悸。我掏出吳磊交給我的那把梳子，想起昨天晚上，我們還一起躺在山坡上，一起望著天上的星星，一起說笑話，今天就人天永隔了。想到這裡，不覺悲從中來，淚水不自覺地直往下流。在戰場上，死人，就像砍倒一棵樹一樣，悄無聲息地就倒了下去，甚至沒有人來得及為你掩埋。

「吳磊臨死的時候，還念念不忘艾瓊。」我說：「他托我把這把梳子送給她。」

「艾瓊是誰？」永玉問道。

「他們班上的一個女同學。」我指著鍾鳴說。

「看樣子，吳磊對她很癡情。」永玉說。

「如果不是失戀了，他可能還不會來參加抗日。」我說。

「為自己喜歡的女人而戰死，也算是死得其所。」永玉說。

「這仗打下去，不知道會是個什麼結果。」鍾鳴嘆了一口氣，把話題岔了開去，他顯然不想談論吳磊和艾瓊之間的事情。

「我們和鬼子相比，力量太懸殊了，根本沒辦法交手。」我說。

「我很懷疑這樣的戰鬥能不能把日本鬼子趕出中國。無論是正規軍，還是游擊隊，都遠不是日本人的對手。日本鬼子有飛機、有坦克、有大炮，而我們還在使用鳥銃、梭標。我們只能在戰場上放鞭炮，像小孩子玩遊戲似的。」鍾鳴講起了他對戰爭的看法。雖然後來拍的許多電影電視劇，都把抗日武裝描繪成了戰無不勝的英雄，而實際上當時很多參加戰鬥的人，都對戰爭的前景感到十分悲觀。

「很多中國人都情願做起了漢奸。」永玉說。

「我們不能怪老百姓，他們也是沒有辦法。」我說。

「從來沒有人追問過失敗的原因！」鍾鳴站了起來，有些憤恨地說：「一個如此遼闊的國家，在日本這樣一個小國家面前，卻如此地不堪一擊！民國自建立之日起，從來就沒有停止過戰爭，那些所謂的領袖們一直忙於收拾異己，國家一直處於四分五裂的動蕩之中，沒有一個人肯放棄手中的權力，沒有一個人願意與對手和平共處。沒有和平，沒有建設，國家的命運可想而知！」

鍾鳴的一番話，說得我們幾個緘默無言，心裡只覺得前途渺茫。

二、身負重傷

那場劫糧戰鬥失敗後，抗日聯隊再沒有發動過像樣的戰鬥了，只是偶爾去剪剪鬼子的電線，挖挖鬼子的公路。這期間我曾親手殺死過一個鬼子，但不是在戰場上。

聯隊沒了糧食，胡應成找到我，對我說，你回去跟你爹講講，看能不能借點糧食給我們。我問要借多少，胡應成想了一下說，四五十擔吧。我想也沒想，就爽快地答應道，這個好說。

接到任務後，我馬上脫掉軍裝，穿上便服，往家裡趕去，沒料想快到東河時，猛然碰到一小隊日本鬼子迎面走來。我趕緊閃到附近一戶人家的院子中，房子已空無一人，門上掛著一把鎖。我四處看了看，只有旁邊的雜屋沒有門，我迅速躲了進去。雜屋中堆著一些柴草，門邊放著把鋤頭，我握著鋤頭，蹲到屋角的柴草中，心想萬一被鬼子發現，就用鋤頭和他們拼了。剛蹲下去就有一股難聞的惡臭撲鼻而來，原來是窗戶底下放著一只尿桶，四周還有一些老鼠屎，尿味、霉味、老鼠屎味，一股一股地直往鼻子裡鑽，刺激得我隨時都有可能咳出聲來。

我以為鬼子會一路走過去，可是聽到一陣腳步聲朝院子裡面走過來，而且越走越近。我的心臟一下子都提到喉嚨口來了，難道是日本兵發現我躲在裡面？我握緊手中的鋤頭，感到有些滑，手心開始出汗了。可是仔細一聽，又發現沒有進來多少人，只有兩個日本兵，嘰哩哇哩地說著什麼，一個站在院子裡對著水井拉起了小便，小便落在井裡發出一陣悶悶的響聲，另一個走到了雜屋門口，朝裡面望了一眼，隨即解開褲子拉起了大便。外邊那個日本兵拉完小便後，吹著口哨出去了，只有這個日本兵仍在那裡費力地哼哼著。我估摸著那個日本兵已經走遠，心想是不是要把這個日本兵幹掉，可是被他發現了怎麼辦？他手中有槍，一槍就可以結果我的性命，而且驚動了外面的日本鬼子，任是怎樣都逃不掉。我決定屏住呼吸，靜靜地等他離開。可是屋角那股刺鼻的惡臭一直不斷地刺激著我的鼻子，幾次想打噴嚏都被我強忍了下來，可這次無論如何忍不住了，像有根毛髮在撩撥著喉嚨似的，眼看就要咳出聲來了，與其被這個日本兵發現死在他的手中，不如先發制人，就在這個日本兵往口袋裡摸索手紙準備擦屁股的時候，我拿起鋤頭一躍而起，奮力朝他的腦袋砸去，他回過頭來驚恐地看了我一眼，身子想往上站，可還沒來得及作出反應就倒了下去。我趕緊蹲下身子用手遮住嘴巴連咳了兩聲。

我挨著牆角朝院子裡看了看，發現沒有人，便又返轉身來撿起鬼子身邊的那支步槍，把他皮帶上的一個包也解了下來，趕緊出了院子，望後山衝去。前面十幾個日本兵走得還不遠，我跑出去時，馬上就被他們發現了，十幾個人嘰哩哇啦一起朝這邊跑來，我沒命地往山上跑，不一會就聽到幾聲槍響。我一口氣跑過山頂，又跑到對面山坡底下的一口水塘邊，實在沒有力氣跑了，就在水塘邊的一塊石頭上坐了下來，眼睛卻還時時朝山那邊望著，看看鬼子有沒有追過來。

我在水塘邊坐了一個多時辰，一直坐到天色漸漸地黑了下來，回想起剛才的情景仍然心有餘悸，今天真是死裡逃生，如果不是先下手為強，說不定躺在那間雜屋裡的就是我。水塘邊開始有人來挑水，他們見我拿著一支槍坐在那裡，都有些奇怪地看著我。我拿起槍來仔細看了看，槍托握手的地方已經被磨得十分光亮，估計這槍跟隨它的主人有很多年了。

回想著剛才那具倒下的屍體，我突然感到了一種可憐，他也是人，也是父母的兒子，可為什麼要不遠萬里跑到中國來殺人呢？也許是為了建功立業，為了出人頭地，可是即便他建立了那麼一點點戰功，和他所付出的生命代價相比，又算得了什麼呢？他們死在異國他鄉，混同塵土，無人憐憫，而他們的父母，還眼巴巴地盼著他們早日返回故鄉。

我好奇地解開那個日本兵的腰包，裡面居然是一盒魚罐頭，上面寫著一些日文，中間印著一條黃魚。罐頭還沒有開封，我打開罐頭，拿出一條小黃魚嘗了嘗，魚的味道又香又鮮，還散發出一股濃濃的豆豉香，很多年後每當我聞到豆豉魚的香味時，就會回想起那天下午坐在水塘邊吃魚的情景。即便現在我坐在書房中，回憶這段往事，那種劫後餘生的感覺彷彿又重回腦際。

我揹著槍興沖沖地回到家中，父親見了，驚奇地問我槍是從哪裡來的，我把下午的經過跟他說了，父親聽了高興地磕著煙筒，說我終於長大了，居然能打死日本鬼子。母親問我怎麼一個人回來了，我說是來借穀的，胡應成要跟我們家借五十擔穀。母親聽了有些不高興，說哪裡還有穀。我看著父親，父親也面露難色，說前些日子鬼子才從我們家裡要了四十擔穀去。

我滿以為能完成胡隊長交辦的任務，走的時候還爽快地答了他的白，現在卻變得困難起來，心裡老大的不痛快，臉上便有些掛不住，埋怨父親道：「鬼子要糧食，你怎麼就給了？」

這話嗆得父親半天說不出話來，母親辯解道：「你曉得什麼？鬼子要你爹當維持會長，你爹不肯，最後出了四十擔穀才算完。」

我因為借不到糧食，仍有些憤憤然，坐在那裡不說話。

父親抽了一袋煙，想了想說：「家裡還偷偷藏了二十來擔穀，放在地窖裡面，你們全部拿去，我再拿一百兩銀子給你們，你們去買糧食好不好？」

我興奮得差點叫了起來，連忙說：「那當然要得。」

母親雖然有些不情願，但見父親表了態，也不好說什麼了。

我問父親當維持會長是怎麼一回事，父親說縣維持會會長曾壽吾，推薦他出任東河鄉維持會會長，但這事父親不知情，責怪曾壽吾不該自作主張。但曾壽吾已經跟日本人說了，硬要父親去走一趟，父親不得已，只好跟他去了一趟湄河縣城。父親不想當這個會長，可是強行拒絕的話，擔心惹來殺身之禍，於是，在去見鬼子隊長龜田壽男時，在煙絲中摻了一把辣椒粉，去的路上就不停地吸著煙筒，一路上咳嗽不已，曾壽吾勸他少吸幾口，免得等下見了龜田隊長，惹他不高興。父親說不吸幾口，心裡憋得慌。等進到龜田隊長辦公室時，父親已咳得滿臉通紅，大汗淋漓，眼淚直流，半天說不出一句話來，龜田隊長訓話的時候，他也咳個不停，直咳得腰都彎了下來，龜田隊長被他咳得不耐煩了，便將他喝斥了出去。父親走後龜田隊長狠狠地罵了一通曾壽吾，罵他怎麼找了這樣一個膿包。讓父親出任維持會長一事也就此作罷，但曾壽吾說鬼子對他很不滿，要他出幾十擔穀，讓鬼子消消氣，父親不得已，只好給了他四十擔糧食。

父親後來常常為此感到自豪，說幸虧沒有去當這個維持會長，曾壽吾雖然當了會長，卻兩邊不討好，老百姓罵他是漢奸，鬼子那邊逼著他徵糧收捐，收不上來只好自己墊著，前後賣掉了幾十畝良田。什麼好處都沒有撈到，最後還落了個漢奸的罵名。

第二天上午，我高高興興地揹著那支繳來的步槍回到老狼山，胡應成聽了我的彙報後，用力捏了一下我的肩膀，誇獎道：「你小子，沒想到挺能幹的。」並且還寫了一張借條給我，承諾抗戰勝利後由政府償還借款。

我們在老狼山住了幾個月時間，到四五年春天，日本鬼子加強了對抗日武裝的圍剿，附近相繼有幾支游擊隊被鬼子殲滅，我們這支隊伍也差一點全軍覆沒。

那段時間，因為擔心鬼子來偷襲，晚上經常做惡夢，夢見我們已經被鬼子包圍，我們躲在窗口朝鬼子開槍，即便打中了，卻打不死鬼子，想跑卻又邁不開腿，經常從惡夢中驚醒過來。有天凌晨，大約四點多鐘的時候，突然被一陣槍聲驚醒，我以為又是在做夢，睜開眼睛卻看到周圍已經亂成一片，黑暗中有的在尋槍，有的在找鞋子。

胡應成在外面大聲吆喝道：「鬼子來了！趕快起來！」

這時有人喊道：「我們已經被包圍了！」

我拿著槍跑到大廳中，大家都有些不知所措，顯得十分慌亂，大廟中瀰漫著一種不祥的氣氛，每個人似乎都感到死亡就在眼前。

胡應成提著一支駁殼槍，正在將隊伍分組，一組在廟中掩護，一組從廟的後門往山上突圍。我和鍾鳴、永玉站在一起，胡隊長從我們身邊走過去，猶豫了一下，又返過身來，對鍾鳴說，你們幾個參加突圍組。他這麼一猶豫便救了我們三個的命，因為掩護組的人後來一個也沒有衝出去。突圍的人把槍和子彈都留了下來，我的槍中還剩下五粒子彈，全部拿出來給了身邊的黃貢山。

廟門一打開，我們就拼命往山上衝。可是跑出不遠，我就感到左邊肩膀上像被人拉了一下，用手去摸，摸到一股熱乎乎的東西，我馬上意識到自己中彈了，本能地想停下來找個地方包紮一下，但轉念一想，這個時候停下來，就可能再也跑不出去了。我咬緊牙關，跟著其他人一起往山後衝去，一口氣爬到了山上，剛到山頂，就像癱了似的坐到了地上。我看見永玉走在前面不遠的地方，費力地喊了他幾聲，他轉身走過來看見我坐在地上，問道：「怎麼了？」

「我受傷了。」我說，感覺自己說話都快沒有力氣了。

永玉問道：「傷了哪裡？」

「左邊肩膀上。」

「讓我看看。」

這時天色已微微發亮了，他拉開我的衣服，看見一大片血跡。

「啊呀，流了不少血，趕快包紮一下。」他隨即脫下襯衣，撕開來將我的傷口包了一下。

胡應成見我受了傷，走過來看了看，說：「不礙事，趕快下山去上藥。」

山下的槍聲漸漸地稀了下來，我們朝山下的方向望去，寺廟已經起火了，不時可聽到山下傳來陣陣撕心裂肺的哀號聲，估計是日本鬼子在殘殺傷員。有人提議為死去的戰友默哀，胡應成吼道：「這個時候還默什麼哀，趕快走，別讓鬼子追上來了。」

於是我們來不及默哀，就從另一邊下山去了。

鍾鳴和永玉一起架著我下了山，胡應成帶著隊伍在幾十里外的老鷹峪找了一個新的落腳點，他沒有讓我一起去，而是要鍾鳴和永玉將我送回到了梨花洲。

他們兩個用一輛手推車，推著我往回走。一路上兩人都緘默無語，心情顯得很沉重，我想跟他們說點什麼，卻沒有力氣開口。因為失血過多，我的神志已經變得有些模糊，腦子裡不時湧現出各種雜亂的念頭，有時想到自己或許馬上就要離開這個世界了。如果我現在就這樣死了，為了保衛國家，戰死在疆場上，覺得自己可以成為一個英雄，可以死而無悔了。可是又轉念一想，你就這麼死了，誰會記得你呢？沒有人會記得你，死了就死了，和你殺死的那個想立功異國的鬼子一樣，和吳磊死在那個山坡上一樣，和山上那許許多多枯朽了的樹木一樣，爛在泥土中了。那麼多死去的戰友，除了他們的親友偶爾會記起他們之外，誰還會記得他們呢？所謂懷念，不過是一句空話罷了。我應該活下去，頑強地活下去，即便成了殘疾，也比死去好。

我睜開眼睛望著寂靜的夜空，忽然看到一張燦爛的笑臉，那張笑臉是如此生動地出現在我面前，彷彿就掛在寂靜的夜空中，在低頭俯視著我。我情不自禁地喊道：「淑英，淑英。」後來鍾鳴告訴我，一路上，我都不斷地說著胡話，喊著一個什麼人的名字。

回到洲上已是凌晨兩點多，敲了半天，才把門敲開。傭人福嫂聽說我受傷了，慌慌張張地喊了起來。母親聽到喊聲，連衣服都沒穿好就跑了出來，她是個小腳女人，跑著的時候，一顛一顛的，看見我這個樣子，以為快要死了，竟放聲大哭起來。

父親這時也走了出來，向鍾鳴和永玉問了我的情況，對母親說：「你哭有什麼用？趕緊想辦法給他治傷。」

鍾鳴他們要走時，我想起了吳磊囑托我的事情，就叫住鍾鳴，要他從我口袋裡拿出那把梳子，托他送給艾瓊。鍾鳴猶疑了一下，但還是拿過了梳子。後來到長沙後，我才知道，其實鍾鳴心中也喜歡艾瓊，這把梳子只怕他永遠沒有送給艾瓊。

第二天上午，父親從湄河縣城悄悄請來了一個老醫生，老醫生姓王，已有六十多歲，瘦骨清奇，鬚眉盡白，在縣城開了一家診所。父親去請他時，王醫生嫌路遠，推托說身體有些不適，不願意來，父親將他拉到一邊，告訴他我是因為抗日負的傷，已經快不行了。王醫生聽說是抗日戰士，便一口答應下來，他帶來了麻醉藥和手術器械，幫我取出了子彈，打了消炎針，清洗了傷口，敷了治槍傷的藥。王醫生取出子彈時，說如果還偏下一點，打中心臟，就無藥可救了。醫生臨走時，囑咐我在家靜養一段時間，他過幾天再來給我換藥。

我在家靜養了幾個月時間，中間淑英來看過我兩次。第一次她是跟舅媽一起來的，母親告訴她我受了傷，她啊了一聲，就急急忙忙跑到我躺著的房間，倚在門邊看著。

「英子。」我看見她時，高興地叫了起來，傷口都被扯痛了一下。

「你好些了沒有？」

「好些了，進來呀。」

「怎麼不早點告訴我？」

「我是偷偷摸摸躲回來的，現在還在家藏著，沒有告訴任何人。」

我用右手撐著床，掙扎著想坐起來，她趕緊轉到右邊來，用手扶著我的背，但她的手柔弱無力，拉不動我。我要她在我頭下墊了一床被子，我抱住她的肩膀，慢慢坐起來，靠在被子上。這時母親和舅媽走了進來，看見我抱著她的樣子，淑英想放開我又怕拉動我的傷口，站在那裡顯得有些尷尬。我趕緊靠到被子上，鬆開她的肩膀。她的手從我肩膀底下抽出去時，扯動了傷口的神經，痛得我哎呀叫了一聲，舅媽皺著眉頭責怪道：「傻丫頭，妳輕一點，毛手毛腳，看哪個會要妳？」

說得淑英臉紅紅的，站在一邊不說話。

舅媽問我恢復得怎樣了，母親說好多了，剛回來那陣子，臉上沒一點血色，把她嚇了一大跳。舅媽說，現在看上去，氣色蠻好的。

母親和舅媽出去時，淑英也跟著要出去，我叫住了她，她猶豫著站在床邊，舅媽說，你陪南哥說說話，她這才留了下來。

「坐這兒來。」我指著床邊說。

她走了過來，但沒有坐到床上，而是坐在床邊的一張凳子上。

「傷口還痛不痛？」她轉過臉來問。

「還有點痛，不過好多了。」

「你是怎麼受的傷？」

「鬼子將我們包圍了，我們突圍的時候受的傷。」

我將當晚的經過，詳細跟她說了一遍，淑英鼓著雙大眼睛，不時地點著頭。在她眼裡，我彷彿成了一個非常了不起的大英雄。

「妳今天別回去了。」故事講完後，我對她說。

「我媽不會肯。」她猶疑了一下說：「過幾天我再來看你吧。」

「剛才妳媽說別人不要妳，是不是跟妳作介紹了？」

「才沒有呢。」

「有就有，又不醜。」

「不跟你說了。」淑英似乎生了氣，鼓著個小嘴，出去了。她出門的時候，腰肢一擺，姿態盡生，我在後面看了，不覺怦然心動。

我以為等下她還會進來，可是直到天完全黑了，還沒看見她。福嫂來給我送飯時，我問她舅媽回去了沒有，福嫂說早回去了。我不覺感到十分空落，心裡怪淑英，怎麼開個玩笑就生氣了，走的時候連招呼也不打一聲。

過了幾天，淑英又來了，這次是她一個人來的，舅媽要她送了兩隻母雞過來。

「我還以為妳不來了呢？」看見她站在門口，我心裡一陣歡喜，口裡卻故意說道。

「為什麼？」

「上次看妳生氣了。」

「我才沒生氣呢。」

「走的時候，怎麼招呼都不打一聲？」

「我媽說要進來打個招呼，姑媽說不要了，等下她進來說一聲就是，我們就沒進來了。」

聽她這麼一說，我一下子釋然了很多，便叫她坐過來。

她要坐到凳子上，我叫她坐到床邊來，她溫順地坐了過來，我握住她的手，她的手白晰細嫩，溫潤柔軟，握在手中，給人一種軟綿綿的感覺。我握著她的手，輕輕摩挲了一陣，然後放在嘴上親了一

下。她嗯呀了一聲，想抽回去，動了一下，卻又任我握著。

「你猜我受傷後，最想的人是誰？」

「誰呀？」她看著我問。

「妳呀，蠢寶。」我說。

「我也好擔心你。」她竟伏下身子，伏到了我的被子上：「上次回去後，我都哭了。」

「傻丫頭，我不好好的，哭什麼？」

「不知道，一個人待在房中，就忍不住哭了起來。」

我摸著她的頭髮，聞到一股淡淡的清香，心裡洋溢著一股幸福的感動。

「你還去打仗不？」淑英問我。

「當然去，等我好了就去。」我說。

「到時又受傷了怎麼辦？」

「待在家裡也不會有好日子過。那次在你們村裡聽說英子被強姦了，我以為是妳，心裡像被什麼絞著一樣的痛。」

「我只是擔心你。」

「我命大，不會有事的。」我安慰她說。

我的手在她的脖子上摸了一陣，想繼續摸下去，淑英卻坐直了身子，理了理頭髮，說：「等下姑媽進來看見不好。」

「唱支曲子聽聽。」我知道她的小曲唱得好，提議道。

「好啊，想聽什麼曲子？」她爽快地答應道。

「隨便吧。」我說。

「唱一首《洗菜心》，好不？」

「好啊。」

她潤了潤嗓子，開始唱了起來。

「小妹子下河洗呀菜心哪，

我跌了一只戒箍子，

一錢八九分，

跌得奴家好傷心哪啊，

嗦得兒衣子啷當啷得兒嗦。

跌得奴家好心痛哪啊。」

她唱的時候，一抹陽光透過窗戶，斜斜地照在她的臉上，那張臉潔白粉嫩，在陽光的撫照之下，更顯標致可人，頗像圖畫裡的古典美女，我在那裡看得有些癡了。

「好聽不？」淑英停了下來，問我。

「好聽啊，接著唱。」

「再唱一段。」她說，接著又唱了起來：

「那一位呀年少的哥哥，

撿了奴的戒箍子呀，

我許他的燒酒有大半斤，

還有瓜子和落花生哪，

嗦得兒衣子啷當啷得兒嗦，

小妹子與他結為婚哪。」

「一只戒指，你就與他結婚呀？」我取笑她道。

「哎呀，這是戲呢。」淑英撅著個小嘴道。

「到時我也送妳一只戒指。」

「好啊，現在就給。」她把手指伸到我面前說道。

「傻丫頭，要結婚的時候給。」

她做了個鬼臉，朝我哼了一聲。

淑英這次在我家住了幾個晚上，每天聽她唱一段花鼓戲，鬱悶的心情，竟一下子開朗了很多。

有一天，淑英正在唱歌的時候，突然聽到福嫂在外面喊：「投降了!投降了!」

我聽了心裡一驚，心想這下完了，便高聲喊福嫂。福嫂興奮地跑進來，上氣不接下氣地說：「投降了!投降了!」

我問她：「誰投降了?」

「日本鬼子投降了!」

「真的啊?」我這才鬆了一口氣，聽她在外面喊，我還以為是國民政府投降了。

「是真的，大家都在傳。」

福嫂出去後，我興奮地從床上坐起來，一把抱住淑英，在她臉上狠狠地親了一下，嚇得淑英輕輕叫了一聲，卻又不敢叫出聲來。

三、投身革命

我傷癒之後，本打算再去找胡應成，可是鍾鳴告訴我，胡應成被當成共匪給槍斃了。

鬼子投降後，抗日聯隊被收編，隊長胡應成被湄河縣政府任命為竹園區區長，可是上任不到兩個月，就被聯隊三分隊隊長羅長富告發他抗日期間私通共匪，縣保安大隊大隊長劉保運迅速派人到區公所將他抓了起來。

胡應成被抓走後，劉保運就接替他當了竹園區區長，並將胡應成秘密槍決。後來才知道劉保運早就看中了區長的位置，沒想到被胡應成搶了去，心有不甘，而胡應成當了區長之後，幾個分隊的隊長都安排到各鄉任職，唯獨羅長富，胡應成說他太好女色，沒有安排職位，羅心懷不滿，於是和劉保運串通一氣，想出了這麼一條毒計。

我知道這件事後，簡直肺都氣炸了，沒想到捨生忘死去抗日，換來的卻是這樣一個結果。鍾鳴搖了搖頭說，我對這個政府早已不抱任何希望了。

胡應成這條路斷了後，父親便想為我在湄河縣政府謀一個差事。父親拒絕出任維持會長，在東河一帶頗為有名，再加上縣長跟我家有些親戚關係，所以抗戰勝利後，縣政府讓他擔任了東河鄉鄉長。他當鄉長後，在縣裡有些關係，給我在湄河縣衛生局謀得一個文員的職位。

因為在衛生局上了幾個月班，所以對於國民黨的腐敗，我是有著切身體會的。離衛生局不遠，有家康福堂藥店，掌櫃姓康，是個四十多歲的中年人，好酒，健談，我每天下班後，要經過藥店門口，康掌櫃見了，便總是叫我進去陪他喝杯酒，一坐就是老半天。康掌櫃喝得幾杯酒，脾氣就大了起來，說生意越來越難做了，而捐派卻越來越多，有時候一個月賺的錢，連上交捐派都少了，年節的時候還要到衙門去打點，稍有疏忽，就會惹上麻煩。有天下午，他似乎特別生氣，一邊給我倒酒，一邊大罵政府，說這樣的政府遲早要垮臺。我聽了嚇了一跳，問是什麼事情。他卻只是罵，不肯說，喝了兩杯酒後，我又問了一次，他才吞吞吐吐告訴我，今天剛進了一點煙土，前腳才進，後腳就有人來查，全部拿走了。我說這是犯法的事，怎麼能怪政府。康掌櫃呸了一聲，說我賣就犯法，別人賣就不犯法。我說你怎麼知道別人賣了，他說你到同福藥號去看看，人家還擺在櫃臺上賣，更加可氣的是，在我這裡沒收的煙土，又擺到他的櫃臺上去了。我說你怎麼知道是你的，他說我怎麼不知道，我進的藥都暗中做了標記的。

他說的同福藥號，是范縣長的妹夫開的。康掌櫃說，范縣長來之前，藥店還可以偷偷摸摸銷點煙土，范縣長來了之後，以禁煙為名，嚴禁藥店銷售煙土，衛生局查得很厲害。可是，同福藥號卻從來沒人去查過。

我那時年輕氣盛，又喝了兩杯酒，聽了這事不覺義憤填膺，竟然當晚就向衛生局長寫了一封建議，說如果不嚴懲同福藥號，就是衛生局的嚴重失職。局長姓邱，五十來歲，矮矮胖胖，收到我的建議後，將我叫到辦公室。我以為他會表揚我的正直和膽識，沒想到他拿著我的建議劈頭就問：「你寫的？」他說話時，因為氣憤，臉上的肉直往兩邊鼓了出來，額頭上的青筋一條一條在抽動。

「是的。」我感到有些不妙，頓時緊張起來。

「你這小子，乳臭未乾，上班才幾天？就來說三道四，你爹是怎麼教育你的？」然後憤憤地將建議扔到地上，指著門口吼道：「出去。」

我哪裡受過這樣的氣，感到是一種奇恥大辱，砰的一聲關上門，就徑自回家去了。出門正碰上大雨，我從商店裡買了一把雨傘，冒著大雨回到了梨花洲。

回到家裡時，全身被雨水淋個透濕，父親正坐在客廳裡吸煙，見了我，奇怪地問道：「懷南，今天不要上班？」

「懶得上了。」我說，心中仍憤憤不平。

「請了假沒有？」

「沒請。」

「不請假怎麼行？你才上幾天班，就擅自曠工。」

「我不想去了。」我說。

「為什麼？」

「這個政府太腐敗了。」

我把跟邱局長寫建議的事說了一遍。

「世道就是這個樣子，有什麼辦法？」父親嘆了口氣，有些無奈地說道。

母親見我一身透濕，趕緊催我去把衣服換了，等我換了衣服出來時，父親還坐在那裡抽煙。

「你不上班了，想做什麼？」他問我。

「想去讀書。」我說。

鍾鳴在抗戰結束不久，就去了省城，考上了中南文理學院法學系。他到長沙後，給我來了一封信，說在省城接觸到的一切，讓人眼界大開，這裡的老師知識淵博，思想活躍，經常能聽到很多聞所未聞的道理。他建議我也盡快到省城來，不要在那個偏僻的小地方虛度了一生。

父親對於我去長沙讀書，表現得十分猶豫，一方面他擔心我去了省城，難免會受到新思想的影響，尤其是擔心我會加入共產黨，在那時加入共產黨可是要殺頭的事情。另一方面他又是個較為開明的知識分子，認為一個男人不到外面去闖蕩闖蕩，經歷一些事情，總是打不開眼界。我第一次跟父親說起這件事時，他嗯嗯了兩聲，未置可否。過了兩天，吃晚飯的時候，我又跟他說起，他猶豫了一下說：「現在外面這麼亂，你一個人去長沙，我們不放心。」

我不知那裡來的脾氣，筷子一頓，說：「有什麼不放心，我這麼大一個人了，你是捨不得錢吧。楚懷北讀得，我怎麼就讀不得？」楚懷北在去當兵前，也在長沙讀了幾年的書。

我看見父親愣然了一下，臉色驟變，嘴唇直打哆嗦，想說什麼卻又說不出來。

我哼了一聲，站起來轉身就走，飯也不吃了，母親正好從廚房裡走進來，問是什麼事，我也沒搭理她，徑自進了自己的房間，一個人悶聲不響地躺在床上生悶氣。

第二天起床後，我仍然不願搭理父親，他看見我這個樣子，長長地嘆了一口氣，坐在八仙桌旁拿起煙筒，不停地吸著煙，然後又不停地咳嗽著。

父親終究是個開通的人，見我這麼倔，最後還是改變了態度，吃中飯的時候，父親跟我說：「不是爹捨不得錢，爹擔心你在外面不走正道。你硬是要去，爹也不阻攔你，別到時怪我一輩子。」

出發那天，父親送我到了湄河車站。離開洲上時，我竟然沒有一點留戀的心情，而是感到一種說不出的暢快和輕鬆。我們坐老金的渡船去的縣城，船划到河中時，我回頭看了一眼梨花洲，冬天剛剛過去，洲上的樹木仍然大都光禿著枝椏，洲上看不到一個行人，只有幾隻狗在河岸邊嬉戲追逐著。清晨的陽光照在河面上，反射出片片淡淡的鱗光，父親坐在船頭，悠閒地吸著煙筒。我望著寬闊的河面和無邊無際的天空，心中暗想，自己終於要離開這個偏僻的地方了，去一個廣闊的讓人期待的新世界。

湄河到長沙每天只有一趟公共汽車，到了汽車站，父親去買了票，然後領著我到了候車的地方。臨上車又從口袋裡掏出幾塊銀元遞給我，囑咐道：「到長沙後寫信回來，少讓你媽操心。」

我嗯了一聲，皺了一下眉頭說：「知道。」

父親將行李安放到行李架上後，才獨自一個人下了車。他似乎仍有些不放心，走近車窗旁再一次叮嚀我：「懷南，到了長沙好好讀書，莫跟別人去鬧事。」他所說的鬧事指的是參加革命。

「好的。」看著別人注視的目光，我有些不耐煩地應付道。

汽車終於上路了。一路上，到處看得見被燒毀的農舍和樹木，雖然零零散散地新搭建了一些茅草房，但大都低矮簡陋。汽車每到一個地方停下來，沿途便有不少農民提著竹籃前來叫賣，這些農民衣衫破舊，神情萎頓，連年戰爭已使他們處在了最貧困的狀態。中午我從一個老大娘手裡買了兩只雞蛋，從一個小姑娘手裡買了一只燒餅，那燒餅還有著火爐的餘熱，吃的時候，可以聞到一股濃濃的麵粉香。

汽車一直開了四個多小時，才慢慢駛進了省城。城裡的景象遠不如我想像中的那麼繁華熱鬧，到處是低矮的建築，破爛的房屋，街道擁擠不堪，鋪在地面的柏油路，露出一個個大小不一的泥坑，一些被飛機炸毀的房屋，由於無人清理，仍然又黑又髒地匍伏在街邊。剛剛從抗戰中喘過氣來的城市，已經元氣大傷，這些年不僅沒有搞任何建設，反而在戰爭中毀掉了無數的房屋。

下車後，我拿著鍾鳴的信，按照信上的地址去找他。鍾鳴租住在黃興路一戶人家的木樓上。我到的時候，他還沒有下課，房東是個四十多歲的中年婦女，面相十分和善，見我是鍾鳴的同學，十分熱情地幫我把行李搬到樓上鍾鳴的房子中。樓上共有兩間房子，一間堆著些雜物，另一間便是鍾鳴的宿舍。房子很矮，屋頂稍微比人高一點，裡面各種物件都緊緊地擠在一起，中間擺著一張床，如果要到床那邊去，必須貼著牆才能走過去。牆壁上糊著很多舊報紙，用來遮擋破了的牆壁，可見房東也不是個寬裕的人家。

窗戶臨街，我走到窗戶前，看了看下面的街道。街道很窄，大概只有兩輛人力車那麼寬，房子屋檐挨著屋檐，密密麻麻地擠在一起。因為閒著沒事，我便拿起桌上的書看了起來，一本是托爾斯泰的《戰爭與和平》，一本是伏尼契的《牛虻》。我躺到床上，讀起了《牛虻》，正讀得津津有味時，聽到有人上樓梯，出去一看，是鍾鳴回來了。他見到我高興地叫了起來，說：「你終於來了，我還以為你來不了呢。」

「我爹首先不同意，爭取了才過來的。」我說。

「永玉和仲甫剛開始也說要來，可最後都沒來了。永玉教書去了，仲甫則去了他父親的廠裡做事。」鍾鳴告訴我說。

第二天，鍾鳴帶我到中南文理學院去報名。鍾鳴讀的是法學專業，我本也想報考這個專業，但法學系已經招滿了學生，我只好改報歷史專業。因為學校恢復招生不久，報名的人不多，所以很容易就考了進去。

我到省城後，記著父親的囑托，決心好好讀書，切切實實學點知識進去。對於歷史，我本來就有著濃厚的興趣，現在正好又學的是這個專業，所以就更加用心了。我給自己開列了一個讀書計劃，爭取在一年之內讀完《史記》，《漢書》，《三國志》，《資治通鑑》；世界史則要讀完希羅多德的《歷史》、塔西佗的《羅馬編年史》和米涅的《法國革命史》。為了完成這個讀書計劃，我幾乎每天下了課就回到宿舍中，安安心心地讀著從圖書館借來的書。

鍾鳴卻是個社會活動家，經常吃過晚飯後，就出去了，要到很晚才回來，走的時候只說有事，也不告訴我什麼事情，顯得十分神秘。

有天鍾鳴對我說：「懷南，我們成立了南風文社，你也來參加吧。」

「南風文社是做什麼的？」我擔心會影響到自己讀書，不想冒然答應。

「只是個普通社團，幾個志同道合的同學在一起，經常搞點活動。郭老師是我們的顧問。」

聽說郭老師是顧問，我就有些動心了。郭老師叫郭昭正，是我們的國文老師，四十來歲，人很瘦，個頭高，臉上棱角分明，戴副眼鏡，經常穿著件灰布長衫，講課的時候慢聲細氣，但觀點十分鮮明，尤其在批評時政時，往往一針見血。班上的同學每次課後都要為郭老師的觀點發生激烈的爭論，有贊同的，也有反對的。我因為對國民黨的腐敗有著切身的認識，所以對郭老師的觀點非常認同。

「你們活動多不多？」我仍有些擔心地問。

「我知道你怕影響讀書，但古人說要學以致用，只是埋頭在故紙堆中，閉門造車，這學問又有什麼用？現在國家正處於風雨飄搖之中，正是需要我們擔當責任的時候。」鍾鳴說。

我點了點頭，覺得他說的不無道理。

「今天晚上我們在郭老師家碰頭，你一起去吧。」

「好啊。」我想起古人說的「獨學而無友，則孤陋寡聞。」便爽快地答應下來。

吃過晚飯後，鍾鳴帶著我去郭老師家中。郭老師家在中山路，離我們住的地方不遠。我因為是第一次去老師家中，心裡頗有些緊張。

給我們開門的是郭老師的愛人，郭老師愛人叫肖葉惠，也是這個學校的教員，看上去三十來歲，中等個頭，剪著頭短髮，看見我們微微笑了笑。她把我們引至二樓的客廳，客廳裡已經坐了五六個人，都是南風文社的骨幹成員。郭老師見到我，親切地走過來和我握手，問我是哪個班的，學什麼專業。郭老師性格親切，語氣溫和，一問一答之間，我的緊張感便一下子消失了很多。肖老師從裡屋搬出兩張椅子，讓我和鍾鳴坐，然後又給每個同學沏了茶，便悄悄退到樓下去了。

其他幾個同學都叫鍾鳴社長，我才知道鍾鳴是南風文社的發起人。當時全校各種各樣的社團有幾十個，有老鄉社、法律社、文學社，我以為南風文社也是這樣一個普通的文學社團，但參加了他們的活動之後，才感覺這個社團有些不普通。郭老師端著一杯茶，坐到桌子邊，開始給我們講課，他問上次發給大家的書，都看了沒有。有兩個同學說已經看了，有個同學說還正在看。

郭老師給我們講的是國際共運史，從巴黎公社一直講到俄國革命，這在課堂上是聽不到的。郭老師講得不急不慢，娓娓道來，我們卻聽得津津有味，不知不覺，就講了兩個多小時。郭老師最後說：「可見革命不只是中國才發生的事情，革命已經成了世界潮流。除了少數帝國主義國家之外，絕大多數國家都爆發了或正在爆發革命，尤其像中國這樣的半殖民地國家，只有通過革命的手段，才能贏得獨立，才能使無產階級獲得真正的解放。」

臨走時，郭老師從裡屋拿出一疊書，給每個同學發了一本，發到我手上的竟然是一本《共產黨宣言》，書不厚，只有幾十頁，但封面上那幾個燙金的字，卻似乎有著萬鈞的力量，重重地擊在我的心坎上，看得我怦怦心跳。在此之前，雖然聽同學議論過，但還從來沒有真正接觸過共產主義的理論。

在回來的路上，我一直猜測著郭老師會不會是共產黨，如果是，等於我也就參加了共產黨的活動。

「郭老師會不會是共產黨？」我問鍾鳴。

「你看呢？」鍾鳴含糊地反問了一句。

晚上回到宿舍中，我幾乎通夜未眠，一口氣就把《共產黨宣言》讀完了，第二天晚上又重讀了一遍。讀過之後，我被書中的思想深深地震撼住了！因為父親從小教導我的，是仁愛、忍讓、寬容、與人為善，在我離開湄河時，他還一再叮囑我不要去鬧事，不要有過激的行動。而現在馬克思的革命學說，卻明明白白地指出，只有革命，只有通過暴力的手段，才能徹底推翻資產階級的舊世界，建立一個沒有剝削，沒有壓迫，實現生產資料公有的新世界。這兩種思想是如此地尖銳對立，以至讓我一時無所適從。

第二次到郭老師家中時，我把我的疑問提了出來，郭老師想了片刻，看著我說：「懷南這個問題提得好，能提出這樣的問題，說明懷南善於思考。要暴力，還是要克制，這是我們應該好好思考的一個問題。幾千年的儒家思想一直在中國佔據著統治地位，孔子所鼓吹的仁義、克制、忍讓，看上去都是很好的東西，但是他的立場是什麼？是站在統治階級的立場？還是站在勞動人民的立場？說到底，它是統治階級用來麻痺勞動人民的精神鴉片，是統治階級用來維護封建統治的思想工具。再說，正是因為儒家思想的影響，才造成了近代中國的貧窮落後，「五四」的口號，「科學」與「民主」，就是針對儒家思想的保守落後提出來的。如果不徹底地打倒孔家店，不動員勞動人民起來反對剝削階級，就不可能建立一個平等的、自由的新中國。」

郭老師越說越激動，聲調也提高了不少，我沒想到在他儒雅的外表下，卻蘊藏著火一般的熱情，我完全被他的熱情所感染了，更為他的分析所折服。也許父親的那一套理論已經不合時宜了，畢竟這一百多年來，中國一直處於貧窮挨打的境地，我們需要一種全新的理論來武裝頭腦，來指導我們的實踐。

在隨後的幾個月時間裡，我從郭老師那裡借到了很多書，除了馬克思、列寧、史達林的著作外，還看了不少關於蘇聯的歷史著作。有天下午上完課，回家的路上，我們和郭老師走到了一起。那天郭老師仍然一襲灰布長衫，腳上穿著雙布鞋，手上提著包，鍾鳴要跟他提包，郭老師不肯，笑著說勞動人民要自己動手。走過繁華的中山路時，郭老師指著街道兩旁鱗次櫛比的店鋪說：「將來，解放了，這一大片商店、飯店、旅館，都要實行公有制，只有實行了公有制，工人階級才能真正成為國家的主人。」

「資本家會願意放棄自己的財產嗎？」我有些疑惑地問，心想那會是一個多麼浩大的工程，沒有人願意交出自己的財產。

「覺悟高的，當然會願意。蘇聯就湧現了不少紅色資本家。如果不願意，我們有無產階級專政的政權。」

談到蘇聯時，郭老師的眼睛裡放出一種光彩來，他說：「蘇聯讓我們看到了人類的希望，只有建立蘇聯那樣的社會制度，沒有壓迫，沒有剝削，人人平等，中國才有希望，中國人民才能過上像蘇聯人民一樣幸福的生活。」

我和鍾鳴聽了，都不覺熱血沸騰，什麼時候中國能像蘇聯一樣，消滅私有制，實現公有制，沒有剝削，沒有壓迫，人人平等，該是一個多麼美好的社會啊！

「所以，我們要認識到，我們現在做的事情，是一項前無古人的崇高事業！為這項事業作出犧牲是值得的！」

與郭老師分手後，我的心情異常激動，我為自己參與到了一項偉大的事業而倍感自豪，我能真實地感覺到自己內心深處充塞著一種崇高而美好的理想，我可以為這種理想而犧牲一切，乃至自己的生命。這種決心比當初參加抗日時還要來得真切和令人激動，因為參加抗日是迫不得已，因為你不做漢奸，不做亡國奴，就只能走上抗日的道路。而現在為實現崇高的理想而奮鬥，為千千萬萬勞動人民的幸福生活而奮鬥，卻是我自己的選擇！

郭老師是不是地下黨員，我一直只是猜疑，直到有一天當他說要發展我加入中國共產黨時，我很是嚇了一跳。一天晚上，我們在他家聚會後，正準備離去，郭老師叫住我，說要跟我談一件事情，等其他人離開後，他說：「經過幾個月的考驗，組織上認為你符合黨員條件，準備吸收你參加中國共產黨，你願意嗎？」

我聽了，雖然覺得受到郭老師信任，心裡熱呼呼的，況且對於國民黨的腐敗，我有著十分深切的體會，推翻這個政權一直是埋藏在我心底的一種願望。可是對於入黨，我一時並沒有作好這樣的心理準備，再說離開家裡時，父親一再叮囑我不要參加革命，而現在加入中國共產黨，無疑是投身到革命的洪潮中去了。

「我回去考慮考慮。」我說。

「好的，下次你再給我答覆。」郭老師頗為理解地說。

回到宿舍，鍾鳴正躺在床上看書，見我回來了，問我郭老師找我做什麼，我把郭老師的話跟他說了，鍾鳴問：「你同意了沒有？」

「我說回來考慮一下。」

「這有什麼好考慮的，組織上相信你，才發展你入黨。」鍾鳴說。

「你是不是早入黨了？」我問他。

他起身穿鞋子，說要去一趟廁所，沒有回答我的問題。

第二次去郭老師家中時，我同意了。到這時我才知道，南風文社是共產黨領導的外圍組織。

四、身陷囹圄

南風文社在鍾鳴的領導下，逐漸成為中南文理學院很有名的學生社團。那時每個星期六的下午，在學校禮堂內都有社團的演講活動，南風文社也經常在這裡舉辦演講。鍾鳴天生就是個演講家，聲音洪亮，學識淵博，再加上語言犀利，所以每次他一上臺，還沒開口，臺下就是掌聲一片。禮堂很小，只容得下兩三百人，可是在鍾鳴演講的這一天，門口、走廊上，都擠滿了人，乃至窗戶上也趴著不少聽眾。

每次演講結束，鍾鳴因為受到掌聲鼓勵，總是興奮不已，所以演講結束後他往往會邀上三五個人到酒館去喝酒，一邊喝酒，一邊繼續著他的高談闊論。

那時艾瓊也到了文理學院，她同樣是被鍾鳴鼓動到長沙來的。我見到她的時候，特別留意了一下她的長相，雖然不是十分出眾，倒也顯得文靜端莊，舉手投足，頗有大家閨秀的風範，怪不得吳磊會對她一往情深。艾瓊說她爹媽死活不讓她來，說她年紀這麼大了，要嫁人了，甚至還為她物色了婆家，可是艾瓊從叔叔那裡借了點錢，就一個人提著兩包衣服，坐公共汽車到了長沙，鍾鳴為她在我們住的附近租了一間房子。到校不久，她也成了南風文社的會員。

每天下課後，艾瓊總是跟在鍾鳴身邊，如影隨形，十分相投。到那時，我才明白艾瓊為什麼要拒絕吳磊了。

看著鍾鳴和艾瓊情投意合的樣子，我想如果淑英能到長沙來讀書，該是一件多好的事情，我們也可以像他們一樣，出入相隨，朝夕相處。我給淑英寫了一封信，特別提到她是不是也可以想辦法來長沙讀書，我想以她的基礎，考過專科之類的學校還是有可能的。過了很長一段時間，才收到淑英的回信，她說看到信後，猶豫了很久，連做夢都想著來長沙，幾次想跟父母提出來，可是話到嘴邊，一看到臥床不起的爹，她就猶豫了。去年她哥跟她叔去了江西做事，如果她再去讀書，就只剩媽一個人照顧她爹了，畢竟媽的年紀大了，身體也不好，留下她一個人照顧爹，讓她不放心。而且自從爹癱了之後，家裡實在供不起她的學費了。

看了信，我很是感動，覺得她真是個孝順的好女孩，可是她也不能就這麼耽誤了自己的前程啊，我打算暑假的時候到她家去一趟，當面動員她前來讀書，如果只是因為學費問題，我可以跟父親說說，要他幫淑英交學費。可是隨後發生的很多事情，讓這個計劃未能實現。

鍾鳴因為擅長演講，在學生中影響很大，被推選為校學生會主席，他上任不久，即組織了一場聲勢浩大的遊行示威活動。

當時全國很多高校組織了反戰示威遊行，北京、上海的高校率先發動，不少地方群起響應。南風文社碰頭時，郭老師提出組織一次大遊行的動議，以響應北京、上海的高校，我們聽了，都感到十分興奮，一致表示贊成。然後郭老師親自進行籌劃，安排任務，分頭行動，確定三天後舉行大遊行。

我接受的第一個任務，就是把關於組織遊行的方案和郭老師的一封信，送到國醫專科學校教導處唐主任手中，讓他們也發動學生一起參加。國醫專科學校在河對岸，臨行前，郭老師交代我，把文件放在雨衣中，上船後把雨衣放在稍遠一點的地方，船上如果碰到警察，搜出了文件，堅決不能承認雨衣是自己的。

為安全起見，鍾鳴要武惠和我一起去，武惠是艾瓊的同學，也是南風文社的會員，長相雖只一般，但活潑開朗，熱情大方，而且同是湄陽老鄉，所以平時接觸比較多。

我按照郭老師的吩咐，把文件放到雨衣中，那天並沒有下雨，我只好用手拿著雨衣，武惠手中則拿著一本書。在渡口等船時，武惠顯得有些緊張，一時拿起書來看，一時又放下。

「是不是有些緊張？」我問她。

「嗯，有一點。」她點了點頭說：「你好像一點事都沒有。」

「我打過仗，所以不怕。」我裝作若無其事的樣子說，其實心裡也有些緊張，但覺得在女孩面前不能露怯。

上船後，我把雨衣放在靠機房的一個角落裡，然後和武惠坐到靠門口的地方，武惠上船後就拿起書來讀，可是看她讀了老半天，還是原來那一頁。船行到江中時，還沒看到警察，我以為今天不會檢檢查了，可是輪船快到岸時，突然從船艙中出來兩個警察，說是例行檢查，將每個人的行李挨個翻了一遍。一個警察走到放雨衣的地方，我的心直往上沖，以為這下完了，武惠也把書放到了凳子上，目不轉睛地注視著警察手中的雨衣。但警察只是拿起雨衣看了看，又放了下去。船靠岸時，我走過去拿起雨衣，裝作沒事似地和武惠一起上了岸，可是剛走過跳板，突然聽到後面有人喊：「喂，那個拿雨衣的！」我和武惠都嚇了一跳，互相對視了一眼，以為被警察發現了什麼，回過頭去，看見有人手中拿著一本書在向我們招手，剛才走的時候，武惠把書忘在了座位上。我趕緊把雨衣遞給武惠，轉身去接了那本書，心裡還怦怦直跳。我把書遞給武惠時，她悄聲說：「剛才嚇死我了。」

把文件送到後，回來的路上頓感輕鬆了許多，武惠又重新變得活潑起來，不時地說著笑著。登上渡船後，我想找個地方坐下來，武惠卻把我拉到船頭，此時已近黃昏，天色漸漸地暗了下來，江面上籠罩著一層薄薄的暮靄，幾只輪渡在江中來回不停地穿梭著。

「你手上有幾個羅？」武惠忽然問我。

「妳有幾個羅？」我問她。

我把手指伸給她，她每個指頭都看了一遍，說：「怎麼才一個羅？」

「你猜？」

「五個？」

「不是。」她搖了搖頭。

「三個？」

「也不是。」

「我猜不到。」我說。

「你自己找。」她把左手伸了過來。

我拿著她的手指一個一個看了一遍，也只找到兩個羅。

「妳比我也只多一個。」我說。

「你知道一羅是什麼意思嗎？」

「不知道。」我搖了搖頭。

「一羅窮。」

「兩個羅呢？」

「二羅富。」她不無得意地說。

「那妳將來命好。」我嘲諷她道。

「我的命不好。」她說。

「你怎麼知道？」

「算八字的說我中年會有道坎。」

「算八字的妳也信。」我為她的迷信，不覺哈哈笑了起來。

「中年還有那麼久，誰知道會是一個什麼樣子。」武惠說。

說到命運的時候，兩個人都變得沉默起來，似乎在想著各人的事情。我倚著欄杆，望著江流，不覺昇起一種悲天憫人的感覺，江水浩蕩，奔流不息，不知流走了多少歷史人物，而現在，我們這些人，又來到了這個世界上，在這裡奮鬥著，拼搏著，等待我們的又會是一個什麼樣的命運呢？轟轟烈烈，出人頭地，還是平平庸庸，一事無成？

「喂，在想什麼？」武惠拉了一下我的衣袖說。

我回過頭來，看見她望著我開心一笑，河風吹過來，她的頭髮在風中飛舞著，她腦後的水面，鋪著一道艷麗的殘陽，這道殘陽正好襯托著她活潑的笑臉，我看了，心中不覺為之一動，她雖然不是很漂亮，但熱情開朗，活潑大方，尤其是眼睛望著你的時候，閃現出一種熱切的光來。我腦子裡竟猛然冒出一個念頭來，如果我們是戀人，為了一個共同的事業走到一起，該是一件多好的事情啊。可是一想到淑英，又覺得自己不應該見異思遷，我趕快挪開眼睛，把這個念頭壓了下去。

第二天晚上，鍾鳴安排我和幾個同學在教室裡做小旗，艾瓊、武惠和另外兩個女同學負責裁剪，我和幾個男同學負責在旗子上貼標語，每面小旗上寫著一句口號：「反內戰」、「反飢餓」、「反迫害」、「要民主」。一共做了一千多面旗子，做到凌晨一點多還沒有做完，這時學校訓導處主任陳敬知，悄無聲息地走了進來，看到我們在做反戰的旗子，大聲喝斥道：「你們在做什麼？」

大家都嚇了一跳，武惠下意識地要把旗子藏起來，可是這麼多旗子攤在桌子上，想藏也藏不了，只好木呆呆地看著，不知如何是好。陳主任要沒收我們的旗子，武惠和他爭執了起來，陳主任抱著一捆旗子就往外走，我不知哪裡來的勇氣，突然衝上去，一把將他拖住，陳主任回過頭來呵斥道：「你想做什麼？」

他要拿著旗子往外走，我要從他手中把旗子奪回來，兩個人推推搡搡，不覺扭在了一起。

這時鍾鳴走了進來，將陳主任拉到教室外面，跟他解釋，講了半天後，鍾鳴走進來對我們說：「回去，別搞了。」

我們放下旗子，準備往外走，鍾鳴又說：「把旗子都放到包裡，帶回去。」

武惠指指外邊，擔心陳主任會搶旗子，鍾鳴說：「沒事，我跟他說了，我們不搞了。」

我們收拾好旗子，走出門口時，陳主任仍在那裡盯著，他板著一副臉，沖著我說：「明天你要寫出檢討，送到我辦公室來。」

一走出教學樓，我們就放聲笑了起來，武惠裝了個鬼臉，說：「這個老頑固，誰會給他送檢討。」

鍾鳴不無擔憂地說：「他可能會告訴校長，阻撓我們出校門。」

第三天，遊行隊伍如期離開了校園，文理學院有近千名同學集結到了校門口，隊伍的最前面，兩個男同學舉著一條橫幅：「反內戰，要和平大遊行。」艾瓊和武惠將我們做的小旗子分發到每個同學的手中，有個男同學甚至在衣服的背面寫上「反內戰，反飢餓」的字樣，惹得大家都笑了起來。我們原本擔心校長會出面阻止，但校門口沒有一個校領導，甚至還有幾個年輕老師出現在遊行隊伍中，給了我們莫大的鼓舞。

鍾鳴是這次遊行的總指揮，他站在隊伍前頭，大聲交待著遊行的路線和注意事項，可是人聲嘈雜，我在後面一句也沒聽清楚。他講完後，隊伍便開始向前移動起來，一千多人的隊伍，看上去聲勢浩大。我們擔心會遇到警察，可是一路上雖然看到不少警察，卻沒有一個人前來阻撓我們，他們只是冷冷地看著，街道上聚集著很多看熱鬧的市民，也有不少年輕人加入到我們的隊伍當中。剛出校門不久，國醫專科學校又有幾百名學生融入到了大隊伍中，兩股隊伍合到一起時，人群中響起一片熱烈的掌聲，掌聲過後，有人帶頭喊起了口號：「堅決反對內戰！」「反對獨裁，我們要民主！」

口號聲此起彼伏，像洶湧的波濤一般，在城市的上空翻滾著。

眼看就到省政府了，天上突然傳來一聲炸雷，武惠抬眼望了望天上，說道：「糟了，要下大雨了。」

「但願只是打打雷。」我也頗為焦急地說。

但話音未落，又來了一聲炸雷，隨著雷聲，雨也跟著下了起來，開始還只是小雨，隊伍仍然整齊地往前走著，可是不一會，雨點越來越大，迅速變成了潑飄大雨。先是幾個女同學在雨中叫喊著，躲到了街邊的屋檐下，接著男同學也跟著躲了起來，等走到省政府廣場時，只剩下零零散散的幾十個人。雨還在不停地下著，每個人都被淋得落湯雞似的，衣服從裡到外都濕透了，讓人不住地打著冷顫，不少人打起了噴嚏。

「沒想到會是這個樣子。」我抱緊胳膊，嘆了口氣說。

「我們怎麼辦？」武惠問，她的頭髮、衣服都緊緊地貼在了身上，尤其是衣服濕了之後，顯得鼓鼓囊囊的，我看了一眼，心裡竟不覺為之一動，趕緊把目光移了開去。

「算了，我們回去吧。」鍾鳴一臉無奈地說。

回到學校裡，大家都有些垂頭喪氣，只有鍾鳴一個人仍然毫不氣餒，通知南風文社的幾個骨幹，晚上繼續到郭老師家碰頭。

在去郭老師家的路上，不知為什麼，我心裡一直忐忑不安，似乎預感到今晚可能要出事，沒想到那天晚上果然出了事。

到郭老師家中後，我與鍾鳴發生了爭執，鍾鳴提議第二天繼續組織遊行，說是趁熱打鐵。我說第二天就遊行，時間上來不及，而且第二天繼續下雨怎麼辦，不如乾脆推遲幾天，等天氣轉晴了再說。其他幾個人有附和鍾鳴的，也有贊成我的。正當我們爭論不休時，突然聽到樓下一陣急促的敲門聲。我本能地站起來想把電燈拉滅，郭老師抓住我的手說：「別拉，外面的人看得到。你們都坐著別動，等下有人來了，說是正在聽我講解作業。」

郭老師朝樓下喊了一聲，要他愛人去開門，然後每人發一個作業本給我們。幾個便衣闖了進來，為頭的是個平頭男子，望著我們問：「誰是郭昭正？」

郭老師緩緩站起來說：「我就是，你們有何貴幹？」

「跟我們到調查統計局去一趟。」

「做什麼？」

「去了就知道。」

我們以為只是來抓郭老師的，但平頭男子指著我們幾個同學說：「你們一起去。」兩個便衣押著郭老師走在前面，我們幾個同學在後面跟著。門口停著一輛軍用敞篷車，便衣們將我們一個一個推上車，郭老師的愛人肖老師也被他們一人抓住一只手臂，用力推了上來，肖老師沒有站穩，往前打了個趔趄，郭老師趕緊拉住她的手，悄悄在她肩膀上拍了兩下。剛上車不久，就開始下起雨來了，雨不大，淅淅瀝瀝，一點一點打在臉上，讓人感到又冷又濕。大家站在車上，都默不作聲，我望著街道兩旁灰暗的樹木和房屋，不知道等待我們的是怎樣的命運。

汽車開到了調查統計局，特務們連夜分開對我們進行了突擊審問。

提審我的是一個留鬍子的中年人和一個疤臉年輕人。他們將我的雙手綁住，吊捆在一根柱子上，然後鬍子男坐到我對面，問我：「你是不是共產黨員？」

我搖搖頭，說：「不是。」

疤臉男人站在一邊，手中拿著一根鞭子，這時走過來，一句話不說，劈頭蓋臉就是一鞭子。而鬍子男裝作沒看見似的，仍然冷靜地問我為什麼要去遊行，如果我拒絕回答，疤臉男人就會走過來用力抽上一鞭子。他用力的時候，咬牙切齒，額頭上筋脈盡現，整個臉都改變了形狀，左邊臉上的那塊疤痕也從臉上突了出來。

這樣連續審問了幾次，我的手上、臉上被抽出了幾道深深的裂痕，在痛得難以忍受的時候，真想坦白自己是共產黨員。可是一想到這樣做就變成了人所不齒的叛徒，況且我能交待的只有郭老師和鍾鳴，可郭老師是我最尊敬的老師，鍾鳴是我最好的朋友，我怎麼能把他們出賣了呢？這樣一想，就依舊咬緊牙關硬挺著。

「這小子年紀輕輕，骨頭倒挺硬的。」疤臉男人抽了幾下，喘著氣說。

「年輕不懂事，被人利用了。」鬍子男頗為同情地說。

「這些傢伙書不讀書，要去搞什麼革命，以為自己是個角色。」疤臉男人不屑地哼了一聲。

他們提審了幾次，見沒問出什麼，就懶得來審了。幾個同學，每個人都被打得遍體鱗傷。鍾鳴有次回來後，挽起袖子，撫摸著被打的傷疤說，將來我們出去了，都成了英雄人物。

他本來是做笑話說的，可是我們幾個人都沒有笑，因為對於還能不能出去，大家心裡都沒有底。監獄中不時有犯人被提出去槍斃，每次看到走過去的犯人時，我的腦子裡就會想到，也許下一個就輪到我們了。如果我的生命都不存在了，我所為之奮鬥的那些理想和正義，又有什麼意義呢？我甚至感到有些後悔，當初沒有聽從父親的勸告，安安心心地完成學業，畢業後回湄河過一種普普通通的生活。最讓我不能忘懷的是淑英，每當我躺在陰暗潮濕的草席上，腦子裡就會浮現出她的那張燦爛而單純的笑臉，還有那雙大大的彷彿會說話的眼睛，心裡想著不知道還能不能見到她。

有次我和鍾鳴討論這些問題，我把我的想法說了出來，鍾鳴頗不以為然，他說我們並不是為了個人的幸福來參加革命的，我們是為了全中國人的幸福，為了建立一個更公平、更平等的社會才投身革命的，即便獻出了生命，那也是一件值得榮耀的事情。

看到鍾鳴說這話時堅毅的表情，我又為自己的擔憂感到慚愧，覺得自己是一個軟弱的人，而從心底裡佩服他是一個真正的、大無畏的革命者。

在監獄裡待了兩個多月時間，忽然有一天，看守打開門，冷冰冰地叫了一聲我的名字。

我聽了心裡一驚，以為自己離去的時辰到了，怯怯地問看守什麼事情。看守仍然冷冷地說：「你出來就知道了。」

我感到雙腿一陣發虛，說話的聲音都軟了下來，同監的人都看著我，甚至有人跟我握手告別。鍾鳴也拿住我的手，用力握了握，說了聲：「一路好走。」我看到他的眼睛裡閃著淚花，似乎我們行將永別了。

「沒事。」我故作泰然地說，其實我感到自己的雙腿在微微發抖。

走出監房時，那種後悔的念頭又湧了上來，當初為什麼沒有聽父親的話，為什麼不潛心讀書。這種念頭剛一出現，我又責備自己，不應該有這種想法，一個人活著就應該為大多數人謀取利益，每個人都是要死的，為人類的解放而死，是死得其所。想到這裡，我又感到熱血沸騰，腳步也變得堅毅起來。我望著走道兩邊的獄室，看著那些張望著我的犯人，不覺把胸脯高高地挺了起來。

看守領著我一直走到監獄門口，我想門口一定守著一排持槍的士兵，走出門去我就準備高呼打倒國民黨，共產黨萬歲。可是讓我意外的是，門口空空如也，一個士兵也沒有。我回過頭去不解地望了看守一眼，看守說：「你被釋放了，回家去吧。」

我還想問他什麼，看守卻砰的一聲把鐵門關上了。

我自由了？我有些不敢相信，彷彿是在做夢。我舉起自己的手腕，晃了晃，又用指甲捏了捏，感覺有些痛，顯然不是在做夢。是真的，我自由了！我沒想到自由會來得如此容易！我望著蔚藍的天空，竟有一種如釋重負的感覺，我所看到的一切，房屋，街道和樹木，彷彿都變得有生命了一般，在眼前歡快地跳動著，我不覺長長地吸了一口氣，又長長地呼了出來。

只有經歷過生死關口的人，才能真切體會到這種難以言表的感覺，即便是五十多年後的今天，我坐在書房裡回想起當時的情景，仍然能體會到當年那種說不出的輕快和興奮感。

可是被抓的有七八個人，怎麼就放了我一個呢？鍾鳴他們怎麼沒有放出來？正當我疑惑不解時，看見不遠的地方停著一輛黃色軍用汽車，穿著一身軍裝的楚懷北，正踩在汽車踏板上抽煙。

「過來。」他朝我揮了揮手，大聲喊道。楚懷北的臉形酷似父親，個頭也跟父親差不多，只是瘦了很多。幾年不見，他顯得更加神氣了。當初他在長沙讀書時，因為班上一個女同學和人打架，把一個男同學的腿打斷了，被學校開除。回來不久，又把東河鎮王寡婦的肚子搞大了，王寡婦的哥哥帶著一幫人到洲上來評理，要把王寡婦嫁給楚懷北做老婆，那寡婦比楚懷北大了將近十歲，楚懷北和她來往，不過是無聊時圖個好玩，哪裡想討她做老婆，見王家不肯罷休就一溜煙跑到四十四軍當兵去了。父親只好賠了人家一百多兩銀子，才把事情了結。沒想到他到了部隊，倒是如魚得水，現在竟昇到了副團長的位置。

我走了過去，問他：「你怎麼來了？」

「我怎麼來了？」他斜瞅了我一眼：「我不來，你還出得來？」

「誰叫你出面了？」

「爹叫我出的面，不是他求我，我才懶得管你的事。」

「我那些同學呢？」

「你那些同學都是共黨分子，你想怎樣？你自身都難保，還想救他們？」楚懷北揶揄道。

我以為中統查出了他們都是共產黨員，不覺心裡涼了半截，半天沒有做聲。

楚懷北那個時候已經是長沙警備團的副團長了，由他出面將我保了出來。車開到警備團後，他就下去了，他安排司機將我送回到梨花洲。臨走時，他惡聲惡氣地對我說：「你老實待在家裡，少跟共黨分子摻和到一起。」

「我的事不要你管。」我說。

「不識好歹。」楚懷北砰的一聲關上車門，氣呼呼地走了。

回到家裡，母親看見我高興地笑了起來，連聲說回來了就好，回來了就好。而父親卻只是冷淡地嗯了一聲，我知道他是生氣了。母親說，你爹聽說你被抓了，幾天睡不著覺，跑到長沙去找你哥哥，你哥說要花銀子疏通關係，所以他又跑回來，賣了十多畝田，湊足三百兩銀子，又送到你哥那裡，才把你保了出來。

「你看你爹，頭髮都白了不少。」母親指著父親的頭髮說。

我看了一眼父親的頭髮，果然白了很多。

「崽吔，你何解要去鬧事？又不是沒有飯吃？」母親責備道。

「妳不懂。」我說，轉身進了自己的房間，心想跟他們解釋，他們也理解不了。

過了幾天，我跟父親說要繼續去長沙讀書，他看了我一眼，有些生氣地說：「還去？命都保不住。」

「那待在家裡有什麼意思？」

「你到城裡去上班。」

「政府太腐敗了，我不去。」我想起上次在衛生局上班的情形，拒絕再去政府上班。

「那你想做什麼？」父親問我。

「我想教書。」我聽說永玉在在湄河育才小學教書，便也想找份教書的工作。

「你有辦法？」父親磕了磕煙筒，問我。

「我去找找原來的老校長。」我說。

對於要不要繼續回長沙讀書，我心中其實猶豫不決，有時甚至想偷偷溜回去，可是看見父親日漸蒼老的面容和日漸增多的白髮，又覺得於心不忍，如果我偷偷走了，不知他又要急白多少頭髮。想來想去，還是留了下來。我去了一趟湄河中學，找到校長謝蘊賢，他對我還有些印象，說我讀書很用功，知道我後來在中南文理學院讀了幾年大學，所以答應得很爽快，要我下學期開學後就去上課。

沒過多久，鍾鳴也被放了出來。他回湄河時，特意來看了我一次，說他們之所以能出來，是學校出了面，但他家同樣花了不少銀子，還有那幾個同學家中都花了不少錢。我笑道：「腐敗有腐敗的好處，出了事可以用銀子買出來。」

鍾鳴也笑了起來，說：「我們要推翻這個腐敗的政府，卻又享受著腐敗的好處。」

「郭老師出來了沒有？」我問鍾鳴。

「沒有。」鍾鳴嘆了口氣說：「他們查出郭老師是中共長沙特委負責人之一，這次只怕凶多吉少。」

「他們怎麼查出來的？」

「他們盯上郭老師已經很久了。」

郭老師和他愛人肖老師在監獄中被關了一年多時間，最後被秘密殺害於伍家嶺。臨刑前，郭老師寫了一首詩：「求道忘生死，千秋有是非。」

解放後，我才聽說師母肖老師的故事。肖老師不到三十歲，有一個兒子還只三歲多。他們被抓後，肖老師以為很快就能出獄，將兒子臨時托付給了一個親戚，沒想到在監獄裡關了一年多。監獄長幾次對她動手動腳，都被她嚴詞拒絕，可是後來監獄長騙她說可以幫忙將她保釋出去，讓她帶著兒子遠走高飛。所以當監獄長對她實行姦淫時，她幾乎未作任何反抗。她腦子裡想的，或許是他能想辦法把自己放出去，讓兒子有個依靠。監獄長騙了她幾個月時間，直到她和丈夫一起走向刑場時，她才如夢初醒，發現自己上當受騙了。

當我聽到這個故事時，感到十分氣憤，覺得純粹是造謠中傷，肖老師是個很堅定的女人，怎麼會做出這種事情來呢？可是當我今天回想起這件事時，卻又相信它可能是真的，革命者同樣是人，有人的感情，有人的弱點。很多年中我們把革命神化了，以為只要是革命者就具有鋼鐵一般的意志。

五、湄河水災

在我去湄河中學任教之前，梨花洲上發生了一場水災。

我們住的梨花洲，與湄河縣城隔水相望。所謂洲，其實只是由泥沙堆積成的一片狹長地帶，平時枯水季節，洲與河岸是連在一起的，只在每年的春夏之間，因河水上漲，靠河岸的一片窪地被淹沒在水中，這片狹長地帶就變成了洲。

洲之所以被稱之為梨花洲，是因為在洲的北端，種植了很多梨樹。聽父親說，梨花洲原是個荒洲，雜草叢生，荒無人煙，在明末清初之際，先人們為躲避戰亂，從山西南遷到了這個洲上，為改變洲上的居住環境，在開墾荒土的同時，也種植了大量的梨樹。

漲大水那天早晨，我還在床上睡覺，猛然聽到福嫂在外面喊，漲水了，漲水了。我一骨碌爬起來，趕緊跑到門口去看，只見眼前一片汪洋，洲上大部分土地都淹沒在河水中了，長工老金站在臺階上，用一根棍子在水中比試了一會，抽出來看了看說：「還在漲，又漲了一寸。」老金原是渡口的艄工，也是本族中人，為人老實厚道，忠於職守，無論是冰天雪地，還是半夜三更，只要有人喊過河，他總是能以最快的速度把渡船檔過去。他的報酬則由父親負責，但並不實際付給他工錢，而是租了五畝田讓他種，不要他交租罷了。老金後來年紀大了，耳朵有些背，聽不到對岸的喊聲，便由他兒子順生接了他的手。但老金對父親說，他耳朵不行了，種田還行，所以，父親又叫他到家裡做了長工。

河水已經漲到了門前的階基下，眼看就要漫上階基，漲到院子中來了。

父親站在門口，穿著一件黑布長衫，手裡拿著根銅煙杆，望著滿河的大水，顯得憂心忡忡。他吧達吧達抽了幾口煙，磕掉煙灰，嘆了一口氣，對站在身邊的母親說：「今年只怕又沒什麼收成了。」

「倉庫裡還有幾十擔糧食，總能應付過去。」母親寬慰他說。

「我們能應付，那些佃戶吃什麼？」

「漲水了，上面總會想辦法。」母親說。

「現在兵荒馬亂的，上面哪還會管這些？」父親不無憂慮地說。父親因為當了鄉長，他擔心受了災的百姓會要忍飢挨餓。

在他任鄉長的這兩年，稱得上風調雨順，除了徵收應徵的捐稅之外，從不額外生事，所以一鄉百姓賴以安居樂業，東河境內秩序井然。父親雖然沒有進過新式學堂，但讀了近十年的私塾，而且此後的幾十年中，一直酷嗜詩書，手不釋卷，以至他一生中的所作所為，待人接物，時時處處都體現著一種讀書人的寬厚、謙和，同情弱者，與人為善。在他身後的客廳中掛著一副清末著名書法家何紹基手書的對聯：

布衣蔬食，耕讀傳家，百代堪承。

行善積德，忠信為寶，千秋可法。

這幅字不僅是父親一生的摯愛，也是他一生的座右銘。

老金說，他在洲上住了幾十年，第一次看見湄河漲這麼大的洪水。

吃過早飯，父親要老金的兒子順生撐著渡船將他送過河去，他要到鄉政府去組織救濟災民的事宜。我因為閒著無事，想跟他一塊去，便對他說：「爹，我跟您一起去看看。」

父親正在換套鞋，看我一眼，嗯了一聲，說：「你也換雙套鞋。」

我換過套鞋，跟他一起上了船。

順生小心地撐著船，慢慢向岸邊駛去。順生年紀跟我差不多，小時和我一起上私塾，因為窮，上了兩年便輟學了。順生像他父親一樣，做事踏踏實實，因為長年在河中欆船，風來雨去，全身曬得像黑炭一般，他穿著件藍布短袖，站在船頭，撐著一支長篙，兩只大手十分粗壯。父親坐定之後，問順生：「你家的田沒事吧？」

「還好，只淹了那塊小田。」順生一邊撐著船，一邊答道：「兩塊大田，都沒有事。」

「那就好，今年吃飯沒有問題。」父親慶幸地說。

船在洪水中行走，水面上不時漂下來一根木頭，一頭死豬，突然看到一堆黑乎乎的東西，我以為又是一頭豬，漂近了，卻發現是一具死屍，穿著一身花衣服，可能是個女的。我指著屍體對父親說：「您看，一個人。」

「真是作孽。」父親嘆了口氣說。

「時不時看得到有死人漂下來。」順生說。

河岸邊站著一些農民在指指點點，似乎在議論著什麼。小船靠岸後，父親跳上岸，回過頭來要牽我的手，我說沒事，也像他一樣跳到了岸上。佃戶楚懷貴從那群人中急急忙忙地走過來，焦急地對父親說：「德叔，我正要去找您。」楚懷貴是個四十多歲的中年漢子，論字輩是我的堂兄，這十多年中

一直租種了我家五畝多水田。

「找我什麼事？」父親問道。

「你看我租的那幾畝田，全部被大水浸了。」楚懷貴指著河邊被水淹了的幾畝稻田，滿臉愁容地說。

「今年只怕收不到穀了。」父親看了看說。

「就是囉。」楚懷貴附和道。

「今年的租穀就莫交了。」父親說。

「我就曉得德叔是個好人。」楚懷貴見免了他的田租，馬上轉憂為喜地說：「出來的時候我就跟我老婆講，她還不信。」

「家裡還有穀沒有？」父親問他。

「怕還熬得幾個月，年底會要去討米。」楚懷貴又變得憂慮起來。

「到時總會有辦法。」父親拍了拍他的肩膀，安慰他說：「硬是捱不過，從我這裡借點穀去。」

楚懷貴聽說父親答應借穀給他，又變得高興起來，連連搓著手，重覆了一句：「我就曉得德叔是個好人，出來的時候我就跟老婆講，德叔會免了我們的田租，她還不信。」

「你回去跟你老婆講，要她莫急。」父親說。

「好的，好的，我這就回去。」楚懷貴高興地說：「早兩天我照了幾斤鱔魚，等下我就送到您家裡去。」

「鱔魚留著自己吃。」父親笑道。

「有大半桶，吃不完。」楚懷貴心情輕快地答道。

我們繼續朝鄉政府的方向走去，快到鎮上時，突然聽到一陣女人的嚎啕哭聲。父親聽了聽說，肯定是誰家死了人。我還將信將疑，但走近一個屋場，果然看見門前的坪裡擺著兩具屍體，都用黑布蓋著，房子的後牆塌了一截。坪裡坐著一個三十多歲的婦女，在不停地哭喊著，周圍站了許多鄰居，有人想把她拉起來，勸她不要哭了，可是剛拉起來，她又坐了下去。

村長認識父親，趕緊走過來，父親問是怎麼一回事，村長說昨晚山洪爆發，早晨兩點多鐘的時候，沖垮了她家的一堵牆，壓死了她婆婆和小女兒。女人的丈夫聽說鄉長來了，趕緊走過來磕頭，父親一把將他拉住，說：「不要磕頭，不要磕頭。」

那個女人聽說鄉長來了，似乎哭得更加厲害了。

父親嘆息了幾聲，從口袋裡掏出幾塊銀元，交給女人的丈夫，說：「天氣熱，趕緊把死者埋了。」

男人接過銀元，點了點頭，說：「準備明天就上山。」

父親跟村長交代了幾句，便領著我一起繼續往鄉政府趕去。快到東河鎮時，我問父親：「這家人垮了房子怎麼辦？」

「房子垮了只能由他們自己想辦法。」父親說。

「政府一點辦法都沒有？」我問道。

「你不知道現在鄉政府有多難。」父親頗有些無奈地說：「上面只管收捐收稅，收的捐稅，全部交上去了，留在鄉政府的少得可憐，連工資都發不出。在鄉政府做事的，都是些普通人家，要靠工資吃飯。他們領不到工資，就想辦法去搞錢，你不讓他們搞，就沒人願意來當差；你讓他們搞，老百姓有怨言。」

「這麼多人家受了災，那怎麼辦？」

「鄉政府能做的，是盡量不餓死人。」父親說。

我和父親在鄉政府待了兩天，還到附近的兩個村子去察看了災情。到第二天，各村陸陸續續將災情彙報了上來。全鄉共有十幾個人死於洪災，幾十戶人家垮了房子，靠近河邊的大部分田土，禾苗被洪水沖毀，已經顆粒無收。父親趕緊向縣政府打了賑災的報告，希望縣裡能有救災款撥下來，可是報告打上去了，沒有任何回音。父親知道等不到結果，便將各村的大戶人家召集到一起，商議救災事宜。父親提出每家大戶按田畝數捐贈糧食和棉被，並承諾帶頭捐糧三十擔，棉被十床，銀子五十兩。大多數大戶人家都表態支持，可是有兩戶提出了異議，一戶說他們那地方沒受災，沒有災民要救濟；一戶說他自己家裡也遭了災，淹了幾十畝稻田，捐不出糧食來。父親說不捐可以，如果有災民到你們家裡去吃大戶，就莫怪鄉政府不管。那兩戶人家便不說話了，事後還是勉強捐出了十幾擔糧食。

在父親的發動下，東河鄉基本上做到了讓災民有飯吃，有衣吃，有被子蓋。

父親雖然帶頭捐糧捐款，帶頭減免佃戶的租金，但仍因徵收不力，受到范縣長的嚴厲呵責。

湄河縣沿河的鄉鎮大都受了災，本應減捐減稅，可是范縣長是個武人，全無半點恤民之意，在大災之年，不僅沒有任何減免，反而以籌集軍糧和國防建設為名，在正常的捐稅之外，新增了好幾個名目。

父親沒有辦法，只好把任務分派到各個村去，但畢竟農民的承受能力有限，再加上受災嚴重，吃飯都成問題，哪還有餘錢餘米交捐納稅？可范縣長十分蠻橫，勒令各鄉不交稅，就抓人。父親只好帶著保安隊去各家催捐，甚至還綁了兩個拒交的農民，可是那兩個被綁農民的老婆，帶著幾個小孩哭哭啼啼跟在後面，快要走到鄉公所時，父親心一軟，又將他們放了回去。

因為父親的寬厚，東河鄉成了全縣的落後典型。范縣長在大會上責罵父親是「婦人之仁」，是飯桶，並揚言完不成任務，就先拆了你家的房子。父親挨了責罵後，回到家裡，悶悶不樂，每天把自己關在書房裡磨墨寫字，寫過的宣紙堆滿了一地。母親見他臉色發黑，鬱鬱寡歡，問是怎麼一回事，父親嘆了一口氣說：「這鄉長只怕是當不下去了。」

「你又沒做錯事，怎麼當不下去？」

「完不成任務就要拆房子。」

「那你先把別人的房子拆了。」

「你這是什麼話？我楚某人下得這個手？」父親不滿地看了母親一眼說。

這一年冬天，因為受了災，乞丐比平時多了很多。老金看見來了乞丐，總是吆喝著把他們趕走，吆喝不走，就威脅著要放狗，乞丐看見門口拴著一隻大黃毛狗，便急急忙忙地離開了。有次父親在家，看見老金趕乞丐，大聲對他說：「老金，給他碗吃的。」

老金說：「我怕他們知道老爺好，會一路路地跑過來。」

父親說：「他們也是可憐人，不然，哪個願意出來討米？」

父親說這話時，聲音小了很多，估計老金沒聽到，所以他站在那裡沒有動，福嫂聽到了，趕緊進去盛了一碗米出來，倒在乞丐的布袋中。

五十老倌是洲上的常客，幾乎每年冬天都要到洲上來一趟。五十老倌腿有些瘸，拄著根拐杖，走路一拐一拐的，肩上背著個白色布袋，上面布滿了油漬，已經又黑又髒。五十老倌是郭家灣人，早些年也還算殷實，家裡有十幾畝田，因為兒子郭四滿不爭氣，喜歡打牌賭錢，沒幾年時間，就把十幾畝田輸了個精光。他長年不落屋，對父親五十老倌也是不管不顧。前幾年，五十老倌還在外面打點短工，混口飯吃，現在年紀大了，做不動了，只好四處乞討。

因為是熟人，父親總是留著他扯扯閒談，吃過飯，還讓他抽袋煙，再叫福嫂盛兩碗米過來，倒在他那個又黑又髒的布袋中。那年冬天，外面下著大雪，老金打開槽門的時候，看見梨樹底下堆著一堆黑影，走近去一看，竟是一個人倒在地上。回來告訴父親，父親讓他把那人背到院子裡。放到椅子上一看，竟然是五十老倌，大約是走到洲上又冷又餓，暈倒在雪地裡。父親略懂醫術，讓老金把五十老倌安頓在廂房中，給他把了把脈，開了一張藥單子，叫老金去鎮上檢了幾付藥，回來熬好灌了進去，只吃了一碗藥，五十老倌便甦醒了過來。

「這麼冷的天，你還出來做什麼？」父親問他。

「沒吃沒喝的，家裡怎麼待得住？」五十老倌嘆了口氣說。

「你在這裡住幾天，把病養好了，再回去。」

「這怎麼要得？這怎麼要得？我現在就走。」

五十老倌掀開被子，硬要起身回去，父親按著他的身子說：「你這樣子怎麼走得？再倒在地上，就沒命了。」

「我這老不死的，死了還乾淨些。」他嘴裡雖然這麼說，但還是在床上躺了下來。

五十老倌那次在我家住了兩天，到第三天，天氣放晴了，雪已開始融化，他無論如何要回去了。臨走時，父親叫福嫂盛了幾升米放到他布袋中，又拿了件舊棉襖，叫他穿上，五十老倌一邊穿著棉襖，一邊抹著鼻涕，滿懷感激地說：「德老倌，你還救了我這條命做什麼？就這麼死了多好，一了百了。」

「好死不如賴活著。」父親磕了磕煙筒說。

父親因為徵收不力，不僅受到范縣長數次呵責，到年底還受到記過處分，父親一氣之下，遞上一份辭呈，回家種田來了。

父親擁有的土地，都是從祖父手上繼承下來的。祖父一生吃苦耐勞，省吃儉用，費盡心血積攢了上百畝的土地。父親卻是個容易滿足的人，在經濟上懶於算計，再加上樂善好施，所以他當家以後，再沒有添置任何土地，在我被抓那年，還出售了十幾畝水田。這些土地除租了幾十畝給人耕種外，家裡還請了兩個長工。父親辭職後，又像過去一樣親自幹起了農活。

農閒時節，父親仍然耽於讀書寫字。父親的書房就在客廳旁邊，布置得精巧潔淨，靠窗的地方擺著一張書桌，書桌上除筆墨紙硯之外，還堆著一疊他常看的書，我印象中的有《詞源》、《隨園詩話》、《唐詩別裁集》，大抵都是詩詞一類的書籍。書房的門板上釘著一塊他自己雕的木牌：「梨雨軒。」這是他給書房取的名字。與門相對的牆上，掛著一幅對聯：「千樹梨花一壺酒，半洲楊柳數行詩。」這幅對聯，是父親自己撰寫的，字體剛勁清瘦，棱角分明，頗似柳字。父親那段時間寫了不少律詩和對聯，我能記得的也就這一幅了。

父親頗以為能過一種與世隔絕、清靜自在的生活，可是隨之而來的巨大變革，將這種舊式的文人生活理想，鏟除得一乾二淨。

六、婚姻之約

我到湄河中學上班後，父親為了收住我的心，打算把我的婚事辦了。有個周末回到家中，他把我叫到八仙桌旁，說有話要跟我說。他連吸了幾口煙，磕掉煙灰後，才用商量的口氣問我：「南伢子，你也二十歲了，是不是把親成了算了？」

我心裡一動，腦子裡出現的第一個念頭是終於可以和淑英生活在一起了，可是馬上又想到我剛和中共湄河縣城工委接上頭，正是形勢最緊張的時候，解放軍已經取得了平津戰役的勝利，隨時都有可能南下，省委已經布置了要作好迎接解放的準備，還有很多工作要做，哪裡能抽出時間來準備結婚的事情，便支吾著沒有表態。

「我看你跟淑妹子一直合得來，你娘也有這個意思，是不是把酒辦了？」父親再次問我。

「我還不想結婚。」我說。

父親聽了我的回答感到有些愕然，問我：「你不願意？」

「不是。」我說。他以為我不喜歡淑英，但我又無法跟他講清箇中原委。

吃晚飯的時候，母親又說起這件事，問我是不是不喜歡淑英，我說不是。她說既然喜歡，怎麼不能結婚。我說現在時局不穩，不是結婚的時候。母親想不通，說結婚跟時局有什麼關係，外面打仗，就不要傳宗接代了？我低著頭只顧吃飯，沒有回答她。最後她有些生氣了，說不結婚，就先把婚訂了。

我見他們兩個都這麼堅持，就同意先訂了婚再說。

訂婚的日子，選在六月的一個周末。舅媽陪著淑英，很早就到了我的家中。那天淑英似乎特意打扮了一番，穿著一件紅底小黃花的旗袍，袖口和衣襟都加鑲了一道黑白相間的淺紋，頭上插著一片銀質蝴蝶結，顯得清新、雅致。臉上雖未施粉黛，但看上去紅潤可人。她進屋時，我跟她相互對視了一眼，這麼相互一看，心中便有一種與以往不同的感覺，覺得她就是我的妻子了。她的眼神顯得有些羞澀，卻又滿是愛意，讓人心裡倍覺溫暖。她看了我一眼，便迅速把眼睛低了下去。平時淑英來了，多半會進到我的房中，或是我陪她一起去梨花園中散步，那天卻自始至終規規矩矩地坐在母親的臥房中。

父親辦了幾桌酒席，邀請了同族的幾個長輩來參加訂婚儀式。

在鄉下，誰家有紅白喜事，鄉鄰們聚在一起喝酒，是個難得的歡聚機會，所以往往要喝上幾個小時。舅媽和淑英回去後，父親的幾個堂兄弟已經喝得面紅耳赤了，但仍坐在那裡酒興正濃，絲毫沒有散席的意思。喝著喝著，不知怎麼把話題轉到了新娘子身上，大家都說新娘子長得漂亮，又賢淑端莊，到底是有福的人家，能娶上這麼好的媳婦，父親聽了很高興，趕緊起身給各人斟酒。可是有個叫尚榮的族叔，腦子已經有些不清醒了，趁著酒勁，竟說淑英人倒是個美人胚子，但紅顏薄命，只怕命不好。

母親正好從旁邊經過，聽到這句話，當時就作色道：「你胡說什麼，這把臭嘴，吐不出一句好話來。」

尚榮叔仗著酒勁，也站起來嚷道：「我今天到妳家裡來作客，妳罵我是臭嘴，妳怎這麼無禮？」

母親說：「誰叫你胡說八道？」

眼看就要爭了起來，旁邊的叔伯們趕緊勸架，有人拉著母親的手，把她拉了出來。幾個叔伯覺得這酒再喝下去已沒什麼意思，都紛紛告辭離去了。

客人們走後，母親仍憤憤不平，對父親說：「每次尚榮只要灌得幾杯貓尿，就一把臭嘴。」

父親抽著煙，安慰她道：「不過講了句酒話，何必那麼當真？」

我也一直覺得不爽，心中怪尚榮叔信口胡言，而後來淑英的命運竟不幸被他言中了。

按鄉下的習俗，訂過婚後，男方便要去女方家拜年或拜節，所以這年中秋，我便以未來女婿的身份，去給舅舅和舅媽拜節。

我到淑英家時，她正站在門口，手裡拿著一塊毛巾，羞澀地跟我打了聲招呼。我問她：「你拿條毛巾做什麼？」

她說：「給我爹擦身子。」

「擦完了？」

「還沒呢。」

「我幫妳擦。」我要去接她手上的毛巾。

「你不會，我自己去。」

我跟她一起進到舅舅的房中。舅舅正躺在床上，淑英將他扶起來，要跟他擦背，舅舅光著身子，瘦得胸上的骨頭都看得清清楚楚。我看淑英一邊擦還要一邊扶著，便趕緊走過去幫她扶著舅舅的背，舅舅嘆著氣說：「這樣活著，還不如死了好，讓你們也受牽累。」

我不知怎麼回答他，淑英卻嗔怪道：「我們又沒怪你。你真是。」

「我說了不要擦，每個月要擦幾回。」舅舅說。

「擦一下，舒服些。不把汗擦了會生瘡。」淑英說。

淑英擦了背部後，把毛巾遞給舅舅，讓他自己擦一下下面。等擦過身子後，又幫舅舅把衣服穿好。她做完這些時，臉上已滲出了汗珠。

吃中飯時，舅媽做了一桌子的菜，問我喝酒不，我說不喝，舅媽說，今日過節，喝一點吧。就用茶杯給倒我了半杯穀酒，我的酒量本不大，喝下半杯穀酒後，就有些頭重腳輕起來，舅媽還要給我倒，淑英說，媽，你看他臉都喝紅了，還倒。舅媽笑了笑，說妳倒會關心起人來了。笑著把酒瓶收了起來。

吃過飯後，本來是要回家的，但舅媽說你喝了酒，休息一會再走，所以就在廳屋裡坐了一會。淑英把繡布拿了出來，坐在旁邊繡花，我想跟她說些體己的話，又礙於舅媽在廳屋裡進進出出，所以說話總是吞吞吐吐。我悄聲提議到到後山去散步，淑英想了想，搖了搖頭，說別人看見了不好。我說我們都訂婚了，還怕什麼。我起身去拉她的手，她趕緊把手抽了回去，低聲說：「你先走，我等下就來。」

我便一個人先走了出來，舅媽問我去做什麼，我說到外面去走走。到了後山上，過了好一會，才看見淑英提著個籃子，慢慢走了上來，她家餵養的那隻小黑狗也搖著尾巴跟在後面。

「妳提著個籃子做什麼？」等她走近後，我問道。

「等下尋點菜。」她解釋說。其實她是怕別人說閒話，裝作去尋菜的樣子。

山上有一片菜地，地裡種著些豆角、辣椒和空心菜。菜地旁邊是一片茂密的竹林，我示意淑英到竹林裡去，她扭了一下身子，不肯去，說：「我們就在這說話吧。」

「站著怎麼說？」

「那找個地方坐著。」

我四下望了望，卻並沒有可以坐的地方。

「我們坐到竹林裡去，沒人看得見。」

「你先去吧。」她左右張望了一下，對我說。

我走到竹林中，在一塊大石頭上坐了下來。不一會，淑英也走了進來，坐到我身邊，小黑乖巧地伏在草地上。正午的陽光溫暖和煦，透過竹葉射了進來，在淑英身上留下一點點閃動的光斑。

「這裡好安靜。」我說。

「別人以為我們在裡面做什麼呢？」

「做什麼？」我故意問她。

「嗯呀。」她嬌嗔地看了我一眼。

「你都好久沒來了。」過了一會，她說。

「城裡有事。」

「在城裡忙什麼？」

「湄河馬上就要解放了。」我不好跟她講正在做的事情，便暗示了一句。

「解放是好，還是不好？」淑英有些擔憂地問。

「當然好。」我說：「解放了，天下就太平了，老百姓都能過上和平幸福的生活。」

「那我可以做什麼？」她歪著頭問我。

「妳啊。」我想了想說：「可以當教師。」

「可這裡沒有學校呀？」

「解放了，每個地方都要建學校，讓所有勞苦大眾都有書可讀。」

「那你可要多教我。」

「當然，只要妳肯學。」

淑英把下巴擱在膝蓋上，似乎在想像著解放後會是個什麼樣子，從她的眼神看得出，她對於解放滿懷著憧憬。

我從後面望著她白晰細嫩的脖頸，很想去親一下，可是又怕遭到她的拒絕。兩人沉默了一會，我終於鼓起勇氣，伸過手去搭在她的腰上，沒想到我才把手搭過去，她便迅速地把我推了開來，眼睛驚恐地看著我：「你做什麼？」

「想親妳一下。」

「別人看見了不好。」她慌張地向四周張望。

「你是我未婚妻，看見了又怎麼樣？」

「他們會說閒話的。」

「這麼多竹子，誰看得見。」

「萬一呢。我們說說話吧，每次你都來去匆匆，話都說不上幾句。」

「每次都那麼多人，怎麼好意思跟妳一個人說話。」

我再次伸過手去抱著她的腰，低聲對她說：「讓我親親妳。」

「不行。」她低著頭輕輕說了一聲。

雖然她仍說不行，但沒有像剛才那樣推開我了，我抱了一陣，見她沒動，便低下頭去親了親她的臉，她的身上散發出一種清香溫潤的氣息，聞著讓人十分舒服。

「好聞，香噴噴的。」我深深地吸了一口氣說。

「我怎麼沒聞到。」她聞了一下自己的衣袖說。

「妳自己當然聞不到。」

我試探著在她嘴唇上親了一下，她仍然沒有拒絕的意思，我便把舌頭貼到了她的嘴上，她的嘴脣緊緊地閉著，我在她的嘴脣上來回親了幾下，然後伸出舌頭擠到她的牙齒中，在她的牙縫間停了一會，示意她把牙齒鬆開，她緊閉了半天才悄悄鬆開了一點，我便用舌頭擠進她的嘴裡，直覺渾身熱血沸騰，恨不得把她吞到肚裡去。我在她的嘴裡來回攪了一陣，沒想到她居然也悄悄地把舌頭伸了過來，我用嘴含著，那舌頭溫溫的，軟軟的。

「原來妳也想啊。」我抬起頭來笑道。

「你好壞的，不理你了。」她坐直身子，把臉背了過去。

「跟妳開玩笑的，別生氣囉。」我握著她的兩隻手說。

「我才不生氣呢。」

我慢慢把手伸到她的裡衣中，觸到了她肚子上的皮膚。

「你又要做什麼？」她扭過頭來問。

「想摸一摸那個。」我說，感覺自己臉上在發燙。

「不行。」她想要把我的手拉出來，但並沒有十分用力。我的手卻慢慢地往上移著，摸到了一片軟乎乎的東西。

「這裡好小巧。」我誇讚道。

「你是不是摸過大的？」

「沒有啊。」我說。

「那你怎麼知道我的小巧？」

「憑感覺。」

「哼，騙人。」

「真的沒騙妳。」

「你會要我不？」淑英拉住我的手，小聲問道。

「當然會。我們不是訂了婚?」我想當然地答道。

「你不要我,我就沒臉見人了。」淑英低著頭,臉紅紅的,眼睛裡似乎蒙著一層什麼東西。

「肯定會。」我又重覆了一遍,繼續在她的胸前輕輕摸著。

她不再拉我的手了,身子似乎也軟了下來,斜靠在我的胸前。我便把整個手掌握在她的乳峰上,觸到兩粒小小的乳尖,我用指頭捏了捏,只有黃豆般大小,她的身子渾身一顫,打了一個激棱。

正當我想彎下身子,用口去親時,突然聽到舅媽在山下喊:「英子,英子。」

舅媽連喊了幾聲,淑英慌慌地站起來,臉紅紅的,嚇得不知所措,抻了抻衣服,提起籃子就慌慌張張地往山下跑。

「你的頭髮。」她的頭髮亂蓬蓬的,我趕緊提醒了一句。

她停下來,用手理了理頭髮,回頭瞋了一句:「就是你。」又急急忙忙往山下跑。小黑也跟在她的後面,一路跑下去了。

我躺在石頭上,聞到一股淡淡的青草味,回想起剛才的情形,腦子裡浮現著她柔軟溫嫩的肌膚和那黃豆般大小的乳峰,感到一種難以言說的愉悅和滿足,我終於摸到一個女孩的身體了,而這女孩又是那樣的美麗和溫柔。

七、迎接解放

我回到湄河後,本想按父親說的,不再去參加地下活動,安分守己地當好自己的老師。可是和鍾鳴的一次談話,又讓我改變了主意,他說現在政府這麼腐敗,如果都像你這樣明哲保身,對國家的前途漠不關心，這個國家還有什麼希望。他的這番話又讓我變得激動起來，覺得自己還是應該為國家的前途努力做點什麼，盡一個讀書人應盡的責任。鍾鳴答應通過省城的組織關係，讓我和中共湄河縣城工委接上頭。沒過多久，他就寫信告訴我，最近會有一個叫老張的同志前來找我，暗號是你最近是不是得了痢疾，我的回答是有一個星期了。

老張是湄河縣城工委書記張以誠，三十來歲，體形魁武，方臉闊耳，天庭飽滿，剃著個平頭，看上去精明強幹，公開身份是濟民診所的醫生。他來找我的時候，戴頂氈帽，背著個藥箱，在我的宿舍門口望了望，問道：「最近這裡是不是有人得了痢疾？」

我一時沒反應過來，以為是個招攬生意的遊醫，正想回答沒有，突然想起鍾鳴的話，馬上站起來說：「是的，有一個星期了。」

張書記走進來，握著我的手悄聲說：「懷南同志，我是老張。」

我趕緊把他讓進屋中，關上門，拉上窗簾，兩個人坐在床上交談了起來。張書記是個很健談的人，從全國形勢，談到湄河的情況，他說解放已經是指日可待的事情，現在湄河特需要像你這樣有知識的年輕同志，為接管湄河作好準備。他要我在湄河中學發展思想進步、傾向革命的老師和學生，加入到黨組織中來。

我仿照郭昭正老師的做法，在湄河中學成立了一個學習組織，取名「青年學習會」，將平時一些傾向進步的老師和學生都動員到學習會來。當時有個國文老師叫曹錦軒，年紀跟我差不多，為人正派，也敢講真話，所以我第一個就找了他，我剛把我的想法講出來，他立馬就表示贊同，還說要發動一些學生加入進來。永玉所在的育才小學離湄河中學不遠，只有十幾分鐘路程，我跟他一說，他也十分爽快地答應了。

青年學習會每個星期組織一次學習，先後學習了《共產黨宣言》、《辯證唯物主義和歷史唯物主義》等著作。很多學生像我當年一樣，一接觸到這些東西，就倍感震驚，對未來充滿著嚮往。永玉說他看了這幾本書，非常激動，幾乎一個晚上沒有睡覺，這些理論太符合中國的實際了，這一百多年來，我們向西方學習，可一直是在暗中摸索，沒有找到前進的方向，讀了這些書後，竟有一種豁然開朗的感覺，心裡比過去亮堂多了。

「你認為共產主義能在中國實現嗎？」他問我。

「當然能。」我當時和很多投身革命的年輕人一樣，對這一點幾乎毫不置疑。

張書記給我布置的第一個任務是做湄河保安大隊的策反工作。

我接下這個任務後，頗覺為難。因為保安大隊，並無可靠的下線，一切都要從頭開始。回來後，我跟永玉商量，問他保安大隊有沒有熟人，他說有個堂兄在保安大隊當炊事員，無職無權，可能起不到什麼作用。

正當我感到茫無頭緒的時候，姐夫黃克俊到我這裡來了一趟，姐夫在東河開了家百貨店，他是到城裡來進貨的，順便來看看我。

我問他保安大隊有沒有熟人，他爽快地答應道：「有啊，黃在覺我喊堂叔。」

「真的？」聽到這個消息，我興奮地叫了起來，黃在覺是縣保安大隊的大隊長，能跟他直接碰面是再好不過的了。我問他：「你能不能帶我去拜訪一下？」

「當然可以。」姐夫本是個熱情好事、喜歡交遊之人，聽說要去拜訪黃隊長，也不問緣由，就十分爽快地答應下來，「明天我就去請他到興福樓來喝酒。」

「興福樓很貴。」我說。興福樓是湄河縣城最好的酒店，而姐夫這幾年的生意並不景氣。

「一點小錢。」姐夫頗不在意地說：「你不要管，我來安排。」

我以為姐夫是吹牛皮，沒想到第二天中午，他果然把黃隊長請到了興福樓。黃隊長已有五十多歲，條形臉，留著撇鬍子，姐夫看見他來了，趕緊起身去迎接，很親熱地叫著叔叔，看樣子他們關係很好。黃隊長見了我，只是冷淡地打了聲招呼。酒酣耳熱之後，我故意把話題引到時局的變化上，他的情緒變得有些悲觀，說國民黨只怕支撐不多久了。

我暗示他是不是可以棄暗投明時，他馬上變得警覺起來，突然撥出槍，放到桌上，眼睛冷冷地看著我說：「這位小弟，你是什麼意思？把話說清楚。」

氣氛頓時變得緊張起來。姐夫趕緊打圓場，說：「懷南年輕氣盛，少不諳事，說了幾句酒話，叔叔您大人大量，莫跟他一般見識。」

我按住姐夫，說：「今天沒喝多少酒，我是給黃叔叔分析形勢。國民黨已經到了這個份上，陪著它一起去送死，值不值？」

「你是什麼人？我憑什麼相信你？」

「黃叔叔不必生氣，我也只是個人之見，您是見過世面的人，晚輩說錯了，您莫計較。我敬叔叔一杯酒。」我端起酒杯，站起來給黃隊長敬酒。

我本想在席上亮明自己的身份，但看他拔槍的樣子，又不能確切知道他的態度。飯後，我要姐夫留下來，再跟他開誠布公地談一次，如果願意起義，我可以牽線搭橋。我自己先回去了。

從酒樓出來後，我本想直接回宿舍，可是又擔心黃在覺頑固不化，如果知道我是共產黨員，一定會來找我的麻煩，想想還是迴避一下的好，就轉到永玉家裡去了。我把我的擔憂跟他說了，永玉想了想，說現在形勢發展得這樣快，每個人都在考慮何去何從，就算他再頑固，把你抓了起來，也改變不了目前的局面，反而斷了自己的後路，我想他應該不會輕易動手，何況你們還有點親戚關係。

他說的雖不無道理，但我仍然放心不下，過了半夜才悄悄回到家中，進門前小心地看了看四周，進屋後我沒有開燈，就連衣躺在了床上，以便隨時可以逃跑。第二天早晨，我還在迷迷糊糊中，突然一陣急促的敲門聲，把我驚醒過來。我迅速翻身起床，剛把鞋子穿在腳上，準備從後面跳窗逃出去。

「懷南，是我。」聽到姐夫的聲音，我才鬆了一口氣。

「怎麼樣？」一打開門，我就問他，還下意識地往外邊看了看，見沒人跟著，才放下心來。

「他答應考慮考慮。」姐夫說。

「男子漢大丈夫，敢作敢當，有什麼好考慮的。」我有些失望地說。

「他有家有室，當然要考慮。不像你一個人，想到什麼就做什麼。」

姐夫跟我解釋說，他昨天之所以把槍拔了出來，裝作一副義正辭嚴的樣子，是因為不明白我的底細，擔心我是軍統特務來試探他的。我苦笑了一聲說，黃隊長做事真是很老練。

我去跟張書記彙報了這個事情，張書記很鎮定地說，黃在覺遲早會醒悟的，跟著國民黨只有死路一條。你現在不必去理他，到時他自然會來找你。

張書記交給我的第二個任務是保護好湄河紗廠。

國民黨三三〇師在撤退之前，要把紗廠的一批軍服和棉被燒掉，並且要毀掉廠內的機器，張書記要我去廠裡組織工人進行護廠鬥爭。

紗廠老板王瑞祥是仲甫的父親，所以我和永玉決定先去找仲甫，要他帶我們去見他父親。

湄河紗廠在縣城的東邊，已經接近郊外了。紗廠原本只是東河鎮的一家小作坊，後來搬到了縣城附近，仲甫回廠裡做事後，這兩年果然發展得很快，工人從幾十人一下子增加到了一百多人，成為全縣最大的工業企業。我們進到紗廠時，發現工廠已經停工，只有幾個值勤的工人在廠門口轉悠，看見我和永玉進來，就警惕地看著。

我問仲甫在不在廠裡，一個工人指著離大門不遠的一棟兩層樓的房子說：「在那裡面，一樓右邊，打開門的那間。」

我們走到門邊，仲甫正坐在裡面打算盤，仍然西裝革履，穿得一絲不苟，我敲了敲門，他看都沒看便說了聲：「進來。」

「好大的架子。」我揶揄道。

他這才轉過臉來，看見是我和永玉，驚訝地站了起來，有些不好意思地解釋道：「我不知道是你們。真是稀客，快請坐、請坐。」他指了指旁邊的兩張沙發說：「我叫人倒茶過來。」

他朝隔壁喊了一聲，便有一個小伙子端了兩杯茶過來。

「今天什麼風把你們刮了過來。」仲甫坐到我們對面問道。

「來看你這個大老板。」我說。

「什麼大老板，做點小生意。」

「今天廠裡怎麼稀稀拉拉的？」永玉問道。

「唉，最近被弄得焦頭爛額。」仲甫說到廠裡的事，便顯得情緒低落。

「聽說國民黨要你們把機器砸了？」我趁勢提到了這個問題。

「是啊。」仲甫有些氣憤地說道：「三三〇師剛到湄河時，就交代紗廠卅天之內，必須制作一批過冬的軍服和棉被，答應交貨時付款，我們緊趕慢趕，現在軍服和棉被快完工了，部隊不僅不付錢，還下令要在九月一日之前將這批軍服和棉被予以燒毀，把機器毀掉，我們還欠了人家幾百萬的貨款和工人的工資，你要我怎麼跟人家交待？這麼多工人要吃飯，我怎麼跟他們交待？」

「你們不燒呢？」永玉問道。

「不燒，他們就說你私通共匪，就要抓人。」

「今天我們來，正是為了這件事，看能不能幫你們想點辦法。」我把事情點明道。

「你們是共……？」他聽說我們可以想辦法，眼睛為之一亮。似乎明白了什麼，欲言又止。

我和永玉會意地笑了笑。

「有你們幫忙，那就有辦法了。」他高興地站了起來，問道：「你們打算怎麼搞？」

「組建護廠隊，發給工人武器，如果三三〇師派人來燒東西，我們就發動工人進行抵抗。」我提議道。

「他們開槍怎麼辦？」

「我們有一百多工人，諒他們不敢開槍。」永玉說。

「也只能這麼做了。」他指了指樓上說：「我去跟我爹說一聲。」

他把我們帶到二樓他父親的辦公室。他跟他父親長得一模一樣，個頭也差不多，只是他西裝革履，他父親卻是一襲長袍，兩個人站在一起，形成鮮明的反差。

仲甫跟他父親說明了我們的來意，我以為王老板也會同意這樣做，沒想到他沉吟了半晌，顯得很猶豫。

「爹，你看這樣做行不行？」仲甫問他。

「萬一，萬一國民黨說我們私通，私通，怎麼辦？」他本想說私通共匪，但猶豫了一下，還是沒有說出口來。

「王叔，現在形勢不一樣了，國民黨大勢已去，支持不了幾天了，解放軍馬上就要進入湄河。」我開導他說。

「我是怕事情鬧大了，不好收場。」王老板仍然有些擔心。

「先把廠子保下來再說，廠子燒了，一切都無從談起。」仲甫有些急了。

「你們看著辦吧。」王老板想了想，對我們說。

我們回到仲甫的辦公室，商量怎樣組建工人護廠隊。當時工人都已經停產回家了，我要仲甫重新把他們召集回廠，我和永玉給工人們上了一課，現在解放在即，國民黨反動派在做著垂死的掙扎，妄圖破壞我們的城市和工廠。工廠是我們大家賴以生存的基礎，沒有了工廠，我們就面臨著失業和飢餓，所以，在這個非常時期，希望工人們組織起來，主動擔護起護廠的使命。工人們聽了後，群情激昂，一致表示人在廠在，要跟國民黨鬥爭到底，並且馬上選出了幾個為頭的負責人，組建了護廠隊。

那段時間，我要永玉堅守在廠裡，他後來跟我說，九月一日上午，三三〇師派了一個班過來，威逼王瑞祥把軍服燒毀，工人們聽到消息後，一百多人迅速圍了過來，不讓士兵進入倉庫，有的還手持大刀、梭標、鳥銃，雙方相持了一個多小時，那幾個士兵見我們人多勢眾，不敢開槍，最後灰溜溜地走了。沒幾天三三〇師就撤出了湄河。

三三〇師剛一撤走，城內出現了短期的混亂，一些街頭混混趁機混水摸魚搶劫店鋪。大部分商店害怕被搶，都關門停止了營業，街上也見不到幾個行人。正當我們為城內的秩序犯愁時，姐夫找到我，說黃在覺答應起義，我聽了十分興奮，趕緊報告張書記。張書記倒顯得很冷靜，問我：「你當面跟他談了沒有？」

「沒有，我姐夫牽的線。」

「你再當面找他談一次，把我們的政策跟他交待清楚，要他做好解放前的治安工作。」

「好的，我這就去找他。」

臨走時，張書記拍著我的肩膀，誇獎我說這事做得好，立了大功，可以保證湄河順利迎接解放。

我馬上去了黃在覺辦公室，結果碰到范縣長也在那裡。看到范縣長，我變得疑惑起來，他這個時候來做什麼？黃在覺見我來了，悄悄走出來，跟我說，你來得正好，范縣長想拉他上山打游擊，范縣長是我的上級，我正不知如何是好。我說，你既然決定起義，就不能再聽范縣長的了，你要果斷行事，絕不可模棱兩可。黃在覺點點頭，說他知道怎麼辦了。

黃在覺進去後，隨即把自己的親信都召集了起來，公開表示他不會上山打游擊。他的一個部下甚至要把范縣長抓起來，范縣長見勢不妙，趕緊灰溜溜地走了，隻身逃離了縣城。他離去的時候，我正好坐在保安大隊的門衛室，看到他一副垂頭喪氣的樣子，心想這個人在湄河當了幾年縣長，向來趾高氣揚，不可一世，為所欲為。一個失去權力的人，就像一只泄了氣的皮球一樣，一下子就失去了它原有的形狀和活力。

在回來的路上，到處都可以聽到人們在學唱革命歌曲，《東方紅》、《你是燈塔》、《山那邊呀好地方》，而就在前幾天，這些曲子還是完全被禁唱的，誰唱誰就有被砍頭的危險，可現在，這樣的歌聲不絕於耳，每個人顯然都在迫不及待地等待著一個新的時代，等待著新生活的到來。

解放軍進城後，對保安大隊進行了收編。願意留在部隊的，可以繼續留在部隊，不願意留在部隊的，發給回家的路費。隊長黃在覺因為沒有給他安排職務，所以他沒有留在部隊，而是回竹園老家去了。

隨同解放軍一起進城的，還有南下幹部工作隊。當天張書記代表湄河地下黨組織和他們接上了頭，根據湄陽地委的指示，組建了新的湄河縣委和湄河縣人民民主政府，從山西過來的武健擔任了第一任湄河縣委書記，張書記則擔任了第一任湄河縣長。武書記屬典型的北方人體型，個頭高、塊頭大、四肢粗壯、話語不多。張縣長跟他介紹說我是湄河中學的老師，湄河黨組織的骨幹成員，我以為他會表揚一兩句，但他只是淡然地嗯了一聲，就從我身邊走了過去，我看著他高大的背影，心中不由生出一種敬畏來。縣委、縣政府辦公地點就設立在原國民黨湄河縣政府辦公樓內，辦公樓是一棟兩層的磚瓦房，仍然保存完好，雖然裡面的桌椅門窗有些損壞，但很快就修復了過來。

由張書記推薦，我擔任了湄河縣政府秘書室副主任，負責新政府的文件起草工作。解放後的歡喜，真是難以言表，雖然接管工作，千頭萬緒，每天從早到晚忙得不亦樂乎，但當初那種壓抑、憤懣、恐懼的情緒一掃而光。下班之後，走在回家的路上，看到滿街貼著由我起草的各種公告，腳步陡然變得輕快起來，空氣似乎也清新了許多，心裡洋溢著一種暗暗的得意和興奮。

八、父親之死

直到解放後，我才弄清自己的身世。

土改即將開始，父親因為擁有一百畝土地，肯定是要劃成地主的，楚懷北臨解放時逃去了臺灣，這些對於我來說，都是政治上不利的因素。每當聽到同事議論別人的出身時，心裡就感到十分糾結，也特別敏感，以為是在影射自己。以至很長一段時間，我都不願意回家去。

在我給鍾鳴的信中談到我的憂慮時，沒想到他的回信讓我大吃了一驚，他說楚尚德並不是我的親生父親，而是我的一個遠房伯父。我的親生父親叫楚尚奇，原是洲上一個漁民，三十歲了仍然光身一人，窮得家徒四壁，老娘去世時竟連棺材都置辦不起。正當楚尚奇為棺材的事心急火燎，不知所措時，楚尚德過來吊孝，看見孀娘仍然躺在裡屋的草席上，就知道楚尚奇置辦不起棺材，磕過頭後他對楚尚奇說，你到我屋裡去搬幾塊杉木板來，趕快請木匠給你娘打副棺材，我要你嫂子再給你送幾升米過來。楚尚奇當下就在楚尚德的面前連磕了幾個響頭。

一九二六年冬湄河鬧革命，楚尚奇被推舉為湄河縣東河鄉農會副會長，他之所以被推舉為副會長，是因為他有一只打漁的划鬥子，可以為農會幹部往來過河提供方便。一九二六年年底，東河鄉農會斗地主，在地主的名單中，楚尚德的名字赫然在列，而且還排在靠前的位置。楚尚奇藉口家中有事，向農會請了假，連夜回到洲上，把這消息告訴了楚尚德，楚尚德聞訊後趕緊坐船去了省城長沙，躲了幾個月才回來。在隨後的鬥地主中，東河鄉鬥死兩個，鬥殘三個，鬥病五個，楚尚德因為去了長沙才幸免於難。

等楚尚德回來時，楚尚奇和幾個農會的骨幹已經被縣保安大隊槍決了。那時我還沒有出生。

我出生不久，因為母親要改嫁，我的去向成了族中長輩們擔心的問題，這時楚尚德發了話，說願意收養我做兒子。於是，我便過繼給了楚尚德。

鍾鳴以為我自己早就知道了這個事實，所以一直沒跟我提及過。聽到這個消息，我又驚又喜，竟有一種如釋重負的感覺，恨不得馬上就把這個消息公之於眾，可是又覺得自己這樣做是不是太過絕情，父母畢竟養育了我二十多年，這二十多年裡，他們一直把我當親生兒子一樣對待，從來沒有另眼相看。

鍾鳴告訴我真相之後，我還是想回去當面跟父親核實一下。

最後一次見到父親是一九五一年春節。年三十的下午，單位的人都回家了，我雖然不情願，卻也不得不回到了洲上。

洲上的梨樹已經完全落空了葉子，只剩下一些枝椏冷冷地叉向天空。走近槽門，看不到半點過年的景象。往年這個時候，都是父親自己寫了對聯貼到大門上，門楣上還掛著兩個紅燈籠，今年的槽門卻空空如也，什麼也沒有。

父親看見我回來，嘴角現出一絲幾乎看不見的笑意。幾個月不見，他看上去明顯老了，身子骨比以前佝僂了許多，說話的口氣也變得虛弱起來。他的個頭本來就不高，我們兩個站在一起時，他比我還略矮，現在就更顯矮了。

「回來了？」父親跟我打招呼。

我嗯了一聲，就進到自己的房間。我不知道為什麼，竟不願意和他多說幾句話，甚至連多看他幾眼都不願意。直到很多年後，自己被當作走資派打倒，兒子永新看我的眼神裡透著一種不屑和恨意，我才能體會到父親當時的心情。吃飯的時候，父親問我喝不喝酒，我搖了搖頭，只顧低頭吃飯。母親要我吃這吃那，我只是嗯嗯地應著，全然沒有一點過年的熱情和興致。父親見我不喝酒，就自己倒了一小杯，悶聲不響地喝了幾口，便不再喝了。

吃過飯，父親在客廳中生了一盆炭火。解放後，原來在我家做事的幾個長工和傭人，都相繼辭了工，所以什麼事情都得自己動手。我坐到火爐邊，尋思著怎麼跟父親開口，可是幾次話到嘴邊卻怎麼也說不出來。父親拿著他的那根煙筒，吧達吧達地吸了幾口。

「爹，我想問你件事情。」在他重新上煙絲的時候，我終於鼓起勇氣來說道。

「什麼事？」他看了我一眼說。

「我是不是楚尚奇的兒子？」

父親驚愕地看了我一眼，半天沒有回過神來。

「你知道了就好，我本來早就想告訴你的。」父親將煙絲上到了煙嘴裡，卻沒有點火，拿著紙煤的手僵在了那裡。

「之前怎麼沒聽你說起過。」

「以前你小，怕你想不開。」父親解釋說。

我低下頭，沉默著不說話。

「你不是我的兒子也好，免得受牽連。」父親嘆了一口氣說。

我聽了他這樣說，心中不覺一熱，差點要流出淚來，對父親的敵意一下子少了很多。

「馬上就要土改了，你不要做頑固派。」我忽然想到要叮囑他幾句。

「土地分了就分了，錢財身外之物，現在你們都長大了，不要靠土地過日子了，我也想得通。」父親說，他對於新的政策，似乎早已有心理準備。

「有什麼金銀財寶，到時要交就交出來，藏是藏不住的。」我提醒他說。

「哪裡還有什麼金銀財寶，前年為了把你從牢裡救出來，還把岸上的十幾畝水田賣了。」父親感到有些委屈地說。

那天晚上我很早就睡了，可是躺在床上，卻翻來覆去地睡不著，外面的北風，嗚嗚不停地刮著，不時可聽到附近人家傳來的鞭炮聲。我說不清自己當時的心境，既為自己不是父親的兒子而感到高興，可又為父母的命運感到一種隱隱的擔憂。我不知道這個家庭將面臨著一種怎樣的命運，也不知道自己會面臨著一種怎樣的命運。

第二天吃過中飯，我就匆匆地離開了梨花洲。母親問我大年初一怎麼還要上班，我說單位有事。其實單位什麼事也沒有，我只是想早點離開這個地方。父親在一旁看著，似乎想說點什麼，可是終究什麼也沒有說，神情顯得有些失落。我跟他淡然地道了一聲別，便出了大門。這是我最後一次見到父親，很多年後，每當回想起我離開時他留在我記憶中的那張失落的臉，心中便覺愧悔不已。

隨後不久，縣委召開了土改工作會議，我坐在後排負責記錄。東河區委書記董漢軍在彙報東河的情況時，忽然話題一轉，談到幹部家屬的問題，說有些村的農會在批鬥地主時有所顧忌，因為這些地主是幹部家屬。董漢軍是和武書記一起南下的幹部，瘦高個、小眼睛，留一個平頭，說一口山西話，一看就是個機靈人。

董漢軍說這番話或許並非針對我來的，因為幹部家屬是地主的，並非我一人，但我聽了卻感到這番話就是說給我聽的，因為我是東河人，我的父親又是地主。

武書記口氣頗為嚴厲地說：「無論誰的家屬，都必須一視同仁。無論哪個幹部，都不得干涉土改政策。」

我知道自己不表個態，這一關總是躲不過的，況且我也早就想把這個事實公之於眾。我舉起手來對武書記說：「武書記，我有幾句話要說。」

武書記嗯了一聲，示意我說下去。

「武書記，張縣長，我來澄清個事實。」我說道：「我是東河人，但楚尚德不是我父親，我只是寄住在楚尚德家中。我的父親叫楚尚奇，原是東河區農會副會長，一九二七年死於國民黨反動派的屠刀之下。」

話一說完，我頓時感到輕鬆了很多。

會場上突然安靜了下來，我感覺大家都用一種驚疑的目光看著我，正當我感到十分尷尬時，張縣長開口打破了沉默，他說：「懷南同志革命覺悟高，能主動跟楚尚德劃清界限，值得表揚。而且我們要實事求是，懷南同志的親生父親是革命先烈，屬於烈士的後代，這個是我們以前不了解的。」

我知道張縣長是有意為我開脫，他在作總結時又一次表揚了我的階級立場堅定。散會後，我的內心像打翻了的五味瓶一樣，既為張縣長的表揚感到高興，覺得自己做得很對，甚至還為自己的機智和果斷感到一陣沾沾自喜。可是父親畢竟養育了我二十多年，現在喊斷絕就斷絕了，別人會怎麼想呢？會不會認為我薄情寡義？以至很長一段時間，我不敢抬頭看別人的眼光，老是覺得他們心裡在非議著這件事情似的。

父親在批鬥會上被打得遍體鱗傷。父親的罪名是顯而易見的，不僅是大地主，而且擔任過偽鄉長，還有一個逃到臺灣的反動軍官兒子。母親後來告訴我說，他們將你爹抓去時，洲上正刮著大北風，四周的樹都被刮得呼呼作響。批鬥會前，工作組給老金和福嫂多次做思想工作，要他們上臺揭發父親的罪行，開始他們不同意，後來有人威脅老金說，不上臺揭發，就沒有土地分，老金這才同意上臺。老金在臺上講了父親幾個不痛不癢的事，福嫂沒讀過書，說著說著卻說大爺(家裡的傭人一直叫我父親為大爺)，對傭人還是蠻好，好吃的好穿的，都沒有忘了下面的人。工作組聽出不對頭，趕緊把她拉了下來。隨後便從鄰村上來幾個土改積極分子，帶隊的居然是五十老倌的兒子郭四滿，他一上來就將父親按倒在地，把外面的衣服剝了，一頓拳腳，然後又用繩子綁住父親的手，讓他站在板凳上，質問金銀財寶都藏在什麼地方，父親說沒有，他們就一腳將板凳踢翻，父親整個身子便往前一栽，或者往後一仰，摔倒在地。如此反復了十幾次，直到父親額頭上、臉上滿是摔破的傷口，血流如注才作罷。第二天，父親已經站不起來了，他們仍準備拉了父親去批鬥，福嫂在一旁說，他人都快不行了，你們還鬥什麼。郭四滿說誰教他不老實交待。福嫂說你爹前幾年討飯差點凍死了，還是德老爺救了他一命。郭四滿說那是地主階級的假仁假義。他話雖這麼說，但還是放了父親一馬，父親這才多活了幾天。

聽到父親死訊的那天下午，我既感悲痛，又十分震驚。消息是姐夫來告訴我的，我腦子裡的第一反應是應該馬上回去，可是一想到自己已和他斷絕關係，這個時候回去，按鄉下的規矩，是必定要披麻戴孝下跪磕頭的，被人傳到縣裡，無疑會成為我的一個政治污點。況且父親已經死了，我即便回去了，也見不到父親了。

「死了幾天了？」我問姐夫。

「三天了。」姐夫說：「我和你姐姐聽到消息後，當天就把你爹埋了。你娘當時要我來告訴你，我沒肯，說你是幹部，怕影響到你的前程。」

聽他這麼說，我不覺長長地鬆了一口氣。

姐夫走後，我一個人關在屋中默默地流著眼淚。到吃晚飯時有人來敲門，我趕緊用毛巾擦了一下臉，擦乾眼淚後才走過去開門。

敲門的是永玉，他沒有肥皂了，跟我來借肥皂，他進屋後見裡面黑黑的，問我：「怎麼不開燈？」

我隨即扯亮燈，把肥皂遞給他，他見我眼睛紅紅的，問道：「你眼睛怎麼了？」

「沒事。」我轉過頭去說。

他走後，我又把門關上，深深地嘆了一口氣，心想一個人的命運，或許是老天早就注定了的，父親命該如此，你也無能為力。況且，我們遇到的是一場亙古未有的大革命，革命就必定要死人。只是現在死的是你的父親，你便感到傷心罷了。可是，總要有人為革命付出代價！不是你的父親，就是別人的父親。

父親死後不久，我還是偷偷回了一趟梨花洲。那天開始下雪了，看著漫天飛舞的雪花，一路上心情都異常沉重。

老屋住進了好幾戶人家。母親則住到了旁邊的雜屋中，分房時本來要將她掃地出門的，但農會負責分房的是順生，他說母親一個女人家，出去了也沒地方住，還是給她留兩間雜屋。所謂家，其實就她一個人了。我經過老屋的正門時，遇到一些鄰居，他們都以一種異樣的眼光看著我，我跟他們打了招呼，便進到母親住的屋裡。

看到母親時，我幾乎沒有認出來，她斜躺在床上，比我上次見到時瘦了一大圈，眼窩深深地陷了下去，頭髮也被剪掉一大半，留下來的頭髮怪模怪樣，一邊多，一邊少。她說是在批鬥會上被剪掉的。她說到批鬥會時，我趕緊把頭低了下來，彷彿那批鬥會是我組織的一樣。

「你是不是病了？」我看她臉色不好，問道。

「不要緊，過兩天就會好。」

「是不是發燒了？」我摸了一下她的額頭，感到有些燙。

「有一點。」

「我跟你去買點藥來。」

「不要，等下福嫂會送藥過來。」她扯住我不讓去。

雜屋的地面原來是平的，現在卻變得凹凸不平。我問母親：「地面怎麼變成這個樣子了？」

「唉，他們以為下面埋了金子銀子，把所有的房間都挖了一遍。」

「搜出財寶沒有？」

「哪裡有什麼財寶？你出事的時候，你爹還賣了十幾畝田，才把你弄出來。你曉得你爹這個性

格，從不對人隱瞞什麼，即便埋了，他也會老實交待出來。」

牆角堆著幾塊煤和一堆劈好了的木柴，母親說是福嫂昨天晚上偷偷送過來的，幸好福嫂就住在老屋的廂房裡。

「你姐姐這次倒是很走運。」母親說。

「怎麼走運？」

「她家的幾十畝田，早幾年都被你姐夫做生意賠光了，只剩下十來畝山土，荒了好幾年，你姐夫人緣又好，沒人為難他，只劃了個中農。」母親頗為寬慰地說。

「當年你和爹還都說他是個化生子，不會持家，現在反而因禍得福了。」

「那時怎麼曉得會要土改？」母親說。

我想起姐夫熱情大方、喜好交遊的樣子，不覺有些想笑。姐夫對金錢一向看得很輕，他賣掉那幾十畝田，原是想去做生意，沒想到只幾年時間就虧得一乾二淨，當初這事讓他在家裡抬不起頭，如今反倒成了一件好事。

「這是我家的地契。」母親在被子底下摸索了一會，拿出一疊紙來對我說。

「你留著這個做什麼？」我又好氣又好笑地責問她。

「萬一有一天……。」她沒有繼續往下說，但我知道她話裡的意思。

「你是做夢吧，留著這個是禍根，趕快燒掉。」我緊張地看著窗外，生怕會有人聽到這句話，這可是典型的反革命言論，讓人知道了是要殺頭的。而且我對這句話也極其反感，覺得母親是個典型的頑固分子，到這個時候了，還執迷不悟。

她把那疊紙又放到被子底下，我再次囑咐她一定要把那東西燒掉，留著是禍根，她卻低垂著眼睛，不置可否。望著這個瘦弱的老婦人，雖然她是我的母親，我仍然覺得又好氣又可笑，居然還幻想著有朝一日能收回這些土地。可是，又覺得她十分可憐，畢竟她現在除了這一點幻想之外，已經一無所有了。

母親跟我說起父親臨終前的情況，批鬥會後父親就已經不行了，福嫂要她丈夫楊啟福去請醫生，這醫生本是平日經常請的，現在卻不肯來了。母親問父親要不要派人去找我回來，父親搖著頭說不要。我知道他是擔心我受到牽連，他是一輩子都肯為他人著想的人。

母親說批鬥會上還有一個地主，興隆村的曾壽吾也被打死了，曾壽吾擔任過鬼子的維持會長，鬼子投降後，就回到家裡養老。因為他討了三個老婆，郭四滿一邊踢一邊罵：「你這個老不死的，看你討這麼多老婆，看你還糟蹋別人的姑娘不」。

我在屋裡坐了一會，感覺自己像個陌生人、多餘的人，只覺喉嚨裡乾乾的，想說話，卻不知要說什麼好，便起身去找茶杯，母親問我找什麼，我說想喝水，母親說茶杯都被沒收了，只留下了幾個碗。她起床找到一個碗，碗邊上還破了一個口子，然後倒了一碗水給我。

「你今天在這裡睡不？」母親問我。

我看了看破陋不堪的房子，中間就擺著一張床，並沒有我可以睡覺的地方，便說：「等下就回去。」

「要走，你就趁早。」母親說。

「還早。」我說。其實我想等到天黑後，去父親墳上看一看。

剛出門，就碰到福嫂端了一碗藥走了過來。見到我，高興地說：「少爺回來了？」

我嗯了一聲，對福嫂說：「真是謝謝你了，這個時候還過來。」

「有什麼好謝的，都是一家人。我老倌擔心別人看了不好，我又不當幹部，怕什麼？」

我轉身離去時，福嫂說：「少爺你事多難得回來，你娘有我照應著。」

我聽了心裡熱呼呼的，有一種想哭的感覺，感到自己連個保姆都不如。

母親告訴我的那片坡上，隆起一座新的墳堆，我想那應該就是父親的墳了。我在墳前跪了下來。站起身，默默地嘆了一口氣，父親從小把我當作親生兒子看待，甚至把我看得比楚懷北還重一些，可是在這個時候，我卻以他不是我的親生父親而和他劃清了界限，心中又覺得是對父親的背叛。可是，在這樣的時代，你不與他劃清界限，又能怎樣？無論你抱著什麼樣的立場，你都改變不了父親的命運。

父親一輩子與人為善，而最終仍然避免不了形勢留給他的命運。我知道父親只有死路一條，我也只能眼睜睜地看著他離開這個世界而無能為力。

當我坐著渡船過江時，望著白茫茫的田野，心想革命總是要作出犧牲的，不僅僅是我的父親，還有更多的人要為此付出代價！

九、忍痛割愛

我和淑英本來商定於一九五一年的年底結婚，但後來卻事與願違。

淑英家的成分，被劃成了富農。之所以被劃成富農，理由十分簡單，一是她家送了她哥到湄河讀書，如果家庭條件不好，誰送得起？二是淑英平日穿戴乾乾淨淨、整整齊齊，而且還帶著玉鐲子，只有地主富農家子女才會這麼講究。三是她家的土地全部租給了別人耕種，靠剝削過日子。我知道舅舅家為了培養兒子讀書，一向省吃儉用，以前有點積蓄，幾乎都花在兒子讀書上了，後來治病又花了不少錢，以至淑英想上學都無力負擔了。而舅舅家的那十多畝田之所以沒有自己耕種，是因為舅舅被日本鬼子踢斷脊椎之後，淑英的哥去了江西，家裡沒了男勞力，舅媽又是個小腳女人，無法下田，只好把田租給別人耕種。可因為土地不是自己耕種，便成了富農，而村裡情況差不多的人家，只是因為自己耕種土地，就得以劃作中農。雖然成分上只有一字之差，幾十年中卻是兩種完全不同的命運。

淑英家的成份，影響到了我和她之間的婚姻。

土改時，因為我主動劃清了與父親的界限，得到張縣長的表揚，沒過多久，他就推薦我擔任了竹園區黨委書記。有一次我去跟他彙報征糧的事情，彙報完後，他無意中問了一句：「懷南今年多大了？」

「廿四。」我說。

「找對象了沒有？」

「談了一個。」

「條件怎麼樣？」張縣長問。

「是我表妹。但她出身不好，家裡被劃作了富農。」我不知道張縣長問的條件是什麼意思，是家庭條件，還是個人條件，猶豫了一下，就說出了實情。

「懷南。」張書記聽了，沉吟了半晌說：「這是你個人的私事，組織上不好干預。但你現在是區委書記，身份跟過去不一樣了。你能跟自己的家庭決裂，走到革命隊伍中來，這是件很不容易的事情。這次推薦你當區委書記，我是做了很多工作的，常委會上還有人拿你的出身做文章，我說都已經劃清界限了，就不要在這個問題上糾纏了，但現在你的個人問題，可要慎重考慮。」

「可是，我們已經訂了婚。」我有些忐忑地說。

「婚姻問題，是你個人的事情，你慎重考慮。」張縣長說。

「好的，我會認真考慮。」我答道。

從張縣長辦公室出來，我的心情一下子變得異常沉重起來。張縣長這番話，是為我的前途考慮，無疑是一番好意，可是他並不了解我和淑英之間的感情。我和淑英自幼青梅竹馬，情投意合，而現在要我一下子斷絕與她的關係，不僅說不出口，心中也一萬個不情願。我知道如果和淑英結了婚，淑英的成份對我的前程來說，無疑是一個難以克服的障礙，可是我也不能為了自己的前程，而置淑英於不顧啊。我想來想去，猶豫了很長一段時間，最後還是決定跟淑英結婚。

按規定，結婚必須經過組織的許可。所以我向縣委打了一份申請結婚的報告，並當面送到了武書記辦公室。武書記不苟言笑，見我進來，用手指了指對面的椅子，示意我坐下。我小心地坐了下來，把報告遞給他。每次跟他彙報工作，我都感到有些拘僅。

武書記看了我的申請，沉吟了一會，問道：「小楚今年多大了？」

「廿四。」我說。

「對象談了幾年了？」

「三年。」我答道。

「她的家庭情況怎麼樣？」

「出身不好，是個富農。」我低著頭，小聲答道。我本不想提及這個問題，但武書記既然問到了，我只能如實回答。

武書記聽說是富農，臉色變得凝重起來，想了片刻，對我說：「小楚，結婚是個大事，一定要慎重，你現在是區委書記，屬於重要的領導幹部，更要慎重，你考慮過沒有，和一個富農子女結婚，會造成很不好的社會影響。再說你現在還年輕，結婚的事，可過兩年再考慮。」

「可是。」我想請求他批准，但又不知道說什麼好。

武書記把報告放到我面前，不再說什麼，我只好站起來說：「那聽武書記的。」

我拿著報告，從武書記辦公室裡退了出來，一時心灰意冷，卻又感到十分無奈。

我沒想到會是這樣一個結果，我不知道該怎麼去跟淑英說清楚這件事情。我猶豫了很長一段時間，不知道如何是好，有時候我強迫自己不去想它，可是無論做什麼事情，心裡總像擱著一樣東西似的，尤其看到院裡的年輕人結婚談對象，看到那種歡歡喜喜的樣子，心裡便愈覺糾結。

那年中秋節，按慣例是要去淑英家拜節的，我也借故沒有去。眼看當初確定的婚期就要到了，而我一直拖著，不願與她見面，有幾個月的時間沒有去找她。我想給她寫封信，卻又不知道說什麼好，連寫了好幾封，都只是開了個頭，就被我撕掉了。我想托人去告訴她家裡，是不是解除婚約，又覺得這樣做，過於絕情。可有時候，我對自己的猶疑不定，同樣感到不滿意，是不是自己的革命意志不夠堅定？居然在這樣的小事上還拿不定主意。

她終於在婚期臨近時，到竹園區公所來了一趟。

那天武書記正好到竹園來檢查冬修水利的事情，上午看過現場後，下午在區公所碰頭。秘書室小王進來告訴我，說外面有個女同志找我，我以為是哪個鄉的幹部找我有事，便悄悄走了出來，到門口看見是淑英，不覺吃了一驚。

她似乎還特意打扮了一番，穿著一件淺灰色小蘭花披領夾衣，用紅絲繩挽了兩個小辮子，看上去清新動人，臉上仍是粉嫩嫩的，看見我出來時，嫣然笑了一下。要在過去，我早就興奮起來了，而現在對於她的出現，不僅沒有了半點動心的感覺，反而感到一絲隱隱的嫌惡，怪她不該在這個時候來找我。

我趕緊把她帶到樓上的宿舍，關上門，生怕讓武書記看見，因為如果他看見了，問她是誰，我不知要如何回答才好。

「你怎麼來了？」我故意冷冷地問她。

「來看你不行呀？」她撒嬌地說。

「行，當然行。」我敷衍道：「你在這裡坐一會，開水瓶裡有水，我還要到樓下去開會。」

我急匆匆地返回到會議室，心裡仍有一種不踏實的感覺，不知等下要怎樣和她說清楚。武書記問我全區還有多少堤壩存在安全隱患時，我因為沒有聽清，支吾著不知如何回答，幸虧分管水利的劉副區長代我回答了這個問題。

散會後，武書記一行沒有在竹園吃晚飯，徑自回縣裡去了。

我回到宿舍，淑英看見我回來了，又高興地站了起來，我有些冷淡地說，你坐一會，我去打飯。然後拿著碗筷去了食堂，食堂師傅見我打兩個人的飯菜，笑道，書記，是不是來女朋友了。我否認道，沒有，來了個親戚。我端著飯菜回到房中，淑英已經把飯桌收拾乾淨，把碗筷擺好。

我給她盛了一碗飯，又自己盛了一碗。

吃飯的時候，我想找點什麼話跟她說，可是又覺得沒什麼好說的。她似乎意識到我心中的糾結，也變得沉默寡言起來。

吃過飯，收拾好碗筷，她在椅子上坐了下來，我則坐到床上。

「我們那裡辦起了學校。」淑英說。

「你當老師了？」

「他們不讓我當老師。」淑英委屈地說。

「為什麼？」

「她們說我出身不好。」看得出，這事讓她很失落。

看她這個樣子，我都不忍心把要說的話挑明。可是不說出來，這麼一直拖下去，也不是個辦法。

「英子。」我叫了她一聲。

「嗯。」她抬頭看著我，眼神裡似乎有一種擔憂。

「我們，是不是……」我欲言又止。

「領導找我談了話，說到你家的成份，和我現在的身份。」過了一會，我想向她解釋，卻又語無倫次。

她低下了頭，兩隻手挽著一只衣角，顯得神情黯然。她似乎明白了我的意思，眼睛裡不知不覺地流出兩行淚水來。

看著她楚楚可憐的樣子，我走過去，扶著她的肩膀，對她說：「英子，我也是沒有辦法。」她把頭伏到我的身上，竟小聲抽泣起來：「我早知道會有這一天。」

我低下頭在她臉上親了一下，親到一股澀澀的鹹味。

「以後，我們還是兄妹。」我摸著她的頭髮，想說幾句安慰的話，可是覺得說什麼都顯得十分虛偽。

晚上，我讓她睡在我的房裡，我到辦公室去睡了一晚。第二天早晨我回房間時，她已經走了，桌子上放著她給我繡的那條手帕，旁邊還留著一張紙條：「南哥，我知道你很為難，我不怪你。怪只怪我自己，不該出生在這樣的家庭。我回家去了，爹在家裡還要我照顧。」

我拿著手帕，想起昨天晚上她坐在房裡默默流淚的樣子，忍不住放聲大哭起來：「英子，我對妳不起呀！」

十、竹園土改

我到竹園時，竹園已經開始了土改。

竹園區在湄河的西北方向，離縣城有一百多里。之所以稱為竹園，是因為境內多山，山上多生楠竹，其中最大的一片竹林，連著十幾個山頭，多達幾千畝，當地人稱之為竹海，在大風天氣，竹林舞動，此起彼伏，猶如大海波濤翻滾，景象蔚為壯觀。區公所設在竹園鎮上的一座祠堂中，祠堂在街的西頭，離馬路進去還有五百多米，背後即是一片竹林。祠堂主樓為木質結構，上下兩層，一樓辦公，二樓住人。機構也很簡單，區公所總共只有二十幾個工作人員。剛去的時候，下鄉檢查，要靠兩條腿，後來添置了幾輛單車。下去之前，張縣長說下面情況很複雜，要我隨時小心，注意安全，還給我發了一支駁殼槍。但我背著這支槍，總覺得不習慣，一般都放在辦公室，我不相信哪個老百姓會無緣無故地攻擊我，如果他一定想置我於死地，他有的是辦法，我帶著槍也無濟於事。

竹園由於地處偏僻，交通不便，一直是個窮區。農民穿的衣服，大都靠自己種棉花，自己織布，自己縫紉，晚上照明也是自己熬麻油。年輕婦女想打扮得漂亮一點，就到山上去挖些石灰石根子，和土布一起煮，可以染出不同的顏色來。

竹園區大地主寥寥無幾，大都是一些中小地主，多則百來畝田，少則二三十畝，完全無地的農民也很少，絕大多數農民都擁有一點土地。農民的貧困顯然是長年的戰爭造成的，再加上各種苛捐雜稅，壓得他們長年喘不過氣來。

我去的時候，土改已經進行了一段時間，總的來說還算順利。在當時的大形勢下，地主富農們心裡都明白均分土地已是大勢所趨，沒有幾個人敢於正面來阻擋這種大勢。但是，也有一些地方，為逼使地主交出埋藏的金銀財寶，在斗地主時手段極其殘酷，致使一些地主死於非命。因為受《史記》、《漢書》的影響，我的想法非常簡單，認為劉邦入關之後，只是約法三章，與民休息，並未採取大規模的鎮壓手段，這樣做能夠獲得百姓的擁護，有助於社會迅速安定下來。而現在也正是經歷了長年的戰亂之後，最重要的事情是與民休息，發展生產。對於鬥死人、打死人的事情，雖然我不好公開反對，但內心裡是不贊同的，所以每到一個村，我都告誡大家不要再糾纏過去的恩怨是非，目前最重要的工作是恢復生產，一是保證有足夠的勞動力從事農業生產，二是保證能收集到足夠的糧食支援前線的部隊，三是保證每一個人都能吃飽穿暖。只要做到了衣食無憂，社會自然便安定了下來。

獅嶺村當時有一股土匪，三四十個人，鬼子來的那年就嘯聚到了山上，鬼子投降後既未歸順國民黨，也未投靠共產黨，現在解放了，仍然在山上做著土匪的勾當。土匪頭目姓龔，傳言他在山上曾經打死過一頭老虎，所以外號龔老虎。為了讓龔老虎盡快放下武器，我決定先做通他老婆的工作，便找到獅嶺村農會主席陳興富，要他帶我去龔老虎家中。陳興富四十多歲，聽說要去找龔老虎，顯得有些怕，結結巴巴地說龔老虎不好打交道。我說我們又不是去抓他，怕什麼。陳興富沒辦法，只好領著我去了龔老虎家。那是一棟普通農舍，靠近山邊，屋後是連片的竹林，大約有五六間房子，旁邊的雜屋還蓋著茅草。我問陳興富，龔老虎家中是不是有些田產，陳興富搖了搖頭，說有田產，他就不得去做土匪了。看他家那個景象，心想所謂土匪，其實也不過能養家活口，並未積累起多少財產。龔老虎的老婆帶著兩個小孩，還有一個七十多歲的婆婆住在家中，他老婆是個四十來歲的中年婦人，有些胖，皮肉鬆弛，皮膚紅中帶黑，看見我們來了，知道是幹部，顯得有些緊張，不知道怎麼辦好。兩個小孩，一個兒子，七八歲，一個女兒，兩三歲，也略顯膽怯地倚在裡屋的門邊看著我們。

「龔老虎回家沒有？」陳興富問他老婆。

「沒看見。」他老婆搖了搖頭說。

「什麼時候回來過？」

「幾時回來過？影子都沒看到。」

「這是區委楚書記。」他指著我說：「來勸龔老虎下山的。」

「我還管得他的事了？」他老婆顯然想和他劃清界限。

龔老虎的娘是個瘦老太婆，穿一件黑色短襟，背向前彎得厲害，弓著身子從裡屋搬出兩張凳子，叫我們坐。我坐下後，叫她們也坐下來，他娘卻仍然站著，陳興富解釋道：「她耳朵聾，聽不見。」他拉了她一下，讓她坐到凳子上。

我對他老婆說：「大嫂，今天我們來，是來宣講政策的，現在解放了，可以過太平日子了，你們是窮苦人家，可以分到田地。你叫龔老虎趕快回來，不要在山上了。萬一哪天解放軍派了部隊來，那幾十個人一下子就消滅了。現在共產黨的政策好，只要回來安心種田，以前的事概不追究。」

他老婆沉默著不吭聲。陳興富又把我的意思重覆了一遍，他老婆仍是那句話，他不會聽我的。臨走時陳興富又交待她，叫龔老虎早些下山，被解放軍捉住了，就是死路一條。

我以為他老婆真的不管他的事，沒想到過了幾天陳興富到區政府來告訴我，他老婆傳了話過來，說龔老虎要親自跟我談一談，叫我兩天後一個人到他家裡去。去的那天，區裡擔心會有埋伏，要派一支隊伍跟著去，我說如果有隊伍，他就不會來了。我本想把那支駁殼槍帶上，但想想自己玩槍肯定不是他的對手，就打消了這個念頭。

我在龔老虎家等了一個多小時，才看見從竹林中閃進一個人來，戴著斗笠，一身黑土布衣服，腰間鼓鼓囊囊的，顯然是插了一支槍。他進來後，取下斗笠，我才看清是個四十多歲的中年漢子，滿臉鬍子，寬頭闊耳，額頭上青筋暴露，兩隻細小的眼睛警覺地望著四周。

「你是老龔吧？」我主動上去和他握手。

「楚書記，久仰。」他雙手抱拳，朝我晃了幾下，卻沒有和我握手。

兩人坐下後，我就直接說到了正題。

「我看你上有老，下有小，也不容易。」我說：「萬一哪天解放軍派了部隊過來，你那幾十個人哪裡是對手？國民黨幾百萬軍隊都被消滅了。識時務者為俊傑，早些下山，早些交槍，才是出路。跟著你的那些弟兄，回來後還可以分到田地。」

「楚書記講的句句在理，我只問一句，我們交了槍，能不能保證有條活路？」

「我以人格擔保。」我拍著胸脯說：「我楚懷南還要在這個區裡待下去，我們可以簽字畫押，絕不食言。」

「有你這句話，我就放心了。明天我們就下山，你派人到鄉政府來收槍。」龔老虎爽快地答應道。

我沒想到事情會辦得這麼順利，不費一彈一槍，就收服了一支幾十人的隊伍。回來的路上，心裡有一種壓抑不住的興奮，心想，只要你真心替老百姓著想，沒有幾個人願意跟政府作對，許多人只是因為無路可走，才被迫鋌而走險，上山做了土匪。

下面各鄉見我沒有要狠鬥地主富農的意思，原來一些過火的行為慢慢緩和了下來。我去了之後，各鄉再沒有發生地主被槍斃、被鬥死的現象。以前的一些特務，國民黨官員，乃至土匪，都安分守己地待在家中，並未給新社會帶來新的麻煩。

可是區長嚴寶開，對我的這些做法，頗為不滿。嚴寶開是和武書記一起南下的幹部，比我大了十來歲，雖然是北方人，個頭卻不高，比我還矮了一截，雖然沒什麼文化，但善於察顏觀色，尤其善於領會上級意圖。他在山西的時候即是土改積極分子，在深挖地主浮財上頗有一套，因而得到上級的賞識，並被派到了南下工作隊。有天在辦公室，他報了一個名冊給我，說是各鄉匯總上來的地主、富農、土匪、舊官員和漢奸的名冊，共有兩百多人，有一部分罪大惡極，民憤很大，主張將他們予以槍斃。

「要槍斃的有多少？」我問他。

「六十多個，我都在上面劃了勾。」

「他們都犯了些什麼罪？」我聽了一驚，懷疑怎麼會有那麼多人要槍斃。

「我跟你講一講，你好有個印象。」嚴寶開開始一個一個跟我介紹：「桃沖有一個地主叫梁玉明，擁有一百多畝土地、一個榨油坊、一個碾米廠，有房屋一百多間，農會將他家裡的田地房屋農具都分了，但認為還有金銀財寶被藏了起來，幾次審問，他都拒不交待，有人記得他們家三姨太曾經戴過一個很大的耳環，他們家女兒戴過一個手鐲，都沒有交出來。」

「還有呢？」我問道。

「偽區長劉保運，其弟弟劉保全依仗權勢，魚肉百姓，三年時間從其他農民手中，強行低價購置了三百多畝土地。劉保全看中的土地，非買到手不可，出價又不高，如果有人不賣，他就派人去騷擾人家，甚至將人打傷打殘，老百姓對他們敢怒不敢言。」

「這樣的惡霸，兩兄弟都要槍斃。」我想起劉保運誣陷胡應成的事，憤憤然說道。

「還有一個叫黃在覺的偽保安隊長，竹園人，解放前曾經槍斃過一個地下黨員。解放後，回到竹園，是隱藏下來的國民黨特務。」

「黃在覺不是起義反正了嗎？」聽到黃在覺的名字，我吃了一驚，黃在覺自從保安大隊解散後，回到了竹園，隱居在家，不問世事，讀經念佛。「而且他已開始念佛。」我補充道。

「但是他有血案在身，罪大惡極。念佛是做給別人看的。」嚴寶開辯解道。

「還有呢？」

「還有一個叫章寧發的漢奸，曾做過日偽時期的維持會長，日本鬼子投降後，國民黨並沒有追究他的責任，一直聽之任之。」

「他做了什麼惡事沒有？」

「跟日本鬼子賣命就是惡事。」嚴寶開想當然地說。

「其他還有什麼特別典型的？」

「有一個地主，買了十幾條槍，請了十幾個團丁。」

「殺了人沒有？」我問他。

「人倒沒殺，但附近的鄉民都很怕他。」

我想這人買槍多半是為了自衛。

「材料都在這裡，你再仔細看看。」嚴寶開遞給我一疊材料。

我接過材料隨手翻了翻，忽然看到龔老虎的名字，心裡有些不高興，龔老虎是我招降的，承諾不殺他，怎麼在他的名字上也畫了一個勾。

「這個龔老虎，不是已經繳槍了？」我問嚴寶開。

「據群眾反映，這個人桀傲不馴，難免不繼續上山當土匪。」嚴寶開說。

「當土匪都是被逼的，現在解放了，誰還願意當土匪？」我反駁他道。

我看了幾個人的材料，心想這些人中，大部分都並不是什麼罪大惡極的反革命，只是因為佔有更多的財產，才變成了剝削階級，變成了社會的敵人。他們已經交出了土地，交出了金銀財寶，交出了一生的積蓄，應該保證他們的人身安全。況且他們積累這些財富，並不是自己的過錯，很多小地主都是通過省吃儉用，辛勤勞動，才購置了幾十畝土地。雖然有些人過去做了一些壞事，但也是迫於當時的形勢，國民黨當權的時候，他們擁護國民黨；現在共產黨當權了，他們也表示擁護共產黨，並沒有繼續為非作歹。全區真正稱得上惡霸的只有劉保運劉保全兩兄弟，除了將這兩個人公開正法之外，其他人都並沒有犯下特別大的罪惡。那個叫梁玉明的地主，田地房屋工廠都交出來了，就算還留有幾件首飾之類的，也值不了多少錢，難道因為可能隱藏了幾件首飾，就要判他死刑？還有那個維持會長，他當這個會長，肯定也是迫不得已，正如當初鬼子要拉了我父親去當會長一樣。國民黨都對他寬大了，我們為什麼還要把老賬拿出來算呢？

「我們是不是報到縣裡去執行槍決？」嚴寶開問我。

「先把劉保運、劉保全兩兄弟抓起來，其他的都緩一緩再說。看他們還是不是繼續危害新社會。」

嚴寶開雖然不說話了，但明顯看得出，他對我的做法心存不滿。

不僅嚴寶開對我的做法不滿，縣裡也不滿，每次到縣裡開會的時候，竹園區總是成了被批評的對象。當時各區之間頗有相互攀比的風氣，在彙報土改成績時，槍斃了多少地主反動派，抓住了多少特匪，成了一項硬指標，竹園每次都落在了最後。縣委武書記在大會上公開提出了批評，說我在竹園搞溫情主義，搞和平土改，心慈手軟，革命意志不夠堅定，沒有大張旗鼓地向反動勢力開刀。

受到武書記的公開批評，回到區政府後心裡感到十分鬱悶，我把自己關在房裡認真反思了兩天，心想自己是不是真的革命意志不夠堅定，或者是受了出身的影響，對地主富農還抱著一種同情心理？可是要我將那些並沒有犯過大罪的人予以槍決，我又無論如何下不了這個狠心。

沒過多久，縣裡開始了土改複查和鎮壓反革命運動，董漢軍帶了一支工作組過來。董漢軍因為在東河區當區委書記時，土改搞得有聲有色，成績顯著，多次受到武書記的表揚，不久就被提拔為副縣長，並兼任縣土改工作隊副隊長。

董漢軍的工作作風很認真，到竹園後，每個鄉都去了一趟，每個地方都聽取了彙報。他尤其善於發動群眾，每到一個地方，很快就和當地村民打成了一片。有次我陪他去長驛村，看見水塘邊兩個農民正踩著水車抽水，他是山西人，沒看過水車，所以下了單車，饒有興致地看了一會，對我說：「楚書記，我們是不是也去試一試？」

我有些畏難，猶疑著不敢上去。

「怕什麼，一起去試試。」

他走上前去，要兩個農民從水車上下來，自己先爬了上去。

我只好跟著爬了上去，扶著橫杆，隨他一起踩了兩下，但兩個人的力量使不到一塊，我又擔心會掉下去，所以踩了老半天，沒抽到一點水，卻弄得滿頭大汗。在旁邊看著的老農民不知道他是縣長，奚落道：「你們不是這條吃菜的蟲。」

我對董漢軍說：「一時也學不會，是不是算了？」

他揮了揮手，說：「你下去，讓老鄉上。」

我下來後，他要那個年輕點的農民跟他配合，那個老農民在旁邊告訴他用力的要訣，不一會，兩人就配合得十分默契，他坐在水車上，頗為得意地看著我說：「楚書記，怎麼樣？你看你個南方人，都不如我這北方人學得快。」他的臉上布滿一條條的青筋，得意的時候，這些青筋便掩藏在了鬆弛的皮膚下面。

他這麼說，讓我感到十分慚愧。

他踩了一陣，下來後，跟幾個農民聊了起來。我跟他們介紹說，這是董縣長，他們都驚訝地把董漢軍打量了半天，那個老農民說：「我還頭一次看見縣長。」

「你們現在都分了田沒有？」董漢軍問他們。

「分了，分了。」老農民聽說是縣長，說話的態度馬上變得謙恭起來。

「還有什麼擔心的沒有？」董漢軍繼續問道。

幾個農民你望望我，我望望你，都不說話了。

「你們不要怕，有什麼說什麼。」董漢軍鼓勵他們說。

「別的不擔心，就是擔心這田分了之後，是不是會要還回去。」老農民猶豫了一下，說道。

「老人家，你放一萬個心，現在解放了，絕不可能再變天。」董漢軍寬慰他說。

「其他地方都抓了不少反革命，不知道我們這裡為什麼沒有抓？」那個青年農民突然冒出了一句。

「一個都沒抓？」董漢軍疑惑地問道。

「一個都沒抓。」那個青年農民肯定地說：「原來抓了幾個，後來又放了。」

「早幾天，村上開會，聽到放鞭炮，人都跑光了。」那個老農民說。

「為什麼？」我不解地問道。

「以為是機關槍。」老農民說：「以為是國民黨回來了。」

我聽了不覺有些想笑，但看見董漢軍一臉嚴肅的樣子，就忍住了。

離開水塘邊，董漢軍對我說：「看樣子，這裡的農民還有很多顧慮啊，說明我們的土改工作問題不少。」

我知道他話裡的意思，是對竹園的土改不滿意，我想為自己辯護一下，可是又覺得理由不夠充分。

董漢軍在竹園待了近半個月，收集了一些情況，就回縣裡去了，臨走時，他並沒跟我說什麼，我自己覺得竹園社會平穩，人心安定，生產恢復得快，並沒有什麼做得不好的地方。可是第二天，縣委秘書室打電話過來，要我和嚴寶開到縣委參加緊急會議。我和嚴寶開清早起來趕上去縣城的早班車，一路上我都有些忐忑不安，心裡猜測著會是什麼事情，董漢軍才回去就通知我們去開會，多半是土改方面的問題。

到縣城已經十點多鐘了，我們急忙趕到縣政府，走進會議室，我就感到氣氛有些不對，縣裡的主要領導，武書記、張縣長、董漢軍，還有幾位常委，都坐在那裡。我和嚴寶開剛坐下，武書記就要我彙報竹園土改存在哪些問題，我想不出有什麼問題，仍然按自己的思路講竹園取得的成績，沒想到剛開了個頭，就被武書記打斷，今天主要是講問題，不講成績，竹園土改不僅存在問題，而且問題很嚴重。然後他要董漢軍講講複查的情況。董漢軍講了三條，一是情況沒有摸清楚，二是群眾沒有廣泛發動起來，三是對地主富農土匪特務過於心慈手軟。他還舉了農夫和蛇的例子，說對敵人的憐憫，就是對人民犯罪。而且著重講到竹園要加大清匪反霸的力度，至少有六十多個惡霸地主、反動會首、國民黨特務要予以鎮壓。

他說到鎮壓二字時，我不覺心裡一驚，在我和他一起下鄉的這十多天裡，他一直顯得很隨和，很友善，總是和最苦的農民一起吃飯，總是住在最貧窮的農民家中，時時都體現出一種對他人的關心。現在我才明白，他的關心是有條件的，是那些和他一樣出身的人，對於地主，對於階級敵人，他是毫不手軟的。

坐在旁邊的嚴寶開，意味深長地看了我一眼，看樣子他把我們兩人意見的分歧也跟董漢軍作了彙報。

武書記接著講了兩點意見，竹園土改首先是方法上，沒有深入發動群眾，沒有將廣大貧僱農的積極性充分調動起來，說明區委班子的領導能力非常軟弱。二是效果上，極其令人不滿意，沒有對反動階級形成高壓態勢，沒有在政治上打垮敵人，瓦解敵人的鬥志，甚至一些土豪劣紳，頑固分子，至今仍逍遙法外。居然還有老百姓聽到鞭炮聲，就以為是國民黨回來了，可見老百姓對我們的政府是多麼沒有信心。剛才漢軍講到的這六十多個反動分子，希望你們回去後，迅速採取行動。不然的話，縣委要考慮調整竹園的班子。

武書記本來就是一副威嚴像，批評人的時候更是聲色俱厲，讓人感到畏懼。他說完後，就叫我和嚴寶開離開會場，他們繼續研究別的問題。

吃過中飯後，才有回竹園的班車。回到區裡後，已是下午五點多鐘，嚴寶開問我是不是去食堂吃飯，我說不想吃，嚴寶開說那我叫師傅把飯送到你房間來，我點了點頭，便回了自己的房間。我放下東西後，待在房裡，覺得有些鬱悶，便獨自去後山走了走，後山有一條石板小路，一直通到山頂，小路兩邊全是茂密的竹子，雖然已是冬天，其他樹木早已脫光了葉子，可滿山的竹葉，仍然蒼翠蔥鬱。沿著這條小路，還有一條山溪，但到了冬天，山溪便乾了，剩下一些光溜溜的石頭堆在溪邊。我走到半山腰，在一塊石頭上坐了下來，心中的鬱悶卻一直排遣不去。我自以為到竹園後，兢兢業業，任勞任怨，各項工作都井然有序地推進著，沒想到今天卻挨了武書記的嚴厲批評。

我知道自己別無選擇，必須按武書記說的去做，可是對於那些並非罪大惡極，甚至還有功的人，如黃在覺、龔老虎，還有幾個普通的地主，要將他們置於死地，我總覺得有些於心不忍。我應該跟縣委打一個報告，將他們的情況詳細說清楚，或許能讓他們免於一死。這樣打定主意後，心中的鬱悶似乎少了許多，我便開始往山下走。這時天已完全黑了下來，一陣一陣的風吹了過來，吹得滿山的竹葉呼呼作響。古人總喜歡在自己居住的房前屋後，栽種幾株竹子，以示遠離塵世，不為俗事煩心，而現在，我居住在這樣一個滿山遍野都是竹子的地方，卻擺脫不了塵事的煩累。

第二天一上班，我就把嚴寶開叫到辦公室，要他將武書記點到的那六十多個人，先一並抓起來。至於是否全部槍斃，等我先打一個報告，等武書記批示下來後再執行。他雖然辯駁了幾句，說沒必要再打報告，但見我主意已定，最後還是同意了。他出去後，我便抓緊起草報告，當天下午，派人送到了縣委。

黃在覺被抓後，他的老婆領著兩個兒女一起到了區政府，跪在區政府門口，央求放了她的丈夫。那天正刮著大風，他老婆還穿著一件很薄的單衣，兩個小孩子也都顯得很單瘦，在風中一個個瑟縮著身子。

看著他們膽怯畏縮的樣子，我陡然感到一陣心酸，想出去跟他們做些解釋工作，可是轉念一想，報告還沒有批下來，我能跟他們解釋什麼呢？不一會，嚴寶開帶著幾個人連扯帶拉地把他們趕走了。

我去看了一次黃在覺，他被關在區公所的一間雜屋中，我進去的時候，他正坐在地上，手被反綁在背後，跟我開門的民兵一直跟在後面，我叫他先出去一下，關上門後，我坐到黃在覺對面，他淡然地看了我一眼，我想向他說句道歉的話，卻又不知如何開口。

「這是劫數，逃也逃不脫的。」他似乎已預感到自己的命運，笑了笑說。

「我已經打了報告，向縣裡說明你的情況，正在等待批覆。」

「讓楚書記費心了。」他看了我一眼，淡然地說道，對我的努力似乎並不抱太大的希望。

他說話的時候，語氣平和，並不是那種垂頭喪氣的樣子。也許學佛的人，對於生死，或許已不如常人那麼看得重了。

「萬一我走了，兩個小孩還請楚書記費心關照。」黃在覺囑托道。

「這個你放心。」我承諾道。

從雜屋中出來後，我心裡感到十分愧疚，嘆了一口氣，可是卻又無可奈何，他的命運並不掌握在我的手中。

那段時間，我一直焦急地等著縣委的批示，可是批示沒等到，卻等到了地委對我的隔離審查。

當工作組的兩名工作人員，把我帶到湄陽地區公安局，宣布對我進行審查時，我一下子懵了，猜測是不是因為那份報告的事，心想即便縣裡不同意，也用不著隔離審查呀。我直瞪瞪地望著他們，問是什麼事情要審查，其中一個年紀較大的審查人員，姓曾，是組長，他說要跟我了解些情況，我問是什麼情況，他說要了解我當年被國民黨抓起來後，是怎樣被放出來的，有沒有叛變的情節。聽說是這件事情，我才鬆了一口氣，心想自己並沒有做對不起組織的事情。

曾組長看上去倒是很隨和，要我把那段時間發生的事情詳細寫出來，並給我送來了紙和筆，我花了三天時間，將事件的經過一五一十地寫了出來，材料交上去後，曾組長說需等組織核實過後，才能給我下結論。我以為不過等幾天時間，就會有結論下來，可是一等卻等了三個月。每天就我一個人坐在審查室中，既無書報可看，也無人和你說話，每天除了有個送飯的進來三次之外，就再也看不到其他人了。因為不知道會是個什麼結果，心裡一時感到焦慮不安，擔心自己會被當成叛徒處置，一時又安慰自己，組織上肯定能夠實事求是，不會冤枉好人。直到曾組長進來告訴我，我的審查沒有問題時，我才如釋重負地鬆了一口氣，心想讓我等這麼久，大概是組織上對我的考驗。

審查結束後，縣委將我調離了竹園，改任縣工業局副局長，屬於降職使用，區委書記一職則由嚴寶開接任。被抓的那六十多個人，無一幸免地被槍斃了。聽說龔老虎被槍斃的時候，大聲喊著我的名字：「楚懷南，你是個騙子。」我聽了這話，心裡倍感愧疚，彷彿自己真成了一個騙子。

我離開竹園時，把我挎的那支駁殼槍移交給嚴寶開，他謙虛了一下，說你還是帶著吧。我說，這是職務用槍，我怎麼能帶走。沒想到他當天下午就挎在了身上，在外面走著的時候，把手放在槍套上，高昂著頭，顯得十分威風。這之前，他挎著的是支王八盒子，他一直嫌它不夠氣派，看樣子他瞄著這槍有很久了。看他挎著槍威風凜凜的樣子，我忽然想到，對他這種沒有文化的人來說，只有通過槍，才能顯出自己的權力與重要性。

我到工業局後，張縣長告訴我，武書記對竹園土改和鎮反工作不滿意，認為我的階級立場不夠堅定，對敵人心慈手軟，本來想借審查免去我區委書記的職務，張縣長說培養一個幹部不容易，尤其像小楚這樣有文化的年輕幹部太少了，武書記聽了不以為然，說讀幾句書有什麼用？打天下不還得靠那些沒文化的。但他還是勉強同意讓我改任工業局副局長。

這次降職，讓我鬱悶了好長一段時間。工業局是個小局，只有幾個人，我剛去上班時，他們都用一種異樣的眼光看著我，以為我犯了什麼錯誤。以至很長一段時間，我不願意和人說話，在辦公樓內遇到原來的熟人，也總是盡力回避著，不願和人打招呼。

但是這次波折也讓我受益不少，使我明白社會並非我想像的那麼簡單，人與人之間的觀念，竟會存在如此巨大的差距，也更使我看到了人性的殘酷，讓我在後來的反右運動中變得謹慎起來，從而逃過一劫。所謂禍兮福之所倚，的確不是一句空話。

十一、結婚生子

和淑英剛分手的那段日子，我心中彷彿丟失了一樣東西似的，這東西多年來一直藏在心底，表面上誰也看不出來，可是只有我自己清楚，她在我心中曾是何等珍貴。而現在這珍貴的東西卻永遠地從我的生活中消失了，她的笑容、她心中的嚮往、她唱的小曲，還有她繡的手絹，一切都和你沒有任何關係了。每當想到這裡，內心深處便會泛起一陣鑽心的痛楚，有好幾次，我都差點要再去找她，可是猶豫再三，最終還是理智戰勝了情感，我知道再去找她，無非給她、給自己帶來更大的痛苦。

沒過多久，虞姐跟我介紹了一個對象。

虞姐是張縣長的愛人，年紀和張縣長差不多，體形偏胖，面相和善，是個熱心的大姐。那天我在縣土改工作會上挨了武書記的批評後，心裡十分鬱悶，便去了張縣長家，想跟他談談心，在這個縣城中，我覺得只有張縣長能夠理解我的心情和想法，即便我做錯了什麼，他也會善意地給我提醒，而不會在大會上公開提出批評。張縣長不在家，我本想告辭出來，虞姐卻留著我和她聊了一會天。

虞姐問我找女朋友沒有，那時我和淑英已分手了幾個月時間，心裡還有些猶豫要不要再去找她，本想說有，可是想到張縣長跟我講的那番話，便改口說沒有。

「這麼好的條件，我跟你介紹一個。」虞姐十分熱心地說。

我以為她只是隨口說說的，所以微微笑了笑，沒有答應，也沒有拒絕。

「小楚不好意思說，大姐跟你做主，明天就來見個面。」

我囁嚅著想拒絕，卻又說不出口。

「就這麼定了，明天你到我辦公室來，上午來。」

第二天，我猶豫著不想去，可是又找不出不去的理由，虞姐肯定已經跟人家約好了，她又那麼熱情，我不去，她會怎麼想呢？於是，便抱著去看看的態度，心裡卻暗中期待，虞姐介紹的對象，或許是跟淑英差不多的女孩。

虞姐是縣招待所的主任，她跟我介紹的對象就是招待所的一位職工，叫趙水娥。

水娥比我小四歲，剛從農村出來，沒讀過什麼書，因為她伯父的介紹，縣裡安排她在招待所上班。她伯父是地下黨員，解放後在地委秘書室任職。

我到了虞姐辦公室，虞姐正在低頭打算盤，見我來了，趕緊放下算盤，給我倒了一杯茶後說，你坐一下，我就去叫水娥來。

不一會，虞姐就帶了水娥進來，水娥穿著一身灰色土布衣服，不胖不瘦，方形臉，面相有些偏黑，進來的時候，眼睛還四處搜尋著什麼，碰到我的眼光後，就趕緊把眼光挪了開去。

客觀地說，水娥相貌雖然不出眾，但也有中人之姿，只是因為那時候我心裡還留著淑英的影子，不自覺地便拿淑英來和水娥進行比較，淑英長得清秀可人，水娥因為從小在農村勞動，骨骼便顯得有些粗大；淑英的皮膚白晰細嫩，水娥的皮膚卻有些偏黑；淑英雖然只上了幾年私塾，但中學的書自學了不少，在當時已算是很有文化的女孩子了，水娥卻連小學都沒有讀。

可是，我知道這些都不能成為拒絕的理由，我的階級立場應該站在貧苦農民一邊，應該和一個出身勞動人民的女子結合，尤其不能以長相來決定取捨。

虞姐給我們介紹過後，就有意走了出去，可是我和水娥還沒有說上幾句話，外面就有人叫她去打開水，水娥趕緊走了出去。過了一陣了，虞姐拿了幾個梨子進來，發現水娥不在，問我：「人呢？」

「打開水去了。」我說。

「這個丫頭，怎麼這樣死心眼，開水有人打。」虞姐遞給我一個梨子說。

虞姐坐下後，扳著指頭跟我介紹起水娥的優點來：「你看看，水娥有很多優點，出身好，肯吃苦，工作從來不講價錢，招待所的衛生搞得特別好，每個月都得到領導的表揚。你別看她文化不高，一有空就到識字班學習，認識了很多字。」

虞姐問我的意見，我沉默了半晌，沒有說話，虞姐再問時，我說你先問問她是什麼意見。沒想到虞姐馬上就站起來說，你等一下，我就去問。虞姐走後，我在心裡猜想著她會是個什麼態度，如果她不願意，我便正好不必表態，可是如果她願意呢?我該怎麼辦?同意還是不同意?

正在我猶疑不定時，虞姐回到了辦公室，進來後卻半天不說話，我暗自慶幸大概是水娥不願意。

「她對你印象蠻好。」過了一會，虞姐說：「說你有文化，又追求上進。」

「她同意了?」我問道。

「她說要問問家裡的意見。」

我哦了一聲，心想這大概只是她的借口。

「肯定沒問題，你放心。」虞姐安慰我說：「她家裡要是不同意，我去做工作。」

從虞姐那裡回來後，我卻遲遲沒有得到她的答覆，我以為是水娥家裡不肯，也就沒當回事。可是過了幾天，虞姐打電話問我要生辰八字，我說現在是新社會了，還要這些做什麼，虞姐說是她娘屋裡要。八字要過去後，仍然沒有消息，可是又過了一個多星期，虞姐打電話到區裡，說水娥肯了，她家裡也肯了。這倒讓我變得為難起來，同意還是不同意呢？不同意，我怎麼跟虞姐解釋？嫌她沒文化？嫌她臉不白？嫌她腰不細？這些顯然都是不成其為理由的。現在你連八字都給人家了，水娥又徵求了家裡的意見，這個時候說不同意，未免太不尊重人家了。況且，那時像水娥這樣出來工作的年輕女性並不多，按她的條件完全可以找到一個很好的對象。這樣一想，就沒再表示反對，而是和水娥確定了戀愛關係。

後來我問水娥，見了面後，怎麼那麼久才給答覆，她說回家去問她母親，她家的大小事情都由她母親作主。她母親並沒有見過我的面，但卻要了我的生辰八字，把我的生辰八字，壓在她老家廚房的灶上老君像底下，七天之內家中平安無事，說明我是個有福之人，將來能旺家興業。後來還請算命先生推算了兩人的生辰八字，算命先生說一個屬龍、一個屬雞，八字鑾合，她母親便同意了。

我聽了不覺滑稽，嘟了一句：「迷信。」

「我也不信這些，我娘要去算。」水娥說。

我也回去跟母親說了結婚的事情，她聽了十分高興，說我都二十六了，是要結婚了。那時還沒有提倡晚婚，在我這個年齡，鄉下男人都有幾個小孩了。臨走的時候，她竟偷偷給了一個戒指給我，說是給兒媳婦的見面禮。我說現在都什麼年代了，還興這些東西。並且奇怪抄家抄得那樣厲害，她竟然能把戒指保留下來。你莫管這些，她頗有些得意地說。我說戒指是戴不出去的，別人看見了，影響不好。她卻執意要給我，說這是祖母傳給她的東西，就是不戴，留著也可以做個紀念。我只好收了下來。

在我結婚之前，鍾鳴到湄河來看過我一次。他是跟艾瓊一起來的，現在兩人都在湖南文理學院教書，鍾鳴已經擔任了經濟系的副主任，看上去比過去成熟穩重了許多，臉上也多了些鬍子。吃飯的時候，鍾鳴告訴我他們過兩天要到湄陽市去一下，我問去做什麼，艾瓊說去看武惠，我驚奇地問道：「武惠到了湄陽？」

「她在湄陽財政局上班。」艾瓊說：「你還不知道？」

我搖了搖頭。

「大學畢業後，她就回來了。」艾瓊說。

「明天跟我們一起去。」鍾鳴邀請道。

好久沒有看到武惠，我也正想去看看她，所以就和他們一起去了。

武惠見到我們，高興地叫了起來，她從辦公桌前跳了起來，拉住艾瓊的手說：「想死你們了。」接著她轉過臉來和我打招呼，我能感覺到她的眼睛裡閃過一瞥興奮的光來。武惠仍然留著一頭短髮，那天穿著一件白底小黃花的夾衣，一條黑色布裙，看上去活潑可愛。

中午在武惠的宿舍吃中飯，她和艾瓊一起去食堂打了幾個菜過來，還特地弄來了半斤谷酒，我和鍾鳴將谷酒分了一大半，她們兩個說不喝，但鍾鳴給她們每人也倒了一點點。幾個人一邊喝著酒，一邊說起當年讀書時投身革命的情景，不覺感慨萬千。

武惠喝了點酒後，臉泛潮紅，話也越發多了起來。

「在學校的時候，你覺得我們能取得勝利嗎？」她抬眼望著我問道。

「半信半疑。」我想了一下說。

「那你為什麼要參加革命？」

「國民黨太腐敗了。」

「你呢？」她轉過頭去問鍾鳴。

「我自始至終都堅信國民黨遲早要完蛋，而且公有制是人類最好的社會制度。」鍾鳴信心滿滿地說道。

「還是鍾主任立場最堅定。」武惠說。

「來，為我們今天的幸福生活乾杯！」艾瓊舉起酒杯來提議道。

於是四個人都站了起來，舉著酒杯齊聲說道：「為今天的幸福乾杯！」

下午離開湄陽時，武惠一直將我們送到車站，臨上車時，她握了我的一下手說：「我們隔得這麼近，你要記得來看我。」

「當然，當然。」從她的眼神裡，我又看到一種期待的目光，我趕緊挪開眼睛，點頭敷衍道。

上了車後，艾瓊忽然問我：「你覺得武惠怎樣？」

「挺好的啊，活潑可愛。」我不知道她是什麼意思，猶疑地說道。

「她蠻喜歡你的。」艾瓊說。

「你別取笑我了。」她這麼說，倒讓我有些不好意思。

「是真的。」艾瓊肯定道。

「你怎麼知道？」

「她的心思，我還看不出？」

我和他們分手時，鍾鳴走到我身邊，悄悄問我：「你說實話，對武惠有沒有那個意思？」

我猶疑了很久，才搖了搖頭，說：「我就快結婚了。」

「原來是這樣。」鍾鳴顯得有些愕然：「未婚妻在哪裡上班？」

「就在縣裡。」我說。

他便沒說這件事了。從湄陽市回來後，想起武惠活潑熱情的樣子，我竟感到一種隱隱的後悔，如果他們早一些回來，或者我早一點知道武惠回到了湄陽，也許就不會是這麼一個結果了。我甚至想過要中斷和水娥的關係，有段時間對她特別冷淡，但想來想去還是沒有下這樣的決心，一是虞姐那裡不好交待，二是我已經談了兩次戀愛，再談下去，肯定會被人認為作風不正派。

我和水娥的結婚儀式，簡單得不能再簡單了。新房是虞姐安排的，她在縣招待所騰出一間雜屋，稍稍搞了一下衛生，搬進一張床，就是新房了。結婚前一天，水娥的姨媽來幫了一天忙，在門上和窗戶上貼了幾個喜字，把原來睡的被子床單拿過來，簡簡單單布置了一下。

結婚那天晚上，買了點喜糖，請了單位幾個同事，我來了五個同事，水娥也來了五個同事，張縣長和虞姐作為證婚人，也參加了，張縣長講了幾句祝福的話之後，幾個同事每人唱了一首革命歌曲，婚禮便算完成了。雙方的父母都沒有參加，按那時的風俗，女方的父母不能參加女兒的婚禮，所以他們都沒有來，而我則是因為礙著母親的地主身份，沒有讓她來，更沒有通知舅舅家，怕淑英知道了傷心。

客人走了後，我把母親偷偷給我的戒指拿出來，本以為水娥會喜歡，沒想到她看了後，只高興了一下子，她接過戒指就往手上戴，戴了半天，才戴進去。她伸開手指來看了看，問我好看不好看，我猶疑了一下，她的手指看上去顯得很粗，戒指又太秀氣，但我還是說好看。她說好看個屁。馬上就取了下來，說戴著這東西不好看。可是她退了半天，沒有退出來，我問怎麼了，她說退不出來，我去幫她退，可是稍一用力，她就喊痛，指關節被刮得通紅，最後在她手指上塗了點豬油，才把戒指退了下來。她把戒指丟到桌上，頗為不屑地說，現在誰還戴這個東西，你退給你娘去吧。她那時已開始接受了一些新式的教育，知道這個穿金戴銀是地主資產階級的生活方式。我說人家留給你做紀念的，怎麼好退給人家，你不戴就收下吧。水娥便一直將戒指壓在一個木箱底下，到後來我們離婚了，母親還問及那個戒指，我說她也做了楚家十幾年媳婦，留給她做個紀念吧，母親便沒說什麼了。

我關好門窗，進到房裡時，水娥已經準備上床了，看著她脫下外褲，我竟然沒有多少激動的感覺，心裡還反問自己，這就是結婚？

我洗過之後，進到被子中，要她也去洗一下，她嫌冷，不願起來，說：「哪有那麼多講究？」說完，拿過我剛才用過的濕毛巾抹了一下。

我沒有堅持，就隨她去了。後來每次做那事之前，我本來要清洗一下自己，見她不洗，我也就懶得洗了。做完，用紙擦一下，就各自睡覺。心裡想，也許我的身上還保留了許多地主階級的壞毛病，勞動人民是不應該有這麼多講究的。

到第二天早晨起床的時候，我才注意到她的胸部，兩個乳房竟是出奇的大，幾乎堆滿了整個胸部。我想起淑英嬌小玲瓏的兩個小乳頭，奇怪女人與女人之間竟有著這麼大的差別，她見我瞧著她的乳房，顯得有些不好意思，趕緊拉過被子蓋住。

我又拉開被子，用手在她乳房上捏了一下。

「你做什麼？」她又重新把被子拉上。

「你的怎麼這麼大？」

「你是不是看過小的？」她滿臉狐疑地看著我。

「沒有。」我本能地否認道。

「沒看過，怎麼知道我的大？」

「猜的。」

「不正經。」她不屑地瞟了我一眼。

我穿好衣服之後，準備開門上廁所，卻被水娥叫住，要我等一下，我回過頭去，看見她正光著上身坐在床上，手中拿著一塊布。

「你做什麼？」我問她。

「把這裡捆一下。」她指著自己的乳房說：「你來幫我一下。」

「捆住做什麼？」我有些奇怪地問道。

「不捆住，外面看得清清楚楚，走路的時候，一顛一顛的，醜死了。」

我走過去幫她捆了起來，捆了一圈之後，她說還要緊點，我把布拉緊了一些，她說再緊點，我又再拉緊了一些。

「誰叫你這麼幹的？」幫她捆好之後，我問她。

「虞姐。她說用布捆一下，就沒那麼顯眼了。」

「虞姐的是不是也很大？」我下意識地問了一句，話一出口就後悔不該問。

「流氓。」水娥不屑地瞟了我一眼說。

一九五四年春天，青青出生了。青青出生的時候，不到五斤，顯得非常瘦弱。她從來到這個世界起，似乎就注定了命運多艱，水娥痛了一天一晚，才把青青生下來，全身都濕透了，產房裡生著爐火，跟她換了幾身衣服。羊水都破了，醫生說胎兒有可能保不住，但生出來後，卻哇地一聲哭了起來。

一九五五年九月，水娥又生下了永新。水娥生下兩個孩子後，說她再也不生了。那個時候，她既要工作，又要帶小孩，還要擠出時間來學習文化知識，所以總感到時間不足。我看她對學習那麼認真，自然支持她的決定。

十二、湄河紗廠

仲甫年輕時最大的願望是把湄河紗廠建成全國一流的紡織企業，但是在那個年代，一個企業能不能做大，與個人的夢想和努力幾乎沒什麼關係。幾十年過去，湄河紗廠不僅未成為全國一流的企業，仲甫一家人的命運在這幾十年間也是迭宕起伏，真可謂造化弄人。

在我們年輕的時候，堅信公有制是這個世界上最好的所有制，幾乎所有的人都認為，只要實現了公有，一切問題都將迎刃而解，國家自然而然便會進入一個興旺發達的時代。

這個邏輯在今天看來是如此地荒謬不經，但在當年，在絕大多數人心目中，卻是一條顛撲不破的真理。

一九五五年底，張以誠接替武健，擔任了湄河縣委書記，而董漢軍則接任了縣長一職。張書記上任不久，就任命我擔任了工業局的局長。

這一年，農村已經實行了合作化的改造，剛剛分了田地的農民，又將土地整合起來，成立了合作社。工業上則開始推行公私合營。

湄河的工業底子非常薄，私營企業大大小小加起來，雖有三十多家，但規模都很小，最大的湄河紗廠，只有百幾十個人，最小的則只是一些舊式的作坊，不過僱請了幾個工人。張書記找我談話時說，縣裡對公私合營非常重視，希望能借助公私合營，使全縣的工業產值跨上一個臺階。

那時我剛任局長，正想幹出一點成績來，所以對公私合營投入了很大的熱情。從地區開會回來，我馬上就召開了一個全縣私營企業主座談會，通報了公私合營的相關政策，張書記、董漢軍都在會上作了一番動員，但是要私營業主談認識的時候，他們你看我，我看你，沒有一個人主動站出來公開表態。張書記點名要紗廠老板王瑞祥說幾句，王瑞祥沉默了好長一段時間，才開口說話，但也只是泛泛地表示擁護黨的政策，卻並沒有一個明確的態度。其他幾個小老板更加模棱兩可，有的乾脆一言不發，看得出，他們對公私合營都持消極懷疑的態度。

散會後，張書記把我找到辦公室，頗為擔憂地說，這些人看樣子，都不是很積極，懷南，你看有什麼辦法沒有。我想了想說，最好先抓住一兩個典型，重點突破，只要有一兩家帶頭，其它的廠子就好辦了。張書記點了點頭，說這個辦法好，問我找哪家帶頭比較好。我說最好的目標當然是湄河紗廠，紗廠是全縣最大的私營企業，如果它能帶頭，將起到很好的示範作用。張書記問紗廠的情況你熟不熟，我說我和紗廠老板王瑞祥的兒子是同學，有很好的感情基礎，我先去做做他兒子的工作。

第二天晚上，我去了一趟仲甫家中。

他家住在濱河路，是一棟三層樓的白色洋房，房子建得十分新潮，頗有歐式風格，在沿街一色低矮的老式建築中，顯得格外耀眼，我按電鈴的時候，裡面的狼狗就不停地吠叫起來，傭人來開門時，喊了一聲別叫，那狼狗才哼哼兩聲停了下來。進到鐵門中，空氣中散發著一股芳草的氣息，院子中綠草如茵，沿著院牆種著一線花木，在燈光下雖看不太清楚，但樹影婆娑，錯落有致。

女傭將我領到客廳中，客廳足有五十多個平方，天花板上垂下一盞雙層吊燈，地上鋪著深紫色的地毯，兩邊牆上各掛著一幅一米見方的油畫，廳中並排擺著兩張咖啡色長沙發，沙發中間是一張闊大的大理石茶几。仲甫穿著襯衣和背帶褲，從樓梯上下來，見到我，顯得很熱情，說歡迎楚局長到寒舍視察，我笑了笑，說你這還是寒舍，天下就沒有好房子了。

仲甫從茶几上拿起煙盒，遞了一根給我，又遞給我一個打火機。我坐下後，他對樓上喊了一聲：「楊紫。」

不一會，從樓上款款走下來一個時髦女子，二十來歲，一頭雙鬟燕尾式髮型，頭上插著一片銀色蝴蝶髻，穿一身淡青色帶小白花的旗袍，看上去文雅素淨、氣質不俗。

「楊紫，跟你介紹個領導，工業局楚局長，我同學。」仲甫對那女子說。

「楚局長好。」楊紫欠了欠身子，臉上微微笑笑，算是打了招呼。

「我內人。」仲甫頗為得意地介紹說：「長沙妹子。」

「你好。」我站起身，跟她點了點頭，心裡有些疑惑，一個長沙妹子，怎麼嫁到一個小縣城來了。不過他們站在一起，倒是挺般配。

「仲甫多次提及楚局長，說楚局長很能幹。」楊紫說，看她的談吐，舉手投足，都顯得很有教養。

「跟仲甫比，差遠了。」我謙虛道。

「我們就不要互相謙虛了。」仲甫按著我肩膀，要我坐下來，然後對楊紫說：「老婆，去拿瓶酒來。」

楊紫進去後，拿了瓶白蘭地出來。她在茶几上放了兩只杯子，每只杯子裡倒了一點酒，她的拿著酒瓶的手指，白晰細長，身上還散發出一股濃濃的香水味，不像個貧苦家庭的女孩子。

看著他討了這麼一個漂亮文雅的老婆，我竟不自覺地生出一絲妒意來，心想資本家的生活就是與普通人不一樣。

「來，乾杯。」仲甫舉起杯子，對我說。我感覺自己有些失神，趕緊舉起杯子，碰了碰，然後一乾而盡。

楊紫見我們喝完後，又起身每人倒了一點。她倒酒的時候，我腦子裡竟然幸災樂禍地想到，馬上就要公私合營了，他們的這種生活方式延續不了多長時間。

「你先進去，我和楚局長談點事。」楊紫倒完酒後，仲甫對她說。

楊紫走後，我們先喝了幾杯酒，扯了些閒話，我說紗廠現在發展得很快，規模翻了一倍多，仲甫說如果按我的想法，還不止這個速度，但我爹比較保守。

「現在公私合營，你爹是個什麼想法？」我把話題扯到正題上來。

「這個，要問他。」仲甫聽我提起公私合營，就變得支支吾吾。

「你的想法呢？」

「廠子是我爹的。」仲甫推托道：「這個事我作不了主。」

「公私合營是大勢所趨。」我說。

「我並不反對公私合營，只是不想帶這個頭。」

「這不是你一家企業的事，也不是湄河縣的事。」我開導他說：「不僅中國、蘇聯實行了公有制，將來全世界都要實行公有制，世界潮流，浩浩蕩蕩，這是不以人的意志為轉移的客觀規律，是任何人都阻擋不了的。不僅湄河所有的企業要實行公私合營，北京上海的很多大企業，著名企業都已經實行了公私合營。遲早要合，還不如爭取主動。」

仲甫聽了我的意見，默然了好一會。

「我只是擔心。」仲甫欲言又止。

「擔心什麼？」

「擔心我還能做什麼？」

「這個你放心，公私合營了，你還可以繼續發揮你的管理才能，到企業中任職，如果這個頭帶得好，促進了湄河縣的公私合營，我會向張書記推薦，讓你爹到政府部門來任職。」

仲甫聽說他爹可以到政府部門來任職，眼睛亮了一下，隨即又低下了頭，變得沉默起來。過了半晌，他才緩緩地說讓他跟他爹去商量一下。

我跟他告辭時，感覺他有些動心了。

過了幾天，我又去找了他一次，這次是到他廠裡。

剛進廠區，眼前的景象讓我眼睛一亮，工廠的面貌與我上次來時，發生了很大的變化，大門口貼著一副紅紙寫就的對聯：「瑞氣盈門鳳吐經綸成七彩，祥光灑地龍盤錦繡燦千花。」正好把王瑞祥的姓名嵌了進去。廠區內新建了兩棟嶄新的車間，紡紗機也嶄新澄亮，走進車間，一百多個紡織女工，都穿著清一色的藍色工作服，看上去蔚為壯觀。心想仲甫真是個難得的管理人才，公私合營後，最好能讓他繼續當廠長。

我找到仲甫辦公室，門是開著的，裡面沒有人，我到隔壁會計室去問，一個年輕小伙子說可能到車間去了，他要我先到辦公室坐一會，他馬上去找。

不一會，仲甫一身工裝，滿身油污地走了進來。我奇怪地問道：「你這是做什麼去了？」

「幾臺機器壞了，我跟他們一起去修一下。」

「你是老板，居然還要親自動手？」

「管理一個廠子，最好什麼都懂一點。」

「公私合營的事情考慮得怎麼樣了？」兩個人坐下後，我沒有繞彎子，直接問道。

「我倒是想通了，但我父親還在猶豫。」仲甫說。

「他有什麼顧慮？」我問道。

「顧慮倒是沒有，主要是他對這個廠子，太有感情了。」仲甫說：「這個廠子是他一手搞起來的，快三十年了。最開始只有他一個人，在家裡做，後來跟人借了點錢，買了兩臺機器，請了兩個人，慢慢才越做越大。真正上規模，還是這幾年的事情，眼看走上正規了，卻又要公私合營。」

「這個我能理解。」我感嘆道。

「你直接跟我父親去談談？」仲甫提議道。

「也行。」我說。

仲甫把我帶到他父親辦公室。

王瑞祥正在和人說話，見我們進來，便交代了幾句，把那人打發了出去。他客氣地讓我坐下，叫仲甫去給我倒了一杯茶過來，又客氣地遞給我一支煙。

「王叔，您很忙，我們就不繞彎子了，我這次來，就是為了公私合營的事情。」我放下茶杯說。

「現在有幾家同意了？」王瑞祥仍然客氣地問道。

「已經有兩家表示同意了。」我故意撒了一個謊，感覺自己的臉有些發熱。

「哪兩家。」沒想到他繼續追問道。

「哪兩家，暫時我不好說，到時你就知道了。」

正當我感到談話有些難以為繼時，窗外突然傳來一陣歡天喜地的鑼鼓聲，這是縣委宣傳部為了加大公私合營的宣傳攻勢，特地組織了一支隊伍上街遊行。

「公私合營萬歲，公私合營萬歲。」隊伍中有人帶頭高呼，其他人跟著一起響應。

遊行隊伍離開後，房子裡一片沉靜，我想提醒他一下，公私合營是大勢所趨，人心所向，但覺得這樣說顯得有些多餘，看得出剛才的聲勢，已經在心理上給了王瑞祥很大的衝擊，他沉默了片刻，才緩緩說道：「這個事我再考慮一下，到時我要仲甫找你。」

聽他這麼說，我便告辭了出來，但心裡已有較大的把握。

這個星期天的晚上，已經十一點鐘了，還正下著大雨，我坐在客廳裡看書，突然聽到有人敲門。我心裡奇怪，這個時候還會有誰來找我，打開門，發現是仲甫，撐著一把傘，褲腿都被雨水淋濕了。我趕緊把他讓進屋中，給他倒了一杯熱茶。

他有些歉意地對我說：「這個時候來找你，耽誤你休息了。」

「沒事，還早。」我說。

「我想跟你彙報一下公私合營的事情。」

「好啊。」我高興地說道。

他坐下後，我拿出一瓶白酒來，一人倒了一杯。

「我這裡可沒有洋酒。」我說。

「白酒更厲害。」他接過杯子，笑了笑。

「你爹的工作做通了？」我問他。

「好不容易，他總算想通了。我跟他說，工廠是身外之物，生不帶來，死不帶去。」

「你這個頭帶得好啊！」我沒想到事情會這麼順利，高興地站了起來，舉起杯子跟他碰了一下，然後喝了一大口。

「真是大好事！我看這兩天就把協議簽了。」我說：「最好你們也組織一個請願活動，把聲勢造大些。」

「我明天就安排這個事情。」仲甫答應道。

仲甫臨走時，我送他到門口，他撐起傘，又回過頭來說：「我爹這幾天白天吃不下飯，晚上睡不著覺，今天一定要我來說清楚，他還在家裡等著消息。」

「今天他可以睡一個安穩覺了。」我拍了拍仲甫的肩膀說。

「那肯定。」

仲甫走後，我關上門，興奮地在客廳裡走了幾圈，沒想到事情會辦得這麼順利，我重重地揮出一掌，拍打在牆上，發出啪的一聲，水娥被吵醒了，迷迷糊糊地問我做什麼，我說沒做什麼，水娥責怪說都十二點多了，你還不睡覺，我說睡不著。那天我興奮得幾個小時沒有睡覺，我在窗戶邊上站了很久，看著窗玻璃上一條條流下來的雨水，聽著外面洶湧澎湃的雨聲，心裡既興奮，又驕傲，覺得自己辦成了一件前所未有的大事，湄河眼看就要全面實行公有制了，工業公有才是真正的公有，因為工業代表著先進的生產力和生產關係。

過了兩天，紗廠就組織了一次請願活動，王瑞祥帶著全廠一百多名職工，敲鑼打鼓，歡天喜地地來到縣政府門口，向縣長董漢軍遞交請願書，表示願意實行公私合營。

縣委宣傳部請來了湄陽日報的記者，第二天《湄陽日報》頭版頭條刊登了王瑞祥遞交請願書的大幅照片，照片上王瑞祥容光煥發，滿臉含笑。這篇報導在整個湄陽地區的私營企業裡面，無疑起到了很好的宣傳作用。

後來我聽仲甫說，那段時間，他父親白天在別人面前笑容滿面，興高采烈，晚上回到家裡，便忍不住痛哭流涕，他跟仲甫說，這廠子傾注了他幾十年的心血，現在喊沒就沒了。

湄河沙廠公私合營後，改名為湄河紡織印染廠。王瑞祥的資產估價為廿萬元，每年發給5%的紅息，這個辦法初步定為七年不變，後來又延長了三年，一直執行到文化大革命才停止。

王瑞祥因為帶頭有功，我向張書記推薦他擔任工業局副局長，張書記很爽快地就答應了下來，說這樣的人，應該按政策安排好。而我自己，則被任命為分管工業的副縣長。本來我想推薦仲甫繼續擔任紡織廠廠長，但常委會沒有同意，董漢軍說現在公私合營了，企業應該掌握在工人階級手中，如果繼續讓資本家當廠長，會給工人階級造成誤解，以為我們是換湯不換藥。最後派了一個轉業軍人胡興國到紡織廠當廠長，仲甫則被任命為負責行政後勤的副廠長。

胡興國上任時，我和組織部的王科長陪他到廠裡開了一個見面會。胡興國三十多歲，穿一身舊軍裝，長得矮墩胖實，粗鼻梁，寬臉盤，看上去一副蠻相，講話也是粗喉嚨，大嗓子，一口山西話，聽說和董漢軍是老鄉。看他的簡歷，竟然小學都沒有畢業，心想這樣一個人如何能管好一個企業。胡興國倒是幹勁十足，在見面會上表態說，組織上相信我，讓我到紡織廠當廠長，我在這裡當著楚縣長的面表個態，我生是紡織廠的人，死是紡織廠的鬼。沒想到這句粗話，竟然贏得工人們的一片掌聲。

散會後，我到廠裡轉了轉，工廠的面貌又發生了很大的改變，車間的外牆上已粉刷一新，上面張貼了不少標語：「人人為我，我為人人！」大門口那幅嵌著王瑞祥名字的對聯，已被換成了一副新對聯：「花樣翻新擔當服裝重任，霓裳絢彩大顯時代精神」，工人們的臉上則洋溢著一種愉快興奮的表情，彷彿真正成為了這家企業的主人。

因為王瑞祥帶頭，縣裡召開第二次私營企業座談會時，所有的企業家都變得積極起來，公開表示擁護黨的政策。為此，縣委縣政府組織召開了公私合營千人動員大會，各行各業都派了代表參加，而且紛紛上臺表態，願意參加公私合營。

到第二年年初，縣裡陸續成立了公私合營的玻璃廠、化工廠、汽修廠、棉布店、百貨店、五金店，藥材店、蔬菜店、飲食服務部、湄河旅社。一時間，所有的私營企業，都加入到了公私合營的行列中來。

中山路有十來家私營的娛樂場所，舞廳、茶館、旅舍、咖啡館，這些地方的生意本已十分清淡，他們主動要求實行公私合營，我把他們的要求跟董漢軍彙報了，但董漢軍想也沒想，就說這些地方格調低下，是資產階級的生活方式，關了算了。可是當我把這個意見傳達給這些店鋪時，老板們紛紛訴苦，說店子關了，他們怎麼生活下去。所以我一時也下不了這個手，正在猶豫不定時，董漢軍把我找了去，黑著個臉，我問有什麼事，他突然大發脾氣，沖著我說：「楚縣長，你怎麼搞的？中山路的舞廳怎麼還在營業？」他發脾氣的時候，眼睛裡射出一股凶光來，臉上青筋暴露，像一張網似的覆蓋在他的皮膚上面。

「我跟他們講了，但老板們說把門關了，就沒了活路。」我解釋說。

「我不管這些，你去做工作，三天之內必須全部關掉。」他說完就低著頭，不再理我。

我灰心喪氣地走了出來，之前雖然知道他的作風很霸道，但沒想到如此蠻橫不講理，而且毫不顧及別人的面子。我沒有辦法，只能按他的意見辦，強行將那些店鋪關了。那幾個老板大多回鄉下去了，中山路也一下子變得冷清起來。

第二年四月份，我到長沙參加全省公私合營表彰大會，散會後，去了一趟文理學院，鍾鳴現在是文理學院教務處處長，艾瓊則被破格評為了數學系的講師，他們見到我後十分高興。在他家吃飯的時候，忽然提到郭老師夫婦，不禁為他們的犧牲惋惜不已，我提出要到郭老師墳上去看看，他受刑後，我一直想著要去祭拜一次。下午鍾鳴便帶著我們一起去了，那時正是仲春時節，伍家嶺雖然人煙稀少，但到處鮮花盛開，春意盎然。我們爬到半山腰，鍾鳴指著一個不大的墳堆說：「就是這裡，那塊碑還是解放後我請人立的。」我到碑前看了看，上面寫著幾個字：「郭昭正，肖葉惠之墓。」艾瓊採了一束玉蘭花，擺放到墳前，然後鞠了三個躬，我和鍾鳴也依次上前鞠了三個躬，我給郭老師鞠過躬後，忽然想到要說幾句話，以告慰他的在天之靈，便對著墳頭說了起來：「郭老師、郭師母，我和鍾鳴，艾瓊一起看你們來了，現在革命已經取得了成功，中國現在也和蘇聯一樣，消滅了剝削，消滅了壓迫，建立了公有制，中國人現在也和蘇聯人一樣，過上了一種幸福美滿的生活。您的願望終於實現了，您和師母在九泉之下，安息吧！」

十三、幸免於難

一九五七年，因為一次停電，我才差點沒被打成右派。

張書記調到湄陽地區任副專員後，董漢軍接替他擔任了湄河縣委書記。

當時全國忽然開展了一場聲勢浩大的整風運動，湄河也不例外，要求幹部群眾積極向縣委提意見。

縣委召開了第一次動員大會。那時縣委的新禮堂落成不久，剛做過油漆，禮堂內還彌漫著一股濃濃的油漆味。董漢軍作報告，第一次聽到他講話的聲音非常溫和，與平時的口氣判然有別。他態度非常誠懇地說：「應該放手鼓勵批評，堅決實行『知無不言，言無不盡；言者無罪，聞者足戒；有則改之，無則嘉勉的原則。』

我因為受過三個月的隔離審查，對於董漢軍的號召，一開始，我是頗為謹慎的。因為我對於他的為人，再熟悉不過了，他對上歷來是惟命是從，對下則容不得任何不同意見，我不相信他的性格會因為一份中央文件而發生改變，現在他擺出這麼一種姿態，不過是上面有這樣的要求罷了。如果只是說些不痛不癢的意見，不如乾脆不說；如果說到了他的痛處，表面上他也許不得發作，但心裡肯定會記住的，以後隨時都可能再整你一下子。這麼思前想後地考慮了一番之後，我打定主意多聽少說。

可能有我這種想法的不在少數，所以第一次動員之後，各部門分頭召開了民主生活會，但會上大都冷冷清清，提意見的並不多，即便有人提意見，也多是一些雞毛蒜皮的小事，諸如食堂飯菜不合口味，廁所的衛生比較差等等。於是，縣委又召開了第二次動員會，董漢軍在會上說，想不想提意見，敢不敢提意見，能不能提意見，體現了對黨是不是忠誠，是不是熱愛共產黨。聽他這麼一說，我就變得有些猶豫起來了，如果我再不提意見，就是對黨不忠誠，不熱愛了，同樣可以授人以柄。心想在下次的民主生活會上，我多少要談一點自己的看法。

這次會議的第二天，我經過縣委大院時，發現門口圍著一群人對著牆上指指點點，我走近去一看，牆上竟然貼滿了大字報，有幾張大字報言辭還特別尖銳，火藥味十足，其中有一張居然說縣裡某主要領導同志，在美女面前總顯得和顏悅色，而在男同志面前卻總是板著一副臉，在幹部職工中造成了很不好的影響。這張大字報雖然沒點名，但知情人一看就知道說的是董漢軍。還有一張大字報也是批評領導幹部作風的，說黨的幹部要以身作則，地位變了後不應該換老婆。這張大字報雖然也沒點名，但打擊了一大片，因為大多數南下幹部，到湄河後都和原來的老婆離了婚。

有一張大字報是對著我來的，說全縣的工業企業公私合營之後，存在不少弊端，生產效率下降，生產質量滑坡，內部管理極須整頓。我看了之後，心裡很不是滋味，心想公私合營還不到一年時間，屬於新生事物，存在一些問題在所難免，有必要貼到這裡來大肆宣揚嗎？心裡猜測多半是工業局的幹部，因為對我個人有意見，才貼出這樣的大字報來。

接著不久，縣委召開了第二次民主生活會，我本來是打算在會上談一點意見的，可是因為停電，沒等到我發言就散會了。

會上，曹錦軒的一番發言讓我大吃了一驚。

曹錦軒是我原來在湄河中學教書時的同事，兩人一起組織了青年學習會，後來經我的介紹加入了共產黨，解放後在縣政府教育科任副科長，科改局後，他又擔任了教育局局長。那時，政治空氣相對還比較寬鬆，只要不涉及制度和主義，在一些非正式的場合，對工作中存在的問題，大家都沒什麼顧忌，可以隨意發表自己的意見。我和永玉、曹錦軒，因為共事的時間比較長，又都在政府部門工作，平時接觸比較多，所以幾個人經常聚在一起，喝喝酒、聊聊天。董漢軍接任縣委書記後，在提拔任用幹部上嚴重偏向於南下幹部，我們幾個本土幹部，都覺得比較壓抑，工作中處處受到掣肘，平時在一起便難免發些牢騷。這些話私下裡說說還可以，可是一拿到桌面上來講，就容易引發矛盾，且不說董漢軍聽了不高興，其他南下幹部聽了，心裡肯定也不是滋味。

讓我萬萬沒想到的是，曹錦軒竟把我們平時議論的這些話，在會上毫無保留地說了出來，說縣委在幹部任用上存在宗派主義傾向，在新提拔的縣級幹部和區局級一把手中，百分之八十是南下幹部，本土幹部佔的比例非常小，不利於激發本土幹部的工作積極性。

曹錦軒是第四個發言，講得比較多，也很激動。我想等他講完之後，自己便接著發個言，可是他的話還沒有講完，就突然停了電。會場上一片漆黑，有人開始交頭接耳，議論起他的話來。大約過了五分鍾，才有人點了蠟燭過來。曹錦軒接著繼續講了一會，在蠟燭光下，我看見董漢軍臉色十分難看，心想曹錦軒這下可能惹出禍來了。好不容易等他把話講完，分管政法的羅副縣長搶過了話頭，我只好讓他先講。但羅副縣長講話囉哩囉嗦，講了半天也不知道他講了些什麼，等他講完後，我舉手示意想發言，但董漢軍跟主持會議的縣長周仕衡耳語了幾句，周縣長便說，今天不早了，又停了電，有意見改天再提，而且可以用書面的形式交給縣委。我聽了覺得很遺憾，沒能在會上表明一下自己的態度。

散會後，我和曹錦軒一起回家，我悄悄對他說：「剛才你是不是說得有些過了？」

「我說的都是實話。」他似乎不覺得這些話有什麼不妥。

「我看見董書記的臉色很難看。」

「他不是多次動員大家踴躍提意見？」

「你對他的性格還不了解，他是那種喜歡聽奉承話的人。」我不無擔心地提醒他。

「怕什麼，大不了不當這個局長了。」

他以為最多只是不讓他當局長了，一點也沒有想到事情的嚴重程度。我想起那張批評公私合營的大字報，其實寫大字報的人也不過是就事論事，我卻懷疑他是針對我個人來的。在這種體制下，領導幹部習慣了聽奉承話，誰要是說了幾句刺耳的話，就可能被認為是動機不純。

沒過多久，形勢便陡然發生了變化。報紙上開始連篇累牘地發表反擊右派進攻的文章，氣氛頓時變得緊張起來。到年底時，縣委又召開了一次反右動員大會，董漢軍在會上一改前兩次誠懇謙虛的態度，對提意見的同志進行了嚴厲抨擊：「有些人，以為多讀了兩句書，就覺得自己了不起，向共產黨的領導權發起挑戰，反動面目一下子暴露無遺。我就不相信，你們這幾個人能翻得了船。對於這次暴露出來的反黨反社會主義的右派分子，我們要毫不留情地予以打擊。」他說這話的時候，伸出一個手指，朝臺下用力地點了幾下。會場上靜寂無聲，空氣彷彿一下子凝固了似的，彷彿這指頭點到了誰，噩運就會降臨到誰的頭上。

我側過頭去看了一眼坐在旁邊的曹錦軒，只見他表情凝重，臉色發黑。

隨之而來的，便是在各單位劃分右派。

劃分右派分子，地委定了一個比例百分之五，政府機關按這個比例，至少要劃十二個右派。縣長周仕衡也是地下黨出身，比較開明，認為政府機關沒有那麼多右派，所以只確定了六名右派，而且

這六名右派都是因為張貼了大字報，反映縣委縣政府的問題，語氣尖銳，言詞激烈，白紙黑字擺在那裡，大家都看到了。有個幹部是公安局的秘書，姓劉，還只二十多歲，本來是公安局長嚴寶開響應董漢軍的號召，安排作為積極分子，帶頭張貼大字報，引導大家跟風的，內容是黨的幹部要以身作則，地位變了後不應該換老婆。但沒想到董漢軍在南下之後就換了老婆，事情做得十分隱秘，大家都不知道，所以他看了不高興，說這人是典型的右派。劉秘書指望嚴寶開站出來為他開脫，但嚴寶開怕惹火上身，不敢出面，最後便被劃為右派。

還有一個人也是董漢軍點名要劃為右派的，那份批評縣裡主要領導對美女和氣對男同志嚴厲的大字報，雖然沒有署真實姓名，但董漢軍一下就查出了是政府辦的一名年輕科員寫的。

定下六名右派後，我滿以為事情已經過去，不由得鬆了一口氣。當初我還為曹錦軒捏了一把汗，沒想到這次居然能順利過關。但有天下午，快下班了，我正準備回家，辦公室突然通知要召開緊急會議，那時經常召開緊急會議，一聽到緊急兩個字，心裡就打鼓，不知道又發生了什麼事情。我心懷忐忑地走進會議室，看見地委副秘書長龍澤軍坐在主席位置上，一臉肅然，政府各部門所有的負責人員都參加了會議。等人到齊後，周縣長說了一個開場白，說今天召開緊急會議，主要是討論右派劃定問題，地委對這項工作非常重視，特地安排龍秘書長參加會議。接著是龍秘書長講話，他說湄陽地區反右工作取得了重大勝利，最後說到湄河縣政府在反右上沒有跟上形勢，一個偌大的縣政府機關居然只揪出六個右派來，離地委的要求還有很大的差距，所以反右工作還要進一步加強。

我聽了心裡一咯噔，腦子裡的第一反應是，千萬別讓這頂帽子戴到自己頭上來。因為一旦劃為右派，則意味著丟掉職務，丟掉工作，一輩子抬不起頭，更讓人擔憂的是，還將連累到家人和子女的生活。

會議開得十分緊張，誰也不知道右派的名額會落到誰的頭上。

我本來要上廁所，但擔心走了之後，被人揭發出來，就堅持著沒走。會議開了近兩個小時，平常這個時候早就有人去廁所了，但今天每個人都坐在那裡紋絲不動。

會場上鴉雀無聲，靜得讓人發慌，可是誰的心裡都在打鼓。

周縣長乾咳了兩聲，說今天地委很重視，龍秘書長親臨指導，我們一定要引起重視，因為是臨時召集會議，大家沒有思想準備，但至少得確定兩名右派。他這麼說，顯然是不想擴大範圍，但定一兩個名額，也給龍秘書長一個面子。

聽周縣長這麼說，大家似乎又鬆了一口氣，但還是沒有人發言。

沉默了很長一段時間後，終於有人講話了。講話的是公安局長嚴寶開，揭發羅副縣長在上次座談會上批評縣委沒有依法辦事，是典型的右派言論。其他人便紛紛附和，羅副縣長想為自己辯解，但與會的人七嘴八舌，根本沒有他說話的餘地。

接著，另外一個人站出來揭發，政府辦的王主任，是個四十多歲的女同志，她清了清嗓子，說她來講幾句。她說上次開會的時候，教育局曹局長說了一些不該說的話，說縣委的幹部政策存在宗派主義傾向，我覺得與事實不符，矛頭是針對縣委來的。

她這麼一說，其他人又開始紛紛附和。

當曹錦軒被人揭發出有右派言論時，我竟有一種如釋重負的感覺，因為一直擔心這個名額會落到自己頭上。到這時，我才悄悄起身去了一趟廁所，尿憋得我實在忍不住了。站在便池邊上時，我又覺得自己不應該這樣想，曹錦軒畢竟是自己最好的朋友之一。可是他被人揭發出來，總只能怪他自己，誰叫他出言不慎呢？不一會便池邊上就站滿了人，還有幾個人在外面排著隊，大家的神色都十分凝重。

回到會議室，我低著頭，不敢看曹錦軒。這個時候，參加會議的人正在輪番對他進行批評。我想在坐的人可能都和我一樣，有一種如釋重負的感覺。

在別人輪番揭發曹錦軒的時候，我一直猶豫著要怎樣表態才好。逃是逃不過的，在坐的每個人都要表態。我該說什麼呢？我們平時在一起議論的一些事情要不要在這裡講出來呢？萬一我沒有講，而他自己交待出來了，我該怎麼解釋呢？如果我揭發他，他會不會反咬我一口呢？或者我能不能講一講曹錦軒的優點，看人總要一分為二吧，無論怎麼樣，曹錦軒是個正直的人。可是別人都在揭發他，唯獨我一個人講他的優點，會不會把我當作他的同黨呢？

如果能保持沉默該多好啊，我可以什麼都不說。可是我知道沉默即意味著對抗，而且被認為是一種內心的對抗，是一種比公開對抗更嚴重的對抗。你不發言，就意味著你同情右派，下一次，就有可能被揭發出來。

正當我猶疑不決時，有人卻把曹錦軒說過的一些話揭發了出來，說曹錦軒認為統購統銷搞得太快，農民有意見。這個話題我們也討論過，可見他不止對我一個人說過。別人既然已經揭發了，我再說一遍，似乎也沒什麼問題了，我這麼想。

所有的人都發了言，輪到我表態了。我幾乎沒有猶豫就把曹錦軒說過的那番話說了出來，我說這是典型的右派言論，懷疑社會主義建設取得的成就。把話說完，我看見曹錦軒神情冷峻地看了我一眼，那一眼彷彿像針尖一眼，刺在了我的心坎上，讓我為之一震。我怎麼變成了一個落井下石的小人？可是我不說，我不表態，今天就過不了關，我也就有可能會像他一樣成為挨批判的對象。我擔心他會把我附和的意見說出來，但曹錦軒一直低著頭，一句話沒說。

散會後，天已經完全黑了下來，並且下起了毛毛細雨。剛出政府大門，我竟然碰到了曹錦軒，當時只覺得十分尷尬，不知道要說什麼好，只是木然地點了一下頭。他似乎也不知道要和我說什麼，面無表情，低著頭匆匆走了過去，我裝作要等人，故意在門口逗留了一會，等他走遠了，才開始慢慢往回走。

我走在回家的路上，說不出是輕鬆還是沉重。細雨不停地下著，把頭髮都弄濕了。我回想起那天晚上開會的情景，若不是停了電，我肯定就在會上發了言，若不是羅副縣長搶在我前面發言，今天劃為右派的很可能就是我，想到這裡，我不覺出了一身冷汗。

我想自己應該跟曹錦軒說幾句安慰的話，但又覺得這樣做十分虛偽，剛才聽別人揭發出他的右派言論時，我竟還有一種如釋重負的感覺。多年以後，我一直為自己的揭發感到羞愧，無論別人有沒有說，可是這番話從我口裡說出來，對他的打擊，無疑更嚴重，因為畢竟我們曾一起參加革命，一直是無話不說的朋友。

回到家裡，水娥還在給永新喂飯，問我吃了沒有，我搖了搖頭。她見我沉默無語，問是不是單位有事，我仍然搖了搖頭，沒有做聲。她又問我怎麼才回來，我說單位開緊急會議，確定最後兩個右派。她緊張地看著我，問道：「你沒事吧？」

我搖了搖頭。

水娥見我搖頭，鬆了一口氣，說：「這段時間我一直擔心你會出事。」她看我頭髮濕了，問道：「你頭髮怎麼濕了？」

我說：「外面下雨。」

她突然叫了一聲：「我還曬了被子在外面。」她放下飯碗，趕緊跑了出去，一邊跑還一邊埋怨我：「下雨了都不早說。」

我心想，被子淋濕了要什麼緊，比起劃右派這樣的大事來，實在不值得這麼著急。

羅副縣長和曹錦軒還不斷地為自己進行申辯，他們要找董漢軍，董漢軍卻避而不見，他們給董漢軍寫信，說他們並沒有反黨，是響應董書記的號召才在會上發言的，但董漢軍不給任何答覆。我忽然想到這其實是他早就預謀好了的，那天晚上所謂的揭發，所謂的批判，都只是按照他的預謀在演戲罷了。

政府機關因為不滿百分之五的比例，不足的部分便分給下面的單位了，下面的單位又往下分，最後小學教師被打成右派的最多，因為他們再無下面可分了。有個女教師，因為會拉手風琴，被打成了右派；有個小學校長向上面提出希望改善一下辦學條件，被打成了右派；有一所小學廿四名教師，有十六人被打成了右派，後來有八個右派教師在同一個晚上集體自殺。

不久，就聽到曹錦軒自殺的消息，他是在得知自己要被勞教的消息後，用一根繩子結束了自己的生命。我聽到他的死訊，既悲憤且愧疚，彷彿是自己促成了他的死亡，在這樣的時刻，他是多麼需要有朋友為他開導，可是我卻一直回避著他，有時碰了面，也不願多說話。過了幾個星期，永玉到我家中，約我一起去看看曹錦軒的愛人與孩子，曹錦軒的愛人沒有工作，鄉下還有父母需要贍養，家境之困難可想而知。我看了看錶，還只有八點多鐘，這時外面還有很多人，讓人看到了顯然不好，便在家裡等了兩個多小時，快到十一點鐘的時候，我們才悄悄到了曹錦軒家中。他愛人正在給小兒子餵奶，見了我們，便放聲痛哭起來，他還有一個四歲多的女兒，已經睡下了，聽到她媽的哭聲，又爬了起來，倚在她媽身上一起哭，我趕緊起身把窗簾放了下來。她愛人哭訴著說：「他到底犯了什麼罪啊，為什麼要逼著他去死？」我和永玉不知要怎麼回答，只是安慰她，人死不可復生，兩個孩子就全靠你了。說著說著，我竟也忍不住眼淚直流。我們不敢久坐，我和永玉各留了五十元錢給他們，便告辭了出來。出門的時候，因為怕別人看見，我連連示意他愛人不要送。

回來的路上，只覺心情十分沉重，我轉過頭去對永玉說，沒想到老曹會是這麼一個結果。我以為永玉會附和我的話，他卻一聲不吭，只是長長地嘆了一口氣。在這樣一個高壓的態勢下，每個人都變得沉默寡言起來。

十四、熱衷煉鋼

一九五八年年初，地委安排我擔任縣委副書記，仍然分管工業。三月中旬，我到長沙參加全省大煉鋼鐵動員大會，省委書記說要發動全民煉鋼：「土法上馬，土洋結合。」我聽了很是興奮，幾個晚上睡不著覺，以為這是國家研究出來的新的煉鋼技術，恨不得馬上就回去加以實施。

不久，縣裡召開了大煉鋼鐵動員大會，董漢軍作報告，要求各單位一把手親自掛帥，將大煉鋼鐵當成一項重要的政治任務來完成，一切都要「以鋼為綱」，所有工廠都暫時停工，學校放假，商店關門，機關除留一個人看家外，全部都要到煉鋼一線去。於是在短短的一個星期內，每個生產隊，每個工廠，每個學校，乃至每家醫院，都架上了一座座土高爐。沒有煤，就砍樹；沒有原料，就收集鐵鍋鐵鏟，有的甚至把鋤頭、鐵犁等農具都收了上來。縣委機關煉鋼組從博物館收繳了一只古鐘，是明朝永樂年間鑄造的，一直放在博物館當文物，現在也被搬過來當原料，博物館的職員雖然不情願，但煉鋼是政治任務，沒人敢站出來反對。當十幾個人把古鐘抬過來時，圍觀的人群發出一片歡呼聲，因為這是全縣收繳來的最大的鐵器。

我因為是分管副書記，想想自己要帶頭，所以家裡凡是鐵制的東西，全都搜集了起來，放到一個籮筐中，準備交上去。家裡有一口炒菜的鐵鍋，還有一把燒水的鐵壺，水娥說：「鐵鍋交上去，把鐵壺留下來。」

她彎腰拿起鐵壺想藏起來，我橫了她一眼，說：「你怎麼這樣沒覺悟？」

「到時用什麼燒水？」

「總會有辦法的。」

她生氣地把鐵壺往桌子一頓。

我拿起鐵壺往地上一砸，鐵壺馬上裂開了一個口子。

「未必別人全都交上去了？」水娥看著破了的鐵壺，仍然感到惋惜不已。

「別人交不交我不管，但我是分管領導，要帶頭。」

不久，石鋪公社黨委書記洪紹忠打電話過來，說湄河邊上發現了一座鐵礦，我聽到這個消息倍感振奮，馬上騎車趕往石鋪。洪紹忠三十多歲，三角眼，窄臉，瘦得顴骨都突了出來，看上去十分精明，講話時眉飛色舞，看見我來了，顯得很興奮，說這是一個巨大發現。他把我領到河邊，找到那個發現鐵礦的農民。那個農民五十多歲了，個頭不高，頭髮零亂，一身衣服破破爛爛，兩隻手又黑又粗，還沒說話鼻涕就先流了出來。他用鋤頭從泥土中挖出一些帶鐵鏽的的石頭和泥巴來說：「是我最早發現的，張滿兒講是他最早發現的，簡直不要臉。你看，這麼重的鐵鏽，不是鐵礦石，會有鐵鏽？」

「你發現多久了？」我問他。

「總有幾十年了，我從小就在河邊長大。」他一邊用衣袖擦著鼻涕，一邊回答道：「原來我跟大隊幹部講過，他們不信，這些鐵鏽怕還是我做出來的？」

那個農民背著鋤頭繼續到處挖著，我看他邋裡邋遢、語無倫次的樣子，問洪紹忠：「這個人腦子是不是有些毛病？」

洪紹忠想了想，搖搖頭，說：「不會吧。」

「那你們打算怎麼辦？」我問他。

「我打算組織人馬先挖，一邊挖、一邊煉，說不定能煉出鐵來。」洪紹忠滿懷信心地說。

於是他們就在附近建造了兩個土高爐，組織了幾十個人挖礦，他們沒有辦法檢驗石頭的成份，就把石頭放到高爐中燒煉，燒了半個多月，這些石頭仍然堅硬如故，沒有任何反應。挖到最後才發現是一只鐵船沉沒在這裡，因為年深月久，泥土中便混雜了大量的鐵鏽。後來，洪紹忠跟我說那個發現鐵礦的農民腦子是有些毛病。

不僅那個農民腦子有問題，當時很多人頭腦發熱，行為都變得不可思議起來。有一天，我正在政府大院內察看煉鋼的情況，仲甫的愛人楊紫氣喘吁吁地跑過來，說要跟我報告一件事。

「仲甫走不開，他要我來告訴你，紡織廠正在砸機器。」她說。

「這麼急，什麼事？」我問她。

「為什麼？」我不覺吃了一驚。

「他們說要響應大煉鋼鐵的號召，停止紡布，所有的工人都來煉鋼。」

「這是好事啊。」我說：「為什麼要砸機器？」

「胡廠長說要煉出兩千噸鋼來，沒有原料，準備把紡織機砸了做原料。」

「簡直是瞎胡鬧！」我有些氣憤地說道。胡興國是個轉業軍人，不懂企業，做事一向喜歡蠻幹。

我和楊紫趕緊往紡織廠趕去，我看她穿了一身工作服，問她：「你現在也到紡織廠上班了？」

「是啊。仲甫說現在都要自食其力，不能在家歇著。」

「你在廠裡做什麼？」

「保管員。」她說保管員的時候顯得有些不好意思。

我下意識地認為當保管員，有些委屈她了，但看她單瘦文弱的樣子，除了做保管之外，似乎也做不了別的工作。現在看她穿工作服，與她穿旗袍的樣子，簡直是判若兩人，心想人在不同的環境中，就會呈現出完全不同的面貌來。

快到廠區的時候，楊紫放慢了腳步，說不跟我一起進廠了。我知道她有顧慮，就一個人進了廠門，廠區內的空地上砌了一排土高爐，胡興國滿臉通紅，正站在高爐旁指揮工人搬運東西，平時那些紡織女工織布的時候，個個都十分利索，但現在做著這些搬磚搬煤的體力活，個個顯得笨手笨腳。兩

個女工抬著一根並不粗的木頭，一不小心跌坐在地上，惹得周圍一陣哄笑，胡興國走過去，對著她們吼了起來。

「你們兩個飯桶，這麼小的一塊木頭都抬不動！」

兩個女工撅著個嘴，不敢做聲，站起身來又繼續抬著往前走。

胡興國轉過身時，看見我站在門口，趕緊迎了上來。他勁頭十足地跟我說，工人們決心很大，要煉出兩千噸鋼鐵來，我聽了一驚，縣政府只給他們下達了五百噸的任務。

「你們有這麼多的原料？」我懷疑地問道。

「楚書記放心，我們準備把紡織機都回爐做煉鋼的原料。」

「機器已經砸了？」

「今天才開始，已經砸了幾臺。」胡廠長說：「這些女的磨磨蹭蹭，要是多些男職工，我們早點火了。」

我猶豫了很久，不知道要怎麼制止他們，如果說不該煉鋼，就犯了政治性錯誤；如果不阻止他們，機器砸了實在可惜。我想了一會，跟他說：「胡廠長，你們響應黨的號召，大煉鋼鐵的積極性值得肯定，群眾的積極性也要保護，但砸機器的事要慎重，機器是國家財產，煉鋼的目的也是為了製造更多的機器設備，現在既然有現成的設備，何必還回一次爐呢？」

「這個，這個，我可沒想過。」聽我這麼一說，胡興國的興致一下子消沉了很多。

「砸了幾臺就算了，還沒砸的，暫時不要砸了。等煉出了鋼來以後再說。」

「這個，這個，耽誤了煉鋼怎麼辦？我們廠定了兩千噸的目標。」他顯然怕影響到他誇出的海口。

「再想別的辦法，但不能砸機器。再砸，就要追究你的責任。」我的口氣變得嚴厲起來，如不把話說重一點，他肯定不得放在心上。我本想說你們何必定那麼高的指標，可是馬上意識到這話不能說，說出來就是反對鋼鐵掛帥了。

「我們聽楚書記的。」他聽說要追究責任，顯得有些心虛起來。

「現在你趕快去阻止工人繼續砸機器。」

「好，好，我就去。」胡興國雖然有些不情願，但還是去了車間。

胡興國走開後，仲甫悄悄走了過來，長噓了一口氣說：「今天幸虧你來了，不然，紡織廠就保不住了。」仲甫現在也是一身工作服，早已沒了當年做老板時的自信和風度。

「這幾天，你用心盯著，別讓他們再砸下去。」我說。

「好的，我會天天盯著。」仲甫說。紡織廠雖然已經不是他家的了，但他仍關心著這個廠子的命運。

我還想和他扯幾句閒話，但他似乎怕胡興國看見，趕緊走了開去。看著他小心謹慎的樣子，心想他在這裡大概不是很得志，才不過兩年時間，仲甫就像變了一個人似的。

縣委、縣政府領導被分派到各地去督戰，我督戰的點定在東河公社。

下面的熱情較之上面，似乎有過之而無不及。每到一個大隊，都可看到極其壯觀的場面，在高爐集中的地方，白天人海如潮，晚上燈火輝煌。到處濃煙彌漫，火光沖天，幹活的號子聲、鼓勁的喇叭聲此起彼伏，不絕於耳。每一個人的臉上都布滿了汗水和灰塵，即便是非常熟悉的人，碰見了也分辯不清是誰。

看著這場面，我一時熱血沸騰，雄心勃勃，要建成全省最好的土高爐，煉出最多的鋼鐵來。那段時間，我堅守在工地上，幾十天沒回過一趟家，對煉出好鋼來，心中一直深信不疑。

我以為每個人都像工地上的農民一樣充滿激情，一心一意撲在煉鋼上，但沒想到，後勤組居然發現有人偷煉鋼的原料。

來偷原料的是三個農民、兩名婦女、一名男子，每人偷了一只鍋子、一把菜刀。他們拿著東西還沒來得及離開，就被後勤組的群眾抓住了。公社書記劉躍山問我怎麼辦，我說要開一場批鬥會，防止類似事件再次發生。會場就設在煉鋼的工地上，那天下著大雨，幾個民兵把三個人推到場地中央，任他們讓雨淋著。三個人都低著頭，表情麻木，頭髮被雨水淋濕後，緊緊地貼在臉上。兩個女的三十多歲，一瘦一胖，男的則有五十多歲了。

劉書記先作了一個開場白，說大煉鋼鐵是響應偉大領袖毛主席的號召，絕大多數社員都爭先恐後投入到這場戰鬥中來，但也有少數落後分子，從中搞破壞，這些人是在拖東河公社的後腿。劉書記講完後，要我也講幾句，我便將在省裡開會時領導講的內容照著講了一遍：

「我們大煉鋼鐵是為了什麼？為了過上更加美好幸福的生活。現在我們國力還不強，沒有足夠的鋼鐵來製造飛機、大炮和軍艦，美帝國主義還在我們的周邊虎視眈眈，亡我之心不死。鋼鐵是工業的基礎，只有把鋼鐵產量提高了，我們的國家才能變得強大起來，我們的生活水平也才能得到穩步提高。今天把大家的鐵鍋收上來，等鋼鐵練成了，每家每戶都可以分到幾口又新又好的鐵鍋。可是，我們有一些人，仍然具有嚴重的剝削階級意識，目光短淺，對社會主義工業生產懷著嚴重的抵觸情緒，甚至把收上來的原材料，又偷偷拿了回去。我們必須和這種破壞行為作堅決鬥爭！」

說到這裡時，下面爆發出一片掌聲。聽到掌聲，我頗有些沾沾自喜，以為自己的話很有鼓動性。鬥爭會結束後，雨也停了下來，幾個民兵把偷東西的人押了下去，民兵營長婁丙安走過來小心問我：「這幾個人怎麼辦？」

我當時仍在氣頭上，就說：「必須嚴加審問，看他們為什麼要這樣做。」

「好的，我就去審。」婁丙安說完，轉身朝那幾個人走去。

我跟劉書記又到煉鋼現場轉了一圈，到快吃晚飯時，才回到指揮部，還沒進門，就聽到一陣婦女的哀號聲，我以為是誰在打架，便循聲尋了過去，剛一進門，便看見婁丙安正舉著鞭子朝一個婦女身上抽去，那個婦女是下午被批鬥中的一個，是個瘦個子，鞭子落到她身上，她就發出一聲尖叫，她的頭髮已完全散了開來，臉上和手上滿是血印。婁丙安每抽一下，就問她一句：「你偷了幾次？」

「第一次。」那婦女小聲說。

「我叫你不老實。」婁丙安又將鞭子舉了起來。

「別抽了。」我制止他道。

他放下鞭子看著我，解釋說：「不抽他們幾下，他們就不得交待。」

「算了，把他們放了。」

「就這麼放了？」婁丙安奇怪地看著我。

「到吃飯時候了，你還管他們晚飯？」

「滾。」婁丙安轉過身朝那個女人吼道。那女人站起來，恨恨地看了我們一眼。

不一會，他又將關在隔壁的兩個人吼了出去。婁丙安雖然是個小個子，但站在幾個犯人面前，卻顯出不可一世的樣子。看他將那幾個人打得皮開肉綻，我直想責罵他幾句，可是轉念一想，他不過是做了他份內的事情，當時對待階級敵人慣用的手段便是一頓毒打，我說要嚴加審問，其實也頗有殺一儆百的意思。可是看見他們被打成這個樣子，又覺得不該這麼做。

吃飯的時候，劉書記問婁丙安：「那幾個人呢？」

婁丙安說：「放了。」

劉書記斥責道：「誰叫你放的？」

婁丙安有些委屈地答道：「楚書記要我放的。」

劉書記聽說是我要他放的，就不做聲了，他顯然還想把他們多關幾天。

晚上我睡在工棚中，懷疑自己是不是心太軟，對這些破壞社會主義的壞分子是不是太過仁慈。但想起瘦女人離開時，眼神裡所透出的那種恨意來，又覺得自己是不是做得太過分了。

兩個月後，土爐開始出鋼了。地委書記武健到湄河縣視察大煉鋼鐵的情況，第一站就到了東河，陪同他一起來的有縣委書記董漢軍，幾個縣委常委，還有一位湄陽日報的記者。董漢軍在下屬面前，向來擺出一副威嚴的樣子，可是在武書記面前，卻顯得十分謙恭溫順，臉上掛著殷勤的笑容，身子也總是向前俯著，好像隨時在聽取武書記的指示。

煉鋼基地擠滿了圍觀的群眾，都想來看看新出爐的鋼水是個什麼樣子。工人們費了很大的勁才把爐門打開，一股熱氣撲面而來，我滿心期待著會出現鋼水滾滾流出的動人場景，可是半天沒看見任何動靜，工人們把整個爐頂都掀開了，才看到一堆堆黑乎乎的鐵渣。旁邊一個抱著小孩子的婦女笑著說：「這就是鋼啊，跟我家裡沒燒完的炭渣子差不多。」

公社劉書記狠狠地橫了她一眼，嚇得她趕快閉住了嘴。

我的心裡涼了半截，花了那麼大的人力物力，以為可以看到鋼花四濺，沒想到煉出了這麼一坨廢渣來。我悄悄看了武書記一眼，看他是個什麼態度，武書記站在那裡，表情凝重，我心裡像打鼓似的，心想這下完了。等爐子全部掀開之後，武書記都一言未發，他看了一陣，便帶著眾人離開了。臨上車時，他對董漢軍說：「情況可能不如當初想像的那麼好，但氣不能泄，群眾的積極性要支持，多從正面鼓勁。」

聽他這麼一說，我懸著的心，終於放了下來。

第二天《湄陽日報》上登載了武書記視察東河出鋼的新聞，記者寫道：「開爐的時間到了。爐蓋一打開，幾名工人一個箭步衝上前去，爐內衝出來的一千多度的高熱和煤煙猛烈地衝擊到他們身上，但他們渾然不覺，迅速地用抱鉗撥弄著黑煤，鉗住了坩鍋，用力往外鉗。不一會，股股鋼水就從鉗鍋內向外流淌出來，鋼花四濺，流光溢彩，周圍的群眾齊聲歡呼起來，整個現場一下子沸騰開了，武書記拍著工人的肩膀，高興地讚揚他們：「你們真是好樣的！為祖國煉出了這麼高質量的鋼鐵！」

沒想到他們也給我發了一張照片，照片上的我，戴著一頂安全帽，穿著一件滿是泥土和煙灰的藍布工作服，臉上現出幾塊黑乎乎的印跡，旁邊配了圖片說明：湄河縣委副書記楚懷南懷著對「三面紅旗」的熱愛，堅守煉鋼基地五十天，和群眾同吃同住同勞動。

因為鐵渣也算鐵，各個單位都超額完成了縣裡下達的煉鋼指標，紛紛組織人馬向縣裡報喜，敲鑼打鼓，把喜報貼到了縣政府門口，報喜一直報了半個多月才結束。只有紡織廠等少數單位沒有完成任務，我到廠裡去檢查的時候，胡興國不停地解釋他們沒有完成指標，主要是缺少原料，其實我一點也沒有責怪他的意思，保住了那些機器，就已是萬幸了。

在全縣的評比總結會上，董漢軍說出點鐵渣不要緊，還可以再來，但大家的氣不能泄，我們還要繼續煉下去，爭取明年再上一個新臺階。我聽了心中暗暗叫苦，前一陣子，為了大煉鋼鐵，已經把能燒的東西都拿來燒了，山上的樹木都砍光了，再搞下去，不知拿什麼來當燃料。

散會後，我趕緊回到家裡，只想躺到床上好好睡一覺。水娥看見我回來了，譏諷道：「你還曉得要回來哦，我以為你不要這個家了。」

「你少講些風涼話。」我說。

「煉出鋼來沒有？」

「你不是天天都看報紙？」我知道她是在譏諷煉鋼的失敗。

青青看見我回來了，高興地走過來喊爸爸，看見我一臉的鬍子，奇怪地問道：「爸爸，你怎麼長鬍子了？」

「爸爸天天都長鬍子。」我摸了摸下額，鬍子總有寸多長了。

「以前怎麼沒看見？」

「以前長的都剃掉了。」

永新看見我，卻顯得有些陌生，我蹲下身子，叫他過來，讓我抱一下，他卻怯怯地望著，不敢過來。

「你看你兒子都不認識你了。」水娥說。

我走過去摸了摸永新的頭，笑著說：「寶崽，爸爸留點鬍子，你就不認識了。」

「你是壞蛋。」他趕快躲到了水娥身後，說得我們幾個都笑了起來。

我從壺裡倒了一杯水喝，沒想到水裡有一股濃濃的油味和辣味。

「開水怎麼有股辣味？」我問水娥。

「你還問我，當初說了留一把壺燒水，你不肯，現在倒好，炒菜、燒水都用那個鋁盆子。」

我看見灶臺上擺著一口只有菜碗大小的鋁盆，不覺苦笑了一下。

我和衣躺到床上，很快就睡了過去，迷迷糊糊中，聽到水娥埋怨道：「這麼髒，衣服都不脫。」

我以為只是湄河搞砸了，後來發現，所有的土高爐都沒有煉出合格的鋼鐵來，剛開始大煉鋼鐵時，我見省裡、地區多次召開動員大會，省委書記和地委書記都將大煉鋼鐵說得那麼好，以為國家發明了煉鋼的新技術，還十分興奮了一段時間，到這時才明白，所謂的大煉鋼鐵純粹是瞎折騰。在這之前，我對毛主席的指示，對上面的文件精神總是敬若神明，從來沒有懷疑過他們的正確性，大煉鋼鐵失敗後，這種敬畏的心理便陡然之間不見了。

在地委召開的表彰大會上，一百多個單位被授予「大煉鋼鐵先進單位」稱號，湄河縣也名列其中；一千多人被授予「大煉鋼鐵先進個人」稱號，我因為幾十天沒有回家，事跡登上了《湄陽日報》，所以被縣裡推薦為先進個人。對於這個榮譽，我本來是要推辭的，但周縣長說，組織上給你先進你還推辭，是不是心裡有什麼想法？聽他這麼一說，我只好不吭聲了。

春節的時候，我回了一趟梨花洲。洲上的樹木被砍伐一空，原來樹木蔥籠的景象，變成了光禿禿的一大片，地上只剩下一些碗口粗的樹樁，看上去像傷疤一樣，靜靜地躺在這片濕黑的土地上。在靠近老屋的地方，還聳立著幾個殘破的土爐，倒的倒，塌的塌，土爐邊已是雜草叢生，一些鏽跡斑斑的鐵渣散落在爐邊的雜草叢中。

不僅梨花洲的樹木被砍伐一空，全縣幾乎所有的果園、茶樹林都毀於一旦，全被送進土爐內燒掉了。茶山、桑木兩個公社本來盛產茶樹，每年銷得幾萬斤茶油，經此一劫，已無油可賣了。最可惜的是竹園公社的那幾千畝竹林，也被砍得所剩無幾。

在渡口等渡船的時候，居然意外地碰到了那兩個偷鍋子的婦女，她們正在不遠的河邊洗衣服，見了我，便悄悄議論起來。

「還鬥我們，早要留口鍋子，還可以煮飯吃。」瘦個子婦女滿懷怨恨道。

「這些當官的，屁都不懂，只曉得打人。」胖女人悄聲附和道。

我本能地想回過頭去批評她們幾句，說她們思想落後，沒有一點大局觀念，可是想起煉出來的那一堆堆廢渣，心裡便沒了底氣。我裝作沒有聽見她們的話，自顧自地上了渡船，但想像她們在背後指指點點，一臉不屑的樣子，只覺得十分羞愧。

走近老屋，大門上空空如也，門上的鐵環鐵鎖全都不見了，顯然是被撬去煉鋼了。

母親看見我，就開始埋怨道：「那些梨樹，好可惜，幾百棵，一下子全砍了。我活了幾十年，從來沒看見這種搞法。」

「你少講兩句好不好？」我沒有理由反駁，便只好提高聲調來壓住她。

她有些不滿地看了我一眼，小聲嘟了一句：「都是你們這些幹部做的好事。」

十五、大放衛星

雖然我沒有分管農業，但對於大放衛星，卻還是目睹了不少。衛星是在五月份收割季節來臨時突然放出來的，剛開始時畝產還只有一千斤，但很快便到了七千斤、八千斤，然後突破了一萬斤。對於這麼高的產量我本來是不相信的，因為湄河去年的產量才不過四百多斤，別的地方怎麼可能突然增漲至一萬多斤呢？

在大放衛星的初期，湄河仍然保持著一種觀望的態度，董漢軍有次問我：「你是本地人，覺得畝產過萬斤，有沒有這種可能？」

「應該不可能，湄河歷史上畝產沒有超過五百斤。」

董漢軍嗯了一聲，未置可否，但看得出他也是不相信的。

可是《人民日報》、《湖南日報》，每天都有套紅大字標題的喜訊，每天都有震撼人心的報導，卻不由得我對自己的判斷產生起懷疑來，懷疑自己是不是孤陋寡聞？是不是對新的科技一無所知？是不是認識上跟不上新的形勢？如果是這些地方在造假，但我們的記者、報社總編，還有那麼多的中央領導都要嚴格把關，難道他們也那麼容易上當受騙？我不相信《人民日報》會有膽量敢於撒這樣的彌天大謊！八月十三日的《人民日報》上發表的一篇文章更讓我相信自己是過於保守了，文章說：「麥子大豐收確實是一把萬靈的鑰匙，能使任何頑固保守的人開竅。劉三才他們的大麥試驗田原定的指標是三千斤，竟把社裡一個名叫溫四才的老漢氣急了，他賭咒：『你們真能打下三千斤，我拚上腦袋！』直到麥子登場，他看著事情不妙，還是不大相信，但打的結果不是三千斤，而是五千七百零二斤。老漢服輸了，當劉三才突擊組再試驗在回茬地產萬斤穀子的時候，他就變成積極的支持者了。一個夏天，出現了多少溫四才式的喜劇，有多少溫四才式的人物經歷內心深刻的變化啊！」

我感覺自己彷彿就是文章中所說的那個溫四才，我甚至在內心中責問自己，是不是已經落後於這個時代的發展了？

各地仍然在爭相不斷地放出新的衛星，湖北放出的一顆衛星，畝產達到四萬多斤，很快這顆衛星又被另一顆更大的衛星所超過，廣西放出了全國最大的一顆衛星，畝產達到十三萬斤。《人民日報》上刊登了一副照片，在一畝稻田的稻穗上竟然站著四個孩子在盡情玩耍，看了這幅照片，我簡直驚呆了，不敢相信自己的眼睛！

可是，當湄河也跟著學樣，製造出畝產三萬多斤的衛星時，我才恍然大悟，我們正在上演一場亙古未有的歷史荒誕劇。

看到別人的衛星越放越大，董漢軍終於坐不住了，他在常委會上作出決定：「今年要把湄河變成糧食畝產千斤縣，明年實現畝產萬斤縣」。

為了放衛星，縣委宣傳部請來了省報、省電臺還有《湄陽日報》的記者，在石鋪公社張家灣大隊報導水稻高產的新聞。為了讓攝影記者拍下一張糧食大豐收的鏡頭，公社書記洪紹忠命令幾百社員從其它田地裡，把顆粒飽滿的稻子拔來碼在同一丘田裡。由於碼過來的稻穗緊緊地擠在一起，密不透風，根部容易發生腐爛，董漢軍安排我從吳家嶺煤礦調兩臺鼓風機過來，向稻田中吹風。我說把鼓風機調來，煤礦就只能停產了，董漢軍說，放衛星是政治任務，先保證完成政治任務。我把董漢軍的指示傳達給煤礦，煤礦負責人也深感不滿，但沒有辦法，只好安排工人把鼓風機拆了，搬到農田中，工人們安裝鼓風機的時候，我到現場去看了看，到這個時候，我才明白，所謂的衛星是如何放出來的了。

幾個記者看到這情景，十分激動，認為這是社會主義農村湧現出來的新景觀，紛紛拿著照相機進行拍照。一個攝影記者為了讓鏡頭更好看，還親自指揮工人調整鼓風機的角度。這兩臺鼓風機的照片，第二天便登上了《湄陽日報》的頭版，新聞報導出去後，一時來參觀學習的人絡繹不絕。每次董漢軍接待鄰縣的負責人，總是得意地開懷大笑，彷彿完成了一件驚天動地的偉業一般。當時農業局有個幹部，叫何海清，是生產技術科科長，經常陪外地客人來參觀，當客人問到為什麼禾苗會長得那麼密時，何海清未加思考就講了幾句實話，誰知農業局另一個幹部把這事彙報到縣委，董漢軍知道後，暴跳如雷，把農業局局長老於叫來狠狠地批評了一頓，說以後凡是外地來參觀的，老於必須親自陪同，還逼著老於撤了何海清科長的職務，把他下放到公社當農技員。

到糧食收割時，石鋪公社終於放出了一個衛星，畝產達到三萬多斤。收割的那一天，地委、縣委、《省報》、《湄陽日報》都派人到現場驗收，一畝田竟收割了將近一天的時間，最後稱出畝產達到38567.8斤。第二天，這則新聞就成了《省報》和《湄陽日報》的頭版頭條，大字套紅標題，開會的時候，董漢軍拿著報紙，得意地指給大家看，說這是湄河近幾年來第一次上《省報》的頭版頭條，下次還要努力上《人民日報》的頭版。副縣長廖建平問為什麼不把後面的小數點省略掉，董漢軍意味深長地看了他一眼，解釋道：「這你就不懂了吧，精確到兩，說明數字是真實的。」

廖建平趕緊奉承道：「到底是書記，就是比我們高明。」

與會的人聽他這麼一說，都諂媚地笑了起來。

這個衛星放出去之後，省委、地委發來賀電，對湄河縣的糧食豐收表示祝賀。董漢軍在常委會上念賀電時，一臉得意的表情，並特別表揚了公社書記洪紹忠，說他工作有點子，肯動腦筋，跟得上形勢。其他常委都紛紛表示附和，說這樣的衛星還要多放幾顆。董漢軍見我沉默無語，特意點了我的名：「懷南同志，你有什麼看法？」

「我同意縣委的意見。」我模棱兩可地答道。

「這不是同意不同意的問題，這是湄河歷史上的一件大事，我們都是歷史的創造者和參與者。」董漢軍說。他說話時，神情興奮，頗為得意，臉上的青筋似乎一下子縮小了許多，都隱藏到皮膚下面去了。

我聽了，卻感到十分羞愧，為參與創造了這樣的歷史。可是這種想法我不敢說出來，而是表情淡然地笑了笑。

年底公社書記彙報糧食產量時，會議室裡放著一塊黑板，各個公社書記將本公社的糧食產量寫到黑板上。幾個公社書記你推我、我推你，都不願意第一個上去，董漢軍點了石鋪公社的洪紹忠：「老洪，你們公社糧食豐收了，你先上去。」

洪紹忠見點到他，沒有辦法，只好第一個上去，寫了畝產一千斤，這已經是湄河歷史上最高的產量了，但緊隨其後的茶山公社寫了一千兩百斤，後來的幾個書記則越寫越高，最高的寫到畝產兩千斤。洪紹忠這下坐不住了，站起來說：「石鋪公社的產量進行了重新統計，要重報。」

臺下的人都哄笑起來，說哪裡統計得這麼快。

只有董漢軍高興地說，我還以為你是個小腳女人呢，到底想通了。

洪紹忠走到臺上，把產量改成了兩千兩百斤。見董漢軍鼓勵大家這樣做，其他幾個公社的書記，都紛紛上前去把產量提高了幾百斤。只有桑木公社沒有改，桑木公社的黨委書記是永玉，永玉原本是縣委辦主任，但董漢軍擔任縣委書記後，不喜歡永玉嚴謹的辦事作風，就把他安排到桑木公社當書記。

我注意到董漢軍幾次看了永玉一眼，但永玉裝作沒看見似的，坐在那裡一動不動。散會後，我走到永玉身邊，悄悄問他：「你怎麼沒上去改？」

「你以為改了數字，產量就提高了嗎？我真想不通，我們為什麼要這樣自欺欺人？」

我一時默然，感到有些羞愧，如果我是公社書記，我會不會上去改呢？我想也可能會跟大家一樣。

《人民日報》和《省報》仍在連篇累牘地報導各地爭相放出的衛星，可是我卻再也不相信他們是真實的了。如果他們明知收穫不了這麼多糧食，而又睜著眼睛說瞎話，這究竟是為了騙誰呢？而誰又願意受這樣的欺騙呢？我彷彿感到人們都已進入到了一種半瘋狂的狀態！已經失去了起碼的理智和判斷力！

中國歷史上從來沒有出現過如此荒唐的事情，舉國上下都以騙人為得意！民無信不立！我突然想起《論語》裡的一句話，孔子告誡他的學生從政首先就是要誠實守信；商鞅變法做的第一件事，也是取信於民，可見信用是一個政府賴以存在的最起碼的要求，可是這些被中國統治者信奉了幾千年的政治理念，為什麼突然之間就全不當一回事了呢？

在這樣一個連政府都倡導撒謊的年代，誠實反而變成了過錯，乃至罪惡。為什麼我不能挺身而出，大聲疾呼，直指其非呢？有時候我也想到過拼死一搏，大膽上書，可是看到那些右派們的遭遇，不僅得不到任何人的同情，反而遭到無數人的唾棄與辱罵，成為社會的罪人，甚至連累到自己的家人與孩子，我就變得猶豫起來。

而撒謊者卻在不斷地得到提拔和重用，他們從來不用擔心要為撒謊付出代價！

董漢軍和石鋪公社黨委書記洪紹忠，因為放了一顆大衛星，當年作為先進典型，參加了全國農業發展大會，受到中央的表彰。董漢軍捧著獎杯回來時，更加得意洋洋，說中央領導跟他頒發獎杯時，還跟他握了手，誇我們工作做得很好。他們從北京回來不久，洪紹忠就被提拔為湄陽地區農業局副局長。

這年春節，我回家的時候，到順生家裡坐了坐，那時他已經是大隊長兼大隊支部副書記了。他家仍住在河邊，仍然是解放前那棟低矮的土磚屋，只是旁邊多出了兩間雜屋。順生看見我來了，顯得又高興，又有些拘謹，搓著兩隻手，背微微彎著，叫我楚書記。他跟我一樣，生了兩個小孩，大的是個兒子，叫黑皮，已經六歲多了，小的是個女兒，叫安安，剛滿三歲。我看他還是住原來的老房子，衣服也顯得有些破舊，問他現在生活過得怎麼樣，他嘿嘿笑了兩聲，說蠻好，一天比一天好。可他老婆冬梅在旁邊縫著衣服，冷不丁地冒出一句：「我在娘屋裡的時候，過得還輕鬆些。」

順生橫了冬梅一眼：「你曉得什麼？」

冬梅是那種本分的女人，趕緊不說話了。

這時安安走了出來，手裡端著一只盛糖果的盆子。

「拿糖給叔叔吃。」順生對安安說。

「是伯伯。」我糾正他道。

「糖，糖。」安安伸出一只稚嫩的手，拿著兩顆糖向我走過來。

「安安好乖。」我彎腰接過糖，摸了摸安安的腦袋。

「安安今年幾歲了？」

「三。」她伸出三個指頭，望著我說，她的一雙眼睛又大又圓，十分討人喜歡。

「才三歲呀，就好懂事了。」我說：「伯伯不吃糖，安安吃。」我把糖又放回到她的手中。

安安把糖放回到盒子中。

「給伯伯的糖，怎麼又拿回來了？」順生問她。

「伯伯不喜歡吃。」安安想當然地答道，說得我和順生都笑了起來。

「聽說今年梨花大隊豐收了？」我坐到旁邊的一張凳子上，問順生。

他先是沉默著不肯做聲，我連問了兩遍，要他跟我講實話。他這才嘆了一口氣，低聲說道：「這樣搞下去，不知道明年吃什麼？」

我聽了不覺一驚，因為第一次聽到這樣的憂慮。

他跟我講了一件事，說上面來檢查糧食產量時，糧倉裡是滿的，實際上只在上頭有一層糧食，下邊全堆的是稻草，沒人敢說出真相，誰講真話，就把誰打成反對「三面紅旗」、反對大躍進的階級敵人，有的當場抓起來就是一頓毒打，所以誰也不敢講真話。可上面是按虛報的產量徵收公糧，這樣社

員能留下來的口糧就所剩無幾了。

「方便的時候，你跟上面反映反映。」順生滿懷期待地看著我說。

我聽了默然無語，不知道怎樣回答他，說不能反映，似乎顯得自己很膽小，說會反映，又似乎是在欺騙他。

第二天回到縣裡，我一直猶疑不定，順生希望我把情況反映上去，我想給地委武書記寫封信，痛陳得失，揭露董漢軍弄虛作假，可想來想去，武書記肯定是支持董漢軍的，他們的關係本來就那麼密切，我寫信上去無異於自投羅網。還是覺得給報社寫封信較穩妥，但在署名的時候，猶豫了好久，仍然不敢用真名，我想如果他們相信我說的是事實，總會派記者下來落實的。但信寄給了報社，猶如石沉大海。後來想，報社的領導自然也和我一樣，不敢去捅破這層紙。

農業局那個下放的幹部何海清，不服縣裡對他的處理，又給省委寫了封信，揭發董漢軍弄虛作假，虛報產量。信被轉到地委，地委又轉到了縣裡，董漢軍看到告狀信後，當即在上面批示，以破壞大躍進的反革命罪論處，交公安逮捕法辦。不久，何海清被判處了五年徒刑，六十年過苦日子的時候，又餓死在監獄中。看到何海清這個下場，我不覺驚出一身冷汗，心想自己如果把信寄給了武書記，肯定也逃脫不了和他同樣的命運。

十六、大辦食堂

突然之間，湄河的大小村莊、街道、單位，都大肆辦起了公共食堂，全縣大大小小一共辦起了二千多個。食堂剛辦起來時，大家都興奮不已，把它看成是通往共產主義的橋樑。

食堂糧食不受限制，每個人都可以敞開肚皮吃飯，因為報紙上天天放衛星，糧食取得了空前的大豐收，多得吃不完，毛主席又號召要解決怎樣吃飯的問題，沒有人相信如此多的糧食也會有吃完的一天。湄河好幾個公社開起了流水席，凡是路過的人，都可以進到食堂吃飯，農民們無不興高采烈，他們活到今天，才真正體會到了吃飯不要錢的好處，也從來沒有這麼開心地吃過飽飯，共產主義似乎一夜之間，就從理想變成了現實。

可是好景不長，不到兩個月時間，倉庫餘糧就所剩無幾，很多地方難以為繼，好幾個公社紛紛向縣裡打報告，要求緊急調撥糧食，縣裡沒有餘糧，只好向地區打報告，地區也沒有餘糧，只好向省裡打報告。省裡同樣沒有餘糧，接到報告後，馬上就批覆了下來，要地區想辦法，地區便又批覆到縣裡，要縣裡想辦法，縣裡便又批覆到公社，要公社想辦法，公社沒地方批覆了，就乾脆停辦了食堂，要群眾自己想辦法。

如果公共食堂就此停辦，倒未嘗不是一件好事，後來大規模餓死人的現象便完全能夠避免。可是停辦食堂只是權宜之計，等收割完早稻後，倉庫中稍稍有了點糧食，中央又下發文件，規定停辦了的食堂必須馬上恢復。

食堂恢復後，縣委、縣政府領導每人分派了一個聯繫點，我主動提出到桑木公社去蹲點，因為桑木公社的黨委書記是永玉，我覺得到桑木蹲點，說話做事不要互相防範，而桑木公社是全縣最偏遠的地方，別的領導都不願意去。

桑木公社距縣城有一百多裡，境內多山，交通不便，經濟也很落後，當初把永玉安排到這裡，顯然帶有一定的懲罰性質。

秋收過後，我去了一趟桑木，從縣城坐車到公社，要六個多小時，清早出發，到了公社就是吃中飯的時間了。下午永玉陪我到幾個大隊的食堂看了看，跟別的地方也沒什麼兩樣，那時剛剛收過晚稻，糧食供應比較充足，所以農民吃飯仍然敞開供應，進到裡面，看見門口坐著幾個農民，吃得滿頭大汗，褲腰帶都鬆了開來，一個年輕小伙子看見我和永玉進來，顯得不好意思，趕緊把褲腰帶繫上，旁邊一個年紀大點的農民嘲笑他：「又不是相親，你怕什麼？」

其他的人都哄笑起來，笑得那小伙子更加不好意思。

看完食堂回到公社，永玉要我到他宿舍裡吃飯，他叫人從食堂打了幾個菜，端到他宿舍中。他從櫃中拿出一瓶當地釀製的米酒，酒倒進杯子，便散發出一股濃烈的清香。我嚐了一口，嘖嘖讚道，真是好酒，永玉頗為自得地說，那當然，當地有句俗話，叫做桑木的米酒竹園的妹，越喝越親越有滋味。

永玉平常沉靜寡言，但幾杯酒下肚後，話也多了起來。永玉感嘆說，農民畢竟是農民，思想水平遠沒有達到社會主義的要求，聽說要辦食堂了，就將家裡的鍋碗瓢盆全部砸掉，有的甚至把農具當廢品賣了，不少農民聽說公社辦起了飼養場，就趕緊把自己喂的豬和雞，不論大小全都殺了吃了。

「現在糧食供應怎麼樣？」我問他。

「我一點底都沒有。」永玉不無憂慮地說：「食堂敞開供應糧食，毫無節制，剛開始時甚至一天吃五餐，伙食稍微差一點，群眾就有意見，說國家打了那麼多糧食，怎麼不讓他們吃好吃飽。」

「那些都是假的。」我想起衛星是怎麼放出來的，提醒他道。說到這些敏感話題時，我趕緊起身把窗戶關了起來。

「我當然知道。」永玉說：「但又不能跟社員說明真相。」

「如果照現在這樣吃下去，能吃多久？」

「最多吃兩個月。」

「可要到明年六月才收早稻。」我驚訝地算了算時間。

「是啊，我就是擔心這個，會有四五個月時間沒有糧食。今年上半年就是因為缺糧，食堂才不得不停辦的。」

「每個地方都一樣，本已發現問題嚴重，不知道為什麼還要強行恢復。」我說。

「萬一沒糧了，縣裡有沒有糧食撥下來？」永玉問我。

「恐怕難。」我說。「上次斷糧的時候，縣裡打報告到地區，地區打報告到省裡，最後還是要下面自己想辦法。」

「那該怎麼辦？」永玉問我。

「你們只能量力而行，提前想辦法。」

永玉非常認同我的意見，開始籌劃應對措施，他想出了三條辦法，一是食堂實行定量供應，農閒時節大人平均每人每天供應八兩米，小孩四兩，農忙時節每人增加二兩米。二是盡量給村民多分一些自留地，允許村民種植其他作物。三是鼓勵村民開墾荒地，新開墾的荒地歸自己使用。

我對這幾條辦法都很贊同，但永玉對第三條有顧慮，擔心被人說成走資本主義道路。我說桑木是個偏遠地區，消息不靈通，縣裡不一定知道。你也別做得太明顯，先讓人帶頭搞，公社不提倡，也不阻止，桑木荒地多，其他人自然會跟著學樣。硬是被人告發了，你就說不知道。

永玉笑了笑，默認了我的意見。

從永玉房裡出來，因為喝了些酒，感到渾身發熱，我便到外面走了走。外面是一條麻石街，約有一千多米，從街頭一直延伸到街尾，因為年深月久，麻石已被踩得凸凹不平。街道兩邊的房屋，一棟連著一棟，擠擠密密地挨在一起。大部分居民已經上床睡覺了，偶爾還有幾戶人家亮著燈，除了聽到遠處的幾聲狗叫之外，整條街道顯得十分安靜。當年參加抗日聯隊的時候，我們曾經在這條街道上駐紮過一段時間，十幾年過去了，街道和房屋，還是原來的樣子，幾乎沒發生任何變化，可是那時候一點也不覺得它簡陋，反而比現在更顯繁華熱鬧，各種門店、作坊，應有盡有，街道上長年人來人往，喧鬧聲不絕於耳，即便到晚上這個時候，仍然會有很多店鋪開著門，在自家門口掛著耀眼的燈籠。可是，經過這些年的改造，大部分店鋪已經關了門，店主都回家種田去了，街道變得十分冷清。當初我們以為趕走了日本人，就可以過上平安幸福的生活，可是又和國民黨打了起來；後來以為打敗了國民黨，我們就能過上富裕安寧的生活，可是解放十年了，人們仍然要為吃飯的事情發愁。到底是什麼地方出了問題？是政策不對？還是我們的工作出了問題？我一時也理不出個頭緒來，內心深處只覺得十分惶惑。我沿著街道走下去，一直走到街道與田野接壤的地方，街道盡頭是一座小石橋，我靠著欄杆站了一會，從田野上不時吹過一陣風來，讓人微微感到有些涼意，風中還挾帶著絲絲乾草的氣息。我抬頭看了一眼天上，半空中掛著些星星，若隱若現，顯得遼闊靜謐，看著這景象，不由想起清代黃景仁的一首詩來：「千家笑語漏遲遲，憂患潛從物外知，悄立市橋人不識，一星如月看多時。」當年黃景仁寫這首詩時，大概也和我現在一樣，既感惶惑，又覺無奈。

永玉制定的那些措施推行沒有多久，縣裡派出檢查組到各地檢查評比食堂的情況，在總結評比會上，檢查組的同志說，絕大部分公社的社員都非常滿意，說開辦食堂以後，生活得到了極大改善，餐餐有魚有肉，糧食供應充足，人人都吃得飽、吃得好。唯獨桑木公社，群眾意見大，不僅伙食不好，而且糧食供應不足，不少群眾反映經常吃到第二碗飯就沒有飯了。董漢軍在最後作總結時，對桑木公社提出了批評，他板著一副臉，對永玉說：「顏書記，你是怎麼搞的？上次報產量的時候，你也是謹小慎微，膽小如鼠，現在大辦食堂，各地都辦得紅紅火火，熱熱鬧鬧，群眾滿意度高，唯獨桑木公社存在這麼多問題，你回去後，好好反省一下，尤其在思想作風上好好反省，再這麼下去，就要考慮你這個書記稱不稱職的問題。」

散會後，永玉找到我辦公室，顯得很委屈。

「我們是不是也放開算了？」他說：「別的公社都放手讓群眾吃飽飯，縣裡滿意，群眾也滿意。」

「如果不限制，三個月的糧食一個月就吃完了，糧食吃光了，你到哪裡去搞糧食？」我不無憂慮地說。

「上面總會有辦法。」

「你不要太相信上面，哪裡會有餘糧?到時還得你自己想辦法。」

「也是。」永玉嘆了口氣說。

我知道他有壓力，就安慰他說：「桑木是個偏僻的地方，你回去後，寫封改正報告交到縣委，說桑木挨了批評後，馬上進行了整改，現在不僅糧食供應充足，餐餐有魚有肉，群眾滿意度大大提高。」

「如果他們再去調查怎麼辦?」永玉有些擔心。

「桑木離得那麼遠，估計不會派人去調查，瞞過一時算一時，順利度過明年的春荒，就好了。」

永玉苦笑了一下，說：「也只能這麼辦了。」

沒想到這個時候，鍾鳴帶了一個調查組過來。調查組是省教育廳成立的，分別從省城幾所大學抽調了部分老師，組成聯合調查組，調查農村成立人民公社後發生的深刻變化。調查組分兩個組，一組到了湘西，一組到了湄陽。鍾鳴是湄陽組的負責人。

鍾鳴帶著調查組在湄陽轉了兩個縣後，來到了湄河。雖然這個調查組不由我接待，但因為我們是老同學，所以他到後的頭天晚上，就到我家裡，找我了解情況。乍一見，我還差點沒認出他來，他留了一臉的落腮鬍子，戴了副黑邊眼鏡，穿著件藍色中山裝，與原來的形象判若兩人，只是說話仍然聲音洪亮，底氣充足。

「你怎麼留了這麼長的鬍子?」

「懶得剃，就隨它留著。」鍾鳴笑著摸了一下臉上的鬍子說。

兩人扯了會閒談，他便轉入到正題。

「湄河人民公社化後，情況怎麼樣？」

「挺好的，所有的地方都實現了公社化，辦起了公共食堂。」一開始，我不知道他們此行的目的是什麼，所以說話時也是含含糊糊，不敢跟他真話。

「群眾滿不滿意？」

「當然滿意。」我敷衍道。

鍾鳴見我這麼說，沒有繼續問下去，而是沉默了一會兒，他對我的回答顯然感到不滿意。有一陣子兩人都不說話，顯得很尷尬。

「實際情形恐怕不是這樣吧。」鍾鳴嘆了口氣，說：「我們這次下來，是想了解真實情況的。共產黨歷來主張實事求是，如果情況都弄不清楚，又怎麼制定正確的政策？我們就是想弄清真實情況，給省委決策作參考。」

聽他這麼說，我感到很慚愧，竟然對老同學都起了戒備心理。

「我不知道你們下來究竟是抱著什麼樣的目的。這幾年在基層，很不容易，說實話、說真話的，都被打成了右派。只有說假話、說大話，才最安全。」我解釋道。

「這個我能理解。」鍾鳴說：「省裡也一樣。我們下來的時候，滿以為像報紙上說的，生產獲得了大豐收，事實上根本不是那麼一回事。」鍾鳴感嘆道。

「這幾年，我們做了很多事情，大煉鋼鐵、大放衛星、大辦食堂，但真正讓老百姓滿意的事情寥寥無幾。」我跟他說起了實話：「前年大煉鋼鐵的時候，我親自在現場，把山上的樹木都燒光了，把老百姓的鍋子臉盆都砸了，最後煉出了一堆堆毫無用處的廢渣。後來又大放衛星，畝產四萬多斤，其實只有四百多斤。誰要說真話，誰就是右派，沒有人敢講真話。」

「報紙上把公共食堂也說得如何如何好，群眾如何如何滿意，但我們去看了兩個食堂，糧食已經很緊張，每餐只提供一點稀粥，這樣下去，會要餓死人的。」鍾鳴不無憂慮地說。

「可能還有更嚴重的地方，你沒有看到。」我說：「有個食堂，將一些曬乾的草，磨碎摻在糧食中，稱之為『草淀粉』，人吃了以後，根本解不出手來。」

「當初我們參加革命的目的，就是讓老百姓過上衣食無憂的幸福生活，解放十年了，我們卻還在飢餓線上艱難地掙扎著，我回去後，要給省委寫一個報告，把我們調查到的情況如實地反映給省委。」

「可是省委會不會相信？」我擔心地問。

「相不相信是省委的事，可是講不講真話，是我們的事。再這麼相互欺騙下去，國家是很危險的。」

鍾鳴在湄河待了四天，走的時候，顯得憂心忡忡，這幾年他一直生活在大城市，平時又忙於學校的事務，在他的印象中，滿以為農村像報紙上描繪的那樣繁花似錦，一派興旺，以至看到真實的景象後，讓他有些難以置信。我本想提醒他，現在這樣的形勢，講真話可能會遭到批判，可是轉念一想，他的報告可以直接送到省委領導手中，讓省委領導了解事情的真相，或許是件好事。況且，省委領導未必也像董漢軍這些幹部一樣，喜歡弄虛作假。

鍾鳴回去後，寫了一封調查報告，如實地反映了他所看到的問題。

但報告遞上去不久，正好趕上廬山會議結束，各地又掀起了反擊右傾機會主義的高潮。鍾鳴的結果可想而知，他的報告被認為是惡毒攻擊三面紅旗，他本人被打成漏網的右派，開除黨籍、開除公職，一家人被發配到湘西地區的勞改農場。我聽到這個消息後，既悲憤，又愧疚，彷彿他的命運，是因為我的緣故，當初如果不讓他了解那些真實情況，或許他不會如此激動。

一九六〇年元旦前夕，省委李書記到湄河來視察，提出要到公共食堂看看。縣委討論把李書記視察的點放到哪裡時，廖副縣長說現在桑木公社經過整改，食堂辦得好，是不是到桑木去看看。我知道那是永玉寫的假報告，經不起檢查，就說桑木公社太遠，路又不好走，還是就近看看好。董漢軍贊同我的意見，說把檢查的地方安排在東河公社。開會討論如何接待時，董漢軍認為我是東河人，熟悉那裡的情況，要我事先去安排好檢查的路線，落實好檢查的地點，臨行前還一再囑咐我安排好和李書記見面的人員，政治表現要靠得住，不能出現意外。嚴寶開是公安局長，負責安全保衛，事先要去熟悉地形，也提前和我一起去了東河。

公社劉書記雖是個粗人，但講話很實在，聽了我們的來意，就訴起苦來，說現在食堂很難辦，沒有幾家辦得好的。

我說：「李書記要看，你總不能拒絕吧。你選一家稍微好一點的，帶我們去看看。」

他想了想說：「那就到梨花大隊去看看吧。」

他把我和嚴寶開帶到梨花大隊的食堂，食堂就建在大隊部旁邊，供附近三個生產隊的兩百多村民吃飯。大隊楊支書我認識，是個瘦個子，五十多歲了，大隊長是順生，兩個人聽了我們的來意，和劉書記一個口氣，說食堂辦得很艱難。

我和嚴寶開到食堂看了看，發現食堂只是供應一點稀粥，有個三十多歲的農民看見我們來了，端著碗粥走到我們面前，對我和嚴寶開說：「領導，你們看看，這稀飯像米湯一樣，嘴一吹就起浪，怎麼吃得肚子飽？」

他果真用嘴巴吹了一下，吹起一圈一圈的波紋來。

「有菜沒有？」我問他。

「屁的咯菜。」那個農民氣憤地說。

那個農民端著稀粥走後，我問劉書記：「怎麼會到這個地步？」

劉書記無奈地說道：「去年報產量的時候，平均畝產達到了兩千多斤，實際只有四百多一點，所以上交的糧食也多，留下的口糧所剩無幾，辦食堂後又管理不善，浪費嚴重，眼看就要斷糧了，現在食堂每餐都只能提供點稀飯和菜湯，很多人靠野菜、樹皮充飢。」

我不覺嘆了一口氣說：「還有幾個月時間，怎麼熬過去啊？」

可是嚴寶開聽了無動於衷，反而把劉書記批評了一頓，說這些人覺悟不高。

看了食堂之後，我提出到養豬場看看，可是順生把我們帶到養豬場，房子倒是有七八間，但只養了幾頭小豬，不僅小，而且瘦。順生說，豬和人一樣，都沒有東西吃。我問社員家裡都養了豬沒有，順生搖搖頭，說辦了集體豬場後，社員家裡不肯養了，原來養了的，都收到豬場來了。我看了這場景，心想還是別帶他們來豬場看了。

看了幾個地方後，嚴寶開跟劉書記提出，為了保證李書記視察不出問題，一是必須由大隊幹部當食堂的師傅，食堂的炊事員、服務員，必須穿統一的工作服；二是要事先要跟隊員講好，吃飯的時候，不准亂說亂動，省委書記如果問情況，都說天天有這麼好的飯菜，如果誰亂講話，事後要當作反革命分子抓起來。

「困難能不能講一點？」劉書記想借這個機會跟領導反映真實的情況。

「劉書記，這可是個政治問題，開不得玩笑。」嚴寶開一臉嚴肅地說。

嚴寶開走開後，我悄悄跟劉書記說：「到時你見機行事。好的方面多彙報一點，困難的地方也說說。」

劉書記點了點頭，說：「我知道了。」

回到縣裡，我跟董漢軍彙報，梨花大隊的食堂已沒有足夠的糧食，蔬菜也不足，豬更加沒有，欄裡只有幾頭小豬，又瘦又小，殺了可惜。董漢軍想了一下，為了保證李書記視察不出問題，決定給梨花大隊增撥兩千斤糧食，兩頭豬，蔬菜則要他們自己想辦法解決。

李書記來的那天，我們一大早就趕到梨花大隊，安排人員把食堂裡裡外外都清掃了一遍，還在食堂四周的牆上貼了幾幅標語：「放開肚皮吃飯，鼓足幹勁加油。」「共產主義是天堂，人民公社是橋樑。」

李書記散了會後，才抽時間來看食堂。接到他們出發的通知後，食堂才開始擺碗筷，上了菜後，已經是下午一點鐘了，幾個小孩忍不住，拿著筷子去夾菜吃，受到楊支書的呵斥。順生的兩個小孩也坐在那裡，他女兒安安十分安靜，一動也不動地坐著，他兒子黑皮則十分調皮，楊書記走開後，他又站起來去夾菜，冬梅拿起筷子在他頭上敲了兩下，黑皮哇地一聲哭了起來，越哭，冬梅就越敲，越敲，黑皮就越哭。我趕緊走過去，要冬梅夾點菜，帶了小孩到後面去吃，

等車隊趕到時，隊員們已經開始吃飯了。李書記看上去四十多歲，中等個頭，人有些偏胖，眼睛下面懸著兩只厚厚的眼袋。他走在最前面，地委武書記、縣裡董漢軍、周縣長，都陪著一起來了。

李書記走進食堂後，大隊上安排了兩個女老師打快板，一邊打一邊念唱道：「個個社員想天堂，不知天堂在何方；人民公社辦起來，啊，原來這裡是天堂！吃飯不要錢，工資發到人，千年願望實現了，人民公社萬萬年！萬萬年！」

李書記站在旁邊饒有興致地聽了一會，等快板打完了，他連說了幾個好好好。

李書記圍著社員吃飯的桌子走了一圈，看到每張桌子上都擺了魚肉和蔬菜，感到很滿意，走到最後一桌的時候，他停下來問吃飯的社員：「伙食怎麼樣？吃得滿意嗎？」

那些社員沒見過這麼大的領導，都不敢說話，你望著我，我望著你，隨行的幹部怕社員亂講話，氣氛頓時變得緊張起來。沉默了片刻後，有個老農民面無表情地講了句：「滿意，吃得滿意。」

隨行的幹部頓時都鬆了一口氣。

李書記看了一圈後，進到會計室，坐了下來，找了幾個社員問情況，這些社員都是經過挑選的，是大隊幹部和黨員，順生也在其中，他們說什麼，事先已作了交代。大隊楊支書說：「我今年五十多歲了，什麼時候吃過這樣的飽飯？不是人民公社，不是辦食堂，還過得上這麼好的日子？」

其他幾個幹部也都說食堂辦得好，餐餐有魚有肉，要感謝共產黨，感謝毛主席。

李書記聽了頻頻點頭，不時地說一句這就好，這就好。

我使勁朝劉書記眨眼睛，他卻裝作沒看見似的，只顧連連朝李書記點頭，額頭上滿是汗珠，他顯然沒有膽量彙報食堂面臨斷炊的危險。

順生清了兩下喉嚨，開始說話了，我以為他也會跟著說些假話，沒想到他竟然講起真話來了：「食堂好是好，就是浪費現象嚴重。」

武書記剛才還堆著一臉的笑，這時馬上變得難看起來。

順生還有話要說，但董漢軍打斷了他，沒讓他繼續說下去：「這個下一步我們將進行整改，個別食堂存在浪費現象，但不是太嚴重。」

李書記對順生說的，也沒有興趣聽，就站起身來往外走，其他人都跟著走了出來，李書記邊走邊說：「辦公共食堂，是我們邁向共產主義社會的非常堅實的一步，從開辦以後，就聽到各種不同的聲音，中央也多次要求我們彙報食堂建設的情況。今天我來看了後，感到很放心。公共食堂是新生事物，不僅要繼續辦下去，而且要越辦越好，提高檔次、提高水平。」

看見李書記已經上車了，我想再不跟他說，就沒有機會了，於是猛然喊了一句：「李書記。」其他人都驚奇地望著我，只有李書記面色溫和、神情安然地回頭看了我一眼，我看著他泰然自若的神情，忽然想到，他對順生的話一點興趣也沒有，其實他並不關心食堂的糧食還能吃多久，也不關心是否會餓死人，他關心的只是自己如何向更高層的領導彙報，如何讓自己的領導更滿意，如何讓自己的地位更加牢固，並不因為他官大，他就會有正義感，他就會更加關心百姓的疾苦，我跟他說這些有什麼意義呢？我看著別人都盯著我看，急中生智地說了一句：「李書記，您一路順風！」

李書記仍然面色和潤、神態安詳地笑了笑，朝我們揮揮手說：「辛苦大家了。」

李書記上車後，董漢軍臉色冷峻地看了我一眼，似乎明白我剛才想說什麼，他匆匆上了另外一輛車，陪李書記他們到城裡吃飯去了。

我看著疾駛而去的車隊，臉上感到火辣辣的，彷彿周圍有無數雙眼睛在盯著我看。我趕緊走了開去，無可奈何地嘆了一口氣。是的，每個人都只關心他自己，無論他處在什麼樣的位置，無論他擁有多大的權力，他首先考慮的總是自己如何能夠更好地生存下去，至於國家、社會、百姓，他肯定也會考慮，但如果因為關心這些而損害到他個人的利益時，他就會將國家、社會、百姓擺到一邊去了！包括你自己，同樣不敢挺身而出！你是一個十足的懦夫！

我轉身到食堂去吃飯，在門口碰到順生，他正坐在那裡抽著煙筒，情緒顯得很低落，剛才他說出那句話來，惹得領導們不高興，他顯然知道自己闖了禍，我走過去，想安慰他幾句，卻又不知道說什麼好，就問他：「吃了沒有？」

他搖了搖頭。

「快去吃飯吧，等下沒飯了。」

「吃不進，你去吃吧。」

進到食堂中，看到的場景讓我驚呆了，只見一個個雙手捧碗，扣在臉上，像狗一樣伸出舌頭，旁若無人地舔著碗邊，發出陣陣吧唧吧唧的聲音。

我走到幾個婦女面前，看見桌上的碗裡面，一個個都被舔得乾乾淨淨，有個穿紅衣服的婦女不好意思地解釋說：「好久沒吃過這麼好的飯菜了。」

「吃飽了沒有？」我問她們，今天為了應付檢查，下的米比平時多了好幾倍。

「吃飽了。」紅衣婦女答道，說話的時候還打了一個嗝。

另一個穿格子衣服的婦女笑著對我說：「要是天天有領導來視察就好。」

穿紅衣服的婦女搶白了她一句：「你想得美！」

我回城裡不久，就聽說順生被打成右傾機會主義分子，撤掉了大隊長的職務。有次開會時我碰到公社劉書記，問他怎麼這樣處理順生，劉書記頗為無奈地說，這是董書記的意思，董書記說他政治覺悟太低，當不得幹部。

十七、飢荒遍地

李書記離開不久，飢荒就降臨到湄河來了。

李書記回長沙後，視察湄河的新聞上了《省報》的頭版頭條，並且還配發了評論《去年糧食大躍進鐵證如山，農民生活大改善魚肉滿桌》，文章說去年糧食大豐收之後，一些地主富農壞分子，不懷好意，攻擊人民公社，攻擊公共食堂，造謠說糧食大躍進是假的，農民的口糧越來越少，他們的目標就是千方百計想搞垮食堂，搞垮人民公社，他們把人民公社、公共食堂這些新生事物看作眼中釘，肉中刺。而事實證明，農民的口糧不僅沒有少，反而比往年有大幅增加。廣大貧下中農聽到這些謠言後，無不氣憤填膺，紛紛要求和他們當面對質。

我忽然想到自己的出身，自己是不是像報紙上說的，站在了地富反壞右的立場？擔心百姓挨餓是不是不懷好意？

可是，隨之而來的飢荒，將我之前的擔憂一一變成了現實。

水娥有天從食堂打飯回來，抱怨說：「這麼一點飯，怎麼吃得飽？」

「怎麼了？」我問她。

「每人每天的定量，從一斤二兩減少到了每天一斤，小孩減到每天八兩，這怎麼夠？」

「現在是困難時期，捱一捱就過去了。」我安慰她道。城鎮居民減少定量是縣委作的決定。過了不到一個月時間，水娥又滿懷怨氣地問我：「怎麼定量又減了？原來每天還有一斤，現在只剩八兩了，你要我們怎麼吃得飽？」

「有什麼辦法，倉庫糧食緊張，很多地方已經開不出飯來了。」

「報紙上不是宣揚收穫了那麼多糧食？這些糧食都到哪裡去了？」水娥不滿地說。

「慢慢會好起來的。」有些事跟她說不清，我只好安慰她。

「上次你也說會好，現在卻越來越差了。」水娥不以為然地說。

三年前，我從鄉下帶了一隻花斑小狗回來，取名虎虎，已經長成了一隻大狗，既肥壯，又可愛，特別逗青青喜歡。糧食供應正常的時候，每人省一口，給虎虎吃的就省出來了，可是糧食供應減少之後，人都不夠吃，給虎虎吃的就更少了，原來給虎虎一天餵三頓，慢慢減到兩頓，到最後只餵一頓，有時甚至只餵點稀粥，虎虎雖然瘦得皮包骨頭，可是仍然忠誠地守著這個家。

剛剛開始減定量的時候，我就叫水娥把虎虎送人，可是青青捨不得，說寧可自己少吃一點，也要把虎虎留下。但後來糧食越來越少，青青自己也一天比一天瘦，我對青青說：「你都瘦成這樣了，你看弟弟也瘦成這個樣子，還是把虎虎送人算了吧？」

青青無奈地點了點頭，答應把虎虎送人。

可是水娥說：「送人還不如自己打了吃。」

「自己怎麼下得了手？」我說。

「你叫傳達室的老王來幫一下忙。」水娥提議道。

我想也是，星期六下午，就叫老王來幫忙把虎虎殺了。老王拿了根繩子，繫著虎虎的脖子，青青聽說要殺虎虎，突然抱著虎虎的頭，放聲大哭起來，一邊哭，一邊望著我說：「爸爸，把虎虎留下來吧！把虎虎留下來吧！」

「現在人都沒飯吃，哪還有糧食喂狗。」我說，淚水也差一點奪眶而出。

「我分一半飯給牠吃。」

「那怎麼行？你別耍小孩子脾氣了。」我拉起青青，讓老王把虎虎牽走。

虎虎似乎知道是要去死，眼巴巴地望著青青，老王把牠牽走時，牠還一邊回頭，一邊不停地哼著。

「牠哭了。」青青說。

我不相信狗還會哭，走近去看，果然看到牠的眼睛裡流出兩滴眼淚來。我不忍心看，趕緊把頭轉了過去。

到吃中飯的時候，老王提著兩邊狗肉過來，這狗已經瘦得只剩下一副骨架子了，幾乎看不到厚一點的肉塊。我叫水娥切一點狗肉給老王，水娥猶豫著，還是去廚房切了一小塊，走到門口看了一下，又回過身去切去一點，才拿出來給老王，老王推說不要，但推了兩下，還是接了下來，口裡說：「這怎麼要得?這怎麼要得?」

晚上水娥把狗肉燉了，叫青青來吃，青青仍然很難受，把自己關在房裡，不肯出來。我夾了一塊狗肉，剛吃到嘴裡，忽然想起虎虎離開時流淚的樣子，就不忍心吃了，趕緊吐了出來，水娥問我是不是不好吃，我說還行。永新從聞到狗肉的香味，就開始吞口水，不時到廚房裡去聞一聞，到狗肉上桌後，他一個人吃掉了一大半。

青青那個時候，已經讀二年級了，有天回來說他們學校今天最有意思了，我問有什麼意思。

「今天一個男同學挨批鬥的時候，一屁股坐到了地上，老師去扯都扯不起來。」

「他怎麼了?」我沒想到她同學這麼小，也會挨批鬥。

「他餓起沒勁了。」

「為什麼要批鬥他。」我不解地問。

「他跟另外幾個男同學偷食堂裡的蘿蔔，被發現了。」

「你那老師太不近人情。」我未加思索，就批評道。

「可他們是小偷啊?」青青驚訝地看著我說。

「小偷也要看什麼情況，現在他們是為飢餓所逼。」

青青似懂非懂地點了點頭。

我問他們學校現在是個什麼樣子，她告訴我原來有幾個男同學下了課後喜歡到處撩撩捏捏，現在一個個都蔫了一般，提不起精神，有的乾脆趴在桌子上，不說不動，校園裡面連說話的聲音都聽不到。

「爸爸，怎麼今年一下子就吃不飽飯了？」青青問我。

「今年到處發生旱災，糧食減產了，所以暫時吃不飽飯。」我只能按照報紙上說的跟她解釋道。

平時青青去上學時，總是水娥跟她盛好中飯，帶到學校去吃。有天青青說，她要多帶一點飯，水娥說飯都是定量的，沒有多的。青青不肯走，水娥便罵她：「怎麼還不去學校？」

青青拿著飯盒就是不走，我走過去小聲問青青：「到底怎麼一回事？」

青青小聲說：「跟我同桌的那個同學每天都不吃中飯，一到下午，就捂著個肚子上課，我看他好可憐，每天分了一點飯給他吃。」

「我跟你媽說說。」

我跟水娥說：「青青這點飯是不夠，你就讓她多帶一點。」

「一個小孩子，要吃那麼多？」

水娥口裡雖然嘮叨，但還是給青青多盛了一小碗飯。

青青提著飯盒，望著我做了一下鬼臉，高興地走了。

城裡雖然減少了糧食供應，但還是保證了天天有飯吃，而鄉下則沒有任何保障，他們唯一的辦法便是外出逃荒。城裡的街道上，忽然多出了很多從鄉下逃出來的乞丐，一個個衣衫襤褸，面黃肌瘦。

有天我剛從辦公樓內出來，看見保衛人員武大力拿著根警棍，在門口大聲呵斥著一個女乞丐：

「滾！滾！這裡是討飯的地方嗎？」

那乞丐已經離開了門口，武大力仍然走上前去揮舞著警棍，要把她趕到更遠的地方去。

女乞丐蓬頭垢面，衣衫破舊，我沒怎麼在意便走了過去，走過去後又覺得似乎有些面熟，忍不住回頭看了一眼，不覺一驚，在乞丐烏黑枯瘦的臉上我竟看見了一雙熟悉的眼睛，我仔細盯了她一眼，竟然是淑英，雖然已經瘦得不成人形，但那雙眼睛一直留在我的記憶中。我停住腳步，驚奇地問她：「你怎麼在這裡？」

她同樣驚奇地望著我，臉上掠過一絲羞愧的神色，似乎並不想讓我看到她這個樣子。

「你怎麼在這裡？」我又問了一句。

她低下頭，有氣無力地說：「家裡沒吃的，出來討點吃的。」

「你等我一下。」我說，趕緊回到家裡，從鍋子中拿出兩個蒸紅薯，便往外走，剛走到門口，水娥問我做什麼，我說：「門口碰到一個乞丐，我給她送兩個紅薯去。」

水娥一把將紅薯奪了過去，說：「我們自己都沒有吃的。」

「我是縣委副書記。」我說。

「副書記算什麼？縣長怎麼不管？書記怎麼不管？」她搶白道。

她似乎感覺自己過分了點，又解釋道：「門口天天都有乞丐，你給了這個，給不了那個。」

「我家鄰居。」我沒有說她是淑英。

水娥聽說是我家鄰居，才勉強把紅薯還給了我。我快步走到縣委大院，門口早已見不到淑英的影子。我問武大力剛才那個乞丐哪裡去了，武大力洋洋自得地說：「早被我趕跑了，只要看見乞丐過來，我就毫不客氣地把他們趕走。」

我冷冷地看了他一眼，沒說什麼，趕緊朝前邊的街上走去，轉過街角，看見一個乞丐正在前邊走著，我追上去，以為是淑英，剛要把紅薯給她，卻發現是個老太婆，老太婆看見吃的東西，毫不猶豫地搶了過去，然後大口大口地吞吃了起來。

每天早晨出來時，我都把早飯帶在身上，心想或許還能碰到淑英，可從此再也沒有看到她，但每天都可以碰到其他的乞丐，我便把東西給了他們。自己因為連著幾天沒吃早飯，每次上下辦公樓，都感到兩腿發虛，沒有力氣，有時用手拉住欄杆，才上得了二樓。有次碰到開會，董漢軍看了我一眼，問我為什麼出虛汗，我解釋說：「可能喝多了水。」我掏出手巾擦了一下汗，不想跟他說我沒吃早飯，說出來只會受到他的譏笑，說我這是婦人之仁。

過了兩天，街上便看不到乞丐了，董漢軍說乞丐影響湄河的形象，讓公安全部強制遣返了回去。早上我又揣著紅薯走到街上，竟暗中感到一種慶幸，不必把早餐讓給別人吃了。可是想起前幾天那些乞丐看到紅薯時閃閃發光的眼神，又為自己有這樣的想法感到羞愧。

不時有地方傳來餓死人的消息，可是縣裡開會時，沒有一個公社報告死人的情況，每個書記都說自己的公社情況一片大好，只有永玉總是默不作聲，既不說好，也不說不好。

因為到鄰省參加工業發展規劃會議，聽到了人吃人的傳聞，才知道並不是只有湄河才出現了飢荒。飢荒是全國性的，到處都在餓死人，到處都缺少糧食，死人像瘟疫一樣，從一個地方蔓延到另一個地方。而所有的官員，對此都諱莫如深，誰也不敢說出事情的真相。回到湄河後，永玉週末從桑木公社回來，晚上到我家坐，還帶來了一小袋紅薯，我跟他說起在外面聽到的傳聞，永玉嘆了口氣說：「我早就預感到會有這麼一天的。」

「現在下面是個什麼情況？」我問他。

「最嚴重的只怕是石鋪公社。」永玉說：「去年他們放出了畝產三萬多斤的「衛星」，糧食生產躍居全縣第一，徵糧也排在全縣第一。但現在石鋪公社死了不少人，有說死了幾百的，有說死了幾千的，到底死了多少，誰也不清楚。」

「但洪紹忠已經提拔上去了，留下這麼個爛攤子。你那裡怎麼樣？」

「桑木的問題不是太大，留給農民的那些自留地，大都種植了紅薯，有的還開墾了一些荒地，紅薯極容易生長，丟到土裡，肥都不要施，就能長出很大的紅薯來，種得多的人家，收得好幾百斤。」永玉頗為自得地說。

「這事你還不能張揚，不然會給你帶上右傾的帽子。」我提醒他道。

「我知道。但畢竟對得住自己的良心，對得住桑木公社的社員。」永玉說。在那個時候，像永玉這樣切切實實為老百姓著想的幹部可謂鳳毛麟角，少而又少。

一些人餓得實在不行了，躲到山裡去尋野果子吃。老鷹坳因為山深樹密，土地肥沃，山上生長著不少野生果木，附近好幾百社員躲了進去，一些社員甚至在山上搭建了木棚，開墾荒地。我聽了倍感欣慰，以為是件好事，既然政府提供不了糧食，群眾自己想辦法，多少減輕了政府的負擔。縣委常委擴大會上，我把我的意見說了出來，沒想到董漢軍不以為然，對我說：「楚書記，你把事情想得太簡單了。這些躲進去的人沒那麼簡單，多半是些流竄犯，有可能給社會帶來嚴重威脅，這是階級鬥爭的新動向，我們要保持高度警惕。」

他指著幾個列席會議的公社書記說：「你們沒有一點警覺性，居然讓這麼多人聚集到山上。萬一他們聚眾鬧事，誰來負這個責？你們明天回去後，馬上組織人馬，配合公安，必須一個星期之內把流竄犯全部趕下山，該抓的抓，該遣散的遣散，絕對不能手軟！」

第二天，幾個公社就組織了三百多民兵，上山搜尋，結果搜出了三百多人，統一關到收容所，收容所本來就缺少糧食，一下子增加三百多人，哪裡有飯給他們吃。關進去的這些人，沒幾天就餓死了二十多個，餓死了，就用一個麻袋裝著抬出去。當時為了看住這些人，縣領導輪流值班，我值班的時候，收容所已經遣返了大部分人，還剩下三十多個頑劣分子，關在兩間屋子內，這些人大都倚靠在地上，一個個面黃肌瘦，有氣無力。

我進去的時候，門口躺著個中年漢子，全身浮腫，看見我的時候，眼睛睜開了一下，又隨即閉上，我想再不給他吃的，估計熬不過這個晚上。我叫人把他抬到外面的房間，從辦公室拿來一包餅乾和半包奶粉，這些餅乾和奶粉是平時放在辦公室加班時吃的。那漢子本來已氣息奄奄，可是看到吃的，竟突然來了精神，一把抓過幾塊餅乾，就大口大口地吞咽了起來，生怕別人會從他手中搶走似的，有幾塊碎餅乾從他嘴角掉了出來，他一一從地上撿起來，重新放到嘴裡，吞下餅乾之後，又試著喝下一口牛奶，已經很久沒刮過的鬍子上沾了不少奶水。

他吃完東西後，竟突然跪在我的面前，說：「謝謝幹部救了我一命。」

我趕緊把他扶了起來，不覺眼睛發熱，老百姓其實是非常樸實的人，只要能給他吃的，他就對你感恩戴德！可現在我們把湄河都搞成了什麼樣子！

「你叫什麼名字？」

「周有富。」

「你是什麼成份？」

「貧農。」

「家裡幾口人？」

「本來有五個，餓死了兩個，我娘，七十多了，她說她活到七十多，活夠了，什麼東西都不吃，看著看著就不行了。」

周有富說到他娘時，用袖子抹了一下眼淚。

「還有我小兒子，不到一歲，從出生起就沒吃過一頓飽奶，我老婆想擠點奶餵他，可一點奶都擠不出來。」

「你家裡還有些什麼人？」

「我老婆帶著女兒。」

「你們在山裡待了多長時間？」

「兩個多月。」

「山裡有沒有吃的？」

「尋一點野果子，挖一點野菜，總比在家裡挨餓好。」

「如果放你出去，你準備去哪裡？」

「去找我老婆。」

「你老婆在哪裡？」

「她帶著我女兒討米去了。」

讓他走，還是繼續把他關在收容所，我猶豫了很久，擅自放走流竄犯，董漢軍肯定會借題發揮，趁機追究我的責任，處分甚或撤職都有可能。可是，如果不讓他們走，他們很可能會餓死在收容所裡。我不能眼睜睜地看著他們在我值班的時候，一個一個餓死在收容所裡，如果是這樣，這一輩子都會叫我良心上不得安寧。

「你走吧。」我狠了狠心，打定主意說。

他有些不相信地看著我，等相信了後似乎又要往下跪，我一把挽住他的胳膊，把他拉出了房間，「你快去找你的老婆。」

「你真是個好幹部。」臨走時，他嘴裡一再念叨著。

那天晚上，我放走了十多個出身較好的人，又從食堂裡面找了點剩飯剩菜，讓他們吃了才走。他們走的時候，一個個都感恩戴德，有兩個甚至還流出了眼淚。我想有他們這份感激，即便被撤職，我也心滿意足了。另外十多個出身不好的，雖然他們也一個眼巴巴地望著我，希望我能放他們出去，但無論如何我沒有這樣的膽量。這十幾個人中，幾天後又餓死了好幾個，把他們轉到監獄去後，才得以活了下來。

收容所少了十多個人，第二天一大早就有人報告給了董漢軍。董漢軍聽了大發雷霆，派人來叫

我，我進到他辦公室，看見他板著一副臉，一條一條的青筋，又像一張網似的覆蓋在他的臉上，眼睛極其冷淡地斜睨了我一眼。

還沒等我坐下來，劈頭就問：「楚書記，昨天晚上是怎麼回事？」

「昨天晚上我在收容所值班，有幾個人已經餓得不行了，我想與其讓他們餓死在這裡，還不如讓他們走。」

「你知道他們是什麼人嗎？是流竄犯！是階級敵人！你就這麼放他們走了，你是什麼立場？」

「他們都是出身貧農的普通老百姓。」

「普通老百姓？普通老百姓會聚集到山上？會成群結伙？出了事你負得起責？而且沒有報告縣委，你就擅自將他們放了，有沒有組織紀律性？」

「我正準備來跟你彙報的。」我解釋道。

「你還狡辯！」他突然一拍桌子說，眼睛裡射出一股凶光來，「從現在開始，回家去反省，等待組織處理。」

雖然我有心理準備，但沒想到會這麼嚴厲。從董漢軍辦公室出來，我心裡像壓了一塊什麼東西似的，只感到十分沉重，我回到自己的辦公室，一個人呆坐了很久，不知道要做些什麼好，桌子上堆著一些文件要我批覆，我拿起一份看了看，覺得沒什麼意思，又放回到原處，現在做這些似乎都沒什麼意義了，這些文件馬上就不要我批覆了。事情怎麼會發展到這一步呢？我和董漢軍共事，遲早會有這麼一天的，我們之間差別太大了，像他這種沒有文化的人，居然能當上縣委書記，我從骨子裡是看他不起的，可是你看他不起，他卻是你的領導，可以決定你的前途命運。我猶豫著要不要去跟他作個檢討，事情或許還有挽回的餘地，可是，馬上又覺得這樣做，太沒了人格，在董漢軍這樣的人面前，我實在低不下這個頭。隨他去吧，大不了，總還要給我安排一份工作。

第二天，董漢軍就叫縣委辦打了一份報告，建議撤銷我的縣委副書記職務，報告送到了地委，等待著地委的批覆。

我被停職的消息剛一散佈，縣委辦的同事和下屬見到我時，態度馬上發生了變化，能躲開的盡量躲開，躲不開的，眼光也變得躲閃起來，不敢和我打招呼，生怕與我有什麼關聯似的。水娥見我幾天不去上班，感到奇怪，不停地追問，我只好如實告訴她事情的原委，她半天沒有說話，我以為她對這事看得很淡，心裡還頗覺安慰，沒想到她突然冒出一句：「你逞什麼能？你以為你是觀音菩薩？要你去逞這個能？」

我沉默著沒有說話。

「事前你跟董書記彙報了沒有？」她繼續問道。

我搖了搖頭說：「沒有。」

「你怎麼不跟他彙報一下？」

我低著頭沒有回答她。當時我也想過跟他彙報一下，可是我知道以他一慣的態度，毫無疑問會拒絕我的建議，如果他明確不許放人，我再自作主張，性質就更嚴重了。

「你為我們想過沒有？你從來不考慮家裡人的感受。」水娥竟嗚嗚地哭了起來。

水娥發脾氣是有理由的，那時她正準備提拔到紅星街道辦事處任副主任，我的副書記免了，她的提拔多半也泡湯了。到這時，我才感覺到，自己的行為是不是太魯莽了，我自己雖然無所謂，但給家人帶來的傷害，卻是我不願意看到的。

那個時候，唯一讓我感到安慰的是還能和永玉聊聊天。他得知我停職的消息後，仍在週末的時候來看我。我笑著問他：「你經常來看我，不怕董書記有看法？」

他反問道：「我不來看你，董書記就認為我們關係不好了？」

我想了想，說：「那倒也是。」

其實，那段時間他的處境也很不好。在飢荒來臨前，桑木公社因為允許社員多種紅薯，所以食堂斷糧後，社員們靠這些紅薯得以度過難關，這本應是件值得表揚的事情，可是董漢軍不這麼看，他認為是桑木公社隱瞞了產量，把糧食私分給了社員，還在大會上點名批評永玉瞞產私分，揚言要給他處分。不久，縣裡派了工作組下到桑木公社，搞戶戶過關，組織搜查隊，挨家挨戶搜查糧食，有的地方沒辦法，把種子都交了上去，不知道明年拿什麼播種。

「那些紅薯搜出來沒有？」我問永玉。

「社員們很聰明，知道要來搜，都把紅薯埋到土裡了。」永玉笑道。

那時，縣裡幹部每人發了一個紅皮本子，可以憑這個紅皮本子，到國營商店買一些玉米、餅乾之類的副食品，所以雖然困難，但幹部基本上保證有東西吃。董漢軍雖然要我停職反省，但還是沒有停了我的副食品供應。停職這段時間，在家待著沒事，我就買了一點玉米偷偷給母親送了回去。

那時正是四月上旬，天朗氣清，春光明媚，河邊的柳樹新芽初綻，在陽光中閃著片片綠光，滿山遍野的小草在春風中歡快地舞動著身枝，到處都生機勃勃。可是，在這樣一個春意盎然的季節，唯獨人了無生氣，路上偶爾看到幾個行人，要麼虛胖浮腫，要麼骨瘦如柴，一個個都顯得有氣無力，步履蹣跚。剛進到洲上，就碰到福嫂和幾個年輕婦女在路邊歇憩，每個人旁邊放著一擔筦箕，裡面盛著半擔草灰。福嫂本來是個十分結實的女人，現在卻顯得十分乾瘦，臉形就像一條枯皺的老絲瓜一般，我差點沒有認出來。

「你們這是做什麼？」我問福嫂。

「給田裡施肥。」

「挑這點東西都要歇憩？」我有些疑惑地問。

「走路都沒有勁。」福嫂有氣無力地說。

她們站起來準備往前走，所有的女人都佝僂著身子，竟沒有一個人的胸脯是挺起來的，彷彿不曾長著乳房一般。我不覺感到有些慚愧，也許在這樣的時候，只有你這種能吃飽飯的男人，才會有心思注意到女人的胸脯。有兩個二十來歲的姑娘，看上去竟像有四十多歲了，與路邊盛開著的幾株桃花形成鮮明的對照。在她們這個年紀，本應風華正茂，洋溢著青春的活力，但一個個都默不作聲，眼神呆滯，臉上沒有半點血色，看上去與死人無異，我一時竟懷疑自己是不是進入了一個鬼域的世界，內心深處不由昇起一種透骨的悲涼感。

回到老屋，母親不在，大概是出去了，我正準備燒點開水，看見她神色慌張地從外面進來，一進屋就把門關上，從衣服裡面掏出幾只紅薯，紅薯顯然是剛從土裡挖出來的，上面還盡是泥巴，衣服上也沾了不少。我問是哪裡弄來的，她有些不好意思，猶豫了一下，悄悄說從隊上偷來的。我聽說是偷的，老大的不高興，覺得自己的母親不應該去做這種事情，便板著臉指責了她兩句，說你這麼大的人了，怎麼還去偷集體的東西。母親見我指責她，臉上現出一種難為情的表情，可是她馬上反駁道，你曉得什麼，人家都偷，隊上的幾塊紅薯被偷得差不多了，你不去偷，就等著餓死。我本來還想說她兩句，但看著她已是瘦得皮包骨頭，兩隻眼窩深深地陷了下去，就忍住沒說了。

我指了指桌上的布袋，要她收好，她迫不及待地打開布袋，看見黃燦燦的玉米，枯瘦無神的眼眶裡竟閃現出一絲歡快的光來，喜滋滋地問我是怎麼搞到的，我說是商店裡買的。她看到玉米後，行動也變得敏捷起來，趕緊將玉米放到一只油布袋中，把水缸裡的水掏出來。

「你掏水做什麼？」我不解地問。

「把缸移一下。」她說。

「移缸做什麼？」

「把玉米藏好。」

「為什麼要藏？」我奇怪地問道。

「你不曉得，隔幾天就有幹部來搜，搜到了吃的就沒收了。」

我幫她推開水缸，水缸下面現出一個洞來，她把玉米和紅薯都藏到洞中，想了想又從袋中抓出一把玉米來，放到衣袋中，然後才把水缸移回到原處。

水缸下露出了油布袋的一只角，她又把缸移了兩下，直到把那只角蓋住。她做完這些時，已是滿頭大汗，氣喘吁吁。

「你現在不煮一點？」我問她。

「現在煮得?等下全隊的人都知道了。」

她打開門，看了看外面，見沒有人，便從口袋裡拿出幾粒玉米放到嘴裡慢慢咀嚼起來。

離開母親後，我順便去看了一下順生，他被撤銷大隊長職務後，我還沒有看見過他，不知他現在怎麼樣了。誰知還沒進屋，就聽見裡面傳來一陣嗚嗚的哭聲，順生低著頭坐在門口，他老婆冬梅在悲切地哭著，我問是怎麼回事，順生說，他小女兒安安今天早晨死了。

我聽了一驚，腦子裡馬上閃現出一雙又大又圓的眼睛，和一隻拿著糖伸過來的稚嫩的小手。

冬梅一邊哭一邊埋怨他，為什麼要去多管閒事，別人都不出頭，你出這個頭做什麼。自從他沒當大隊長後，隊上就減了他家的口糧，原來當幹部時的一些好處，也全都沒有了。如果不是他犯了錯誤，他們的小女兒也不得餓死。

「她是得了病，不得病怎麼會死？」順生辯解道。

「她不餓，怎麼會得病？」冬梅搶白道。

看著冬梅傷心的樣子，我也不覺流出了眼淚，不僅僅是為他小女兒的死，也是為了像他這樣敢講真話的人。我實在希望能像當年父親那樣，拿出點糧食來送給他家，可是我卻什麼也拿不出，只能滿含歉疚地告辭了出來。出了門，天已經黑下來了，我又回想起順生小女兒那雙又大又圓的眼睛，那雙眼睛彷彿還在暗夜裡一閃一閃地盯著我看似的。

我覺得自己再也不能沉默下去了，回到家裡，便連夜寫了一封信，將湄河遭遇到的飢荒，餓死人的情況，董漢軍對群眾生命的漠視，原原本本地寫了下來，準備寄給中央，即便被開除黨籍，開除公職，乃至坐牢，都在所不惜。我寫好後，準備第二天晚上再好好謄抄一遍，就把信放在抽屜中。下午我去買了郵票回來，可是剛一到家，就發現水娥臉色鐵青，手裡拿著一疊信紙，坐在我面前一言不發。

「這是你寫的？」

我沒有做聲。

「你想害死我們啊？青青才八歲，永新才六歲，你出了事，叫我們怎麼活啊？你看看曹錦軒一家人，現在人不人鬼不鬼的。」

我用兩手撐著頭，不知如何回答她。

「你以為一封信就可以改變國家的命運？多少人寫過信，有用沒有？彭德懷那麼有威望的元帥，都被打成了反革命，你以為你是誰啊？」

水娥站起身，把那封信撕得粉碎，丟到垃圾簍子中，又覺得不放心，撿出來丟到煤爐中燒掉了。

「你要為我們想想啊。」水娥仍然不放心，坐到我面前，一邊說一邊哭了起來，「你自己出事，你不怕，青青、永新還那麼小，他們怎麼活下去？」

青青看見她媽媽哭，不知道出了什麼事，走過來問水娥：「媽媽，怎麼了？」

水娥抱著她的肩膀說：「你爸要害死我們。」

青青張著雙驚慌的眼睛，茫然地看著我。

「你胡說些什麼？」我氣憤地罵了水娥一句，站起身，進到房中，不由得嘆了一口氣，覺得正如她所說的，寫了也不會有什麼用，曹錦軒、鍾鳴、順生，都因為講真話而遭了殃，在這樣一個黑白顛倒的時代，正直不僅意味著是罪惡，而且意味著是災難！

我在家裡停職反省了一段時間，一直心懷忐忑地等著地委的處理意見。後來接到地委組織部打來的電話，要我第二天到組織部馮部長辦公室去一下。第二天一大早，我就搭車去了湄陽，一路上七上八下，不知地委會給我什麼處理。

到了馮部長辦公室，馮部長一臉肅容，開門見山說了找我來的原因，要我說說當時的情況，我把事情的經過和我當時的想法，一五一十作了彙報，馮部長聽了我的彙報，沉吟了半晌，說這個事情，還要跟武書記和張專員彙報，看他們是個什麼意見。說完便要我回去等候消息。

張專員就是張以誠，他擔任專員已經兩年了，我覺得有必要再找他彙報一下我的想法，就找到行署辦公樓。張專員正在開會，我等了一個多小時，等他散會後，才到他辦公室。張專員似乎知道是組織部找我，見到我就問談了話沒有。我說談了，張專員遞給我一支煙，問當時是個什麼情況，我點燃煙，抽了一口，又將事情的經過和我當時的想法一一說了一遍。

「他們哪是什麼階級敵人？」說到最後，我竟控制不住自己的情緒，變得激動起來，「純粹都是一些老實巴交的社員，只是沒飯吃，才躲到了深山老林中。把他們關起來，又沒飯給他們吃，活活餓死了不少人。當初我們搞革命，不就是要讓老百姓豐衣足食？過上幸福的生活？」

說著說著，我的喉嚨竟變得哽咽起來。

張專員默然半晌，嘆了口氣，說：「這事我知道了，你的心情我能理解。但現在是這個形勢，我一時也難以答覆你，我跟馮部長說說，要他先把這事緩一緩，看看情況，等過了這陣子再說。」

我知道張專員有苦衷，他也作不了主，但我相信，無論如何，他都不會做出於我不利的事情來。

「平時講話做事，謹慎一點，注意保護好自己。」臨走時，張書記拍了拍我的肩膀，囑咐我說。

沒過多久，武書記調到其他地區任書記，張專員接任了湄河地委書記，對我的處理便不了了之。

董漢軍見到我時，嘴角居然擠出了一絲難得的笑意，說要找我談談，前段時間可能有些誤會。我說沒什麼，都是為了工作。我以為他真要找我談談，但一直沒見他找我，只是開常委會的時候，他又叫縣委辦的人通知我參加，並在會上宣布恢復我的工作。

我恢復工作不久，水娥就順利地調到了紅星街道辦事處任副主任。組織部找她談話那天，她回來後滿臉笑容，心情顯得特別好。

我不由想到，每個人都需要得到組織的肯定。在這樣一個社會，組織的肯定是評判個人價值的唯一標準，無論你這個人有多大的能耐，有多高的學識水平，如果得不到組織的認同，即毫無價值。而一個不學無術的人，如果能得到組織的認同，得到組織的提拔，在別人眼裡馬上具有非同一般的學識水平。

到六一年中，公共食堂終於還是散了，因為每個地方都餓死了那麼多人，全縣還有幾萬人得了浮腫病，不少女社員因飢餓而患子宮下垂，再這麼下去，這些人離死亡也只有一步之遙了。散食堂的時候，我正好下鄉檢查，經過姐姐家中，便進去坐了一會。姐姐正蹲在地上劈柴，她看上去雖然瘦，但做事還是有力氣，不像是每天喝稀粥的人，我心裡有些納悶，這個地方未必比其它地方要好一些？姐姐見我來了，趕緊丟下柴刀，給我泡茶，所謂茶，其實就是一杯白開水，姐姐有些歉意地說，現在茶樹都歸公了，分的那幾兩茶葉早就喝完了。我問姐夫哪去了，她說正在食堂裡算帳，等下要分米分油。

我跟她還沒有說上幾句話，她的大兒子志強就進來喊，要她去提東西。姐姐聽說提東西，一下子來了精神，趕緊往外走，我因為閒著沒事，也跟著她一起到了分東西的地方。

食堂的前坪，聚集了一百多個人，男男女女，老老少少，都擠在一塊，互相之間你爭我吵，嘈雜不休，大部分人骨瘦如柴，也有十幾個人虛胖浮腫，但每個人看上去心情都很好，似乎只要分灶吃飯，就不會挨餓了。隊長是個五十來歲的中年人，前額有些禿了，穿件黑色的舊夾衣，站在臺階上，手中拿著一疊紙，一個一個喊著名字，他每喊一個人的名字，就有一家子人走上前去，從門口領出一袋紅薯，半袋米，一小瓶油，一個鍋子，一把菜刀，還有幾蔸白菜。有個六十多歲的老漢，滿頭白髮，趿著雙爛膠鞋，一邊用筷子敲著鍋沿，一邊哼著花鼓小調，帶著一家人興高采烈地回去了，彷彿又重新獲得了解放一般。

不一會，姐夫、姐姐領著兩個兒子，從人群中鑽出來，一人手上提著兩樣東西。我要幫他們提點東西，姐姐便將一個油瓶遞到我手上，瓶子裡面盛了不到三分之一的油，大概有二兩多。

姐夫左手拎著一只鍋子，右手拿著一把菜刀，走在我旁邊，他看上去蒼老了很多，但還是顯得很快活，兩個兒子提著東西在前面跑，也不像餓得特別厲害的樣子。

「你們是怎麼熬過來的？」我問他。

「好不容易，講起來盡是故事。」

「想了些什麼辦法？」

「都不是什麼正路數。」姐夫顯得有些不好意思。

「你說說看。」我追問道。

他左右看了看，見沒有人，竟放下東西，把裡面的短褲翻過來給我看了看，短褲是夾層，裡面有一個口袋。他拉開褲帶時，我無意中瞥見他的那玩意，竟只有蠶蟲般大小。

「每天在食堂做事的時候，我就往褲襠裡塞一把米，不抓多了，抓多了現形。」他鬆開褲帶，解釋說。

「食堂沒人管？」

「怎麼沒人管，隊長天天在食堂裡。」

「隊長不知道？」

「他哪裡會不知道？不過是睜隻眼，閉隻眼。」

「你們隊長好說話。」

「他是被幾個堂客們弄迷糊了。首先是幾個堂客們抓，放在褲襠裡面。剛開始時還是熱天，外面只穿條單褲，放了米就現形，往前凸出一坨，隊長看見了，走上前去往褲襠裡一抓，那女的嚇起臉色發白，大氣不敢出，隊長見她不敢做聲，就把手插到她褲襠裡去摸，摸了老半天不出來，那女的看他不聲張，就隨他去摸。隊長發現堂客們天天都偷米，就每天在堂客們褲襠裡摸一陣子。」

「後來你們也學樣？」

「只有蠢豬才不學樣。」

「隊長來摸你們的褲襠不？」

「那摸起有什麼意思？」姐夫哈哈笑了起來。

我聽了心裡頗不是滋味，不知道要說什麼好。

「你不想辦法，就只有死路一條。」姐夫以為我對他偷米有想法，解釋說：「我一個人餓死了不要緊，但還有老婆孩子，我一死了，他們也活不了。」

「隊長就是剛才那個念名單的人？」

「還不就是他。」

「簡直是個流氓。」我有些憤憤然道：「要把他抓起來。」

「事情都過去了，還抓什麼？」姐夫說：「他老娘也餓死了，可見他沒有偷糧食回去。他也只是摸一下，又沒得到別的什麼便宜。」

我沉默了一會，沒有回答他。

「我大不該跟你講，你行行好，千萬莫聲張。」姐夫似乎有些急了，勸說道：「你把他抓起來不要緊，那些女的怎麼辦？這事講開了，大家都知道了，她們還怎麼做人？」

我想想也是，就答應不聲張。每個人都要活下去，每個人都得靠自己想辦法，那些女人也未必沒有羞恥感，可是在生死面前，尤其是在一家人的生死面前，讓人摸一摸又算得了什麼呢？現在我把隊長抓起來，似乎是伸張了正義，卻等於是在她們的傷疤上再撒一把鹽，說不定還會逼得一些人自尋短見。如果較起真來，姐夫偷米，也是一種貪污行為，於法、於道德都是不對的，可是，就算他偷了那麼一點點米，姐夫一家也並沒有過上很好的生活，僅僅讓一家人活下來了而已。

姐姐要留我吃中飯，但看著他們口袋裡那少得可憐的一點點糧食，我沒有吃，拿了十元錢給他們去買米。

在回來的路上，我騎著單車，回想起這幾年辦食堂的經歷，彷彿經歷了一場人間鬧劇，而且是一場大悲大慘的人間鬧劇。當年那麼多人出生入死，欲救百姓於水火，可現在卻又使那麼多人死於飢餓和疾病，難道這就是我們所要達到的理想社會？到底是哪裡發生了差錯？這場災難究竟是不是不可避免？

我很想找個人好好訴說一下心中的苦悶，可是我知道，你有再多的苦悶，也只能憋在心中，說出來可能就是家破人亡。

董漢軍在一次縣委擴大會上，輕描淡寫地講到了農村的飢餓問題，他把餓死人的現象歸結為階級敵人的破壞，而對自己的所作所為沒有任何反省的表示。他甚至頗為得意地說，省委說了，死幾個人不算什麼，只是工作方法問題，犯了路線錯誤，才是政治問題。

湄河餓死那麼多人，就這麼輕描淡寫地一筆帶過，沒有任何人要為之負責。

十八、淑英蒙冤

淑英的死一直讓我愧悔交加。

上次遇到淑英後，我一直放心不下，便抽空去了她家一趟。

我在黑市上買了二十斤玉米，放在單車後座上，那時玉米賣到了兩元一斤，而一個普通幹部的工資每月只有三十多元。平時我把工資都交給水娥了，但每個月發的一點加班費和下鄉補貼我偷偷積攢了下來，放在辦公室，這次正好派上了用場。

進到村口，路邊的山坡上現出一塊塊新開挖的土圈，像要種樹，又沒有種樹，像菜地，又沒有種菜，我疑疑惑惑地看了一眼，不知道是做什麼用的。

淑英家住在一個山凹中，看到那簡陋的住房，我不覺吃了一驚，居然是住在一個臨時搭建的竹棚中，棚子中間並排放著兩張床，淑英躺在其中的一張大床上，一副病懨懨的樣子，臉色蒼白，兩眼深陷，瘦得全身只剩下了骨頭。見我進來，趕緊從床上坐起來。我問他們怎麼住在竹棚中，淑英說前年為了創高產田，把老屋拆了做肥料，大隊上說老屋的土牆肥性好，含有多種有機物，一畝田撒多少土牆肥就可以增產多少斤糧食。她家因為是地主，房子首先被拆了。大隊上說等糧食豐收了，統一建磚瓦房，安裝電燈電話，人人都可以過上城市裡的生活。可現在飯都沒有吃，哪裡還有錢建房子。

我聽了，也只有嘆息一聲，全縣被拆掉老屋的有幾千戶人家，現在都像淑英家一樣住在臨時搭建的竹棚中。

我在另一張床上坐了下來，淑英起身跟我倒水。竹棚靠裡邊的地方砌著一口灶，旁邊堆著些柴草，門口靠左邊放著一張破舊的飯桌，還有兩把椅子，便什麼都沒有了。淑英和我分手後，嫁給了一個出身也不好的地主，姓周。兩個出身不好的人走在一起，在當地的社會地位可想而知。

「老周呢？」

「上個月走了。」

「去哪裡了？」

「還能到哪裡去？」淑英嘆了一口氣說：「那天他去出工，沒吃什麼東西，還安排他挑擔子，挑著挑著就倒在了地上。」

她哽咽了一下，我以為她會哭出聲來，但她沒哭，喉嚨嗯了兩聲，就恢復了常態。

「小明呢？」我又問道，小明是她兒子，已經九歲了。

「讀書去了。」

「你是不是病了？」

「餓的，沒有勁。」

「早上吃了飯沒有？」

她搖了搖頭，又點了點頭。

「到底吃了沒有？」

她又點了點頭。

「吃了些什麼？」

她指著床腳邊堆放的一些榆樹皮和野蒿子。

我早聽說有的地方在吃樹皮和野菜，有些地方甚至還吃一種觀音土，吃了以後不消化，脹死不少人。淑英一家顯然早就沒了糧食。我撿起一塊榆樹皮捏了捏，樹皮是從那種小樹上剝下來的，皮倒還嫩，只是有些乾了，這東西吃下去，肯定會消化不良。野蒿子的葉子已經蔫了，顯然已放了好幾天。

「我帶了點玉米過來，你煮點粥吃吧。」

「這怎麼要得，這怎麼要得，老是麻煩你。」

「還跟我說這些做什麼。」

她來接玉米的時候，我不自覺地捏了一下她的手背，她的手瘦瘦的，只剩了一層皮，捏下去，老半天才恢復過來，沒現出一點血色，我對她說：「你現在就去煮點粥吃。」

她強打起精神，從床上下來，開始淘玉米煮粥。我看她灶上並沒有鍋子，問她用什麼煮粥，她從床底下尋出一只藥罐來，用抹布抹著上面的灰，說：「就用藥罐子煮。」

她把玉米放到藥罐中，盛上些水，然後放到柴火上慢慢煮著。看著她瘦弱乏力的身軀，我竟不覺生出一種傷感來，當年那個美麗、活潑、單純的淑英，因為歲月的折磨已經了無蹤影。雖然我知道這並不是我的責任，但又覺得自己脫不了關係，如果不是我，淑英或許早已經和其他人結了婚，而不至於變成現在這個樣子。

我站起身來走到門口，又看見對面山坡上的那一片新土，前前後後有十幾塊，剛才經過那裡的時候，我以為是新開的菜土，可是又沒有種菜。便問淑英：「那些新土是做什麼用的？」

「那是墳堆。」淑英放低聲音頗顯神秘地說。

「看上去很平整，不像墳啊。」

「大隊上有規定，埋人不准現出土堆，怕上面來檢查。死了人還不准哭，誰哭就打人。」

「怎麼一下子死了那麼多人？」

「你在上面不知道，他們都是餓死的。鄉裡人都在傳唱「天不怕，地不怕，就怕政府說假話」，「今反右，明反右，反得社員吃人肉」。」

「真有人吃人肉？」我聽了她的話，不覺心裡一沉。

淑英沉默著不說話了。

沒想到一個幾十人的小小生產隊竟會餓死那麼多人。從我記事起，乃至從我父親記事起，湄河都沒有發生過這麼嚴重的飢荒，都沒聽說哪一年餓死了這麼多人。而這一切都發生在沒有戰爭，沒有天災的太平年代，這究竟是為什麼啊？

現在都成這個樣子了，可報紙上每天還都在高唱大躍進取得了偉大勝利，社會主義農村呈現一派欣欣向榮的景象。

「我跟你講的這些事，你千萬別跟人去說，要是有人知道我向上面反映情況，就不給飯吃。」

「你放心，我不會說的。」我嘆了口氣，心裡只覺得異常沉重。

「你在這裡吃粥不？」她問我。

「不啦，等下我就走。」

我想避開來時的那條路，但淑英說，只有那條路可以走。經過那片墳地時，忽然一陣冷風吹了過來，我不禁打了一個寒顫，山上的樹木發出一陣喳喳的聲音，彷佛是這些餓死的怨魂在哭泣似的，腦子裡忽然冒出杜甫的一句詩來：「新鬼煩冤舊鬼哭，天陰雨濕聲啾啾。」

有時候你自以為做了件好事，卻不料反而成了禍害的根源。

大約過了半個月左右，舅媽哭哭啼啼找到我辦公室，我問出了什麼事，她說淑英成了縱火犯。聽她講完事情的原委，我一下子懵了，簡直不相信事情會有這麼湊巧。

那天我買了二十斤玉米送去，淑英生產隊的倉庫晚上便被人偷了，丟了幾百斤稻谷和玉米。隊長邱長富首先懷疑是五類分子偷的，帶著人挨家挨戶去搜，淑英把那二十斤玉米藏在櫃子的衣服底下，這一搜就被搜了出來。

邱長富問玉米是哪裡來的，淑英死活不肯說出是我送的，便被當成偷來的糧食收繳了上去，還把淑英拉到隊上批鬥了一個晚上，要她交代剩餘的糧食都放到哪裡去了，淑英交代不出，邱長富叫幾個男人對著她就是一頓拳腳，把她打得癱倒在地上。

事情並沒有就此結束。沒過多久，隊上的倉庫突然起火，房子是木質結構的，被風一吹，火勢迅速蔓延開來，社員來不及救火，倉庫一下子就燒成了灰燼。

隊上的糧食本來就不夠吃，倉庫燒掉後更加沒了吃的。一時群情激憤，紛紛猜測誰是縱火犯。有人提出起火前一個小時，看見淑英的兒子小明在倉庫邊上經過，邱長富聽了，便認定是小明想繼續偷糧食，不小心把倉庫點著了，於是派人把小明抓過來審問。

小明正在床上睡覺，被人從被窩裡拖了出來，一直拖到起火現場。邱長富要他交代放火經過，可小明不承認。幾個男人便將小明按到刺骨的冰水中，撈起來又用風車吹，當時正是數九寒天，大人穿著棉襖都感到寒冷難擋，小明不過九歲的小孩，哪裡經得起這麼折騰，渾身不停地抖動著，臉色像紙一樣白，但他仍咬著嘴唇不肯承認。淑英哭著喊著，死死抱住小明，那幾個人還要繼續把小明往冷水裡按，淑英死命地跟他們撕扯起來。

邱長富一把拖開她，咬牙切齒說今天不弄死這個地主崽子不是人。

淑英看著兒子被這樣弄下去，遲早要喪命，便哀號著承認是自己放的火。她承認之後，邱長富才把小明放了回去。

淑英被抓到了縣公安局，她以為不過是坐幾年牢，沒想到公安判了她死刑。當她得知這一消息時，又後悔起來，她擔心自己死了，無人照顧小明，便跟看守說自己要重新交代。公安又審了她一次，淑英不承認是自己放的火，可公安對她的反悔很厭煩，認為這個地主婆腦子出了問題，出爾反爾，仍然維持原來的判決。

舅媽央求我，能不能替淑英求求情，坐牢都可以，只要不判死刑。

我馬上想到這事只有董漢軍點頭，才有可能改判。可那時我正是停職反省的時候，我自己去找他，反而於她更不利。我想來想去，想到了公安局長嚴寶開，嚴寶開和我在竹園共過一年事，雖然當初兩人對待地主富農的意見不一致，但並未發生公開的衝突，我到縣裡任副縣長後，他調到了公安局任局長，平時見了面仍然熱情地打招呼。我想找他談一談，希望他能實事求是，依法辦案，或許能讓淑英免於一死。

我把嚴寶開叫到辦公室，他見了我，仍然客氣地叫我老首長，問我有什麼指示，我跟他扯了幾句家常，才講到淑英的事情。

「這個案子我知道。」他說：「刑警隊跟我作了彙報。」

「這個案子，我認為存在兩個疑點，一是生產隊丟了幾百斤糧食，而梁淑英家中只搜出二十斤玉米，糧食顯然不是她偷的。二是縱火的問題，她是看了自己兒子受到懲罰，性命難保，才承認是自己放的火，並沒有其他的人證物證。」

嚴寶開點了點頭。

「希望你能在這個案子上秉公執法，實事求是。」我說。

嚴寶開聽了拍著胸脯說：「首長，你放心，案子肯定要實事求是，我會認真查清這個案子的。」

「這事就拜托你了。」我說。

他走的時候，還說了一句：「首長，你放心，我會實事求是的。」

那段時間，我因為停職反省，不能參加縣委的會議，每天在家裡忐忑不安，不知道縣裡最後是怎麼定的。那時我在游擊隊的戰友張秉初，剛從部隊轉業回來，擔任縣委組織部長，有天在縣委門口碰到了，我裝作不經意地問他，縣委研究了一個地主婆縱火的案子沒有，他問地主婆是我什麼人，我說是一個親戚。他搖了搖頭，說事情比較麻煩，董書記親自過問了這個案子，要求從嚴從快處理。他猶疑了一下，又提醒我說，董書記還提到了你，說楚懷南立場不穩，居然還來為一個地主婆說情，中央剛剛下發了文件，困難時期要嚴防五類分子搞破壞，如果對這類破壞行動不從嚴處理，後果不堪設想。最後他還說了一句：「反正是個地主婆，殺一個少一個。」

我聽了腦子一轟，知道這下淑英必死無疑了。心中猛然充塞著一種痛楚的感覺！當初嚴寶開信誓旦旦地跟我說要實事求是，而結果是他不僅沒有實事求是，反而將我找過他這件事彙報給了董漢軍。

我真是糊塗一時，怎麼想到要去跟他說情呢？嚴寶開是那種一心想往上爬的人，他怎麼會為了一個地主婆而秉公執法呢？

過了兩天淑英就被拉到一個廢棄的碼頭邊槍斃了。我想到那個地方去看看，可是我不敢。我把自己一個人關在辦公室，一遍一遍地咒罵自己，懦夫！懦夫！十足的懦夫！

兩個月後，我去看了一次舅媽，她那時仍沒有從悲痛中恢復過來，人也一下子老了很多，臉上陡然增加了很多皺紋，頭髮則完全白了。她見到我就哭訴著淑英不該死，她扯著我的衣袖說：「你們從小一起長大的，你怎麼不救救淑英啊？她死都不肯交代是你送的玉米。」聽她這麼說，我的心猛地顫了一下，是我害死了淑英啊！

我望著這個老婦人滿臉哀傷的皺紋，不覺淚水漣漣。她們也都是人啊，和你一樣的人，可為什麼她們就要遭受如此殘酷的命運？難道這又是革命必須要付出的代價？

我不敢久留，擦乾眼淚，留下三十元錢，匆匆離開了舅媽家。

在執行死刑的當天，《湄陽日報》上刊登了這樣一則新聞：「地主婆縱火，死有餘辜」。文章將淑英描述成一個陰險惡毒的地主婆，為了報復社會主義，喪心病狂，竟然縱火燒毀集體糧倉。

無論報紙上把她描繪成一個怎樣的醜惡形象，留在我記憶中的淑英，仍然是那一張純潔善良的笑臉，這張笑臉老是在我的眼前晃來晃去，即便幾十年過去了，那形象還是如此清晰。一想到她的冤屈，我就忍不住要淚流滿面，痛徹心肺。她是一個多好的女人啊，美麗，溫和，善良，忍讓，總是寧肯犧牲自己，總是能替他人著想，只因為出身不好，便遭受了如此多的不幸和痛苦，最後竟連生命都得不到保障。

有時我安慰自己，無論我怎樣做，都是救不了她的，正如我救不了自己的父親一樣。他們都屬於階級敵人，屬於地富反壞分子，本來就是要從這個世界上予以消滅的人！

她的命運已經由她的出身所決定！

十九、擔任縣長

張書記接任地委書記後，對各縣的領導班子作了一次大的調整，把董漢軍調到湄陽市任市長，雖然級別還是正處級，但因為不再任書記，權力無疑小了很多。周縣長接任了縣委書記，我則擔任了縣長一職。

解放後，在湄陽地區，幹部戰線一直存在著兩個派別，南下派和本地派，由南下幹部當地委書記時，提拔的多是南下幹部，本地幹部當書記時，提拔的多是本地幹部。張書記是本地上去的幹部，所以在任人上向本地幹部傾斜。況且，從當年地下黨開始，我就一直在他的領導下工作，相互之間非常熟悉，他對我一向非常信任。

擺脫了董漢軍的領導，心中竟有一種如釋重負的感覺。在他下面工作的這十多年裡，總是感到一種說不出的壓抑和無奈，這人文化不高，心胸狹隘，作風霸道，尤其讓人不能忍受的是缺少同情心，且不說對階級敵人殘酷無情，即便是普通老百姓，也沒有多少憐惜關愛之心。只是憑著南下幹部的資格和武書記的關照，才一路得到提昇。湄河縣三年飢荒，餓死幾萬人，跟他那一套漠視百姓生命的做法不無關係。

班子調整之後，原來分管農業的副縣長廖建平，接我的手分管工業，班子中便缺了一個分管農業的副縣長，我想來想去，覺得永玉最合適，因為永玉擔任過兩個公社的黨委書記，熟悉農村的情況，更加難得的是，他一直很務實，在浮誇風盛行的那幾年，他都能保持冷靜的頭腦，很少盲目跟風。

那時永玉已調到茶山公社任黨委書記，有次從茶山回來，晚上到我家裡，我跟他提到這個事情，問他有沒有想法。

「很想也未見得，但一點不想也是假的。」永玉想了一下說。

「有想法就好，有想法就有實現的可能。」

「但我有想法沒有用，關鍵是領導要有這個想法。」永玉笑了笑說。

「那倒也是。所以，你最好跟張書記去彙報彙報一下思想。」我提醒他道。

「算了，領導有這個想法，你不去彙報，他也會考慮你。領導沒這個想法，你去彙報了，他也沒放在心上。」永玉說。他還是那種很迂的性格，諸不知在這種任人體制下，上級對你的印象非常重要，而這種印象又是建立在對你的接觸和了解上的，你不去跑，不去彙報，便沒有接觸上級的機會，也就難以給上級留下一個好印象。

瞄著副縣長位子的還有兩個人，一個是石鋪公社黨委書記劉躍山，一個是東河公社黨委書記楊金亮，他們的資格都很老，這段時間也十分活躍，不時到縣委來找周書記，還跟我扯過兩次，要我跟他們說好話。

縣委周書記跟我商量副縣長人選時，我雖然推薦了永玉，但聽周書記的口氣，他比較看重楊金亮，說他膽子大，工作有魄力。我聽了不以為然，說早幾年我們吃虧就吃在膽子太大了。但周書記聽了默不作聲，似乎已打定主意。

事情變得十分微妙，如果聽之任之，永玉肯定沒了希望。為了促成對永玉的任命，我決定專門去跟張書記彙報一次。

我到地委去了兩次，第一次張書記正在開會，第二次才在辦公室找到他。我先跟他彙報了縣裡正在抓的幾項工作後，才提起缺一個副縣長的事。

「嗯，我正在考慮這個事情。」周書記沉吟了一下，問我：「你有什麼想法？」

「原來我一直分管工業，農業這一塊不太熟悉，想找一個熟悉農業的同志來分管這一塊。」

「縣裡有合適的人選沒有？」

「我覺得顏永玉同志比較合適。」

「永玉我熟。」張書記說：「但不知道他對農村這一塊，熟悉不熟悉。」

「永玉在下面摸爬滾打了好幾年，先在桑木公社當了三年黨委書記，又調到茶山公社當了一年多書記，熟悉農村的情況，而且在桑木公社的時候，不虛報產量，不搞鋪張浪費，鼓勵社員種植紅薯，三年飢荒期間，其他公社都餓死不少人，唯獨桑木公社沒有餓死人。」

「能做到這一點很不容易，永玉是個好同志。」張書記聽了我的介紹，頗為贊賞地誇獎道。「這樣的幹部應該大膽提拔，到時我在常委會上說一說。仁衡同志也推薦了一個人選，但我覺得永玉更合適。」

聽張書記這麼表態，我就放下心來了。看樣子，周書記之前已跟他彙報過一次，如果我不來這一趟，多半是楊金亮當副縣長了。

很快，永玉的任命文件就發了下來。永玉上任後，我想跟他商量一下明年的農業生產怎麼搞，便叫秘書科通知永玉到我辦公室來一下。

永玉辦公室就在一樓，我等了好一陣，才看見他扶著腰一瘸一瘸地走了進來，我吃了一驚，問他：「你怎麼了？」

「腰椎間盤突出。」

「到醫院看了沒有？」

「看了醫生，不礙事。」永玉搖了搖手，費力地坐下來說。

「我想找你扯扯。」我說：「常委會馬上要研究明年的農業發展計劃。」

他輕輕地捶了捶腰，說：「我也正想跟你彙報這個事情，現在很多地方都試行包產到戶，我們是不是也可以放開手腳試一試。」

「包產到戶，是不是又回到老路上去了？」我擔心地問。那時我仍然堅信，搞集體制才能充分體現社會主義的優越性。

「你覺得前幾年我們搞的這個集體制成不成功？」永玉問我。

「不能說集體制不成功，而是我們的一些做法不對，譬如說假話、共產風、大放衛星等等。」

「我不這麼認為。」永玉默然了一會，說道。

「那你怎麼看？」我問他。

「現在農村還不適合搞集體經濟。」永玉猶豫了一陣子，說道。

「為什麼？」我第一次聽到有人提出這種觀點，頗感驚訝。

「這是由目前的生產力狀況決定的。根據馬克思主義，生產力決定生產關係，只有在生產力發展到一定程度後，才能實行社會主義集體經濟。但是目前的農村，生產力水平還停留在封建社會階段，解放後農村的生產力並沒有出現質的飛躍，而生產關係一下子要跳躍到社會主義社會，顯然就容易出問題。」

「這個我倒是沒有仔細思考過。」我說：「那你說該怎麼辦？」

「現在既然已經公社化了，走回頭路也不現實，只有縮小核算單位，明確責任，明確獎懲，才能最大限度地調動農民的積極性。搞集體化以後，很多農民出工不出力，不愛惜公有財物，做多做少一個樣，做好做壞一個樣，是因為責任不明，獎罰不分。」

我等著他繼續往下說，可是他卻站起來，用手撐著腰，在房子裡來回慢慢走了兩圈。

「是不是痛得很厲害？」我問他。

「一點點。天氣變冷，就有些痛。」

他走了兩圈後，又繼續坐下來。

「我考慮了一下，核算單位最好下放到生產隊，生產隊再分成若干組，每個組再按人頭承包土地，包工到組，包產到人，年底按收成分配糧食。」永玉胸有成竹地說，這些顯然是他經過長期實踐思考出來的辦法。

「這倒是個好主意，只不知道政策允不允許？」我擔心地說。

「可以先試點，如果上面沒有反對，我們就推廣。如果行不通，再回到原來的樣子就是。」

「這個事會要跟周書記商量一下，你先跟他彙報一次，我再找他商量。如果他贊成，就按你的意見搞。」我說。

「第二個，盡量給社員多留一點自留地。」他提議道。「桑木公社之所以沒有餓死人，全虧了社員的自留地。」

「這個推行起來，倒是沒問題。」我說。

「第三個，要鼓勵社員多種經營，別吊死在一棵樹上。田裡種水稻，山上種油茶、玉米，或者其他經濟作物，糧食歉收了，其他作物還有收成。」

永玉還談了幾點意見，直到快要吃中飯時，他才扶著腰一瘸一瘸地走下樓去。

永玉離開後，我仍然在辦公室坐了一陣子，回味剛才永玉說的那些想法，雖然這些想法離經叛道，卻是發人之所未發。在生產力還十分落後的農村推行集體經濟，我們是有些操之過急了。

過了兩天，永玉見到我，高興地說，他跟周書記彙報了，周書記同意先在幾個大隊試點，先不聲張，邊搞邊看。

永玉上任不久，跟我推薦了農業局一個年輕幹部，叫黃少奇，說這人年輕懂業務，工作又踏實肯幹，可以重點培養一下。我因為不認識黃少奇，所以也沒怎麼放在心上。沒過多久，我到農業局檢查蔬菜生產的情況，農業局於局長帶了幾個人陪同，黃少奇也在其中，便對他有了些印象。

黃少奇是農業局蔬菜站的一名普通幹部，家裡出身不好，家境也差，兄妹五個，就他一個人讀書出來參加了工作，快三十歲了還沒有結婚。那時正是冬天，其他人都穿著棉襖，唯獨他一個人還穿著件夾衣，身子本來就單瘦，在冷風中吹著，凍得全身瑟瑟發抖。吃飯的時候，他起身幫我添飯，我觸到他的手指，那手指竟像冰一樣冷。

「怎麼不多穿點衣服？」我接過飯碗時問他。

他尷尬地笑了笑，沒有回答我。

坐在旁邊的於局長說：「小黃是個孝子，每個月的工資都寄給家裡了。」

「你家裡幾口人？」我問起他家裡的情況。

「七個。我五兄妹，還有娭毑，還有我娘。」他告訴我。

「你爹呢？」

「過世了。」

「娭毑多大年紀了？」

「八十多了，身體不是很好。」

這麼大一家子，就他一個人出來工作，生活之困難，可想而知。

我看了黃少奇一眼，看他溫和老實的樣子，覺得這年輕人不錯，很有孝心。

下午又看了一個蔬菜基地，黃少奇跟在我身邊，跟我談蔬菜種植存在的問題。目前主要是缺乏技術人才，全縣幾乎沒有專業學蔬菜種植的；二是資金不夠，蔬菜種植季節性強，要克服這個問題，就必須建大棚，但一般的生產隊都沒有這個實力。黃少奇建議，多給社員一點自留地，充分發揮他們的積極性，蔬菜種好了，即便遇上災害年份，也抵得幾個月的糧食。我滿意地看著這個年輕人，覺得現在像他這樣專業而又肯思考的人，實在太少了。

檢查完後，我掏出五十元錢給他，要他去添件衣服。他推托了半天，不肯要，老於說，縣長關心你，你就收下吧。他這才把錢收下來，嘴裡連說了好幾聲謝謝。

回縣裡後，老於來跟我彙報工作，我順便問起黃少奇在單位表現怎麼樣，老於說很不錯，工作很積極，技術又好。我問他，這樣的年輕人，怎麼不重點培養？老於嘆了口氣說，他也想重點培養，但黃少奇出身不好，有個伯父跟隨國民黨去了臺灣，組織部門將他定為內部控制使用。我說，看一個人，主要看他的工作表現，不能因為出身不好就一棍子打死。老於點了點頭說，他會考慮這個事情。沒過多久，農業局就提拔他擔任了蔬菜站的站長。過了兩年，永玉又跟我推薦過一次，說他當站長後，幾個蔬菜基地的生產有很大起色，我也覺得這個人做事不錯，工作很有想法，所以常委會研究幹部時，我推薦他擔任了農業局的副局長。

黃少奇得到提拔後，倒是知恩圖報，逢年過節，都要到我家來坐坐，有時還帶著他愛人一起來，他愛人腆著個大肚子，已經懷上幾個月了。他愛人也是農業局的幹部，黃少奇當上站長後，地位發生了變化，所以很快就戀愛結了婚。我看他們帶了不少東西過來，對黃少奇說你們不要客氣，來坐坐就行，不要帶東西，他愛人說，我家老黃經常說沒有楚縣長就沒有他的今天，他一輩子都要把楚縣長當恩人。我笑了笑說，你們不要感激我，黨和政府總需要人做事，而且要能幹的人做事。話雖這麼說，但我心裡仍然覺得很受用，覺得這年輕人不錯，知道感恩，心想老於退休後，他是接替農業局長最合適的人選。

經過幾年的調整，全縣的農業生產逐漸得到恢復，沒有飯吃的現象得到根本扭轉。老百姓是極容易滿足的，只要有飯吃，有衣穿，他們對政府就十分滿意了。這年開春後不久，我又回了一趟梨花洲，洲上的面貌發生了很大的變化，到處都栽種著油菜花，放眼望去，黃澄澄的一大片，雖然不如梨花那般耀眼，但同樣看得人心曠神怡。而且油菜是經濟作物，每個生產隊都可以增加不少收入。看著滿山遍野的油菜花，我不禁深切地感受到，只要調動起人的積極性，每一片土地都是取之不盡的資源；而如果被一種僵死的理論所限制，即便地裡埋著黃金，人們也照樣沒有飯吃。

上次回洲上時，所到之處，看到的都是一片死氣沉沉的景象，而現在每個人的臉上，不僅多了很多肉，也多了很多笑容。剛走到洲上，就看到三三兩兩的社員朝老屋的方向走去，我問他們去做什麼，他們說去福嫂家喝酒，今天福嫂收媳婦。

走近老屋，果然看見裡裡外外都擠滿了人，槽門上貼著一副大紅對聯：「愛集體任勞任怨，建國家同德同心。」

我還沒進門，就有人喊道：「楚縣長回來了。」

隊長強猛子聽到喊聲，趕緊從屋裡走出來，以為我是回來喝酒的，便將我邀到廳屋內的主席上坐下。

福嫂進來看見我，也以為我是來喝酒的，高興得連聲說：「還麻煩縣長大人，真是不敢當。」

「麻煩什麼，鄉裡鄉親的。」我說。

「你當縣長還是頭次回來吧？」坐在旁邊的尚和叔問我，尚和叔是我堂叔，因為輩份高，所以坐在上席。

「是的。」

「騎單車回來的？」強猛子問道。

「坐汽車。」

「汽車呢？」

「停在對岸。」

「汽車是你自己的？」

「公家的。」我說。

「公家的，還不就是你的。」強猛子想當然地說。

我笑了笑，未置可否。

「你當縣長了，還是這麼隨和，沒一點官架子。」尚和叔說。

「他一直就是這個樣子，官大官小，都是這個樣子。」母親正好走了進來，站在旁邊插話道。

「德嫂子，你命好哩。」尚和叔對母親說。

母親聽了他的奉承，呵呵地笑了起來，謙虛著說：「你命幾時不好？」

雖然只是意外地遇到喝喜酒，但看見社員們一個個興高采烈的樣子，我也不覺感到一種滿足，一種歡喜。這種喜慶活動，好幾年沒有碰到過了，前幾年連飯都吃不飽，更別說喝酒了。現在農村遇到婚喪嫁娶，又開始舉辦慶祝活動，說明農民的生活狀況得到了很大的改觀，每家每戶又有這個餘錢剩米了。

吃過飯後，我回到母親屋裡，她看見我紅著臉，問道：「你喝了不少酒吧？」

「喝了幾杯。」

「少喝點酒。」

「沒事，今天高興。」我說。

「你送了禮沒有？」母親問我。

「沒有。」我是意外碰到的，沒有準備禮物。

母親拿出一個新熱水瓶說：「把這個送過去算了，我還沒用的。」

我說：「那好，等下我給你錢。」

母親把熱水瓶送了過去，邊走邊說：「我說是你送的。」

母親回來後，我給了她五元錢，母親說：「沒這麼貴。」但她還是把錢接了過去。

牆角放著一個新置的穀桶，我走過去打開看了看，裡面滿滿地盛著一桶糧食。

「這一桶穀吃得幾個月？」我問母親。

「吃得三個多月。」

「那你現在糧食吃不完吧？」

「一年總要剩幾擔穀。」母親說：「原來我想餵一頭豬，但懷吉說我年紀大了，不要餵了，要我到她那裡去住。」

「你準備去？」

「我想到她那裡去過年。」母親說。

我聽了不覺鬆了一口氣，母親如今年紀老了，我一直擔心她的撫養問題，如果讓她和我們一起去住，水娥嫌她是地主婆，多半不得同意，現在姐姐接她去住，倒是了卻了我的一樁心事。

從老屋出來，我又順路去看了一趟順生。他家的房子已經重新建過了，七間大瓦房，一擔柴的結構，牆壁用白灰粉了一遍，在陽光下熠熠生輝。門口貼著一副大紅對聯：「翻身不忘共產黨，幸福不忘毛主席」。

冬梅正坐在客廳門口，給小孩餵奶，她餵奶時有些誇張，把整個上衣都撩了上來，露出兩只滾圓結實的奶子。她見我進來，下意識地把襯衣往下拉了拉。

「又生了一個兒子？」我問道。

「嗯，才三個多月。」冬梅顯得有些不好意思。

「長得蠻好，胖呼呼的。」我說。

「一天到晚，吃了睡，睡了吃。」冬梅說。她放下小孩，起身要去倒茶。

小孩因為沒吃飽，突然吃不到奶了，便放聲哭了起來。

「你繼續餵奶，不要倒茶。」我拉住她的衣袖說。

「沒事，沒事。」她在孩子身上拍了幾下，一邊拍，一邊搖，小孩果然不哭了。

「順生呢？」我問她。

「到大隊上去了。」她說：「現在又要他當大隊長了。」

董漢軍調走後，我跟公社劉書記說了一聲，要他恢復了順生大隊長的職務。

「你這房子什麼時候建的？」我看了看新房子說。房子裡還散發著一股很濃的油漆味。

「才搬進來。」她老婆說到房子，頗有些得意，「老房子都快要倒了，催了無數次，他才動手建新房子。」

「現在日子過得蠻好啊。」我誇獎道。

「比兩年前好多了。」她老婆笑著說：「要是還照兩年前那樣，都會餓死去。」

「順生在大隊上幹得怎麼樣？」

「他啊，還不是老樣子。但他說現在大隊長好當，不要說假話了。」

離開順生家，腦子裡竟又浮現出冬梅餵奶時的景象，倒不是有什麼邪念，而是想起兩年前看到幾個婦女挑草灰時的樣子，那時她們整個身子都乾癟得只剩下了骨頭，才不過兩年時間，女人的身體就變得如此豐碩起來，可見一切幸福都是建立在飽暖的基礎之上的。

二十、曖昧之情

我認識朱麗時，她還只是湄河紡織廠織布車間的一名普通女工。朱麗的美麗，在湄河縣稱得上首屈一指。

在縣財政收入有所好轉之後，我決定加大對工業企業的投入，因為要把湄河經濟搞上去，工業仍然是關鍵。

當時全縣有幾十家集體企業，規模都很小，最大的仍然是湄河紡織廠。紡織廠在公私合營後，規模稍有擴大，新進了一批設備，職工人數達到三百多人，但廠裡的生產一直不正常，縣裡下達的生產任務，經常不能按時完成，我把胡興國叫到辦公室來批評了一頓，他倒是很有信心，拍著胸脯說下個季度保證完成任務，從今天晚上開始所有的人都加班。三個月下來，任務倒是完成了，但大部分是次品。

我想弄清紡織廠到底是個什麼狀況，便把仲甫叫到辦公室，跟他扯了一陣子。

仲甫見到我，看上去有些拘謹，穿著一身舊工作服，看上去皺皺巴巴的。原來我在工業局時，兩個人來往還比較多，我當縣長後，便很少見面了。

我問了他一些情況，仲甫回答時，總是很猶疑，顯得有所顧慮。我也不好為難他，便扯了些別的話題。到吃中飯時，我請他到招待所吃飯，他要回去，說家裡已經做了飯，我說我們老同學難得聚在一起，中午喝兩杯，他這才留了下來。

兩杯酒下肚後，仲甫的話便多了起來，剛才的拘謹也一掃而光。

「剛才你問我的情況，不是我不敢說，是我不想說。」仲甫給兩只空杯子倒滿酒。

「為什麼？」

「說了有什麼用？事在人為，關鍵還是靠人，尤其是靠廠長。搞企業不是打仗，需要技術，需要管理，來不得蠻的。」

「你是說胡興國不適合當廠長？」

「適不適合，你比我更清楚。有的人打仗厲害，但當廠長不行。」

「廠長的問題，縣委再商量。」

「其次是設備。」仲甫又恢復了往日的那種自信，「現在大部分設備還是我爹建廠時進的，已經很落後了。大煉鋼鐵時，被胡廠長砸了兩臺機器，還有十幾臺紡織機因為年久失修，已經不能使用了。設備問題不解決，生產總總上不去。」

「如果將現有設備進行改造，估計要多少錢？」我問他。

「至少要一百萬。」仲甫伸出一個指頭來說。

一百萬不是個小數目，全縣的財政收入，也不過六百多萬。我心裡盤算著這一百萬該如何籌集。

「還有技術人員的問題。」仲甫接著說：「廠裡簡直沒什麼技術力量，原有幾個技術人員都安排搞行政後勤去了，胡廠長的口頭禪是：『不要戴眼鏡的，我們一樣搞生產。』所以我們生產的布匹，質量上總得不到保證。如果要保證質量，就必須讓技術人員重新搞技術。」

「你這些真是說到點子上了。」我端起酒杯跟他碰了一下，「我敬你一杯。」

「這個廠子如果由我來管理，肯定不是現在這個樣子。」仲甫喝完酒後說。他的眼睛已開始變紅，似乎又恢復了往日的那種信心。

我知道他話裡的意思，聽了只是笑笑，因為在目前的形勢下，如果由他來當這個廠長，肯定會被人說成是搞資本主義復辟，別說他的廠長當不下去，連我這個縣長也會當不下去。

我跟周書記認真商量了一次紡織廠的問題，周書記年紀比我大了十幾歲，性格溫和，本來就好說話，再加上對工業這一塊不熟，所以基本上同意了我提出的幾點意見：一是把胡興國調開，把湄河機械廠的廠長衛伯高，調到紡織廠當廠長。衛伯高三十多歲，省機電專科學校畢業，正是年富力強的時候，又熟悉企業管理。二是由財政投入六十萬元用於技術改造，廠裡自籌十萬元，並且向地區申請三十萬元的配套資金。三是成立紡織廠技術改造領導小組，我任組長，衛伯高任副組長，具體事宜由仲甫負責。

仲甫接到這個任務後，十分認真，不到三個月時間，就從上海引進了一百多臺新型織布機。

當新設備投入運轉後，紡織廠舉辦了一場隆重的慶典，衛伯高請我去剪彩。走進廠門，我的眼睛不覺為之一亮，整個廠區進行了大的改造，新建了一座牌樓式的廠門，並排四根立柱承載著一個古色古香的門頭，上面蓋著琉璃瓦，大門漆成朱紅色，在陽光下奕奕生輝。廠內新建了兩棟標準的織布車間，足有十個籃球場那麼大。衛伯高和仲甫領著我到兩個新車間裡走了一圈，一百多臺嶄新的織布機，整齊地擺在車間裡，看上去十分壯觀，一百多個穿著藍色制服的紡織女工，在織布機前不停地忙碌著。

「這些機器是目前國內最好的織布機。」仲甫介紹說。

「什麼？」因為機器的轟鳴聲太大，我沒有聽清楚。

「這些機器是目前國內最好的織布機。」他靠近我的耳朵，大聲重覆了一遍。

「好，非常好。」我大聲誇獎道：「比原來的那些機器呢？」

「先進多了，不在一個檔次。」

「還是公有制好吧？」從車間出來後，我不無得意地問了他一句。

「當然是公有制好。」仲甫尷尬地附和道：「當然是公有制好。」

慶典結束後，衛伯高領著我到了會議室，剛坐下來，就有一個身材高挑的姑娘，手裡端著茶杯，款款向我走來，我的眼睛不覺為之一亮，這姑娘不僅身材好，而且面容姣好、皮膚白晰，她把茶杯放到我旁邊時，臉上燦然一笑，現出兩只淺淺的酒窩。兩隻眼睛又大又亮，看著你時，彷彿會說話似的，眨巴眨巴地閃了幾下。雖然穿著一身藍色的工作服，但仍然藏掩不住她那纖巧靈活的身形。看著她的笑臉，我的心中不禁為之一動，我在湄河生活了這麼多年，第一次看到如此美麗動人的女孩。

「這是你們辦公室的？」我看她端過茶後，在後排的座位上坐了下來，便問衛伯高。

「不是，她是織布車間的一名工人，叫朱麗，今天搞慶典，臨時抽上來幫一下忙。」衛伯高說。我不覺回過頭去看了她一眼，她又衝著我燦然一笑。

我坐了一會，準備告辭，衛伯高說晚上還有一個聯歡會，問我有沒有時間參加，我正在猶豫，衛伯高指著旁邊的朱麗，補充了一句：「小朱也有節目。」

「你表演什麼節目？」我側過身去問朱麗。

「獨舞。」朱麗歪著脖子俏皮地看著我說：「縣長一定要來啊。」

「好啊，我一定來。」我爽快地答應下來。

吃過晚飯後，因為一件事耽擱了，八點鐘才趕到紡織廠，衛伯高在門口等著，見我來了，趕緊將我引到禮堂前面的位子上坐下來，我以為聯歡會已經開始了，但衛伯高說等我到場才開始。

節目開始後，我想看看朱麗在第幾個節目出場，便問衛伯高：「印了節目單沒有？」

衛伯高搖搖頭說：「沒印。考慮到只是聯歡，所以沒印節目單。」

他想了一下，又說：「我叫人去抄一份節目單來給您。」

他起身要去叫人，我一把拉住他，說：「算了，我們看就是。」

朱麗直到倒數第二個節目才上場，是一個獨舞。她身著一襲長裙，在音樂聲中款款步入舞臺，因為化了妝，我一時竟沒有認出來，衛伯高側過頭來對我說：「這是朱麗。」

我細看了一眼，發現果然是她。

她的舞姿柔婉飄逸，裊娜多姿，看得人眼花瞭亂。我轉過頭去問衛伯高：「你們是怎麼招到朱麗的？」

「她是一個職工的子弟，畢業後招到廠裡來的。」

「她是學舞蹈的？」

「沒有。她媽媽曾經當過舞蹈老師。」衛伯高解釋道。

演出結束後，衛伯高領著我去跟演員們見面，跟每個演員握了一下手，走到朱麗面前時，她仍然穿著舞臺妝，大方地伸過手來，臉上興奮地笑著，那雙手溫潤柔軟，給人一種軟綿綿的感覺。

「你的舞跳得不錯。」我特意誇獎她道。

「下次您再來看。」她微蹲了一下身子，做了個鬼臉，俏皮地回道。

「好啊，下次你們有活動再通知我。」

「那肯定要請縣長來。」衛伯高在旁邊附和道。

從紡織廠回來後，朱麗那曼妙的舞姿竟不時會出現在腦中，我強壓著要將這影子驅逐出去，因為我知道這是不現實的，畢竟你已經結了婚，還有了孩子，你跟她之間不可能再發生什麼事情。可是即便這麼想，那影子仍然頑固地留在記憶中，叫人擺脫不開。以至有段時間，老是想找機會去紡織廠看看，但又覺得去的次數太多，會招人閒話，就打消了這個念頭。過了一段時間，因為忙於別的工作，朱麗的影子才逐漸變得淡了起來。

可是後來與朱麗的不期而遇，讓我和她竟一步一步地變得親近起來。

有天下班回家，快到家門口時，突然聽到一個溫軟的聲音叫道：「楚縣長。」

我抬頭一看，眼睛不覺一亮，叫我的竟是朱麗。

「你怎麼在這裡？」我問她。

「我去姨媽家。」她指著前面的方向說：「我姨媽住在郵政局。」她說話時，臉上又燦然一笑。

兩人說了一會話，因街上熟人多，不便說得太久，我正準備離開，朱麗抬頭看了我一眼，有些怯怯地問：「楚縣長，我想請您幫個忙？」

「什麼忙？」

「我想調到劇團去工作。」

我一時不知怎麼回答她，便保持著沉默。

「劇團正在招人，我去參加了考試。」她解釋道。

「考得怎麼樣？」我問她。

「我自己覺得還可以。」

「我幫你去問問，怎麼樣？」

「那好啊。」她高興地叫道。

「過兩天你到政府來找我，我告訴你消息。」

「謝謝楚縣長。」她興奮地笑道。

第二天，我給劇團吳團長打了個電話，問他們招人的情況，順便提起朱麗考得怎麼樣。吳團長想了想，說他對朱麗有印象，很不錯，就是年紀大了點。我問他年齡有什麼要求，他說這次只招十八歲以下的，朱麗超過了兩歲。

我哦了一聲，便放下了電話。我沒有為難吳團長，強迫他們收下朱麗，這麼做肯定會引起他們的反感，也會招致別人的議論。

過了兩天，朱麗果然找到我辦公室。當時財政局姜局長正在跟我彙報預算問題，看見她興沖沖跑進來的樣子，有些奇怪地看著她，我叫她先到隔壁辦公室等一會。

姜局長走後，朱麗又興沖沖地走進來，看樣子她是抱著很大的希望的，我考慮了一下，不知要怎麼跟她說好。她從我的神態似乎已看出了結果，就說：「楚縣長，沒事，我有心理準備。」

「是這樣，朱麗。」我想還是直接告訴她的好，「我跟吳團長打了電話，他說這次招人有年齡限制，要求十八歲以下。」

「是這樣。」朱麗說話的聲音一下子低了下去，顯得很失望。

「你想不想去團委工作？」我突然想起前兩天團委楊書記跟我說，他們想招兩個幹事，朱麗能說會跳，活潑開朗，做團的工作，倒是挺合適。

「可以呀。」她的眼睛又亮了起來，高興地看著我。

幾天後，我碰到楊書記，問他招到人沒有，他說還在物色之中，我便將朱麗介紹給了他，說是我的一個親戚。楊書記爽快地答應道，縣長的親戚，肯定重點考慮，他會安排人去考察。過了兩個星期，楊書記回覆我說他們對考察的情況很滿意，馬上就可以下商調函。

我以為事情辦妥了，但有天下午接到朱麗的電話，她在電話裡支支吾吾不做聲，我問什麼事，她吞吞吐吐地說廠裡不同意放人，要麻煩我去跟衛廠長說一說。

剛開始我想直接給衛伯高打個電話，但又覺得這樣做太過明顯，想來想去，最好還是去一趟廠裡，順便跟他提提這件事。上次紡織廠新購的設備安裝生產後，有半年多時間了，我正想去看看生產運轉的情況。

衛伯高跟我彙報完生產情況後，叫朱麗進來倒水，我便和她聊了起來。衛伯高本來在旁邊坐著，後來財務上有人叫他簽字，他拿著帳單出去了一會。

衛伯高再次進來後，朱麗端著水壺走了出去，我裝作很隨意地跟衛伯高說道：「聽說小朱要調到團委去了？」

衛伯高驚訝道：「這事縣長也知道了？」

「我剛才聽朱麗說起。」

「廠裡還沒有研究。」衛伯高猶疑著說：「廠裡也需要人才，我們剛把她從車間調上來。」

「像小朱這樣優秀的人才，應該有更廣闊的天地。」我說。

「那是。既然縣長說了，我們馬上放人。」衛伯高最後改口道。

如果有人說我和朱麗之間存在著曖昧關係，無論如何我是不會承認的。可是在我和朱麗之間，的確存在一種異乎普通同志之間的情誼，這種情誼只存在於自己的心中，是絕不會跟任何人說的。她到團委上班後，幾乎每週都要到我辦公室來一次，頭幾次，她幾乎毫無顧忌，上班的時候就跑過來，有時我正在開會，或者辦公室裡有人，她也冒冒失失地闖了進來。後來我跟她說，你經常這樣來找我，別人會說閒話的，她撅起個小嘴，瞟了我一眼，低下頭，有些委屈地說：「人家想，見到你嗎。」

聽她這麼說，我的心中陡然生出一股甜甜的感覺，不忍心再責備她了，便想了想對她說：「你以後星期六的下午來找我，那個時候沒有人上班。」

「那好吧。」她抬起頭來嫣然一笑。

我相信能控制住自己，不會越過同志之間應有的界線。

可是這條界線被一壺酒給打破了。

那天下鄉，在竹園區的食堂吃飯，有很多幹部還是我在竹園當區委書記時的老同事，吃飯時提了十斤米酒過來，並且拿了十把小酒壺，一人一壺，壺不大，是用木頭做的，做得十分精緻，一壺大概能盛一斤酒。米酒的度數不高，我想喝下這壺酒應該沒問題，就放開跟他們喝了。沒想到米酒後勁足，整個下午腦子都有些迷迷糊糊，回到辦公室，就躺在椅子上睡了一覺。快到下班時，聽到幾聲輕輕的敲門聲，我張開眼睛，發現天已經黑了，我想這個時候還有誰來找我，便起身去開門，打開門一看，看見朱麗站在門口。

「我還以為您不在呢？」她進到裡面說：「我來敲過幾次門。」

「中午喝多了酒，在辦公室睡著了。」

「那要多喝茶。」她說，隨即主動跟我倒了一杯茶過來。

那天她穿著一件花格子紅色夾衣，留著兩只小辮子，腳上穿著一雙暗紅色皮靴，顯得清麗動人，我看著她，竟有些想入非非起來，不覺地盯著她的臉看。

「我的臉上有什麼？」她有些疑惑地問。

「沒什麼。」我趕緊把目光挪開。

「我去把燈打開。」她轉身到門邊去找開關。

「別開。」我一把拉住她，本是想阻止她去開燈，可是拉住她後，卻並沒有鬆開手，而是一把將她拉了過來，她倒在我懷裡，身體像一團棉花一般軟軟地靠在了我的身上。我低下頭去，要吻她的嘴唇，她仰起頭主動向我迎了過來，我咬到一片溫潤香軟的嘴唇，肉肉的，熱熱的，像要把人融化了似的。

樓板上忽然傳來一陣急急的腳步聲，我的心一下子緊了起來，腦子裡猛然想到是不是有人在監視我們，便迅速地放開了她。腳步聲從門外經過，我的心怦怦直跳，以為會要來敲門，心裡想著該如何解釋，但門外的腳步沒有停下來，而是徑直跑了過去。

「這時還有人加班。」腳步聲消失後，朱麗小聲說，聲音裡透著一種驚慌。

「剛才對不起，今天喝了些酒，有些衝動。」

「沒什麼。」朱麗說。

我很想再次把她攬進懷中，可是剛才受到那一陣驚嚇，餘悸尚存，而且擔心樓上還有其他人，便控制住了自己。

「你先走吧。」我說。

朱麗彎下腰把衣服整理好，回頭跟我揮了一下手，打開門先出去了。

那天回家的路上，腦子裡不時回憶著朱麗那溫潤香軟的紅唇，和充滿女性活力的誘人身體。晚上睡覺時，我主動提出來要和水娥親熱，腦子裡竟全是朱麗的影子，水娥見我特別興奮，有些懷疑地問：「你今天是不是受了什麼刺激？」

「哪有什麼刺激？今天下鄉去了。」我敷衍道。

我以為和朱麗之間的來往非常秘密，沒有人知道，可是這事發生之後不久，有一天下班回到家中，水娥的臉色很不好看，吃過飯後，等孩子們做作業去了，她冷不丁地冒出一句：「聽說你最近老往團委跑。」

「沒有啊。」我否認道，但心裡不覺吃了一驚，我回想了一下，自己很久沒去過團委了。

「是你把朱麗調到團委來的？」她繼續追問道。

「是楊書記把她調過去的。」

「你沒打招呼？」

「沒有。」我撒謊道，如果承認是我打的招呼，她會追問個沒完沒了。

「你注意點，外面在傳呢。」水娥冷冷地看了我一眼說。

我聽了一驚，這些事怎麼會傳到水娥耳朵裡？每次朱麗來時，我問她碰到什麼人沒有，她都說沒有。我想問水娥是怎麼聽到這些消息的，又擔心她懷疑我很在乎這些謠傳，便忍住了。

只是聽了水娥的告誡之後，我感到周圍有無數的目光在盯著我的一舉一動，所以朱麗再來找我時，我跟她說最近很忙，星期六可能不會在辦公室，她聽了半天未吭聲，有些失落地看著我，以為是我借故不想再見她。看著她失落的樣子，我真想跟她解釋清楚我們已經引起了別人的閒話，對她對我都不好，可是話到嘴邊又止住了，跟她解釋只會給她增添壓力。我說等忙過這陣子，我們再見面，她這才釋然起來，又現出一張活潑可愛的笑臉。

二十一、永玉遭難

在擔任了幾年縣長後，我心裡一直盤算著什麼時候可以接任縣委書記，因為按慣例，書記一般都由縣長接任。在現行體制下，只有當了書記，才能真正按自己的意圖做些事情。可是這種一廂情願的想法，很快就被那場浩大的政治運動沖得煙消雲散。

雖然從報紙上標題的變化，我早就預感到，又將掀起一場新的政治運動，但是仍然沒有想到它會來得如此猛烈，持續得如此長久，破壞性如此巨大，不僅將湄河掀了個底朝天，也改變了許許多多普通老百姓的命運。

根據地委的統一安排，縣裡成立了文革領導小組，周書記任組長，我任副組長。沒過多久，縣裡開始掀起各種各樣的批鬥運動，讓我沒想到的是，紅衛兵揪出來的第一個走資派，竟然是永玉。縣一中的紅衛兵率先組織了一場批鬥會，批鬥對象是副縣長顏永玉，要求縣文革領導小紅組的成員都必須出席。我有些莫名其妙，不知道永玉犯了什麼錯誤，我去問周書記，周書記也說不知道。到了現場，才知道還是為了在桑木公社的事。

永玉性情沉穩，話語不多，所以歷次運動中都僥倖過關，並未受到太大衝擊，這一次卻首先被揪了出來。

永玉因為辦食堂的時候，堅持量入為出，限量供應，又鼓勵農民在自留地裡種植紅薯，使桑木公社安全度過了三年困難時期，一九六三年擔任分管農業的副縣長後，又大力推行包產到組、包產到戶的辦法，使湄河的糧食產量得到穩步提高。這些本應該當作成績來大加肯定的，可是現在全都變成了企圖復辟資本主義的罪狀。

紅衛兵之所以知道這些事情，是因為桑木公社有幾個貧下中農的子弟，在縣城的中學讀書，知道

永玉在桑木做的那些事情，這個時候便把他揪了出來。

批鬥會一開始，永玉就被幾個紅衛兵揪著推到臺上。他穿著一件白色襯衣，扣子已被撕掉了好幾顆。兩個男紅衛兵朝他身上踢了幾腳，幾個女紅衛兵則朝他身上吐著口水，彷彿站在面前的不是這個縣的副縣長，而是一個萬惡不赦的魔鬼。當初如果不是永玉在桑木公社推行那幾項措施，這幾個紅衛兵說不定早已被餓死，可是無人告訴他們真相，他們只知道抓生產就是右傾，就是圖謀復辟。

「誰是主謀？」紅衛兵質問他。

「沒有主謀。」永玉說。

我的心竟一時懸了起來，擔心他會說出我的名字，因為當時是我和永玉一起商量的對策。

「沒有主謀，你怎麼敢走復辟的黑路線？」

「是我自己的主意。」

「死不老實。」一個紅衛兵走上前去踢了他一腳，永玉哎呀叫了一聲。他們逼著永玉把腰彎成九十度，彎不成九十度，就在他頸上掛磚頭。

永玉幾年前患了腰椎間盤突出，發病的時候疼痛難忍，雙腿無力，不能彎腰，而紅衛兵卻強行把他的頭和腰往前按著，永玉這樣被按了一會，雙腿抖個不停，額頭上大汗淋漓。批鬥會開到中間，永玉突然坐到了地上，他是實在堅持不住了，紅衛兵又強行把他拉起來，可是剛站了一會，他又坐了下去，整個臉都變形了。一個紅衛兵問他為什麼，他說腰痛，站不起來。紅衛兵說，站不起來，就跪著。永玉不肯跪，幾個紅衛兵過來就是一頓踢，還有個紅衛兵解開皮帶朝他抽了幾下，抽得永玉只好跪在地上，額頭上仍然不停地往外冒著冷汗。

批鬥會快結束時，一個女紅衛兵不知從哪裡撿來一塊磚頭，衝到臺上，朝永玉的腳上狠狠砸了下去，只聽永玉哎呀叫了一聲，整個身子又癱倒在地上，臺下的人頓時都驚呆了。

那女孩穿著一身軍裝，留著兩個羊角辮，看上去十分清秀，臉上的表情還略顯稚嫩，然而她在用磚頭砸向永玉時卻毫不手軟，眼睛裡射出一股惡狠狠的凶光來。我不禁暗想，是什麼讓她心中充滿著如此刻骨的仇恨？我想她可能完全不認識永玉，在她眼裡，永玉已不是一個人，而是階級敵人的化身，是自己的對立面，是需要從這個世界上被消滅的敵人。

這些人遲早要成為國家棟樑的，等他們掌握了國家政權的時候，他們是否仍將把這種仇恨帶給國家和人民？中國向來是一個講究仁愛和寬容的民族，可是現在舉國上下卻像打開了潘多拉盒子一樣，每個人都變得滿懷怨恨起來。

女孩砸過磚頭之後，拍拍手上的灰塵，眼睛裡餘恨未消，站到臺前來，振臂高呼：「打倒反革命顏永玉」、「橫掃一切牛鬼蛇神」。

臺下的人都跟著她一起振臂高呼，我的第一反應是拒絕跟著一起舉手，可是馬上意識到旁邊有無數雙眼睛在盯著自己，我趕緊舉起手來跟著大家一起高呼。當我跟著大家一起喊著口號時，心裡卻有一種想放聲痛哭的感覺。永玉是我最好的朋友，幾乎知無不言，從來沒有防範過對方，我對他實在太熟悉不過了，這麼一個對黨對人民忠心耿耿的人，怎麼竟突然成了反革命呢？

看著他被打得奄奄一息，我卻無能為力，還要跟著一起喊口號，眼淚在我的眼睛裡不停地轉著，我卻不敢讓它流出來，胸中藏著一股巨大的悲憤，這是什麼世道啊！

我問身邊一個年輕同事，那個舉石塊的女孩是誰，同事說她是紅衛兵造反聯隊的副總司令，叫張曼玲，還是個中學生。

張曼玲，張曼玲，我在心裡反復唸叨著，多麼秀氣的名字！多麼秀氣的女孩！而竟然如此殘忍！

批鬥會散後，晚上十一多鐘，我偷偷去了永玉家裡。他家住在三樓，窗戶黑黑的，沒開燈，我腦子裡忽然閃出一絲念頭，莫非他尋了短見？這種暴風驟雨般的批鬥，任是有鋼鐵般的意志，也要將你徹底摧毀。走到他家樓梯口，正準備上樓，忽然聽到有人下樓梯，我趕緊轉身繼續往前走，等那人走遠後，才重新返轉身來。

我心懷忐忑地爬上三樓，輕輕敲了幾下門。

隔了半晌，裡面才把燈打開。

永玉打開門，看見是我，顯得很驚奇，小聲問道：「你怎麼來了？」

我小聲答道：「來看看你。」

他的臉上仍然滿是血痕，回到家裡這麼久，也沒有清洗一下。

房間裡就他一個人，顯得很冷清。

「嫂子呢？」

「她帶著孩子回娘家了。」永玉的愛人老家在石鋪公社，大概是帶著孩子躲到鄉下去了。

我坐到他的對面，想說幾句安慰的話，卻不知道要說什麼好。

「當年我們追求革命，沒想到會是這樣一個結果。」他說著說著，竟然小聲哽咽了起來。

我差一點也跟著流出了眼淚，可是我忍住了，在這樣一個時候，哭有什麼用呢？

「總會越來越好的。」我安慰他道。

「我不想再受他們的侮辱了。」永玉說：「大不了是一死。」

我聽了一驚，可是看他的神態，卻顯得十分平靜。

「你可千萬別做傻事。」我說：「運動很快就會過去的，挺過這陣子，就沒事了。」

他聽了沒作聲，顯然是不相信我的話。

「有件事，我想，拜托你。」臨到要告辭時，他忽然想起什麼似的說。

「什麼事，你說。」

「這些年，我們經歷了太多的事情，有些事情，我一直感到很迷惑，但又不能說出來，就胡亂寫了點東西。放在我這裡不安全，他們隨時可能來抄家，看你能不能幫我想點辦法，放到一個比較安全的地方。」

「好的。」我不知道他寫了些什麼，雖然有些不情願，但看他如此鄭重其事，我只好答應他。

「如果你覺得不安全，就幫我把它燒掉。」他扶著椅子艱難地站起身，走到床鋪旁，然後伏下身子，從床底下摸索出一疊稿子，遞到我手上。

「我會想辦法保管好的，你放心。」我安慰他說。

「我一輩子，就只剩下這麼點東西了。」永玉嘆了一口氣說。

聽了這句話，竟有一種悲從中來的感覺。是的，我們都在努力奮鬥，可是臨到生命的最後時刻，我們都能留下些什麼呢？

從永玉家中出來，我心中只覺隱隱作痛，卻欲哭無淚。我彷佛感到他是在與我作訣別了，他似乎已決意離開這個世界。一個在身體上飽受病痛折磨，在精神上又飽受摧殘的人，對未來是不會有任何信心的了。我竟然下意識地想到，死對於他來說或許是一種最好的解脫，但馬上又覺得自己不應該這樣想。

在這樣一個時代，我們誰也無力決定自己的命運！

那天晚上，我把書稿帶回家中，花了幾個小時粗略看了一遍。稿子大意是，我們國家還處於社會主義發展的初級階段，生產力水平距離發達國家還有相當大的差距，城鄉之間，地區之間也存在著很大的差別，在生產力還沒有得到大幅改善的情況下，全民所有制和集體所有制只適宜在較發達的城市和地區進行推廣，而在落後地區，尤其是廣大農村，很多地方仍然處於原始的手工勞作階段，生產效率低，人口素質不高，並不適宜推行公有制，操之過急，只會適得其反。

永玉所思考的，在當時的情況下，無疑是對的。但稿子看完後，我心裡七上八下，因為在那個時代，是容不得任何不同意見的，把他的稿子放在家中，總覺得會招來意外之禍，萬一造反派哪天來抄家，搜出這稿子來，就百口莫辯了。我猶豫著是不是要把它燒了，又覺得這樣做對不起永玉。這樣想來想去想了一整天，下班回來時經過前進學校，看見校園操坪裡長著兩棵大樟樹，心想可以把稿子埋到樟樹底下。所以吃過晚飯後，我把稿子用油布包好，放在衣袋中，帶上一把小鏟子，裝作散步走到了學校，見沒人時趕緊走到兩棵樟樹的中間，用鏟子鏟了一個小坑，把油布放到坑中，蓋好土。剛剛把土踩平，只見幾個老師舉著手電筒從外面進來。我若無其事地朝門口走去，其中有一個老師認得我，趕緊和我打招呼，說這麼晚了楚縣長還到學校來。我說出來隨便走走，就敷衍了過去。

走出校門口，我仍然回頭看了看，有些懷疑這稿子能否有公之於世的一天。在一個不需要思想的年代，思想本身即是一種罪過，一種負擔。

第三天下午剛上班，就有人告訴我永玉自殺的噩耗。他投河自盡了。

我聽到消息後，迅速跑到出事的地方，永玉已經被人撈上來，用一塊灰色破棉布蒙著，兩隻腳露在外面。我揭開布，看到永玉的屍體，屍體上已經爬著些螞蟻。他在投河前，有人看見他在河堤上坐了一個上午，在他坐的地方，還留下了幾十個煙蒂，可見他是多麼地留戀這個世界啊！

永玉投河的地方離火葬場大約有四里多路，我想找幾個人來把他抬到火葬場去，可是附近沒有一個農民願意做這個事情。我回到辦公室，想找幾個工作人員，可是除了幾個老同志和部分女同志留守在辦公室外，其他年輕的男同志都造反去了，車隊有一輛貨車，卻找不到司機。沒有辦法，我只好將政府班子成員叫到一起，告訴他們永玉的屍體必須趕快處理掉，不然會腐爛變質。他們大概都有一種同病相憐的感覺，誰都沒有推托。幾個人一起走到湄河邊，將永玉的屍體放到一塊門板上，每人抬起門板的一只角。這些副縣長平日都是衣冠整齊，精神煥發，現在則成了罪人一般，一個個耷拉著腦袋，顯然大家的心裡都很沉重，今天我們抬永玉，不知道明天會不會輪到自己。張秉初是個大胖子，和我一起抬後面，沒走幾分鐘，就已經滿頭大汗，氣喘吁吁。一邊走一邊嘀咕：「就我們幾個人，抬得到不？」

走到勞動廣場十字路口時，看見前面走來兩個人，一個是行政科的羅科長，一個是綜合科的小劉，大家以為他們是來幫忙的，心想正好替一下手，沒想到他們朝這邊看了一下，馬上就轉到左邊的街道上去了。張秉初罵道：「那兩個該死的家伙，看見我們抬人，他們倒反而跑了。」

好不容易抬到了火葬場，剛把門板放下，張秉初就一屁股坐到地上，說：「老子當年做牛做馬，都沒這麼累。」其他幾個人也都像散了架似的，坐在一邊喘著粗氣。

直到挨黑邊上，永玉的愛人才帶著孩子趕到火葬場，他愛人的哥哥要求開個追悼會，張秉初差點和他吵了起來，說這個時候還開什麼追悼會，人都找不到，都是我們幾個縣長副縣長將永玉抬過來的。她哥哥堅持要在火葬場停放兩天，我只好去做永玉愛人的工作，永玉愛人倒是沒堅持，馬上簽了字，匆匆將永玉火化掉了。

離開火葬場時，那種痛楚的感覺，又猛然充塞在我的心中。我一生中最好的朋友，一個可以無話不說的朋友，一個永遠不要擔心他會出賣我的朋友，就這麼悄無聲息地走了，就這麼突然地從你的生命中消失了。

我想起當初那個激情少年，為讀革命書籍通宵不寐，而現在卻成了革命的犧牲者。這些年革命成了一把至高無上的尚方寶劍，只要以革命的名義，便可以殺人，便可以背叛，便可以為所欲為，便可以把朋友變成敵人，把親人變成仇人。世界上最可怕的事情，便是用一種崇高的理想來毀滅人！

曹錦軒走了，現在永玉也走了，鍾鳴自從打成右派後，至今音訊全無，不知道是死是活，當初一起參加革命的幾個人，現在就剩下我一個了，還在這裡苦苦地撐持著。可我隱隱感到，這樣的平安日子也不會持續多久了！

二十二、難逃一劫

縣委、縣政府的領導班子是在一夜之間被打倒的。

湄河風雷紅色造反聯隊組織了一場聲勢浩大的萬人批鬥會，批鬥的對象全部是縣委、縣政府班子的領導成員。當時湄河出現了兩支相互敵對的造反組織，一支是湄河風雷紅色造反聯隊，簡稱紅造聯，主要由機關、學校等行政事業單位的造反派組成。一支是湄河東方紅革命造反聯隊，簡稱革造聯，主要由企業造反工人和紅衛兵組織組成。

紅造聯的司令居然是縣政府保衛科的武大力。武大力因為沒有文化，從部隊轉業後安排在縣政府保衛科負責保衛。武大力雖然個頭高，塊頭大，但見了領導卻非常恭順，每次在門口碰見我，總是身子前傾，滿臉堆笑，點頭哈腰。造反派見他當過兵，又身粗力壯，膽大妄為，就推舉他做司令。武大力居然把這支造反隊伍弄得風生水起。

縣政府的造反派，以食堂工人、司機、保衛人員為主，這些人沒有文化，在單位不受重視，現在忽然有了一個出氣的機會，能夠登上前臺唱主角，便一下子都變得活躍起來。

那天，突然闖進十幾個人，不由分說，一把將我的胳膊扭住，還有幾個人揪住我的衣領，然後架著將我推上停在門口的卡車上。

批鬥會現場設在勞動廣場，廣場中央用竹跳板搭了一個臺子，被批的十幾個人彎腰站在臺上，每個人胸前掛著一塊大木牌，上面寫著「打倒XXX」幾個字，名字上面還劃著一把紅色的大X。站在我左邊的是周書記，頭髮被剪掉了一半，衣服上也滿是灰塵，臉上的神情十分沮喪，他因為是縣委書記，在幹部任免上得罪了不少人，這些人正好借機整治他。

臺下黑壓壓地擠滿了群眾，大多是各個機關的工作人員、工廠職工，也有一些紅衛兵。武大力是這場批鬥會的組織者，他從臺下蹦的一下跳到臺上，舉著一只高音喇叭，講了一通時下流行的大道理。他講話時，聲音洪亮，底氣充足，我偷偷瞄了他一眼，竟發現他天庭飽滿，威猛高大，而原來連正眼都不會看他一眼的縣委領導們，此時一個個耷拉著腦袋，低眉俯首，顯得猥瑣不堪。我忽然想到，權力可以使人猛然變得高大起來，也可以猛然使人變得萎縮下去，即便是個乞丐，一旦掌握了權力，他在人們心目中的形象瞬間就會發生逆轉。革命，其實便是權力之爭，每個人都希望掌握權力，因為只有掌握了權力，人才會變得自信，才會比別人更有優越感，才會覺得自己是這個世界的主人。當按正常程序無法掌權時，人們便會鋌而走險，一個沒有文化的保衛人員，按照正常程序，是永遠無法昇遷到縣委領導這一級別的，而現在一下子他就一步登天了。

「這些走資派，名為共產黨員，實際上是地主資產階級的孝子賢孫。」武大力在臺上數落著我們的罪行。

我相信自己是個堅定的社會主義者，可是現在卻莫名其妙地被打成了走資派，他們要打倒我，並非為了我的信仰，而是為了我手中的權力。

武大力講完後，動員革命群眾上臺揭發我們的罪行。

第一個站上臺來的是縣委宣傳部的劉科長，他揭發周書記利用權力打壓革命群眾。劉科長不到三十歲，能說會道，當科長還不到兩年時間，從去年開始，他就一門心思要到哪個公社去任黨委書記，為此多次找周書記，也找過我，但周書記認為他辦事不夠成熟，一直未點頭。劉科長說到最後，竟義憤填膺，脫下皮鞋，對著周書記的腦袋就是一下，臺下頓時響起一陣狂熱的口號聲：「打倒周仕衡！打倒周仕衡！」

我側過頭去瞟了一眼周書記，只見他額頭上布滿汗珠，眉頭緊皺，面如土灰。

那根懸著「打倒楚懷南」牌子的鐵絲直接掛在我的脖子上，鐵絲很細，時間一長，勒得脖子越來越痛，我想把它掛到衣領上，又怕被造反派發現，便用兩隻手端著牌子，悄悄往上移動著，費了好大的勁，才把鐵絲移到裡衣的衣領上，我長長地呼了一口氣，一時覺得舒服了很多。沒想到正當我感到得意時，卻看到黃少奇跑到了臺上，我納悶他為什麼要跳上來，縣委提拔他當副局長還只有一年多，未必他對周書記也心存不滿？讓我萬萬沒想到的是，他的矛頭居然是對著我來的，他說我一直企圖拉攏腐蝕年輕人，當初給他五十元錢，他要拒絕，但我依仗權勢，逼他收下了錢；後來又找他談話，要他全心全意抓蔬菜生產，而不是全心全意熱愛偉大領袖毛主席，是典型的右傾機會主義路線。他說完，把五張十元的鈔票用力摔到地上，沖著我說：「不要你這走資派的臭錢！」臉上一臉的不屑。

造反派批鬥我，我其實還有心理準備，可是黃少奇這一番話，卻讓我心底一沉，頓時感到胸口像堵了一團什麼東西似的。我對他的一番好意，竟都成了居心不良的罪狀！這個年輕人對自己的母親如此孝順，口口聲聲稱我是他的恩人，可為什麼對有恩於他的人卻突然如此絕情？我雖然不寄希望這個時候誰能站出來為我伸張正義，但你總可以保持沉默吧。我看著他站在臺上的那付冷漠堅定的表情，心想人是這個世界上最能適應環境的動物。無論多麼險惡的環境，每個人都會想盡辦法去適應它。

接下來登臺的是機要室的小蘭，小蘭才參加工作不久，二十歲剛出頭，竟然也跳到臺上來對周書記和我進行控訴。我看著她略顯稚嫩的臉，她是那樣的忠誠，那樣的激情滿懷，那樣的心地無私，她的身上掛滿了大大小小的毛主席像，激動地訴說著我是怎樣的一個壞蛋，怎樣的反對咱們偉大的領袖偉大的舵手，反對偉大的林副統帥。很多年後，當我官復原職，再次成為她的上級時，那時她已是機要室的主任，而且是幾個孩子的母親了，她心懷忐忑地來向我道歉，說當年是那樣的幼稚，不明真相，說著說著差點要流眼淚了。看著她坐在我面前後悔不迭的樣子，我突然生出一種憐憫的感覺來，她不過是芸芸眾生中的一員，她不過是做了任何一個普通人在那個時代都會做的事情，你能怪她嗎？不僅僅是她突然變得如此激動，所有的中國人不都是如醉如狂？十多年後，她女兒又成為了鄧麗君的狂熱崇拜者，與當年她對於偉大領袖的崇拜如出一轍。鄧麗君意外死亡時，她女兒竟然痛不欲生，連著幾天不吃飯。我們都不過是偶像的盲目追隨者，我們的激動、失落與痛苦，往往不是因為我們自己，而是受著偶像的控制！

一共有十幾個人跳上臺來進行控訴，批鬥會一直開到下午一點鐘才結束。到最後竟是朱麗跳到了臺上，她那天穿著一身軍裝，顯得英姿颯爽，精神煥發，我看見她不覺心頭一緊，如果她說出我們之間的事來，我就徹底完蛋了，我感覺到自己的雙腿在發軟，眼睛發黑，似乎馬上就要倒下去了。但她跳上臺，連正眼也沒看我一眼，就帶頭高呼起口號來：「打倒周仕衡！」臺下跟著一起高喊起來：「打倒周仕衡！」「打倒楚懷南！」「打倒楚懷南！」

雖然聽著她帶頭高喊打倒我的口號，我反而有一種如釋重負的感覺，心想她倒是挺機靈的，她在這裡帶頭喊口號，顯然是要告訴別人與我劃清界限。

她喊了一陣之後，只見武大力跳上臺來，帶頭高呼：「祝偉大領袖毛主席萬壽無疆！祝毛主席的親密戰友林副統帥永遠健康！」臺下也跟著高呼起來：「祝偉大領袖毛主席萬壽無疆！祝毛主席的親密戰友林副統帥永遠健康！」他們一遍又一遍地喊著，那聲音如雷貫耳，響徹雲霄，每個人看上去都是那樣地如醉如癡，尤其是武大力，滿臉虔誠，眼睛望著天上，聲音都已經變得嘶啞起來，彷彿這樣高呼，也能使自己跟著他們一起健康長壽一般。

那時，我和周書記不僅要經常參加湄河縣的批鬥大會，地區的造反派也不時將我們拉到湄陽市去進行批鬥。有一次在地委的大禮堂，我居然碰到了武惠，她也站在挨鬥的隊列中，肩上掛著一塊牌子，上面寫著兩個大字：「破鞋」。並且在破鞋上用紅筆打著一個大X，顯得格外耀眼。

批鬥會結束後，造反派將我們拉出去遊街。走出大門的時候，我和武惠碰到了一起，她看見我時，又像以前一樣眼睛一亮，可是我看著她胸前的那塊牌子，頗有些瞧不起的意思，便冷冷地看了她一眼。她似乎意識到了我的冷淡，馬上把頭低了下去，兩人似乎不認識似的，各自走開去了。

武惠那時是一商局的副局長，傳言她和吳專員關係好，吳專員被打倒後，她也被單位造反派當成破鞋揪了出來。在遊街的時候，造反派在她胸前掛了兩隻破鞋，衣服只扣了兩粒扣子，彎腰行走的時候，衣服的前襟便披散下來，街上不時聚攏著一些人，望著我們指指點點。女人家的臉皮本來就薄，現在這樣堂而皇之地被人當作破鞋遊街，她所承受的壓力可想而知，本來就白的臉上更加沒了血色，頭深深地向前低著，似乎要躲避別人的眼光。

走到五一路上，突然從旁邊跑出一群十來歲的孩子，每人手中捏著一把泥巴，抹到遊行者的臉上，我本能地想躲避，但想到躲是躲不開的，就隨他去抹。一個男孩跳到武惠身邊，不由分說就往她臉上塗著泥漿，她開始還不斷地躲避著，被身邊的造反派踢了一腳：「你個破鞋，躲什麼躲！」武惠被踢之後，就不再扭動了。那孩子不知是有意還是無意，泥巴只塗了半邊臉，惹得周圍的人都放聲笑了起來。

那次遊街，竟是我最後一次見到武惠。回到湄河不久，就聽說她上吊自盡了，還給兩個小女兒留下一封遺書，要她們長大後好好聽毛主席的話。

聽到她的死訊時，我猛然驚了一下，回想起我們那次在渡船上說到將來的命運時，她說算命先生算了她中年有道坎，當時我還笑她是迷信，沒想到她終究沒能越過這道坎。有時我想如果當初我們成為了戀人，或許她的命運又會是另外一個結果，但又轉念一想，如果她命該如此，任是和誰結婚都終究逃脫不了命運的安排。

她自殺後，單位不僅沒有開追悼會，反而還開了一場批鬥會，說她自絕於黨自絕於人民。她的愛人在批鬥會上發言，義憤填膺，說很早就發現她作風不正派，受資產階級思想的腐蝕。她大女兒還只有十多歲，也被要求在批鬥會上發言，她說要和她母親劃清界限，做一個正派的人、高尚的人、純粹的人。只是她表態時，面無表情，臉色蒼白。我想她的內心肯定隱藏著一種巨大的痛苦，在那樣一個沒有人性的年代，人性仍然頑強地埋藏在每一個人的內心深處。

很多年後，我復職到湄河機械局任工會主席，機械局政工科的劉科長是從商業局調過來的，我問他當年武惠到底是不是破鞋，劉科長哼了哼鼻子，說那時候給人定的罪名，幾個能當真？說你是什麼，你就是什麼，連辯解的餘地都沒有。他說局裡以前有個幹部要跟她談戀愛，她沒同意，便趁著造反將她揪了出來。

我不覺為自己對武惠的故意冷淡而深感愧疚，在那樣一個黑白顛倒的時代，我竟然相信了那些強加在她頭上的罪名。在那樣一種時候，她是多麼希望從我這裡得到友情和理解啊，而我竟然也像世俗的人一樣抱以冷漠和鄙視，我的這種冷淡，或許更讓她感受到這個世界的冷酷與無情。我想起她每次見到我時那種熱切的目光，即便在最後一次見到我時，即便在那樣一種情況下，還是那樣閃著亮光，而我卻讓這亮光迅速地黯淡了下去。

楚懷南，你真不是個東西！我不禁在心中狠狠地罵道！

我以為開了幾次批鬥會，這場革命應該很快就會過去，因為這之前的歷次政治運動，都只持續了幾個月時間，然後便是平反，工作又恢復到正常的秩序上來。沒想到這場革命，持續了幾年時間也沒有要結束的意思。有一天，武大力帶了一批人過來，他們都身著黃軍服，戴著紅袖章，一副雄糾糾氣昂昂的樣子，武大力走進門來就大聲喝道：「楚懷南，出來。」

我趕緊走了出來。

武大力見到我，就吩咐其他幾個人說：「把他捆起來。」

其他幾個人立即竄上來一把將我扭住，用麻繩反捆住我的雙手，我以為又要去批鬥，他們卻將我帶到西郊農場的養豬場。到了之後，才知道這次他們是要對那些有歷史問題的走資派和反革命進行審問。我因為在解放前被國民黨逮捕過，又被放了出來，他們懷疑我是叛徒，所以成了審查對象。

我們被關進原來的職工宿舍中，幾個人一間，總共關了三十多個人。

當天晚上就開始對我們進行審問，負責審問的隊長姓龔，是個彪形大漢，長的五大三粗，一副蠻相，右邊的臉上有塊疤。所謂審訊，其實就是打人。他們問我是不是叛徒，我說不是，馬上有人衝上前來劈頭就是一皮帶，口裡罵道：「看你不老實。」龔隊長喜歡自己動手，他的皮帶上帶了兩粒銅扣，那兩個銅扣打在人身上發出一種清脆的啃嚓聲，似乎讓他感到一種滿足。他用力的時候，咬緊牙關、青筋畢露，眼裡放出一種仇恨的光來，在他眼裡我們無疑都是些十惡不赦的敵人。當他咬緊牙關高舉皮帶的時候，我感覺好像在哪裡見到過他，可一時又想不起來。當皮帶落到我身上時，我猛然想起了在國民黨監獄裡的那個疤臉特務，他審訊犯人時，也是眼放凶光。只是那個特務的疤長在左邊，而龔隊長的疤長在右邊。我忽然想到人性的惡其實都是一樣的，並不會因為朝代的更替而有所改變。

可那時在國民黨的監獄裡，任是他們怎樣施刑，我的心中都充滿著一種勇氣，一種堅毅，一種憤恨，因為在我的心中懷著一種崇高的革命理想，而現在毒打你的卻是一群自稱為最革命的群眾，他們同樣認為是在為了一種神聖的使命！

他見我不作聲，猛地朝我甩了兩下，痛得我呀呀叫了起來。

當我痛得難以忍受時，想起打座的和尚念經時六根清淨，水火不入，便也開始在心裡默念起「南無阿彌佗佛」來，我雖然不信神，而此時此刻，似乎只有神能保佑我了。如果我能活著出去，一定要到玉龍寺去燒一柱香。我這麼想著，冥冥之中彷佛真有菩薩在俯視著人間的一切似的，每個人都在菩薩的注視下做著自己的事情，是非善惡，神的心裡一目了然。我是個善良的人，神不會讓善良的人承受苦難的。這麼想著，心裡還不斷地念著「南無阿彌佗佛」，疼痛感竟一下子輕了很多。

當晚上我回到監房躺到草席上時，內心裡面竟有一種說不出的解脫感，菩薩此時仍充滿在我的心中。難道這世界上竟真有神的存在？難道當你全神貫注想到神的時候，神便真的會出現在你的面前？我想有同樣體驗的肯定不止我一個人，不然，古往今來為什麼竟有那麼多虔誠的信徒五體投地地拜倒在神的腳下？

睡在我旁邊的是縣八中的一個語文老師，姓魏，三十多歲，因為在課堂上講李白能夠周遊全國，是那時吃飯不要糧票，出門無需單位介紹信，被認為是惡毒攻擊社會主義制度，所以被抓了進來。他見我被打得遍體鱗傷，悄悄告訴我一個方法，說你被打的時候心中默念上帝，上帝便會減輕你的痛苦。我聽了不覺一笑，告訴他我也找到了一個方法，便是念佛，他聽了也會心一笑。人與人的心靈原是相通的。

我們被關了幾個月時間，最後因為武大力領導的湄河風雷造反組織被定為反革命組織，我們才都被遣散了回去。

二十三、父子反目

經過一番暴風驟雨般的批鬥和審查，我自己變得習慣起來，也慢慢看得開了，唯一覺得歉疚的是對不住兩個孩子。他們還那麼年輕，就要為你承擔如此沉重的罪名。

青青在虎虎被打掉之後，又在家中養了幾條小金魚，可是文化大革命一開始，養魚種花也成了資產階級的生活作風。造反派在宿舍大院門口貼了一張公告：「無產階級文化大革命的春風摧枯拉朽，滌蕩著一切污泥濁水，用毛澤東思想武裝起來的紅衛兵小將橫掃四舊，開創一代新風，徹底批判資產階級思想對革命群眾的腐蝕影響，嚴正警告那些喪失革命斗志、追求資產階級生活方式，熱衷於養魚種花的人，限你們於六日下午五點前砸爛自己的魚缸和花盆，懸崖勒馬，回頭是岸，否則將對你們採取最徹底的革命行動。」

我回到家裡，看見青青還在擺弄那幾條金魚，問她看到門口的公告沒有，她說沒有。我告訴她，現在嚴禁養魚，必須趕快倒掉。她望著我半天不解，又望望缸裡的金魚，捨不得丟掉。為了弄清是不是真的，她還特地跑到院子門口看了看，回來後一臉的不高興。直到下午四點五十分前，還拿著根筷子守在魚缸邊逗弄那幾條金魚。

永新見青青磨磨蹭蹭的下不了手，對青青說：「我來幫你倒掉。」一把端起魚缸，快步走到門口，朝外面一潑，魚兒在地上跳了幾跳，隨即便翻著眼睛，不動了。青青趕緊走過去，把幾條魚丟到旁邊的水溝中，那幾條魚又活靈活現地游動起來。

「小資情調。」永新頗為不屑地看了她一眼說。

青青回到屋裡，仍然感到很沮喪，撅著個嘴，水娥見了，有些不滿，批評她說：「幾條魚有什麼可惜的，盡學了你爸爸的樣，滿腦子封資修的那一套。」

水娥講話，現在動輒上昇到理論高度。她的理論水平，跟過去相比，早已判若兩人。當初，她要寫個總結什麼的，還經常要我代筆，或者要我幫她修改，可現在，不僅不要我改了，反而嫌我語氣不夠堅定，理論性不強，跟不上潮流。因為她的所謂學習，基本上只是讀報紙、聽廣播，所以報紙上說的那些理論，她已經爛熟於心，各種大道理，張口就來，有時說得我不知如何應對。

文革的迅猛來勢，一時讓我有些摸不著北，不知道要朝那個方向發展。當我表現出這種擔憂時，水娥卻不以為然，她說這是偉大領袖毛主席親自發動的無產階級文化大革命，是史無前例的，必將給中國帶來深刻巨變，批評我還是用老眼光看問題。

「你要加強學習，努力改造自己。」她說：「你的那些知識已經過時了，跟不上形勢了。你看你書架上的那些書，都是些封資修的毒草，你就是中毒太深。」

「你讀過幾本？怎麼知道有毒？」我隨口辯駁道。

「所以說，跟你講，你還不謙虛。」水娥不屑地看了我一眼說。現在她反倒成為一個有見識的人了。

我知道她對歷史的理解只停留在那個層次上，就懶得跟她爭。

青青那時已經讀初三了，學校組織了文藝宣傳隊，排練忠字舞，她本來是隊員之一，每天放了學回來，總要練上一陣子，還要水娥幫她糾正錯誤動作，手要朝哪個方向舉，要舉多高，要有什麼樣的表情，眼神要望著哪個方向。

有天我參加批鬥會後回到家中，看見青青坐在門口低垂著腦袋不作聲，我問了句：「青青，怎麼了？」

青青不吭聲，卻突然流出了兩滴眼淚。

我一時不知就裡，走進廚房，水娥正在做晚飯，我問青青今天怎麼了，水娥臉色不好看，瞥了我一眼說：「還不都是因為你？」

「怎麼是因為我？」我心裡一緊，猜想可能是什麼政治問題。

「學校不讓她跳忠字舞了。」

雖然對於跳忠字舞，我本能地有一種反感，可是對於青青來說，跳忠字舞也是一種娛樂活動，而且是那個年代學生唯一的娛樂活動。現在她被排除在外，顯然是受到學校的歧視。

我進到臥室中，感到有些對不起青青，想起自己連累了家人，竟忍不住淚流滿面。我的問題，如果只是牽涉到我自己也就罷了，可是，卻讓兒女也跟著一起遭罪，讓她在班上抬不起頭。在那樣一個時代，你的問題，永遠不會只限於你自己，你的家人，乃至親戚都將受到牽連。

「以後還可以跳。」吃飯的時候，我開導青青說。

「嗯。」青青低著頭小聲答了一句，可是淚水卻流到了飯碗中。

沒過多久，青青所在的學校發生了一起反革命事件，這起事件又讓她受了一回委屈。

平時青青五點多就回家了，但那天直到七點多鐘還沒看見回來，水娥擔心路上出了什麼事情，要我去看看。我拿了支手電筒朝學校走去，一直走到校門口，才看見青青和另外一個男同學一起從門口走出來。我問她出了什麼事，怎麼這麼晚才放學，她緊閉著嘴脣，一言不發，只顧低頭朝前走。路上我又問了一次，她同樣只是低著頭走路。

回到家裡，我再次問她發生了什麼事情，她仍然緊閉著嘴脣，我忍不住用指頭狠狠地戳了一下她的額頭，說：「你倒是說話呀。」

沒想到青青一下子放聲大哭了起來。

水娥聽到哭聲，趕緊走過來，問是什麼事情，青青仍然低著頭，水娥開導她說：「乖女兒，你說，媽媽不怪你。」青青這才斷斷續續說出了事情的原委。

那段時間大部分老師都受到衝擊，學校不再上文化課，而是天天讀毛主席著作，這些十幾歲的孩子一天幾個小時反反覆覆讀一本書，哪裡會坐得住？於是就有學生在紙上亂寫亂畫，寫過之後，又隨便扔到地上。碰巧那天中午，青青班上有個同學撿到一張紙，正面寫著打倒叛徒賣國賊劉少奇，背面卻寫著毛主席萬歲。老師覺得事態嚴重，就報告了校長，校長更怕承擔責任，就迅速報告了公安局，公安局聞訊後，派了五個幹警過來，進行偵破。

學校來了公安，頓時如臨大敵。公安人員先要老師比對字跡，看是誰寫的，可是那幾個字寫得方方正正，老師比對了半天，也摸不準是誰的字跡。於是就將目標鎖定在幾個出身不好的學生身上，青青便是其中之一。到了放學時間，其他同學都走了，受到懷疑的同學卻被留了下來，一個一個地翻看他們的書包，甚至還搜了衣服口袋，一個男公安人員從頭到腳將青青摸了一遍，她想抗拒卻沒有辦法，老師還怪她不老實。最後天完全黑了下來，校長見一時搜不出證據，就說明天由學校繼續查，這才將他們放了出來。

青青一邊說，一邊淚水直流，感覺自己受了莫大的委屈。水娥安慰她說：「你別哭，不是你寫的，你怕什麼？明天再查，你也不要怕。」

看著青青單瘦的身體和偏平的胸脯，我一時憤愧交加，恨不得衝出去殺他幾個人，可是想到殺人無非是加重一家人的罪孽罷了。淚水不停地在我的眼眶裡打著轉，我想對她說句爸爸剛才對不起，錯怪了你，可是卻開不了這個口，便默默地走了開去。很多年後，當青青離開這個世界後，每當想起當初狠狠地戳她的那一下，我的心裡便感到一種隱隱的痛，淚水便會情不自禁地直往下流。

自從我成了走資派後，青青一直生活在惶恐和委屈之中。每遇到一件事情，都要小心謹慎，擔心會不會給自己帶來什麼不良後果。老師和同學也逐漸和她拉開了距離，原來在班上經常表揚她的班主任老師，突然之間不僅不再表揚她，甚至還時不時要批評她幾句。班上原來一個和她玩得最好的同學，居然也對她冷嘲熱諷，青青本是一個活潑好動的女孩，現在卻逐漸地變得沉默起來。

青青默默忍受著別人的岐視，永新則完全相反，從小就表現出了一種叛逆和反抗的性格。

我剛被打成走資派不久，有天中午永新端著個飯碗坐在門口吃飯，鄰居一個孩子突然抓起一把沙子丟到他飯碗中，他一時氣急，舉起飯碗要去砸那個孩子的腦袋，他剛把手舉起來，那個孩子示威似地沖著他說：「黑五類崽子，有本事你砸呀。」永新哪裡忍耐得住，舉起碗劈面就砸了過去，砸得那孩子滿臉是血。鄰居帶著孩子找上門來討公道，說我們怎麼教的孩子，我只好忍氣吞聲陪不是。

永新回來後，我叫他不要去打人，他卻蠻橫地看了我一眼，說：「都是受了你這個黑五類的牽連。」嗆得我啞口無言。

永新雖然出身不好，但卻和學校的紅衛兵打得火熱，並且在學校大會上宣稱要和自己的家庭徹底決裂。有天中午，我正準備做午睡，突然聽到門外一片喊叫聲，我趕緊從房裡走出來，看見幾個戴紅袖章的紅衛兵湧了進來，其中一個竟是永新。永新穿著一身舊軍裝，腰上繫著一根寬牛皮帶，指揮著其他人衝到了書房。

「你們要做什麼？」我指斥永新道。

「抄家。」一個留著平頭的紅衛兵不屑一顧地答道，平頭紅衛兵姓宋，是這支紅衛兵的司令。

我一下子懵在那裡，自己的兒子竟帶著紅衛兵來抄自己的家，心裡恨不得馬上揪住他給他兩個耳光。

看著他們一本一本地翻尋著那些筆記本，我暗自慶幸沒有把永玉的筆記留在家中，不然，今天就萬劫不復了。

我從老屋拿來的幾幅字畫，一直鎖在書櫃中，父親掛在客廳裡的那幅對聯，是清代何紹基的手跡，十分珍貴，還有幾幅湄河當地書畫名家的字畫。宋司令看見櫃門鎖上了，二話不說就是一腳，把櫃門踢開後，他看見那堆字畫，展開兩張看了一眼，嘟囔了一句：「什麼破玩意兒？」然後順手一撕，把條幅撕成了兩截，丟到地上。我瞟了一眼，被他撕碎的正是何紹基的那幅對聯，我本能地想去撿起來，但轉念一想，你越是看重的東西，他可能越要加以破壞，便裝作毫不痛心的樣子，隨它攤在地上。一群人不時從條幅上踩來踩去，每踩一下，我心裡就緊一下。

宋司令從書架上抽出一本孟子的書，看了看，對旁邊一個瘦個子紅衛兵說：「孟子是誰？是不是孔子的兒子？」

永新糾正他說：「不是，是孔子的學生的學生。」

永新糾正他時，頗為得意地看了一眼正在旁邊清書的一個女紅衛兵，那個女紅衛兵，長得眉清目秀，笑靨如花，看得出他很在意這個女紅衛兵的看法。

「孔孟孔孟，不是父子怎會連在一起？」宋司令固執己見。

「一個姓孔，一個姓孟，怎麼會是父子？」永新和他辯論道。

「你懂個屁？五類分子，站一邊去！」宋司令忽然生了氣，他顯然也不想在那個女紅衛兵面前失了面子，他一邊說著，一邊將孟子的書撕開丟到地上。

永新受了呵斥之後，默不作聲地走了出去，而宋司令和女紅衛兵卻有說有笑，顯得很親密。看見永新落寞的背影，我不覺心裡一酸，覺得是自己的走資派身份讓他在喜歡的女同學面前抬不起頭，剛才要打他的想法也消失得無影無蹤。

等他們快要離開時，我暗自慶幸那幅對聯只是被撕成了兩截，裝裱師傅還可以重新修復好，沒想到宋司令看見桌上的墨水瓶不順眼，拿起來就往地上一砸，墨水四濺開來，對聯上也浸濕了一片，我心裡一沉，心想這下完了。等他們走後，我趕緊把對聯撿起來，上面布滿了腳印和藍墨水，紙也被踩破了很多地方，顯然已沒有修復的價值了。當年父親把這幅對聯看得寶貝似的，現在卻變成了爛紙一張。

他們翻過書房之後，把一些他們認為「有毒」的書籍裝在兩只布袋中，幾個人抬了出去。宋司令走到門外，回頭看了一眼，似乎仍覺得不過癮，便撿起一塊石頭朝書房的玻璃上砸去，玻璃一下子碎了，發出一陣清脆的咔嚓聲，瘦個子紅衛兵說：「這聲音好聽，再來一下。」

說完便撿起一塊石頭，朝另一扇窗戶扔去，於是又聽到砰的一聲。

宋司令說：「這裡玻璃太少了，你要喜歡聽，明天去砸學校的玻璃，每間教室都有五六個大窗戶。」

「明天我跟你們一起去。」永新跑出來附和道。

等那些紅衛兵走後，我狠狠地罵了永新一句：「你敢去，看我不打斷你的腿！」

「就是要去！」永新回了一句。

我抄起一把掃帚作勢要打他，永新竟一溜煙跑了出去，到晚上也沒有回來。水娥不放心，問了他好幾個同學，才知道他住到了那個瘦個子同學家中，水娥要他回來，他死活不肯。水娥回來後怪我不該打他，我說我哪裡會打他，不過是做做樣子。第二天晚上，水娥又去接了一次，說我保證不會打他，永新才頗不情願地跟著她一起回到家裡。

永新這種決裂的態度，確實讓我倍感傷心。再怎麼樣，我也是他的父親，而如今竟勢同水火，他看著我的時候，總是一副冷淡漠然的態度，我知道那種冷淡中還隱藏著一種怨恨、一種輕蔑。我猛然想起自己的父親，當年我不肯承認他是我父親時，他又是一種什麼樣的感受啊？可這些年，我從來沒有去想過他的感受，他雖然是地主，但也是一個有血肉、有感情的正常人。

我看著滿地狼藉的書籍字畫，感到一種說不出來的痛心，這些書籍字畫有些是父親留下來的，有些是我這些年慢慢收集起來的，今天等於全都毀了。

晚上，水娥要我幫她把房間收拾一下，我因為沒做午睡，感到十分疲倦，只想早點睡，就說明天再收拾吧。便進到臥室，把床鋪上一些被撕破的東西掃下來，倒在床上就睡了。我躺在床上，腦子裡不時湧現出各種念頭，羞愧、內疚、傷痛、無奈。世界為什麼會變成這個樣子呢？為什麼一個人要遭受如此大的磨難？或許真像孟子所說的天將大任於斯人也，必將餓其體膚，苦其心志？可是，受磨難的有千千萬萬，很多人只是希望過一種平安的生活而不得。想著自己給孩子們帶來的不幸，我恨不得就這麼一覺睡過去不再醒來，他們也就不再覺得我是一個累贅了。到這個時候我才真切體會到苟且偷生這句成語的含義了，莊子當年所說的拽尾於泥中，或許就是這樣一種生存狀態？拽尾於泥中，雖然艱難，但卻自由。古時候的人不滿現實，還可以辭去官職，歸隱林下，而現在你能躲到哪裡去呢？

回想自己的一生，放棄了兄弟、情人、朋友，最後連父子的親情也沒有了。這些都是什麼原因造成的呢？這本是一個太平的年代，為什麼一定要掀起這一浪又一浪的鬥爭和仇恨呢？一向為中國人所遵奉的「仁義禮智信」，如今都變成了糟粕，變成了垃圾，遭到無情唾棄。一切都被顛倒過來了，以至父子成仇、夫妻反目、朋友失信，這些最讓人類痛心疾首的事情，如今卻比比皆是。我想起父親曾經教導過我的，做人要寬容、誠信、與人為善，那個時候，我內心裡面從來沒有真正思考過這些東西，以為不過是古人的陳詞濫調，早已與這個時代格格不入了，可現在想起來，這些理念其實是一代又一代的人們從生活實踐中總結出來的行為準則，是真正值得每一個人記在心底的人生真諦！

水娥推門進來看了一下，看我躺在床上，以為我睡了，又悄悄掩上了門。

在我受到批鬥之後，過去的同事見了面，竟都像陌生人一般，變得冷漠起來。有天在家門口碰到機要室小蘭，我並不計較她，心想她還年輕，只是受了輿論的裹脅，才在批鬥會上站了出來。我想跟她說幾句話，問問單位的情況，可是還沒到跟前，她就轉到另一條路上去了。

我知道這不能怪人家，因為連永新也公開表示要和我劃清界限。父子尚且如此，何況他人。最讓我感到失落的是朱麗。

那次批鬥大會後不久，我在街上碰到朱麗，她走在街道的那一邊，我以為她沒有看到我，便大聲喊她的名字，我想她聽到喊聲會走過來，但她站在那裡沒有動，表情淡然地朝這邊望著。我趕緊走了過去，走到她身邊時，她叫我「楚同」，「志」字還沒有說出口，就吞了進去，大概覺得已不適合叫我同志。我本來是興沖沖地走過去的，可是看著她冷淡的神情，心裡像被潑了一瓢冷水似的，陡然變得凝固起來，直後悔剛才不該叫她那一聲。我問她去哪裡，她說去供銷社。我還想跟她說點什麼，她的眼睛卻四處張望，似乎擔心被人看見，我便說你去吧，她彷彿解脫了似地匆匆走了過去。我回頭看了她一眼，看著她頎長勻稱的身材，心裡不覺倍感失落。

當我遭受紅衛兵和造反派的折磨時，腦子裡出現得最多的竟是朱麗的影子，那時我是多麼希望能得到她的一個問候，或者是她的一封信。她的一個小小的安慰，對於我來說都彌足珍貴。我甚至還幻想著有朝一日獲得解脫後，能和她敞開胸懷，訴說這一段時間的經歷和感受，可是今天碰到了，不僅未聽到半句安慰的話，反而看到一種冷峻陌生的眼神。我忽然覺得自己很可笑，為自己的自作多情。

到第二次見到朱麗，是她和武大力在一起，據說那時她已成了武大力的情人。兩人一襲軍裝，朱麗走在武大力身邊，在寬大的軍裝下，仍然可以看出那份遮掩不住的風情和魅力。朱麗是縣城裡難得一見的美人，誰見了，都難以抵擋住這份誘惑。而女人又總是容易為權力著迷，造反前武大力只是個普普通通的保衛人員，雖然身形高大，朱麗肯定也是瞧不上他的，可是突然之間，武大力成了炙手可熱的造反派頭目，地位自然發生了翻天覆地的變化。

我看見他們走過來，竟忽然感到一種自卑，她那樣一個光鮮亮麗的女人，而我竟然曾對她有著非分之想，感覺自己像一隻癩蛤蟆似的。為了避開他們，我趕緊閃到一條巷子裡去了。

二十四、醫院誤診

我在西郊農場受審查時，就有點咳嗽，當時以為是感冒，也沒怎麼在意，可是過了幾個月時間，咳嗽變得越來越厲害，水娥催我到醫院去檢查，可是到了縣人民醫院，原來的院長副院長都已靠邊站，新上任的革委會主任姓譚，靠造反起家，知道我是走資派，便推說醫院床位緊張，不肯安排住院。可當時正是數九寒天，外面北風猛烈，每天走來走去，本來就咳嗽不止，如何經受得起冷風的侵襲？水娥很氣憤，徑直去找了縣革委會蔣主任，蔣主任是部隊派來的軍代表，北方人，五十來歲，倒挺有人情味，聽了水娥的哭訴，說病了總還要治病，叫水娥打一個報告，他在報告上簽了意見，我們拿著他的意見再去醫院，譚主任接過報告看了半天，又猜疑地瞟了我和水娥一眼，問道：「是蔣主任簽的？」

水娥趕緊湊攏去，指著蔣主任的意見說：「是的，是他親筆簽的。」那幾個字雖然寫得歪歪扭扭，這個時候卻顯現了威力。譚主任嗯了一聲，把報告交給內科主任，就低著頭不和我們說話了。

內科主任拿著報告出去了，也不和我們打聲招呼，水娥趕緊跟著他一起去把住院手續辦了。

過去我到這個醫院來檢查的時候，醫院裡的醫生護士，見到我時都是滿臉含笑，曲意逢迎，而現在見了我像見了瘟神一般，避之唯恐不及。病室裡的護士叫其他病人的時候，還加上同志兩個字，唯獨叫到我的時候，便直呼其名，連同志都不加了。聽一個二十來歲的小姑娘直呼我的名字，心裡頗不是滋味，但慢慢也就習慣了。

第二天照了一個片，X片上發現大片陰影，醫生懷疑是肺癌。水娥拿著片子憂心忡忡地進到病室，我問是什麼病，她老半天不說話，我就猜想情況有些不妙，在我再三追問下，她才慢慢說出醫生的懷疑。

我聽了心裡一沉，腦子裡閃現出的第一個念頭，是自己一輩子就這麼完了！

「醫生還說了什麼？」我看著片子，默默地發呆，腦子裡一片空白。

「醫生說最好去省裡覆查一下。」

「什麼時候去？」我焦急地問水娥。

「後天就要過年了，過了年再去吧。如果是這個病，肯定會要在醫院住一段時間。」水娥說。

當天晚上我幾乎一夜未眠，各種念頭在腦子裡不停地輪番出現，一時焦慮，一時傷感，一時又寬慰自己。這些年，一直忙於政府的事情，忙於應付各種運動，從來就沒有想過自己的身體會出問題，而且居然是這種絕症。我不斷地安慰自己，也許是誤診，醫生說了還要去省裡覆查，也許這裡的設備檔次太低，查不出病因。可是，萬一省裡查出是這種病，又怎麼辦呢？我就只能預備後事了。其實現在這種狀況，我也沒什麼後事可以預備的，政府的事已經不需要我操心，湄河會變成一個什麼樣子，我也無能為力了。唯一讓我操心的是兩個孩子，永新雖然在家裡沒有好臉色給我看，可畢竟是自己的兒子，他年紀還小，沒有獨立判斷的能力，有很多東西我沒有辦法跟他說清楚。最讓人掛念的是青青，青青已經初中畢業了，學校不讓她繼續讀高中，只能待在家裡。她為我的事情受了不少委屈，現在連朋友都沒有一個了。或許我死了，對水娥，對兩個孩子，都是一種解脫，這樣一想，心裡便覺釋然了很多。可是沒過多久，剛開始的那份焦慮，又重新湧現了出來。無論多麼堅強的人，在生死面前，總顯得那麼脆弱。以前我也曾面臨過生死的抉擇，可那是一種主動的選擇，一種為理想為信仰作出的犧牲，而在疾病面前，一個人死亡的價值卻顯得如此蒼白。

各種念頭總是不斷地循環往復，我想強迫自己睡一下，可無論如何卻睡不著，到天亮邊上，迷迷糊糊睡了一會，夢見自己到了省醫院，醫生看見我就說，你沒事，不要覆查。我聽了十分高興，又突然醒了過來，醒了才發現是在做夢。

第二天是臘月二十九，同病室的其他兩個病人都回家去了，我和水娥商量是不是回家去過年，水娥說，外面風大，又冷，你還要打針，還是待在醫院算了。

除夕晚上，水娥帶著青青來給我送飯，我接過青青遞給我的飯盒，觸到她的手指，冰涼冰涼的。

「你的手好冷。」我握了握她的指頭說。

「外面北風嗚嗚地叫。」青青用嘴哈了哈手說道，鼻子下面還掛著一抹鼻涕。

「你把手放到被窩裡暖一下。」水娥說。

青青彎腰把手伸到被子中，碰到我的腿後，又縮回去了一點。

我問永新去哪裡了，水娥說他一放下碗筷，就找同學玩去了。

我端著飯盒，卻沒什麼食欲，雖然是過年，但也只有兩個菜、一個雞蛋、一個白菜。水娥解釋說，她這幾天陪我看病，肉都沒有來得及去買。我沒有一點食欲，只是強迫自己吃了一點菜，就放下了飯盒，喝下一口水，又繼續躺到被子中。三個人在病室裡都不說話，氣氛顯得很沉悶，外面北風呼嘯，刮得窗玻璃不停地搖晃著，發出陣陣砰砰的碰撞聲。

「你們回去吧。」我說。我看青青坐在那裡，不停地惦著腳尖，好像很冷的樣子。

「今天過年，我們陪你一會。」水娥說。

「永新一個人在家裡，你去看著他。」我說。

「那你怎麼辦？」水娥問道。

「我沒事，一個人習慣了。」

「我留在這裡。」青青說。

「也好，你陪爸爸，我回去看看永新。」水娥說。

水娥走後，青青坐在旁邊的病床上，也沉默著不說話。這段時間她的心情很不好，因為過去的同學大都考上了高中，她也去考了，成績還排在前幾名，可是學校不肯錄取她，說工人階級的學校不能培養走資派的子女。我想說點什麼安慰安慰她，卻又不知道說什麼好。

一陣猛烈的北風刮過後，窗戶上似乎多了些東西，我仔細看了看，發現玻璃上沾著一片一片的雪花。

「下雪了。」我告訴青青。

青青回頭看了一眼，趕緊跑到窗邊，看著外面的雪，興奮地叫了一聲：「好大的雪。」

青青站在窗邊，呆呆地望著外面出神。她那天梳著兩只羊角辮，辮上繫著兩根紅絲繩，雖然穿著棉襖，但背影仍顯得十分單瘦。她站在那裡專注地望著外面的雪花，足足看了有一刻鐘，很多年後，那情景仍然像幅畫一樣深深地留在我的腦海中。

「你在想什麼？」我看她在那裡站了那麼久，怕她著涼，所以問了一句。

「沒想什麼。」青青轉過身來說：「想睡覺了。」

「你睡那一頭。」我讓出半邊床來說。

青青側著身子，和衣躺在床的那頭，不一會就睡過去了。我在她身上加蓋了一件棉襖，看著她稚嫩清瘦的臉，想到自己的病，我的心又陡然緊了一下子，如果我不在了，他們的生活會是一個什麼樣子？我想起永玉的兩個小孩，因為出身黑五類，長年受到學校的歧視，走路的時候都眉頭緊鎖。青青現在就已經變得有些沉默寡言起來。

因為躺了一整天，我想到外面去透透氣，就穿上衣服，在院子裡面四處走了走。這時風已經停了

下來，雪還在不停地飄著，院子裡積起了一層薄雪，薄雪上被人交叉踏出了兩行腳印，其中一行因雪的覆蓋已變得十分模糊了。我沿著走廊走了一圈，忽然想起《紅樓夢》裡面的一句詩：「落了片白茫茫大地真乾淨」。人生最後的歸宿總是逃不出這樣一個結果。

住院部門口貼著一副對聯：「藍天白雲寄紅心，生生死死為革命。」看到生死兩個字，忽然有一種觸目驚心的感覺，寫這幅對聯的人，身體肯定十分健康結實，還完全不要考慮生死的問題，一個人只有真正到了生死關頭，才能深切體會到活著的意義，才不會輕易說出死亡這兩個字來。

外面零零散散地響起了鞭炮聲，於我反而更覺冷清和孤獨，不知道明年春節，我還能不能活在這個世界上。我將從這個世界消失，與曾經在這個世界上生活過的千千萬萬人一樣，悄無聲息地消失在一個永恆的黑暗之中，一個人在生老病死面前，是如此地無能為力。雖然我知道死亡是每一個人都無法逃避的事實，可是在我還只有四十歲，正當壯年的時候，就要與這個世界告別，心中卻有許多不甘。

我回到病室，感到有些疲憊，迷迷糊糊地在床上躺了一會，似睡非睡中，猛然被推門聲所驚醒，周友仁醫生走了進來，他是來查房的。周醫生是我的主治醫生，年紀和我差不多，腿稍微有點瘸，瘦瘦的臉，戴副眼鏡，肩膀上還留著些雪花。我剛住進來時，因為是走資派，醫生們都相互推諉，不肯做我的主治醫生，唯獨周友仁不避嫌。有個護士悄悄告訴我，在醫生碰頭會上，說到我的病情時，大家都默然不語，是周醫生主動提出來做我的主治醫生的，我聽了十分感動。

「今天年三十，你怎麼還過來了？」我趕緊坐起來問道。

「我就住在醫院旁邊，反正沒事，過來看看。」

「真是謝謝你了。」我欠起身子有些感激地說。

周友仁問了一下病情，見我情緒不好，寬慰我說：「你是什麼病還沒有最後確診，你不要有太多的心理負擔，去年我們就誤診了兩個病人，當時也認為是癌症，結果到省醫院複查，都排除了。」

聽他這麼一說，彷彿我的病情也已被排除，心裡不覺鬆快了很多。

「聽說你是主動做我的主治醫生，就不怕受到牽連？」我問他。

「我只是跟你治病，其他的沒想那麼多。」周友仁坐到另一張病床上說：「我的出身也不好，父親是地主。」

「在醫院肯定受了很多委屈吧？」我問他。

「還好吧，你不把那些事當委屈，也就不覺得委屈了。」他看上去很坦然的樣子，取下眼鏡用衣袖擦了擦說：「剛開始也很不好過，但看到受衝擊的有那麼多人，不只我一個，就想得開了。」

我認同地點了點頭，很多事，其實是我們自己太把它當一回事了，便覺得像塊石頭似的壓在心坎上，使自己難受。

「你們兩個人蓋一床被子，冷不冷？」周友仁看了一眼青青，關心地問道。

「還好，就是窄了點。」醫院裡被子本來就窄，兩個人蓋著，便總有些蓋不住。

「我再跟你拿床被子來。」周友仁說。

「方便不？」我問道，因為前兩天水娥去多要床被子，被護士長一口回絕了。

「沒事。」

過了一會，周友仁拿了一床被子過來，臨走時又安慰我說：「肺部陰影有很多種情況，肺炎也有可能產生陰影，你把心思放寬些，安心睡好覺。」

「好的，謝謝。」我再次感激地說。

很久沒有看見別人對我這麼友善了，自從被打成走資派後，看到的都是一張張嚴肅冷峻的臉，即便是家人，也都是一副愁容滿面的樣子。而周友仁絲毫不在乎我的走資派身份，他只是出於一個醫生的本能，把我當病人對待。我忽然想到人性中的善，是永遠不會磨滅的，無論在什麼樣的環境下，雖然這善可能只是一句話、一個微笑、一件微不足道的小事，但只要是一種善意，就在會在人的心靈深處產生回響，尤其在人身處逆境時，這種善意更是能讓人感受到生活的希望。那天晚上，因為受了他的開導，我的心情一下子好轉了很多，安安心心地睡了一個好覺。

過了大年初五，水娥就陪我去了省一人民醫院。做了幾次檢查之後，醫生說是肺炎，不是癌症。看到化驗結果時，我長長地呼了一口氣，彷彿一塊石頭從心坎上落了下來，渾身有一種說不出的輕鬆。那天雪已經開始融化了，氣溫本來特別低，可是我卻一點感覺不到天氣的寒冷，反而覺得春意融融，到處都充滿著一股溫暖和歡快的氣息。至少我還可以多活三十年，我心裡想，三十年，這世界會發生多少事情啊！

水娥皺了多日的眉頭也終於現出了一絲笑意。

「真是菩薩保佑。」水娥說：「我媽一直偷偷地在跟菩薩燒香。」

「真是感謝她了。」我說。

從長沙回來，水娥下午去買了一隻雞，說要跟我補補身子。

回到縣裡，張秉初來看過我一次。那時席卷一切的革命風暴正慢慢平息下來，街上已經看不到行色匆匆的紅衛兵和造反派了。張秉初告訴我，縣革委會準備給一些老幹部恢復工作，問我有什麼打算。

「你呢，你有什麼打算？」我反問他。

「我想去找一下蔣主任，看能不能結合進去。」

「你去試一下吧，可能會有希望。」

「你不打算去找找？」

我搖了搖頭。

我那時剛從生死線上掙扎過來，突然之間對一切都看得很淡了，所謂事業、理想、個人的前途，在生死面前顯得如此蒼白。況且在那樣一種形勢下，與其不停地說著違心的話，做著違心的事，還不如遠離政治，遠離權力，安安靜靜地過一種與世無爭的生活。

不讓當幹部後，待遇馬上就變了，行政科通知我們必須從政府院內搬出去，搬到水娥所在的單位紅星街道辦事處。在政府院內時，本來有五間房子，每間都有十幾個平方，而到了紅星街道辦事處，只剩兩間了。裡面一間小的，不到十個平方，做我和水娥的臥室，外面一間大的，大約十二三個平方，做廚房和飯廳，晚上則是青青和永新的臥室。水娥一開始很不習慣，時常抱怨東西沒地方放，尤其是兩個孩子都大了，卻還睡在一間房裡，永新睡沙發，青青則是每天晚上臨睡時，把飯桌收起來，臨時鋪一張折疊床。

我以為即便不讓我當幹部了，總會安排一項工作，但萬萬沒有想到的是，凡是沒有被組合進去的走資派，全部要下放農村，我也名列其中。

水娥在文革前已經是紅旗街道辦事處主任，街道成立革委會後，她一直希望能被組合進去，可是受了我的牽連，上面一直沒有批准。她向來是一個積極上進的人，在政治上尤其緊跟形勢，沒想到因為我的緣故完全斷送了政治上的前程。

有一天，她下班回到家裡，看上去臉色凝重，心裡像擱著什麼事情，時不時地嘆著氣。吃過飯後，我問她心裡有什麼事，她猶猶疑疑地說道：「今天下午，快下班的時候，革委會龍主任找了我。」

「找你做什麼？」我問她。

「找我……。」她欲言又止。

我看著她，心裡似乎猜到了什麼。

「說你下放以後，要麼跟你一起到鄉裡去，要麼跟你劃清界限。」她說。

所謂劃清界限，就是離婚。對這事其實我早有心理準備，只是還寄希望於她們單位或許不會做得那麼絕，但該來的遲早還是來了。

「我們離婚吧。」我幾乎未加思索就提出了這個要求，因為這個念頭在我心裡已經轉了很久了。水娥能幹到今天這個樣子，實屬不易，要她一下子全部放棄，和我一起去鄉下，她肯定捨不得。

水娥聽到離婚兩個字，突然流出了眼淚。

「這也是沒有辦法的事情。」我說。

她仍然默不作聲。

「我不會怪你，都是為了兒女好。讓他們跟著一起到鄉下去受罪，我也不得安心。」

「我們應該怎麼辦？」水娥問道。

「寫個協議就是。兒女由你撫養，我一個人離開。」

水娥雖然不說話，但看得出她的心情也十分沉重。

過了兩天，我們去民政局辦了離婚手續。婚姻登記處的辦事員，是個四十多歲的胖女人，聽了我們的要求說：「先唸一段毛主席語錄。」

「唸哪一段？」我問她。

她拿出一本毛主席語錄，翻到其中的一頁，指給我看：「就這一段。」

她自己先唸了起來：「世界上沒有無緣無故的愛，也沒有無緣無故的恨。」

我還覺得有些難為情，但看到水娥一本正經地唸著，也馬上跟著唸了起來：「世界上沒有無緣無故的愛，也沒有無緣無故的恨。」

胖女人接著唸道：「我們都是來自五湖四海，為了一個共同的革命目標，走到一起來了。我們還要和全國大多數人民走這一條路。」

我和水娥又跟著唸了一遍，心想這大概是民政局規定要背誦的語錄。

然後胖女人問道：「你們為什麼要離婚？」

我說：「我成了走資派，我愛人還是革命群眾，所以要離婚。」

胖女人問：「是你要離，還是她要離？」

我說：「是我要離。」

胖女人看了我一眼說：「沒想到你還蠻有覺悟。」

辦了手續後，我反倒感到了一種解脫，原來思前想後，顧慮重重，只是因為有家庭的拖累，怕自己的命運影響到孩子們的前途，而現在他們已經完全和我劃清了界限，無論我的命運如何，都跟他們沒有任何關係了。

二十五、與牛為伴

我下放的地方，就在梨花洲。

共有六十多名幹部被下放。下放的那天，縣裡舉行了一個儀式，在縣政府的門口集中，分成兩排，一排是革命幹部，一排是五類分子。我因為當過縣長，是下放幹部中級別最高的，所以站在五類分子這一排的最前面。每個人的背包上都掛著一小塊毛主席語錄牌，我的背包後面寫的是：「與天鬥其樂無窮，與地鬥其樂無窮，與人鬥其樂無窮。」

儀式結束後，便由兩個手持木頭槍的民兵，將我往車站的方向押去。臨出發時，只有青青一個人來為我送行。那天她穿著件夾衣，愈益顯得單薄瘦弱，被風一吹，還不時地流著鼻涕。她遞給我一個包，似乎想說點什麼，卻又囁嚅著沒說出口。押解的民兵吼了起來：「快走，老子還要回單位辦事。」我拉了拉青青的手，她的手很冷，我對她說：「你快些回去，外面冷。」她嗯了一聲。

我剛轉過身準備走，青青喊了句：「爸爸，你多保重身體。」我回頭看了她一眼，她的眼睛裡似乎閃著一片淚花。

「沒事，爸爸挺好的。」我朝她揮了揮手說。

兩個民兵一直將我押到梨花大隊革委會，為頭的那個民兵將一份證明文件交到大隊革委會主任順生手上，並對順生說：「這個人是縣裡最大的走資派，你們要好生看管，莫讓他在這裡搞破壞。」

順生接過文件，連連點頭說：「知道，知道。保證完成領導交辦的革命任務。」

兩個民兵走後，順生遞給我一個水煙筒，嘆了一口氣說：「懷南，你怎麼成了走資派？怎麼想到要跟劉少奇走？」

我接過煙筒，吸了一口，也嘆了一口氣說：「我哪裡是什麼走資派？我根本就不認識劉少奇，怎麼會跟他走？可現在這個樣子，我說什麼你都不會相信。」

順生說：「我們不說這些了，看把你安置到哪裡？」

「我就回洲上去住，那裡人熟。」

「也好，我帶你去，要他們莫為難你。」

順生把我帶到洲上，找到隊長強猛子家裡。強猛子就是當年跟父親借穀的楚懷貴的兒子，論輩份要叫我叔叔。順生對他說：「楚縣長論輩份是你叔叔，現在犯了錯誤，也還是你叔叔，你莫為難他，多安排點輕鬆事做。」

強猛子倒是很爽快，一口應承下來，說：「那當然，叔叔總是叔叔。」

「你看安排住到什麼地方？」順生問他。

「叔娭姆住到吉姑姑家去了，房子還空在那裡，隊上放了些雜物在裡面，我等下安排幾個人把雜物搬走。」他所說的叔娭姆是指我母親，吉姑姑是指我姐姐，母親住到姐姐家已經有些年頭了，房子一直空在那裡。

「這樣很好。」我說：「我就住我娘的房子。」

強猛子帶著我去了老屋，打開房子時，裡面散發出一股刺鼻的霉味，一間房子裡面堆著些隊上的雜物，有幾把犁，幾張打穀桶，另一間房子則是母親留下來的幾件舊家俱，一張老舊的木床、一張桌子、幾把椅子。強猛子叫來幾個社員，把隊上的那些雜物都搬了出去。

「有什麼事，跟我講就是。」強猛子臨走時，對我說。

我當時就想說，能不能把這房子粉刷一下，但一想自己初來乍到，而且是五類分子，就提這樣那樣的要求，有些不合時宜，便忍住了。房子實在有些年頭了，從祖父把它建起，算起來有七十多年歷史了。牆壁已經十分斑駁，被雨水浸濕的地方留下一塊一塊難看的印漬，屋檐上還長出了一束一束的草來。我尋出塊抹布，想把門窗和床上的灰塵抹一下，可是抹布還沒有挨到窗戶，玻璃上就布滿了水珠，往外面一看，原來是下起雨來了，雨滴開始時還很小，淅淅瀝瀝，可馬上就變成了瓢潑大雨，一陣一陣地隨風卷了過來，窗戶上的玻璃壞了兩塊，雨點透過窗戶落到了地上，不一會，地上就濕了一大片，我尋到一塊木板，遮在破了的窗戶邊，好不容易才把雨水擋在了外邊。

我坐到床上，看著十分破舊的房子，心想這就是我現在的家了，不知道要在這裡住上多少年。想當年，父親送我離開洲上時，心中暗想再也不回來了，而現在竟然以一個走資派的身份，又重新回到了洲上。

雨沒有下多久，就停了下來，我準備重新開始抹窗戶，剛拿起抹布，便聽到外面有人說話，我出來一看，竟是福嫂牽著一個小孩子站在門口。

「福嫂。」我喊了她一聲，幾年不見，福嫂老了很多，臉上的皺紋又深又粗，皮膚也曬得黑黑的。

「大幹部回來了。」解放後，福嫂不再叫我少爺，可也不好直呼其名，便稱我為幹部，當了副縣長後，又改稱為大幹部，現在成了走資派，她仍然稱我大幹部。

「你孫子？」我指著她身邊的小孩問道。

「叫爺爺。」她拉了拉小孩的手說。

「叫伯伯就可以了。」第一次聽到有人要喊自己爺爺，覺得有些不習慣。「你叫什麼名字？」

那孩子還只五六歲，有些怕醜，躲在福嫂的身後望著我。

「叫秋伢子。」福嫂說：「沒見過世面，扭扭捏捏的。」

「進屋坐一下吧。」我拉過一張椅子，讓福嫂坐，福嫂坐下後，那椅子竟左右不停地搖晃起來，旁邊有一張矮凳子，福嫂起身坐到了凳子上。

福嫂問我怎麼一個人來的，我說跟水娥離了婚，他們都留在城裡。福嫂嘆了一口氣說，好好的一個家，怎麼說散就散了。

她起身四處看了看，問我：「等下你吃什麼？」

我一時也想不出來，就說：「還不知道，等下再看。」

福嫂說：「還看什麼，已經到搞飯的時候了，我去給你弄點米和菜來。」

不一會，她從家裡提了一小袋米，幾蔸白菜和一把乾辣椒，然後又去了一趟，用兩只碗盛了些油鹽過來。

「鄉裡就這麼些東西，你莫嫌棄。」福嫂謙遜地說。

「有吃就蠻好了。」接過那些東西，心裡頓時有一種暖呼呼的感覺。

「都是左鄰右舍的，客氣什麼。」福嫂說：「我老倌說，今天晚上你一個人難得起火，就到我屋裡吃點算了。」

「那太麻煩了。」

「有什麼麻煩，我們也要吃飯。等下飯熟了，我過來叫你。」

不一會，福嫂便叫我過去。福嫂的老倌楊啟福正提著瓶酒從裡屋出來，見到我點了點頭，笑了笑，算是打了招呼。福老倌快六十歲了，臉上也多了些皺紋，他仍然像過去一樣不太愛說話。

桌上已經擺了幾碗菜、一碗白菜、一碗蘿蔔，還有一碗煎雞蛋，我知道這雞蛋，平時他們是捨不得吃的，只有來了客人才煎上兩個。兒子兒媳已經和他們分灶吃飯，但小孫子不管這麼多，仍然坐了過來和公公娭毑一起吃。

福老倌把酒瓶打開，說酒是自己釀的，味道比不上瓶子酒。他給我倒了半茶杯，然後自己也倒了半杯。酒有一種燒了的焦苦味，但喝了兩口之後，也就習慣了。酒的度數很高，一口下肚，便感到全身發熱。福老倌說，回來也過得下去，現在鄉裡的生活，比過苦日子時好多了。他所說的苦日子，是大躍進的那幾年。

福嫂則一個勁兒地要我吃菜，還往我碗裡夾了一塊雞蛋。看他們熱情的樣子，心中不免感慨，他們一點也沒有把我當成階級敵人，即便知道我犯了錯誤，也一點不在意和我來往。這幾年在城裡，你很難看到一張笑臉，說話都是冷冰冰的。

秋伢子夾雞蛋的時候把碗夾翻了，大概是平時吃得很少的緣故，一碗雞蛋被他吃了一大半，福嫂在他手上敲了一筷子，說一點雞蛋都被你吃了。秋伢子縮回筷子，感到很委屈，淚水一下子流了下來。我趕緊把碗裡剩下的雞蛋全部夾到他碗中，安慰他說：「不哭，不哭，來，吃雞蛋。」福嫂見他還哭，把他的碗拿走，說：「你到旁邊去吃。」

福老倌頗為歉意地說：「細伢子，不懂事。」

「小孩不都是這個樣子。來，我們喝酒。」我舉起酒杯，和他碰了一下。

福嫂坐過來後，說起我母親，她說：「你娘多好的一個人，那年沒飯吃，我細妹子餓起發暈，幸虧你娘送了一碗粥過來。」

「那是哪一年？」我問道。

「六十年，最苦的時候。她說是你送了玉米回來。那個時候，哪個捨得把粥給別人喝。」

「你們對她也很好。」我說。

桌上的菜吃完了，福嫂又去尋了一束蔥回來，做了一碗湯。就著蔥湯，我和福老倌又喝了兩杯，直到把瓶裡的酒喝得一乾二淨。

回到屋裡，腦袋有些暈暈糊糊的了，只覺得全身發熱。我想自己當縣長時，沒有給他們帶來任何好處，他們卻一點也不計較，自己落難了，他們仍然對我這麼熱情，心裡不覺十分感動。雖然後來，我重新出來工作後，擔任了書記縣長，吃過不少山珍海味和茅臺五糧液，可是那一頓簡單樸素的晚餐，那幾杯喝下去讓人渾身發熱的粗劣穀酒，卻一直清晰地留在我的記憶之中，時常給人一種溫暖的感覺。

第二天，我開始和社員們一起出工，男勞力的任務是平整水田。水田經牛犁過之後，仍然凸凹不平，需要人用鐵鈀梳理平整。強猛子問我幹得這個活不，我說試試看吧。可是跟著幾個男勞力幹了一陣，不到十分鐘就變得氣喘吁吁起來，泥土因為浸泡在水裡，又濕又重，需要費很大的力氣才能將凸出的部分挖下來。在我旁邊不遠的尚和叔見我大汗淋漓，頗為關心地說：「懷南，你幹不動，就歇一下。」

我借著他的話，順勢在田坎邊坐了下來，田坎上又濕又髒，但我管不得那麼多了。尚和叔問我：「你怕有十幾年沒乾過農活了吧？」

「二十多年了。」我想了想說。

尚和叔雖然六十多歲了，但身子骨仍然十分硬朗，幹起這些繁重的農活，似乎一點也不費力。

我坐了一陣，見別人都還在努力幹著，不好久坐，又跟著一起幹了起來。

自從離開洲上後，我就再沒有做過農活了，當幹部時雖然也做過一些勞動，但往往只是裝裝樣子，做的時候少，指揮的時候多，而現在，我卻要和隊上的男勞力一起，按時出工，按時收工，別人能挑的我必須跟著挑，別人能挖的我必須跟著挖。到下午收工時，全身彷佛像散了架似的，到處酸痛腫脹，手上也磨出了好幾個血泡。

農村的生產方式，仍然是面朝黃土背朝天，與幾十年前相比，洲上的生活狀況幾乎沒有任何改善。我在縣政府工作的時間長了，對於下面的情況總只是聽公社幹部的彙報，在公社幹部口裡，農村總是一年比一年好，一年一個新氣象，一年一個新臺階，在報紙電臺的新聞中，農村也是發生了翻天覆地的變化。而現在自己下放到農村來了，和農民們一起勞動，才發現幾十年過去了，農民的生活不僅未發生任何變化，反而比過去有所倒退。

除了勞累之外，更讓人難耐的是空閒時間的無所事事，因為鄉下沒有報紙，沒有書，獲得外界信息唯一的渠道是渡口的那只大喇叭，而大喇叭裡每天播出來的東西，幾乎都是一個模式，沒有任何變化，在偉大領袖毛主席的英明領導下，全國形勢一片大好，工農業生產獲得了前所未有的巨大豐收，而美國民眾、臺灣民眾則仍然生活在水深火熱的痛苦之中。

有天出工歇憩時，尚和叔坐到我旁邊，問我抽煙不？我以為是香煙，便說抽，但尚和叔遞給我半張紙，又從煙袋裡掏出一撮煙絲，原來是卷喇叭筒。我接過紙，發現上面有字，在卷煙絲之前看了一眼，竟然是托爾斯泰的《戰爭與和平》，便問他這卷煙紙是從哪裡來的。尚和叔說他家屋角落裡堆了幾十本，是他孫子前年從老師家裡抄家拿回來的，孫子說要燒掉，但他看那些紙還蠻好，就撕了卷煙抽。我說，能不能借幾本給我卷煙，尚和叔慷慨地說，借什麼，你去拿就是。收工後，我跟著去了他家，果然看見臥房的屋角堆著一堆書，總共有三四十本，我稍稍翻了一下，竟都是些古典名著，有中國的，也有外國的。尚和叔說原來還多些，有的抽了煙，有的成了解手紙。我恨不得把這幾十本書全部拿回去，但這樣做顯得自己太貪心，尚和叔也不一定會同意，就選了六本，臨走的時候，尚和叔笑著說：「這幾本書，你抽得幾年了。」

我拍拍書上的灰塵，嘿嘿笑了兩聲。

在洲上勞動了幾個月後，隊長強猛子見我做事總落在別人後頭，就找到我，說「南叔，我看你出工吃不消，你去餵牛算了。」

「要得。」我幾乎未加思索，一口就應承下來。

「你莫想起餵牛輕鬆，一天三餐要照顧牛吃飽，每天還要少兩分工分。」強猛子說。

「少就少一點，反正我一個人，有口飯吃就行。」我說。

原來負責餵牛的六十老倌，前兩天中了風，躺在床上起不來，強猛子便叫我去接了他的活。隊上一共餵了五頭牛，兩頭公牛，兩頭母牛，還有一頭小牛犢。牛的食量非常大，一頭公牛每餐要吃二三十斤草，春夏的時候，外面青飼料豐富，可以把牛放到野外去吃草，到了秋冬季節，野草枯黃了，則必須用稻草或者紅薯苗餵牛。稻草和紅薯苗必須鍘成一寸長左右，牛吃了才能消化。

強猛子問我鍘過草沒有，我搖了搖頭。他便示範給我看，從牛欄屋裡搬出鍘刀，擺在門口，拿過一大束草，用左手握緊，塞到鍘刀下，右手使勁壓下鍘刀。我試著鍘了一束，只覺得虛汗淋漓，手臂酸麻，旁邊站著幾個婦女，看見我笨拙的樣子，都哈哈笑了起來。有一個叫菊香的少婦，主動前來幫我塞了幾把草，其他幾個婦女更是抿著嘴嘻嘻地笑。

我不知道她們為什麼笑，後來才知道菊香是個寡婦。

我把鍘好的草倒進牛槽，可牛們都冷冷地望著我，像看一個陌生人似的。等我走開後，那頭公牛才試著走到槽前來嚼了一口，然後又抬頭看著我，眼睛睜得很大，保持著一種警惕的神態，見沒有異常，便開始埋頭大嚼起來，其它幾頭牛這才走過來跟著一起嚼。

過了幾天，牛們漸漸跟我混熟了，我一走進牛欄中，它們就會把鼻子伸過來，在我的身上聞幾下，尾巴高興地搖幾下。一頭公牛特別壯實，年輕時因為性格很犟，不服調教，鼻子被鼻環弄豁了邊，所以被稱為「豁鼻子」。另一頭公牛則顯得很瘦，整個身體比豁鼻子小了一大圈。強猛子說牠的胃不好，吃的東西難以消化，請畜醫來看過幾次，餵了幾次藥，都沒有效果，消化不好，力氣就不足，耕田的時候常常喘粗氣，做一陣子就要歇一陣子，歇的時間比做的時間還長，強猛子說養著它是個負擔，等那頭小牛長大後，把它宰了算了。

剛開始時鍘草還有些費力，但不到一個星期，慢慢就適應了過來。相對而言，餵牛與其它勞動相比，仍是一件輕鬆活，除了農忙季節外，平時牛不要下田，人也輕鬆，只要每天按時給牛餵草添料就可以了。

到了春夏之間，經過幾場春雨的滋潤和陽光的撫照，河岸邊、田角地頭，枯了一個冬季的野草像施了肥一樣爭先恐後地冒了出來，看上去蓬蓬勃勃，生機盎然。這個時候，我便把牛趕到河邊，兩頭公牛聞著嫩草的香味，總是忍不住興奮地嘶鳴幾聲，然後才埋下頭來一個勁兒地咀嚼著草葉。

我一個人閒著無事，就躺在草叢中看書。看完那六本書後，我又找到尚和叔，說那幾本書紙張有些潮了，能不能換幾本，尚和叔說，沒事，你來換就是。於是，我又去換了五本回來，有一本老子的《道德經》，我實在不想換，就留了下來。

我躺在河堤上，聞著草的香味，泥土的氣息，還有河面上漂過來的氤氳水氣，感到一種說不出的愉悅和舒暢。我將老子的《道德經》，從頭至尾反反覆覆讀了好幾遍，心中竟有一種洞徹千古的感受。人生只有在遭遇命運的波折時，才能深切體會出道家思想的博大精深。

剛來鄉下時，我還有些為自己遭遇到的不公而憤憤不平，也為國家被弄成這個樣子而深感憂慮，甚至萌生過要給省革委會寫信，陳述自己的一些想法。可是在反復讀了老子之後，這種想法便漸漸地淡了下來。

人生最重要的是生命本身，無論在何種條件下，人努力要做的事情，就是如何使生命盡可能地得到延續。活著，本身才是最重要的事情。所謂逆境、困難，也都不過是人自身想像出來的產物，當一個人從正常人變成殘疾時，他可能覺得命運對他不公，可是那些天生下來就殘疾的人，他們又該如何看待命運呢？我今天被下放到鄉下來放牛，自以為是受到了打擊和迫害，可是那些一輩子都生活在洲上的人們，他們泰然自若地在洲上生活了幾十年時間。而不覺得命運對他們有什麼不公。如果我從來就沒有離開過梨花洲，至今我也就和這洲上的人一樣，過著一種平靜滿足安之若素的生活，而不會產生種種不如意的想法。

我們並不是天生下來就要做某件事的，也並沒有天生下來就被賦予某種使命。年輕時那些理想與追求，在我心中一向崇高而神聖，自以為給人生賦予了崇高的意義，可是那些沒有理想，沒有追求的人們，他們的生活就沒有了意義？如果我在這場運動中被迫害致死，或是因疾病而死，誰知道我的心中曾經有過那些崇高的理想追求？如果我因為自覺受到不公平的待遇而憤憤不平、怨天尤人、牢騷滿腹，不僅不能改變自己的命運，反而會加速自己的死亡。

活著，好好活著，安時處順，隨遇而安，同樣是人生的一種境界。那些牛們，每天吃草、勞作，從出生的時候起就老老實實、勤勤懇懇，無論什麼樣的主人，也無論什麼樣的環境，它們都任勞任怨。它們同樣是生命！

我放下書，看著堤下的河流，心中不由地感到一種寧靜，一種滿足。在歷代文人的筆下，似乎從來就沒有斷絕過歸隱田園的念頭，可是除了陶淵明之外，這種念頭從來只是一種隱隱約約的嚮往，要他們付諸實踐，安安心心去過一種自食其力的田園生活，卻是一件很不容易的事情。其實，種田也是一種生活方式。鄉下的空氣更清新，環境更安靜，人與人之間更能和睦相處。原來每次運動來臨時，都會帶來一段時間的失眠症，擔心被人告發，擔心失去官職，擔心自己會挨批鬥，可自從下放到洲上後，再也不用害怕失去什麼，每天從事繁重的體力勞動，收工時總是筋疲力盡，巴不得馬上躺到床上去睡覺，失眠症倒一下子全好了。

在洲上，遠離了城市狂風暴雨般的大鳴大放、大批鬥、大決戰，一個人便可以靜下心來想些問題。人們之所以如此狂熱，是因為他們相信歷史唯物主義所說的，我們進入了人類社會最高級的階段，甚至是最後的階段，我們開闢了一個空前絕後的新時代。而實際上人類永遠是一個不斷向前的過程，永遠不可能停留在某一階段而止步不前，也不會因為一個偉人的出現而改變歷史發展的進程。老子說「飄風不終朝，驟雨不終日」，我隱隱感到這樣的時代，不會持續得太過長久。

開春不久，那頭年輕的母牛很快便懷上了，可它懷得實在不是時候，在它懷上幾個月後，正好碰上了「雙搶」。

「雙搶」是一年之中農民最辛苦的季節，牛也一樣，需要在短短的十幾天內，頂著炎天熱暑，將所有稻田翻耕一遍，其勞動強度可想而知。

那頭懷孕的母牛，在耕了幾天田後，明顯感到體力不支，精神萎靡，食欲下降，我跟強猛子提出是不是讓牠休息幾天，可是被強猛子一口回絕，他說：「『八一』之前，要把晚稻插完，插不完要作檢討，到時誰來擔這個責任？」

我自然不敢擔這個責任，只好不作聲了。強猛子又補了一句：「牛不是人，沒那麼嬌貴。」懷孕的母牛只好跟其它牛一樣，在酷熱的太陽底下一邊喘著粗氣，一邊艱難地拉著犁。我跟扶犁的福老倌說，母牛能做多少算多少，不要太為難它。福老倌說他知道輕重。

在「雙搶」接近尾聲時，母牛卻出了事。那天早晨福老倌來牽牛，發現母牛的肚子小了很多，而且顯得沒有精神。我很奇怪，母牛還沒有分娩，肚子怎麼就小了下來。福老倌嘟了一句，是不是生了。我趕緊到牛欄裡去看，並沒有發現牛犢，突然想起昨天晚上收工時，福老倌讓它在河水中泡了很久，我說是不是生在河裡了。我跟福老倌趕緊走到河邊，果不其然，看見不遠的河岸邊上漂著一隻死牛犢。

河堤上一下子圍攏來十幾個人，看見死牛犢議論紛紛，有人怪母牛生錯了地方，有人怪福老倌不該讓它來洗澡，還有人冒出一句，看牛的做什麼去了。福嫂也當著眾人數落福老倌，牛生了崽啦，你都搞不清。福老倌低著個頭，不做聲。我想為自己辯護幾句，可是想到自己五類分子的身份，只會越辯越黑，就忍住了沒做聲。

我悄悄走了開去，看見母牛站在堤下，耷拉著腦袋，彷佛犯了錯誤似的。我摸了摸母牛的腦袋，心裡不覺一酸，母牛也是動物，同樣具備動物的感情，可是誰能理解它此時複雜的心情呢？這頭母牛本來就十分溫順，無論別人怎樣對待牠，牠都默默地忍受著，等下牠還得繼續被人牽著去耕田。

沒有人憐惜牛的生命。在這樣一個連人命都不值錢的年代，更不要說是一頭牛了。

雙搶過後，牛們獲得了暫時的休息，我又照常牽著牠們早出晚歸。有天下午，我把牛群趕到了父親的墳堆旁邊，墳堆似乎在不斷地往下塌，看上去和平地差不多了，四周已長滿荊刺和雜草。我在墳堆邊上的一塊石頭上坐了下來，想起最後一次見到父親的樣子，竟忍不住淚流滿面。只有在自己經歷了無數生活的磨難之後，你才能體會父輩們所經歷的內心的痛苦。當年我和他劃清界限，故意不回家去，在他心中造成了多大的創傷啊！

這段時間，我不時會在夢裡見到父親，坐在老屋的門口，拿著那支舊煙筒，吧噠吧噠地抽著煙，神態安祥，語氣平和。醒來後，每每想到父親其實是個通情達理之人，在國家的大勢面前，要他交出所有的土地和財產，他是不會反對的。我還記得最後一次和他談到這個問題時，他的態度很開明，政策該怎樣就怎樣，全國那麼多地主，他總不會落在別人的後面。可為什麼一定要從肉體上進行無情打擊，乃至殘酷地消滅他們呢？

我從尚和叔家中還找到了一本《聖經》，讀《聖經》，原想從中找到一些精神上的慰藉，可是我卻驚奇地發現，《聖經》一開篇所宣揚的理念與中國人的思維竟是如此地不同。父親從小教導我們的是要寬容、忍讓、與人為善，佛教所信奉的菩薩，也是要普渡眾生，並無彼此敵我之分。而《聖經》從開篇起即宣揚只有信仰上帝，才能得到上帝的愛和庇佑，而那些不信上帝的人，不僅得不到上帝的愛與庇佑，甚至上帝還將給他們帶來災難。整座整座的城市，整座整座的村莊，都因為不信上帝，而遭到徹底毀滅，生活在這些城市與村莊中的人，無論好壞，無論善惡，無論男女老幼，都逃脫不了滅亡的命運。每當讀到這樣的段落時，便有一種心驚肉跳的感覺。

這讓我馬上聯想到眼前對待階級敵人的態度，上帝雖然死了，但敵人並沒有因此而消失，敵人變成了階級敵人，你與我不在同一階級，你就是我的敵人，你就必須從這個世界上消失。只是因為財富的差別，因為地位的差別，而被劃分為不同的階級，凡是出生剝削階級的人，凡是過去曾經當過一官半職的人，無論好壞，無論善惡，無論男女，都逃脫不了被消滅的命運。在中國沒收地主豪強的土地，並非土改時才有，每一個朝代的初期，都推行過抑制豪強的政策，或者將豪強的土地收為官田，或者分給無地農民。雖然在經濟上打擊豪強勢力，但並沒有將他們當成敵人予以鎮壓，更沒有從肉體上予以消滅。

在此之前，每當提出要給階級敵人以嚴厲打擊時，我總認為這是理所當然的事情，即便當父親成為被鎮壓的對象時，我也認為父親的死是一件避免不了的事情，新社會總要有人為之作出犧牲。可是看著那麼多的人，那麼多曾經為革命而流血犧牲的人，一個個都成了被消滅的對象時，我不覺對這種大規模的鎮壓產生了懷疑。尤其當我自己也成為階級敵人中的一員時，更讓我反思這種極端仇視敵人、仇視異己的思想，是否過於殘酷和極端。父親並不是一個惡人，一個壞人，除了這個理論需要他去死之外，他身邊的任何一個人都並不希望他去死。這種對敵人毫不留情的態度，並非中國人所固有，而顯然是一種外來的理論。

天地之大德曰生，中國歷史上在儒家文化成為主流價值觀的時代，從來沒有過對異己、異類，亦即敵人，進行過如此大規模的打擊和鎮壓，孔子說「仁者愛人」，這個人不僅包括你的親人，你的朋友，也包括天底下所有的人，乃至你的敵人，「四海之內皆兄弟也」，只要你宅心仁厚，與人為善，這個世界是不存在敵人的。

這些年在我們的意識中，人成了物，成了階層，成了社會關係，而完全失去了人之為人的最本質的東西。正因為不把人當人，才會對人的生命如此漠視，如此不屑一顧！

夏天，牛們最喜歡的一件事情，便是長時間地伏到河水中。有天我看見那頭病牛，在水中高興地哞哞叫著，忽然想到人其實和牛一樣，並不知道自己一生將是一個什麼樣的命運。這頭牛一點也不知道自己可能過不了今年冬天，所以還在那裡開心地叫著，人又何嘗能預知自己的命運？永玉、艾瓊，當年投身革命，哪裡會想到自己將死在幾個革命小將的手中？人的命運也和這牛的命運一樣，冥冥之中彷彿受著一種力量的主宰，而你自己卻又渾然不覺。

我把牛吆喝上岸後，它們抖了抖濕漉漉的身體，一前一後地往回走。我走到病牛身邊，用手摸了摸它的牛角，心中不覺昇起一股憐惜之情。它用鼻子在我身上，上上下下嗅了嗅，嘴裡輕輕發出幾聲嗯嗯的叫聲，藉此表達著它對我的依戀和親近。

二十六、鄉村誘惑

生命中的誘惑，幾乎無處不在。這種誘惑並非一定要山珍海味、奇珍異寶，或是絕世美色。無論我們身處何境，身邊便總會充滿著這樣那樣的誘惑，因為這種誘惑並非是外在的東西，而是存在於你身體的深處，與生俱來，欲罷不能。

鄉下同樣存在誘惑。有天黃昏邊上，我放牛回來，經過渡口附近，突然從河堤下傳來一陣婦女的歡笑聲，我循著聲音的方向走去，天啦！居然是幾個二三十歲左右的少婦在河水中嬉戲。她們都只穿著貼身的短衣短褲，衣服被水浸濕之後，緊裹著充滿青春活力的身體。幾個人在水裡打著水仗，豐碩圓潤的胸脯一時冒出水面，一時又縮進水中。這裡本是洲上婦女們洗菜洗衣服的地方，可是聽聲音，我卻一個也不熟悉。我猜她們可能是從河的那邊游過來的。

我的腳像發現了新大陸似的，黏在那裡挪不動了，渾身感到一種說不出的燥熱。到洲上一年了，別說挨過女人的身體，連和女人說話的機會都很少。我躲在一株泡桐樹後面，足足站了有十來分鐘，直到她們中間有人說要過去了，我才悄悄地迅速離開了。第二天黃昏邊上，把牛關進牛欄之後，我便又急不可耐地朝渡口的方向走去，希望又能像昨天一樣，碰到那幾個洗澡的年輕婦女，但渡頭上空無一人，看樣子她們並非天天都到這個地方來洗澡。

正當我以為那次不過是偶然碰到之後，竟又在半個月後碰到了一次。還未走近渡口，就聽到一陣清脆悅耳的歡笑聲，我趕緊走了過去，仍然站在那棵老泡桐樹後，可是剛剛站定不到兩分鐘，就猛然聽到後面傳來一聲狗叫，轉過頭去看見從泵房方向走來一個人影，我趕緊離開渡口，朝家裡的方向走去，走近了才看清是隊長強猛子，他家餵的那條黑狗緊跟在他身後。

「南叔。」強猛子看清是我後跟我打招呼。

「剛餵了牛過來。」我有些慌亂地解釋道。

「最近牛餵得蠻好，長了不少膘。」強猛子說。

「現在正是青草長得旺的時候。」我說。

「你也費了不少心。」強猛子誇道。

我嘿嘿笑了兩聲，趕緊往前走，一路上，直感到自己的臉發燒發燙，幸虧剛才發現得早，不然被強猛子撞見我在這裡偷看婦女洗澡，傳出去成何體統？沒想到我堂堂一個縣長，一個滿懷理想的革命者，竟墮落成這麼一個樣子。我告誡自己，再也不能到這個地方來了。

上次鍘牛草的時候，有個年輕女人主動跟我添草，惹得其他女人一陣嘻嘻竊笑，這個女人叫菊香，是隊上的一個寡婦，前年死了丈夫，帶著一個兒子，住在洲的南端。雖然已是三十出頭，但還頗具年輕女性的風韻，健康、結實、性格本分，按鄉下的標準，無疑是個非常好的女人。隊上出工的時候，男女之間常開一些帶葷的玩笑，寡婦光棍之類的人，更容易成為別人開玩笑的對象。我來了之後，別人便開起了我和她之間的玩笑，有天我放牛的時候，碰上幾個婦女在田裡除草，有個婦女打趣說：「菊香，你要是憋得受不住了，可以找楚縣長幫忙。」她的聲音很大，似乎有意要讓我聽到。我以為菊香會生氣，偷偷看了看她有什麼反應，沒想到菊香不僅未生氣，還沖著對方說，我要是憋不住了，就找你老公幫忙。說得對方啞口無言，而旁邊的婦女卻一陣哄笑。

在菊香房子外面的河灘上，有一片開闊的草地，草長得十分茂盛，所以我經常把牛趕到那片草地上去吃草。有天下午，突然下起了暴雨，我來不及把牛往回趕，就跑到菊香家裡去躲雨。菊香家裡沒有人，我便在臺階上坐了下來。不一會，看見一個人冒著雨從外面衝了過來，渾身淋的通濕，走近了，才發現是菊香。

「你這麼急沖沖地做什麼？」我問她。

「我曬了辣椒。」

「曬在哪裡？」我問道，坪裡並沒有看到辣椒。

「曬在後面。」

她轉到屋後去，端了一簸箕辣椒過來。

「淋濕了沒有？」

「你說呢？上午還出大太陽，沒想到會下這麼大的雨。」她有些沮喪地說。

「你進來坐吧。」她打開門，要我進去坐。

「你兒子呢？」

「讀書還沒回。」

我進屋坐下後，想和她扯扯閒話，但她戴上一頂斗笠，拿著一把鋤頭，說要去疏通水溝。

「後面的水坑堵了。」她說。

「我來幫你吧。」我說。

「你有這個勁不？」她疑惑地看著我說。

「試試吧。」我從她手中接過鋤頭。

「那你戴個斗笠。」她取下斗笠，戴到我的頭上。她給我戴斗笠的時候，幾乎挨著了我的身體，我聞到一股女性獨有的體香。我下意識地看了她一眼，她仍穿著那身濕衣服，上面是一件白色的舊的確涼襯衫，衣服濕了之後，緊緊地貼在她秀氣的身體上，乳峰的輪廓清晰可見，透出一股誘人的氣息。

我拿著鋤頭趕緊走了出去，屋後的坑裡堆滿了雜草和泥土，雨水已經浸到了臺階上，如不疏通，很快就會流到屋中來。我趕緊從出口的地方開始將雜草和泥土挖開，以便讓水順利流出去。

可是才乾了幾分鐘，我就覺得很費力氣，別人一鋤就可以挖開的地方，我卻要連挖幾鋤才能挖通，本來我的衣服還是乾的，這樣折騰了一番之後，衣服全被雨水淋濕了。

菊香看我費力的樣子，笑道：「你沒幹過這些事，還是我來吧。」

我有些尷尬地把鋤頭遞給她，又把斗笠給她戴上。可是戴了半天，沒有戴正，斗笠的繩子掛住了她的一只髮夾，我想幫她拉下來，猶豫了一下，終究不敢伸出手去。

「我自己來吧。」她取下斗笠，重新戴到頭上。

她拿著鋤頭，走到屋檐的另一頭，三下兩下，十分利索地就把水溝挖通了。

兩個人進屋後，都已是一身通濕，我還忍不住打了一個噴嚏。菊香說：「別感冒了，快換身乾衣服。」

「沒事，雨停了就回去。」我說。

「知道什麼時候會停，感冒了不好。我老公還留著些衣服，不知道你嫌不嫌棄。」

「沒事。」我本有些不想穿，但她這麼說，我就只好同意了。

她從櫃子裡翻出一套他丈夫的舊衣服，還有一條毛巾，遞給我，要我到左邊的房間去換，她則拿了一套自己的衣服，去了右邊的房間。我脫下濕衣服，用毛巾擦了擦身子，看著自己的裸體，想像著她此時應該也已經脫光了衣服，那東西竟不自覺地漲了起來，如果此時我跑過去，她會不會拒絕？此時此刻，外面下著瓢潑大雨，將我們與外面的世界完全隔絕了開來，在這樣一棟單獨的房子中，就我們兩個孤男寡女赤身裸體地待在其中，這是不是天意？剛才她進去的時候，似乎並沒有將門反鎖，是相信我，還是和我一樣也抱著一種期待？我只感到自己的身體中湧動著一股欲念。可是，在我感到自己有一股想衝過去的衝動時，腦子裡馬上想到自己是五類分子，決不能造次行動，如果她不願意，大聲喊起來，我豈不是成了強奸犯？五類分子變成了強奸犯，罪加一等，就永世不得翻身了。這樣想著，不覺有些後怕，趕快穿上了衣服。

我穿好衣服後，走到客廳中，對面房間的門還關著，過了好一會，她才從裡面走出來，她換了一身乾衣服，把頭髮盤了起來，愈益顯得清秀可人，眼睛裡也有一種盈盈的笑意。

「你穿了還合身不？」她問我。

我站起來讓她看了一下。

「稍微有些大了。」她笑著說。

「沒事，反正將就一下。」

「我給你倒杯薑水，去去寒。」她放下手中的濕衣服說。

不一會，她端了碗姜水過來，遞給我時囑咐道：「小心，還燙人。」

我小心接過碗，喝了一口，心裡頓感熱呼呼的，覺得她真是個不錯的女人，很細心，很體貼。

我很想在她家裡久坐一會，可是我知道寡婦門前是非多，讓人看見了，會引來很多閒話，所以雨一停，我就趕緊走了出來。我要把那身濕衣服帶走，菊香說，你放在這裡，我洗了之後，跟你送過來。

晚上躺在床上睡覺時，我又想起在菊香家時的情景，我為自己慾火中燒感到有些難為情，又為自己的瞻前顧後感到很可笑。人其實就是動物，動物尋求性的發泄總是那麼直接而坦白，從來不會有種種的顧忌。一隻公狗想和一隻母狗做愛，直接就爬到了母狗身上，它是絕不會考慮做了之後還會留下什麼後果的。可是你能像狗一樣嗎？不能。人是社會化的動物，每一次性的渲泄不僅僅只是一次單純的性行為，它必然還牽扯到其他人，牽扯到其他事，牽扯到感情，牽扯到責任，牽扯到道德和法律。

第二天收工後，菊香果然將衣服送了過來。

「已經洗好了。」她把衣服疊齊後，放到凳子上。

「你給我的衣服還沒有洗。」我有些歉意地說。

「你給我，我帶回去洗。」

我把她丈夫的衣服放到一只布袋中遞給她。

「還坐一會不？」我看她拿著衣服就要走，倒是希望她坐下來說說話。

「不坐了，我兒子一個人在家中。」菊香說。

菊香離開後，我在門口看著她的背影，她穿著一件寬大的花格子短袖，走起路來衣襟一飄一飄的，裡面顯得有些空蕩。走到槽門口時她忽然停了下來，福嫂在門口和她打招呼，兩個人說了一會話，菊香才又一飄一飄地往前走了。

第二天，福嫂居然跟我做起媒來了。中午我正在淘米煮飯，先是秋伢子跑了過來，我問他做什麼，他還沒有回答，就見福嫂從後面走了過來，福嫂問我吃飯沒有，我說正在煮，福嫂便坐到灶下幫我燒火，問我：「你原來怕從不做這些事情？」

「做得少。」我說。

「一個大男人，家裡沒個洗衣煮飯的，總不是個事。」福嫂說。

「我這個樣子，哪個會看得上？」我自嘲道。

「你這好的條件，還怕找堂客不到？只要你肯，現成的就有一個。」

「誰？」我問道。

「菊香啊。」

我笑了笑，沒有作聲。

「你要是肯，我就做了這個媒。」她見我不表態，又補了一句。

「她怎麼會看得上我？」我說。

「她的心思，我曉得，她只是不好意思開這個口。」

我不知道怎麼回答她，就繼續不作聲。

「菊香是個好堂客，一個人帶著個崽，裡裡外外都弄得乾乾淨淨的。」福嫂恨不得馬上就促成這個事情。

「這個事慢慢再說吧。」我一時未打定主意，便搪塞道。

秋伢子從灶中抽出一根正在燒著的木棍到處舞著，福嫂從他手中一把奪了過去，罵道：「你是要把屋燒了。」

福嫂這麼點破之後，我倒有些猶豫起來了。和菊香一起生活，有什麼不可以嗎？我在心裡問自己。是的，沒什麼不可以，如果在洲上生活一輩子，菊香會是一個很好的老婆、年輕、能幹、樸實，她會把生活安排得井井有條，幾乎不要你操什麼心。況且，將來會怎樣，能不能重新回到城裡去，一切都還是個未知數。為什麼不能過一天算一天呢？

可是你愛她嗎？似乎找不到愛的感覺。而且你能和她生活一輩子嗎？不能，我在內心裡面十分清晰地告訴自己，我們不是同一類型的人。跟水娥一起生活的這十多年，我幾乎沒感受到過幸福，因為兩人的差別實在太大了，她關心的事情我不關心，我關心的事情她也沒有任何興趣，對於一件事情的態度，我們很少能取得一致，這些年一直是我在遷就她，因為如果不遷就，就只會爭吵不已。雖然現在我成了走資派，但秉性並沒有改變，我跟菊香是談不到一塊去的，到時扯扯鬧鬧，弄得大家都不開心，還不如一個人自在。

雖然理性告訴我，我和菊香不是同一類人，可有時在路上碰到了，看見她充滿女性活力的結實的身體，和那雙想看我卻又有些不敢看的眼睛，真有一種想把她攬在懷裡的衝動。尤其當夜幕降臨時，我一個人躺在床上，那種原始的本能便會陡然變得強烈起來。這個時候浮現在我腦海裡的形象竟然多半是菊香。

過了幾天，我趕著牛經過她家門口，菊香正坐在門前搓衣服，看見我過來，竟站起身來說要給我幾條黃瓜，我還來不及拒絕，她就轉身走了進去。不一會她提著五條黃瓜出來，用一根繩子捆著，把黃瓜遞給我時，眼睛裡充滿著一種期待的目光，我接過黃瓜，說了聲謝謝，急忙去追趕牛群。她這麼快就把黃瓜提了出來，顯然是早就捆好了的，只等著我在這裡經過。

等我把牛群趕進欄中後，心想自己接了她的黃瓜是不是應該。福嫂或許跟她說了那個意思，她多半是肯了，而我卻還在猶豫之中。

我終於去找了她一次。我知道自己是為什麼而去的，我能明顯地感覺到自己受了一種欲望的驅使，我甚至想像著不要多久就能將她攬入懷中。因為怕人看見，我是等到天黑之後才走到她家門口的，還沒進屋，就叫了一聲她的名字，她飛快地跑了出來，我以為她看見我後會顯得很高興，可是她站在門口，顯得有些難為情的樣子，只是說你這個時候還過來了，甚至沒有邀我進去坐一坐。我想既然來了，總不能站在門口，就主動走了進去。可是走到房門口，馬上感到自己來的不是時候，屋裡還有另一個男人，正坐在燈光下抽著紙煙。那個男人我認識，是鄰隊的一個光棍，叫嘉少爺，因為出身不好，四十歲了還打著單身。

我一時顯得十分慌亂，跟嘉少爺打了聲招呼後，就不知道要說什麼了。嘉少爺也顯出一種難為情的樣子，似乎是他而不是我來得不是時候。菊香搬過凳子來要我坐，我一點也不想坐下來，就突然冒出一句：「你家有白菜種子沒有？」那時正到了快要播種白菜的季節。

「我也是跟強猛子弄的，前天我看見他家裡還有一點。」菊香說。

「哦，那我去問問他。」我借機告辭了出來。

「嘉少爺來跟我借工具，他跟我老公原來在一起做木匠，問我還有刨子沒有。」菊香把我送到坪裡，跟我解釋道。

「你兒子呢？」我把話題岔開道。

「在裡面做作業。」菊香說。

「你兒子將來會有出息。」我誇道。

「現在怎麼知道？」

我快步離開了菊香家，有一種如釋重負的感覺，不僅僅為擺脫了剛才的尷尬，也為自己欲念的消失而感到輕鬆。

嘉少爺來借刨子或許是真的，或許也跟我一樣只是一個借口。四十歲還沒討老婆的男人來找一個寡婦，肯定是有所期待的。當然我知道這不是菊香的錯，也許在菊香心裡，我比嘉少爺會更有份量一些，可嘉少爺是真心的，是願意擔當起照顧她孤兒寡母的責任的，而你卻只是懷著一種欲念，這種欲念是會隨著環境的變化而發生變化的。你不應該和一個光棍去搶一個寡婦。

為了避開和菊香見面，我很少把牛趕到洲的南端去了。一段時間沒看見她，原有的那種想法便也慢慢淡了下來。

我以為菊香會和嘉少爺結婚，但直到我離開洲上，菊香仍是單身一人。後來聽說他兒子很爭氣，考上了大學，菊香便跟她兒子一起住到城裡去了。

二十七、偷藏地契

誰也沒有想到，母親居然將梨花洲上的那幾份地契，偷偷地收藏了二十多年。

解放後，母親雖然一直挨批鬥，但性格十分倔強，無論是土改、大躍進，還是後來的文革，各種批鬥會大大小小經歷了幾十次，不僅沒有將她鬥垮，反而越鬥越硬朗，到後來參加批鬥會倒成了一種娛樂活動。剛開始被押到臺上時，她還有些抹不開面子，覺得自己本來很受人尊重，突然一下子就變成了人見人恨的地主婆。後來在臺上站得多了，也就無所謂了，臺上的人看著她，指指點點，像看把戲；她站在臺上，也把臺下人當把戲看，看著那些平時連話都講不出一句來的農民，竟也木偶一般跟著別人一起大喊大叫。批鬥會完了後，左鄰右舍照樣和她打招呼，稱呼她為德嬸，還笑著問她，臺上站了這麼久累不累，母親說這有什麼累的，站著不要動，比出工輕鬆多了。有一次在大隊的批鬥會上，大隊幹部給她戴了頂高帽子，批鬥會結束後，她把高帽子帶回家，姐姐的小兒子志剛那時只有七八歲，問戴高帽子做什麼，她說戴高帽子是大人做遊戲，志剛要高帽子戴，母親想也沒想就把高帽子戴到他頭上，志剛覺得好玩，戴著到外面去溜了一圈，隊上人看見了，都笑母親培養出接班人來了。姐姐聽到議論，怪母親不該，擔心於兒子不利，母親說讓他戴一下帽子，他就變成壞分子了？

三年苦日子結束後，姐姐把她接了過去。我當縣長的時候，因為她的地主身份，常常借口工作忙而很少去看她，後來我自己也成了走資派，跟她一樣變成了五類分子，也就不再擔心什麼了。我記得下放到洲上後，第一次去看她，她以為我還是縣長，看到我後興高采烈，我告訴她我已經成了走資派，回到了梨花洲。我告訴她這些時，以為她會很著急，沒想到她表現得十分平淡，說回來也好，現在外面那麼亂，鬥來鬥去，還不知道要鬥到什麼時候。她擔心我會想不開，開導我說，她被批鬥了幾十年，現在也過得很好，吃得、睡得、做得比原來結實多了。

母親信佛，家裡遇到什麼事情，總要到廟裡去拜上一拜，解放前還從南岳請了一尊銅菩薩回來。她說這菩薩很靈，有求必應，我被國民黨關到監獄的時候，她連拜了三個晚上，後來果然把我放了出來。她常常奇怪父親挨批鬥的那次，她同樣天天拜了，卻一點也不靈，後來她跟我說，那次之所以不靈，大概是不該把菩薩埋到了土裡，因為土改的時候，要沒收一切財產，她擔心銅菩薩也會被沒收，所以埋到了屋後的菜土中。我年輕的時候，是個唯物主義者，聽她這麼胡言亂語，狠狠地責怪了她一頓，說她死腦筋，不開竅，現在都什麼時代了，還信這些東西。

母親並沒有因為我的指責而改變信仰，土改過後，她又偷偷把菩薩挖了出來，用一塊紅布包著，供在櫃子中。大躍進的時候，挨家挨戶收繳銅鐵煉鋼，她把菩薩藏到柴堆中，才僥幸保留了下來。她說家裡有尊菩薩，心裡要踏實很多，每次挨批鬥回來，只要坐到菩薩面前，心裡的怨氣一下子全沒了，因為菩薩說這一輩子受苦受難，是因為前世造了孽，那些鬥她的、罵她的人，都是前世受了苦、受了冤。我聽她說這些，只覺得荒唐可笑，以為母親沒讀書才這麼迷信，直到自己被人打得無可奈何心中默念阿彌佗佛時，才猛然醒悟到當初呵責母親不該信佛是何等的無知和魯莽。

母親住到姐姐家中後，身體一直都很好，八十多歲了，還每天堅持做很多事情，煮飯、砍柴、餵豬、洗衣服，有次我看見她提著桶豬潲去豬欄，走路時一搖一擺，好像隨時要倒下似的，我走過去接過她手中的潲桶，跟她說有些事情做不動就莫做了。她說歇不得氣，一歇下來，反而覺得渾身不自在。

可是七十二年冬天母親卻突然病倒了。中秋的時候我去給她拜節，她就有些咳嗽，當時以為是感冒，也沒怎麼在意。我給了她兩元錢，她笑呵呵地從夾衣的口袋裡掏出一個布包來，一層一層揭開，裡面包著一疊大大小小的鈔票，大都是一元兩元的，只有一張十元的鈔票，包在最底層，總共大概有一兩百來元錢。

「存了多少錢了？」我問她。

「兩百多。」她伸出兩個指頭，頗為得意地說：「都是你們給的。」

「看存得到一千元不？」我說。

「那起碼還要十年。」她笑著說：「活不得那麼久了。」

「你這麼好的身體，能活到一百歲。」

「要活這麼久做什麼？遭罪，你們也遭罪。」她一邊咳，一邊捶著胸脯說。

過了大約兩個月，姐姐派她大兒子志強來告訴我，說母親吐血不止，送到醫院去了。我馬上跟他一起去了醫院，在病房外面碰到姐夫，他悄悄告訴我，說老人家可能不行了，檢查出來是肺癌晚期。我進去看了看母親，已經瘦得不成人樣了，兩邊的臉頰完全陷了下去，還不時地咳嗽，每咳一下，就吐出一口血痰來。打了幾天針，不見好轉，她就吵著要回去，說待在醫院裡浪費錢。那時住一天院要幾十元錢，母親積攢下來的那兩百多元錢，沒幾天就全用完了。而我下放後，沒了工資，手頭幾乎沒什麼存款，姐姐一家全年的收入也不過百多元錢，僅能維持日常生活，沒有多餘的錢用來治病。可是看見母親咳成那個樣子，不治又於心不忍，我因為認識周友仁醫生，便和姐夫一起去問他，有沒有治下去的必要，周醫生看了看病歷，搖著頭說，已經到了晚期，治也就是這個樣子了。

聽周醫生這麼說，我們便開了些藥，將母親接了回去。母親還挨了兩個多月時間，我那時剛到梨花學校教書，所以只能在周末去看她一下。最後一次去看她時，她把我叫到床邊，一邊喘著氣，一邊斷斷續續地說：「前幾天，你爹來叫我去了。」

「你別胡思亂想，慢慢會好起來的。」我安慰她說。

「還好什麼好？我活到這把年紀，也夠了。」她似乎知道自己將不久於人世。

她顫顫巍巍地在枕頭底下翻著什麼，我伸過手去幫她掏出一個布包來，母親接到手上後，又遞給我，示意我打開。我以為是她存著的那包散錢，但翻開一看，卻是幾張發黃了的紙。

「這是什麼東西？」

「地契，還有一張借條。」

「留著這個做什麼？」

「將來這田要收回來的。還有胡應成借的銀元。」

「胡應成借的錢，問誰去要？」我問她。

「胡應成是共產黨，問政府要。」

「胡應成不是共產黨。」我說。

她搖了搖頭，不相信我的話。

我一時默然，不知道怎麼回答她。在普通人的意識中，國民黨殺的一定是共產黨，共產黨殺的一定是壞分子。

我拿著那幾張發黃了的地契看了看，不覺感到有些可笑，沒想到她腦子中竟還存著如此幼稚荒唐的想法，而且這種古怪的念頭深藏了那麼長的時間。在她的眼裡，那被分出去的一百多畝土地一直是我們家的。解放都幾十年了，怎麼還可能把土地收回來呢？別人都說母親挨批鬥時，特別老實，沒想到在看似老實的內心裡面，卻隱藏著這麼一種不可告人的希望。

「你把它收好。」母親有氣無力地囑咐我。

「好的。」我答應道，並把地契折好放到口袋中，在這個時候，我不想傷了她的心。

送母親上山後，我問姐姐那幾張地契怎麼處理。姐姐說媽叫你留著，你就留著吧。我說留著是禍根，要是被人知道了，還不被整死。姐姐說是媽留給你的，你想怎麼處理就怎麼處理。回到家裡，我幾次想把它燒掉，我不相信這些土地，還會有回到楚家的一天。況且，當初我參加革命，就是為了要實現公有制，我怎麼能像母親一樣，希望重新收回這些土地呢？可是想起母親臨終前的一再囑咐，覺得燒掉了又有些對她不住，她離開這個世界後，什麼也沒留下，就留下了這幾份地契，我把它們保存下來，也算是對她的一種紀念。這樣一想，便把地契留了下來。我用一塊油布包好，埋在當年她藏玉米的那個洞中。

二十八、認識玉芳

一九七三年春節過後，大隊支書順生找到我，要我到梨花學校代幾個月課。學校有一個女老師，懷孕休了產假，一時找不到老師替補，順生便來問我願不願意代課，我說我是個五類分子，上課你放心不？順生說，你教算術，只教1+1=2，有什麼不放心？於是我就去當了數學代課老師，原說只代幾個月，沒想一直代到組織部為我平反，恢復了工作才離開。

順生把我帶到學校辦公室，先介紹給陳校長，陳校長是個四十多歲的女老師，稍稍有些發福了，膚色仍然保養得很好，面容光潔，見到我，熱情地站了起來，臉上堆著笑，握住我的手，說歡迎懷南同志加入到我們的革命隊伍中來。被打倒幾年了，第一次有人稱呼我為同志，當時心裡感到熱呼呼的。

然後介紹楊老師，楊老師是個五十多歲的老教師，人很瘦，臉上布滿細細的皺紋，瞇縫著一雙小眼睛，似乎有些近視，見說到他，也客氣地站起來，身子向前彎著，和我握了握手。最後介紹玉芳，說這是張老師，張老師三十來歲，身形小巧，留著頭短髮，面容端正，膚色白淨，我以為她也會站起來，正準備要去和她握手，但張老師看見我，眼神淡淡的，哦地應了一聲，說了聲你好，卻並無站起來握手的意思，我只好把手又縮了回來。

梨花學校也在水邊，原是陳姓家族的一處祠堂，院內共有兩棟房子，前棟做了教學樓，後棟做了宿舍樓和辦公樓。陳校長將我帶到後棟一樓，打開最右邊的一間房子說：「這是你的宿舍。」

我接過鑰匙，進去看了看，房子倒是很寬大，只是牆壁已十分斑駁，牆上還留著一些小孩子的塗畫，畫著些汽車小白兔之類的，房頂鋪的是木板，左角上現出一個洞，看得出很久沒有維修過了。床擺在右側，靠窗戶底下放著一張書桌和一把椅子，都已顯得十分破舊了。

我在椅子上坐了下來，感到一種說不出的興奮和滿足，心想總算不要每天守著那幾頭牛了。

隔壁是楊老師的房子，再過去是一間體育用品室和一間雜物室，最左邊那間則是學校的食堂。陳校長和玉芳住在樓上，樓梯和樓板都是木質的，因為房子已有幾十年的歷史，人走在上面，便發出吱呀吱呀的叫聲，還有一處樓梯已被踩斷。

陳校長愛人在公社上班，所以她有時住在學校，有時住在公社。楊老師家離學校不遠，每天一下課就回家去了。平時多數日子只有我和玉芳住在學校，玉芳帶著她的小女兒佳佳。玉芳愛人原是縣劇團的舞蹈演員，因為出身不好，清理二十一種人時，下放到老家蒙山縣勞動，玉芳本來在縣八中教書，按規定是要跟她愛人一起下放的，但因為她母親當時正在病危之中，所以就留了下來，只是把她調到了梨花學校教小學。

梨花學校共有四個班，一百來個學生。陳校長安排我上三個年級的數學課和所有班級的圖畫課，還兼了一個班的班主任。

學校有兩間辦公室，一間是陳校長和楊老師的辦公室，一間是玉芳和那個懷孕女老師的辦公室，現在我來代那位女老師的課，陳校長就安排我坐在玉芳的對面。

因為老師少，除了自習課之外，基本上每節課都要去上課。下了課，批改作業的時候，才到辦公室坐一坐。所以，雖然我和玉芳在同一個辦公室，但兩個人很少有坐在一起的時候，下了課，即便碰上了，也只是打個招呼，又各自準備著下一節課的內容。只有星期三和星期五的下午第二節課，學生自習，兩個人都沒有課，我便經常坐到辦公室，很想在沒課的時候和她聊聊天，但她多半提前回家去了，她似乎刻意回避著和我單獨待在一起。

學校有個食堂，請了個煮飯的師傅，姓周，是個五十來歲的中年婦女，負責做飯和種菜。陳校長，楊老師和我都在食堂裡吃，只有玉芳總是帶了碗來，叫周師傅跟她打了飯菜，端回房間去吃。有時我看著她走出食堂的背影，心想這個女老師挺傲氣的，比較難以接近。

代了一個學期的課之後，生小孩的女老師休滿了產假，我以為又要回去繼續養牛，但新學期開學時，她卻帶著調令過來，說已經調到東河鎮一小去了，梨花學校一時找不到新的老師，順生就讓我繼續代下去。

我在梨花學校代了一年多的課之後，和玉芳的關係才開始變得密切起來，起因是她生了一場病。那天是星期六，下午沒有課，我吃過中飯，帶著釣竿到湄河邊去釣魚，釣了兩個小時，約莫釣了兩斤多小鯽魚，看見佳佳朝河邊走過來，我以為是她到河邊來玩，朝她喊道：「佳佳，過來，等下拿魚回去吃。」

「楚伯伯，楚伯伯，我媽媽病了。」佳佳走過來，猶猶豫豫地說。

「什麼病？」

「不知道。」

「是你媽要你來叫我的嗎？」

她搖了搖頭。

「病得嚴重嗎？」

她搖了搖頭，又點了點頭。

「我們去看看。」

我收起釣竿，和佳佳一起回到學校，剛走上樓梯，就聽到玉芳嘔吐的聲音，我趕緊進到房裡，看見她正伏在床邊費力地吐著，地上積了一堆嘔吐物。我用手摸了摸她的額頭，還有些輕燒。

「吐了多長時間了？」我問她。

「吃了飯以後，可能是喝了點剩湯。」

「得趕快去醫院。」我說。

玉芳止住嘔吐後，翻過身子，說：「不要緊，等下就會沒事。」說話時有氣無力，眼神也黯淡無光。

「你都吐成這個樣子了，還沒事。你等著，我去叫人。」

我走到學校外面，找到一個姓付的學生家中，告訴學生家長，張老師病了，要送醫院。付姓家長趕緊用睡椅做了一架臨時擔架，和我一起抬著回到學校。我叫玉芳躺到睡椅上，玉芳看了看佳佳說：「佳佳怎麼辦？」

「把你送到醫院後，我再回來照顧她。」我說。

玉芳這才躺了上去，我們剛準備抬轎子，她又說要拉肚子，我們只好等她拉了肚子再走。臨出門時，她囑咐佳佳待在家裡，把門關好，佳佳懂事地點了點頭。

我和付姓家長抬著玉芳出了校門，雖然她的身體很輕巧，但我抬著仍然感到很吃力，不一會就大汗淋漓，幸虧出門不久，又碰到一位劉姓家長，聽說張老師病了，主動將擔架接了過去。走了半個多小時，才趕到東河鎮醫院，一位中年女醫生給她做了些檢查，斷定是急性腸胃炎。

「嘔吐什麼時候開始的？」醫生問。

「吃了中飯以後。」玉芳說。

「現在都快五點鐘了，怎麼才送過來？」醫生轉過頭來問我。

「中間耽誤了些時間。」

「再不送過來，就可能發生脫水性休克。」

醫生馬上給她打點滴，開了些藥，囑咐玉芳要多喝水，躺在床上休息。玉芳吃過藥後，很快就停止了嘔吐。

「今天真是謝謝你們了。」玉芳望著我和兩位家長說。

「不要謝。」付姓家長說。

「老師把病治好了，細伢子才有書讀。」劉姓家長說。

「你們回去吧，我這裡沒事。」

「我幫你去買點東西來吧，等下你餓了再吃。」

「不吃，今天吃不進東西。」

「那我明天早晨幫你熬點粥來。」我說。

「那麻煩你了。」玉芳說：「還要麻煩你照顧佳佳。」

「你放心，回去我就跟她搞飯吃。」星期六，食堂的周師傅也回去休息了，住校的老師必須自己搞飯吃。

回到學校後，我先把玉芳的房間清掃了一遍，又到食堂煮了兩個菜，端到玉芳房裡，叫佳佳吃飯。吃過飯後，我準備下樓回自己房間，問佳佳：「晚上一個人睡覺怕不怕？」

她點了點頭。

「要不要伯伯陪你睡？」我摸了摸她的腦袋，問她。

她又點了點頭。

我想一個五歲的女孩子，晚上從來沒有一個人睡過覺，肯定會害怕，就陪她睡了一個晚上。

第二天天剛朦朦亮，我就起來跟玉芳熬粥，本想趕早給玉芳送去，但爐子弄了半天才把火生燃，等給佳佳做好早飯，已是上午九點鐘了。我提著粥急急忙忙趕到醫院，弄得滿頭大汗，到醫院時整個襯衫都被汗水浸濕。玉芳看了，關切地說：「楚老師，看你整個衣服都濕了。」

「天熱，沒事。本來很早就起來了，爐子弄了半天才弄燃。」

「佳佳聽話不？」

「她蠻懂事。我已經給她弄好了中飯。她要跟著一起來，我怕醫院裡不衛生，就沒讓她來。」

「等下我就回去。」玉芳說。

「那怎麼行？你還是多住兩天吧。」

「已經沒事了，麻煩你跑來跑去，也不好。」

「我沒什麼，只要你恢復了就好。」

上午打過點滴之後，玉芳一定要回去，醫生只好跟她開了些藥。走到街上，玉芳的身體仍然很虛弱，沒走幾步，就滿臉虛汗。我走上前去攙著她的手臂，剛走幾步，她就把手抽了回去，眼睛還四處望了望，擔心被熟人看見。

「這街上沒有熟人，不要緊。」我說。

「讓人看見了不好。」她仍然不肯讓我攙著她。

我只好跟在她後邊，慢慢往前走。走到供銷社門口時，遇到一個拖貨的板車師傅，正從裡面出來，我朝他喊道：「喂，師傅，可不可以送我們一下？」

板車師傅懷疑地看了我們一眼，警覺地問道：「你們是什麼人？」

「我們是梨花學校的老師，這位老師病了，到醫院來看病，現在要回去。等下跟你算兩塊錢工錢。」

板車師傅聽說我們是老師，又有兩塊錢工錢，便爽快地答應了，將我們送到了學校門口。

玉芳出院後，對我的態度友善了很多，星期三或者星期五的自習課，她也不像以前那麼急著回去了，而是經常坐下來和我聊聊天，一直聊到學生放了學才回去。

「你會拉二胡？」有天我問她。

「你怎麼知道？」

「我看見你牆上掛著一把二胡。」

「都好多年沒拉了。」玉芳說。

「怎麼缺了一根弦？」

「搬過來的時候，弄斷了。」

「不能修嗎？」

「要到城裡去買弦。」

「我幫你去買。」

「不要，難得麻煩。」

「不麻煩，修好了，你既可以給學生在音樂課上拉，也可以豐富我們的業餘生活。」玉芳聽我這麼一說，不覺笑了起來。

我按照玉芳提供的地址，去城裡買了幾根弦回來，把弦送給她後，我以為當天晚上她就會拉，可是等了很久，也沒聽到動靜，第二天上課時我問她怎麼沒拉一下試試，她說還沒調試好，好久沒拉了，都有些怕。連著幾天，都沒聽到二胡聲，我把這事也就忘了，可是有一天我吃過晚飯，準備到河堤上去走一走，剛出校門，就猛然聽到身後傳來一陣《瀏陽河》的曲調，剛開始以為是誰家收音機裡傳出來的，聽了一會後，才想起是玉芳在拉二胡，接著她又拉了幾首革命歌曲，這些曲子平時聽得多了，也就不覺得新奇。我以為她只會拉這些曲子，聽了一會，便朝河堤上走去。可是，剛走幾步，二胡的曲調忽然變了，變成一支十分陌生的曲子，它剛一出來，就把我吸引住了，曲調低沈，悠揚婉轉，哀怨淒清，嗚嗚咽咽，如泣如訴，似乎在向人訴說著什麼，又似乎只是內心的一種獨白。他要向人訴說什麼呢？他的苦惱，他的憂鬱，他的憤懣，他的孤獨，可是這些東西要說出來，卻又無從說起，就好像你現在要向人訴說，卻無從說起一樣。

曲子終於在一陣娓娓的訴說中停止了下來，我還想聽下去，可是她沒有再拉了。我一時若有所失，又倍感充實，沒想到在這樣一個時候，在這樣一個地方，居然還聽到了這麼一首讓人感慨萬千的曲子。我慢慢朝河堤走去，曲子的餘音在腦海中仍然回繞不絕。河堤上闃寂無人，半空中繁星點點，遠處的燈火零零散散，倒映在水中若隱若現，河水靜靜地向北流去，我望著遠去的江水，心中充塞著一種說不出的憂傷、孤獨而又興奮的複雜情緒，剛才那首曲子彷彿把我多年來潛藏在內心深處的種種心緒表露無遺，多少年來有多少人是在這樣一種孤寂無依的狀態中度過他們一生的啊！他們只能借助音樂，借助詩歌，排遣心中無處訴說的苦悶。作者或許還是幸運的，他至少還留下了這麼一首曲子，而我呢，我能給這個世界留下什麼？在一個性命都難保的年代，我還能希望留下些什麼呢？我在河堤上坐了兩個多小時，直到河風襲來，讓人覺著有些冷，才慢慢往回走，學校裡同樣靜寂無聲，玉芳帶著孩子只怕早已睡下了。

第二天課間休息時，我問玉芳：「昨天你拉的是什麼曲子？」

「哪一首？」她問道。

「就是《東方紅》後面的那首。」

「你沒聽過？」

我搖了搖頭。

「《二泉映月》。」

我啊了一聲，差點叫了起來，《二泉映月》的名字如雷貫耳，但曲子還是第一次聽到。

「拉得不好，好久沒拉了。」玉芳謙遜著說。

「好，非常之好，我聽得都入迷了。」我說：「今晚你再拉一遍。」

玉芳笑著點了點頭。

那時學校的音樂課，只能教學生唱革命歌曲，其中唱得最多的是《無產階級文化大革命就是好》，歌詞很簡單，只是將這句話重覆十幾遍，中間加了幾個嘿而已。為了讓學生增加一些音樂方面的知識，玉芳帶著二胡給學生上音樂課，並且拉了一曲《二泉映月》，不料被陳校長聽到了，下課後，陳校長找她談了一次話，說這首曲子要哭不哭，是資產階級的東西，不宜拉給學生聽。

玉芳回到辦公室，跟我說起這件事，我聽了有些氣憤，說：「阿炳一生窮愁潦倒，是典型的勞動人民，怎麼變成了資產階級的東西？你沒跟她理論？」

「算了，人家是校長，她說什麼就是什麼，我不拉就是。」

「那你拉什麼？」

「陳校長要我多拉一些革命歌曲。」

「晚上陳校長不在學校，你白天拉革命歌曲，晚上拉別的。」

玉芳笑著說：「晚上拉給誰聽？」

「我在聽呀。」

「就拉給你一個人聽？」

「俞伯牙彈了一輩子琴，也只遇到一個知音。」我看著她說。

玉芳笑笑，似乎明白我話有所指，沒有作聲。

兩人在辦公室聊天時，不時會說起過去的一些事情。玉芳說，造反派把她關了一個多月，說只要她提供丈夫老洪的罪狀，就可以把她放回家，老洪其實是個口無遮攔的人，平時在家裡說了不少過頭的話，但她知道這些話說出來，會要了老洪的命，所以她死活也不肯說。最後造反派沒有辦法，還是把她放了回來。

我問她：「我剛來的時候，你總是表現得冷冷的，是不是對我抱著一種戒心？」

「是有一點。」

「為什麼？」我問道。

「怕人說閒話。」

「這裡只有幾個人，有什麼好說的？」

「你不知道，你來之前，陳校長找我談過一次話，要我生活上注意一點。」

「她怎麼這樣說？」我奇怪地問道。

「你沒發現婁丙安經常到學校來？」

我想了想，是有這麼回事。婁丙安就是大煉鋼鐵時打人的民兵營長，現在已經昇到了梨花大隊革委會副主任，五十出頭，一口牙齒被煙薰得焦黃，笑的時候這些黃牙便盡數暴露在外，讓人看了渾身不舒服。他有事沒事喜歡到學校來竄一竄，而且還老喜歡到我們辦公室來坐一坐，他看著玉芳時，眼睛直勾勾的，現出一副色迷迷的樣子。

「陳校長的意思似乎是我引了他來的。」玉芳說。

「我看你每次見到他，沒有表現出半點熱情。」

「是啊，可我怎麼好辯解？只好不作聲。」

玉芳因為怕人說閒話，所以總是把自己包在一種封閉的狀態，不敢有半點越軌的行為。有天晚上我在湄河中游泳，正好碰上玉芳來水邊洗衣服，一件衣服被水漂走了，玉芳彎下身子去撈，沒踩穩，身子往下一撲，摔到了水中，我趕緊游過去，把她從水中抱了起來。等兩人站穩了，我仍然抱著她的腰，她的身體柔軟濕潤，我不覺渾身發熱，竟情不自禁地將她攬在了懷中。她好像剛剛洗了澡，只穿了件襯衣，我的一隻手伸到了她的襯衣中，襯衣裡面光光的，我問她怎麼沒繫乳罩，她說天氣熱，又是晚上。

我一隻手抱著她的腰，另一隻手在她的乳房上揉搓了兩下，她的兩隻乳房小巧柔軟。她哦哦了兩聲，垂著的手無意中挨著了我下面那玩意，我想拿住她的手放到那上面，沒想她竟突然把我推開，慌慌張張地說：「有人來了。」

她趕緊爬上岸，四處張望，然而並沒有人來，我想爬上岸去和她說說話，可等我剛一上岸，她仍然神色慌張地說了一句：「我走了。」端起臉盆，就急匆匆地離開了，石板上還丟下剛才掉到水裡的那件襯衫。

我坐到麻石上，既頹喪，又羞愧。腦子被風一吹，也清醒了很多，幸虧剛才沒有發生什麼事情，萬一被人發現，這一輩子就全完了。

第二天上課前，在走廊上見到玉芳，她正拿著教案準備進教室，因為經歷了昨晚那件事，我不知道要怎樣跟她打招呼，倒是她主動和我點了點頭。我這才放下心來，心想她大概並不在意我昨天對她的那種行為。

夏天的農村，因為要保證灌溉用電，晚上經常停電，只能點煤油燈或者蠟燭。玉芳為了不影響女兒學習，一般都在辦公室批改作業，有天晚上，我的蠟燭用完了，就到辦公室和她共一盞油燈備課。

晚上突然起了風，不斷地把門吹開又合上，吹得煤油燈一閃一閃的。我問玉芳：「是不是把門栓上？」

「不好吧。」玉芳猶疑著說。

「沒事，晚上沒人來。」我說，起身去把門栓上了。

我重新回到坐位上，努力想靜下心來備課，可總是忍不住要抬起頭來看看玉芳。她伸過手來拿作業本時，我一把拿住她的手，她讓我拿了一陣，還是把手抽了回去，並下意識地四處望了望。

「晚上沒人。」我說。

「沒人也不行。」

「難得你這樣冷靜。」

「我們都什麼身份的人，再出點事，就活不下去了。」

聽她這麼一說，我便冷靜下來，認真批改自己的作業。

大約批到一半的時候，突然聽到外面人聲喧鬧，我和玉芳都嚇了一跳，相互望了一眼，不知道發生了什麼事情。然後有人開始狠拍門板，大聲嚷著：「開門，開門。」

玉芳趕緊起身去開門，打開門後，看見婁丙安帶著四五個民兵站在門口，質問她：「你們關了門做什麼？」

後面有人起哄道：「把他們抓了去遊街。」

我在後面憤恨地站了起來，斥責他們道：「遊什麼街，我們又沒做什麼？」

「沒做什麼？你們的手拉在一起做什麼？而且關了門做什麼？關了門拉手，還說沒做什麼。」婁丙安說：「莫跟他們囉嗦，把他們捆起來。」

我沒想到婁丙安居然躲在外面偷看，幸虧玉芳冷靜，不然今天真是萬劫不復了。

幾個民兵拿著繩子竄到我後面，扳住我的手將我反捆了起來。我下意識地想反抗，但知道反抗也沒什麼用，就隨他去了。倒是玉芳不肯就範，倔強地掙扎著，婁丙安按住她的頭，給了她幾個耳光，打得她嘴角流出了血絲。

「你們不要打人。」我說。

「放老實點。」一個民兵朝我踢了一腳。

婁丙安和另一個人把玉芳帶了出去，留下的幾個民兵開始審訊我，要我交待和玉芳之間的不正當關係。我不承認，一個二十來歲的小伙子要打人，另一個年紀稍長一點的人，跟我有些熟，勸阻了他，說：「我們又沒抓到現場，還是莫動手。」

那個小伙子回了一句：「五類分子，都不是什麼好家伙。」

他們審了一個多小時，也沒審出個什麼名堂。婁丙安將玉芳推了進來，嘴角的那一抹血絲變得更粗了，估計是婁丙安後來又打了她。玉芳坐到椅子上，頭髮零亂，神情萎頓，婁丙安衝著我們說：「你們兩個狗男女，幹了好事還不認帳。今天晚了，明天上午拉到東河去遊街。」

說完，他就帶著一幫人離開了。我和玉芳回到宿舍，已是凌晨一點鐘了，躺到床上回想晚上發生的事情，仍然心有餘悸，轉輾難眠。正在似睡非睡之際，突然聽到樓上砰的一聲關門聲，我馬上驚醒了過來。外面傳來玉芳下樓的腳步聲，我以為她是要來找我，但走到我門口時並沒有停下來，一直走到校門外去了。她這個時候要去做什麼？她的房間裡有馬桶，一般晚上都是不出來的。我以為她馬上就會回來，可是等了一陣，仍然沒有聽到回來的腳步聲，我馬上意識到她是不是要去投河自盡？我趕緊爬起來，朝河邊追去，果然看見前邊一個黑影已經走到河水中間去了。我喊了一聲：「玉芳。」

玉芳聽到我喊她，停住了腳步。我衝過去一把將她抱住，「玉芳，你這是何苦來著？」

「明天還要批鬥，我怎麼面對佳佳？」她伏在我懷裡哭訴道。

「我們想辦法，總會過去的。」我安慰她道。

「明天他們來抓人怎麼辦？」

「明天一早，我去找一下順生主任，告訴他事情真相，請他出個面，應該沒事的。」我隨口說道。

「他說話有用不？」她疑惑地望著我。

「他是革委會主任，應該有用。」

她半信半疑地點了點頭。

「婁丙安怎麼知道我拉了你的手？」

「他經常在外面偷看，有時我洗澡，聽到外面有響動，我就知道是他。」

「難怪。」我這才恍然大悟。

「上去吧，冷。」我拉著她的手說。

我抱著她濕淋淋的衣服，深感自責，我們都已經到了這種地步了，怎麼還要去害她？我想起幾年前武惠被拉著遊街的情景，胸前掛兩隻破鞋，臉上被人塗滿泥水。如果明天玉芳也被拉去遊街，她肯定受不了那樣的侮辱，無論如何，我也要想辦法阻止這件事情。

那天晚上我幾乎一夜未眠，天剛朦朦亮，我就找到順生家，順生聽到敲門聲，披著件衣服來開門，他很奇怪，怎麼這麼早來找他，我跟他講了昨晚的情況，我說抓奸要抓現場，我們衣服都穿得好好的，怎麼是通奸了？婁丙安原來一直打玉芳的主意，還偷看人家洗澡，他是沒搞到手，就假公濟私，搞打擊報復。我想不如乾脆把事情講穿，讓順生心裡有數。

順生聽我說了一氣，明白了事情的來龍去脈，有些生氣地說：「簡直是胡鬧。懷南，放心，放心，我曉得是怎麼回事了，等下我就去找婁丙安。」

「順生，這事拜托你了。」我囑咐他道。

「放心，你回去，保你沒事。」順生滿口應承道。

上午上課後，我一直擔心婁丙安會再來抓人，不時朝外面看上一眼，聽到外面說話的聲音，心裡就頓感緊張，直到下午放學後，校園裡仍然很安靜，才放下心來。

我仍然擔心玉芳會想不通，有老長一段日子，總是守在門口，直到很晚才進屋休息。有一天她在辦公室裡對我說：「你別守在那裡了，我已經想通了。」

「想通了就好。」我說。

「謝謝你救了我。」她苦笑了一下。

「還謝，都是我惹的禍。」我歉疚地說。

雖然我們再也不敢越雷池一步，但兩個人心中似乎更默契了，有時說話也變得更加曖昧起來。

「我們都是人，而且都是凡人。」有天在辦公室批改作業時，我跟她開玩笑道：「現在你就坐在我對面，伸手可及，卻又如隔千里。」

「你要怎樣？」

「你說呢？」

她似乎明白我話裡的意思，不說話了。

「有時憋得難受，只能靠想像。」我直視著她的臉說。

她的臉不覺紅了起來，半天沒答話，被我看得似乎有些不好意思。

沒想到吃晚飯的時候，她叫佳佳送了一碗雞湯過來。

「媽媽說，讓你補補身子。」佳佳放下雞湯時說。

我喝著那碗雞湯，心中竟像蜜一樣甘甜，比做了那事還覺得幸福。第二天課間休息時，我謝謝她送來的雞湯，她解釋說昨天晚上用煤油爐子燉了一隻雞，她和佳佳喝不完，就給我送了一碗。

「我還以為是要我補補身子呢？」

「美的你。」沒想到她臉一紅，瞋了我一句。我走過去，差一點又要去拿一下她的手，她似乎看出我的想法，迅速地站開了，眼睛還驚恐地望著四周。

二十九、公有不公

福嫂的孫子孫女都在梨花學校讀書，她孫子正好在我的班上，所以她不時送幾只雞蛋到學校來給我。有天她端著盆子盛了幾個雞蛋來學校，快到校門口時，碰見婁丙安，婁丙安問她做什麼，福嫂說送幾個雞蛋給楚老師。婁丙安陰陽怪氣地說了一句，你餵了不少雞啊，居然還有雞蛋送人。

沒想到第二天，婁丙安就帶了兩個人到福嫂家裡，問她餵了多少雞，她說餵了十來隻。婁丙安二話不說，就叫人捉雞，說她在復辟資本主義。那時公社有規定，每家每戶只能餵兩隻雞、一頭豬，誰家多餵了，就是復辟資本主義。

他們費了好大的勁，才捉到三隻雞。他們提著雞要走時，福嫂攔在門口，不讓他們走。「你們憑什麼捉我的雞？」

「你餵的雞超過限制了。」婁丙安提著一隻母雞說。

「我餵雞礙你什麼事了？又沒吃你家的糧食。」

「你這是復辟資本主義。寧要社會主義的草，不要資本主義的苗，你懂不懂？」

「呸！」福嫂要去搶他手中的雞，「我就是要資本主義的苗。」

福嫂扯住婁丙安的衣袖不鬆手，兩個人扭在了一起，婁丙安向她吼道：「你這是反黨！」

福嫂爭辯道：「我怎麼反黨了？」口裡雖這麼說，但怯於反黨的罪名，還是鬆開了手。

婁丙安跳到一邊說：「我是共產黨員，你抓我就是反黨。」

婁丙安見嚇住了她，越發神氣起來，說：「寧要社會主義的草，不要資本主義的苗。只要是資本主義的，就要清掃乾淨。」

「你捉了我的雞去做什麼？」

「充公。」

「充公以後呢？」

「這個你管不著。」婁丙安提著雞就往外走。

福嫂還要去追，她丈夫楊啟福扯住她說：「大隊上要捉，就讓他捉去算了。」

福嫂搶白道：「大隊上要拆你的屋，你也拆了算了？」說得楊啟福無言以對。

看著妻丙安離去的背影，福嫂罵道：「這個吃冤枉的，我好不容易餵大的雞，被他們拿去白吃了，不得好死的家伙。」

福嫂被搶走雞後，氣呼呼地告訴我，說要我為她評評理，養幾隻雞怎麼就成資本主義了？我一時竟無言以對，因為社會主義是公有制，發展集體經濟，就必須限制私有經濟。可是限制私有經濟，社員的生活卻每況愈下。餵幾隻雞，生點蛋，社員只不過是為了改善一下自己的生活，山川河流本來就是用來資助百姓生活的，古人所謂「順天時，盡地利。」而現在餵幾隻雞，就遭到這樣的打擊，必然會在社員心中產生反抗的心理。而一有反抗，勢必就引發新的階級鬥爭。但是，如果允許私人養雞，養十隻雞是為了改善自己的生活，可是養一百隻，養一千隻，還是不是社會主義呢？既然可以養十隻，為什麼就不可以養一百隻，養一千隻隻呢？這些道理，是明擺著的，可是我卻不知道要怎樣才能跟福嫂講清楚，而且即便講清楚了，也無法不讓她的雞被人搶走。

公有制名義上是一切平等，但實際上幹部的生活水平比普通社員要高出一大截。

有天在路上碰到順生，他見到我，從單車上下來，我問他去做什麼，他說去郭書記家喝酒，我問是什麼事情，他說郭書記家新樓房落成慶典，他去祝賀。我隨口問了一句，要送多少紅包，他伸出一個手掌搖了搖說，沒有這個數拿不出手。我聽了嚇了一跳，五十元錢，相當於我兩個月的工資。

東河公社黨委書記郭四滿，就是土改時鬥死父親的積極分子，沒想到現在也混到了公社書記的位子上。後來聽說他在石鋪公社當書記的時候就建了一棟兩層樓的房子，公家出的地，公家出的錢，他走的時候卻將房子作價一萬元賣給了郵電局，一下子就成了萬元戶。那個時候的萬元戶相當於今天的千萬富翁。現在他到了東河公社，又是公家出地跟他建房子，房子建成了還大辦酒席，不知又要收多少紅包禮金。

福嫂有個外孫女，叫劉雁，因為長得漂亮，高中畢業後招到公社廣播站當廣播員，沒想到郭書記到東河不久，她就被辭退了回來。有天我回家拿東西，前腳剛進門，福嫂就跟了進來，現出一臉的愁容，講話也是欲言又止。我問她有什麼事情，她猶豫了一陣子，才悄悄跟我說：「這事我只跟你講，雁妹子是被郭書記逼回來的？」

「郭書記為什麼要逼她？」

「講起來也是件醜事，唉。」福嫂嘆了一口氣說：「只怪雁妹子沒有當幹部的命。」

「郭書記把她怎麼了？」

「還不是郭書記把她那個了，起初她不肯，但人家是書記，她有什麼辦法？」

我聽了有些憤憤不平，猛然想起郭四滿當初打死地主曾壽吾時，罵他不該糟蹋人家的姑娘，可沒想到幾十年後他當了書記，同樣在糟蹋著人家的姑娘。

「他糟蹋了雁妹子，怎麼還逼著她回來？」

「只怪雁妹子不懂事，被他老婆曉得了，到公社來鬧，逼著郭書記把她退了回來。」

「現在呢？」

「雁妹子被退回來後，整天在家待著，不敢出門，你看有什麼辦法沒有？」福嫂問我。

「只有到縣裡去告他。」我想當然地說。

「告得他倒不？」福嫂懷疑地說。

「不一定。」我不敢斷定。

「我們不是要告他。」福嫂說。

「你們想怎樣？」

「看能不能給雁妹子重新找一個工作。」

「那也只能找郭書記想辦法。」

「你是老師，會講道理，能不能麻煩你幫我們去說說？」福嫂說。

我一時頗覺為難，自己雖然做了代課老師，但五類分子的帽子還沒有摘掉，自己如果出這個頭，很有可能遭到郭四滿打擊報復。但轉念一想，郭四滿現在有把柄抓在別人手中，如果事情鬧大了，他的公社書記多半保不住。福嫂一家都是老實巴交的農民，如果我不跟他們出這個頭，就只能吃下這個啞巴虧了，便答應了她。

福嫂走後，我還感到有些氣憤，後來一想，這事其實很平常，因為像這樣的事件，幾乎每個公社都有。我們以為用共產主義思想能改造人們的頭腦，而實際上自古以來人性都是一樣的，永遠不會因為制度的改變而發生改變。郭四滿窮困的時候，對別人找了幾個小老婆自然憤恨不平，可是一旦自己手中掌握了權力，也就打起別人的主意來了。只要有社會的存在，就會存在權力的不平等，而權力可以帶來財富，帶來享受，帶來新的不平等。

過了兩天，我跟陳校長請了半天假，陪著福嫂一起去了公社，問了兩個人才找到郭四滿辦公室，他正翹著個腿跟人打電話。我和福嫂便站在門口等著，

「找我什麼事？」郭四滿放下電話後，瞟了我們一眼，用一種凶巴巴的語氣問道。郭四滿已經五十多歲了，但那付凶相似乎還一點未變，臉上橫肉滿布，鼻子紅紅的，兩隻小眼睛看人時透著一股冷光。我當縣長時，他還只是石鋪公社的一個普通幹部，後來靠造反起家，當上了公社書記，所以見到我時，似乎並不認識，也可能認識而故意裝作不認識。

「求郭書記行行好。」福嫂平時在鄉下也是個膽大的人，可是一見到郭四滿，就緊張得不知說什麼好。「求郭書記行行好。」

「什麼事？」郭四滿不耐煩地問道。

「是這樣的。」我坐到郭四滿對面說：「她是劉雁的外婆，今天來是想跟郭書記談談劉雁的事情。」

眼。

「劉雁的事情跟我有什麼關係？」郭書記聽我說到劉雁，把腿從桌上放了下來，警覺地看了我一眼。

「但是外面都知道劉雁是因為你被退回去的。」

「你這話是什麼意思？是不是想誣告我，有證據沒有？」郭四滿提高聲調惡狠狠地說。

「我們不是想告你，只想給劉雁一個說法，她這樣不明不白地被退了回去，現在連門都不敢出。我想郭書記也不願意把事情鬧大了。」

「你們要什麼說法？」

「她家裡的意思，至少給她恢復工作。」我說。

「恢復工作那麼容易嗎？」郭四滿看了我一眼說。

「求郭書記行行好。」福嫂央求道：「可憐雁妹子好好的一個人，現在都變傻了。」

「我看劉雁也是個高中生。」郭四滿想了想說：「到時想辦法把她安排到木工廠當會計。」

「這個事就請郭書記放在心上。」我說。

「我表了態的事，你們不要多說了。」郭四滿站起身來說，顯然是催我們走的意思。

從公社出來後，福嫂一個勁地感謝我，我卻感到十分慚愧，不能替她伸張正義，到縣裡去告郭四滿。但我又想，即便告到了縣裡，也未必就會處理他，即便處理了郭四滿，對劉雁來說卻一點好處也沒有。對於福嫂一家來說，處理郭四滿並不是他們的目的，他們的目的是給劉雁安排一個工作，從此可以跳出農村這個苦海。能達到這個目的他們就心滿意足了。

三十、痛失愛女

聽到青青自殺的消息，我幾乎痛不欲生。

電話是水娥打到村委會來的，她在電話裡號啕大哭，半天說不出話來，她現在的愛人老陶接過電話，才把事情說清楚，是青青自殺了。我聽了腦子一轟，不知道要怎麼回答他，呆呆地放下電話，只覺得胸口一陣陣地疼痛。

青青一下子就沒了，永遠從這個世界消失了？我多麼希望自己是在做夢啊，而現實卻又是如此地殘酷！

我下放到洲上不久，青青也跟隨許多同學一起上山下鄉去了。她下放的地方在乾陽縣永紅農場，離湄河有四百多公里，是省內比較偏遠的一個地方。青青剛到乾陽時，每個星期給我寫一封信，後來變成每個月寫一封信，再後來變成兩個月，到最後，半年才寄一封信過來。給青青寫回信時，因為擔心信會被人偷拆，也只能說些報紙上的套話，並且告訴她不要在信中說得太多，有什麼心裡話見了面再說。

學校放暑假的時候，我特地到她所在的農場去看過一次，她和十幾個女知青一起，住在農場特地為她們建的宿舍中，一排矮小的紅磚房，三個人一間。房間十分簡陋，除了幾張床，一張桌子外，再無多餘的家具，女孩子的衣服、日用品，都是鎖在各自的箱子中。我見到她時，發現她曬黑了不少，但精神狀態卻很好，我給她帶去了一隻雞、一瓶茶油、幾斤花生，她笑著說，你以為這是城裡啊，這裡是農場，什麼都有。她興致勃勃地帶著我到農場裡的茶園去走了一圈。

「這邊一大片茶樹，都是我們到農場來之後栽的。」青青指著右邊的一片茶林說。

「茶樹長得好，管理得不錯。」我誇獎道。

「到明年就可以摘新茶了。」她頗為自得地說：「到時我帶包新茶給你喝。」

「你幹農活吃得消不？」我想起自己當初吃力的情形，問她道。

「頭兩個月有些吃不消，後來就好了，你看我是不是胖了？」她歪著頭問我。

「結實了不少。」我說。

「手都變粗了。」她挽起一隻衣袖來看了看說。

「平時還是要多讀點書。」我說，心裡想她總不能一輩子待在農場中，「多讀點書總對自己有益處。」

「知道，有空我就看書。」青青說。

吃晚飯的時候，有個男知青來找她，問她去不去看電影。青青說我爸來了，不去了。然後跟我介紹那男知青叫吳志國，跟她在一個組裡。吳志國戴副眼鏡，臉很白淨，瘦瘦的，一看就是個文弱書生，可能沒想到會遇見我，叫了聲伯父之後，顯得有些拘謹。青青對吳志國說，等下我爸到你那裡去借一下宿，吳志國爽快地答應了，並說看完電影後再來接我。

吳志國看完電影後，帶著手電筒來接我去他的宿舍，一路上我問了一些他的家庭情況，他說他的父母都是教師，下面還有一個弟弟和妹妹，他在家裡排行老大，所以主動參加了上山下鄉。到了他宿舍後，他讓我睡他的床，他則和同宿舍的男知青擠了一個晚上。在他的床上攤著幾本書，一本《資本論》，一本《共產黨宣言》，一本《國家與革命》，都是馬克思列寧的著作，我隨手翻了翻，裡面密密麻麻地寫了些小字，是他讀書時作的筆記，有的地方還打著問號，看得出這個小伙子不僅喜歡讀書，還善於思考，心裡馬上對他有了一種認同感，覺得這小伙子很不錯。

第二天早上起床後，他又把我送到青青的宿舍。雖然仍有些拘謹，但態度很謙和，說話很有禮貌。

我看他對我的態度，便知道他和青青的關係不一般。

吃過早飯後，我準備回來，青青請了半天假，送我去車站。路上我對青青說：「那小伙子挺不錯的。」

「怎麼不錯？」青青問我。

「內斂，涵養好。」我說。

「組裡人都說他為人不錯。」

「他是不是喜歡你？」我問道。

青青紅著臉，嗔道：「爸爸，你亂說什麼？」

我會心地笑了笑，沒有再追問下去。青青的情緒發生了很大的變化，顯然跟這小伙子的關心有很大的關係。每個人都需要得到別人的認同、接近和關愛。青青脫離了原來的環境，不再受歧視，雖然苦點、累點，卻比原來生活得更好、更開心。

第二年春上，青青還帶了幾包新茶來看我，我問她吳志國怎麼樣了，她說她和志國兩人處得挺好的。

「你們什麼時候結婚？」我問她。

「現在大家都忙著回城裡，回到城裡再說吧。」

「你有沒有希望回城裡？」

「不知道。」青青沉默了一會，低著頭說：「解決的都是些幹部子弟，或者有別的關係。」

我知道青青並沒有責怪我的意思，但聽了這話，我仍然有一種說不出的愧疚感。

「吳志國呢？他有辦法沒有？」

青青搖了搖頭。

青青走後，我一直感到很愧疚，為自己沒有能力幫她解決回城的問題。只是心裡略感安慰的是，在那邊，總還有個人在關照她。

可是，沒想到後來青青的自殺，跟吳志國有很大的關係。

在乾陽縣的知青中，有一批像吳志國一樣的人，喜歡讀書，喜歡思考，因為趣味相投，便慢慢走到一起來了，他們成立了一個馬克思主義學習會，要用馬克思主義來重新思考和探討中國未來的發展方向。

幾個年輕人，來自幾個不同的知青點，每次碰頭時，他們學習共產黨創始時的辦法，偷了當地漁民的一隻筏子，把筏子樗到江中。幾個人在筏子上進行討論，互相交換讀書筆記。

他們在江中開了三次會，到第三次時，有個人聲稱肚子疼請了假，其他幾個人繼續去了船上。等他們上岸時，埋伏在堤下的幾十個民兵一擁而上，將他們抓了起來。那個請假的知青成了告密者。

吳志國的讀書筆記，成了他的罪證之一。那些筆記，我看過一點，並無特別出格的地方，可是專案組卻搜出了很多反革命的罪證。

他在《共產黨宣言》的封底寫了這麼一段話：「獨裁政權往往竭力推行種種仇視人類的反動謬論，人為製造階級與階級的對立，籠絡一部分人以達到鎮壓人民的目的。此外還竭力推行愚民政策，實行奴化教育，提倡奴隸主義的盲目服從精神，宣揚個人迷信和領袖至上的神話。」這段話雖然意有所指，但只是籠統而言，並未直接點明說的是某個國家，專案組卻認定他是在惡毒攻擊偉大領袖毛主席和他領導的無產階級文化大革命，用心險惡。

他在馬克思《批判的武器與武器的批判》一書扉頁上寫了這麼一段話：「革命就是批判，包括精神的和物質的批判，揭露矛盾，正視鬥爭，批判現實中不合理的內容，在批判舊世界的基礎上，開創一個嶄新的社會。」這完全只是有感而發，專案組卻認定他是要以反革命的暴力來推翻無產階級專政，圖謀復辟資本主義。在一群沒有任何哲學頭腦的人眼中，任何帶有一點思考性質的文字都是反動罪惡的表現。

被抓的一共有五個人，幾乎未進行任何正式的審判，吳志國和另一個負責組織的青年就被判處死刑，另外還有三人被判處無期徒刑，那個告密的人，以為自己沒事，但也被判了十五年，理由是他曾經參加過兩次會議，同樣懷有推翻無產階級專政的企圖。

吳志國等人是被悄悄槍斃掉的，外面聽不到任何消息。行刑時因為害怕他們喊口號，用一塊板子壓住他們的舌頭，外面用口罩遮著。

吳志國大概也知道這樣的聚會很危險，所以從來沒帶青青參加過。但青青作為他的女朋友，同樣脫不了關係，他們把青青也抓了起來，隔離審查了兩個多月，最後實在找不到證據，才把她放了出來。

青青出來後，變得更加沉默寡言了，她的同學玲玲說她經常一個人呆坐在屋裡，不吃飯、不喝水、不說話。當時玲玲就覺得她有些異樣，想打電話告訴我和水娥，可是玲玲不知道我們的電話號碼，問青青她又不說。如果當時我們知道了，去開導她一下，也決不至於會是這麼一個結果。

我知道吳志國在她心目中的地位，吳志國給了她溫暖，給了她愛情，給了她信心，給了她希望，而現在，這一切又都全部消失掉了。

那時知青已開始返城，身邊一個個同學都相繼離開了農場，她卻看不到生活的任何希望。而且不久，她開始上吐下瀉，懷疑自己是不是懷了孕，又不敢去醫院檢查，覺得無臉見人，便走上了這條絕路。

我趕到永紅農場時，已經是晚上七點多鐘了，還沒進門就聽到裡面嚶嚶的哭聲。是水娥坐在青青的床上哭著，見我進來，她又變得號啕起來，我也忍不住淚水直往下流。水娥似乎一下子老了很多，頭髮也突然白了不少，對於一個女人來說，女兒無疑是她的心頭肉，而現在這塊肉卻生生地被剜了去，那種痛是多麼地刻骨銘心啊！

水娥現在的愛人老陶在幫著料理後事，老陶在一家集體企業任廠長，調了單位的一臺貨車過來幫忙。他告訴我青青已入了殮，明天就要上山。我很想再看看青青的樣子，可老陶說棺材已經用石灰封了，看不到了。

老陶遞給我一封信，是他從青青的抽屜裡發現的。我匆匆看了一遍，青青在信中說，對不起爸爸，對不起媽媽，她選擇這條路也是出於無奈，爸爸媽媽把她培養這麼大已經很不容易，現在不僅未給我們掙臉，還帶來那麼多麻煩，只能在來世報答我們了。

讀著青青的信，我一時肝腸寸斷，悲痛欲絕。青青，你為什麼這麼傻呀，爸爸經歷那麼多磨難，都挺過來了，你為什麼就一時想不通啊？無論經歷什麼樣的事情，一切都會挺過去的。這個世界上沒有什麼事情值得我們輕易為之付出生命的代價！生命本身才是最可寶貴的東西！

第二天，送青青上山時，我還看見農場的圍牆上到處刷著石灰寫的標語：「堅決鎮壓吳志國反革命團伙！」、「堅決肅清吳志國反革命團伙的餘毒！」、「吳志國反革命團伙罪大惡極，死有餘辜！」看到這些標語，只覺得如芒在背，不寒而慄，彷彿自己也成了這個反革命團伙中的一員。那天天氣陰陰的，周圍的目光也是陰陰的，看著那些陰陰的目光，我更加明白青青為什麼會選擇這樣一條路了。

下午我和水娥、老陶一起坐貨車離開，水娥在車上仍不停地哭泣，喉嚨完全嘶啞了。下車分手時，她恨恨地衝著我說：「就是你，要她去看那些書，青青都是讓那些書害了。」

我聽了心裡一驚，竟忽然覺得青青真的是被我害了。以前是那樣堅信知識讓人進步，知識能夠改變世界，可是這種信念一下子全崩潰了。在這樣一個知識有罪的年代，知識只能使人走向死亡！我去看青青的時候還勸她要多讀一點書，現在想起來是多麼的荒唐和可笑！

我在馬路邊的花臺上坐了一會，點著一根煙，望著人來人往的街道，只覺得這真是一個荒唐的年代！而自己也是一個荒唐的人！年輕的時候，要想以救濟蒼生為己任，可是幾十年下來，卻眼睜睜地看著父親、淑英、永玉、青青，一個個自己最親近的人一步一步地走向了死亡。他們都是那樣地善良，那樣地性情溫順，那樣地孤苦無依。

我走出車站，只感到一陣悲痛，一陣茫然，不知道要做什麼，也不知道要去哪裡。在大街上漫無目的地走了一陣，才想到自己應該回洲上去了。我一邊走，一邊開導自己，每個人都要離開這個世界的，青青只是比我們早離開一些罷了。一個生命，來到這個世界上，本來就是一件偶然的事情，而生命的消失，卻是必然的，是誰也阻擋不了的，只是消失的方式各不一樣罷了。她的生命既然已經消失了，你再悲傷，再痛苦，也是徒勞無益的了，我只能把她的印象留在心中，便是對她的最好的紀念了。這樣一想，心中的痛楚便不覺減少了很多。

三十一、苦盡甘來

一九七六年九月，我的老毛病又犯了，咳嗽不止，只好請了兩天假，到公社撿了幾副中藥。玉芳每天幫我把藥熬了，叫佳佳下午放學後把藥送過來。那天下午佳佳送藥過來時，眼睛濕濕的，紅紅的，似乎是剛剛哭了一場。

我問佳佳：「怎麼了，媽媽罵你了？」

她搖了搖頭。

「那你怎麼哭了？」

「毛主席去世了。」

我嚇了一跳，趕緊捂住她的嘴巴，輕聲說：「佳佳，這可不能亂說。」

「是我們老師說的。」

「你媽呢？」我問她。

「在樓上。」

我和佳佳一起到樓上，看到玉芳後，我問她：「佳佳說的是真的？」

她點了點頭，說：「廣播裡已經播了。」

「佳佳為這個哭了？」

玉芳點了點頭。

「你哭了沒有？」我問她。

她猶豫了一下，還是搖了搖頭。

我和她的目光碰到了一起，雖然什麼也沒說，但兩人心裡似乎有一種默契，或許離解脫已經不遠了。

我走下樓梯後，心裡真是百感交集、五味雜陳，隱隱感到國家的命運和自己的命運或許都將要發生改變。被人高呼著萬歲的人終究未能活過一百歲，當初所有那些如醉如癡的興奮和狂熱，現在想起來，就像做了一場春夢一般。

第二天，我到大隊部拿報紙，在門口碰到婁丙安帶著幾個民兵，將楊啟福綁著，推了過來。大隊部唐會計問是怎麼一回事，楊啟福一臉的委屈，說他又不知道不能吃豆腐，楊啟福說他舅子來了，到街上裡稱了兩片豆腐，炒了兩個雞蛋，被婁丙安發現了，就喊了幾個民兵，把他抓了起來。我聽了不覺嚇了一跳，昨天晚上，我因為食欲不好，也打了兩個荷包蛋，幸虧沒有被他們發現，不然又成為了一條罪證。

「毛主席他老人家過世了，你竟然還買豆腐吃，還吃雞蛋，你是什麼用心？」婁丙安數落著楊啟福，講話的聲音竟然變得哽咽起來。在鄉下，來了客人，或是辦喜事，才去買豆腐秤肉吃，楊啟福秤不起肉，所以只買了幾片豆腐。

楊啟福是個老實人，仍然辯解道：「他賣又賣得，我吃還吃不得？」

唐會計笑了起來，說：「誰叫你這個時候吃豆腐。」

妻丙安斥責她道：「毛主席死了，你還笑。」

唐會計趕緊收起笑容，走了開去。

我回到學校後，看見那兩個蛋殼還丟在門口，趕緊撿起來丟到廁所中去了。

沒過多久，我又去公社衛生院撿藥，在醫院看到一張《人民日報》，便拿著讀了起來，看到上面報導華主席接見外國領導人，卻沒有了王洪文、張春橋、江青等人的名字，感到很蹊蹺，我把報紙悄悄帶到身上，拿回來給玉芳看，玉芳沒看明白，我說：「中央每次活動都有王洪文、張春橋、江青的名字，今天突然沒有了。」

「會不會出事了？」她疑惑地望著我。

我把指頭放在嘴邊噓了一聲，望著她會心地笑了笑。

沒過多久，廣播裡果然傳來中央一舉粉碎「四人幫」的消息。聽到這個消息，我真真切切地感覺到國家的命運和我個人的命運馬上就會要發生改變了，心情陡然輕鬆了很多。

到第二個學期快要結束時，我就聽說張秉初已經恢復了工作，重新擔任了湄河縣副縣長。他官復原職後，組織了一次全縣文藝調演，陳校長、玉芳和我一起帶了學生去參加演出，張縣長看見我後，特地走過來和我聊了幾句，告訴我現在正逐漸為老幹部落實政策，他要我去找一下地委分管幹部的副書記董漢軍和地委組織部。

參加文藝調演回來後，我一個人在房間裡轉來轉去，轉了好幾個小時，後來又上樓轉到玉芳房裡，她正準備把洗好的窗簾掛上去，有些驚訝地看著我，因為平時我很少上樓來。

「有什麼事嗎？」她問我。

「沒事，上來看看。」

「正好幫我掛一下窗簾。」她把窗簾遞給我。

我踩到凳子上，拿著窗簾往鉤子上掛，掛了幾次，才掛進去。

「你房間收拾得好井井有條。」我抻了抻窗簾布說。

「好久沒收拾了。」玉芳說：「今天你看上去，特別高興，碰到了什麼好事？」

「今天看到張縣長了。」

「我知道，你們還說了話。」

「他也是走資派，官復原職了。」

「那你也有希望了？」

「我正想著這個問題，他要我去找地委組織部。」

「你終於快要熬出頭了。」玉芳高興地看了我一眼說。

我從凳子上下來，玉芳又把窗簾拉了拉，我看著她小巧的手在我眼前晃來晃去，情不自禁地要去抓她的手，剛剛抓住，她馬上就縮了回去，打了我一下說：「不記事。」

我悻悻然地笑了笑。

找地委落實政策的事，中間費了不少周折。

張秉初要我去找董漢軍，但我想董漢軍肯定不會幫這個忙，所以只向地委組織部打了一個報告，報告交上去一個多月後，沒有任何回音，我去地委組織部問了一次，辦公室的人告訴我地委成立了一個專門落實冤假錯案的辦公室，辦公室主任由組織部副部長朱立明兼著。我聽了一喜，朱主任在文革前是隆安縣縣長，文革時也受到了衝擊，只是後來被結合到了革委會。我找到他的時候，他十分熱情，聽了我的情況，說他一定放在心上，優先解決。他叫我先回去，有消息馬上通知我。

回到梨花學校後，我告訴玉芳，可能馬上就要解決了，如果官復原職，就可以出任湄河縣長。玉芳調侃道，到時我們要叫你楚縣長了。我聽了，頗有些洋洋自得，不覺想起李白的一句詩來：「仰天大笑出門去，我輩豈是蓬蒿人」。可是等了三個多月時間，卻沒有一點消息，玉芳問起我時，開始我還說應該快了，到後來自己心裡也沒底了，含含糊糊地說不知怎麼還沒有消息，好像自己之前吹了牛皮似的。因為玉芳是正式教師，而我只是一個代課教師，收入也比她少了很多，心裡一直有一種自卑的感覺，自碰到張秉初後，便暗暗希望通過恢復工作來改變這種狀況。

玉芳說，現在要平反的人那麼多，這事你應該主動去問一下。我想也是，又去找了一次朱部長，朱部長見到我，仍然很熱情，只是說到工作安排的問題時，就顯得有些為難了，他說：「我們本來做了一個方案，讓你繼續回湄河工作，先到人大或政協任職，但常委會沒有通過。」

「不回湄河也行。」我說：「只要能恢復工作，無論什麼崗位。」

「有你這句話就好辦了。」朱部長說：「我們再另外想辦法，只是……。」他欲言又止。

「只是什麼？」

「董書記的態度不是很明確。」他提醒我道：「你是不是再去找一下江書記？」

我知道其中的原委了，是在董漢軍那裡遇到了阻力，他只是不好明說罷了，所以暗示我直接去找地委書記江振坤。從朱部長那裡出來後，我本想直接去找江書記，可是之前沒有和江書記打過交道，見了面不一定能把事情說清楚，所以還是決定先回湄河，給他寫一封信寄去。

信寄出去後，我又滿懷希望地等待著好消息的到來，凡是學校來了陌生人，我便會猜測是不是組織部來的幹部。有天我正在上課，看見教室外面順生帶了兩個人進來，一男一女，徑直去了陳校長辦公室。下了課後，馬上就有一個學生來叫我過去，到陳校長辦公室後，順生介紹說那兩個人是地委組織部來的幹部，年紀大一點的中年男人姓沈，是幹部科的沈科長，那位年輕姑娘姓王。我以為他們是來為我落實政策的，趕緊熱情地走上前去，跟他們握手。沒想到他們坐下後，臉色都很嚴峻，尤其是順生臉上，看不到一點笑容。沈科長說，他們先和陳校長扯一扯，再找我談話。我明白他們的意思，和順生一起退了出來，到隔壁房間去等待。

在隔壁房間，我問順生，他們今天來是什麼事情，順生說他們正在幫我辦落實政策的事，但最近收到一封舉報信，說我在梨花學校任教期間，亂搞男女關係，影響極其惡劣。這樣的人仍然保留了地主資產階級的生活作風，絕不能恢復工作。

我聽了肺都要氣炸了！站起來喝道：「純粹是誣告！我有什麼作風問題？」這些年，我都是一忍再忍，不敢做出任何出格的行為，即便我和玉芳之間有某種默契，但從來沒有越出過界限。

「你別生氣。」順生說：「我已經跟陳校長打了招呼，要她多講好話。」

「知不知道是誰告的？」我問順生。

「他們沒有說，只說收到一封舉報信，他們來落實一下。」

大約過了十幾分鐘，陳校長進來叫我過去，從陳校長叫我的口氣，她應該沒有說我的壞話。

我進到辦公室後，沈科長叫我坐，我有些忐忑不安地坐了下來，心裡盤算著怎麼跟他們解釋。沈科長說，我寄給地委江書記的信，批轉到了組織部，江書記批示要他們盡快恢復我的工作，他們在為我落實政策的過程中，收到了一封舉報信，說我在下放期間存在生活作風問題，所以他們特地來核實一下。

「謝謝沈科長，謝謝王幹部。」我欠了一下身子說：「跟兩位領導彙報一下我這幾年來的改造情況。一九六九年，我下放到梨花洲後，即根據毛主席的指示，到廣闊的農村去，接受貧下中農的再教育。後來到梨花學校代課，也是勤勤懇懇地做好自己的事情。實事求是是我們黨的思想路線，希望兩位領導以事實為依據，明察秋毫，明辨是非。」

沈科長安慰我說：「毛主席教導我們，有則改之，無則加勉。希望你不要在心中留下什麼陰影。我們回去後，一定會實事求是地跟部領導彙報。」

他們走後，我仍然餘怒未消，心中猜測著究竟是誰這麼陰毒，關鍵時候要捅我這麼一刀。未必是陳校長？但看她今天的表現，似乎又不像。況且陳校長雖然有些保守，但心地並不壞，那還有誰呢？我一個一個地想了一遍，也想不出個頭緒來。吃飯的時候陳校長見我悶聲不響，知道我情緒不好，安慰我道，沒事，我們都跟你講的好話。

我到湄陽機械局上班後，打聽到寫告狀信的居然是婁丙安。那時他已經被檢查出得了癌症。我知道這個消息後，不覺嘆了一口氣，人都到這個地步了，心眼還那麼小，唯恐他人會得到什麼好處。

沒過多久，我接到地委組織部通知，讓我到湄陽地區機械局上班，任工會主席，享受副縣級待遇。雖然安排得有些不如意，但總算恢復了工作。

接到通知後，我知道自己馬上就要離開梨花學校，竟覺得十分不捨。這裡的一草一木，一磚一瓦，我是那樣地熟悉，我在這裡生活了將近五年的時間，而現在竟要永遠離開這個地方了。尤其讓我不捨的是那份情感，那種眷戀。當我拿到任職通知時，一個人在河邊走了很久，山川河流還是原來的樣子，而幾十年間人世卻經歷了天翻地覆的變化，每個人都在這番巨大的變化中起起落落，哭哭笑笑。時而被拉入谷底，時而又拋向山顛。我猛然想起偉大領袖的一首詩：「江山如此多嬌，引無數英雄競折腰。」然而折腰的不是英雄，而是無數的普通百姓，他們不僅被折腰，而且還折去了生命，折去了尊嚴。

當我告訴玉芳復職的消息時，她先是興奮地叫了起來，高興地說：「終於等到這一天了。」

「遺憾的是，不能跟你一起共事了。」我說。

「待在這裡有什麼好？」

「心裡有些捨不得。」我說。

「捨不得什麼？」玉芳問。

「捨不得梨花學校，捨不得你。」

「我知道你遲早要離開的。」

我本想看看她的反應，但她卻岔開了話題。

「你怎麼知道？」

「因為你不屬於這裡。」

「這些年也只有你能理解我。」

「你走了，我也有些……」她低著頭，沒有說完。

「我還會回來看你的。」我說。

「那時你就是領導來視察了。」她抬起頭來笑道。

我不覺也笑了起來。

回到城裡後，我心裡仍常常惦記著玉芳，過了兩個月時間，我又找個機會回到梨花學校，經過東河集市時，順便買了點菜。學校還沒有下課，我徑直去了她的宿舍，宿舍的門仍然像過去一樣沒有關，我便在房裡等著她。

她下課後進到房裡，看見我坐在裡面，吃了一驚，問道：「你怎麼來了？」

「特意來看你。」

「等了很久吧？」

「沒有，也就十幾分鐘。」

「快十二點了，我這裡什麼都沒準備。」她放下教案，有些為難地說。

「隨便吧，我又不是客人。」

「你現在是客人了。」她看著我笑道：「食堂不一定煮了你的飯。你等一等，我去供銷社買點菜來。」

「不要去了，我帶了菜來，放在案板上。」

「那你坐一會，我去煮飯。」

「佳佳呢？」

「佳佳上初一了，中午一般在學校吃飯。」

她煮飯的時候，我坐在裡面看她寫的教案，她的字寫得清秀工整，一絲不苟，每頁教案的旁邊留著一線空白，空白裡面還寫了許多補充的內容。她是個對什麼都很認真的人，對孩子、對家庭、對感情、對工作。等下我跟她說什麼呢？我是孤身一人，而她是有家庭的，我們在一起五年多時間，感情上除了相互有一種默契之外，並沒有實質上的突破。今天如果我冒然說出自己的想法，會不會遭到她的拒絕？可是，如果不說，我今天來這裡又是為了什麼呢？

不一會，她就搞好了飯菜。兩個人坐在一起吃飯時，我幾次想說出自己的想法，可是話到嘴邊，卻一直不知要如何開口。心想，等下吃完飯，我就告辭回去算了。

吃過飯後，兩人仍在飯桌邊坐著，沉默了一陣子，我心裡想是不是要起身告辭了？可是真正到了要告辭的時候，卻突然來了勇氣，說：「玉芳，今天我來，是想問問你，我們能不能，有沒有機會在一起？」

「這樣不好。」玉芳沉默了片刻，說：「你剛上任，就和一個有夫之婦結婚，別人會說三道四的，我也不想別人在背後指指點點。」

「也是。」我附和道，心裡卻感到十分失望。

「只是我們認識了這麼多年，我們的關係就到此為止了，我真有些捨不得。」我看著她說。

「我們可以做很好的朋友，我會在心裡記著你的。」

聽她這麼說，我心頭一熱，情不自禁地伸過手去把她攬在懷裡，在她額頭上輕輕吻了一下，「你真是個好女人。」

她默默地靠在我肩膀上，我因為被她拒絕過多次，不敢姿意妄為。

「今天可以給你。」她忽然輕輕地說，輕得我幾乎聽不出來。

「什麼？」我有些不相信地問了一句。

她低著頭，沒有作聲。

我明白了她的意思，一時欣喜若狂，便把她緊緊地抱在懷裡，在她臉上狂吻起來。當我把她放到床上，把她的衣服一件一件脫下來時，呈現在我面前的竟是一個皮膚白皙、身材勻稱的小巧女人，她的衣著一向十分樸素，但在樸素的衣服下竟掩藏著這麼一個美妙的胴體。我摸著她綢緞一般光滑柔嫩的肌膚，恍若夢中，這個和我朝夕相處了五年的女人，兩情相悅，卻只能隔桌相望，在我們即將分開的時候，我卻又能將她攬在懷中。當我挺起那玩意，想進到那夢寐以求的去處時，她突然把身子縮了回去，並坐了起來，我一驚，以為她要反悔。

「怎麼？」

「我去洗一下。」她說。

我不覺有些想笑，她真是個愛乾淨的女人，連做這事都十分講究。當她在外面洗著的時候，我躺在床上，望著天花板上貼著的一張張報紙，心裡既充滿期待，又洋溢著一種幸福，這麼多年的夢想，眼看在這一刻就要實現了。她的身體，出乎我的意外，是那樣的白晰勻稱，兩條腿修長光滑，剛才用手摸著她大腿的時候，肉肉的，充滿彈性。腦子裡這麼想著，下面那玩意便直挺挺地向上昂著，我想讓它軟下來，它卻完全不聽使喚。

她洗過之後，用一條毯子圍著身體走了進來，我掀開被子讓她坐進來，她鬆開毯子，擦了擦身體，然後平躺到床上。我幾乎是按捺不住地翻到了她的身上，那玩意剛要進去，卻一股腦兒地全泄在了她的腿上。我在她的身上躺了一會，一動也不動，像只泄了氣的皮球似的。

「怎麼了？」她見我剛才還那麼激動，突然靜止了下來。

「完了。」

「就完了？」她也感到很意外。

「控制不住，可能是太激動了。」我從她身上坐起來，解釋道。

「我去洗一下。」她又站起身，走到外面洗去了。

她洗過之後，重新回到床上躺了下來。我摟著她的身體，安靜地睡了一會。剛睡著不久，她就急急忙忙坐起身來，說要準備上課去了。

「幾點鐘上課？」我問她。

「兩點半。」

「還有二十分鐘。」我看了看錶說：「再睡一會。」

「不行，要去準備了。」

她坐起來的時候，那兩隻乳峰便軟軟地向前挺著，我用手指扯住她的乳頭，往上拉了拉。

「痛。」她說。

我改用指頭摩挲著，感覺身體中又湧起一股欲望，可是下面那玩意卻一點也不爭氣。

「看著這麼好的東西，卻吃不下。」我自嘲道。

「今天你太激動了。」她回過頭來安慰我說。

「下次還有沒有機會？」我揉著她的乳峰問。

「沒有了。今天我猶豫了好久才答應的。」她頗為肯定地說。

「既然沒有了，那我今天就要好好親一親。」我又把她扳到床上，在她的乳頭上狠狠地親了一陣，直到上課的預備鈴響了起來。

我回城裡不久，收到她的一封信。說她現在很後悔，既覺得對不起我，又對不起她愛人。她很珍惜我們之間的這份感情，也覺得我是個很負責任的男人，她曾經考慮過是不是可以結合的問題，跟我在一起，一定會過得很愉快，很幸福。但她有丈夫、有孩子，丈夫馬上就要回來了。如果現在離婚，

對丈夫、對孩子可能都是一種傷害。最後，她說我們做永遠的革命戰友，並祝我早日找到理想的愛人。

讀完信，心中雖然有些失落，但也能表示理解，仍然覺得她是個很好的女人。

三十二、舊情復燃

工會主席是個閒職，主要工作是一年組織兩次文體活動，誰家有什麼紅白喜事，代表局裡前去慰問和慶賀。機械局那時還十分紅火，下面管了十多家企業，正碰上撥亂反正，恢復生產的大好時期，所以大部分企業效益都很好。我在局裡無所事事，大部分時間是一個人待在辦公室裡看書。

到機械局半年多後，局財務科李姐說要跟我介紹對象。

李姐是局財務科科長，兼了局工會婦女主任，五十多歲，待人熱情開朗，見我一直單身，便說要跟我介紹對象。第一次說的時候，我以為她是開玩笑，就笑著說好啊，也沒放在心上。沒想過了幾個星期，她又提起這件事情，我問她介紹的是什麼人，她說是她一個親戚，姓朱，三十多一點，一直單身，在地區婦聯工作。我聽了心中不覺一動，覺得條件挺合適，便答應見一面。

見面安排在星期五晚上，李姐請我們到她家中去吃飯。可是星期五上午接到市總工會通知，市總工會周主席下午要到機械局來慰問困難職工，我只好去陪同。我以為搞完慰問後，周主席會要留下來吃晚飯，所以出發前跟李姐說，我可能要吃了飯再來。但周主席走了幾戶困難職工後，沒吃晚飯就回去了，我便騎著單車，急急忙忙往李姐家趕，趕到李姐家門口時已經六點多了，我擔心她家已經吃過飯了，所以就一個人在外面隨便吃了碗麵條。敲開門後，李姐說：「正等著你呢，還以為你要搞到很晚。」

「送走周主席，我就急急忙忙趕過來了。」我說。

進到客廳裡，看見沙發上坐著一個打扮入時的女同志，我不覺吃了一驚，有些不敢相信，坐著的竟是朱麗！

「朱麗，是你？」

雖然有十年時間沒有見面，但我還是一眼就認出了她。

「是不是有些失望？」她卻顯得很冷靜，似乎早已知道是我。

「哪裡？沒有，沒有，高興，高興。」我有些語無倫次地說。

「你們認識？」李姐望望我，又望望朱麗。

「他原來是大名鼎鼎的楚縣長，哪個不認識？」朱麗瞟了我一眼說。

「何止認識？」我看著朱麗，笑了笑。

「認識就好，我就不介紹了。」李姐說：「你們聊，我去沏茶。」

後來我問朱麗，是不是事前就知道是我，她說那肯定不，如果連名字都不知道，還去相什麼親？我懷疑是她有意要李姐做的媒，她卻說是李姐先跟她提起的。

坐到沙發上後，我仔細端詳了她一會，她穿著件帶蘭花的白色披領襯衣，外面套了件杏黃色心領毛線衣，下面穿著條淺灰色長裙，體形仍然十分苗條，皮膚也保養得很好，白淨的臉上光鮮亮麗，雖然三十好幾了，但看上去比實際年齡要小好幾歲。舉手投足之間，比十年前顯得成熟老練了很多。

「真是世事難料，沒想到我們又見面了。」我說。

「世界很小。」

「你還是那麼漂亮迷人。」我誇讚道。

「不會吧，都老得不行了。」她望著我笑道，眼睛裡透出一種媚態來，「你可還是老樣子。」

「都快變成農民了，你看，一雙農民的手。」我伸出一隻又黑又粗的手掌，哈哈笑道。

「這是健康的顏色。」

我因為不知道她這十年裡都經歷了一些什麼樣的事情，所以說起話來有些拘謹，兩人談話多半是問答式的，或是她問我，或是我問她。

「你和武大力不是？」文革初期我聽說她和武大力結了婚。

「離了幾年了。」

「沒生小孩？」

「沒有。」

「難怪身材還那麼好。」

在李姐家坐了一個多小時，告辭出來時，李姐要朱麗送我，朱麗便送我下了樓梯，走到樓梯口時，我跟她握手，叫她別送了，她斜睨了我一眼，眼神裡又透出一種嬌媚的光來，看得我怦然心動，多年前她倚在我懷裡時的那幅誘人景象又猛然跳進我的腦中，我差一點就要將她拉到懷裡，但馬上意識到這樣做過於唐突，便只是握了一下她的手。

見面後的第二天，李姐就來問我的想法，我當時頗有些猶豫，她仍然像十年前一樣光彩照人，尤其是她眼睛裡閃現出的那種嬌媚，看得你砰然心動，可是她畢竟曾經和武大力結過婚，而且在我最希望能從她那裡得到安慰和理解的時候，她卻表現得如此冷淡。我說要考慮幾天，李姐說這有什麼好考慮的，你們都是老相識了，知根知底。她自然不知道過去發生的那些事情。我哦哦了兩聲，說過兩天再給她答覆。

我猶豫了幾天，最後還是想通了，畢竟我們都只是凡夫俗子，誰也逃脫不了命運的擺弄，如果沒有發生這場文化大革命，或許我們會繼續成為紅顏知己，甚至還有可能成為暗中相好的情人。她跟武大力結婚，自然也是迫不得已。在湄河縣城，像她這樣姿色出眾的漂亮女人畢竟只是鳳毛麟角，在那樣一個毫無規則可言的時期，當權勢人物向她表達愛意時，她幾乎沒有任何拒絕的本錢，如果拒不相從，其後果可想而知。

當我想通之後，和朱麗的關係便迅速熱絡起來。那時我住在機械局的單身宿舍中，而她在婦聯有一套兩室一廳的房子。見了兩次面後，她便邀我週末到她房子裡搞飯吃。

去她家前，我特意理了一個髮，穿了一件新買的藍色中山裝，出發前又把皮鞋擦了一遍。一路上既充滿期待，又有些緊張，心裡隱約感覺到今天或許會發生什麼事情。

她家在二樓，我敲開房門時，馬上聞到一股濃濃的魚香味。她繫著一條圍巾，說正在炸魚，要我先到客廳坐一下。

我到幾間房子裡看了看，雖然是兩室一廳，但房間都很小，客廳只有十來個平方，擺了兩張單人沙發、一張桌子、幾把椅子、剩餘的空間就變成過道了；主臥室跟客廳差不多，一張雙人床佔了幾近一半的空間，再加上一個衣櫃、一個矮櫃，就沒了回旋的餘地；另一間臥室比客廳還略小，只擺了一張單人床在裡面。房間雖小，卻收拾得井井有條，主臥室中掛著一副米黃色窗簾，空氣瀰漫著一股淡淡的香水味，讓人感覺十分溫馨，矮櫃上擺了一盆月季花，我以為是真花，走近去摸了一下，才發現是塑料做的。

不一會，她就把飯菜擺到了桌上。

「喝不喝酒？」她問我。

「你家裡還備了酒？」我問道，心想這個時候喝點酒，情緒可能會更好。

「上次我爸來了，我跟他買了兩瓶放在家中，他每餐喝一點，還剩半瓶。」她說著，從矮櫃中拿出半瓶十全大補酒來。

我接過酒瓶，給自己倒了半杯，問她喝不喝，她猶豫了一下，說今天週末，陪你喝一點。我便拿過杯子，給她也倒了小半杯。

「為我們重逢乾杯！」我說。

「乾杯！」她嫣然一笑，舉起杯子跟我碰了一下。

我嚐了一口她煮的魚，味道十分鮮美。

「沒想到你還有這麼好的手藝。」我誇獎道。

「都是跟我媽學的。」

「還會做什麼菜？」

「紅燒蹄花，糖醋排骨。」她頗有些得意地述說道。

「沒想到我有這麼好的口福。」我也有些得意地笑道。

「哼，美的你。」她朝我擠了擠眼睛，舉起杯來說：「乾杯。」

她喝了幾口酒後，臉慢慢紅了起來，眼神也有些迷離，越發顯得嬌媚可人。

吃過飯後，她起身收拾碗筷，我則拿著拖把拖地。在衛生間洗拖把時，她端著一盆水進來洗手，衛生間的空間非常小，兩個人幾乎是挨在了一起。我看著她楚楚動人的樣子，終於忍不住從後面抱住了她的腰身，她伸直腰，任我抱了一會，我把頭擱在她的肩膀上，深深地吸了幾口氣，聞到一股淡淡的香水味，回想起當年偷偷摸摸時的情景，竟恍如隔世，沒想到十幾年過去了，我竟又能將她抱在懷中。她見我沒有動靜，問了一句：「你在想什麼？」

「我在想十多年前那次偷偷摸摸的情景。」我說完在她耳朵上親了一下。

「過去的事別去想了。」她說，竟回過頭和我親了起來。我感覺口中緩緩伸進一片溫熱濕潤的舌頭，一股興奮的熱流迅速湧遍全身，我輕輕咬了幾下，要扳過她的身子，她卻說，等我先收拾好東西。她用手摸了一下臉，似乎意識到自己的臉越發紅了起來。

我幫她一起把東西收拾好，又洗過臉，在廚房掛毛巾的時候，她就站在我旁邊，我忍不住又抱了她一下，還要和她親嘴，她制止道：「我們到臥室去吧。」

聽了這句話，我心裡不覺怦然跳了起來，沒想到事情會發展得這麼快，在來的路上，我還只希望今天能和她親親嘴。

進到臥室中，她拉上窗簾，主動脫掉了外套，站在床邊，歪斜著身子，伸出手來說：「過來吧。」那副懶洋洋的樣子越發顯得嬌媚撩人。

我幾乎是一把將她抱到床上。

「你還那麼衝動。」她笑著說：「我們慢一點來吧。」

「你太迷人了，看見你這樣子誰都會忍不住。」

她的腿柔軟白晰，極富彈性，壓在上面，竟像壓著一團海棉似的。

「舒服不？」她問了一句。

「舒服死了。」我說。

她竟將兩條腿盤了起來，從後面勾住我的雙腿，將我緊緊夾了起來，像要把我的身子吸過去似的，夾了一會鬆開，鬆開後又用力夾住。

「舒服不？」她再問了一句。

「舒服。你這是哪裡學的？」

「這還要學？女人天生就會。」她說。

「你和武大力也這樣？」我問道。

「問這些做什麼？」她說。

想想她曾經是武大力的妻子，竟有一種莫名的興奮，這樣一個嬌小柔弱的女子在那樣一個魁武的男人身下會是一種什麼情形。這樣想著，竟不覺用力聳動起來，可是還沒動幾下，就堅持不住一下全泄了出來。

我翻下身子，她有些失望地望著我，顯然意猶未盡。

「武大力在這方面是不是非常強？」我忍不住問道。

「是的。」沒想到她竟這麼坦率。

「怎麼強？」

「他能堅持二十多分鐘。」

「你是不是喜歡他這一點？」

「還行吧。」

「後來怎麼離了？」

「一個女人難道只看重男人這點本事？」

「你看重男人什麼？」

「當然是能力，還有政治前途。」

我沒有作聲，我明白她所謂的政治前途是什麼意思。這是一個權力的社會，權力是對女人最有吸引力的東西。男人們拼命追求權力，女人們則努力想依附擁有權力的人！

朱麗對我的政治前途，也作了一番安排。當時機械局一個姓馬的副局長已經六十多了，幹不了幾年就要退休，她要我去找一下董書記，彙報一下思想，看能不能頂上副局長這個位置。

「我跟董書記關係只一般，找他也沒什麼用。」我推托說。聽了朱麗的建議，我心裡很不是滋味，沒想到自己竟淪落到要去找董漢軍幫忙，我也知道要找他昇職幾乎是不可能的事情。

「官都是跑出來的，你不去跑，別人會主動提拔你？」朱麗說。

我知道她說的不無道理，但如果換了別的領導，或許我會按她說的去試試。

「如果你抹不開這個面子，我可以代你去找找他。」朱麗見我沉默不語，提議道。

「你跟他熟？」

「他分管黨群線，婦聯正好歸他管，工作中打過幾次交道。」她解釋道。

雖然我不抱什麼希望，但看她那麼熱衷於這件事情，就沒有阻攔她。

如果不是後來聽到的一件事情，我和朱麗或許已經結成了夫妻。

年底時市總工會召開全市工會系統表彰總結大會，董書記在會上作報告，作過報告後他就走了。中午吃飯時，幾個單位的工會主席湊在一桌，酒酣耳熱之際，不知怎麼說到董書記的一些閒話，有人說董書記艷福不淺，身邊有五朵金花，數來數去，只數了四朵，農業局的韓主席說：「還有婦聯的朱科長啊。」

其他人都附和道：「是的，忘了朱科長。」

我聽了心裡一沉，他們說的朱科長，會不會是朱麗？或許還是另有其人？心裡有些悶悶不樂，韓主席過來敬酒的時候，我也沒有注意到，他拍了一下我的肩膀，說楚主席怎麼心事重重的樣子。下午回到辦公室，剛一上班我就打電話到婦聯辦公室，問他們有幾個朱科長，接電話的人說婦聯就朱麗一個人姓朱。

他們說的朱科長，無疑就是朱麗了。

我沒想到事情會變成這個樣子，為什麼她總是和當權者保持著密切的關係？是她自己主動投懷送抱，還是別人垂涎她的美色，讓她無可選擇？對於她和武大力的婚姻，我可以不放在心上，畢竟那還是正常的婚姻，可是對於她和董漢軍的關係，我卻無論如何也做不到無動於衷。連著好些日子我都沒有去找她，她打電話來時，我也是冷冷的。週末的晚上，她買了一些菜，主動到了我宿舍。

「這段日子你是怎麼了？」她放下菜時，問我。

「沒怎麼。」

「沒怎麼？說話也愛理不理的。」

「這段日子事多。」我敷衍道。

「肯定有什麼事情瞞著我。」她盯著我說。

「你和董書記是什麼關係？」我猶豫了很久，還是忍不住說了出來。

她非常驚愕地看了我一眼，但隨即又恢復了常態，故作鎮靜地反問道：「我跟他有什麼關係？」

「外邊說你是董書記身邊的金花。」

「金花？好笑。我算什麼金花？你聽誰說的？」

我沒有回答她。

「你聽他們胡說八道。董書記只是我們的主管領導，跟他工作上有些聯繫。」朱麗解釋道。

「你聽誰說的？」朱麗見我不說話話，追問道。

「農業局的韓主席。」我說。

「你信他的，一把寡嘴，你又不是不知道，專門造謠。」

「好了，好了，我們不要為別人一兩句話生氣，不值，是不是？」過了一會，她安慰我道。

對她的話，我仍然半信半疑，可是又並沒有確切的證據證明她和董漢軍關係曖昧，雖然我不再和她發生爭吵，但這種疑團卻總是藏在心中，不時會跳出來影響到自己的情緒，尤其當我和她做那種事時，一想起她曾經也這樣躺在董漢軍的身體下面，那東西一下子就變得沒了生氣，我甚至懷疑她在床上的那些功夫，都是從他那裡學來的。

「我來幫你。」她似乎沒看出我的情緒反應，倒顯得興致勃勃，伏下身子，用兩隻乳峰在我身上揉來揉去，那東西被她一揉，似乎有了些反應，她高興地說：「可以了。」

可是臨到要進去時，又變得軟不拉幾起來。

「你是怎麼搞的？」她揉了幾次之後，變得有些不耐煩起來。

「我也不知道，關鍵時刻就經不住考驗。」我自嘲道。

「是不是我沒有魅力了？」

「不是。」我看著她綢緞一般光滑的身體，搖了搖頭。

她瞟了我下面一眼，見那東西軟軟的，便自顧自地穿上衣服，翻到一邊睡去了。

接著有一段時間，我們沒有見面，我本想繼續保持冷漠的態度，可是想到她和武大力結婚，和董漢軍關係曖昧，或許都是身不由己。在那樣一場聲勢浩大的運動面前，一個人要完全保持自己的本色，是一件多麼困難的事情啊，那麼多有權有勢、才華橫溢甚至德高望重的人物，到最後都不得不改變自己的初衷，何況是一個女人？在權力面前，女人是沒有辦法逃避的，無論在什麼樣的時代。況且，每個人都希望得到上司的欣賞和認可，這是絕大多數中國人畢生都在努力做著的事情，在這個資源完全掌握在上級領導手中的體制下，上司的欣賞和認可，便意味著好的前途和命運。想想這麼多年她也不容易，一個女人，是無法和權力作鬥爭的。

這能怪誰呢？男人們追逐權力最終是為了追逐女人，而董漢軍一直是權力的掌握者，並且權力越來越大。關於董漢軍的風流韻事，在湄陽地委機關幾乎盡人皆知，他每到一個地方，便會垂青年輕貌美的女孩，這些女孩在機關無依無靠，自然也願意得到權勢人物的垂青。人類最大的不平等，其實是性的不平等。即便在完全公有、追求絕對平等的年代，權勢者仍然可能享受到比普通人更多的性的權利和機會。人類最初的不平等便是性的不平等，至今我們仍然想當然地把原始社會描述成一個人人平等的理想社會，而實際上原始社會是人類最不平等的時代，一個猴王可以佔有猴群裡所有的母猴，而普通的公猴卻只能棲棲獨居。

這樣一想，我又變得釋然起來。畢竟那些事情都是發生在我跟她正式談戀愛之前，我沒有權利要求她對我忠貞不二。

我們的關係仍然維持了一段時間，直到馬副局長退休時才告結束。她雖然沒有繼續催我去找董漢軍彙報思想，但顯然仍希望我能補上副局長這個缺。但馬局長退休後，地委安排了另外一個人接任副局長，她聽到這事後，頗感失望，埋怨我說：「要你去活動一下，你就是不聽。」

「沒想到你一個女人，卻那麼熱衷於權力。」我嘲諷道。

「看你在工會待到退休。」朱麗頗為不屑地看了我一眼，「沒有出息。」

聽她這麼譏諷，我心裡頗不是滋味，轉身就從她家裡走了出來，之後很長一段時間沒有去找她，她也沒有再來找我。大約過了兩個星期，我想把關係緩和下來，便主動給她打了一個電話，說晚上要到她那裡去，沒想到她在電話裡回了一句：「你又不行，來做什麼？」

這話像針一樣，狠狠地刺了我一下，我握著聽筒，半天沒說出話來。

三十三、重返湄河

我原以為大概要在機械局退休了，可是沒過多久，事情便出現了轉機。

張以誠從省裡調到湄陽地區擔任地委書記，我聽到這個消息後，著實興奮了一番。張書記這些年的遭遇，我也聽說了一些，文革一開始，他就受到衝擊，被下放到老家勞動，文革後期才重新出來工作，但只是在省裡任個閒職，粉碎「四人幫」後，擔任了省經委主任，這次省裡調整幹部，他又從經委調到湄陽地區任地委書記。

他到湄陽不久，我就去找了他一次。那時他住在招待所，我去招待所時，他還沒有回來，等到晚上九點多他才到家。他剛一下車，我就迎了上去，叫了一聲張書記，黑暗中他沒看清我是誰，站在車旁疑惑地看著我，我說我是楚懷南，他聽了高興地喊了一句：「懷南呀，懷南。」然後握著我的手說，我們都十年沒見面了，我正想找你過來聊聊。

進到屋中，打開燈，我才看清他的面容，他比十年前老了許多，人略微有些發胖了，頭上長出了

很多白髮，額頭上也開始現出一些淺淺的皺紋來。

「你還是老樣子，懷南。」張書記坐下後，看著我說：「我看你不僅未變老，反而更結實了。」

「在農村搞勞動的結果。」我跟他倒了一杯茶，端給他說：「您也沒變多少。」

「滿頭白髮囉，歲月不饒人啊。」張書記接過茶，感嘆道。

「聽說您回湄陽了，我高興了好幾天。」我給自己也沏了一杯茶。

「現在的湄陽跟過去不一樣了，可以說是百廢待興。」張書記說。「你現在在哪個單位？」

「我是去年才安排工作的，在機械局任工會主席。」

「進黨組沒有？」張書記問道。

「沒有。只是享受副縣級待遇。」我坐到他旁邊的沙發上說。

「這可是委屈了你。」張書記說。

「有什麼想法沒有？」張書記見我沒說話，主動問道。

「如果可能的話，我想繼續回湄河工作，把湄河的經濟搞上去。」

「你有這個想法很好啊。」張書記聽了我的想法，贊同道：「現在湄陽就是缺懂經濟的幹部。」

沒過多久，地委就讓我擔任了機械局黨委副書記兼副局長，不到一年時間，又把我調到湄河縣，代理縣長一職。張書記找我談話時，告訴我，在讓我代理縣長一職上頗費了一些周折，有個別同志對我的任命有不同意見，討論了幾次才把這事確定下來。他沒有說是誰，我一聽就知道是董漢軍，因為在幾個地委常委中，只有他對我一直懷有成見。

回湄河任職的消息還沒有公布，縣裡就有人打電話來表示祝賀，地委組織部送我去任職的那天，重新回到湄河縣城，看到熟悉的街道和房屋，一時百感交集，十年前我離開這裡去鄉下時，是孤零零的一個人，貧病交加，無人理會，親戚、朋友、同事都形同陌路，避之唯恐不及。沒想到十年後我還能重新回來任職。剛一走進政府大院，就碰到了許多熟人，他們見到我，無不滿臉堆笑，當初在街上見到我就馬上繞過去的小蘭，這時居然轉了一個大彎來和我打招呼。我不覺想起蘇秦經歷的前倨後恭的故事來，幾千年過去了，人性還是一點沒有變。

到湄河正式上班後，第一個到我辦公室來的，竟是黃少奇。

「楚縣長。」他進來時怯怯地喊了一句，手上提著一只布袋子。我一時沒有認出他來，滿臉的鬍子，額頭上刻著幾道深黑的皺紋，眼睛渾濁無光，臉上現出一種疲憊和愁苦的神情。

「你有什麼事？」我問他。

「我是黃文革。」

「哦。」我應了一聲，仍然沒有想出他是誰。

「我原來叫黃少奇，現在叫黃文革。」

他就是黃少奇？我一時驚了一下，沒想到他會主動來找我。我盯著他看了一會，仍然覺得很陌生，心裡在問自己，黃少奇怎麼會變成這個樣子。

「改名了？」

「是的，文革的時候，打倒劉鄧陶，我就把名字改了。」

「現在文革被否定，你怎麼不改過來？」我揶揄道。

他尷尬地笑了笑，一條條皺紋在乾瘦的臉上愈發清晰可見。

「我是來向您道歉的。」黃文革說。

「都過去的事了，還道什麼歉。」我有些冷淡地說。

「我知道您不會原諒我，但我還是要來。」

「你坐吧。」我指著椅子對他說，並給他倒了一杯水。

他坐了下來，喝了一口水，情緒稍稍穩定了下來。

「你找我有什麼事？」我想他肯定不只是來道歉的。

「有個事要請楚縣長幫忙。」

他從口袋裡掏出幾張皺皺巴巴的紙，站起來彎著身子遞給我：「這是我打的一份報告。」

我接過報告，粗略看了一下，才明白他來找我，是為了恢復工作的事情。文革中他雖然對我反戈一擊，但並沒有因此給他帶來好運，沒過多久，他也因為出身問題被人揪了出來，不僅丟了副局長的位子，工作也被開除，還被遣送回老家勞動。至今他和妻子，還有三個孩子都生活在鄉下。

黃文革怯怯地望著我，每個人在能決定他命運的人面前，都免不了忐忑不安。

他腳下那只布袋裡面傳出一聲雞叫。

「你提了什麼進來？」我問他。

「兩隻雞。」他又不自然地笑了兩聲。

看著他可憐巴巴的樣子，原來埋在心中的那股怨氣，竟一下子釋然了許多。在那個年代，普天之下莫不如此，又怎麼能怪一個小小的副局長呢？在這個世界上，普通人其實都只是些無頭蒼蠅，毫無目標地飛來飛去，他們並不知道哪個方向是對的，他們也完全掌控不了自己的命運。每個人都在以自己的方式對待著生活，無所謂對錯，他們都是芸芸眾生，在時代的風浪中趨利避害，小心翼翼地保護著自己。

「你的事我知道了。」我對他說：「你先回去吧，我會安排人落實。」

他站起身來要走，我叫住他，要他把那只布袋帶走。他轉身提起布袋，眼巴巴地看著我說：「只是兩隻雞，母雞，自己養的。你莫嫌棄。」

「你自己養的？」

「自己養的。」他說著又把布袋放下。

他見我沒說話了，就微彎著腰，小心翼翼地走了出去。

我叫來辦公室劉主任，吩咐他把黃文革的報告轉給組織部，按政策恢復他的工作。劉主任叫劉茂耕，原是政府辦副主任，三十出頭，長著一副國字臉，話少、腿勤、性格憨厚，我看他辦事踏實，口風又緊，所以老主任退休後，就安排他當了政府辦主任。劉茂耕在政府工作了十多年，熟悉黃文革的情況，看了報告後問我，黃文革原來是副局長，要不要恢復職務。我本想說，給他恢復工作就夠意思了，但想到恢復職務的事需要經過常委會討論，並不由我說了算，就說到時常委會再定吧。心裡想，即便上了常委會，只要我反對，他也是通不過的。

沒過多久，常委會討論幹部，組織部方部長提出了黃文革的事情，縣委書記崔安陽對他不熟悉，問我的意見，我本想發言，說說我對他的看法，他的出爾反爾，他的更改名字。只要我一開口，他的前途就全完了。可是想起他在我辦公室時那付惴惴不安的樣子，他其實也是文革的受害者，一家人都被發放到了鄉下，在鄉下生活了十多年，這些年肯定也吃了不少苦頭，現在一家人都盼著他官復原職，改變生存的狀況，卻因為我的阻撓而泡了湯。我想起董漢軍對我的阻撓，現在自己當了權，卻同樣在為難他人。這樣一想，話到嘴邊又打住了，只是說，按政策辦就是。於是黃文革便繼續擔任了農業局的副局長。

會上還討論了縣人民醫院副院長的人選問題。人民醫院有個副院長退休了，需要補充一個副院長，組織部報了幾個方案，一是建議從內部產生一個，但他們去考察了之後，發現內部沒有合適人選，二是建議從外單位調一個，但建議的人選都是搞行政工作的，醫院是個業務性很強的單位，沒有學過醫，只怕難以開展工作。我提出內部其實有個人選很合適，周友仁，業務上沒說的，人品也很不錯，尤其醫德很好。過去因為出身不好，在醫院一直不受重用，現在正是重視知識分子的時候，我們是否可以考慮不拘一格使用人才。崔書記聽了我的提議，便要方部長重新安排人去醫院考察，下一次再提交常委會討論。到下一次開會時，方部長介紹了考察的情況，說周友仁在醫院反映很好，業務上也是骨幹，已經評了副主任醫師，就是級別不夠，連副主任都沒有當過，擔心沒有宏觀管理的能力。我說我們沒有給過他機會，怎麼知道他沒有這個能力？至少在業務上他是過得硬的，群眾反映也擺在那裡，說明他的群眾基礎很好。過去我們因為受「左」的影響，耽誤了一大批幹部的提拔使用，現在正是撥亂反正的時候，我們在使用幹部上，不妨膽子放大一點。崔書記表態時，贊成我的觀點，同意讓周友仁擔任人民醫院的副院長。

任命書下達後，衛生系統的職工一時議論紛紛，認為周友仁肯定有什麼後臺，不然為什麼能夠連升三級？議論傳到崔書記耳朵中，他有些不放心，問我對周友仁了解不，我再次對他保證說，用周友仁當副院長，肯定沒用錯。他這才放心地點了點頭。我借著這個話題，說了自己的一些看法，湄河現在最大的問題是幹部問題，從縣裡到公社，有不少幹部還是靠造反起的家，知識層次非常低，辦事的能力不強，但操蛋的本事不小，不把這批人調整下來，湄河的工作總難以有起色。他聽了我的意見，連點了幾下頭，說過了年以後，我們要坐下來，認真研究一下調整幹部問題。

調整幹部的政策還沒有出臺，但風已經吹了出去，所以這年春節，到我家裡來拜年的幹部絡繹不絕。大年初一的上午，就來了五六批，下午又來了五六批，回想當年在醫院過年時冷冷清清的情景，真是判若兩重天。但現實就是這個樣子，你不能怪別人趨炎附勢，其實我自己也在做著同樣的事情。大年初一的下午，我就去了地委張書記和董漢軍家裡，雖然董漢軍對我擔任縣長一職有不同看法，並且從中阻撓，但以後的工作還得靠他支持，不說能取得多大的支持，即便少些阻撓也是好的。到了董漢軍家裡，他倒是很客氣，說了些場面上的話，還說我這次到湄河任職，他講了不少好話。我雖然知道他說的是假話，但也只能表示感謝。

大年初二的晚上，機要室的蘭主任和她愛人一起，也提了兩瓶酒到我家裡，蘭主任就是原來在批門會上揭發我的小蘭。剛進門的時候，她還顯得有些拘謹，喝水的時候，被開水燙了一下，她愛人笑著責怪她，怎麼這樣性急。喝了兩口水後，她便向我道歉，說以前都是中了林彪、「四人幫」的流毒，分不清是非好歹，做錯了很多事情，希望我對她不要有成見。她愛人也說她那時年輕不懂事，愛出風頭，這麼多人參加會議，你站到臺上去做什麼？我知道他們來給我拜年，是擔心這次調整，會把蘭主任調整下來，我安慰他們說，那都是過去的事情了，以後還要在一起好好工作，你們放心，過去的事情我絕不會放在心上。她愛人見我這麼表態，連連說我心胸開闊，是個難得的好領導。

郭四滿居然也提了兩條煙、兩對酒來給我拜年，我打開門，看見他滿臉堆笑地站在門口，在我的印象中，他一向是一副凶巴巴的樣子，居然也有笑的時候，只是笑得很勉強。他坐下後，我給他倒了一杯水，便坐在那裡不說話，他問什麼，我也只是簡單地回答一兩個字，他坐了一會，顯得很沒趣，就起身告辭了。我要他把煙和酒提走，他說一點小意思、一點小意思。我把煙和酒提到走廊上，說你不提走，我就交到紀委去，他這才悻悻然地提著走了。估計他同樣去給崔書記拜了年，因為調整幹部的時候，崔書記說郭四滿是個老同志了，可以考慮調到人大任秘書長，他自己也希望回機關工作。我卻把他以前的那些劣跡都翻了出來，說這樣的幹部無論如何不能再用了。崔書記聽了我的反對意見，雖然有些不高興，但也不好反對，便勉強說了句，郭四滿先到人大上班，任什麼職務的問題以後再議。但一直到崔書記調離湄河，都沒有再研究他任職的問題。

三十四、如此典型

到湄河上班不久，馬上就開始了分田到戶。

分田到戶無疑是一件大好事，可以把農民的積極性充分調動起來，徹底解決糧食不足的問題。可是政府常務會討論這件事時，分管農業的副縣長洪紹忠卻提出了不同意見。他說我們是社會主義國家，社會主義國家的根本特徵就是集體經濟，現在搞單幹，是不是又回到老路上去了。再說，搞集體經濟也有搞得好的地方，像石鋪公社的豐山大隊，一直是全省的典型。全縣如果多發展幾個這樣的典型，集體經濟的優勢就充分發揮出來了。洪紹忠就是大躍進時放了一個大衛星的石鋪公社黨委書記，我回湄河之前，他就從地區農業局調到湄河任副縣長。

我因為不熟悉豐山的情況，會上沒有反駁他，會後決定到豐山去做一次調研。政府辦劉主任說豐山大隊一直是省裡的典型，上面來了領導要下去參觀檢查的，一般都安排在豐山大隊。我問劉主任，你覺得豐山有哪些方面比較突出，劉主任想了想，說豐山大隊的經驗，主要是集體企業辦得好，大隊上一共辦了三家集體企業，一家石灰廠、一個養豬場、還有一個魚場，每年都有不少收入。

我們到了豐山後，公社書記朱富國，大隊支書吳昌運在大隊部等著，兩個人站在大隊部門口，形成奇特的對照，一胖一瘦，朱書記十分粗壯，滾圓的肚子向前凸著，走起路來像隻螃蟹，吳支書卻精瘦得出奇，瞇縫著一對小眼睛，一看就知道是個精明人。

吳支書帶我們到三家企業看了看，他跟我介紹說他們最主要的做法就是厲行割資本主義尾巴，不許私人養豬，不許私人養魚，大隊的豬場每年可以出欄生豬三百多頭，魚場可以出魚三十多擔。我問集體企業的收入主要用來做什麼，他說主要用來改善社員的生活。

參觀了豬場和魚場之後，吳支書還帶我們看了三戶人家，三戶人家相隔不遠，房屋都建得很好，黑瓦白牆，乾淨整潔。其中一戶人家的農婦，四十來歲，穿戴十分整齊，我們進去的時候，她正在洗杯子泡茶，顯然早知道我們會要到她家來。她端茶給我時，我問她現在生活怎麼樣，她大聲笑著說：「好啊，黨的政策好，日子一天比一天好，不愁吃，不愁穿。」

我問吳支書，大隊上像這樣的人家，佔多數還是少數。吳支書想都沒想，十分肯定地說：「多數，多數，只有幾戶人家，像五保戶、殘疾人，勞動力不足，生活才有些困難。」

從這戶人家出來後，我問公社朱書記：「像豐山大隊這樣的情況，全公社多不多？」

「全公社分為三種情況，好的、中等的、不太好的。」朱書記介紹說：「豐山屬於好的一類，佔百分之三十左右，中等的佔百分之五十，不太好的佔百分之十。」

「不太好的是個什麼情況？」

「不太好的大隊，主要是交通不便，山多田少。通過三五年努力，把路修通，要趕上來也很容易。」朱書記說起他們的打算時，顯得興致勃勃，眉飛色舞，「我們準備在全公社推廣豐山大隊的經驗，下個月要在這裡開一個現場會，讓所有的大隊幹部都到這裡來參觀學習。」

我聽了也感到很興奮，覺得豐山大隊的經驗不僅要在石鋪公社推廣，而且要在全縣範圍內推廣。這次調研回去後，要政府辦的同志好好拿出一個調研報告來，認真總結一下豐山經驗。

這麼走著想著，突然走到一棟低矮破舊的房子前，房子仍然蓋的是茅草，牆上殘留著大塊大塊被雨水淋濕的印漬，與剛才看到的新瓦房形成鮮明的對照。一個四十來歲的農民站在坪裡喊了吳支書一聲，那農民正在挖一個樹兜，拿著鋤頭，穿一件黑色中山裝、一條四藍布褲，衣服和褲子上都布滿了補丁，上衣的扣子也只剩下了三粒，吳支書聽到喊他，神色顯得很緊張，趕緊走了過去，低聲跟他說著什麼。我覺得他們肯定有什麼事情瞞著我，便走到那個農民面前，跟他聊了起來。

「你貴姓？」

「免貴，姓張。」

「老張，這是你家的房子？」

「不是我的，還是哪個的？」老張說話有些衝。

「這是楚縣長。」朱書記趕緊跟他介紹說。

老張聽說我是縣長，好奇地打量了我一下。

「這麼舊了，怎麼不建新房子？」我問老張。

「有房子住就不錯了，還建新的，上面又不出錢。」

「家裡幾口人？」

「六口。」

「幾個勞力？」

「還幾個啊，就我一個。」

「除了出工之外，還有什麼收入來源？」

「討米。」

老張的回答讓在場的人大吃了一驚，吳支書更是沉著一副臉。

「老張，你不要亂說。」吳支書喝斥道。

「沒事，你照直講。」我看老張變得緊張起來，便鼓勵他道：「你找吳支書有什麼事？」

「我問他要討米證，要了幾回，他都不給。」

「怎麼要討米證？」我奇怪地問。

「我又不是地主富農，貧下中農出去討米，都可以發討米證。」

「地主富農為什麼不能發討米證？」

「你是縣長，這還不知道？地主富農討米，是給社會主義抹黑，如果發現了，要遣送回家。」

「大隊上出去討米的多不多？」

「多的是，總有百分之好幾十。」

「你亂說什麼？」吳支書臉色變得更加難看起來。

我聽了老張的話，不禁苦笑了一聲，革命幾十年了，竟還有如此多的農民將討米作為重要的收入來源。在許多地方，貧下中農所謂的翻身，只是比地主富農多了一個可以出去乞討的權利。

豐山是全縣的先進典型，尚且如此，其他地方就可想而知了。

離開老張家後，我望著身邊的朱書記，譏諷道：「你這個典型其實也不夠典型啊。」

朱書記早已沒有了剛才眉飛色舞的神態，尷尬地笑了笑，說：「楚縣長，我們工作沒做細，還要努力。」

「也不能完全怪你們。」我轉過頭去時，瞥見他狠狠地瞪了吳支書一眼，我不覺一笑，這又怎麼能怪吳支書呢？

臨走前，我囑咐朱書記，不許找老張的麻煩，朱書記連連點頭說：「不得、不得。縣長請放心。」

後來我才知道，大隊上雖然辦了三家企業，但能到企業做事的只是少數，而且都是大隊幹部的親屬或是與大隊幹部關係好的人家。一般群眾並沒有享受到集體企業的好處。之所以每次上面有檢查考察之類的活動，都安排在豐山，因為豐山辦了三家企業，在接待上肯下功夫，以至給人留下了豐山很富裕的假象。

吳支書帶我們去看的那三戶人家，一戶是大隊幹部；一戶是石匠，在大隊辦的石灰廠上班，也是大隊幹部的親戚；還有一戶是半邊戶，男人在湄河紡織廠上班，三戶人家都有固定的收入來源。

看完豐山大隊後，朱書記安排我們在公社食堂吃飯，還沒吃完，就看見門口有三個十來歲的小孩，躲在門外向裡張望，等我們一離席，他們就提著個小桶子迅速竄了上來，各佔一桌，將桌上剩的飯菜倒進桶中，炊事員看見了，走上前去，不容分說，一把奪下一個孩子手中的桶子，把裡面的東西倒在地上，那個孩子蹲在地上嗚嗚哭了起來，其他兩個男孩趕緊提著桶子往門外跑。我本來已經走到門口，見那男孩哭，又返回去問炊事員是怎麼一回事，炊事員氣憤地說：「每回只要一來客人，他們就跑進來，像什麼樣子？」

「他們倒了回去餵豬？」我問道。

「這麼好的東西，他們會捨得餵豬？」炊事員鄙夷地說道：「自己吃還少了。」

「你讓他們倒。」我聽了不禁鼻子一酸，對炊事員說。

炊事員聽了，有些不情願地把桶子還給那個小孩。那兩個跑出去了的小孩，看見讓他們倒，又趕緊跑了進來，手忙腳亂地往桶裡倒著飯菜，有些碗裡還掐有煙蒂和煙灰，他們也一股腦兒倒了進去。

我走出去後，朱書記又折身返了回去，我聽到他在裡面低聲訓斥炊事員：「誰讓他們進來的？」

我不覺嘆息了一聲，老百姓都窮成這樣了，我們還有什麼資格訓斥別人？

朱書記出來後，仍然一臉怒容，我問他：「這些孩子是不是乞丐？」

「乞丐倒不是。」朱書記仍然餘怒未消，「都是附近的野孩子，沒有教養。」

我想跟他說「衣食足則知榮辱」，可是看見他滿臉橫肉的樣子，想想說了他也不懂，話到嘴邊便又止住了。

到幾個公社作了一番調研回來，我感覺改革是順應了多數人的要求，而之所以會有人反對，是因為觸及到了少數人的特權，這些人雖然少，卻掌握著權力。他們反對改革，雖然是從個人的利益出發，卻動輒打著社會主義的大旗，讓人不敢理直氣壯地進行反駁。只是分田到戶已是大勢所趨，幾個人反對也起不到什麼作用了。

三十五、新婚燕爾

我到湄河沒多久，朱麗曾打過一次電話。我拿起電話，喂了一聲，馬上聽到她嬌媚的聲音。

「是懷南嗎？」她在電話裡問。

「找我什麼事？」我問道，聽到聲音我就知道是她。

「沒事就不能打電話啊？」她嬌嗔地說道。

「當然可以。」

「我想請你吃個飯。」她停了一會，說道。

「你不嫌我⋯⋯。」我本想說你不嫌我不行了，可又覺得這麼說未免太刻薄了些，就打住了，改口說道：「這段時間很忙，等我忙過這陣子再說吧。」

過了兩個星期，她又打過一次電話，再次說起吃飯的事情，我再次推說很忙，她大概知道我是借故推托，就沒有再打電話過來了。

與朱麗分手後，我過了一段單身生活。中間也有人要跟我介紹對象，但那時因為和朱麗剛分手，感覺要找到合適的人並不是一件容易的事情，所以都以工作太忙，沒有答應。

有天下午我從鄉鎮檢查工作回來，辦公室劉主任告訴我有個姓張的女同志找我，從東河來的。我聽了心裡一動，未必是玉芳？她找我有什麼事？未必是她想調動工作來找我？心裡這麼猜測著，也沒怎麼放在心上。

大約過了四個多月，省教育廳檢查中學思想政治教育課程落實情況，省廳來了一個副廳長，我只好出面陪同，縣教育局安排了三個點，其中有一個點是縣八中。頭一天檢查了另外兩個點，第二天上午到八中。原來和我一起受審查的魏老師，這時已擔任了八中校長，檢查完畢後，本來是安排回縣裡開一個碰頭會，然後在縣裡吃中飯，但省廳黃廳長接到電話，急著要回省裡處理一件事情，便臨時在八中開了個碰頭會，匆匆總結了一下檢查情況，中飯都沒吃就帶著檢查組直接回省城了。我本來也要跟著一起回縣裡，但魏校長一定要我留下來吃中飯，說我們曾經是難友，難得見一次面。見他這麼說，我不好拒絕，就留了下來。去食堂的路上，意外地碰到玉芳，兩人說了幾句話，又不好多說，只知道她已經調回了八中。吃飯的時候，我問魏校長張玉芳老師什麼時候調回來的，他說這個學期開學前才調回來。我算了一下，正好是她上次去找我的時間。

「她愛人現在哪裡？」我無意中問了一句。

「她離婚了。」

「張老師人挺好的，怎麼要離婚？」我裝作若無其事地問道，心中卻一陣竊喜。

「聽說是在蒙山縣那邊有了相好的，地區劇團要他回來，他都不回來了。」魏校長說。

我哦了一聲。

「你跟張老師怎麼熟悉的？」魏校長問道。

「原來我下放的時候，在一個學校教書。」

「還是老同事，去叫她來一起吃中飯。」魏校長吩咐教導主任劉老師說。

劉老師趕緊起身去叫玉芳，可是不一會他一個人走了回來，說玉芳已經吃了飯。魏校長責怪劉老師說：「你不知道叫她來坐坐？」

劉老師轉身要再去叫，我說：「算了，等下我去看看她。」

吃過飯後，魏校長陪我一起到玉芳房裡看了看，玉芳剛給我們泡了茶，魏校長就借故走開了。房間剩下我們倆人時，我問她：「剛才怎麼不一起去吃飯？」我知道她說吃了肯定是個借口。

「你們那麼多人，而且有領導陪著，我去了算個什麼事？」她說。

「魏校長說你已經離了婚？」

她嗯了一聲，然後告訴我，她愛人在下放期間，因為會跳舞，公社安排他跳了一個《白毛女》參加縣裡的比賽，獲得了第一名，結果被蒙山縣劇團看中，將他調到劇團擔任舞蹈編導。他在劇團裡待了五年，和劇團的一個舞蹈演員好上了，今年年初地區劇團落實政策，他可以調回來，但是那邊不放，而且他自己也不想回來。他回來要求和玉芳離婚時，玉芳本來不想離，都守了這麼多年了，還有孩子，只希望他能夠調回來。可她愛人說那個演員已經懷孕了，如果不和她結婚，她就要告到領導那裡去，到時肯定會弄得他身敗名裂，連工作都保不住。玉芳看他低著個頭，一副可憐巴巴的樣子，就同意和他離了婚。

「真是天賜我也。」我聽她講完，竟激動地站起來，想要抱她一下。

「別。」她趕緊閃了開去，指了指外邊，魏校長隨時有可能從外面進來。

「你單身了，怎麼不來找我？」

「我剛調回八中時去找過你一次，還沒進門就被保衛人員盤問了半天。再說……。」玉芳意味深長地看了我一眼，欲言又止。

「再說什麼？」

「再說，我也不知道你結婚了沒有？」

「我仍然是一個人。」我說。

臨走時，我告訴她我的住址，要她週末來找我，她點頭答應了。我以為星期六她會來，所以下午一直在家等著，還不時到窗口去張望，看她來了沒有，可是一直等到天黑，都沒看見她的影子，心裡便有些煩悶起來，懷疑她說要來是不是隨口說的，或是她對自己並沒有那份感情。我想去八中找她，又礙於自己的身份，一個縣長晚上來找一個普通老師，馬上就會在學校裡面引起轟動，玉芳不是那種喜歡張揚的人。

這樣左想右想，心裡便覺得有些鬱悶，直到很晚才睡，第二天早晨鬧鐘響過之後，因為沒事，又繼續躺在床上睡懶覺。可是剛迷迷糊糊睡了過去，就聽到有人敲門，我以為是政府辦劉主任，平時他有事就直接到宿舍來找我。我趿著拖鞋去開門，打開門後發現竟是玉芳站在門口，她穿著一身淡青色帶小白花的連衣裙，肩上背著一個布包，臉上現出淡淡的微笑，我又驚又喜，趕忙把她讓進屋中，當時就想親她一下，可是，這麼久沒有和她親熱，竟感到有些陌生，伸出去的手又縮了回來。

「我還以為你不會來了。」我說。

「我答應了，肯定就會來。」

「我以為你昨天下午會來。」

「昨天星期六，我要在家裡等佳佳放學。」

「佳佳今天呢？」

「她到同學家玩去了。」

兩個人坐著說了一會話，才漸漸找回以前在一起時的感覺。我拿過她的手，她沒有再躲閃了，而是任我拿著。她的手細長白晰，拿在手裡感覺十分溫潤，我拿著她的手指細細摩挲了一會，又放到口裡用舌頭舔了一下。她要把手抽回去，我卻將她攬了過來。她的身體軟軟的，斜斜地倚在我的懷裡，我低下頭去，在她的臉上輕輕親了起來，就好像多年的夫妻一樣。

我把她抱到床上，竟有一種做夢的感覺，沒想到這個和我朝夕相處且讓我朝思暮想了好多年的女人，終於可以屬於自己了。

我剛要開始解她的衣服，她就坐了起來，說：「我去洗一下。」

她去洗的時候，我吸取上次的教訓，沒有躺在床上胡思亂想，而是拿過一本書來，強迫自己看著，以分散自己的注意力。

玉芳從衛生間出來後，要我也去洗一下，我說早兩天才洗的澡。

「洗了之後，乾淨些，去洗洗。」玉芳推著我的身子說。

「好，洗洗。」我頗有些不情願地從床上爬起來，進到衛生間草草洗了一下。

「就洗了？」我出來時，玉芳問。

「沖了一下。」

「不講衛生。」玉芳說。

「小資產階級的生活情調，這麼多年都沒有把你改造好。」我嘲諷道。

「你們原來一直都不洗？」

「水娥說勞動人民沒有這麼多講究。」

玉芳聽了噗哧一笑，說：「這和勞動人民有什麼關係？勞動人民就不要生兒育女了？」

玉芳洗過之後，還在身上灑了點香水，我鑽到被子中，聞到一股清淡的薄荷香，十分誘人。

了。

我在她的乳頭上親了一陣，然後又用手輕輕揉著她的乳房，她的乳房柔軟小巧，一個巴掌就握住

「我的是不是太小了？」她有些不自信地問我。

「不大不小。」我安慰她說。

「原來你那個是不是很大？」

「嗯。」

「抓著是不是很舒服？」

「我很少抓。」

「騙人。」她不相信我的話。

「她一直認為乳房太大是一種負擔，每天都用布捆著。」

玉芳聽到這件事，竟咯咯笑了起來。

我在她身上親了好一陣，可下面仍沒什麼反應，和朱麗的幾次失敗後，我懷疑自己是不是成了陽萎患者。果然，當玉芳示意我進去時，那東西習慣性地軟了下來。

「怎麼了？」玉芳見我弄了半天進不去，關心地問。

「不知怎麼回事，不行了。」我有些尷尬地說。

「你原來不是這樣的。」

「又過去幾年了，老了。」我自嘲道，我沒有跟她講和朱麗之間的事情。

她耐心地幫我揉捏著，那東西竟慢慢活了起來。

當我徐徐進入到她身體裡面時，渾身都有一種舒泰的感覺。雖然玉芳沒有朱麗漂亮，沒有朱麗性感迷人，但她給我的快樂不僅是身體上的，更讓人內心深處得到一種難以言說的滿足感。

和玉芳好上後，我到她學校去過幾回。學校新調來了幾個老師，其中一個三十多歲的男老師，

對玉芳顯得特別殷勤，我有次去的時候，他跑到玉芳宿舍，告訴她學校禮堂晚上放電影，問她去不去看。他不認識我，疑惑地看了我一眼，問玉芳：「這位是？」

「楚老師，我們原來的同事。」玉芳說，她沒有說我是楚縣長。

「這位是郭老師。」玉芳介紹道。

「楚老師，幸會。」郭老師伸出手來跟我握手，我勉強伸出手來跟他握了握，看他跟玉芳那麼隨便的樣子，心裡很有些不高興。

郭老師走後，我問玉芳這人是誰，她說是新來的老師。

「他挺關心你的。」我口氣酸酸的說：「今天我不來，說不定你們就一起看電影去了。」

「學校總共才幾十個老師，有什麼事不都相互告訴一聲？」玉芳笑道：「你別多心了，我是什麼人，你還不知道？」

我想想也是，玉芳一向把自己看得很緊，我們相處了五年多，跟她握一下手的機會都沒有。

這年年底，我和玉芳就把婚事辦了。我和她都不是那種喜歡張揚的人，所以婚禮辦得十分簡單，只請了兩家的親戚，在家裡辦了兩桌酒席。魏校長因為玉芳請了婚假，知道我們結婚的時間，所以不請自來，在酒席上還成了我和玉芳之間的證婚人。結婚那天，玉芳還是特意打扮了一番，上面穿著一件暗紅色西裝，下面穿一條黑呢裙，頭上插著兩片銀色蝴蝶簪，雖然已經三十多歲了，但腰身仍然保持得很好，穿著這身服裝更顯楚楚動人。

晚上當客人都告辭後，我把房間裡的火爐重新換了一次煤，外面雖然是數九寒天，北風呼嘯，但房間內卻十分溫暖。玉芳把客廳收拾了一下後，進到房間裡來，脫掉紅色西裝，裡面穿著件棕色的緊身毛衣，兩個乳峰透過毛衣高高地向前凸起。

「坐過來。」我拿過她的手說，她順勢坐到我的腿上。

我的手不自覺地伸到她的毛衣中，隔著內衣在她的胸前揉捏起來。玉芳晚上喝了點酒，臉色本來就紅紅的，被我一捏，身體更加變得有些發燙，喉嚨裡還哦哦地呻吟了幾聲。

「去洗一下。」看著她動情的樣子，我暗示她道。自從她要求我做那事之前去洗一下之後，「去洗一下」便成了我和她之間的暗語。

「你也變得小資起來了。」玉芳紅著臉笑道。

「這叫近朱者赤。」我鬆開她的身體說。

她去洗過後，換了一身睡衣，我拉開被子，讓她躺了進來。

「真要感謝你的前夫。」我慢慢解開她的睡衣，聞著她身上的香味說。

「為什麼？」

「把這麼好的一個女人留給我。」

「我有什麼好？」

「在我看來什麼都好。長得好、皮膚好、性格好，而且會享受生活。」

「在他眼裡，或許一錢不值。」

「那倒未必。」

「不然，他還要去勾搭別的女人？」玉芳說到這件事時，仍然耿耿於懷，言語中頗為不滿。

「我倒是能夠理解他，一個人在失意的時候，總要有一種精神寄托，尤其是來自異性的精神寄托，不然，他很容易在精神上發生崩潰。我幸虧遇見了你，不然，我真不知道自己會變成一個什麼樣子。」我腦子裡想起和菊香同在一棟房子裡赤身換衣服的情景，如果我還在鄉下多待幾年，說不定總有一天會控制不住自己。

「他不像你。」玉芳說。

「人都是一樣的。」我說，她自然不知道我是怎樣度過那些日子的。

她默然了半晌。

「當初你要是知道他在那邊有相好的，或許你就不會那麼堅持了。」我笑道。

「還說呢，幸虧我堅持，不然會是什麼後果，想都不敢想。」

「還是你理智得好。」我誇獎道，身子不覺便伏到了她的上面。

三十六、工業興縣

一九八三年年底，張書記調到省政協任副主席，在他離開湄陽之前，原想把我調到武山縣任縣委書記，因為武山經濟基礎較好，在武山任書記，提拔的機會比較大。但我考慮了一下，說還是留在湄河吧，我熟悉湄河的一草一木，也知道要怎樣才能把湄河的經濟搞上去。張書記最後聽從了我的意見，讓我擔任了湄河縣委書記。

雖然多年來，我一直希望得到這個職位，但地委組織部的任命書下來後，我竟然沒有一點欣喜的感覺，反倒感到一種無形的壓力。湄河是個窮縣，屬於落後地區，經過這些年的折騰，很多地方的發展還停留在解放初期的水平。而現在湄河能不能得到發展，發展得好與壞，全部責任就落在你一個人的肩上了，再沒有任何可以推卸的理由，因為你是湄河的書記，是一把手。可是我也感覺到自己手中握著一種無形的權力，在這個地方，你可以利用權力決定很多事情，也可以決定很多人的前途和命運。我當書記時已經五十五歲了，顯然留給我的時間不多了，我總得在這一任上，為湄河的百姓做點什麼。

張書記調走不久，湄陽地區與湄陽市合併，董漢軍擔任了合併後的首任湄陽市長，在他的極力推薦下，安排了市政府副秘書長武振亞到湄河縣擔任縣長一職。武振亞即是原來武省長的兒子，四十出

頭，跟他父親一樣，個頭高、塊頭大，甚至在性格上也跟他父親很相像，話語不多，不苟言笑。武省長雖然已經退下來了，但影響還在，董漢軍這樣安排，顯然是報答武省長對他的知遇之恩。好在武縣長並非花花公子，頗具實幹精神，上任伊始，就想著如何幹出一番成績來，所以他來不久，我跟他在工作上倒沒出現什麼大的矛盾。

在我擔任湄河縣長時，就曾擬定過一個「工業興縣」的計劃，只是因為崔安陽在這裡當書記時，認為湄河是個農業大縣，要以發展農業為重點，所以當我在常委會上提出這個計劃時，幾乎沒有一個常委表態支持。現在，我接任書記了，再次在常委會上提出了這個計劃，我以為還會遭到多數人的反對，但出乎意料的是，幾乎全是一片贊成之聲，都認為工業才是湄河發展的重點。紀委書記邱石榮原來反對得最為厲害，現在轉變得也最快，我的話音未落，他就第一個表態贊成，說：「我們早就要重點發展工業了，農業是什麼?是第一產業，是最原始的產業，搞來搞去還是搓泥巴坨。」他的這個形象的比喻，說得大家都笑了起來。

為了重點扶持幾家縣屬企業，縣政府從本來十分緊張的財政收入中，拿出三百萬元作為幫扶資金，無償投到三家最大的企業，一家湄河紡織廠，一家湄河機械廠，一家湄河食品加工廠，又從銀行幫助貸款了三百萬元，支持這幾家企業擴大生產規模。其中投入最多的又是湄河紡織廠，佔了所有投入的百分之五十。

讓譚凱擔任湄河紡織廠的廠長，一直是件讓我感到十分得意的事情。

湄河紡織廠，到八十年代初期已經發展到八百多名職工，在全縣的工業企業中居於龍頭地位。因為受文革的影響，七十年代內鬥得厲害，生產一直不順利，停停打打，時斷時續，到七十年代末，生產才逐步走上正軌。但因為是家老企業，退休職工多，企業負擔重，效益一直沒能搞上去，幾年之內換了幾任廠長，都沒有能夠扭轉虧損的局面。我剛擔任縣委書記時，組織部門又準備更換廠長，我問方部長有合適的人選沒有，方部長想了想，搖了搖頭，說一時還沒找到合適的。我也曾想過讓仲甫出來當這個廠長，可是考慮到仲甫年紀大了，文革期間，又被免去了副廠長的職務，長期不接觸廠裡的生產經營，對廠裡的情況未必很熟悉。

「在選人任人上，我們不如放開思路，如果沒有找到合適的人選，就讓群眾來選，看群眾心裡有合適的人選沒有。」我想了想說。

「可是按組織程序，必須先確定候選人。」方部長說。方部長叫方成，年紀跟我差不多，工作很踏實，勤勤懇懇，一絲不苟，對全縣幹部的情況非常熟悉，在班子中跟我也合得來，但因為長期在組織部門工作，形成了一套固定的工作模式，習慣了按部就班地任命幹部。

「我們不妨大膽進行一些新的嘗試。」我提議道。

「到時如果控制不住局面，怎麼辦？」他有些擔心地說。

「也就是一個紡織廠，怕什麼？」我說：「我看就可以搞公開招聘。」

方部長見我堅持要公開招聘，便沒說話了。不久，他就根據我的意見拿出了一個公開招聘方案，廠長人選向全社會公開招聘，不論年齡，不論資歷，不論學歷，只要有企業管理經驗者均可報名。消息傳開後，湄河紡織廠頓時像炸開了鍋，廠內廠外議論紛紛，一時傳得沸沸揚揚，有的說搞什麼公開招聘，無非做做樣子，縣委書記心中早就有人了；有的說是楚書記想讓自己的兒子來當廠長，當時永新在湄河紡織廠織布車間當班長。方部長聽到這些議論，很擔心，有次含含糊糊地跟我說了些，我說：「隨他們去說吧，等結果出來了，大家自然就無話可說了。」

永新也有意要參加競聘，來問過我的意見，我一口就回絕了他，要他別去湊這個熱鬧。永新不服，說他有這個權利，我本想說你去競了，也是白競，但想想這樣說得太直了，他可能受不了，就委婉地說你現在資歷還不夠，等以後有機會再說。永新這才打消了參加競聘的念頭。

報名參加競聘的共有八個人，通過公開演講、群眾投票、評委測評，最後根據得分多少，確定了三名候選人，譚凱便是其中的一個，總得分排名第二，群眾投票排名第一。

譚凱參加競聘時，還不到三十歲。當時是湄河紡織廠銷售科副科長，我跟他有過一面之緣。那次我去紡織廠調研，到了產品陳列室，廠裡安排譚凱介紹陳列室的產品和銷售情況，譚凱剃著個平頭，濃眉大眼，穿著件藍色中山裝，上衣口袋插著兩支鋼筆，顯得很有朝氣。當時他的一個觀點讓我印象非常深刻，他說紡織廠的一些產品還是幾十年前的老式樣，市場上早就淘汰了，我們卻還在生產，所以銷路越來越窄。而市場上走俏的產品，我們卻又生產不出來，現在的主要問題是如何針對市場開發新的產品。我看著眼前這個剃著平頭的年輕人，感覺他很有頭腦，便問他：「你在哪個部門工作？」

「銷售科。」他說。

「銷售科副科長。」陪同的齊廠長介紹說：「非常能幹的年輕人，廠裡的銷售額，他一個人完成了三分之一。」

齊廠長這麼介紹，更加讓我對這小伙子刮目相看。

在最後確定廠長人選的會上，幾個常委都主張按得分排名來定人，排名第一的是現任副廠長袁建明，如果按他們的意見，這個廠長就非袁建明莫屬了。可是袁建明已經五十多歲，幹不了幾年就要退休了，而且他當了多年的副廠長，也沒幹出什麼特別突出的成績來。如果讓他來當這個廠長，紡織廠只會繼續按老模式運作下去，同樣不會有什麼改變。他們反對譚凱的理由有兩點，一是他太年輕，不到三十歲，把一個八百多人的大廠交給他管理，不放心。二是資歷不夠，現在的職務還只是銷售科副科長，連科長都沒有當過，缺少管理經驗。

好在事先我和方部長通了氣，要他在會上力挺譚凱，所以方部長發言時，講了譚凱的幾點優勢，一是年輕有闖勁，富有開拓精神；二是熟悉市場，知道按市場需求來組織生產，而盲目生產是目前紡織廠存在的主要問題；三是群眾信得過，雖然只是個副科長，但群眾投票排在第一。

最後我表態的時候，著重講了既然是公開招聘，就要不拘一格選拔人才，如果還是按部就班，講資歷、講年齡，我們就沒有必要這麼興師動眾搞招聘。袁廠長當然也不錯，但我們按過去的方式任命了幾任廠長，都沒有改變紡織廠的面貌，說明我們在任人上總存在這樣那樣的問題。這次有年輕人能夠站出來，而且能夠得到群眾的擁護，說明他的能力已經得到大家的認可，我們要相信群眾的眼光。

大家見我表了態，也就不說什麼了。

有人提出袁建明的安排問題，說他是個老同志了，這次得分又靠前，是不是也要安排一下。方部長提出廠長書記分設，讓譚凱擔任廠長，袁建明擔任黨支部書記。我當時沒細想，就同意了。

但讓一個不到三十歲的年輕人擔任一個八百多人大廠的廠長，這在湄河歷史上還沒有先例，不僅在湄河縣造成了很大的震動，甚至引起了湄陽市委的關注。在人選還沒有確定前，董市長的秘書小王還打電話過來，說董市長很關心這個事情，希望我們謹慎從事。當時接到這個電話，無形中便感到一種壓力，一般人的議論，我完全可以置之不理，但市長的意見，你卻不得不認真考慮。如果這個人選對了還好，對市委也有一個交待，萬一選的這個人不能勝任廠長一職，把企業搞得一塌糊塗，這個事情不僅會成為大家議論的焦點，而且會成為我的一個過失。

我因為有些擔憂，所以在譚凱上任之前，決定找他談一次。他進到我的辦公室，叫了聲楚書記，顯得很親熱，然後主動給我倒水。

「方部長找你談過話了沒有？」我端過茶杯，叫他坐下來，問他道。

「談過了。」他坐到我的對面，身子微微向前傾著，說話顯得很有禮貌。

「這次讓你來當廠長，我們還是擔了擔子的。」

「我知道、我知道。沒有楚書記支持，我肯定當不了廠長。」

「上任以後，一個是要盡快恢復生產，二個是要爭取在一年之內扭虧為盈。你有沒有這個信心？」我問他。

「楚書記，您放心，沒有信心，我就不會站出來。既然接了這個標，就是剮一身肉，我也要完成您交代的任務，首先保證兩個月內恢復生產。」他滿懷信心地看著我說，一點也沒有畏怯的意思。

看他信心滿滿的樣子，我也就放下了心，心想這個年輕人畢竟在銷售部門摸爬滾打了那麼多年，對市場非常熟悉，而且又那麼自信，心裡應該還是有底的。

但是，事情遠不如他保證的那麼順利，隨後幾個月，紡織廠的生產形勢仍然不如人意，仍有部分車間停在那裡，沒有恢復生產。元旦之前，我到省裡開會，譚凱竟連夜跑到我開會的地方，晚上十點多鐘找到我房間，進門時現出一臉焦急的神情。

「什麼事，這麼急？」我問他。

「幾個事情要跟您彙報。」他看上去瘦了很多，也黑了很多。

「別急，你慢慢說。」

「一是要跟您彙報一下流動資金的事。」他仍然穿著一身藍色中山裝，口袋裡掛著兩支鋼筆，只是衣服顯得有些大了。

「流動資金怎麼了？」

「現在恢復生產，最主要的問題是流動資金不足。從去年下半年開始，原材料緊俏，進貨都要現金結算。但紡織廠這幾年虧損嚴重，帳上根本沒錢，還欠了銀行貸款五百多萬，銀行不肯再放貸了。我們只好自己想辦法，東拼西湊，把自己的積蓄都拿出來，但也只湊了幾十萬元，至少還有四百萬元的缺口。」

「跟幾家銀行都接觸了？」

「都跑了好多次，全部吃了閉門羹。」說完他嘆了一口氣，一副失落的樣子。

「這確實是個問題。」我說。

「看能不能請楚書記出面協調一下。」

「等我回去後，跟他們說說，如果銀行貸不到款的話，我跟武縣長商量一下，看能不能在財政上想點辦法。」我安慰他說。譚凱是我一手扶植起來的幹部，我不能看著他就這麼一蹶不振。

「還有一個事，內部的事，也想跟您說說。」他猶疑了一下說。

「內部什麼事？」

「就是我和袁建明之間的事。當時縣委決定讓我當廠長，他當書記，袁建明心裡是有想法的，他認為資格比我老，得分比我高，廠長應該由他來當。所以這幾個月，他對我的工作，基本上是採取不合作的態度，這次我提議幹部帶頭集資，他卻在背地裡跟一些人說，廠裡效益不好，到時能不能返本還是個問題，弄得一些人顧慮重重，甚至抵制集資。他年紀比我長了二十多歲，我又不好當面批評他，長期這麼下去，工廠肯定會搞不好，看能不能夠把袁建明調開。」

其實我早應該料到會出現這個局面，且不說袁建明資格老、得分高，就算是兩個條件差不多的人，也很可能會出現這種互不賣帳的局面。幾乎所有書記廠長分設的單位，都存在相同的問題，因為每個人都希望自己成為權力的中心，實踐證明這種體制是極其不科學的。一個單位只能有一個一把手，只能一個人說了算。可是，當時為了照顧袁建明的情緒，讓他擔任了支部書記，現在看起來是一個很不明智的決定。

「這個事情，等我回去後再商量。」我說。

散會後，我跟方部長商量紡織廠班子的調整問題，他建議把袁建明調到機械廠當書記。雖然同樣是任書記，但他到一個新單位後，人員不熟，形成不了勢力，再過幾年就退休了。我覺得這個建議好，便同意了。

另外，我馬上找了四家銀行的行長，一一跟他們說了紡織廠貸款的事，其它幾家銀行都含糊其詞，只有農業銀行答應放貸。我把這個消息告訴譚凱時，他在電話中一下子變得興奮起來，高興地說：「楚書記，您真是幫了紡織廠的大忙。」

紡織廠出現轉機是半年以後的事情了。當初貸款購進的那批原材料，沒想到半年以後，價格翻了一倍多，單是這一筆就賺了幾百萬。全面恢復生產後，他們推出的幾款新型布料得到市場的歡迎，銷售形勢十分喜人，一天可賣幾十噸，每天在廠門口等著裝貨的卡車竟然絡繹不絕。在年中結算時，譚凱打電話告訴我，說紡織廠終於扭轉了虧損局面，開始盈利了。他說話時興奮得像個小孩，我聽到這個消息不覺長噓了一口氣，當初壓在心坎上的那種無形壓力，一下子全消釋了。

「你小子好樣的。」我在電話裡情不自禁地誇獎道。

紡織廠不僅當年實現扭虧增盈的目標，而且第二年出現了更大幅度的增長。他們投資一千多萬元，引進了一套義大利先進的紡織設備，生產全部實現了自動化。新設備投產那天，譚凱特意請我去剪彩，那天他穿著一件嶄新的毛料中山裝，口袋上仍然掛著兩支鋼筆，看上去意氣奮發、精神抖擻，汽車剛在廠門口停下來，他就快步走過來跟我打開車門，然後領著我到廠區內走了一圈。廠門口貼著一副新對聯：「時泰年豐四季霓裳添異彩，河清海晏九州風物換新顏。」

「這對聯寫得不錯。」我誇獎道。

「是譚廠長的書法。」旁邊一個人說。

「你小子還有兩下啊！」我沒想到譚凱還寫得一手好字。

「小時候練過，好久沒寫了。」譚凱謙虛道。

走進新車間，眼前不覺一亮，一臺臺嶄新錚亮的紡織機井然有序，車間內一塵不染，員工都穿著乾淨整齊的白色工作服，與過去那種髒亂的老式車間相比，簡直有天壤之別。

「這才是現代化的新型企業。」走出車間，我由衷地讚嘆道。

「這還是第一步，明年我準備再引進一條生產線，將產量再翻一番。」

「那好哇，把紡織廠辦成全省，乃至全國都有影響的企業。」我忽然想起仲甫當年的目標，便對譚凱提了出來。

「全國不好講，但在省內同行業中，我們已經遙遙領先。」譚凱不無得意地說，他一掃一年前那種疲憊憔悴的神態，又重新變得自信，甚至有些自負起來。

從紡織廠這兩年的變化中，我深切地感受到國有企業不是沒有出路，而是我們沒有找到問題的關鍵。問題的關鍵在於人，用對了人，企業便能扭轉局面，乘勢而上；用錯了人，再好的企業不要幾年時間就會變得一塌糊塗。我們只是用對了一個譚凱，紡織廠便在不到兩年的時間裡，完全變了一個樣，不僅恢復了生產，佔領了市場，推出了新產品，還改造了設備，擴大了規模，實現了盈利。我那時相信國有企業仍然具有強大的生命力。

參觀完車間後，譚凱要留我吃中飯，我因為有個接待，便提前走了。臨走前，他拿了一個小手提包給我，說是紀念品，我也沒多想就接了過來。晚上回到家中，把包給了玉芳，不一會，玉芳驚慌地從房裡出來，手裡拿著那個包說：「裡面有兩萬元錢。」

我聽了不覺一驚道：「他怎麼放了兩萬元錢在裡面？」

「誰啊？」玉芳問。

「譚凱。」

「這錢怎麼辦？」

「明天我去退給他。」我說。

話雖這麼說，但第二天我把錢帶到辦公室時，心裡卻有些猶豫。兩萬元也不是個小數目了，抵得我幾年的工資。譚凱是我一手栽培起來的幹部，收他兩萬元似乎也不為過。況且他也屬於那種很可靠的幹部，不會到處去亂說，更不可能出賣我。這樣一想，就把兩萬元錢用一個文件袋盛著，放到辦公室的抽屜裡，平時抽屜我都是不上鎖的，為了保險起見，又叫行政科的周科長跟我配了一把鎖。錢暫時放到我這裡，玉芳就不告訴她了，等有急用時再拿給她。

可是，晚上回到家裡，想起那個裝錢的文件袋，卻翻來覆去地睡不著，一是擔心被他人發現了怎麼辦？辦公室裡放兩萬元錢肯定來路不正，二是擔心如果被賊偷了，自己也不敢聲張。這些或許都不足為慮，最主要的卻是不斷地拷問自己，當初正是因為不滿國民黨的腐敗，才憤而投身革命，卻不料在自己的晚年，行將退休的時候，卻也成了個腐敗分子！我缺這兩萬元錢嗎？不缺。日常生活，我和玉芳兩個人的工資完全夠了，再加上自己擔任書記一職，很多開支包括汽車、外出考察、接待客人，乃至購買一些日常用品，這些費用都是公家出了，即便是生老病死，都有單位做主，自己要那麼多錢做什麼呢？無非在自己的臉上貼上了一個貪字。自己居然也站到了貪官的隊伍中去了！我不由得為自己的貪念感到羞愧！別人不知道，我自己卻是時時刻刻也忘不了的。楚懷南，楚懷南，你也並不是那麼一身正氣，清正廉潔！

玉芳見我輾轉難眠，問我什麼事，我含含糊糊地說沒事。

「那錢退了沒有？」她睡下後，又抬起身子來問。

「還沒有。」

「老楚，你可別一時糊塗，我們不缺錢用。」玉芳告誡說。

「我知道，明天就去退給他。」見玉芳這麼說，我更加堅定了退給他的決心，絕不能因為兩萬元錢而損了我一生的清白。

雖然我把錢退給了譚凱，但並沒有因此對他懷有成見，仍然覺得他是個難得的管理人才，在全縣幾十個廠長經理中，他的能力和業績都遠在他人之上，綜合素質也是最全面的，能說會寫、思路清晰、事業心強。為了樹立譚凱這個典型，我安排宣傳部門好好總結了一份材料，除了在本縣進行大力推廣之外，還邀請了省、市級報紙、電臺和電視臺進行大力宣傳。一時間譚凱成了湄陽市的明星企業家，各種各樣的榮譽紛至沓來，勞動模範、先進企業家、十大傑出青年。每次給他頒發這樣的獎狀時，我的心裡便感到一種由衷的高興，彷佛是自己獲得了這些表彰一樣。

三十七、電視主播

湄河縣成立了電視臺。

在考察臺長人選時，組織部方部長提出了一個由郭曼玲出任廣電局局長兼臺長的方案。

聽到郭曼玲這個名字時，我只覺得有些耳熟，但一時想不起來是誰。方部長介紹了她的簡歷，曾擔任過桑木鄉副鄉長，現任縣文化局副局長，在全國很多報刊上發表了不少作品。他說到桑木鄉時，我才猛然想了起來，她不就是當年那個舉起石頭砸向永玉病腳的女孩？

方部長問我的意見，我沉默了很久，沒有表態。方部長見我不說話，問我是不是有合適的人選，我說沒有。他又問我是不是熟悉郭曼玲，我搖了搖頭，說：「不熟。」

方部長似乎明白我的意思，就說：「我們再考慮一下其他人選。」

我之所以不同意提拔她，並不完全是因為她的那一磚頭，而是覺得一個對所謂的「敵人」懷著刻骨仇恨的人，對自己的人民也難以有關愛和友善的感情，愛與恨並不僅僅是一種感情，也是一種價值取向，一個內心充滿仇恨的人，即便是情同手足的朋友，頃刻之間即可因為一件微不足道的小事而反目成仇；而一個具有仁愛之心的人，即便受到傷害，也能寬容地對待傷害過他的人。

不知郭曼玲怎麼知道了這個消息，沒過多久，她居然打電話給我，說要跟我彙報一下思想。我不想和她見面，但她執意要來，我只好跟她約了個時間。

剛進來時她說話還落落大方，可是一坐到我的對面，就變得嗲聲嗲氣起來。她還只有三十多歲，看上去頗有些姿色，如果不是當年我看到了她殘忍的那一幕，作為一個男人，對她的這種撒嬌似的語氣，多半會感到很受用。但現在她這種說話的語氣，只是讓我感到很厭惡。

她帶來了這些年她所發表的一些作品，這些作品發表的檔次都很高，有全國性的大報、省報、著

名的文學刊物。

她見我無動無衷，又解釋道：「在這些刊物上發表一篇文章很不容易。」

我看了她一眼，心裡頗不以為然，這麼多年裡，我們出版了那麼多的文學作品，真正有幾部能感人肺腑？真正有幾部具有留傳下來的價值？我們一直都是在騙人，騙自己、騙他人、騙歷史。

我擔心自己的偏見會影響到對於一個人的任命，或許她真是個才華出眾的女子也未可知，便把她留下來的那些文章稍稍讀了一遍。這些文章雖然發表的檔次都很高，但幾乎都是一個論調，任何一個時期，她都是歌頌家鄉發生了翻天覆地的變化，文章中的主人公，無論經歷何種事情，時時刻刻都保持著一種昂揚向上的精神狀態。我不知道她是怎樣發現了這些變化，在我這個縣委書記的眼中，湄河這幾十年的變化實在太少、太慢，很多地方的老百姓仍然過著一種非常貧困的生活。況且這幾十年，那麼多人受到運動的衝擊，被打成各種黑五類分子，人的情緒肯定是一個複雜多變的過程，難道所有的人在這種不公平的命運面前，都仍能保持一種奮發向上的精神面貌？這顯然是一種虛假的粉飾。這種虛假的粉飾，唯一的用處就是可以麻痺當權者的認知能力，讚歌唱得越多，當權者的認知能力就越差，而貧窮落後的面貌就越是難以得到改變。文學應該真實地反映現實，真實地反映人的喜怒哀樂，一味地唱讚歌，一味地迎合少數人的胃口，就不應該叫文學，而要改叫政治學。她所謂的才華，不過是做了那個時代的應聲蟲罷了。

她走後，我突然想到要把她調離文化局，調到政協去任個閒職，但後來想也不能完全怪她，這些年文化本來就變成了一種附庸，即便是那些所謂的大家，不也都是在寫一些這樣的東西？批判的、有主見的、有獨立思考的東西，不僅找不到發表的地方，甚至還可能招來殺身之禍，誰還會去寫這些有害無益的東西呢？況且，她不過是一個縣文化局的副局長，撤了她，也改變不了當下的文化現狀。

方部長跟我介紹考察情況時，說群眾對她的反映很好。我不相信這樣一個人，群眾的反映會很好，後來找文化局關局長來談了一次，要他跟我說實話，關局長沉吟了半晌，才吐出了實情。他說大家都巴不得她早些調走，所以都講她好。我聽了真是哭笑不得。

方部長第二次推薦的人選叫吳志初。吳志初原是縣團委副書記，三十多歲，個頭不高，胖胖呼呼的，方部長說到他時，我立即記了起來，去年開團代會時，見過他一面，看上去很機靈的一個年輕人，一雙小眼睛，看人的時候總是瞇瞇笑，善於察顏觀色，那天開會的時候，天氣有些反常，突然熱了起來，他見我額頭出了些汗，趕緊遞了一疊餐巾紙過來。所以我對他的第一印象還是挺好的。

方部長跟我彙報了還沒有兩天，我就接到吳志初的電話，說要跟我彙報思想，我聽了一笑，心想這家伙消息還挺靈通的。我正好想跟他談談，就叫他過來。

他一進來就滿臉堆笑，大聲喊著書記，一點也沒有其他幹部見到我時的那種拘謹。

「你要跟我彙報什麼？」看他那麼放鬆，我說話也就很隨便。

「好多事情要跟書記彙報。」

「揀最主要的說吧，我等下還有個會。」

「書記真是爽快，那我就直說。今天主要是想跟書記彙報工作崗位的事，聽說縣裡要辦電視臺，我想調到電視臺去工作。」

「你原來沒幹過新聞。」我說。

「雖然沒幹過，但我還是有些想法。」

「那你說說你的想法。」

他說了大約有半個來小時，對如何辦好電視臺，如何宣傳縣委政府的政策，如何舉辦大型活動，如何活躍湄河縣的文化娛樂生活，談了很多想法。看樣子，他是做了一番專門研究來的。

最後，他說：「我是書記用的幹部，在工作上，尤其在大是大非面前，我一定會講政治。」

我知道他這句話裡的意思，當時縣裡有些傳言，認為我是張書記的人，而武縣長是董市長的人，張書記任湄陽地委書記時，和當時任副書記的董市長有些不和，我和武縣長肯定也會有矛盾。武縣長在工作中有時也確實仗著和董市長關係好，有些事情做了也不和我通通氣，好在我不跟他計較，就隨他去了。如果事事都較真，不僅會給人留下一個不團結的印象，而且會嚴重損害到湄河的經濟發展。

雖然我對於吳志初的過於機靈，並不很欣賞，但看他講的這些想法，覺得他還是個有頭腦、能做事的人，而且他在團委這幾年組織的一些活動，反映都不錯，他最後的這句表態，雖然過於直接了些，但我聽著卻很舒服，便打定主意讓他到電視臺任臺長。

吳志初到電視臺不久，就按照他所說的，舉辦了一場播音員大賽。這在湄河縣可說是一場盛況空前的文化活動，電視臺只招兩名播音員，報名的卻有四百多人，還吸引了不少外縣、外市的人來報名。比賽安排在湄河劇院。從初賽、複賽到決賽，場場爆滿，可見它引起了全縣觀眾的廣泛關注。

經過層層篩選，最後留下了五名候選人。其中有個女孩子叫周茜，大學剛畢業，就報名參加了比賽。進入複賽後，她的叔叔找到我，要請我吃飯。她叔叔在湄陽市經委任副主任，文革前和我是老同事，關係還不錯。我本來是不想去吃這餐飯的，委婉拒絕了幾次，但周主任不依不撓，說不去就是看不起他這個老朋友。話說到這個份上，我只好答應去。

吃飯安排在湄陽市建設賓館，我本想打個電話叫吳志初一起參加，但轉念一想，叫他來，無形中便給了他一種壓力，萬一女孩的條件不理想，就不好辦了，還是自己先去看看再說。

我進去的時候，周茜和她叔叔已經到了，看見我趕緊站起身來。她是那種一看就非常惹人注目的女孩子，高挑的個頭、白晰的皮膚，雖然還帶著些學生的靦腆，但一雙眼睛又大又圓、活靈活現，尤其當這雙眼睛望著你時，彷佛會說話似的常常帶著一種笑意，一種嫵媚。普通話雖然說得不如北方人那麼字正腔圓，但在南方也算是非常標準的了。

「小周的形象很不錯。」我跟她握手時，讚揚道。

「謝謝楚叔叔。」她嫵媚地一笑。

吃飯時，周主任不時叫她起身敬酒，說：「茜茜，你能不能當播音員，關鍵就看楚書記一句話了。」

「我哪有這個權力，關鍵還是看周茜自己的表現。」

「這個我懂，但入圍之後，書記就有決定權了。」周主任說。

周茜端著酒杯走了過來，然後又給我滿上酒，跟我碰了一下後，便一飲而盡，看樣子她是非常希望能當上這個播音員。

「能幫得上忙，我會盡力。」我喝過酒後，對周茜說：「但比賽是公開的，首先要在比賽中取得好名次。不過，以你的條件，我相信還是能夠取得好名次的。」我想今天吃了這餐飯，還是要表個態，不然周主任心裡就會覺得我不夠朋友，以後工作中也會處處為難設阻，周主任在經委分管工交線，縣裡的很多企業還要請他多關照。

沒想到，周茜進入了最後的決賽。她的叔叔又一再給我打電話，要繼續約我出來吃飯，我說飯就不吃了，我也忙，電視臺那邊我會跟他們打招呼，在條件相同的情況下優先考慮。

話雖這麼說，但之前我並沒有跟吳志初打招呼，因為電視臺的播音員，關係到一個地方的形象，而且，每場比賽都通過電視臺公開播出，誰好誰不好，大家都一目了然，如果周茜不是最優秀的，我不能因為吃了一餐飯就去觸犯眾怒。雖然我們不能挑選到全國最好的播音員，但在現有的候選人中選出最合適的，才能給全縣觀眾一個交代。我雖然沒打招呼，但吳志初在最後確定人選時，仍然來跟我彙報了一次，我把這個意見跟他說了，要選就選最合適的。

「男播音員沒有一點問題。」吳志初說：「只有一個最合適的人選，女播音員就有些定奪不下，我們開了幾次會，意見都不統一，會要請書記拍板。」

「這是你們的事，我只是個普通觀眾。」我知道他是想把問題推到我這裡，我表了態之後，他也好回去說服其他人。

「有兩個人都不錯，一個叫周茜，形象很好，就是普通話稍差一點。還有一個肖蓉，普通話非常

純正，但形象稍差一點。」

「你的意見呢？」

「我覺得肖蓉更合適一點，但班子中也有幾個人支持讓周茜上。」

「我跟你出個主意。」我說。

「書記有什麼好主意？」吳志初問我。

「你們招一次人也不容易，興師動眾，也難得招到這麼多優秀的人才，不如兩個都留下。電視臺以後還要發展，肯定還要不斷補充新鮮血液。」

「書記到底是書記，眼光就是不一樣。」吳志初奉承道。

周茜成了縣電視臺播音員。有次我到臺裡主持召開廣電中心建設協調會，碰到周茜，她叫我楚叔叔，吳志初正好在我身邊，聽她這麼叫我，有些驚訝地看了我一眼，以為我跟她有什麼私人關係。這之後不久，他便接連安排了兩次活動，都叫周茜一起參加。第一次是去釣魚，時間安排在星期天。早晨起來，我告訴玉芳要去釣魚，她有些奇怪地問我，從來沒看你去釣過魚，今天怎麼有這個閒心？我說是縣裡剛剛興辦起來的漁場，我也去體驗體驗。

漁場在竹園鄉，所謂漁場，其實是一個小型水庫，鄉裡為了增加收入，特意將水庫改造了一下，沿著山邊鋪了一條一米來寬的水泥路，每隔幾米做成一個釣魚的臺子。下車後，吳志初拿著漁具，把我安排在第一個臺子上坐了下來，然後叫住周茜，說：「你今天的任務就是陪好書記。」

「會不會影響楚叔叔釣魚？」周茜說。

「有你這條美人魚坐在身邊，魚群會一串串地跟過來。」吳志初說。

「那我拿個簍子，專門幫楚叔叔起魚。」

她果然從壩上拿了個簍子過來，放到旁邊。

水庫的水面十分寬闊，水也十分清澈，挨近岸邊的地方看得見水中的絲絲水草。吳志初跟我準備了一根海竿和一根手竿，我先把海鈎拋到水庫中，然後拿著手竿坐了下來。周茜見我坐下，便也把椅子搬過來，挨著我坐下，然後撐開一把遮陽傘，把傘舉到兩個人的頭上。我馬上聞到一股淡淡的脂粉香，不由側過臉去看了她一眼，她的美麗自然無話可說，一雙丹鳳眼波光流轉，臉形俊俏如同畫出，膚色細嫩宛若凝脂，眉眼間還稍稍化了點淡妝。湖邊很靜，除了我們幾個釣魚的人之外，幾乎再看不到別的人了。現在已是初秋時節，雖然太陽還在雲層中時隱時現，但早已沒有了夏天的那種暴烈之氣，坐在湖邊，不時有絲絲涼風吹過來，讓人有一種心曠神怡之感。我跟周茜不時地聊著一些工作上的事情，她雖然還只二十出頭，但生性活潑大方，又在媒體當播音員，接觸社會的機會也不少，所以聊起天來絲毫不覺費力。大約過了半個時辰，掛在海杆上的鈴子響了起來，我趕緊拉起釣杆，只覺釣線一沉，顯然是釣到了一條大魚，我慢慢將魚拖到岸邊，周茜則拿著簍子去撈，可能是魚太大了，撈了半天沒有撈上來，而且腳下一滑，身體往旁邊倒了下來，我趕緊鬆開釣杆，一把將她拉住，她卻倚在我身上哈哈笑了起來，等我把她扶穩，再去起魚時，卻發現魚已經跑了。

周茜一邊笑，一邊說對不起。我說：「沒事，馬上就會有魚過來。」果然沒過多久，又有一條魚上了鉤，我把魚拖到岸邊後，便讓她來拿著釣杆，我則拿著簍子去撈魚，把魚撈上來後，吳志初跑過來看，嘖嘖稱讚說，哇，書記果然是高手，一下子起了條十斤重的魚。

一直釣到下午才收工，吃過晚飯後，吳志初又提議到湄陽夜總會去看節目，因為釣了一天的魚，我感到有些疲倦，本不想去，但吳志初說去考察一下市裡的娛樂產業，順便放鬆放鬆，聽他這麼一說，我又心動起來，因為那時夜總會剛剛興起，湄陽的幾個夜總會生意十分火爆，在全省都有些名氣，縣裡也有些部門想開夜總會，文化局已經打了報告上來，還沒有研究，所以我一直想到現場去看看。

我們去的夜總會叫歡樂今宵，還沒到門口，遠遠就看見幾個碩大的霓紅燈在夜空中撲朔迷離地閃爍著。門口站著幾個高挑的女孩，穿著一色的紫色旗袍，向進來的客人點頭示意，其中一個女孩引著我們走到左邊靠牆的幾張沙發上。坐下之後，吳志初點了幾瓶啤酒和一些吃的東西。一陣勁歌熱舞之後，節目便開始了。

節目雖然有些粗俗，卻讓人感到很放鬆，主持人也不時插科打諢，說些語意雙關的黃色笑話。每個節目的間隙，都會放一支舞曲，讓看節目的人到舞池中跳舞。吳志初主動撮合我和周茜跳舞，我沒怎麼跳過舞，但周茜跳得很好，幾乎是她帶著我在舞池裡走動。舞池很小，人卻很多，不時會碰到其他的舞伴。音樂是那種軟綿綿的曲調，燈光也十分暗淡，在舞池裡走動的時候，你幾乎看不清旁邊的人是誰。在這樣的氣氛中，的確讓人感到很放鬆，但也讓人暗藏欲望。

在跳一支華爾滋時，剛下舞池不久，燈突然完全黑了下來。之前我聽說過夜總會有跳黑燈舞的時刻，聽到這種事時，我下意識地覺得很反感，覺得這種東西很下流，可是現在沒想到自己也參與到其中來了。我本能地想到自己的身份，不應該跟一個女孩子跳黑燈舞，我想鬆開她的手回到自己座位上去，可是周茜那柔軟身體散發出來的芳香氣息，在黑寂寂的擁抱中，卻使我感到一陣暈眩，手不僅未鬆開，反而將她抱得更緊了。周圍的舞伴大都已經抱在了一起，在我們的身邊轉來轉去，甚至可以聽到滋滋的接吻聲，在這樣一個充滿著肉欲氣息的黑暗之中，任是鋼筋鐵骨都能將你全部熔化掉。她的身體似乎也有意無意地不時貼我一下，我明顯地感覺到兩個人的呼吸都變得急促起來，身體不自覺地產生了反應。當燈光重新亮起來時，我看見周茜臉上微微泛著些紅暈，鼻尖上也浸出了一些汗珠，走到座位上時，她趕緊用餐巾紙擦了一下臉，但臉上的紅暈仍然隱約可見。

那次跳舞，既讓我興奮不已，又讓我心存畏懼，擔心萬一被人告發，就不知要怎樣解釋了，畢竟一個領導幹部，出入這樣的場所總有些說不清楚。雖然心存畏懼，但內心深處卻又期待再次跟周茜見面，只是礙於自己的年齡和身份，不便主動去找她。到冬天的時候，吳志初又安排了一次活動，他來跟我彙報完工作後，說書記忙了一年，是不是去泡泡溫泉。我隨口問了一句，都去些什麼人？他說就臺裡幾個人，把周茜也叫上。聽說周茜去，我便爽快地答應了。

溫泉在鄰縣的一個小鎮上，叫明月鎮。我們去的那天，正刮著北風，氣溫很低，開了三個多小時的車才到達鎮上，除了周茜之外，還有電視臺一個女記者小姚。一行人匆匆吃過晚飯後，便去了泡溫泉的地方。

明月溫泉因為剛剛興起來，來泡溫泉的人不多。我和吳志初換了衣服，進到外面的一個池子中，地面上北風呼嘯，寒意逼人，可是一進到池子中，便倍覺溫暖。不一會周茜和小姚從更衣室裡走出來，穿著泳裝的周茜，身材越發顯得勻稱修長，因為冷，兩個人快步跑到池子中，進到水裡，周茜歡快地叫了一聲：「哇，太舒服了。」

四個人在池子裡躺了一會，吳志初說：「小姚，我們到別的池子中去看看。」

「我也去。」周茜站起身子也要一起去。

「你在這裡陪楚書記。」吳志初說。

周茜便又躺了下來。他們走後，池子裡就剩下我們兩個人。池子周圍的光線很暗，每隔幾個池子才有一盞電燈，電燈的瓦數很小，只發出一點點微弱的光來，似乎有意在營造一種曖昧的氣氛。周茜躺在我身邊，伸出一雙修長纖細的腿，白晃晃地在水波中蕩漾著。這樣一具鮮活誘人的美麗身體就斜躺在你的眼前，一個男人需要有多麼強大的毅力，才可以控制住自己的欲望啊！我幾乎伸手就可以摸到她的腿，或者稍微移過去就可以挨到她的身體。可是我強忍著自己的欲望，只是和她說著一些她感興趣的事情。偶爾兩個人的腿碰到一起，又都漫不經心地移開了。

如果是當年在梨花洲，有一個這樣如花似玉的美貌女子，在這樣的場合和你單獨在一起，你還能像現在這樣保持冷靜嗎？顯然不能。可是在那樣一個環境下，誰會願意為一個五類分子投懷送抱呢？今天則不一樣了，為什麼會不一樣呢？因為你手中掌握著權力！

泡了約有二十來分鐘，周茜提議去找吳志初和小姚，我們找了老半天，才在一個偏僻的池子中找到他們倆，吳志初正在幫小姚按著肩膀，見我們來了，吳志初解釋說：「小姚肩膀疼，幫她按一下。」小姚則紅著臉，不說話。

泡過溫泉後，時間還早，吳志初提議一起吃夜宵，我提出時間不早了，想早些休息，但吳志初說：「書記是今天的主角，你不參加，我們酒都喝得沒有滋味。周茜，你說是不是？」

「楚叔叔不參加，那我們也不吃了。」周茜帶著些撒嬌的口吻說。

雖然我知道他們說的是奉承話，但聽著很舒服，就笑著參加了。

大家找了一個小飯店坐了下來，酒放在車上，吳志初叫司機小張去拿，小張不知什麼原因，弄了半天沒拿來，服務員已上了幾個菜，吳志初見酒還沒來，變得有些不耐煩，徑自起身去了門外，聽到他在外面罵小張：「怎麼搞的，磨磨蹭蹭，半天沒拿來？」

不一會他自己拿著酒走了進來，向我道歉說：「書記，不好意思，讓您久等了。」

「沒什麼，正好和周茜說說話。」我看見小張挨罵後，跟在後面低著頭不做聲。

吳志初剛才還一臉的怒容，見我說沒事，馬上就堆起一副笑臉，打趣說：「還是美女有魅力。」

我笑了笑，沒做聲，不由得佩服他對自己情緒和臉色的控制力。在官場上混的人，大抵都具備這樣的本領，在下屬面前，要保持自己的威嚴，必須時刻板著一副臉；而在領導面前，卻要時時保持一張笑臉，兩者之間還要能隨時轉換。

他們開始敬酒，我說了不能喝，於是吳志初提議，敬酒的必須一乾而盡，而我可以隨意。所以，他們敬酒時都將滿杯喝了下去，我則只是端起杯子輕輕抿一口。

他們三個人喝著喝著，周茜、小姚竟和吳志初鬥起酒來，吳志初喝兩杯，她們一人喝一杯，喝了幾個來回後，周茜明顯地不行了，說話都變得含混不清。我接過周茜的酒杯說：「你們別喝了，我來跟你喝了這杯酒。」可周茜居然不答應，一定要自己喝，又站起身來把杯子搶了過去，她接過杯子時，腳步踉蹌了幾下，看樣子已經醉了，我便叫吳志初不要喝了，他們不聽，仍然喝了幾杯才罷休。

吃過夜宵後，幾個人一起回到了賓館，周茜明顯已經醉了，走起路來搖搖晃晃。她就住在我的隔壁，我和吳志初將她送到房中，吳志初把她扶到床上後，說他先上樓去了，似乎想讓我一個人留在周茜的房間中，我趕緊跟著他一起走了出來，順手將門關上。回到自己的房間中，我不覺長舒了一口氣，面對這樣一個強烈的誘惑，我並非無動於衷，可是她已不省人事，你總不能乘人之危，即便你想和她發生關係，至少也應該在她清醒的時候，至少應該取得她的同意。我暗自慶幸今天沒有喝多少酒，如果也在半醉半醒之中，我不知道現在還能否這樣控制住自己。

我和周茜的關係沒有繼續發展下去，讓我幡然醒悟的是一個男記者的眼神。在一次去鄉下的檢查中，周茜跟一個男記者一起去採訪，那男記者對她似乎特別殷勤，總是緊跟在她身後，甚至還跟她提著包。吃飯的時候，鎮上安排了兩桌，領導一桌，工作人員一桌，記者本來是跟工作人員一桌的，我卻叫周茜跟我們一起坐，周茜說：「不好吧，那是領導們坐的。」我說：「沒什麼不好，你過來就是。」她便跟著我一起坐了過來。我回過頭去，猛然瞥見那個男記者眼光裡充滿著一種敵意，顯然是對我懷有戒心。我頓時後悔不該叫周茜坐過來，可是她已經隨我走進包廂，不好再叫她回那邊去，其他人見周茜進來了，趕緊給她讓坐，讓她坐到我身邊，而我坐在那裡卻如坐針氈，感到渾身不自在。吃飯的時候，雖然他們不停地敬酒，不停地說著奉承話，可我眼前卻不時閃過那雙充滿敵意的眼睛，總是有些心不在焉。吃過飯後，要上車時，我本想和周茜再打聲招呼，可是看見那男記者提著攝像機仍然冷冷地望著這邊，我便打消了這個念頭，徑自上了自己的車。

那個充滿敵意的眼神很長一段時間都不時浮現在我的腦海中。我想起當初東河公社郭四滿和廣播員引起的那場風波，自己和他又有什麼區別？她之所以願意和你接近，不過是看中你手中的權力罷了，而我看重的是她充滿誘惑的身體。難道每一個人都逃脫不了這個誘惑的怪圈？當我無權無勢的時候，看到別人可以利用權勢佔有漂亮女人，心中便憤憤不平，可是一旦自己掌握了權力，卻同樣在重蹈覆轍。或許是人的天性決定了，人永遠擺脫不了自己的動物屬性。過去的富人或官員，可以通過合法手段，名正言順地娶到三妻六妾，現在實行一夫一妻制了，但是富人或官員，可以通過更多的途徑，佔有更多的女人。人類最初的權力，便像猴群中的猴王一樣，是用來佔有更多的異性的。

楚懷南、楚懷南，一個以革命者自居的人，居然也落到這俗不可耐的境地。

沒過多久，吳志初跟我彙報工作時，又順便問了一句，最近是不是再安排一次休閒活動。我推說很忙，沒有再答應他。在這種幹部的誘導之下，一個人遲早會犯錯誤的。

過了半年多，我居然在湄陽市電視臺看到了周茜在主持節目。我以為只是借調到市臺臨時主持一下節目，但碰到吳志初問他是怎麼一回事時，他笑著說：「書記眼光好，當初看中她，說明她確實很優秀，不然市臺也看不上。」

「她自己找過去的？」

「曹部長看中了她。」吳志初解釋說。曹部長是市委宣傳部部長。

「她認識曹部長？」

「剛開始不認識，我只帶她去陪曹部長吃了一餐飯，他們就聯繫上了。」吳志初意味深長地笑了笑，「周茜這個妹子不簡單，會來事。聽市臺張臺長說，曹部長親自打電話跟她落實調動的事。」

我聽了不覺為自己的多情感到有些可笑，你以為你的權力可以打動別人，而這個世界上還有比你權力更大的人。

三十八、人性之惑

當我得知譚凱成了貪污犯時，心臟彷彿被什麼東西猛然撞擊了一下。

市紀委分管辦案的副書記荊正國打電話給我，說要到縣裡來跟我談件事情。我問是什麼事情，他猶豫了一下，說見了面再說。我放下電話後，心裡頗有些忐忑，不知道他要跟我談什麼事情，未必又接到了關於我的舉報信？這些年幾乎每年都有人告狀，說的都是一些捕風捉影的事情，常委裡面有一兩個人一直跟我處於對立的狀態，尤其是宣傳部長婁巧智，這個人貪得無厭，下面單位有什麼工程項目時，他總想要插一手，我聽到一些反映後，在常委會上不點名批評了他幾次。他不僅沒有收斂，反而認為是我想插手這些工程，所以喜歡在背後搞些小動作。還有一兩個局長，因為調整了崗位，對我一直心懷不滿，喜歡到處寄匿名信。市紀委剛開始時還興師動眾來查過兩次，但查來查去不僅沒查出什麼問題，反而認為我是個清廉的幹部。這次會是什麼事情呢？經濟上我並沒有什麼違紀的地方，最多年節的時候，收了下面幹部的一點煙酒，凡是送現金的，我都一律退給了人家。男女作風問題上，除了和周茜一起去搞過兩回活動外，與別的女人幾乎沒有任何私下的來往。

荊書記五十來歲，辦事嚴謹，不苟言笑，到我辦公室後，先扯了幾句市紀委開會的事情，才慢慢說到正題上來。從他說話的口氣和對我的態度，便知道今天不是為我的事情而來的。

「今天到你這裡來，是跟你通報有關譚凱的情況。」他喝了一口茶後，表情嚴肅地說。跟他一起來的那個小伙子，開始拿出筆記本來做記錄。

「通報什麼情況？」聽他說到譚凱，我不覺一驚，譚凱會出什麼事呢？這之前的兩個月，縣政府常務副縣長文新明調到市建設局當局長去了，有四五個人都在瞄著副縣長這個位子，我個人的意思是想推薦譚凱，市委組織部也正準備進行考察，沒想到在這個節骨眼上，他卻出了問題。

「我們接到群眾舉報，說他在經濟上、作風上、工作上都存在一些問題，我們已經對他進行隔離審查。」

「你們這樣做可不對！」聽荊書記說已把譚凱抓了起來，我竟一時昇起一股怒氣，差點站起來罵他一頓，但想到他是市紀委的領導，便強壓住了這股怒氣，只是臉色有些不好看，「譚凱可是我們縣裡最優秀的企業家，你們把他帶走了，紡織廠怎麼辦？」

「我們是按程序辦事。」荊書記解釋道。

「你們抓我的幹部也要先跟我通個氣。」

「董書記簽的字。」他拿出一份文件，讓我看了上面董漢軍的簽字。

我沒想到董漢軍剛剛擔任市委書記，就會拿譚凱開刀。

「我們培養一個幹部不容易。」對於譚凱就這麼被毀了，我仍然心有不甘，覺得自己應該為他說幾句話，「尤其是培養一個優秀的企業家，更不容易。譚凱對於湄河紡織廠，可以說做出了巨大貢獻，穩定了一千多人的就業，每年創造五百多萬元的利稅，佔了湄河縣財政收入的五分之一。他個人也是優秀企業家，省級勞模。希望市裡能考慮到這些情況，慎重處理譚凱的問題。」

「如果沒有嚴重違法問題，你所說的這些，我們會認真考慮的。」荊書記說。

「現在查到了什麼問題沒有？」我想探探他的口氣。

「目前還正在調查。」荊書記說：「有什麼進展，我們會及時跟楚書記溝通。」他顯然不想說得人明白。

荊書記走後，我想該如何處理這個事情，紡織廠不能一天沒有廠長。紡織廠是湄河的明星企業，譚凱也是我力排眾議，好不容易培養出來的一個優秀企業家。如果只是一些小問題，在行政上給予一點警告就可以了。既然是董漢軍簽了字，只有找他才能解決問題。當天下午我就去了湄陽市，可是車到了市裡後，我覺得這事有些怪，譚凱不過是個科級幹部，有問題也應該由縣紀委來調查，怎麼要出動市紀委呢？我猛然想到董漢軍目標其實是對著我來的，他對我擔任湄河縣委書記本來就持反對意見，只是原來沒有這個權力，現在他是市委書記了，首先想到的自然是如何換掉我這個縣委書記，但是又不能沒有任何理由，便想從譚凱的身上找到突破口。既然是這樣，找他還有什麼意義呢？我叫司機把車往回開，司機大為不解，問是不是要回去接東西，他去跑一趟就是。我不想跟他解釋，便沒有理他，司機很知趣，見我沒說話，便一聲不響地轉過了車頭。

我覺得還是應該為譚凱做點什麼，過了兩天去找了一次市紀委曾書記。曾書記性格很隨和，向來是個與人為善的領導，任紀委書記這幾年，市裡並沒有查出什麼大案子來。我到紀委的時候，曾書記正在開會，我在紀委辦公室等了他兩個多小時，快下班時會議才散。

「懷南，找我有什麼事呀。」曾書記見到我，問道。

「今天來找書記，是為了譚凱的事情。」進了他辦公室後，我開門見山地說。

「我正想找你談談。」曾書記說：「聽聽你對這個事情的看法。」

「這個事對湄河真是一個巨大的衝擊，有些讓我措手不及。」我說。

「怎麼這樣說？」

「書記你不知道，紡織廠是湄河縣的利稅大戶，佔了全縣財政收入的五分之一。紡織廠過去是縣裡的虧損大戶，譚凱上任後，抓市場、抓技改、抓管理，這幾年才逐漸興旺起來。我擔心把譚凱抓起來後，不利於廠裡的穩定，也不利於廠裡的生產。」

「唉，這個案子是董書記親自批下來的。」曾書記嘆了一口氣說：「有人寫信告到了董書記那裡，說譚凱存在嚴重的經濟問題，生活作風也很腐敗，他之所以敢胡作非為，是因為縣裡有人護著他，董書記批示要我們去查一查，不管查到什麼人，都要一查到底。」

我聽了沉默了好一陣子，他所說的縣裡有人護著他，顯然指的是我，當初是我力挺譚凱破格出任廠長，現在又推薦他擔任副縣長，無疑把我看成了譚凱的後臺。批示上所謂「要一查到底」，言外之意太明顯不過了。

我覺得應該去找董漢軍談一次。

第二天，我打電話給董漢軍的秘書小王，問董書記有沒有時間，我想跟他彙報工作。小王說，這兩天日程都排得很滿，看第三天上午有時間沒有，他說到時再聯繫。第三天上午一上班，我就給小王打電話，小王說董書記上午十一點的時候有空。十一點鐘的時候，我去了董漢軍辦公室，他坐在那裡看文件，我喊了一聲董書記，他抬頭看了我一眼，嗯了一聲，接著又繼續低頭看文件。我在他對面的椅子上坐了下來，等著他把文件看完。

看著他冷淡的樣子，有一瞬間胸中陡然昇起一股無名火來，差一點站起身來掉頭就走。可是一想到我來找他不是為我一個人的事情，而是為了湄河的發展，這樣一想火氣就消了很多。

「找我？」他放下文件，終於抬起了頭。

「跟董書記來彙報一下譚凱的事情。」

「彙報什麼？」他的語氣仍然很冷淡，似乎這件事，都在公事公辦，沒有多少好彙報的。

「我想談談對這個案子的一些想法。」

「什麼想法？」他不動聲色地看著我問道。

我把跟曾書記說的意思，又跟他說了一遍。

「法律上的事，有紀委，檢察院，我們不能干預他們辦案。」董漢軍說：「你的意見，曾書記已經跟我說了，我跟他講了兩點，如果沒有問題，我們不能冤枉一個好人，但如果有問題，也不能姑息一個腐敗分子。譚凱的事情，現在還在調查之中。我們發現有些幹部也陷到了這個案子中去了，在到處打聽案情，甚至還為譚凱四處說情。」他說到這裡，停了下來，似乎無意地盯了我一眼。

他這麼一說，我覺得自己再說什麼都是多餘的了，他似乎在暗示我也和這個案子有牽連。

「你對這個事情，要端正認識。」過了一會，他又說了一句。

「好的，我們會認真對待這個事情。」

從市委出來，我隱隱感覺到自己的到處說情，已經引起了他們的懷疑。董漢軍說的有些幹部也陷到這個案子中去了，我不知道他是有所指，還是說給我聽的。

沒過兩天，市紀委荊書記就通知我，縣裡分管工業的副縣長李得民，也被叫到紀委去了。我問荊書記是什麼事情，荊書記說跟譚凱的案子有關。

我預感到遲早會要把我也叫進去的。

果不其然，不到一個星期，市紀委專案組就把我叫了過去，說是協助調查。他們將我帶到一家賓館中，進了四樓的一間房子，進去後，他們叫我先休息一會。房子裡的擺設十分簡陋，一張床、一張桌子、兩把椅子，還放著一個開水瓶、一只杯子，屋頂安裝了一臺吊扇。我感覺這是在對我進行隔離審查，心中不覺昇起一股無名的怒火，想想自己參加革命幾十年，一生都兢兢業業，時時刻刻想著湄河的發展，從不利用手中權力謀取私利，而今天竟把我像犯罪分子一樣抓了起來。我坐了一會，又站了起來，走到窗戶邊，窗戶上安裝了鐵欄杆，這房子大概是專門用來審問犯人的。窗戶外面可以看見賓館的院落，院子裡停著兩臺車，卻看不到一個人。天氣並不太熱，我卻感到燥熱難當，走到門口去把吊扇打開。我回到窗前，心想這肯定是董漢軍從一開始就希望達到的目的！

不一會進來兩個人，他們自我介紹說是紀委的幹部，一胖一瘦，胖的姓王，是紀委審理室主任，瘦的姓何，是紀委案管室副主任。王主任挺客氣，進來後，還給我倒了一杯水。然後坐到桌子對面，慢慢跟我聊了起來，先是問我到湄河縣幾年了，後來又扯到湄河這幾年的發展。似乎無意中，才談到了譚凱的案子。

「譚凱的案子，你知道了吧。」

「荊書記跟我說了。」

「有些情況，我們要跟你核實一下。」

「什麼情況？」

「譚凱交代的一些情況。」

我心裡一驚，譚凱會交代什麼呢？如果他真交代了什麼，任我怎麼辯白，只怕也徒勞無益了。

「他交代了什麼？」我有些緊張地問。

「我們想核實一下，你和譚凱存在哪些經濟往來。」

「我和他之間沒有經濟往來。」我尤其把「經濟」兩個字加重了一些。

「過年過節，他到你們家去過沒有？」

「去過。」

「送過紅包沒有。」

「送過。」我不知道他們是在套我的話，就照直說了出來。當我說送過時，兩個人相互對視了一眼。

「送了多少？」

「兩萬元。」

當我說出兩萬元時，王主任的眼睛突然一亮，彷彿取得了什麼重大突破一樣。何主任則忙於低頭做記錄。

「什麼時候送的？」

「三年前。」

「在什麼地方？」

「紡織廠。」

「你不知道這是犯罪嗎？」他的口氣馬上變得嚴厲起來，開始把我當犯罪分子對待了。

「知道。」

「知道，你還收他的錢？」

「我把錢退給了他。」

當我說退給了他時，王主任的眼神馬上又變得暗淡下來。

「有證人嗎？」

「沒有？」

「設有證人，誰相信你退了？」

「他送錢給我，也沒有證人，你們怎麼就相信了？」

王主任被我問住了，一時無話可說。

「今天就到這裡吧。」他和何主任低聲交換了一下意見後說。

下午，又換了兩個人來繼續審問，我又把上午的說法跟他們說了一遍，第二天上午，又換了王主任和何主任，這次王主任沒有問經濟上的事情，而是問到了作風問題。

「平時工作中，也有關係好的異性吧。」

「有。」我點了點頭。

「有幾個？」

「七八個。」我想了想，縣委分管黨群的朱書記，部辦委局的幾個一把手，都是女性，鄉鎮也有幾個女書記、女鄉長，這些人平時來往都比較多，關係也不錯。

「七八個？」王主任的眼睛又突然一亮。

「是的。」

「都好到什麼程度？」他這麼一問，我便知道他問話的目的了。

「工作配合挺默契。」

「私人關係呢？」

「私人關係也很好。」

「好到什麼程度。」

「相互挺信任的。」

「有沒有關係特殊的？」

「沒有。」

「一個都沒有？」

「一個都沒有。」

「你跟周茜是什麼關係？」冷不丁他突然問了一句。

我猛然驚了一下，但隨即便冷靜下來，心想我吃驚的表情，肯定被他們看到了，他們問到周茜，多半是有人在告狀信中寫到了我和周茜的關係。

「上下級關係。」我不知道怎樣界定我和周茜的關係，想了半天，覺得這樣回答比較合適。

「她進電視臺是你幫的忙吧？」

「沒有，她是自己考進去的。」

「你跟她經常來往？」

「只偶爾來往過兩次。」

「單獨來往？」

「不是，她的領導都在場。」

「你們單獨沒有來往過？」

「沒有。」

我本想說說和周茜一起參加的那幾次活動，可是覺得說出來，對她可能會很不利，畢竟她還那麼年輕，以後還有很長的路要走。況且，我們之間並沒有發生什麼實質性的關係。

「有人反映你和她關係曖昧。」王主任說。

「純粹是造謠。」我忍不住提高了聲調。

這樣連續審問了四天，他們沒問出什麼東西來，估計也沒掌握到什麼證據，就把我送了回來。臨走時，荊書記來和我見了個面，跟我解釋說，他們這也是例行公事，希望我不要有什麼想法。我說能理解，不會怪他們的。

我口裡雖然這樣說，但心中仍感到憤憤不平。這樣不明不白地去紀委走了一遭，下面肯定早已炸開了鍋。我想如果像我這樣的人都成了貪官，這個社會真的就到處是貪官了。我一個革命者，當初因反對國民黨的貪污腐敗，毅然決然地走上了革命道路，還犧牲了那麼多的戰友。我怎麼又會走到貪污腐敗的道路上去呢？董漢軍把我關進去，無非是想借此把我整下去罷了。當初他批示要一查到底，我就感覺到目標是對著我來的。但是，這事又不能擺到桌面上來說，畢竟譚凱被查出了問題。

出來後我才知道譚凱在裡面供出了副縣長李得民，紀委認為他既然送了錢給李縣長，就一定會送錢給我，於是將我也叫去審問了一番。

譚凱的問題完全出乎我的意料。當初我以為只是吃吃喝喝的一些小問題，所以四處為他游說，希望紀委能從寬處理。沒想到他被查出貪污受賄一百多萬，成了湄河有史以來最大的貪污犯。其中幾筆大的數目，就達到了一百萬元。第一筆是低價倒賣公司原材料，收取對方好處費二十萬元；第二筆是從德國進口設備時，收取代理商回扣費三十萬元；第三筆是建新廠房時，收取開發商三十萬元；第四筆是銷售商送給他卅多萬元。

李得民也被查出受賄二十多萬元。我暗自慶幸當初把那兩萬元錢退給了譚凱，如果他交代出來，這次跳進黃河也洗不清了。至於收了他的那些禮品，紀委應該也不會當作一件事情來追究，譚凱肯定不止給我一個人送過禮，就算紀委要查，也是說得清楚的，如果別人提點煙酒來都不收，那就太不近人情了，畢竟我們不是生活在真空中。上次荊書記到我辦公室時，我也叫辦公室給他們每個人拿了一條煙，荊書記客氣了一下，最後還是收了下來。

我後悔當初退還他那兩萬元時，沒有找他好好談一談，或許找他談一次，能引起他的重視和警覺。但轉念一想，當一個人心存貪念時，絕不會因為一次談話而發生改變的。

我很想去看看譚凱，看看當初那個意氣奮發的年輕人，現在變成什麼樣子了。但我知道自己以一個縣委書記的身份，去看望一個貪污犯，又會引來種種說不清的猜測。我便委託縣委辦主任劉茂耕代我去看一下他，劉主任看了之後回來說，譚凱已完全變了一副樣子，穿著一身囚服，剃了個光頭，兩隻眼睛黯淡無光，完全沒有了當初那種神氣十足的勁頭。他一個勁地說對不住楚書記，說沒臉見你，說著說著還哭了起來。我聽了不由得嘆了一口氣，一個如此精明能幹、前途無量的年輕人，怎麼就會成為湄河最大的貪污犯呢？

譚凱出事後，一時謠言四起，有說是市委針對我來的，查譚凱是為了把我整下去；有說是譚凱違背了我的意願，所以要紀委的人來查他。紡織廠更是人心惶惶，譚凱原來提拔的一些幹部，覺得朝不保夕，無心工作。我不忍心看著一個優秀企業就這麼垮下去，叫方部長趕快物色新的廠長人選，方部長過了一段時間，竟提出讓市輕工業局科技科科長宋志福接任廠長。

「這是你的主意？」我懷疑地盯著他，問道。

「不是。」他搖了搖頭說：「是市委組織部張部長提出來的，要我們考慮考慮。」

宋志福本是市經委的一名普通幹部，他妹妹是董漢軍的兒媳，慢慢做到了科技科的科長，這次是他主動要來當廠長。

我本能地想拒絕，可是想到譚凱的案子還沒有了結，董漢軍隨時有可能把板子再打到我的頭上來，不如作一番妥協算了，就說：「你們按程序辦吧。」

三十九、知人之難

免去周友仁院長的職務，後來一直讓我心存歉意。

縣人民醫院老院長羅澤厚退休時，周友仁是常務副院長兼黨支部副書記，羅院長退休時，又力薦周友仁接替他的職務，所以組織部做方案，第一人選便是考慮周友仁。但常委會討論前，有人寄來了告狀信，說周友仁存在經濟和作風問題。這樣的告狀信，我每年都要收到不少，尤其在一個單位進行人事調整時，這樣的告狀信便會接二連三，這些信真真假假、虛虛實實，讓人難以分辯，但目的只有一個，就是阻止被告的人獲得提拔。因為中國是個權力社會，誰掌握著權力，誰就掌握著更多的社會資源，以至掌握更大的權力，成了許多人一生的追求。而權力的位置又非常有限，有時空出一個位子來，瞄著這個位置的可能有幾人甚至幾十人之多，如果不把別人扳倒，自己便沒有機會，以至一些人為獲得昇遷的機會往往不擇手段。

我要方部長在考察的時候，調查一下群眾反映的這幾個問題，他們調查的結果是，經濟問題查無實據，作風問題則是周友仁和醫院一個女醫生關係密切，女醫生比他小了近二十歲，在醫院裡引發了種種議論，但周友仁前年死了老婆，照他自己說是和這個女醫生談戀愛。既然是談戀愛，自然不存在作風問題，至於年齡相差懸殊，那是他們自己的事情。既然沒調查出什麼問題，常委會便順利通過了對周友仁的任命。

周友仁當院長前，從來沒來找過我，倒是當了院長後，到我辦公室來過兩次。一次是剛上任不久，他到我辦公室來表示感謝。每次見到他都是穿一身夾克，有時是黑色的，有時是棕灰色的，提著一個黑色公文包，戴付黑色深度眼鏡，腿一拐一拐地走了進來。他剛進來時還有些拘謹，喝了幾口水後，才逐漸放鬆了下來，

「以我這種性格，能夠當到院長，完全是楚書記您幫的忙。」他對我稱呼「您」，讓我很有些不習慣，但我沒說什麼，因為如果不讓他這麼稱呼，他可能也不習慣。

「我沒幫什麼忙，是組織考察的結果。」我說。

「您不說，我心裡也清楚，沒有您幫忙，我連副院長都當不上。所以，說真心話，我是從心底裡感激您。」

「這院長的位子又不是我的，總要人來當，你感激我做什麼？」我笑道。

「您抽煙，我給您帶來了兩條煙。」他摸索著從公文包裡拿出兩條煙來。

「別人都是任命之前送東西，你院長都當上了，還送煙做什麼？」我笑著調侃道。

周友仁臉上顯得有些不好意思，說：「本來早要來的，但您現在是書記，來多了，怕人說閒話。」

臨走時，我要他把那兩條煙拿走，他不肯，我說我們之間不需要這些虛套。他果然又把煙放回到了公文包中，口裡還說：「我還沒碰到過您這麼廉潔的領導。」

他另一次來我辦公室，是為了建住院大樓的事。他仍然提著那個黑色公文包，見我從外面回來了，便匆匆從旁邊的辦公室走了過來。

「楚書記，等了您幾天，今天才等到您。」

「什麼事一定要等我？」

「為了建住院大樓的事。」他放下包，取下眼鏡擦了擦說。

「你們想建住院大樓？」

「是的？」

「投資多少？」

「一千多萬。」他重新戴上眼鏡說。

「你們有這麼多錢嗎？」我懷疑地望著他。

「就是為這事，來跟您彙報的。」他嘿嘿笑道。

「你們能籌到多少錢？」

「現在帳上還一分錢沒有，但想辦法可以籌到三百來萬。」

「餘下的怎麼解決？」

「一是希望政府幫助解決五百萬，二是希望銀行貸款幾百萬。」

「政府肯定拿不出這個錢。」我說：「現在財政幾乎是吃飯財政，拿不出多餘的錢來搞建設。」

他聽我這麼一說，眉頭馬上皺了起來，剛才還滿懷希望的眼神，也變得黯淡下來。

「如果政府不支持，這棟樓就建不起來。」他有些灰心地說。

「政府肯定會支持，但五百萬會有困難，我跟武縣長說說，看能不能支持個兩百萬。土地費可以免了，其它的報建費用，也可以減免一些。」

他聽我這麼一說，馬上又變得興奮起來，剛才還皺著的眉頭一下子舒展開來，「有楚書記支持，我們就有信心了。」

「你回去先打個報告來，我跟武縣長再研究一下。」

他答應回去後，馬上就打報告，但等了快一年的時間，也沒看見他把報告送上來。縣人民醫院實在是要重建了，現在的住院大樓還是五十年代末期建起來的，只有兩層樓，病房條件也很差，如果他們要改建，可以考慮在開發區那邊劃一塊地，把醫院整體搬遷過去。可是，周友仁的報告遲遲沒有交上來，關於他的告狀信卻接二連三地收到好幾封，甚至還有一批老幹部聯名上告。主要說了他四個問題，一是班子不團結，他當院長以後，和副院長劉春旺存在很深的矛盾，在院長辦公會上幾次發生衝突，造成很不好的影響。他作為院長，對班子的團結問題應該負主要責任。二是經營無能。他上任兩年多了，醫院連年虧損，虧損額高達幾百萬，職工收入大幅減少，嚴重影響了職工的的工作積極性。

三是存在嚴重的經濟問題，多次收受他人財物，為自己的親友減免醫療費用。四是說他仍然存在作風問題，自當院長以後，亂搞男女關係。

我憑直覺認為周友仁不是一個貪財的人，更不會在作風問題上如此不檢點。但接二連三收到關於他的告狀信，又不由我不對自己的直覺產生動搖。紀委邱書記也收到同樣的告狀信，以文件的形式送我審閱。邱書記叫邱學敏，四十來歲，好酒、好擺架子，下面的單位如果經常請他喝酒，便諸事都好，誰要是不把他放在眼裡，說不定什麼時候就能給你整出點事來。周友仁又是那種不善於討好巴結領導的人，連我這裡都來得少，跟其他領導來往就更不多了，現在正好被紀委抓住了把柄。

紀委既然以文件的形式把告狀信送了過來，我只好在上面簽了一個字，請他們安排人去核實。邱書記於是派了兩個人去醫院調查，得出的結論讓我頗為吃驚，一是說周友仁存在較為嚴重的經濟問題，在調查材料中還複印了周友仁為其親友減免醫療費用的簽字憑證，二是在作風上也頗不檢點，利用職權和多名女醫生保持曖昧關係。

看到這個結論，我的心情異常沉重，開始懷疑自己是不是看錯了人，當初支持他當院長，是不是因為在自己最困難的時候，曾經得到過他的一絲關懷，而存在私人的因素在裡面。或許他並不適合當一把手，尤其是在人品上存在問題。如果真如調查材料所說的，則應該考慮更換院長了。

我要組織部方部長重新考慮院長人選，他考察了一番後說，衛生局推薦由副院長劉春旺接任院長，說這個人年富力強，四十剛出頭，思想活躍，對經營醫院有很多獨到的看法，在管理上也很有一套。

方部長提到的劉春旺，我也有所了解，他主動來跟我彙報過兩次醫院的問題。他與周友仁給人的感覺完全不同，每次都是西裝革履，儀容整齊，紅光滿面，一看就是個精明強幹的人。他提出要用經營企業的辦法來管理醫院，醫院要靠自身提高效益，才能獲得持續發展。當時我也沒有細想，再加上對醫院的情況不熟悉，覺得他說的不無道理，所以當方部長提出衛生局的意見時，我基本上就認同了。方部長做方案的時候問我周友仁怎麼安排，我想了想，覺得把他的職務全部免了，也未必太不近人情，就提出先還保留支部書記的職務吧。

劉春旺果真是個能人，不到一年時間，醫院的效益就發生了明顯改觀，第二年就實現盈利兩百多萬元，住院大樓也很快在新址上破土動工了。

住院大樓落成時，劉春旺請我去剪彩。那是一棟十五層高的圓弧型建築，外形設計十分美觀，整棟樓投資了兩千多萬元。院址選在開發區新建的白雲廣場邊，是廣場周圍建起來的第一棟高樓，大樓立在那裡，遠遠看去，顯得十分氣派。剪完彩後，劉春旺又帶著我看了醫院新添置的設施設備，他說這些都是省內縣級醫院最先進的，有的地市級醫院還沒有達到這個水平。

「不錯啊，小劉。」看了這些設備後，我由衷地讚嘆道。

「是書記領導得好。」劉春旺奉承道。

「醫院的事，我一點都不懂，我領導了什麼。」我笑道。

「是領導決策正確。」劉春旺朗聲笑道。

「下一步，你們有什麼打算？」

「現在還只建了住院大樓，打算明年建門診大樓，把醫院整體搬遷過來。」

「好啊，連建兩棟大樓，有魄力。」

「還要書記多多支持。」

「我能支持的，一定盡力。」我承諾道。看著劉春旺信心滿滿的樣子，感覺當初讓他來當院長是正確的選擇。

我看見周友仁一拐一拐地跟在後面，便停下來問他現在工作怎麼樣，他謙和地笑笑，說挺好。原來周友仁當一把手的時候，劉春旺一直和他不對勁，現在劉春旺當一把手了，兩個人相處得還算平靜。看來，周友仁的確不適合當一把手，我當時想。

落成典禮之後，我本來打算讓劉春旺兼了縣衛生局長一職，把湄河中醫院也一並交給他來管理。但隨後發生的一件事，讓我打消了這個念頭。

事情起因於一起交通事故。因肇事者開車逃逸，受害人被送到縣人民醫院時，因無人出醫藥費，醫生竟然不肯搶救。家屬只好到處去籌錢，等籌到錢趕到醫院時，受害者因失血過多，死在了手術臺上。而家屬交的那一萬多元醫藥費，一分錢都沒有退，家屬想不通，寫信告到了縣委縣政府。

我聽了這事十分氣憤，責成紀委去調查，並批示要對那個不肯搶救的醫生給予處分。可是紀委調查回來說，醫生只是按章辦事，因為醫院規定，如果沒有交醫藥費就給予治療，拖欠的醫藥費全部要由醫生負擔。哪個醫生負擔得起？要追究也只能追究醫院的責任。可是醫院制定這個制度也是迫不得已，之前發生過很多這樣的事情，病人住了一段院之後，交不起錢，便一走了之，拖欠的醫藥費無從討要。所以劉春旺上任後，制定了這麼一條硬規矩。

怪不得醫生，也怪不得醫院，可究竟要怪誰呢？周友仁當院長時，可是從來沒有發生過類似的事情。

有次姐姐到我家裡，跟我說起一件事，更讓我改變了對周友仁的看法。她說有個鄰居的女孩，幾年前患了急性闌尾炎，送到醫院，沒帶這麼多錢，找了周院長，周院長二話沒說，就簽字同意做手術。今年有個鄰居得了肝癌，送到醫院治了幾個星期，沒錢了，醫院就把藥停了，痛起在床上打滾，醫生也不管他，只好接回家裡去等死。我們那裡都說周院長是個多好的人。

聽姐姐這麼一說，我覺得在周友仁的安置問題上是否草率了些，便想找他好好聊聊，跟他解釋一下當初為什麼會把他從院長的位置上調整下來。我叫辦公室劉主任約了他過來。

「書記找我有什麼事？」他仍然穿著一件黑色夾克，提著那個黑色公文包，一拐一拐地走到我的辦公室。

「你的這套行裝，幾年都不變。」

「習慣了。」他嘿嘿笑道，又取下眼鏡來擦了擦，然後坐到我的對面。

「當初把你的位置調整了一下，你有什麼想法沒有？」

「說實話，一點想法沒有是假的。」他重新把眼鏡戴上說：「但現在一點想法都沒有了。」

「當時收到不少告狀信，講了你四個方面的問題，一是班子不團結，二是經營得不好，虧損嚴重，三是講你多次為親友減免醫療費，收了親友的禮物，四是與多名女醫生關係曖昧。」

「全都是扯談。」還沒等我把話說完，周友仁就激動得站了起來，滿臉通紅，衝著我說：「扯談。」

「你坐下來慢慢說。」

「本來我不想講這些事，但既然有人背後告黑狀，我就要把事情說清楚。」周友仁坐了下來，口氣平靜了些，繼續說道：「班子不團結，為什麼不團結？他劉春旺一直想當院長，在我還沒當院長的時候，他就指使別人寫告狀信。我當院長後，提出要建住院大樓，他就跟離退休的老同志說，說建大樓要負債幾千萬，醫院怎麼負擔得起，到時連工資都會發不出。這些老同志不明真相，就聯名一起到處告狀。」

「難怪，我叫你打個報告上來，你一直沒打。」

「我想內部統一了意見後再打報告，所以耽誤了。」

「你負責的那兩年，經營上是不是存在一些問題。」

「有些事，我一直想找個機會跟您解釋。醫院虧損是有一點，但並不是很嚴重，也沒有影響到職工的獎金福利。醫院的經營跟別的單位不一樣，要下得狠心。每年虧損的那幾十萬元，全部是病人欠的醫藥費。縣人民醫院，大多是農村病人，很多人窮得叮噹響，哪裡交得起醫藥費？住進來了，病沒治好，你總不能把他掃地出門吧？我做不出來啊。現在病人一進院，就是各種各樣的檢查項目，有時一個感冒，也要做幾百元的檢查，我當院長的時候，不許醫生亂開檢查，那些農民本來就沒錢，你還要去加重他們的負擔。我做了一世的醫生，我爹從小就講，行醫首先要講醫德。」

「你一直都是個好醫生。」聽他這麼一說，我感到很慚愧，我們一直強調要講效益，可是完全忽視了醫院不是一個講效益的地方。醫院的首要任務是治病，是救人，而現在我們把治病當成了謀利的一種工具。

「還有作風上的事。」周仁友說到作風問題，又變得激動起來，「哪裡有多名女醫生？就兩個，都是正常談戀愛，第一個年齡比我小了近二十歲，我剛死了老婆不久，她主動來追我，我跟她說我們年齡相差太懸殊，她當時很堅決，說不在乎年齡差距。後來相處了一段時間，見我那方面不行，又主動和我分了手。」說到這裡，他看了我一眼，眼裡掠過一絲羞赧的神情。

「第二個呢？」

「第二個，就是我現在的老婆。年紀只比我小幾歲，也是死了愛人，我們談了一段時間就結婚了。你說，這算什麼作風問題？」

「我當時也是聽了一面之辭。」我解釋道。

「經濟問題更加是造謠。」周友仁仍然激動地說：「是有一個親戚，一個老鄰居，我幫他們減免了醫藥費，但他們都實在窮得拿不出醫藥費，一個是急性甲肝，一個是車禍，肇事的司機跑了，不跟他們治就是死路一條。兩個人好了後，送了一些雞蛋，提了兩隻雞過來，不收就說我瞧不起他們，我只好收了，叫我老婆一人打發了兩包海鮮，價錢比他們送的東西還貴些，這算什麼收禮？」

我聽了他的解釋，半天沒吭聲，因為我不知道要說什麼好。

「有些事，我們不是很清楚。」我有些愧疚地說。

周友仁提著他的那個黑色公文包離開了辦公室，我看著他一拐一拐的背影，忽然想到他才是一個真正的醫生，一個有愛心的人。無論是做普通醫生，還是當院長，總是把病人放在首要的位置，而從不將病人當成謀利的工具。病人其實就是我們的百姓，讓百姓有病能醫，本是政府的職責，可是我們卻將這職責推給了醫院，而絕大多數醫院又不願意而且也承擔不起這份責任，於是讓那些無錢可治的病人成了社會的一種負擔。在這樣一個一切都講究效益的時代，像周友仁這樣固守醫德的醫生，反而成了無能的表現。我們即使有再好的設備，再好的技術，而拒絕給窮人治病，這些設備，這些技術，無形之中只是更加擴大了社會的不公。

在這樣一個時代，像周友仁這樣講良心、講道德的幹部不是多了，而是少了，可是我們卻因為效益問題而免去了他院長的職務。對他的任免，我個人固然有不可推卸的責任，但也是體制的原因造成的，你不可能對每一個幹部都了如指掌，你也沒有精力去了解每一個單位的幹部和發展狀況，很多只是憑表面的印象，憑一次交往，憑少數人的意見，就決定了一個幹部的前途命運。

我覺得應該為周友仁做點什麼，所以在政協換屆的時候，極力推薦他擔任縣政協副主席，但市委組織部張部長說，他現在不是單位主要負責人，推上去只怕也很難通過。果然在市委常委會上，被董漢軍一句話給否了：「楚懷南總是做一些讓人費解的事情。」

四十、改制之困

宋志福任湄河紡織廠廠長期間，紡織廠逐漸從興旺走向衰落，及至破產，但他個人的遭遇與譚凱卻截然相反。

宋志福剛上任時，我還是寄希望他能把紡織廠的生產搞上去，他給我最初的印象也還不錯，一個四十來歲的中年人，頭稍微有些禿了，一身名牌服裝，白白淨淨，滿面笑容，謙和有禮，每個月都要主動上門來跟我彙報一次廠裡的生產情況。至於年節的時候，他必定會備一份厚禮，親自送到你家中，還要問你有什麼需要沒有，以至玉芳對他的印象也非常好。

但這個好印象沒有保持多久，紡織廠技改項目的失敗讓我徹底改變了對他的看法。

宋志福接手不久，紡織廠就開始走下坡路，宋志福多次找到我，希望我協調有關部門到廠裡開一次現場辦公會，為廠裡解決資金不足的問題。當時他正準備搞一個技改項目，資金缺口很大。

我答應了他的請求，組織了計委、財政、工業局、銀行等部門的負責人到廠裡開了一次現場辦公會。宋志福介紹情況的時候說，紡織廠最大的問題是要生產適銷對路的產品，而要生產適銷對路的產品，就必須更新設備，對現有生產線進行技術改造。技改項目投入大，總投資要一千五百多萬元，企業大概能籌到五百萬元，還有一千萬元的缺口，需要銀行解決一千萬元的貸款，幫助企業度過難關。中間休息的時候，我和工商銀行金行長商量了一下，金行長答應今年先解決五百萬的技改資金，另外五百萬等下一步再說。財政局周局長也同意為貸款貼息三年。會上我問宋志福，如果資金到位的話，技改項目什麼時候能夠完成，他信誓旦旦地說半年，半年之內保證能完成，技改項目完成之後，紡織廠的產值和利稅都將比現在翻一番。

我聽了他的保證，將信將疑，但是為了讓紡織廠盡早擺脫困境，似乎也沒有別的什麼辦法。

他和銀行簽定貸款協議的那天，特地到了我辦公室，把協議給我看過之後，又塞給我一個信封，我問他：「你這是做什麼？」

「一點意思，感謝書記幫忙。」

他拿著信封要放到我的抽屜裡，我想阻止他，這時恰好劉茂耕進來說個事，我就鬆了手，讓他放到了抽屜裡。劉主任走後，我掂了掂信封的厚度，大概有兩萬元錢。

「你這是做什麼？」我又問了一句。

「一點意思，書記幫了我們大忙。」

「那是我應該做的，這個錢你拿回去。」我把信封還給他。

他推搡了半天，硬是不收，我只好板著個臉說：「你不收，我就交紀委了。」

他這才訕訕地收了下來，笑著說：「我們的書記，真是好官。」

技改項目進行得並不順利，銀行發放了三百萬元貸款之後，拒絕再發放新的貸款。宋志福提著兩條煙，找到我辦公室，進來後，就主動給我倒茶，看到我的茶葉不好，說：「書記還喝這樣的茶葉，明天我叫人送兩包龍井來。」

「市場上哪有那麼多龍井？」

「上個月我從杭州買回來的，總應該是真貨。」

我以為他只是隨便來坐坐的，但他把茶遞給我時，笑著說：「又要麻煩書記了。」

「什麼事？」看他不急不慌的樣子，我想也不是什麼大事。

「工商銀行不肯放貸了。」宋志福一邊給自己倒茶，一邊隨口說道。

我聽了不覺吃了一驚，這麼大的事，工商銀行怎麼能夠隨意中止合同。

「這事還要麻煩書記跟金行長打聲招呼，把餘下的貸款發放到位。」宋志福仍然不急不慢地說。

我馬上給金行長打了電話，才說到這個話題，他就在電話那頭髮起脾氣來了：「不是我不肯，是省行不肯再貸了。省行不肯的原因，是紡織廠根本沒把錢用在技改上，而是買了高級轎車。」

「有這樣的事？」

「你問問他坐的是什麼車子？」他在電話那頭氣呼呼地問，「奔馳，比我們省行行長的車還要牛。還有那棟破辦公樓，居然裝修了一百多萬。這個事讓我挨足了批評。」

我聽了也氣不打一處來，放下電話，冷冷地看了宋志福一眼，他卻仍然若無其事地笑著。

「你坐的什麼車？」我問他。

「桑塔納。」他見我口氣不對，剛才還掛在臉上的笑容一下子收斂了起來。

「金行長說你們買了輛奔馳。」

「哦，那是專門用於接待的車，有時來了重要客人，車子太寒酸了，怕客人不高興，所以買了輛新車。」

「你們辦公樓新裝修了？」

「辦公樓十幾年沒裝修了，看上去不像個樣子，所以最近重新裝修了一次。」

「裝修了多少錢？」

「不到一百萬。」

「難怪銀行不肯再放款。」

「這是我們內部的事，他們管那麼多做什麼？」

「他要保證資金安全。」

「你們簡直是瞎胡鬧！」我見他不說話了，狠狠地斥責了他一句。

「這事沒他說的那麼嚴重，他不肯放款，我直接找省行。」宋志福說。

「你在省行有關係？」我不信他有這個能耐。

「辦法總是人想的，書記，是不？」宋志福又若無其事地笑了笑說。

技改項目眼看成了半拉子工程，但宋志福憑借他妹妹的關係，居然請動了董漢軍幫他到省行說情，結果工商銀行又貸了五百萬元給紡織廠。

貸款到位後，新項目很快便投入生產。正式開工那天，宋志福舉辦了一個盛大的開工儀式，連董漢軍都請了過來。工廠內外鑼鼓喧天，彩旗飄飄，場面十分壯觀，宋志福更是志得意滿，在開工儀式作了一個熱情洋溢的講話，他說紡織廠要在兩年之內，將產量提高一倍，利潤出現大幅增長。我聽了他的豪言壯語，心裡也頗為激動了一下子，心想宋志福雖然是個花花公子，但憑著過硬的關係，還是能對企業的發展起到很大的促進作用。看著嶄新的廠房和設備，心裡不由感慨萬千！這幾十年紡織廠每一步的發展，我都了如指掌，從最初的幾十個工人，發展到今天擁有一千多工人，壯大了幾十倍。

我滿以為紡織廠能恢復往日的盛況，但是新設備運行很不正常，一是工人不懂德文，操作設備有困難；二是機器隔三岔五出故障，紡織廠自己沒有技術力量進行維護，需要從德國請專家過來，德國專家來一趟，費用昂貴，而且很難及時趕到。再加上市場走俏的布料，花樣翻新快，而紡織廠在營銷上跟不上市場的變化，所以新設備投產後，堆積了大量賣不出去的產品，虧損反而變得更加嚴重。

企業虧損嚴重，職工的待遇也越來越差。紡織廠效益好的時候，職工待遇在湄河縣是首屈一指的，每個月的獎金比工資高出一兩倍，當時的年輕人，尤其是女青年，都以能到紡織廠上班為榮。可是現在產品越來越沒有銷路；獎金也是一個月比一個月少，到後來，竟連工資都不能按時發放；車間雖然還在生產，但也是停停打打，時斷時續。再加上債臺高築，一個好端端的企業，不到幾年時間，就被宋志福弄到了資不抵債的地步。

縣委不斷收到關於宋志福的舉報信。這些舉報信列舉了宋志福五大罪狀：一是獨斷專行，任人唯親，排斥異己，凡是有點能力的人都被他排擠出了紡織廠。二是生活奢靡，企業效益連年滑坡，他卻花了幾十萬為自己買了輛奔馳車。平時也是花天酒地，不是他陪別人，就是別人陪他。三是假公濟私，為了巴結上司，不惜亂花公家的錢。廠裡已經有幾個月沒發工資了，但每年用於接待請客送禮的費用不下一百萬。四是管理混亂。紡織廠有千多名工人，但真正幹事的不到一半，大都人浮於事，吃大鍋飯，不思進取。上班期間，不少職工拿著球拍在車間裡打球，竟然沒有人管。五是亂搞男女關係。廠裡凡是有點姿色的女性，他都想方設法要去佔有，而且許以種種好處，廠內中層女幹部幾乎都與他關係曖昧，以至誰想提幹，誰想調整崗位，唯一的辦法就是以身相許。誰要是不肯就範，必遭打擊報復。信中還講了一件事，兩年前，一個女科長跟他在辦公室鬼混時，被女科長的丈夫捉住了現場，將他狠揍了一頓，臉上至今還留著個疤痕。女科長的丈夫也在紡織廠上班，揚言要把這個事情鬧大，後來他承諾提拔女科長的丈夫當保衛科長，才把這事壓了下來。

雖然每年我都要收到各種各樣的舉報信，其中真真假假，虛實參半，但看了宋志福的舉報信後，我憑直覺就覺得信中說的基本都是事實。一是宋志福額頭上，的確有一個不太明顯的疤痕；二是那輛奔馳車，他跟我解釋是為了接待客人，但實際上成了他的專車；三是信中說工廠已幾個月發不出工資，他卻每年要花幾十上百萬請客送禮，別的不說，至少每年我都要收到他送來的不少禮物，每次一對酒、幾條煙，少說也要幾千元，一年下來，就是幾萬元。那次如果不是我板著臉退了他的兩萬元，說不定他還會找各種機會送錢過來。

我收到舉報信後，幾乎未加思索就批給了紀委邱書記，要他派人去查實一下，我頗希望紀委能查出一兩條重要線索來。可是，兩個月過去了，未見任何動靜，我問邱書記派人去查了沒有，邱書記說正要來跟我彙報，派人去查了，但都是一些捕風捉影的事情，並未查到真憑實據，寫舉報信的人又沒有署真實姓名，找了幾位同志，都說不了解具體情況。並且為宋志福辯護，說紡織廠退休人員多，負擔重，在職職工只有一千左右，退休職工就達到了八百多，幾乎一個在職職工要負擔一個退休人員，企業效益不好並非廠長的責任。

我聽了這個答覆很不滿意，但又不好說什麼，心裡明白要紀委去查，肯定是查不出名堂來的，宋志福跟邱書記一直稱兄道弟，兩人時常在一起吃吃喝喝，邱書記又怎麼會認真去查呢？

紀委雖然沒有查出個結果來，但是在一次常委會上，我仍然提出對幾家效益不好的企業，要調整一下班子，其中就包括紡織廠。沒想到剛剛有這個動議，組織部還沒有拿出方案來，董漢軍的秘書小王就打電話過來，說宋志福這個同志還是挺不錯的，培養一個企業家不容易。紡織行業目前遇到的困難是個大環境的問題，不止湄河紡織廠不景氣，市裡幾家紡織廠都不景氣，困難時期更應該給企業更多的支持。我問這是不是董書記的意見，小王沒說是，也沒說不是，只是含糊其詞地希望縣裡慎重考慮。我想肯定是宋志福找了董漢軍，董漢軍讓秘書打的這個電話。既然董漢軍反對，這事便只好作罷。

正當縣裡為紡織廠的境況感到一籌莫展時，省裡出臺了一個政策，允許特別困難的企業破產改制，省裡還將下撥專項改制經費。宋志福在經營上沒有多大能耐，但在利用政策上卻反應迅速，政策剛一出臺，他馬上便向縣委縣政府打了一個報告，申請將紡織廠破產改制。

他把報告送到我辦公室時，仍然帶了兩盒龍井茶過來。

「你又去杭州出差了？」我問他。

「沒有，一個朋友捎過來的。」他仍然滿臉笑容。

「朋友捎的，你應自己留著。」我說。

「好東西當然要先敬書記。」他把茶葉放到茶水櫃中，裡面還有他上次送的茶葉沒有喝完。

「今天找我什麼事？」自從上次我要邱書記派人去查他的問題，他就很少到我辦公室來了。

「給書記送一份報告。」他把報告遞給我。

我接過報告，仔細看了一遍，一時竟沒有反應過來，在我的意識中，還壓根沒想過要讓紡織廠破產的事情。

在我看報告時，宋志福平靜地坐在我的對面，臉上仍然掛著一副泰然自若的笑容，企業要破產了，他還如此鎮定，你不得不佩服他這種處變不驚的定力，也許他壓根就沒想過要把紡織廠搞得興旺發達，反正是國有企業，即便破產了，他個人也毫髮無損。

「企業破產是件大事，之前還沒有先例。」我看完報告後，心裡沒有底，不知要如何回答他，「等常委會研究後，再看怎麼辦。」

「這事不急。我只是把企業的想法主動提出來，希望爭取到國家的政策扶植。」宋志福平靜地答道。

「你頭髮怎麼越來越少了？」我想把話題岔開，看到他的禿頂，便問道。

「沒辦法，遺傳。」宋志福摸了摸自己的頭頂，笑道：「我父親也是個禿頭。」

「脫髮是體虛的表現，你可要注意身體。」我揶揄道。

「謝謝書記關心。」他身子前傾，頻頻點著頭說。

宋志福走後，我感到左右為難，一方面省裡有政策，鼓勵困難企業破產改制，我作為縣委書記，毫無疑問必須貫徹落實省裡的政策；另一方面，我個人在感情上無論如何難以接受這個現實。所謂的破產改制，無非是將國有企業改變成私有企業。當年那麼多人出生入死參加革命，前赴後繼，視死如歸，不就是為了要消滅私有制，消滅剝削，實現公有制？紡織廠當時也是經過公私合營，好不容易從私有變成國有的，如果又走回到私有制的老路上去，那麼多人為此而拋頭顱、灑熱血，犧牲了自己的生命，又有什麼意義呢？

我想把這個事情拖一拖，省裡也只是鼓勵試點，但並未一刀切，如果其他地方改得不成功，我們也就不必作這方面的嘗試了。

但是武縣長對紡織廠改制的事情，卻表現出極大的熱情，在常委會上提了出來，他認為主動申請改制試點，有幾個好處，一是現在國家有政策，成為改制試點的企業，可以爭取到一筆改制經費，二是可以永久性地解決紡織廠這個包袱。紡織廠因為發不出工資，不時有工人到政府來鬧事，所以財政每年要撥出一筆錢來用於安置職工，改制成功後，政府就可以摔掉這個包袱。

在會上我說出了我的擔憂，說改制後企業變成私人的了，是不是重新回到私有制的老路上去了？這跟社會主義的經濟體制是否存在矛盾？可是武縣長說他為這事特意請示了董書記，董書記的意思也是要積極落實省裡的政策。

聽他這麼一說，我不好再堅持自己的觀點，便叫他先拿一個方案出來再說。大約過了半個月時間，武縣長拿出了一個湄河紡織廠的改制方案，方案是先讓湄河紡織廠破產，清理債務，工人到了退休年齡的辦理退休，沒到退休年齡的按工齡予以補償，破產後的企業進行重組，新企業實行股份制，由職工持股。持股比例根據級別確定，最大的股東是宋志福，持股百分之十。普通職工持股不到百分之零點一，並且每股要交納一萬元錢，不願出錢的視為自動放棄。

常委會還沒有做決定，方案就已經在工人中間傳得沸沸揚揚。工人們大都反對企業破產，他們先是在廠裡集結，在廠區門口貼大字報，要求撤銷宋志福的廠長職務，甚至把車開到大門口，不許人員進出。他們在廠裡鬧了一陣之後，見沒有效果，又集結到了縣政府門口，要求政府答應他們的要求。

帶頭鬧事的叫王海鵬，三十多歲年紀，是個大個頭，滿臉落腮鬍，額頭上繫著條紅色的毛巾，在人群中顯得特別打眼，我第一次看見他時，總覺得有些面熟，卻又不記得在那裡看見過。由他領頭，帶著幾百個職工接連在政府門口坐了三天，人群中舉著兩條橫幅，其中一條橫幅上寫著：「嚴懲工廠蛀蟲宋志福」另一條橫幅上寫著：「我們要吃飯，我們要生活。」並不時有人站起來帶頭高喊口號：「嚴懲腐敗」、「還我工廠」、「我們要見縣長！」

看到這情景，我心中竟暗暗感到一絲高興，說明破產改制是一件不得人心的事情。

武縣長急急忙忙找到我辦公室，商量著怎麼處理這件事情。他的情緒很激動，手裡拿著根沒有點燃的煙，在屋子裡來回不停地走動，我從抽屜裡尋出一個打火機給他，他打出火來，沒點燃煙，又把火熄了。他還是第一次碰到這樣的事情，似乎有些六神無主。

「這事你看怎麼辦？」他問道。

「你有什麼意見？」我反問他。

「我看是不是把公安調過來。」他有些猶疑地說：「先把那幾個為頭的抓起來，控制住局面。不採用強制手段，政府的威信是樹立不起來的。」

我默然了半晌，沒有作聲。他的這個觀點，我是不贊同的，我回想起幾十年前自己上街遊行時被國民黨特務抓起來的情景，非但沒有把群眾的反抗壓下去，反而引發了更大的反抗。過去我們總認為國家是一個階級壓迫另一個階級的暴力工具，事實上，國家應該成為協調各個階層利益的權威機構，這種權威絕不是建立在暴力的基礎上的。即便我們把王海鵬抓起來了，並不見得就能讓他心服口服，更不能讓紡織廠的絕大部分職工心服口服。

我本想反駁他的觀點，但又想他是不會理解這些觀點的。當時已臨近春節，我便提出先不要把事情鬧大，等過了春節後再說，等工人情緒穩定了之後，再談改制的事。財政上先拿出幾萬元錢來，給職工補發部分工資，讓他們順利過好春節。

武縣長見我表了態，也不好再說什麼。

「他們說要見你，你是不是出面跟他們解釋一下？」我試探性地問他。

他顯得有些為難，支吾了兩下說：「見面倒是沒問題，但是，那幾個別有用心的人，煽動群眾，難以控制局面，除非把公安調過來。」

「先別調公安，我先去跟他們講一講。」我說。

下班之前，我要縣委辦劉主任跟我一起去政府門口，劉主任問要不要安排保衛人員跟著，我搖了搖頭說不要，心想當年我連土匪都不怕，怎麼還能怕自己的老百姓。我走過去的時候，工人們不知道我是誰，都有些疑惑地看著我，劉主任跟領頭的王海鵬說，這是楚書記，有話要跟大家說。王海鵬便示意大家安靜下來，聽我講話。我站到一級臺階上，對圍坐的工人們說：「工人同志們，今天我來是向大家道歉的，紡織廠搞到今天這個地步，我作為縣委書記是有責任的。這幾天，大家的要求，我們已經很清楚了，今天我和武縣長商量了，紡織廠改制的事，還要再研究，改不改、如何改，現在都還沒有最後定，等春節過後，再給大家一個肯定的答覆，我個人的意見是破產改制並不是企業的唯一出路。」講到這裡，工人們都高興地鼓起掌來。

「另外，為了讓大家過好春節，縣財政在非常困難的情況下，仍將拿出八萬元錢，來補發大家的部分工資。」

工人們聽到將補發工資，又鼓起掌來。

「今天我到這裡來，也跟大家提一個要求，希望大家能夠理性對待目前企業遇到的困難，有什麼訴求，通過理性的方式向縣委縣政府提出來。大家在這裡守了三天了，馬上要過春節了，我希望大家今天就回去，不要再守在這裡了，守在這裡，也無助於問題的解決。希望大家回去後，把縣委政府的決定告訴全廠職工，讓大家安心過一個祥和的春節。」

我講完後，大家開始議論紛紛，有主張回家的，有主張繼續靜坐的，還有的說當官的話信不得。

我把王海鵬扯到一邊，看著他說：「王海鵬，你出面跟大家講幾句話，要大家撤回去。」

「你講話算數不？」王海鵬有些懷疑地望著我。

「我是縣委書記，難道還騙你不成？」

「那我就相信你這一次。」他猶疑了一下說。然後轉過身去，對圍著的工人們說：「各位弟兄，我來講幾句，楚書記的話，剛才大家都聽到了，這是我們第一次得到縣領導明確的答覆。我們不是來無理取鬧的，既然楚書記表了態，說了破產改制並不是企業的唯一出路，而且還同意補發部分工資，我們的要求基本達到了，等下就撤回去。春節過後，我們再等領導的答覆，大家說好不好？」

人群中響起一片好的聲音。

在王海鵬的帶領下，工人們開始紛紛往回走。

春節期間，縣委辦安排領導走訪慰問困難家庭時，我特意要劉主任將我走訪的地方安排在紡織廠。

慰問那天，我們先到廠區看了看，廠內的景象讓我大吃一驚，上次來時，這裡還是一片熱火朝天的景象，而現在竟變得冷冷清清，門口原來都貼著一副對聯，而現在貼對聯的地方竟空空如也；廠區內的道路，大概多年沒有修了，已是凸凹不平，路邊雜草叢生，顯得十分荒涼。我到車間裡看了看，剛一進門，就聞到一股帶著些許寒意的鐵味，進門的一臺紡織機上擺著幾只紡梭，本來十分光亮的外表，已經變得十分黯淡了。那些紡織機，是幾年前才從德國進口的，在潮濕空氣的腐蝕之下，開始出現了淺淺的鏽斑，值班的工人說，再不恢復生產，不要幾年，這些設備就一點用處沒有了。

廠工會肖主席是個四十多歲的女同志，胖胖的，說話像放炮一樣，她帶著我們去了職工宿舍。走訪的第一戶是個殘疾人，兩夫婦都快五十歲了，丈夫三十多歲的時候就因工傷砸斷了脊椎，在床上躺了十幾年，裡裡外外全靠老婆一個人撐持著；第二戶是雙下崗職工，上有老、下有小，本來就很困難，可前年老婆被汽車壓斷了一條腿，肇事司機趁天黑跑了，醫藥費全得自己出，現在靠丈夫打點零工養活一家人；第三戶是一對孤寡老人，本來有個兒子在街道上班，可前年得癌症死了，去年媳婦改了嫁，留下兩個小孩由老人照顧。我問老人現在最大的困難是什麼，老婆婆說，最大的困難是交不起學費，上個學期的學費還沒交，這個學期仍然沒錢。老公公說，困難是暫時的，我們相信黨相信政府。

我想聽聽職工們真實的想法，忽然想起王海鵬，他是絕不會講客套話的，便提議到他家去看看，肖主席顯得有些為難，說沒有安排去王海鵬家，她大概擔心王海鵬會說出什麼出格的話來。我說沒事，臨時改變一下。她只好領著我們往王海鵬家走去。縣委辦劉主任小聲提醒說，紅包已經發完了，我說你再去買一個來。肖主席領著我們走到一棟三層樓的職工宿舍中，王海鵬家住在三樓。

這還是一棟老式的職工宿舍，連外牆都沒有粉刷，所有的人家都共著一個樓梯上下，樓道狹窄，又黑又髒，到處堆著煤和雜物。肖主席在一張又黑又破的木門前站住了，朝裡面大聲喊道：「王海鵬。」

她連喊了兩聲，王海鵬才打開門，手裡拿著一把錘子，表情淡然地看著我們。

「王海鵬，領導看你來了。」

「看我幹嘛？」

「領導來看你，總是好事。快、快，讓領導進屋坐。」

王海鵬站到一邊，讓我們進到裡面。

客廳很小，中間放著一張翻倒過來的桌子，桌子只剩了三條腿，王海鵬進來後，把桌子翻過來，靠牆放著，然後尋出一條用木板架起來的矮凳子，坐在我們對面。

「領導來了，你茶也不泡一杯。」肖主席說。

「沒燒開水。」

「我去幫你燒。」肖主席進到廚房燒水去了。

「你老婆呢？」我問他。

「出去了。」

「這是你小孩？」我指著屋子中間一個五六歲的小女孩問道。

「是的。」他點了點頭說。

「叫什麼名字？」我問小女孩。

「蔥蔥。」女孩手裡拿著一張報紙在玩，兩邊的衣袖上各打了一個補丁。

「蔥蔥，過來。」王海鵬對他女兒說。蔥蔥乖巧地走過去，靠在王海鵬的腿上。

「我今天來是想和你扯扯，聽聽職工們對改制有什麼意見？」我主動跟他說了我的想法。

「大部分職工都反對改制，好端端一個企業，為什麼要改制？過去譚凱當廠長的時候，獎金比工資還高。宋志福來了後，不到幾年時間，就被弄成這個樣子。你是縣委書記，未必不知道？不知道宋志福是個什麼貨色？」

「話不能亂講。」肖主席從廚房出來，制止王海鵬說。

「廠裡哪個不知道?他來了以後，紡織廠便一落千丈。」王海鵬越發提高了嗓門。

「那機械廠也不行了，水泥廠也不行了，都怪廠長？」肖主席反駁道。

「你跟他穿一條褲子，什麼好處都是你們領導得了，苦就苦了我們這些工人。」王海鵬和肖主席爭吵了起來。

「算了，你們別爭了。」我看肖主席還要爭，就制止了她，「有什麼想法，我們下次再溝通。」我說。

「這是政府的一點意思，給你們過年買點東西。」我從劉主任手裡接過紅包遞給王海鵬說。

「這點錢做得什麼用。」王海鵬看了一眼紅包，沒有伸過手來接，「你們真正想為紡織廠好，就換一個廠長。」

「這是領導的一番好意，你拿了給小孩買點東西。」肖主席接過紅包塞到他女兒的衣袋裡，好像剛才根本沒和他發生過爭吵似的。

我們正準備出門時，看見一個老太婆提著一籃子爛菜葉走了進來，雖然穿得十分樸素，但看上去乾乾淨淨，整整齊齊，我一眼就看出了是仲甫的愛人楊紫。

「這是王海鵬的母親。」肖主席介紹道，又對老太婆說：「縣委書記看你們來了。」

「我們認識。」我說：「你是楊紫。」

她有些疑惑地看著我。

「我是楚懷南。」我說。

「哦，楚書記，我都認不出來了。」她淡然地笑了一下。

我沒想到王海鵬竟然是仲甫和楊紫的兒子，難怪我看著他總覺得有些面熟，他的個頭和長相跟仲甫年輕時一模一樣。

「你提這麼多爛菜葉做什麼？」我有些奇怪地問楊紫。

她顯得有些不好意思，沒有回答。

「不瞞領導，現在家裡買菜的錢都沒了。」王海鵬說了實話。

我明白了他們現在要靠撿爛菜葉維持生活，我沒想到當年那個文雅素淨、超塵脫俗，甚至還讓我心生妒意的絕色美女，而現在竟淪落到了如此地步，突然感到鼻子一酸，有些想哭。原來還只是農民生活困難，現在竟然連工人都貧困到了這個地步。

「仲甫呢？」

「他在後面。」楊紫指了指後面說。

我朝後面看了看，一個拄著拐杖，步履蹣跚的老人朝這邊走來。等他走近了，我才驚奇地發現，這個面容清瘦，彎腰曲背的老頭居然是仲甫。仲甫年紀跟我差不多，而看上去竟變成了一個垂垂老者。

「仲甫。」我叫了一聲。

仲甫拄著拐杖，看了我一眼，說：「哦，懷南。」一邊咳嗽，一邊喘著氣，自嘲道：「老了，成廢物了。」

「他有哮喘病，一爬樓梯就出氣不盈。」楊紫解釋說。

「你們怎麼住到這裡來了？」我想起他們原來住在一棟小洋樓中。

「文革的時候，把我們從老屋趕出來了。」楊紫說：「說我們是剝削階級，不配住那麼好的房子。」

「老屋呢？」我問她。

「老屋現在別人住著。」王海鵬怒氣沖沖地說道。

我終於明白他為什麼如此強烈地反對破產改制的原因了。他們一家本來是湄河首富，而經過幾十年的折騰，現在竟變成了湄河最窮的人家。

「仲甫去看了病沒有？」我問楊紫。可是話一出口，就覺得問得多餘，他們連菜都買不起了，哪還有錢去看病。

「看也看了，吃藥也沒什麼用，天一冷就是這個樣子。」楊紫說。

我不自覺地從自己口袋裡掏出五百元錢來，放到楊紫手上，楊紫趕緊把手縮了回去，說這怎麼要得，這怎麼要得。我說這是政府的慰問金，她這才收了下來，連說了幾聲謝謝。

從王海鵬家出來，路過一線卡拉OK廳，每個門口都坐著兩三個打扮入時的姑娘，見我們經過，就主動上前來問我們唱不唱歌，甚至還有人露骨地暗示，可以隨便玩。劉主任說這些妹子大都是紡織廠的下崗女工，我聽了心裡很不是滋味，我知道紡織廠有很多年輕漂亮的紡織女工，過去縣裡的年輕人都以娶了紡織廠的女工為榮，而現在她們居然只能去做三陪女，我作為一個縣委書記，看到這種樣子卻無能為力，不覺感到十分羞愧。

四十一、釋然惘然

當我再次碰到鍾鳴時，他的一席話，又像當年一樣，讓我完全改變了信念。

春節過後，我對紡織廠改制的事情，仍然抱著一種猶疑觀望的態度，武縣長連續兩次在常委會上提出要研究這個問題，我都以擔心職工鬧事為由沒有同意。但是不久，市委組織部就發來通知，要我到省委黨校去學習。去黨校前，董漢軍找我談了一次會，問我願不願意到政協工作。他沒有說任什麼職務，但按過去的慣例是任政協副主席，因為縣委書記不提拔擔任副市長的話，要麼到人大任副主任，要麼到政協任副主席，他這麼問我，我想當然地認為是去政協任副主席。我說我先考慮一下，當時自己覺得在湄河還有很多事情要做。董漢軍說，既然這樣，你就先到省委黨校去學習一段時間。我沒想到在這個節骨眼上，會派我去黨校學習，我猜測多半是武振亞、宋志福在他面前說了什麼。

在黨校上課的第三天，站在講臺上的竟然是鍾鳴。剛開始，班主任領著一個戴眼鏡的大鬍子走進來，我還沒怎麼在意，等班主任介紹說今天給我們上課的是中南文理大學的鍾教授，我才驚奇地發現居然是鍾鳴。他一開口說話，仍然保留了一股濃重的湄河口音，滿臉的落腮鬍子比過去更濃密了，額頭上則刻著幾道深深的皺紋，二十多年的右派經歷，讓他看上去滄桑了許多。

鍾鳴平反後，重新回到中南文理學院當教師去了，並且成為了經濟學領域的知名教授。這天黨校請他來上課。

下課後，我走上前去，叫了一聲鍾教授，他應了一聲，臉上微微笑著，以為我要問他什麼問題，然後一驚，看著我問道：「你是懷南？」

「是啊。」我說：「我還以為你認不出來了。」

「怎麼可能？」他高興地搓著手，「真是太巧合了、太巧合了。」

「你仍然口若懸河。」我奉承道。

「哪裡哪裡。」他拍了拍手上的粉筆灰說。

「等下請你吃中飯吧。」我說。

「我請你。」他說。

「你是老師，當然我請你。」我笑道，心想我這個縣委書記總比你這個窮教授要寬裕一點。

「我們哪還分這些。」他又拍了拍手掌說。

中午我請他在黨校旁邊的一家餐館吃飯，他問可不可以把黨校教務處的吳處長一起叫過去，我說當然可以。

到餐館坐下後，兩人不勝感嘆，竟有一種恍如隔世的感覺。

「沒想到，我們還能見面。」鍾鳴頗為感慨地說。

「是啊，我們有二十多年沒見面了。這二十多年都是怎麼過來的？」我問他。

「唉，一言難盡。」他嘆了一口氣說。

「艾瓊呢？」我問他老婆。

「走拉，早走拉。」他脫掉外面的夾克，放在椅背上，又嘆了一口氣。「跟我一起到鄉下，熬了十多年，眼看就要熬到頭了，她卻得癌症過世了。」

「孩子呢？」

「兩個兒子現在都上班了，一個在機關，一個在學校。你呢？老婆孩子怎麼樣？」他問我。

「我跟水娥已經離了，後來又找了一個，兒子下海了。」我沒有跟他說青青的事。

「聽說永玉也過了？」他問我。

「是的。文革剛開始，他就自殺了。」

「我們能挺過來真不容易啊。」鍾鳴感嘆道。

「他也是一念之差。」我說：「當時哪裡想到還會有今天？」

服務員過來點菜，我因為不熟，便叫吳處長點，吳處長接過菜單，問我喜歡吃什麼，我說什麼都可以。

「二十多年不見，沒想到你居然成了知名教授。」我給他們兩個倒了一杯茶說。

「什麼知名教授，混口飯吃。」

「當時你下放到農村，怎麼還有心思寫文章？」我在報紙上看到他的一篇專訪，說他這幾年發表了不少文章，都是下放農村時寫的。

「下放到農村沒事幹，就琢磨著寫點東西。你總不能像農民一樣，每天只知道吃飯幹活。」

「不怕別人抓你的辮子？」

「這個我有辦法。凡是寫到敏感的觀點，我就空一些字在那裡，旁邊作些標記，只有我自己知道它的意思是反的。」

我聽了不覺哈哈笑了起來，覺得人不論在什麼樣的環境下，都能找到對付環境的辦法。

我跟他說起這次到黨校來學習的原因，心裡感到十分困惑，我們奮鬥了那麼多年，死了那麼多人，結果到頭來，公有制又要轉變成私有制。我本想從鍾鳴那裡得到理解和支持，沒想到他的一番話讓我大吃了一驚。

「公有制的失敗，是早就注定了的。」他聽了我的困惑，沉吟了半晌後說：「歷史證明行不通的東西，或者歷史上從來沒有成功過的東西，你一定要去做，就只能是烏托幫，是空想。」

聽他這麼說，我趕緊起身把包廂的門關上。過了一會，服務員送菜進來，把門又打開了，我又趕緊起身去關，吳處長說：「把門打開沒事，透透氣。」

我拉著門把手有些猶疑不定。

「懷南，你還是那麼謹慎。」鍾鳴似乎看出了我的心思，笑道：「我們說了一輩子的悄悄話，解放前搞地下活動，要關著門才能說話，解放後，同樣要把門關著，甚至關著門也不能說。現在好了，終於可以敞開門說話了。我就不信，還會有人因為幾句話把我們抓起來。」

我為自己的過於謹慎，尷尬地笑了笑。今天畢竟已經很自由了，說錯話除了會影響升官之外，已經不會有生命危險了，而你已經六十歲了，已經沒有了升官的希望，還有什麼好擔心的呢？

「對於普通百姓來說，無論是公有制，還是私有制，他們都不可能真正成為權力和財富的掌握者。」我坐下後，鍾鳴更加無所顧忌地說了開來，「對於普通百姓來說，最大的願望就是安定富足、衣食無憂，何種制度其實是次要的。美國實行的是私有制，中國實行的是公有制，可是幾十年下來，美國人生活得十分富足，而中國人一直掙扎在貧困線上，可見私有制不比公有制差。」幾十年過去，鍾鳴除了外形發生了很大的變化之外，性格幾乎還一點沒變，說起話來，仍然口若懸河。

「公有制是一種新興的社會制度，還有待進一步實踐。」我反駁道，但明顯感到自己底氣有些不足。

「公有制也不是今天才發現的新東西，西周的井田制，實際上是一種公有與私有相結合的制度，但公田往往雜草叢生，無人照管，而私田卻生長茂盛，井田制到最後實行不下去了，只好廢除。清朝的洋務運動，興辦了很多官辦企業，這些官辦企業相當於今天的國有企業，但大都以破產告終。這些企業為什麼會破產？為什麼沒有起到推動經濟的作用？還是存在一個克服不了的問題，貪污腐敗。過去，我們總認為資本是貪婪的，因為資本的貪婪造成了資本主義社會的種種問題，而實際上貪婪的不是資本，而是人。這種本性並不會因為所有制的改變而發生改變，我們在改變了所有制後，並沒有因此而解決存在於人性中的貪婪問題。」

聽了鍾鳴的一席話，我既覺釋然，又覺悃然。釋然的是，這段時間糾結在心中的種種疑問，終於有了一個答案，悃然的是，這幾十年來，我所為之奮鬥的目標，竟然是一個不切實際的空想！

「我們很多理想是好的，如最好的社會是按需分配，但按需分配能實現嗎？」鍾鳴接著說道：「提出這一理論的人不知道，人是有欲望的，而且欲望是沒有止境的。我們的需要會不會停留在某一個水平上，就沒有新的需要了？不會。七十年代你可能只需要一輛單車就很滿足了，但今天給你一輛單車你還能滿足嗎？你可能還想著要汽車、要飛機。可是，能按你的需要分配嗎？如果每個人都想要一架飛機，優先給誰呢？你可能會說優先有權力的人，優先買得起的人，但這就不是按需分配了。我們提出的很多理想都有悖人情，不合人性，實際上是一種烏托邦，如果把這種烏托邦強行付諸實踐，像大躍進時一樣，就會給人類帶來巨大的災難。」

而讓我驚奇的是，黨校的吳處長，竟然也贊同他的觀點。

我一時轉不過彎來，不知道怎麼回應他們，只是悶悶地喝了幾杯酒，心裡直感到十分失落。

回到宿舍中，我躺在床上，好好想了想鍾鳴說到的這些觀點，覺得他說的句句都切中時弊。的確，我們雖然實行了公有制，但並沒有因此而杜絕貪污腐敗的問題，一些企業負責人所表現出來的貪婪比資本家有過之而無不及，縣裡本來有幾十家國有和集體企業，到現在還在繼續生產的，竟所剩無幾，你只能眼睜睜地看著一家一家地垮了下去而毫無辦法。甚至連譚凱這樣你一手提拔起來的明星廠長，最後也成了階下囚，即使他已經享有了比普通職工更大的權力和更多的資源，可是仍然希望通過權力來佔有更多的財富。

資本家的貪婪，至少還可以促進這家企業的發展，而國有企業廠長的貪婪，其結果往往是以企業的虧損為代價。現在全縣的幾十家國有和集體企業，絕大部分都已處於停產半停產的狀態，如果只是廠長的問題，則不應該所有的國有企業都出現同樣的狀況，應該是這個體制違背了經濟發展的規律。

而原來我所不看好的私營企業，這幾年卻如雨後春筍般地湧現了出來，我剛擔任縣長時，全縣私營企業還只是一些作坊式的個體戶，規模小、產值少、技術含量低，政策上也沒有給予多少傾斜，在我的意識中，社會主義就必須以公有制為主體，只有發展國有和集體企業才是搞社會主義，所以絕大部分銀行貸款、政策優惠都是向國有和集體企業傾斜。沒想到當初這些毫不起眼的小作坊，在沒有任何政策扶植的情況下，完全憑著自己的摸爬滾打，竟一個個都變得有模有樣起來，解決了幾萬人的就業問題，現在全縣的財稅收入竟有一大半來自私營企業。

過了幾天，我想到郭老師墳上去看看，便乘公共汽車去了一趟伍家嶺。當乘務員說伍家嶺到了時，我望著車窗外面的景象，不禁大吃了一驚，簡直不敢相信自己的眼睛，這哪裡還是什麼荒郊野嶺，早已變成了繁華熱鬧的街道，兩邊都是鱗次櫛比的高樓大廈。在郭老師墳墓所在的地方，建起了一個很大的超市，這個超市是全省最大的私營連鎖超市。

我在這個超市門外徘徊了很久，心裡默念著，我今天還能跟郭老師講些什麼呢？三十多年前，我在祭拜他的在天之靈時，十分激動地告訴他，中國已經實現了公有制，消滅了剝削，過上了像蘇聯一樣的幸福生活。可是現在我還能講公有制實行得很好？講剝削制度已被徹底消滅？講中國人過上了像蘇聯人一樣的幸福生活？幾十年過去，蘇聯人連自己都沒有過上幸福美滿的生活！

我不由覺得自己的一生頗顯荒謬，為了一個自以為是的真理，背叛了父親，拋棄了戀人，與朋友劃清了界限，女兒自殺身亡，與兒子差一點反目成仇，而最後竟發現自己所追求的理想，只是一個無法實現的烏托邦！

郭老師的孤墳已經完全淹沒在歷史的長河中了，等我們這些人離開之後，也不會有人再記得郭老師了。時間總是在無限地向前延伸著，不會停留在哪一個時刻，也不會停留在哪一個地方，無論你的一生是轟轟烈烈，還是寂寂無聞，這個舞臺對你來說都是極其有限的，一個時代過去了，又一個時代的人要登上這個舞臺表演他們自己的節目。

走在車來車往的大街上，看著熙熙攘攘的人群，我真想放聲大哭一場，為郭老師，也為自己。「求道忘生死，千秋有是非。」這是郭老師臨刑前寫的一句詩，可是時間才剛剛過去了不到五十年，這個世界就發生了翻天覆地的變化，曾經在你心中那麼神聖的東西，到頭來卻顯得如此荒謬！

可是看到眼前的景象，過去的理想似乎又在慢慢變成現實，經濟繁榮、國家富強、人民安居樂業，你所為之奮鬥的，不正是這樣一個目標嗎？只是實現這個目標的途徑不是你所希望的那樣罷了。你個人的理想顯得有些荒謬，而國家卻在朝著一個正確的方向發展。這樣一想，心裡又不覺釋然了很多。

回來的車上，我想起永玉的那份筆記。永玉寫下那份筆記，顯然是想通過他的筆記來反思這個時代。我重新回縣政府上班不久，就到前進學校操場裡去找過他的筆記，卻不料那地方已經蓋起了一排房子，兩棵老樟樹不見了蹤影。當時我覺得對不住永玉，沒有把他的筆記保存好，可是在今天看來，即便他的筆記留下來了，又能怎樣呢？他認為只有在生產技術較為先進的現代企業，才能推行公有制，在生產力還十分落後的農村，則不能操之過急，這在當時已算是十分前衛的觀點了，可是現在看來，無論科學技術發達與否，公有制都是一種阻礙生產力發展的體制。永玉的那些想法，仍然脫不了那個時代的印跡。我們都只是小人物，滄海一粟，不僅不能決定自己的命運，甚至不能決定自己的思想，我們都只能跟隨在別人的後面，人云亦云，人想亦想。今天鍾鳴認為是對的那些觀點，再過一些年，下一代人，下下一代人，是否仍然能獲得他們的認同呢？

四十二、永新下海

永新能夠發財，完全出乎我的意料之外。

當他提出要下海時，我是堅決反對的，有穩當的職業不做，要去做個體戶。況且，我那時仍然認為，個體戶總只能小打小鬧，成不了大氣候。

譚凱出事前，永新已經做到了紡織廠織布車間主任，當時他對這個企業還滿懷信心，暗地裡甚至想著什麼時候能升任副廠長，譚凱有次也跟我提起過這事，我因為擔心別人說閒話，沒有同意。但宋志福來了後，永新對他的很多做派都很不認同，宋志福到廠裡沒多久，就看上了織布車間一個漂亮女工，把她調到廠辦公室當文員，沒幾個月又提拔為辦公室副主任，永新知道那女的中看不中用，連句話都寫不通順，怎麼當得辦公室主任？而且那個女工仗著與宋志福關係好，很少按時來上班，每天打扮得妖裡妖氣，總要到九點多鐘，才背著個包，屁股一扭一扭地走進廠門，其他職工看了敢怒不敢言。永新一提起這事心裡就有氣，後來又看到宋志福在廠裡花天酒地、不務正業，更加心灰意冷，甚至責問我怎麼找了這樣一個人來當廠長，我無奈地搖了搖頭，說這是市委組織部的決定。

宋志福來的第二年，紡織廠開始拖欠工資，永新那時兒子剛出生，老婆奶水又不足，正是需要用錢的時候，我看他困難，便和玉芳不時送點錢過去讓他買奶粉，玉芳把錢拿出來的時候，永新拉不下這個面子，不肯接，說他不缺錢，玉芳只好把錢塞給他老婆尹麗，尹麗倒是沒推搡，說了聲謝謝就收下了。

永新覺得老是花我的錢不是個事，紡織廠又看不到希望，所以當他從浙江出了一次差回來後，看到那邊布市興旺發達的景象，於是決定自己下海去做生意。那時湄陽市火車站附近也辦起了一個布市，很多人靠做布生意發了財。

當我提出反對意見時，他不滿地回了一句，說你能養我一輩子？我知道他的性格很倔，打定了主意的事，別人再怎麼反對都不起作用，所以就隨他去了。

永新離開工廠後，到湄陽布市租了一個攤位。先是請了兩個月長假，兩個月假期滿後，他提出要停薪留職，但宋志福不肯，說廠裡規定不許停薪留職，如果開了這個頭，擔心其他人學樣。永新找到我，要我出面跟宋志福打聲招呼。

「廠裡有規定，不許停薪留職，你總不能帶頭違反規定。」我沉吟了半晌，對於去打這個招呼，感到有些為難。

「這個破規定早就要改了。」永新氣呼呼地埋怨說：「廠裡本來就沒事做，有人在外面找到了工作，宋志福安排人一個個打電話，逼著他們回去，不回去就要除名。但是回去了，照樣沒事做，即便做了事，也沒有工資發，你這不是害人啊？」

我覺得他說的不無道理，既然你不能保證職工有事可做，不能按時發工資，就得讓他們有一條活路。讓永新帶頭停薪留職，破了這個規定，未必不是一件好事。於是我跟宋志福打了個電話，宋志福趕忙解釋說不是他不肯，而是有幾十個人提出要停薪留職，都擺在那裡沒有研究，既然書記打了電話，他會當作特例來處理。我說不是特例，在目前廠裡生產不穩定的情況下，應該考慮讓職工找到一條活路，同時也減輕了企業的負擔。宋志福在電話裡連說了幾個好的，說他們會認真研究書記的指示。

永新辦了停薪留職手續後，生意做得並不順手，一是碰上了淡季，買布的人本來就少，二是因為代銷了一批湄河紡織廠的布，質量、花色都不好，顧客看不上。這些布都是紡織廠作為工資發給職工的，職工賣不出去，折價放到永新這裡代銷，永新因為本錢不夠，無力到廣東浙江去進貨，所以也樂得做無本生意，但這些布擺在櫃臺上竟幾個月無人問津。半年下來，連門面錢都賺不回來，再加上租房租倉庫、日常生活費，一下子虧了兩萬多。每次他們來看我的時候，尹麗一說起他的生意，就牢騷滿腹，說現在全家人就靠她一個人的那點工資，永新連煙錢都沒有了。永新說給你的那些布難道不要錢，尹麗冷笑了一聲說，你那些布做好事，送給我妹妹，她都不肯要，全部送到鄉裡去了。好在我這裡還有一些別人送的高檔煙，每次都叫玉芳拿幾條給他們，但平時看永新抽的仍然是普通白沙煙，我問他那些煙怎麼這樣快就抽完了，永新苦笑了一下說那些煙他一根都沒抽到，全讓尹麗拿到煙酒店去賣了。

有天，我下班回到家裡，看到沙發上坐著一個人，穿著身皺皺巴巴的西服，又黑又瘦，臉上鬍子拉碴，我以為是玉芳請來的水電維修工，直到他喊了一聲爸爸，才發現是永新。我很奇怪他怎麼變成這個樣子，問他是不是很累，他說做生意哪有不累的，每天早上五點多鐘就要起床，到晚上十一二點才關門，有時到廣東浙江去進貨，連著兩三天都是在火車上睡覺。我說如果吃不消，就回廠裡算了，或者我幫他想點辦法，調到別的單位去。永新說每個月拿了那幾十元錢有什麼意思。

「你現在生意好些了沒有？」我問他。

「剛剛有些起色。」

「那就好。什麼事情都只能慢慢來。」

「現在就是缺資金。」永新猶豫了一下說。

「缺多少？」聽他這麼說，我就知道他是要借錢了。

「能不能，借個三四萬元錢？」永新看著我說。

「為什麼要那麼多錢？」

「現在浙江廣東那邊的布好銷，但進貨要現錢。」

「一下可能拿不出這麼多錢。」我知道玉芳手裡的存款不到兩萬元錢，「你看你娘那裡能不能想點辦法？」

沒想到永新聽到這話後，起身就要走，說：「你不肯就算了。」

我一把拉住他，說：「我沒說不肯呀，我是擔心你芳姨手裡沒這麼多錢。」

「陶叔叔廠裡早停產了，我開不了這個口。」永新說。

「等下我和你芳姨商量一下，看她能拿出多少錢。」我說。

玉芳回來後，我和她商量，問有沒有這麼多錢，玉芳感到很為難，說所有的存款加起來也只有一萬六千元。我說就借一萬六給他，玉芳想了一會說，她再去跟親戚同事借一點，看能不能湊足三萬。對於永新的要求，她總是盡力去滿足，我知道她的想法，是擔心自己後媽的身份，怕永新對她有成見。

過了兩天玉芳告訴我，已經湊足了三萬元。她說去跟同事借錢時，同事簡直有些不相信，說你縣委書記家裡還要跟人借錢？我聽了，笑笑，問她：「你怎麼回答的？」

「我說我們家老楚是個清官。」玉芳說。

我聽了嘿嘿笑了兩聲，頗有些得意，可是腦子裡馬上想起譚凱送的那兩萬元錢，心想廉與貪，其實只在一念之間。

玉芳送了錢回來說，永新承諾到時算利息給我們，我聽了一笑，說只要不虧掉就是菩薩保佑了。我當時想讓他去闖闖也好，讓他了解一下做生意也不是那麼簡單的事情，實在闖不下去了，可以把他調出紡織廠，調到別的單位去上班。

但是到第二年，永新的生意開始做得順利起來，他膽大不怕事的性格，在生意場中得到了淋漓盡致的發揮。雖然本地紡織廠生產的布銷不動，但從廣東、浙江一帶進的布卻非常暢銷，別的布商都還只是小打小鬧，而永新開始大規模進貨，他在布市擺了兩個攤位，整車整車的布往往不要一個星期就銷得一乾二淨，一車布可以賺得幾千元錢。

我到黨校學習回來後，永新來看過我一次，順便把那三萬元錢還給了我，並且還付了五千元利息。我說銀行利息也沒這麼高啊！永新說，算是跟你借的高利貸。我把錢給玉芳時，她也高興得合不攏嘴，說沒想到這麼快就把本錢收了回來，還付了這麼高的利息。她當初也和我一樣擔心這三萬元錢可能有去無回。

永新短時間就賺了這麼多錢，不由令我感慨萬千。他在毫無資金、毫無設備的情況下，僅僅憑個人的努力，一年就能夠賺下十幾萬的利潤，而紡織廠有千多名職工，技術力量雄厚，國家還投入那麼多資金給予支持，卻連工資都發不出來。財產私有，是促使個人努力奮鬥的原動力，每個人都想擁有更多的財產，於是便想方設法去創造更多的財富。當人們為自己創造更多財富的同時，也促進了整個社會向前發展。而在公有制下，對這種自發性的努力往往採取一種壓制的態度，大家只好安於貧窮，安於吃大鍋飯，所有的人都躺在國有企業這個大床上不思進取，得過且過。

四十三、任職工會

從省委黨校回來後，因為受鍾鳴一席話的影響，我的觀念完全轉變了過來，決定大力扶持私營企業，對現有的國有和集體企業逐步進行轉體改制，能私有化的盡量私有化，能進行股份制改造的進行股份改造，能租出去的盡量租出去，對難以為繼的國有和集體企業不再注入資金，在政策層面上盡量向私營企業傾斜。我想只要充分調動起私營企業主的積極性，做大做強幾家基礎好的私營企業，一定能讓湄河的經濟總量出現大幅度的增長。

但我還沒來得及將這些計劃付諸實施，市委就將我調離了湄河縣，把調我到湄陽市總工會任主席。得知這一消息時，我極不情願，當天就去找董漢軍彙報自己的想法，希望他能支持自己再幹幾年。

董漢軍見到我，仍然現出一副冷淡的神情，埋頭看著文件，見我不說話，抬頭看了我一眼，說：「你有什麼事，說吧。」說完又繼續批著文件。

我把自己的想法說了出來，董漢軍把文件放到一邊，手裡拿著筆在桌子上敲了兩下說：「老楚啊，你也是老同志了，革命工作幹了幾十年，也該休息休息了，讓年輕人接班。這次有人提出讓你完全退下來，我認為這是對幹部的不負責任，提出還是讓你到工會幹幾年。」

他這麼一說，我倒似乎還要感激他了。我本想告訴他通過黨校學習，我的認識上有了一個很大的轉變，可是跟他說這些還有什麼用呢？他當初問我想不想去政協工作，其實就已經想著要把我調離了。

「當初你不是提出安排我到政協工作？」我還抱著任政協副主席的一絲希望。

「市委原來也有過這個考慮，但政協這次只是微調，還沒到換屆的時候，如果你願意，下次還有機會。」董漢軍把話說得模棱兩可，沒說行，也沒說不行，而且跟上次一樣，並沒有挑明我到政協任什麼職務。對幹部任命上的這一套，他是玩得再純熟不過的了。

我知道再說什麼都不會讓他改變主意，便起身告辭了出來。

在隨後召開的全市經濟工作大會上，他在報告中插了一段話，說我們的一些幹部，思想觀念十分保守，固步自封，不思解放，根據省委的精神，對於思想不解放的幹部，要調整崗位，要把一批年富力強，勇於改革，勇於開拓的幹部調整到重要崗位上來。

我知道他批評的保守幹部，說的是我。這麼多年我和董漢軍貌合神離，他任書記後幾次想把我調開，只是苦於沒有理由，這次正好抓住企業改制的機會，把我調離了湄河縣。這個自認為為革命奮鬥了一生的人，卻從來不知道革命的真諦是什麼！他所感興趣的是權力！只要讓他繼續掌握權力，他的行為和思想馬上可以來一個一百八十度的大轉彎，而不會有絲毫的猶豫！

我知道，當一個領導對你有成見的時候，你再怎麼努力，都是白費功夫，而一旦你的工作出現了差錯，他就會借此向你發難。

到工會任職之後，我很快就想通了，人總是要退下來的，權力並不是私有物，每個人在權力的位子上，總只能幹那麼多年。

工會是個閒散的單位，人少、事也少，雖然沒什麼權力，倒也落得個清閒。過年的時候，玉芳照例準備了很多吃的東西，瓜子、糖果、香煙、檳榔，大盆小盆地擺著，以為還會有很多客人來。因為往年這個時候，來拜年的一撥又一撥，往往這一撥客人還沒有離開，下一撥客人又來了，有次我去市裡拜年，回來晚了，廣電局長吳志初冒著風雪在外面等了一個多小時，我看到他滿頭雪花，當時真有一種說不出的感動。但今年放假七天，只來了兩個人，一個是政協主席張秉初，一個是縣委辦劉主任，張秉初和我一樣是老同志了，所以兩個人坐著聊了一會天，劉主任卻茶都沒有喝一口，我看見他來了很高興，本想和他說說話，問問縣裡的情況，沒想到他放下東西，就滿懷歉意地說，縣裡還有個活動要他去安排，我看著他匆匆地下了樓，心裡不免倍感失落。

佳佳一邊磕著瓜子，一邊笑玉芳：「媽媽準備了這麼多東西，最後都是我們自己吃了。」

玉芳說：「去年還來了那麼多客人，沒想到才調到工會，客人就都不來了。」

佳佳笑著說：「還是平民百姓好，友誼都是真誠的。」

玉芳說：「細妹子，曉得什麼？」

玉芳是怕我不高興，其實我一下子就想通了，前人早就說過「辭官方悟世情冷」，官場在中國無疑是最熱鬧的場所，每個人都想在這個場所中尋找屬於自己的最佳位置，在這個場所中的每一份付出，都是為了尋求更大的回報。既然你已經離開了他們的這個圈子，再來給你拜年，無非是增加了他們的負擔而已。

原來在縣委書記任上，幾乎從來沒有按時下過班，每天不是加班，就是開會，還有一年到頭沒完沒了的接待。而工會，很少有加班的時候，會也不多。回家後，閒著沒事，剛開始還頗有些不習慣，總感覺有什麼事情沒做完一樣，總期待還會有人找上門來，可是並沒有什麼事情要做，也並沒有人來找你，心裡空落落的，過了好幾個月，才慢慢適應起來。

下班後，因為閒著沒事，我便開始在陽臺上種些花草，有海棠，有梅花，有蘭花，看著這些花草從幼苗，到長出茂盛的葉子，開出鮮艷的花朵，心裡著實有一種說不出的高興。

有天下午我正在給花盆施肥，聽到一陣敲門聲，我以為是玉芳回來了，打開門，看到門口站著的竟是仲甫和楊紫。仲甫雖然還喘著粗氣，但沒有咳嗽，似乎比上次要好些。

「仲甫，你們怎麼來了？」我把他們讓進屋中。

「我是無事不登三寶殿。」仲甫步履蹣跚地走進屋裡，楊紫在一邊攙扶著他。

「你身體不好，有事招呼一聲就是，還親自跑來幹啥？」

「你是領導，我敢招呼你？」他說話時有些上氣不接下氣。

「我們老同學，哪裡還講究這些？」

我給他們倒了兩杯茶，把煙遞給他，我記得原來他是抽煙的。

「抽不得了，已經戒了。」他搖搖手說：「一抽就咳。」

「今天找我有什麼事？」我問他。

「還不是為海鵬的事。」

「海鵬怎麼了？」

「被公安抓起來了。」楊紫說。

「他們又去抗議了?」我驚奇地問道。我離開湄河後，對紡織廠的事知之甚少。

「他也是想不通。當年這個廠好歹也姓王，後來公私合營，便什麼都沒有了。」仲甫喘了口氣，接著說道:「工廠變成國家的後，他好歹還有份工作，現在工廠又變成私人的，他連工作都沒了。」

我聽了，直覺得世事難料，當初仲甫把企業交給國家，實行公私合營，雖然態度積極，心裡肯定是極不情願的。而現在他的兒子在工廠上班，眼睜睜地看著企業又成了別人的私有財產，心裡肯定不是滋味。

他喘著氣，斷斷續續地跟我講了事情的經過。武振亞接替我擔任了湄河縣委書記一職，他上任後做的第一件事，便是積極支持湄河紡織廠破產改制，而且改制比原來的方案走得更遠，紡織廠破產後，由宋志福牽頭，幾個私人老板合伙將紡織廠的資產，以五百萬元的價格買斷，新成立了東福紡織品公司。每個職工分得的安置費，不到一萬元。原來承諾所有的職工都安排工作，實際只安排了三分之一。職工們不服，又有一部分人出來鬧事，帶頭的仍然是王海鵬，他帶了幾百個職工，將湄河縣政府的大門堵住，不許車輛進出。

「堵門堵了三天。」仲甫喘了一口氣，繼續說道:「到第三天，來了一幫警察，把海鵬和幾個為頭的抓了起來，其他人見來了警察抓人，又沒了為頭的，便一哄而散。」

「企業改制，政府也是沒有辦法。不改制吧，企業維持不下去，是個沉重的包袱。改制吧，確實存在職工的安置問題。」我想為政府的做法作些解釋。

「紡織廠這麼大一個企業，五百萬元，說得過去嗎?這麼好的一個企業，就這麼賣掉了，你說痛心不痛心?當初國民黨要把廠子炸掉，我們拼命把它保了下來，後來公私合營，我二話沒說，就把廠子交給了國家，沒想到被宋志福這個敗家子搞成這個樣子。」仲甫連嘆了幾聲氣，看得出，他對這家企業仍然懷著很深的感情。

「改制是大勢所趨。湄河才邁出第一步，省內好幾家上萬人的大型國有企業，都提到改制的議程上來了。」

「唉。」仲甫嘆了一口氣，有些情緒地說：「當年公私合營，你也說是大勢所趨，說以後全世界都要實行公有制。今天你又說企業改制是大勢所趨，到底哪個是大勢？」

我一時啞口無言，沒想到他居然還記得幾十年前我跟他說過的話。我嘿嘿笑了兩聲，把話題岔開道：「理論上的事，一時也扯不清。你今天找我什麼事？」

「海鵬抓進去十幾天了，今天找你，是想請你出面想想辦法。他也是為了職工利益才出的這個頭，又沒做什麼違法犯罪的事。」

「我不在湄河縣了，他們只怕不得聽我的了。」現在要我去插手湄河的事情，頗覺得有些為難。

「你不知道我家裡的情況，一家人都在這個廠裡上班……。」楊紫說著說著，忽然流出了眼淚，「我和老王退休後，工資一時有、一時沒有，海鵬的愛人也在這個廠裡上班，因為發不出工資，兩個人經常吵架，前些日子他愛人跟人家跑了。現在海鵬被抓了進去，眼看一家人就這麼散了。」

「唉！其實我也知道鬧不出個名堂。」仲甫嘆了口氣說：「要他別去牽這個頭，可是他說不甘心廠子就這麼變成了姓宋的。我跟他說，凡事都要看得開些，工廠已經不姓王了，姓李姓宋，都跟我們沒有了關係。」

聽他們這麼一說，我的鼻子酸酸的，這些困難企業的職工真是生活得不容易，他們出來爭取一點利益，也是迫不得已。尤其對王海鵬來說，更加會想不通，工廠本來是他們家的，經過一番折騰，竟又變到了別人的名下，他自己連工作都丟了。

「我找找武書記。」我說。

「這事就拜託你了。」仲甫臨走時，用力拉著我的手說。

「拜托你了。」他走下樓梯，又回過頭來說了一句。

第二天，到辦公室後，我給武振亞打了個電話，跟他說了王海鵬一家的實際情況，是不是請他考慮一下，把王海鵬給放了。武振亞猶疑了一下，說現在還正在調查，等事態平息下來後，他會安排公安放人。我以為不要多久就會把人放出來，所以趕緊去告訴了仲甫一聲，但等了幾個月，王海鵬仍然被關在裡面，一直到改制風波平息下來後，才把他放了出來。

四十四、美中不足

我和玉芳在一起的生活，無疑是幸福的。玉芳性格溫和，善解人意，我們在一起十多年，從來沒有因為生活中的小事而發生過衝突，大事則更加能夠互相商量。

但是這幸福仍有些美中不足。

美中不足的原因是我們的年齡相差太過懸殊，在我過了六十歲時，她還只四十多一點。作為一個男人，到了這個年紀，男性的功能已經在逐步退化，男女之間的那些事情時常顯得力不從心了，而玉芳卻還在盛年。玉芳雖然從未刻意保養自己，但因為心態平和，隨遇而安，從不斤斤計較，所以即便四十多了，皮膚仍然光潔鮮亮，身體也一點沒發胖，看上去比實際年齡要小得多。況且在她這個年紀，性方面的要求仍然很強烈，但每次她有這個想法時並不明說，只是在睡覺時問我，這幾天身體狀況怎麼樣，我說感到有些疲憊時，她便知趣地躺到一邊去了。或是偶爾把手伸過來，放到我的腿上，我知道她的意思，就盡力想辦法去滿足她。但無論我怎樣努力，能讓她得到滿足的次數越來越少。

玉芳雖然沒有抱怨，但於我則總是有一種愧疚在心。

因為自己的力不從心，而她又還在盛年，我便擔心她在外面會有相好，時時抱著一種提防的心理。有次下班時碰上下雨，我到學校去接她，車子剛到門口就看見她和魏校長共著一把傘走了出來，兩人說說笑笑，顯得很親熱，我心裡頗不是滋味。魏校長看見我，十分熱情地上來打招呼，我只是冷冷地嗯了一聲，手也沒跟他握。玉芳上車後，我一直沉默著不說話。回到家後，玉芳開始做飯，我則一個人待在書房裡，悶悶不樂地看著書。吃飯的時候，我冷不丁地冒出一句：「你跟魏校長是不是關係很好？」

「難怪你今天怪怪的，一直不說話。」玉芳聽我這麼問，先是一愣，隨即撲哧笑了起來，「我就猜你心裡肯定胡思亂想些什麼。」

「這麼多女老師，為什麼他只送你？」

「我出門時，正好碰到他也出門。」玉芳解釋說：「你們是難友，他怎麼可能會對我有想法？」

我雖然沒再說什麼，但心裡仍有些不痛快。

過後一想，我也覺得這種猜疑毫無道理，畢竟我和玉芳相處了那麼多年，知道她不是那種隨便的人。可是一旦發現她跟其他男人在一起，尤其看到她和別的男人有說有笑時，這些念頭又總是時不時地冒了出來，面對這樣的情況，自己又覺得無能為力，只是暗中希望靠著道德和法律的約束，能夠阻止她對別的男人產生感情。直到有一天，這種防範心理才逐漸從我的潛意識中變得淡薄起來。

每天晚飯後，我跟玉芳都要到附近的中山公園去走走，所謂公園，其實就是一座湖，湖邊種植了很多柳樹、竹子，以及各種不知名目的花草。沿著湖邊是一條鵝卵石鋪砌的小路，光腳踩在卵石上面，可以起到按摩的作用，我和玉芳每天都要踩上一兩圈。有次我牽著玉芳的手，走到一個黑暗的角落時，忽然聽到柳樹下傳來一陣急促的水響，是一個男子在撒尿，那尿撒得又急又有力，落在湖水中發出清脆的響聲。玉芳的手指情不自禁地顫動了一下，她裝作不經意地捏著我的手指，我也裝作不經意地在她手掌上捏了捏。我忽然想到，一個人對異性的渴望，尤其是對異性生殖器官的渴望，是一種本能，無論你怎麼掩飾，怎麼壓制，它都十分頑強地存在於每一個人的潛意識中，而且是任何道德、法律都約束不了的，強行壓制這種渴望，不僅不會讓它自行消失，甚至還可能變得更加強烈。

晚上當我再一次無力地從她身上爬下來，看見她紅紅的臉上掠過一絲無言的失落時，我忽然想到自己是不是有些不講人道。她在這個年紀，應該得到身體上的滿足，卻因為我的緣故，不得不經常壓抑著自己的欲望。她並不是我的私有財產。

「其實你可以去試試。」我說。

「試試什麼？」她茫然地問。

「試試和別的男人。」

「你這是什麼話呀？」她不高興地背過臉去，「你把我看成什麼人了？」

「我知道你不是那樣的人，但總總是個人不？」

「是個人就怎樣？」

「是個人就有人的欲望，就應該找機會得到滿足。」

「你別胡思亂想。」

「不是胡思亂想，我是個革命者。」

「這跟革命不革命有什麼關係？」

「革命者不能只顧自己的幸福。」

「你把我變成革命對象了。」她轉過身嘻嘻笑了起來。

我把手放在她的肩膀上，在她身上輕輕撫摸著，心裡只覺得有些歉意。她倚在我的身上說：「沒事，過一陣子就沒事了。」

但是我摸著她的肩膀，感到她的全身都在發燙。

玉芳的業餘生活原本很單調，佳佳讀高中時，她因為要照顧佳佳讀書，下班後便很少出門，所有的精力都放在家務上，佳佳考上大學後，時間一下子變得寬裕起來，她經常說不知道要做些什麼好。在左鄰右舍的慫恿之下，她也試著學習打麻將，開始只是好玩，沒想到學會之後，竟然上了癮，幾天不摸牌，就覺得很無聊。一些喜歡打麻將的同事同學，很快就湊到了一起，一到週末就有人約了她去。

每次她都要打到十一二點才回家，回家時，總聽到外面一陣摩托車響，開始我以為她是坐的出租摩托車，也沒怎麼在意。有一次睡到半夜，我正準備上廁所，聽到外面摩托車聲，便湊到窗口看了看，看見玉芳扶著騎車人的肩膀，從摩托車上下來，下車後還和騎車人很親切地打了聲招呼。我仔細看了看，那人長得十分結實，腰圓膀粗，一看我就想起來了，是他們學校的體育老師，姓蔡，綽號蔡胖子，年紀跟玉芳差不多。

看著這情景，我心裡有些酸酸的，情不自禁地又感到擔憂起來。可是馬上想到她也是個人，有人的正常欲望，她不能總是壓抑著自己。這樣一想，很快便覺釋然了。

玉芳到家後，顯得很興奮，我問她：「是不是贏了錢？」

「沒有，今天手氣一般般。」她說。

「怎麼這樣高興？」

「也沒有特別高興啊。」玉芳說。

「你怎麼回來的？」

玉芳眼神躲閃了一下，我以為她會撒謊，但她還是說了實話：「搭一個同事的摩托車。」

我本想再追問一句，他是不是專門送你回的，但話到嘴邊還是打住了，心想這麼問下去，只會讓她說假話。

每次蔡老師送她回來的晚上，她似乎都會有那方面的要求。當我不能用身體讓她得到滿足時，便用手指幫她摸著敏感地帶，不要多久，她就會發出一陣哼哼的聲音，兩條腿緊緊地繃在一起，用力向上聳動著，雙眼緊閉，神情迷醉，彷彿身上正躺著一個強壯的男人似的。我知道她腦子裡正在幻想著什麼，越是這個時候，我便越是暗暗用力壓著她敏感的地方，她越是容易變得興奮起來，直到喉嚨裡發出幾聲噢噢的叫聲之後，她的身體便突然地放鬆下來，剛才還十分迷幻的神態也變得正常起來。每次這樣滿足過後，她總是顯得有些不好意思，問我：「我這樣子是不是很淫蕩？」

「每個人都是這樣的。」我說。

「你怎麼知道？」

「人都是一樣的吧。」我說。

這樣持續了大約一年多時間，我不知道他們的關係究竟有沒有突破，就算有所突破，你也是無法掌握的。有天過端午節，她吃了晚飯後，又被邀了去打牌，可才去了一個多小時，中途突然轉了回來，我有些奇怪，問是不是沒湊足人，她一邊低頭換鞋子，一邊說了句不是，就不說話了。然後走到衛生間的鏡子前，照了半天，我問怎麼了，她說沒事。我上前去看了看，發現她臉上青了一塊。

「這塊青的是怎麼回事？」我問她。

她仍然搖頭說沒事，但臉上明顯感覺不對勁。

「還說沒事，肯定有事。」我在她臉上摸了一下說。

「剛才被人打的。」

「誰打的？」

「還不是劉愛玲那個神經病。」她有些氣憤地說。

「劉愛玲是誰？」

「蔡胖子的老婆。」

「她怎麼要打你。」

「我們才坐到桌子上，她老婆就沖了進來，把桌子一掀，抓起一把麻將就衝著我扔了過來，一張牌打到我臉上，口裡還罵些不乾不淨的話，難聽死了。」

「罵些什麼？」

「說什麼老是陪這個狐狸精打牌，我爹病了也不管。」

「她爹病了，蔡胖子怎麼還來打牌？」

「我怎麼知道？」

「肯定是被你這個狐狸精迷住了。」我看著她的臉，嘲諷道。

「別人被打成這樣，你還幸災樂禍。」玉芳斜睨了我一眼道。

我笑了笑，沒再說什麼。她跟蔡老師關係好，我固然可以不計較，但不是每個人都能像你這樣不以為意。在男女私情上，人的本性總是自私的。

從這以後，玉芳便很少再去打麻將了。

四十五、滄海桑田

自從楚懷北去了臺灣以後，我就再沒有聽到過他的消息，也不知他在那邊是死是活。可我剛到工會不久，突然接到他兒子楚永昌從臺北寄來的一封信，信上說家父已經七十多歲，非常掛念故鄉的情況，老是念叨著要回大陸去祭祖，不知道故鄉現在是個什麼情況，便試著寄了一封信過來。信轉了幾個月時間才轉到我手中，看到信時我頗有些激動，沒想到幾十年過去，楚懷北在那邊還活得挺好。我要永新給他回了一封信，告訴他祖父祖母均已去世，大陸這邊已經撥亂反正，克服了以前許多極「左」的做法，現在社會安定、經濟發達，希望他們父子方便的時候回來看看。

沒過多久，楚永昌果然回了一趟湄河。永新把他從機場接過來時，我幾乎一眼就認了出來，因為他看上去和楚懷北簡直就是一個模子，瘦瘦的身材，細細的眼睛，只是皮膚有些偏黑，露在花格子襯衫外面的手臂像古銅色一般發亮。雖然他的長相酷似楚懷北，但性格卻判然有別，楚懷北傲氣十足，待人向來很冷淡，永昌卻十分熱情，臉上經常掛著笑，講話也慢條斯理，不像楚懷北那樣直接乾脆。在門口見到我時，還沒等永新介紹，他就快步走了過來，拿住我的手連叫了幾聲叔叔，彷彿我們已認識了多年似的。我把玉芳介紹給他時，他先是愣了下，然後親熱地叫了一聲嬸嬸，還奉承了一句，沒想到嬸嬸這麼年輕漂亮。玉芳聽人這麼誇她，也笑得合不攏嘴。永新把他的行李提了進來，他一進去就打開包，每人送了一件禮物，送給我的是一套男式紡綢襯衫，送給玉芳的則是一套臺灣產美容化妝品。

中午永新在旁邊的酒店安排了一個包廂。吃飯的時候，我問永昌：「你在什麼單位上班？」

「我自己管著一家公司。」永昌說。

「做什麼生意？」

「加工汽車零配件。」

「做了多少年啦？」我問他。

「快三十年了。」

「你才三十多一點吧？」我感到有些奇怪。

「公司是家父創辦的，家父年紀大了，早兩年交由我來打理。」永昌解釋道。

「你父親身體怎麼樣？」

「前些年還可以，但這幾年毛病不少，高血壓、糖尿病，天天吃藥。所以他一直想盡快回來看看。」他一邊說，一邊站起來給我夾菜，「沒想到叔叔身體還這麼硬朗。」

「老了，不行了。」我說。

「叔叔身體還這麼棒，哪有不行的？」永昌調侃道。

我跟楚懷北，向來貌合神離，對事情的看法多有不合，兩個人在一起，也很少有共同語言，沒想到永新和永昌見了面，卻像親兄弟一樣，情趣相投，一拍即合，兩個人在飯桌上聊得十分起勁，說的都是生意上的事情，第一次見面，似乎就有說不完的話。隨後幾天，兩個人天天黏在一起，永新還帶著他到布市上去轉了幾次。

永昌走後，我才知道他們這幾天一直在商量合作的事情，永昌到處看了一番之後，決定回湄陽投資辦廠，永昌出資五百萬，永新出資三百萬，合股成立新昌紡織品貿易有限公司。並且要創辦一家紡織廠。我聽了頗為吃驚，問永新哪裡有這麼多錢，永新說錢的事，他自然有辦法。

當時各地為了發展經濟，都在積極招商引資，縣裡聽說有臺商要回來投資，正是求之不得的事情，所以合資公司很快批了下來。因為這是第一家合資企業，縣裡決定舉辦一個盛大的掛牌儀式，把楚懷北和永昌從臺灣請了過來。

楚懷北和永昌坐飛機飛到長沙，在長沙住了一晚，儀式舉辦的當天，才由縣政府派車接到了湄河。

我也應邀出席了儀式，一大早我就趕到了縣政府禮堂，禮堂內外鑼鼓喧天，彩旗飄飄，從門口到主席臺鋪著一線紅地毯。看到這排場，我不覺吃了一驚，因為過去只有中央領導下來視察才鋪紅地毯，他們顯然是把楚懷北當成財神爺了。儀式快要開始時，楚懷北在一大群官員的簇擁之下，從外面緩步走了進來，武書記和王縣長分別走在他的左右。楚懷北穿著一套做工考究的灰色西裝，繫著一條大紅領帶，雖然瘦，但卻頗為精神。

我走上前去和他見面時，真是百感交集，既有久別重逢的歡喜，又有世事滄桑的感慨。他握著我的手，仍然一副居高臨下的樣子，說：「懷南，沒想到我又回來了吧？」

我尷尬地笑了笑，不知道怎麼回答他，便說了一句報紙上的套話：「我們一直盼著你回來。」「我這把老骨頭早就想回來看看。」楚懷北拍著我的肩膀，得意地笑了兩聲。

儀式開始後，楚懷北和楚永昌被請到臺上。楚懷北站在武書記和王縣長的中間，胸前戴著一朵大紅月季花，兩手背在後面，一副志得意滿的樣子，我不由想到這個當年逃出大陸的敗軍之將，如今卻被當作英雄一般，受到如此隆重的歡迎。

掛牌儀式結束後，楚懷北提出要去祭拜父親和母親的墳墓，可是湄河縣一時買不到祭祖用的香燭和錢紙，因為經過文化大革命的洗禮，祭祖早已被當成封資修的東西，淡出了百姓的日常生活。武書記聽說楚懷北要祭祖，馬上安排人去湄陽市買了香燭和錢紙過來。

吃過中飯後，我帶著他們一行去了父親的墳上。洲的北端已是雜草叢生，父親的墳完全被雜草掩埋住了。中午臨時叫了兩個本家侄兒砍了幾個小時，才把雜草清除乾淨，重新在墳堆上加蓋了一層黃土。

楚懷北第一個給父親磕頭，他在磕頭前，手上拿著一炷香，站在墳前說：「爹，孩兒不孝，沒能給你送終，今天特地請罪來了。」然後便跪了下去，在地上連磕了幾個響頭，站起來時，眼睛裡已滿是淚水。

接著永昌也學著他父親的樣，在墳前磕了三個頭。

給父親上過墳後，我陪楚懷北到洲上轉了一圈，最後回到了老屋所在地。老屋的房子已經十分破舊了，而且被拆得七零八落，但還有幾戶人家住在老屋中。我帶著他到福嫂家中看了看，福嫂和楊啟福都是七十好幾的人了，但身體還十分硬朗。福嫂看見楚懷北，竟驚得半天說不出話來，過了半晌才喊了聲：「大少爺」，然後歡天喜地地說：「沒想到大少爺還能回來，真是想不到。」楚懷北看了看被雨水浸得斑駁陸離的牆壁，皺起了眉頭，說：「福嫂，這房子還能住人呀。」福嫂說：「住得、住得，住了幾十年了，都蠻好，還是你爺爺時建的。」

福嫂搬過椅子要我們坐，又忙著去泡茶，但楚懷北用手摸了摸椅子，上面似乎有灰，沒有坐，福嫂端了茶過來，他也沒有喝，只是問這房子裡還住了多少人，福嫂說就住了他們兩個老人，兒子媳婦早搬出去了。

走出老屋後，楚懷北頗為不屑地對我說，你看你們怎麼搞的，幾十年了，還那麼窮，這樣的房子怎麼還能住人，早要拆了。我聽了他的指責很不高興，心想國民黨在這裡時不也弄得民不聊生，你有什麼資格指責我。但轉念一想，現在的他可是財大氣粗，跟往年不可同日而語了，所以話到嘴邊便又打住了，只是說，像福嫂這樣窮的並不多，洲上很多人家已經建起了新房子。楚懷北哼哼鼻子，顯然不相信我的解釋。

「這塊地現在是誰的？」走到我們家原來那塊地時，楚懷北站住了，問我。

「原來是國家的，現在分給了洲上的農民。」

「永昌，永新。」楚懷北回過頭來對永昌和永新說：「我跟你們講，將來你們建廠，就把廠址選在這個地方。」楚懷北不知怎麼突然冒出了這麼一個奇怪的想法。

「這裡交通不方便。」永新有些為難地說。

「上午武書記說，政府不是準備新修一座大橋嗎？等橋修好了，這裡的位置就很好。」

「那橋還不知要等到什麼時候。」永新說。

「遲早會修的。」楚懷北向來固執己見。

「永昌，你的意思呢？」楚懷北又望著永昌問。

「這個恐怕還要和政府商量。」永昌說。

「這個事好說，晚上我跟武書記說一聲。」楚懷北頗為肯定地說。

晚上在湄河賓館吃飯，武書記作陪，吃飯時，楚懷北又提出了那塊地的問題，說他們就把紡織廠肆在梨花洲上。武書記聽了爽快地答應道，楚總看中哪塊地，我們都全力支持。武書記還誇楚懷北有眼光，等湄河大橋建成後，那塊地馬上就會升值，而且他保證明年年初大橋就會動工。

吃過晚飯後，縣政府安排他們父子住在湄河賓館，我和永新到楚懷北房間坐了坐。他問起父親當年是怎麼死的，我告訴了他實情，說是鬥死的。

「你那時在哪裡？」他責問道。

「在縣裡當幹部。」看他一副盛氣凌人的樣子，我有些不高興地說。

沒想到他馬上站起來，指著我罵道：「你還當幹部，父親的命都保不住，你當幹部幹啥吃的？」

「你還怪我，你一拍屁股跑了，讓父親替你當替罪羊。」我一時氣急，也提高聲調回了一句。

永昌見我們吵了起來，趕緊把他父親拉開，打著圓場說：「都過去老幾十年的事了，你們還吵什麼，一家子好不容易聚在一起，和和美美才是，和和美美才是。」他轉過身來對我說：「叔叔，都不說了。」

「算啦，不跟你一般見識。」楚懷北朝我揮了一下手說。

楚懷北在湄河待了兩天，便回臺灣去了。我原本想送他去機場，但跟他見面的這幾天，總是弄得不愉快，就打消了這個念頭，借口單位要開會。永新送了他們回來後說，楚懷北上飛機前，連擦了幾把眼淚，說這輩子只怕難得再回來了。聽他這麼一說，我心裡也感到酸酸的，覺得自己還是應該去送他一下，畢竟我們也是兄弟一場。

新昌公司成立不久，就決定徵收三百畝土地，用於建廠房。因為楚懷北堅持，他們不得不按照他的意圖，把廠址選在了梨花洲。這個項目得到了縣裡的大力支持，手續很快就批了下來，而且地價僅為市場價的三分之一。

當永新把土地證拿給我看時，我想起埋在老屋中的那份舊地契，不覺感到世事滄桑，非人力所能預料。當年母親離世前仍念念不忘的那片土地，竟然又以這種方式重新回到了楚家的名下，而且還多出了兩百畝。

「你明天開車送我到梨花洲去一下。」我對永新說。

「做什麼？」永新問我。

「我去找樣東西。」

第二天，我和永新回到老屋，那房子已經十分破爛了，到處布滿著蜘蛛絲，打開門，一股霉爛的氣味撲鼻而來。永新用手扇了扇鼻子，嘲諷道：「你是不是在這破屋子裡面埋藏了什麼寶貝？」

「比寶貝還值錢。」我想起當初母親鄭重其事的樣子，不覺也笑了起來。

我叫永新幫我把水缸移開，尋出那個油布包來，油布包濕呼呼的，邊上破了幾個洞，大概是被老鼠咬壞了。

「這是什麼東西？」永新奇怪地問道。

「地契。」

我小心翼翼地把那幾份地契拿出來，紙已經發潮發黃了，左上角還起了些霉斑，但上面的字跡仍然清晰可見。

永新拿著地契，走到門邊，念了起來，「立賣契約人廖昌躍，因使用不便，將梨花洲上北端祖遺三十畝五分可耕田，賣與楚仕良名下，共計價款銀元九百一十五元，立契約為證。中國華民國五年三月十日。」

「楚仕良是誰？」永新把地契遞給我，問道。

「你太爺爺。」

我把地契收起來，放到一個紙袋中。永新問我：「你留著它做什麼？」

「放到你姨毑的墳上去燒掉，當初她捨命留下這份地契，就是盼著這片土地有朝一日重新回到楚家的名下。」我說。雖然這並不是我願意看到的結果，但也算是給母親一個交待。

「你怕她還知道。」永新不以為然地笑了笑。母親因為是地主婆，我很少帶永新去見她，所以永新對她的印象一直很模糊。

「你把那地契給我。」在回來的汽車上，永新忽然對我說。

「給你做什麼？」

「我留著，把它供在公司會議室，和新辦的國土證擺在一起，讓員工們都知道這片土地的歷史。」永新不無得意地說。

我覺得他說的不無道理，便把地契給了他。

父親因為這片土地丟掉了性命，永新仗著這片土地，後來成為了湄河首富，而我自己，卻感到好像做了一場大夢。

這年的「五一」節，工會照例又要表彰一批勞模，以往的勞模，大多是在生產一線的工人和農民，也有少部分技術人員，可今年各地報上來的勞模名單中，竟有三分之一是私營企業主，尤其有一個名字讓我感到十分扎眼，宋志福居然也成了勞模候選人，而且還排名靠前。

我對於私營企業主評勞模倒是很贊成，因為他們也都是依靠自己的勞動發家致富的，他們管理企業，同樣是一種勞動。會上討論勞模名單時，紀檢組長王錫強對此提出不同意見，說私營企業主不直接參加勞動，不應該評為勞模。但副主席張勇說私營企業主為國家交納稅收，貢獻大，而且為下崗工人創造了工作機會，更應該得到鼓勵和表揚。最後我拍板時，仍基本同意基層工會報上來的名單，但對宋志福提出了質疑，問他們是否了解這個人。張副主席說宋志福是湄河縣的稅收大戶，而且同意贊助市總工會五臺空調。

我知道五臺空調意味著什麼，目前只有我的辦公室裝了一臺空調，其他幾個副主席都還在使用電扇，我也想幫他們解決空調問題，但工會經費很有限，一時解決不了。如果我不同意評宋志福為勞模，他就不會贊助空調，其他幾個副主席肯定會認為是我從中作梗，我看見張副主席在向其他幾個人

使眼色，顯然他們事先已經商量好了的。我想了想，不如做個順水人情，同意算了，況且宋志福也為國家交了不少稅收。

表彰大會結束後，宋志福主動上來跟我打招呼，十分親熱地稱我為他的老領導。他仍然穿著一身名牌，外面是一件質地考究的夾克，臉上仍然從容地笑著，只是頭髮脫得更厲害了，現出了一個光亮的禿頂。

「宋總幹得不錯啊。」我隨口讚揚道。

「還不是有老領導支持。」他也說著客套話，口氣雖仍很客氣，卻沒有了過去那種謙恭的神態，身子也不再向前傾。在這樣一個官本位的社會，一個人說話的神態、表情，乃至自信心，都是與相互之間的級別和地位相對應的。我現在不是縣委書記了，他自然也沒有必要再像過去那麼謙恭了。

「當初搞集體時，企業被你搞得一塌糊塗，現在自己當了老板，怎麼一下子就火了起來？」我笑著問他。

宋志福頗為得意地笑了笑，說：「搞集體的時候，我要是搞得好，還能一直讓我搞下去？別人早就盯上這個位子了，你看看譚凱，結果怎麼樣？」

聽他這麼一說，我不覺苦笑了一聲，雖然明知他說的是歪理，然而卻不無道理。

「老領導中午有時間沒有？我想請老領導跟幾位主席一起吃個便飯。」

「中午我還有個應酬。」我說。

其實中午我沒什麼事，只是不想跟他這樣的人應酬，我可以放棄做官的原則，但不能放棄做人的原則！

四十六、貧富之間

讓我意想不到的是，宋志福竟然死在了一個農民工手中。

《湄陽日報》刊登了這則新聞，只有寥寥幾百字，說東福紡織品公司董事長宋志福被謀殺在辦公室內，凶手叫楊伏秋，已到公安局自首。

我看到這則消息，除了驚奇之外，心中竟還隱隱存著一絲快意，心想為富不仁，遲早不會有好下場。

這事之所以與工會扯上了關係，是因為凶手楊伏秋的家人找到了工會的法律救助處。我到工會後，鑒於工會以往只是舉辦一些知識競賽和文體演出活動，並沒有真正為工人做多少實事，而很多普通工人，尤其是農民工，因為沒有文化，不懂法律，在權益受到侵害時不知所措，毫無辦法，於是，我便提議成立了法律救助處，給那些權益受到侵害的普通職工，提供法律上的援助。法律救助處主任易翔，是個三十出頭的年輕小伙，本來在辦公室任副主任，人很能幹，學的又是法律，我便把他調到法律救助處當主任。一年下來，竟然辦了二十多起案子，而且打贏了大部分官司，那些受到救助的普通職工，對他幾乎是感恩戴德。

易翔跟我講了這起案子的詳細經過，凶手楊伏秋在宋志福新成立的東福建築公司打工，做了一年零三個月，不僅未領到一分錢工資，還從家裡帶了伙食費過來。眼看快要過年了，楊伏秋想領了工資和獎金，回去建房子結婚，他跟女朋友已談了好幾年，對方一直要求把樓房建好後才能結婚。楊伏秋跟其他民工一起向公司要了十幾次工資，公司都說沒錢，他就一個人找到了宋志福的辦公室。那天本來是星期天，宋志福一般不到辦公室來的，但他約了一個新來的女會計到辦公室加班，後來證實女會計跟他有一腿。楊伏秋看到總裁辦公室有人，就一頭闖了進去，看見宋志福和女會計正頭挨著頭在算

帳，不管三七二十一就嚷了起來，說你欠了我的工錢怎麼不給，我們在外面做事頂風冒雨，你倒好，躲在屋裡吹空調，工錢還不給人家，你也太沒人性了吧。宋志福正和新來的會計有說有笑，被他這麼一吵，弄得很不高興，他沒理楊伏秋，而是叫來兩個保安，衝著保安罵道，你們值班做什麼去了，把這個賴皮放了進來。兩個保安挨了罵，便不容分說，就連拖帶推，把楊伏秋往外趕，楊伏秋死活不肯走，幾個人在走廊上打成了一團，楊伏秋寡不敵眾，身上挨了不少拳腳，臉上被打得青一塊紫一塊，鼻孔血流如注。那天正好快要下雪了，北風刮過來像針刺一樣，楊伏秋只穿著件破毛線衣，縮著個身子蹲在門口，又氣又冷，不僅沒要到工錢，還挨了一頓毒打，抬頭看見門口放著一把鐵鏟，拿起鏟子就往裡衝，一個保安想擋住他，他朝保安頭上就是一鏟，另外一個保安見勢不妙，趕快躲開了。他闖進宋志福辦公室，宋志福和女會計正摟在一起玩電腦，看見楊伏秋進來，剛站起身來問他要做什麼，楊伏秋朝他腦袋上猛地鏟了過去，當場把他鏟倒在地，口裡還罵了一句：「老子堂客都討不到，讓你每天在這裡快活。」

那個女會計嚇得躲到桌子底下，楊伏秋倒是沒傷害她，丟下鏟子就到派出所自首去了。

「保安也死了？」我問易翔。

「是的，死了兩個人。」易翔說。

「宋志福身家至少上千萬了，竟然捨不得這幾千元錢，實在令人費解。」

「可能是在女會計面前損了他的面子。」易翔說。

「他也不想想，他有那麼多女朋友，可人家三十歲了，連老婆都討不到。」

「宋志福有很多女朋友？」易翔詫異地問道。

「你可能不知道宋志福的為人，過去紡織廠還是國有的時候，下面的女幹部幾乎都和他關係曖昧，現在公司是他自己的了，有點姿色的女員工只怕都難逃他的魔掌。」

「這宋志福真是該死。」易翔憤憤然道。

「你說這事有辦法沒有？」我問他。

「如果不出意外，必死無疑。」易翔肯定地說。

「但現在社會反響強烈，都說宋志福該死。」

「關鍵是保安不該死。」

「暴力一旦被激發起來，肯定會傷及無辜。」我說。

「這個案子，我看還是不接為好。」易翔提議道。

「你看著辦吧。」我對打贏這場官司也心存疑慮。

我以為易翔拒絕凶手家人後，他們會另找律師，可是有一天上午我剛到辦公室，就闖進兩個女人，一個滿頭白髮的老太婆，還有一個三十來歲的婦女，我仔細一看，那個白髮女人竟是福嫂，後面跟著的是她孫女兒。福嫂穿著一件破舊的灰布棉襖，戴著一副沾滿油污的袖套，面容憔悴，兩眼紅腫，一進門就放聲大哭了起來。

「福嫂，你這是怎麼了？」我驚奇地問道。

「麻煩大幹部，發發慈悲，救救我孫子，我就這麼一個孫子，要是他死了，我怎麼活呀？」

「你孫子怎麼了？」我問她。

「他們講他殺了人。」她哭訴著說：「我孫子是個好人，他怎麼會去殺人？」

「你孫子叫什麼？」

「叫秋伢子。」

我明白了，秋伢子就是楊伏秋。說起來，楊伏秋還曾經是我的學生。

「你別哭，有話好好說。」看著她枯瘦的身體和無奈的神情，我竟也有一種想哭的感覺。生命總是這麼充滿著無奈和不幸，楊伏秋揮動鐵鏟的時候，可也曾想到自己的家人還需要自己照顧？暴力不

僅未能為自己討到工資，還為自己的家庭帶來如此巨大的不幸。

我把易翔叫過來，問他是個什麼情況，易翔說楊伏秋的姐夫來找過他兩次，他告訴他姐夫這個事情有難度，要他另想辦法，沒想到今天他奶奶找了過來。

「這事有些難辦。」我嘆了口氣，對福嫂說。

「我們也是無路可走了，才來找你的呀。」福嫂哭著說，她直直地盯著我，眼神裡充滿著一種哀求和期待，似乎只要我出面，就有能力救她孫子一命。

「秋伢子怎麼不找政府出面解決？」我問福嫂。

「找過，他說找過，沒有一個幹部肯出面。」福嫂的孫女兒說。

「他們找過縣勞動局，還找過縣工會。」易翔說。

「都沒出面？」我問道。

「現在這情況，您也知道。」易翔說：「不鬧出點事來，不會引起重視。」

勞動局的情況我不熟悉，工會的情況我再熟悉不過了。工會名義上是工人組織，代表工人的利益，但每個單位的工會主席都是領導班子成員，由上級黨委任命，工會幹部也不是來自工人隊伍，和普通的公務員沒有任何區別，他們並不需要對工人負責。工會工作的主要內容，一是知識競賽，二是文藝匯演，三是法律宣傳，還有一個就是收會費。真正涉及到職工權益的問題，即使找到工會，工會也有心無力，愛莫能助。楊伏秋找到縣工會，多半是登記了事，碰到個負責任的幹部，可能還打個電話問問情況，碰到不負責任的幹部，則連電話都懶得打。

「這件事，難度很大，我們盡力想辦法。」我對福嫂說。

「謝謝大幹部，我來世跟你做牛做馬來報答你。」

「你們先回去，我和易主任再研究一下。」

「我孫子是個好人啊。麻煩大幹部救救他。」她一邊走，一邊揩拭著眼淚。

我也不由得嘆了一口氣，所謂「好人」，只是一個概念罷了，放在革命年代，楊伏秋不僅是好人，而且會成為被人崇拜的大英雄，而放到和平時期，他就成了犯罪分子了。

福嫂和她女兒走後，易翔問我怎麼辦。

「你看能不能幫他請個好點的律師，從北京請都可以。」我說，想起福嫂的眼淚和那雙充滿期待的眼神，我忽然覺得應該為她做點什麼，這個可憐的老女人，無論在什麼樣的時代，她一家人都永遠生活在社會的最底層，所有的主義，所有的信仰，都跟他們沒有任何關係，他們唯一希望的只是過上一種溫飽而有尊嚴的生活，可是即便這樣簡單的要求也難以實現，要麼像她外孫女那樣為改變命運，而不得不含羞忍辱，要麼像她孫子這樣不甘受辱，而不得不以身試法。

「這事只怕會很難辦。」易翔面現難色，顯然不想接這個案子。

「福嫂是我的鄰居。」我解釋道：「既然找到我，總要為她想點辦法。」

易翔哦了一聲說：「我就跟北京那邊聯繫一下。」

易翔出去後，我嘆了一口氣，心想這本來是一件完全可以避免的悲劇！

宋志福顯然不缺這幾千元錢，他缺的是對弱勢群體的同情心，他的眼睛永遠只盯著那些權勢人物，在權勢人物身上，他是從來不會吝惜的，甚至可以不求回報而一擲千金，因為他相信有朝一日，權力總能為自己帶來好處，他為此也得到了偌大的一份家業。可是他萬萬沒有想到自己會死在一個一無所有的窮漢手上。如果他稍稍具有那麼一點點同情心，在天寒地凍的時候，給楊伏秋支付哪怕一小部分工資，也不至於激發他殺人的念頭。

這個世界從來就沒有完全平等過，但也從來沒有停止過對平等的追求。當不平等超過了人們的承受能力時，弱勢的一方往往會鋌而走險，採取極端的方式發泄自己的不滿和對於平等的訴求。權勢者、富有階層在取得既得利益後，面對弱勢群體的利益訴求，往往視而不見，不肯作任何妥協，他們忘記了，人類既有遵守法律的天性，也有破壞法律的天性。

為富不仁者並非今天才有，貧富懸殊也是任何一個時代都避免不了的事情，要想每個人都自覺地遵守法律、固守仁義，顯然是不現實的。當弱勢群體的權益得不到保障時，政府應當充分起到協調的作用，當協調不成時，則應通過法律的手段予以制裁。為富不仁，在某種程度上不僅僅是道德問題，當它危害到這個社會時，尤其是危害到社會的穩定時，就是一種犯罪了，而且是一種後果極其嚴重的犯罪。

過了幾天易翔高興地告訴我，北京金城律師事務所的聶玉春律師願意接這個案子，而且免費提供服務。聶玉春是全國知名律師，辦過幾件很有影響的刑事案件，有他出面，或許能出現轉機。

一審放在湄河縣法院。易翔作為律師助理參加了開庭，他回來告訴我，聶律師果然名不虛傳，在庭上侃侃而談，提出三點意見，一是楊伏秋沒有故意殺人的動機，沒有帶凶器，是在現場隨手拿起一把鐵鏟；二是殺人是由於鬥毆引起的，楊伏秋先受到毆打和辱罵，一時氣急才萌生了殺人的念頭，事出有因；三是凶手殺人後，沒有逃跑，而是馬上去了派出所自首。

我問是怎麼判的，易翔說還沒有判，但從法庭辯論的情況來看，明顯是聶律師佔了上風，就看法院是不是採納他的意見。我聽他這麼說，也覺得判死緩的可能性比較大，不由得長長地噓了一口氣，彷彿了卻了自己的一樁心願似的。

但宣判的時候，楊伏秋仍然被判處了死刑。法院之所以如此判決，是因為董漢軍在常委會上發了話，他說對這樣的人不予嚴懲，一發生糾紛，就動刀動槍，湄陽的穩定還從何談起。

其實我早就料到會是這樣一個結果，更何況宋志福還是董漢軍的親戚。我之所以要小易從北京請律師，不過是盡自己的一番努力，給福嫂一個交待罷了。

四十七、永新被拘

我從工會退休不久，永新就被當成詐騙犯給抓了起來。

那三百畝土地的手續辦好後，我以為馬上會動工興建廠房，但永新說必須等湄河大橋建成後，紡織廠才能破土動工，不然大橋沒建成，工廠建在這個地方，進貨出貨都很不方便。武振亞原來承諾大橋馬上就會動工，但修建湄河大橋，只是縣裡的一個計劃，還要市裡和省裡審批，且要省裡劃撥資金下來。計劃呈報上去後，先在市裡壓了一年時間，到省裡又壓了一年時間，兩年多了仍然毫無動工的跡象，所以公司把地徵下來後，也一直沒動工，只是稍微平整了一下土地，建起了幾棟臨時性房屋。

有天我和玉芳正在吃晚飯，永新神色慌張的地開門進來，我問他吃飯了沒有？他搖了搖頭說沒吃，玉芳聽說他沒吃飯，趕緊起身去拿碗筷，永新阻止了她，說芳姨，你別拿，我不想吃，我有事要跟爹商量。

我趕緊扒了兩口飯，把他叫到書房裡說話。

永新坐下後，就低垂著頭，半天不說話。

「是不是和小尹吵架了？」我以為他和愛人小尹發生了衝突。

「不是，公司裡的事，公安局正在找麻煩。」

「什麼麻煩？」

「他們要查帳，說公司存在詐騙行為。」

我默默地坐著，聽他把事情說完。永新說當初註冊成立公司時，他出資的三百萬元是臨時從朋友那裡借來的，註冊完成後，又將資金還給了對方。工廠因為沒有及時動工，楚永昌在臺灣那邊的公司需要資金周轉，所以將五百萬元註冊資金又抽了回去。他們的徵地款全部是從銀行貸的，一共貸了

三百多萬，現在銀行貸款到期了，催了幾次，要求歸還貸款，但帳上沒有一分錢。而且國家正在加緊整頓閒置用地，他們買的那塊地有兩年多了，還沒有動工，正好屬於整治的範圍。不知道為什麼，這個事情被市公安局盯上了，說他們徵地屬於欺詐行為，騙取銀行貸款。如果查帳查出他們抽逃註冊資金，就更解釋不清了。

「徵地時，你們找了關係沒有？」我聽了他的敘述，覺得中間肯定存在什麼見不得人的勾當。

他嗯了一聲。

「怎麼找的？」

「武書記到歐洲考察時，楚永昌給了他五千美元考察費。」

「還有呢？」

「楚永昌請銀行分管信貸的副行長、信貸部主任一起到美國考察了一趟，所有的開銷都由他負責。」

「難怪你們手續辦得這麼順利。」我恍然大悟。

「別人都是這麼做的，我們不這麼做，就拿不到地、貸不到款。」永新辯護道：「況且……。」

「況且什麼？」

「楚永昌說這地本來就是我們家的，現在卻要用錢買回來。」

「你們出了什麼錢？都是銀行貸的款，等於是國家白送了這塊地給你們。」

永新聽我這麼說，低著頭默然無語。

「你趕緊打電話給永昌，要他把那五百萬打過來。」我說。

「打了電話，他說一時拿不出。要我們想辦法拖一拖。」永新說。

我嘆了一口氣，沒想到事情會變成這麼一個樣子。

「爹，你看能不能幫我想點辦法。」永新滿懷期待地看著我。

「我能有什麼辦法？」我搖了搖頭，有些無奈地說。如果我還在縣委書記任上，或許能跟他想些辦法，但現在退下來了，說話也不會有人聽了。

永新聽我這麼說，有些失望地站了起來，口裡喃喃道：「那我只有去坐牢了。」

我以為問題沒那麼嚴重，但過了幾天，公安局就以詐騙罪將永新抓了起來。

永新進去後，一個多月沒有音訊。有天水娥找到我家裡，她坐到沙發上半天不說話。玉芳給她泡了一杯茶，知道我們有話要說，就進到裡面去了。

水娥看上去，老了很多，頭髮也白了不少，額頭上的皺紋一條條清晰可見。永新出事後，她肯定是茶飯不思，寢食難安。她愛人老陶原來是一家集體企業的廠長，前些年日子還算好過，但後來一年不如一年，職工怪老陶不會經營，便聯名告狀將老陶告了下來。沒想到剛退下來不久，老陶便被查出得了癌症。現在兒子又被抓了，一連串不如意的事情碰到一起，再堅強的女人都會難以承受。

「你不出面，他就只有死路一條。」她說。

「我出面也救不了他。」我嘆口氣說。

「你沒出面，怎麼知道救不了他？」水娥責問道。

「他犯了法，我怎麼救他？」

「我早知道你不願意出面。」水娥忽然哭了起來，「當初青青也是，要不是受你的牽連，怎麼會是那個結果。」

青青是我心中的一處軟肋，被她這麼一戳，不覺痛了一下，心裡一酸，差點也流出了眼淚。

「現在就只剩一個永新了，萬一出了事，我怎麼活呀？」水娥用手遮著臉，竟嚎啕起來。

「永新罪不至死。」我說。

「坐牢也要坐十幾年。」

「到時我去找找人。」我嘆了一口氣，安慰她說：「但現在我已經退下來了，別人不一定會給這個面子。」

「你總有些老關係。」

「我試試看吧。」我說。

第二天，我要易翔到我家裡來了一趟。他是學法律的，這些年打了不少官司，對辦案程序很熟悉，我讓他幫我出些主意。易翔來了後，我說了事情的大概經過，問他有什麼辦法。

「這個案子好辦，也不好辦。」易翔想了想說。

「你直說吧，別繞來繞去。」

「關鍵是看如何定性，說好辦，就是如果定為經濟糾紛，只要把銀行貸款及時還上就沒事了。說不好辦，如果定為詐騙，就是犯罪，不僅要沒收非法所得，還要判刑。」

「差別怎麼這麼大？」

「現在法律還不是很健全，碰到類似情況，公檢法自由裁量的權限很大，比如抽逃註冊資金，幾乎絕大部分公司都存在類似問題，工商部門其實也是睜隻眼閉隻眼，不較真就沒問題，但一旦較起真來，就是違法犯罪。你說他沒依法，他又有法可依；你說他依了法，他又只是選擇性執法。」易翔說。

「你看有什麼辦法沒有？」我問他。

「現在案子還沒到法院，只要公安不定詐騙罪，就好辦了。」易翔猶疑了一下，接著說：「楚主席，有句話不知該不該說。」

「你說。」

「這個事只怕會要走點水路。」易翔提醒我說：「您知道有時只要領導一句話，就OK了。」

我默然地點了點頭。

易翔走後，我尋思著要找誰去說才最有把握。市公安局局長嚴繼成，是嚴寶開的大兒子，嚴寶開將他調到湄陽市公安局，慢慢做到了局長的位子，我跟他老子來往就不多，跟他更沒有什麼來往了，此時去找他，不知他會是個什麼態度。我試著給他打了一個電話，他聽說是我，口氣倒是很客氣，說楚叔叔啊，你什麼時候也肯給我打個電話；當我說我是楚永新的父親，想跟他見面談談這個事情時，他就變得支吾起來，他說還不知道具體情況，等他先了解一下情況再說。之後再打他電話，要麼開會，要麼出差，要麼就乾脆不接電話，顯然是有意迴避著我。

對嚴繼成的辦事作風，其實我早有耳聞，他向來是個眼睛望著天上的人，從來只聽一把手的，只有董漢軍說句話，他才會不折不扣地去執行。我想來想去，覺得只有董漢軍出面說句話，這個案子才有鬆動的餘地。

可是能否說動董漢軍，我心裡直犯怵。這些年我跟他一直面和心不和，而且以他一慣的態度，向來喜歡打官腔，如果他打起官腔來，說要依法辦事，則沒有了任何回旋的餘地。直接找他還不如找他二兒子董衛兵，董衛兵本身就在公安局上班，父親是市委書記，在公安說得起話，而且我聽說董衛兵喜歡打他父親的牌子替人了難，人稱兵大少爺。但找他辦事是要花錢的，沒個十萬八萬，只怕他不會出這個面。

可是對於出錢找人了難，我卻變得猶豫起來，這樣做，你豈不是成了一個行賄者？可是不找董衛兵，永新必定會以詐騙罪獲刑，最重可判十年以上，土地也將收歸國有。而如果把案件當作經濟糾紛，則可以無罪釋放，這之間的差別實在太大了。我思前想後，猶豫了幾天，還是決定去找一下董衛兵。永新畢竟是我唯一的兒子。

晚上我去了永新家中，兒媳尹麗帶著孫子思成在家裡做作業，她見我來了，也是一副愁眉苦臉的樣子。我告訴她，要她準備十萬元錢，她驚奇地看著我，問要這麼多錢做什麼，我告訴她明天去找董衛兵，要他出面疏通一下。

「你湊得起十萬元不？」我問她。

「還差一點，我跟我哥他們去借。」

「你趕緊想辦法。湊不起，我再想辦法。」

第二天尹麗打電話告訴我，說已經湊齊了十萬元。她說話時聲音低低的，這個事情肯定像塊石頭一樣壓在她的心坎上。

我約了董衛兵在湄陽大酒店的包廂見面。

當我提著十萬元錢走到大街上時，天突然下起了小雨，我只好回到家中去拿傘，上樓梯的時候，不小心扭了一下腳，痛得半天沒站起來，我扶著牆進到屋裡用濕毛巾敷了一下痛處，真想躺下來好好歇一歇，但想到永新還在看守所關著，只好忍著痛一拐一拐地下了樓。當我撐著傘重新走到大街上時，突然想起五十多年前，自己憤然從衛生局長辦公室衝出來的情景，那天也是遇到了一場大雨。當年正是因為痛恨國民黨貪污腐敗，才毅然決然地走上了革命的道路，可是在我年近七十的時候，卻又不得不提著錢去向官員行賄。你這樣做，無異於徹底地否定了自己的一生，可是不這樣，你又能怎樣呢？年輕時以為只要通過革命，便可以改變這個世界，現在才明白，革命遠不是當初想像的那麼簡單。即便今天再發生一場革命，又能怎樣呢？不過是讓一些不滿現狀的人成為新的權貴罷了，他們最初的目標也許是崇高的、神聖的，可是一旦涉及到權力，涉及到利益，涉及到個人得失，人就會變得自私起來。而新的革命毫無疑問又會給這個國家帶來瀕臨覆亡的命運，正如當初差一點被列強和日本吞併一樣。可是不革命，這樣的腐敗只會愈演愈烈。將來究竟會如何，已不是你能考慮的事情了，你已是風燭殘年，沒有幾年好活了。這樣走著想著，竟不覺老淚縱橫，心底陡然湧上一陣悲涼之感。

走到酒店門口時，我定了定神，用衣袖擦了一下眼睛，免得讓人看見偌大一把年紀了，還如此愛動感情。

董衛兵進到包廂時，手裡拿著一個磚頭樣的東西，那是剛剛開始出現的手機。他剃著個平頭，條形臉，左邊嘴角上長著一顆痣，穿著一件皮爾卡丹的夾克，皮鞋擦得油光鋥亮，身上散發出一股香水味，雖然四十歲了，但看上去還只三十出頭。他一進來，就叫我南伯。我比董漢軍要大兩歲，他打小就叫我南伯。

我叫服務員倒了兩杯茶過來，囑咐她出去時把門關上。

「你這是怎麼了？」董衛兵見我起身時，腳一拐一拐的，問道。

「不礙事，剛才扭了一下。」我說：「衛兵，你也忙，我就有話直說，南伯今天是想請你幫個忙。」

「你說，只要我衛兵做得到的。」

「永新那塊地的事，出了點問題，不知你聽說沒有。現在公安想按詐騙案處理，但是他們所有的手續都齊全，只是沒有按時還銀行的貸款，按理說這只是經濟糾紛。永新進去一個多月了，現在一點消息都沒有。南伯想請你出個面調解一下。」

「這事我聽說了。」董衛兵說：「是經偵支隊的案子，會有些麻煩。」

「有麻煩才找你。」我奉承道：「在湄陽沒有你兵大少爺辦不成的事情。」

「南伯見笑了，那都是謠傳。」董衛兵不無得意地說道。

我把放錢的袋子拿出來，說：「這是請你去打點的費用。」

「這個不要，這個不要。」董衛兵推托道：「我們是什麼關係，還要這個做什麼？有什麼事，南伯吩咐一聲就是。」

「你肯定也要請客送禮，難免有些費用。」

「南伯這麼說，那我就先拿著，事情辦好後，我再退給南伯。」

「還是衛兵爽快。」說著兩個人都笑了起來。

沒過幾天，董衛兵打電話過來，說事情有轉機，他找了市公安局長嚴繼成，嚴繼成答應過問一下這個案子，只是嚴繼成那邊可能還要請個客。我知道他的意思，就答應請嚴繼成吃個飯。董衛兵說，你可能還要準備點意思，我說要準備多少意思，董衛兵想了想說，五方水吧。

五方水就是五萬元錢。現在到哪裡去籌五萬元錢呢？我一時犯了愁，尹麗手上肯定再也拿不出錢來了，只有跟玉芳商量了。

吃晚飯的時候，我問玉芳：「家裡存了多少錢？」

「要錢做什麼？」玉芳口裡含著一口飯，疑惑地看著我，因為平時我從來不過問錢的事情。

「永新出事了，要找人了難。」

「花錢就可以了難？」玉芳不解地問。

「去找董漢軍的兒子，這也是沒辦法的事情。」我嘆了口氣說：「現在世道不比從前了。」

「總共存了四萬元錢。」

「還差一萬。」我說。

「要這麼多？」玉芳顯然有些捨不得這四萬元錢。

「你先把錢取出來，明天就要用，少了的，我再想辦法。」

「水娥那裡可不可以想點辦法？」玉芳問。

「算了，她愛人得了癌症，又沒有工資，日子過得緊巴巴的，哪裡會有這個錢？」

「不是我捨不得這四萬元錢。」玉芳說：「明年還要跟佳佳留點學費。」

「到時再想辦法，現在把永新救出來要緊。」我說。

玉芳不說話了，低著頭只顧吃飯，我知道她心裡有想法，那點錢都是她平日省吃儉用節省下來的。

晚上臨睡時，她又說起這件事情，她有些不解，找人了難怎麼要花這麼多錢，現在怎麼腐敗到了這種程度。我嘆了口氣說：「我也不想這樣做，但不出錢，這事就沒有希望。」

「什麼時候要錢？」

「明天就要。」

「那我明天上班之前去取。」

「你想通了？」

「錢還可以再存，把人救出來要緊。」她說。

「佳佳的學費，到時我再想辦法。」我說。

「還有幾個月時間，總節省得出。」玉芳嘆了口氣說。

現在還差一萬元錢，跟誰去借呢？想來想去，只有跟姐姐開口了。可是開口跟她借錢，心裡卻有些歉疚。我在湄河當縣委書記時，姐姐曾經找過我一次，想把她的小兒子志剛招到鎮上去做事，我卻委婉地搪塞了。那時我剛上任不久，對縣委、縣政府機關子弟成堆的現象很不滿，各部辦委局當時都有一個不成文的規定，凡在單位上班的職工都可以安排一名子弟在本單位就業，以至很多部門半數以上的幹部職工存在親屬關係，有的甚至一家四五個人都在同一個單位。縣委、縣政府是這個樣子，下面各個局的情況更是如此，子弟多了，一是單位難以管理，二是這些子弟素質大都不高，可他們在機關混得久了，慢慢便佔據了重要崗位，要提拔幹部也只能在這些子弟中選擇。因為子弟安排得多了，真正優秀的年輕人卻進不來。為改變這一現狀，我上任不久，強行廢止了這一不成文的規定，並在會上帶頭表態，絕不安排一個親屬到政府部門上班，也絕不為親屬的工作問題跟人打招呼。姐姐找到我的時候，我猶豫了很久，也萌生過打聲招呼的念頭，畢竟自己只有這麼一個親屬了，可是想到自己一帶這個頭，下面便會競相仿效，我再去管別人，就沒有底氣了。我跟姐姐說，自己才上任不久，不好打這個招呼，等過段時間再說。志剛倒是很爭氣，沒有等我為他解決工作問題，而是自己辦了一個燈泡廠，不幾年的時間，從十幾個人發展到幾百號職工，成了當地一家很有影響的企業。還有一件事讓

我覺得對不起姐姐的是，去年她孫女參加教師招聘考試，已經入了圍，而且名次靠前，姐姐找到我，希望我跟縣教育的領導打聲招呼，別讓人把名額擠掉了。那時吳志初已是湄河縣分管文教的副縣長，我便給他打了個電話，吳志初在電話裡答應得很好，說老領導囑咐的事，他一定記在心上，我也滿有把握地告訴姐姐，說這事沒有問題，可是出榜的時候，卻沒有姐姐孫女的名字。剛聽到這個消息時，我肺都氣炸了，心裡罵吳志初簡直不是個東西，我才退下來幾個月時間，他就一點情面不講了，不過轉念一想，官場本來就如此勢利，當你大權在握時，別人巴結你，並不是因為你這個人值得巴結，而是要巴結你的權力，一旦你失去了權力，再巴結你就沒有什麼意義了。姐姐問起我的時候，我含糊著說可能是她沒有考好，姐姐有些氣憤地說，招二十個人，她孫女排在第十五名。我只好跟她解釋，現在我退下來了，講話不起作用了。

現在我遇到了困難，想來想去，卻還只有自己的親屬可以幫忙。姐姐仍然住在鄉下，兒子因為做生意，發了財，建了一棟十分闊大的房子，屋前屋後圍了一個很大的院落。

「你們家比城裡的別墅還建得好。」我對站在門口的姐姐說。

姐姐的聽力不太好，可能沒聽清我說什麼，只是笑了笑。

姐夫聽到我的聲音，從裡面走了出來說道：「鄉裡的房子，哪裡跟城裡比得。」

姐夫左手拿著把斧子，右手拿著根短小的木頭。

「你這是做什麼？」我問他。

「跟孫妹子做個書架。」姐夫說。

「你什麼都是自己動手。」

「反正閒著也是閒著。」姐夫笑道。他還是那麼樂觀開朗，人雖然很瘦，卻顯得很有精神。

進到屋裡，姐姐給我泡了一杯茶，問今天怎麼有空過來，我跟她說起借錢的事，她沒聽清，要我再說一遍，我又大聲重覆了一句：「要跟你借點錢。」

她感到很奇怪，說：「你還要借錢啊？你這麼大的幹部。」

「永新出了點事，要幫他想點辦法。」

「要借多少？」

「一萬。」

「一下子哪裡拿得出這麼多錢？」姐姐面有難色。

「拿不出沒什麼，我再想想別的辦法。」我說，心想一個農村家庭一下子要拿出一萬元現金來，的確不是件容易的事。

「一萬元不打緊，我要剛伢子明天跟你送過來。」姐夫卻爽快地答應道，他到老了還是那麼樂於助人。

回來的路上，想起這幾十年姐姐一家對我的好，心裡不免十分感慨，自己為官幾十年，沒有給他們帶來任何好處，可是到老了，到你失去權力的時候，真正對你好的，卻還是身邊的幾個親人。我似乎有些明白了，為什麼那麼多官員大權在握時，總是想方設法要為自己的親屬謀取利益。

我約了嚴繼成在湄陽大酒店吃飯。

我剛到不久，董衛兵就陪了嚴繼成走了進來，兩個人一高一矮，董衛兵比嚴繼成足足高出一個頭來，嚴繼成雖然不高，但走在前面卻昂首挺胸，一副志得意滿的樣子。董衛兵仍然一身夾克，嚴繼成則穿著公安制服，幾年不見，他看上去胖了很多，寬頭大耳，腆著個大肚子，言語不多，眼神冷峻，舉手投足，都給人一種威嚴感。

我請他上座，他執意不肯，說今天你做東，理所當然坐主席，我便只好在主位上坐下來。嚴繼成坐在我右邊，董衛兵坐在我左邊。

「嚴局長對這個案子非常關注，親自跟經偵支隊的領導打了招呼。」董衛兵說。

工作。

「謝謝嚴局長了。」我說。

「應該的，南叔的事就是我的事。」沒想到嚴繼成答應得這麼爽快，大概是董衛兵已經跟他做了工作。

席上，我給他們每人送了一個包，給嚴繼成的那個包裡放了五萬元現金。嚴繼成拿過包看了看，沒說什麼，就放到了座位後面，司機起身要幫他放到車上去，我的心一下子提了起來，心想這下要穿幫了。但嚴繼成按住包，對司機說：「沒事，等下我帶下去就是。」司機便鬆開了包，我不覺長長地鬆了一口氣，看嚴繼成沉穩老練的神態，心想畢竟是公安局長，這樣的事經歷得太多了。

酒過三巡之後，嚴繼成已是紅光滿面，開始講案子的處理辦法：「南叔，這個案子，首先我不清楚，衛兵跟我講了後，我才問了經偵支隊。這不能算是詐騙案，只能算是經濟糾紛。尤其還涉及到臺商問題，我們一定要慎重。在政府常務會議上，我要把這個案件的處理情況，作為一個典型向政府彙報，公安部門如何為招商引資保駕護航，作出了很大的努力。所以，南叔，你放心，我們會處理好這件事情的。」

聽嚴繼成這麼一說，我就完全放下心來了，不覺滿滿地斟了一大杯酒，對嚴繼成說：「湄陽市有你這樣的好局長，肯定能有一個非常好的發展環境。」

四十八、移居別墅

退休後，我和玉芳住在市總工會的職工宿舍中，她還沒到退休年齡，所以買菜煮飯之類的活便基本由我承擔了，每天上午吃過早飯後，我就提著個籃子到菜市場去轉一圈。這個城市似乎每天都在發生著變化，不時會看到一棟高樓拔地而起，一條街道被翻修一新，滿街的房子都被改造成了商業店鋪，經商賺錢幾乎成了每一個人的嚮往。

那天我提著個籃子，路過濱江大道與五一路交叉的路口時，猛然聽到一陣炸耳的鞭炮聲，我循聲望去，又是一家盛大的娛樂城開張營業了，門口擺著兩排長長的花籃，屋頂上懸著幾十條祝賀的廣告，招牌上寫著「KTV、洗浴中心、洗腳按摩」等項目，人行道上站著一排花枝招展的年輕女子不停地向客人打著招呼，一個衣著考究的中年男人忙前忙後地迎接著前來祝賀的嘉賓。因為門口正在放鞭炮，我只好從馬路上繞了過去，剛剛走回到人行道上，突然聽到背後有人叫南伯，我回頭一看，那個迎客的中年男人竟然是董衛兵。他仍然穿著件皮爾卡丹的夾克，皮鞋擦得油光鋥亮。

「這娛樂城是你開的？」我有些奇怪，董衛兵在公安局上班，怎麼開起娛樂城來了。

「我愛人開的，我在這裡幫一下忙。」董衛兵淡然地笑了笑。

「好大的氣派。」我望了望豪華的裝修誇讚道。

「進去坐坐不？」董衛兵問我。

「改日吧，今天你事多。」我推托道。

「我爸也過來了。」

我朝裡面望了望，果然看見董漢軍站在大廳中間，正和湄陽市幾個單位的領導說著話。董衛兵把他父親叫了過來，我只好主動上前去和他握了握手，寒暄了幾句。去年他也退休了，所以說話的語氣一下子變得溫和很多，我問他現在過得怎樣，他說很好啊，每天散散步、下下棋、鍛練鍛練身體。他說的時候還不自覺地揮了揮手臂。他不當書記了，背似乎也向前彎了很多，再加上比過去瘦了很多，臉上的那些青筋暴露得更突出了。從眼前這個清瘦的男人身上，你很難想像他就是當年在地委書記任上說一不二的強人。

失去權力的人，竟會發生如此大的變化！

我跟他告辭後，忽然想起四十多年前，因為沒有及時關閉中山路的舞廳被他大罵了一頓的情形，董漢軍不滿舞廳裡燈紅酒綠的場面，義憤填膺，大聲呵斥這些東西是腐朽落後的資產階級生活方式。而現在，他的兒子卻投資開設了湄陽最大的娛樂城，真所謂三十年河東，四十年河西！

董漢軍的幾個子女都安排得很好，董衛兵在市公安局任治安大隊大隊長，聽說快要提副局長了，現在他老婆又投資開了這家娛樂城；董漢軍的大兒子在省高院上班，已經擔任了一個法庭的庭長，他的女婿則做建材生意，幾年前湄陽市的重大工程，大都用他女婿的建材，這些年應該賺了不少錢。

與董漢軍形成對照的是，張書記的子女，則都默默無聞。張書記有一個兒子、一個女兒，兒子在廣州一所大學教書，女兒在湄陽市政府上班，張書記任省經委主任時，女兒一家想調到省裡去，但張書記一直沒給她辦，以至女兒女婿對他時有怨言，現在張書記不任職了，調動的事便只好作罷。張書記本來住在長沙，但女兒去看他時來回不方便，只好又搬回到湄陽來住。很多所謂的革命者，在掌握了權力之後，口口聲聲說要為人民、為國家，而實際上卻處心積慮地考慮著子女的前途。只有張書記才是一個真正的革命者，在我內心深處一直對張書記懷著一種由衷的敬佩，雖然這敬佩不值幾何，可是我們作為人、作為幹部，在退休後仍然能夠獲得他人的尊敬就已經很不錯了，畢竟我們都是凡人，不可能名垂青史，唯一能做到的，就是在你認識的人中留下一個好的印象。

張書記回湄陽後，我去看過他幾次，有次到他家中，發現他正在練習書法，此前從來沒有看到過他有這份閒情雅致。

「現在賦閒了，練練書法。」張書記放下手中的毛筆，自嘲道。

「您老革命了一輩子，是應該休息休息了。」我笑道。

「每個人都有退下來的一天。」張書記說：「懷南啊，天下是年輕人的，你我都老了，年歲不饒人啊。」

我不覺看了一眼張書記的頭髮，他的頭髮似乎又更白了一些，額頭上的皺紋也比過去深了很多，他是那種做事很認真的人，所以在地委書記任上操心也重，現在退下來，對他個人的健康倒未必不是件好事。

永新無罪釋放後，從永昌那裡要來了三百萬元，還了銀行的貸款，這年年底湄河大橋終於破土動工了，第二年便建成通車。大橋建成後，從梨花洲到湄河縣城只有幾分鐘車程，到湄陽市也不過半個多小時。因為交通狀況大大改善，他們買的那塊地一下子升值了好幾倍。永昌還想繼續辦紡織廠，但永新卻改變了主意，當時房地產方興未艾，他說服永昌，決定將那塊地建成一個別墅區，並取名梨花逸墅。

別墅群的房子賣得非常火，一百多棟別墅還沒有交房，就賣得一乾二淨。但他還留了兩棟，一棟留給他的兒子思成，另一棟讓我和玉芳去住。

別墅群無疑是湄陽市最高檔的豪華住宅區，不僅位置好，大部分房屋都臨江，而且房屋的設計和布局，給人耳目一新的感覺。能買得起別墅的大多是發了財的生意人，或是政府官員。因為洲上還沒有通公共汽車，住到別墅群來的人，都必須自己配車，普通工薪階層就算買得起別墅，也不一定養得起車。為了防止洪水的侵襲，在別墅群的四周建起了一道兩米多高的防洪牆，既可以阻擋洪水，也是一條風光帶，沿途栽種了不少熱帶珍稀樹木，看上去頗顯異國情調。在每棟別墅的周圍，都零零散散地種植著一些梨花，這是永新的主意，他說既然叫梨花逸墅，就要名副其實。到春天開花的季節，洲上又可以看到當年滿眼梨花的盛況了。

除了又見到梨花之外，洲上的狗也漸漸多了起來，隨時可看到一隻隻悠閒的狗在主人的陪伴下逛來逛去，只是這些狗都已變成了洋狗，德國的、日本的、英國的，就只沒有中國狗。靠近小區後門的那戶人家養著一只大狼狗，見到有人在他家門口經過，就要發出一陣狂吼。

每棟別墅都保留了一個闊大的院落，院落中建有一個小水池，水池與院外的小溪連接在一起，水底鋪著一層卵石，還養著些不知名的水草，溪水清澈見底，不時可看見幾條紅色的鯉魚在水草中游來游去。

別墅群的房子以兩層居多，也有少量三層的，留給我們住的那棟是一棟兩層樓房。永新帶著我和玉芳第一次去看房時，看到裡面豪華的裝修，我和玉芳都不覺驚嘆起來，簡直比五星級賓館還要來得氣派，進門的大廳足有一百個平方，永新說他特意留了兩棟大客廳別墅，顯得更氣派一些。大理石的地面，歐式風格的家俱，大廳中間懸掛著一盞多層吊燈，打開吊燈時整個房間都顯得金壁輝煌。

「這麼好的房子，哪裡是我們住的？」我對永新說。

「你革命了一輩子，也該享享福了。」永新說。他把鑰匙交給玉芳，說：「芳姨，一共五片鑰匙，給你四片，我留一片。」

玉芳接過鑰匙，高興地笑道：「這房子真是太好了。」

顯然她對住進這樣的房子感到十分滿意。

我們住進去後，覺得生活很不方便，因為別墅區內沒有菜市場，買菜要到對岸的超市去，來回要一個多小時，我跟永新提出來後，永新說，我給你們買臺車。我聽了一笑，說我這老頭子還能開車？永新說，芳姨可以開。我以為他說著玩的，沒想到半個月後，他果然開著一輛新款桑塔納過來，說是給我們買的。車買回後，我想自己都快七十歲的人了，不要再去學開車。車便讓給玉芳開，她剛學會開車那陣子，整天精神煥發，每天都要開著車出去兜一下風，買菜更是成了她日常的一項工作。

我最喜歡的事情則是每天沿著水邊的風光帶散步，無論晴天還是雨天，都要出去走一走，有時一個人，有時和玉芳一起。風光帶上安放著一些石桌石凳，走累了便可在石凳上坐一坐。這裡的設計處處都體現著人性化的特點，無論哪一方面，都讓你感覺到十分舒適。

有時我坐在凳子上，回想起自己這一生，不覺感到十分慶幸，雖然經歷了那麼多的苦難和波折，但畢竟現在還活著，比起那些死去的戰友和親人，自己不知要幸運多少倍。郭老師、永玉、淑英、武惠，他們都是在人生的中年就結束了自己的生命。在他們的意識中，可能從來沒有想到過生活可以過得如此舒適。

梨花洲如今已是一片繁華景象，它在過去幾十年間經歷的苦難和傷痛早已為人們所淡忘。人們在這裡歡樂著、興奮著、享受著，所有住在洲上的人中，也許只有我一個人還能記得當年洲上的景象，記得在這裡發生過的許許多多的苦痛經歷。等我離開這個世界，梨花洲留在人們印象中的，就純粹是一個美麗的別墅區了。

佳佳大學畢業後分配到了廣州，每年春節時回來一趟。這年回來過年時，我陪著玉芳一起去車站接她。

「媽媽，你也會開車？」佳佳上了汽車後，看見玉芳坐在司機位置上，驚訝地問道。

「我怎麼就不能開車？半個月就學會了。」玉芳說。

「有車真好。」佳佳說：「每次回來，等車要等老半天。」

「下次你媽做你的專職司機。」我說。

「好啊，媽跟我去廣州。」佳佳嚷道。

「傻孩子，你以為真的啊。我去廣州，伯伯怎麼辦？」

「沒事，我一個人也蠻好。」我說。

「那怎麼行？我豈不是奪人所愛了。」佳佳做了個鬼臉，說得我和玉芳都笑了起來。

車子開到梨花洲，佳佳看到一棟棟漂亮別致的房子，不停地讚嘆著：「哇，湄河還有這麼漂亮的房子，真是不可思議。」

「我們家就住這裡嗎？」汽車在院裡停下後，佳佳問道。

「是啊，到了。」玉芳說。

「好漂亮啊。」佳佳下車後讚嘆不已。

「你的房間在二樓，可以看到湄河。」我說。

「我去看看。」她一口氣跑上二樓，站到陽臺上，朝下面喊道：「媽媽，太美了。」

我退居到洲上不久，鍾鳴也退休了。他在東河還有一棟父母留下來的房子，所以偶爾到老家來住。他回來後最愛幹的事情便是釣魚，並且不時打電話約了我一起去。

他的釣魚工具十分齊全，頭上撐著一把遮陽傘，戴著一副墨鏡，手中持著一根手杆，左右還各插著一根海杆，為了釣魚，專門配了一輛輕便摩托。雖然七十歲的人了，但身子骨仍然十分硬朗，滿臉的鬍子白了不少，坐在河邊上，看上去飄然若仙。

「當年他們那麼鬥你，居然沒把你的身體鬥垮。」我跟他開玩笑。

「我行我素，他們鬥他們的，我照常穿衣吃飯，他們能奈我何？」鍾鳴朗聲笑了起來。幾十年過去，他還保持著這種樂觀開朗、無所顧忌的性格。

「你回湄河來，就是為了釣魚吧？」我揶揄道。

「釣魚是主要原因。」

「你才是真正的老有所樂。」

「懷南啊！」他把釣鉤拋到河中，感嘆道：「我們奮鬥了一輩子，當初怎麼也想不到，最終的結果卻是坐在河邊釣魚。」

「這不是很好嗎？」我說：「與世無爭，悠哉悠哉。沒有戰爭，沒有動亂，尤其沒有批鬥。」

說到批鬥時，鍾鳴和我都不覺哈哈笑了起來。

黃昏邊上，玉芳做好了飯菜，開車過來叫我們回去吃飯。

「釣了幾條魚沒有？」她走過去看鍾鳴桶裡的魚，「釣了不少啊，好幾斤呢。」

「等下煮幾條魚吃，看老弟嫂的手藝如何。」鍾鳴挽了一下鬍子說。

「她煮魚的手藝不錯。」我誇獎道。

「你也釣了幾條沒有？」她走過來看我的魚桶。

「收穫不大。」我說。

「幾條這麼小的魚？」玉芳不覺笑了起來。

「我是來陪鍾教授的。」我為自己辯解道。

「也可煮湯喝。」玉芳嘲諷道。

「走吧。」我對鍾鳴說：「到我家喝兩盅去。」

「現在喝不得酒了，一身的毛病。」

「我泡了點藥酒，冬蟲夏草，喝一小杯，舒筋活血。」

「這麼名貴的東西，那要去嚐嚐。」鍾鳴調侃道。

我們坐玉芳的車回到別墅中。

鍾鳴下車後，看了我的房子，連聲讚嘆起來：「你這那裡是民宅，簡直是宮殿啊。」

「一般一般。」我口裡雖這麼說，心中卻不無得意。

「懷南啊，你革命了一輩子還是值得的。」鍾鳴略帶譏諷地說。

「為什麼？」

「你看，住這麼好的房子，難道不是享受革命成果？」

「我兒子的。」我辯解道。

鍾鳴沒說話，笑了笑。

「產權還在我兒子名下，我和玉芳只是住一住。」我再重覆了一遍。

鍾鳴似乎明白我要辯解的原因，仍只是笑笑。

玉芳把菜端到院子裡的石桌上，我倒了一杯藥酒給鍾鳴，他說：「少倒點、少倒點，比不得當年，有高血壓。」

「喝一杯不礙事。」

鍾鳴小喝了幾口，臉開始有些紅，話也多了起來。

「懷南啊，要是過去，你就是要被打倒的對象啊。」鍾鳴笑道。

「所以說，世事難料。」

鍾鳴喝了酒，又開始長篇大論起來：「貧富懸殊是一個世界性難題，沒有一個國家能很好地處理。絕對公平是不可能的，只有允許有能力的人先富起來，社會才能向前發展。可是如果貧富懸殊得太厲害，又容易導致社會動蕩不安。」

「那你說要怎麼辦？」我問道。

「唯一的辦法是徵收高額遺產稅。」鍾鳴說：「這是體現社會公平的最佳途徑，也是消除貧富懸殊的最好辦法。」

「為什麼是遺產稅而不是別的稅？」我有些不解地問道。

「因為一個人完全靠自己的努力取得財富，是國家應該鼓勵的事情，所以別的稅不能太重。但是他的子女僅僅依靠血緣關係，就比一般人佔有更多的社會資源，譬如佔有更多的土地，佔有更多的礦山，則是一件不公平的事情。所以增加遺產稅，是最能體現社會公平的事情。」

「這些重大問題是年輕人考慮的事情了。」我舉起酒杯來對他說：「我們再去想，也沒有精力去實現了。」

「那倒是的。」鍾鳴舉起杯子跟我碰了一下說：「我們喝酒。」

他舉起杯子竟一口喝了下去。

「再來一杯？」我問他。

「再來一小杯。」他說。看樣子，他今天來了興致。

四十九、此心安處

我和玉芳最終還是搬離了別墅，搬回到了工會的職工宿舍。

每年重陽節，湄河縣委組織部照例要組織一次老幹部釣魚活動，我因為是在市總工會退的休，之前他們組織活動時從來沒有通知過我，今年組織部新上任的部長劉茂耕，是我任縣委書記時提拔起來的縣委辦主任，所以他特意邀請我也參加。

地點安排在狼山水庫，離湄陽市區有一百多公里，汽車開了兩個小時才開到。車子一停下來，其他人就紛紛拿起行頭，趕到水邊忙著下釣。我對釣魚的熱情不高，只是想借這次機會和老同事們見見面，所以到了之後，便坐在水庫管委會的會議室，和幾個老同事喝茶聊天。

張秉初也沒有釣魚，兩個人在會議室說起當初在老狼山抗日時的一些事情。

「當年抗日聯隊的戰友，只怕沒剩幾個了。」我問他。

「我曉得的，還有五個。」他伸出五個指頭來，又一一把每個指頭扳下去，數著他們的名字。

「你的記憶力還這麼好。」我說：「你說的這幾個人我一點印象都沒有了。」

「有個人你可能還記得。」

「誰？」

「黃貢山。」

「不太記得了。」我搖了搖頭說。

「就是那個講話有點結巴。」老張說。

「哦，記起來了。」我想起來了，就是那個突圍時，我把子彈都給了他的人。「他還活著？」我以為掩護組的人都沒有跑出來。

「他從廟裡跑出來了，跑出來後，就回家種田去了。」

「他現在住哪裡？」我問老張。

「就這附近，大壩下邊一點點。」老張指著窗外說。

「我們去看看？」我突然想去看看當年的戰友現在是個什麼樣子。

「可以啊，我去叫司機。」老張馬上去找司機。

坐車去黃貢山家的途中，我們又經過了關聖廟，廟已被重新修建過，規模比原來擴大了很多。

「還記得當年我們在這裡激戰的經過不？」老張問我。

「怎麼不記得？還歷歷在目。」

「這一仗，我們死了將近一半的戰友。」老張嘆了口氣。

「我們跟他們默個哀吧。」我記起五十多年前在山上，想跟他們默哀的時間都沒有。

「好的。」老張整了整衣袖，和我並排站到一起，默哀了一分鍾。

「現在好了，日本人再也不可能欺負我們了。」我說。

「要是這麼搞下去，國家還像個樣子。」老張附和道。

車子停在一棟破舊的老屋門口，老張指著右邊的一線廂房說：「到了。」

「解放都五十年了，他們還住這樣的房子？」我下了車，看到這些舊房子有些驚訝地問道。

「沒辦法，這地方窮。」老張無奈地說。

門口一個胖胖的中年婦女正在曬辣椒，老張走上前去問道：「黃貢山在不在家裡？」

「在，天天都在。」胖婦人疑惑地看著我們說。

「你是黃貢山的兒媳吧？」老張問道。

「是的。」

「我們是他的戰友。」

「他還有戰友啊。」他媳婦聽說是老黃的戰友，感到有些驚奇。

「他人呢？」

「在床上。」

「怎麼啦？」

「中風了。」

他兒媳將我們領到黃貢山的病床前，房子十分陰暗，只有靠北的一扇小小的窗戶透進一點光來。剛一進到房裡，就聞到一股濃烈的尿臊味，僅有的那扇小窗戶，也關得嚴嚴實實。

「來戰友了。」他兒媳朝黃貢山大聲喊道，她一進屋就趕緊把窗戶推開。

黃貢山躺在床上哦哦了兩聲，兩眼呆滯、面色發黃，臉上沒有任何表情，朝我們看了看，顯然已認不出人來了。

兒媳婦在他床頭墊了一床棉被，讓他稍稍坐了起來，然後拿起一件舊衣服，幫他擦了一下鼻涕。

「還認得我不？」老張問。

黃貢山搖搖頭，又點點頭。

「我是張秉初，他是楚懷南，還記得不？」老張指著我問道。

他仍是搖搖頭，又點點頭，對過去顯然完全沒有記憶了。

「病了好久了？」我問他兒媳。

「去年過年時中的風，一年多了。」

「沒去醫院治病？」

「剛開始治了一段時間，治不起，一進醫院就要幾萬元錢。」

「你們一年大概有多少收入？」

「能有多少收入？就靠我老公、我崽在外面打工賺點錢，剛好了得住生活，哪裡還治得起病？」

「你這房子有多長歷史了？」

「多長歷史？我搞不清，我進門的時候就住在這裡。老輩的人講還是光緒年間建的。」

「那有百多年了。」老張算了算說。

「都破成這樣了，怎麼不重建？」我問他兒媳。

「準備過了年就重建。我崽要討媳婦，沒有新房子不進門。」說到討媳婦，胖堂客臉上顯出一絲笑意來。

「平時都是你在招呼？」我指著黃貢山問。

「我不招呼，還有哪個？他兩個女，只是過年過節來看一下，平時人影子都沒一個。」媳婦講話的語氣中頗有些怨氣。

「那真是難為你了，難得你這樣的好媳婦。」我讚揚道。

「有什麼辦法？人都有老的一天。」

「講得話不？」

「含含糊糊講得幾句，要喝水，要屙尿。」

臨走時，我掏出了身上所有的鈔票，大概有千多元錢，放到黃貢山手上，老張也拿了兩百元錢給他。我知道一千多元錢對於他治病所需的費用來說，不過是杯水車薪，但也是念在往日出生入死的戰友分上，聊表一下心意而已。

黃貢山哆哆嗦嗦接過錢，含渾不清地說了一句話，他本來就有些結巴，現在又口齒不清，講了半天也不知道說些什麼。

「他說感謝政府。」他媳婦翻譯說。

「不要謝，應該的。」我說。他以為我們是代表政府來慰問他的。

「碰到這樣好的領導，還是頭一回。」他兒媳送我們出來時，高興地說。

從庫區回來的路上，我一直都保持著沉默。劉部長問我是不是哪裡不舒服，我說沒有。一路上我都在想，解放快五十年了，在這麼一個並不落後的地區，還有人居住在這麼破舊陰暗的房子中，病了也無錢醫治。而我，一個革命者，一個以追求天下平等為己任的革命者，自己卻住進了豪華別墅，過著一種錦衣玉食的生活，不禁感到一種深深的愧疚。

自己年輕的時候信仰公有制，信仰共產主義，中年的時候發現這種信仰只是一種烏托邦，永無實現的可能，以為推行私有制，便可促進經濟的發展，改變老百姓貧窮的生活，可是到老了，卻發現權勢富裕階層通過種種手段，巧取豪奪、屋連阡陌、富可敵國，而貧困者仍然生活在一種孤苦無依的狀態之中。我的父親一生省吃儉用，不過有一百畝土地，就被消滅了，而我的兒子卻在政府的支持下，幾年時間就變得富甲一方。渭河紡織廠從私有變成公有，又從公有變成了私有，只是換了新的主人。宋志福、董衛兵們可以通過權貴的力量不斷擁有更多的財產，而楊伏秋、黃貢山們卻永遠只能生活在貧窮與病痛的折磨之中，而看不到改變的希望。這幾年經濟雖然發展了，但貧富懸殊也變得越來越嚴重。一個人到底應該信仰什麼？公有？私有？公平？革命？還是對現實採取一種默認、忍受的態度？似乎無論哪一種信仰都永遠解決不了人類存在的種種問題。我對自己究竟該信仰什麼，一時也理不出個頭緒來，只感到茫然無措，無所適從。

我知道自己再也沒有力量去改變這個世界了，但我自己卻可以改變自己的生活方式，過一種讓自己的內心更安寧、更平靜的生活。無論如何，我都應該從別墅中搬出去。

回到家裡，吃過晚飯後，玉芳又饒有興致地將二胡拿了出來。搬到別墅後，我特地為她買了一把新二胡，但她卻很少拉了。

「今天興致這麼好？」我問她。

「你看天上月亮好圓。」

我朝窗外看了一眼，果然看到半空中正懸著一輪滿月。

「好久沒聽你拉《二泉映月》了。」她試了幾下音調後，我對她說。

「好久沒拉，手有些生了。」她說。

玉芳定了一下神，調了一下琴弦，便緩緩地拉了起來。二胡聲讓我又回想起在梨花學校時的那段歲月，雖然清苦，但卻溫馨；雖然孤獨，但卻充實。但今天聽她拉《二泉映月》，卻再也找不到當年的那種感覺了，我坐在價值數萬元的歐式沙發上，心裡頗有一種不自在的感覺，鍾鳴說我現在可算是享受到革命的成果了，可是革命如果只是為了享受，也許當初我就不會去投奔革命了。

我沒有聽她拉完，就徑自走了出去，在小區中走了一圈才回來。玉芳已經把二胡收了起來，見我進來，問道：「我現在是不是拉得很難聽。」

「沒有，很好聽。」我說。

「那你怎麼走了出去？」

「出去散散心，跟你拉二胡沒有關係。」我說。

我考慮怎樣跟玉芳說搬回去的事，如果直接說出我心裡的想法，也許她會覺得有些矯情，畢竟我已經七十歲的人了，心裡還充滿著少年時期的種種念頭，常人肯定是難以理解的。我試探性地說了一句：「我想搬回去住。」

玉芳驚奇地看著我，不解地問道：「為什麼？」

「住在這裡不習慣。」

玉芳笑了笑，說：「你是有福不知道享。」

「住在這裡感覺有些冷清，連個說話的人都沒有。」我想了半天，終於為自己找到這麼一個理由。

「院子裡有幾個老頭，你跟他們又不來往。」玉芳說。

「談不攏來。」我說。那幾個老頭，都是退下來的老幹部，他們關心的還是官場上的事情，誰上去了，誰又下來了，誰又是誰培養的幹部。我對這些早已沒有了任何興趣。

「我要永新把產權轉到你的名下，等我百年了，你再搬回來住。」我說。

「別說這些掃興的話，你身體還好得很呢。」

「這有什麼，我都死過好幾回的人了。」

「真正到那一天，我一個人住這麼大的房子，有什麼意思?到時我跟佳佳一起去住。」玉芳說。

她這樣說，顯然是同意和我一起住回去了。

「謝謝你。」我說。

「都老夫老妻了，謝什麼。讓你一個人住過去，我也不放心。」

聽她這麼說，我的心裡泛起一種溫暖的感覺。我走過去摸了摸她的臉，她的眼角已現出幾絲淺淺的皺紋，人也發福了不少，想想我認識她的時候，她還不到三十歲，皮膚光潔而富有彈性，而一轉眼竟過去了二十多年。

我想資助黃貢山去看病，估計要兩萬多元錢，玉芳肯定拿不出這個錢來，便找永新商量，沒想到他一口就回絕了，說你又不是縣委書記了，還管這些閒事做什麼。我聽了心裡頗有些不痛快，便悶聲不響地走開了。

永新可能覺得語氣重了點，過了一會又掏出皮夾子說，這裡有五千元錢，你先拿去吧。我接過五千元錢，心想五千就五千吧，對黃貢山來說也是一筆不小的數目了。

當我跟永新提出要搬回工會宿舍時，他十分不解，以為是為了黃貢山的事讓我不高興了。我說跟那件事情沒關係，是我自己住著不習慣。永新說這麼好的房子，你還住不慣，那要住什麼房子。我沒有跟他說，正是房子太好了，才使我住得不自在。永新說隨你，兩邊的房子隨你住。他以為我只是想住到那邊去散散心。

我們搬回來後，玉芳很快就適應了新的環境。

「住在這裡，也蠻舒服的，買東西很方便。」玉芳說。

「我們的房子，跟一般人比起來，也算好的了，三室一廳，一百多個平方。」我說。

「是啊，佳佳回來，也有地方住。」玉芳附和道。

在鄰居們眼裡，我卻成了一個古怪的、固執的老頭，放著豪華別墅不去住，卻要住在單位的職工宿舍中。而我倒是更能寬容地理解這個世界了，不再對看不慣的事情憤憤不平，在這個千差萬別的世界裡，我們只能抱著一種寬容的態度，去對待那些和我們不同甚至完全相反的人，我們應該想到，他們也是人，也是和你一樣有血有肉有感情有思想的人。每一個人都有在這個世界上生存下去的權利，無論他是什麼樣的人。

搬到工會宿舍後，我萌生了要寫一部回憶錄的念頭。我知道自己老了，過去的那些事情，那些人，經常像放電影一樣跳到我的記憶中來。在你一生中，最讓你感動的是那些在你最困難的時候，別人向你表達的善意，雖然這些善意都只是一些小小的事情，卻讓你感受到生活的溫暖，並且能讓你記住一輩子。在你為政一方的時候，之所以有那麼多人還記得你的好，也不過是你幫助別人解決了一些小小的問題，對於一個縣，這些事情也許微不足道，但對於一個人來說，卻可能影響他一輩子的生活。

那些你曾經深愛過的，和你有過密切交往的人，他們雖然已經從這個世界上消失了，但存在於你腦海中的印象卻還是如此清晰可見。父親，那一雙善良樸實的眼睛，時常使我感到一種愧疚；淑英，那一張活潑可愛的笑臉，竟沒有因為後來看到的那個乞丐形象而有所損失，她還是那樣燦爛地笑著，在粉白如雪的梨花叢中；永玉，那一雙充滿憂患的眼睛，和面對死亡時的從容冷靜，時常讓我感到一種欽佩；青青，最讓我憐惜牽掛的女兒，想起她那雙清純的大眼睛，就有一種心痛的感覺，如果她還在，應該也為人妻，為人母了，應該也和佳佳一樣，過著一種平靜幸福的生活。

回憶錄寫到一半，我就被查出患了肺癌，醫生說必須馬上進行化療，永新要送我去北京看病，我都拒絕了，而是試著用中藥進行調理，因為我知道一進行化療，身體很快就會垮下去。

我知道自己在這個世界上的日子已經不多了，如不抓緊時間把稿子寫完，那些經歷、那些想法，那些我所熟悉的人、熟悉的事，就永遠從這個世界上消失了。為了盡快把它寫完，有時吃了早飯，我就把自己關到書房中，一直要到玉芳叫我吃中飯時才出來，下午也同樣如此。寫作是一件十分艱苦的事情，有時為找到一個準確的詞彙，常常要思索好一陣子，晚上睡覺時回想起某一件事情，因為怕忘了，必須趕緊起床把它記下來。玉芳經常關切地勸我，你這麼一把年紀了，何必這麼勞累，還是身體要緊。我笑了笑，心想多活一天，或者少活一天，對我來說已經不是什麼重要的事情了。

我很慶幸熬過了大半年時間，克服了疼痛和咳嗽的困擾，終於寫就了一個初稿，雖然還有很多東西，已沒有時間進行梳理，但我已經很滿足了。當我看著厚厚的一疊稿子擺在自己面前，我的內心是如此地寧靜，一點也沒有為即將面臨的死亡感到痛苦和煩惱。生命本就是一個不斷替代的過程，你已經活了七十多歲，這個舞臺已經是下一代人的了，他們又將上演新的追求、希望、痛苦和煩惱，只是希望他們再不要去追求種種以生命為代價的狂熱目標。

國家圖書館出版品預行編目資料

湄河紀事——一個革命者的臨終反思 / 李運啟 著 --初版--
臺北市：博客思出版事業網：2014.6
ISBN：978-986-6589-74-4（平裝）

857.7 103001124

傷痕文學大系 5

湄河紀事——一個革命者的臨終反思

作　　者：李運啟
美　　編：鄭荷婷
封面設計：謝杰融
執行編輯：張加君
出 版 者：博客思出版事業網
發　　行：博客思出版事業網
地　　址：台北市中正區重慶南路1段121號8樓14
電　　話：(02)2331-1675或(02)2331-1691
傳　　真：(02)2382-6225
E—MAIL：books5w@gmail.com
網路書店：http://bookstv.com.tw/
http://store.pchome.com.tw/yesbooks/
博客來網路書店、博客思網路書店、華文網路書店、三民書局
總 經 銷：成信文化事業股份有限公司
劃撥戶名：蘭臺出版社　帳號：18995335
香港代理：香港聯合零售有限公司
地　　址：香港新界大蒲汀麗路36號中華商務印刷大樓
C&C Building, 36,Ting, Lai, Road, Tai,Po, New,Territories
話：(852)2150-2100　傳真：(852)2356-0735
經　銷：廈門外圖集團有限公司
址：廈門市湖裡區悦華路8號4樓
話：86-592-2230177
真：86-592-5365089
期：2014年6月 初版
價：新臺幣550元整（平裝）
978-986-6589-74-4

The r

理解他者　理解自己

也人

The Other

[韩]郑炳说 정병설——著

权力与人

권력과 인간

思悼世子之死与朝鲜王室

丁晨楠 叶梦怡——译

上海书店出版社
SHANGHAI BOOKSTORE PUBLISHING HOUSE

This book is published with the support of the Literature Translation Institute of Korea （LTI Korea）.

改订版序言

本书出版已近十年，这期间在学界内外获得较多反响，特别是还拍摄了讲述思悼世子人生的电影，获得了巨大关注。本改订版将在回应学界若干批判的同时，补充未尽的研究。借助此次增补新内容的机会，我也修正了书中的一些谬误。现在正在进行中文版翻译工作的丁晨楠博士经常就书中内容向我提问，并纠正了一些谬误。谨此再次向丁晨楠博士与给予改订版出版机会的文学社区出版社深表谢意。

郑炳说

2021 年 6 月

自序

20世纪50年代，有首流行歌曲的开头如此唱道："金玉之身，贵为太子[1]，竟死于木柜中！可怜的思悼世子！"人们认为思悼世子是未能享受与生俱来的荣华富贵，痛苦而死的可怜人。正是因为民间认为思悼世子命运悲惨，怨恨深重，可能招来巨大灾祸，所以将其奉为辟邪消灾的神灵。百姓们因思悼世子意外沦落至可怜境地而同情他的悲惨命运，于是与寻常百姓相距甚远的世子成了与百姓关系最为密切的共情偶像。

我们听闻思悼世子之死时，脑海中一定会浮现一个疑问，那就是思悼世子的死因。父亲为何要处死儿子？为何偏要把儿子关在木柜里？最为详细解答思悼世子之死的资料是惠庆宫撰写的《恨中录》[2]。《恨中录》中记述思悼世子之死的部分是她在纯祖在位时写成的。惠庆宫贵为国王的祖母，敢于写下他人不敢言及的内容。即便如此，她仍非常委婉地记述了与世子死因直接相关的

[1] 歌词原文如此，实际上思悼世子不能被称为"太子"。——译注

[2]《恨中录》：惠庆宫洪氏（1735—1815）以谚文撰写的人生回忆录，该书存在《恨中录》《闲中录》《闲中漫录》《闲中谩录》《宝藏》《泣血录》等多个译名。除个别已标记汉字译名的韩文论著外，本书统一采用中国学界更广为人知的《恨中录》译名。——译注

世子之罪。因此不少人误读了《恨中录》，大家以为惠庆宫说的是思悼世子狂易而亡，并将此理解为国王因思悼世子狂易而处死了他。

这样的误读又引发了新的疑问。儿子狂易，父亲就会处死他吗？疑问之下，有人提出了新的死因。他们主要参考正祖撰写的语焉不详的思悼世子之《行状》，创造出思悼世子是党争牺牲品的假说。思悼世子厌恶掌握大权的老论派，站在少论派一边，因此被支持老论派的英祖处死。惠庆宫替促成杀死丈夫的老论派娘家辩解，诬陷思悼世子是疯子。

这种新假说逐渐超越“狂易而亡说”成为通论，无人一一考证该主张及其依据。我在注释并翻译《恨中录》时得以细致考察与思悼世子死因相关的主张，结果令人十分惊讶，怎会产生以错误的基本解说、完全颠倒事实的论据为基础的学术假说？怎会有部分学者不断加深错误，让错误学说成为定论？为何学界至今都未曾严谨考证过该问题？

我无法对这种错误置之不理，所以针对某本鼓吹“党争牺牲说”的书发表了批判论文。该书的写作目的是替“不幸而死的思悼世子”申冤。在该书看来，思悼世子不是狂易而亡，天资聪颖的他不过是因支持少数党派含冤而死。为了支持该主张，该书努力展示思悼世子不但不狂易，反而具有贤明圣君潜质的一面，并且试图证明思悼世子在政治上倾向于少论一派。但我在该本书中却找不到能够有力支持这一主张的论据，只能找到对史料的歪曲与夸张，借以佐证自身观点的内容。

所谓提出学说，并非可以随意主张任何说法，至少要以事实为基础，揭示论据，再经过合理的推论步骤。但该书仅出于替思悼世子申冤的目的就随意歪曲了史实，歪曲解读了《英祖实录》等史料。如果历史可以分为“信念的历史”和“真实的历史”，那么该书基本可以被划为“信念的历史”。该书一分为二地对比好人的痛苦和坏人的得势，刻画出“可怜的思悼世子”与“邪恶的老论”，为迎合这样的构图而彻底无视了史实。

历史不能以善恶二分法轻易划分，思悼世子之死亦如此。我们需要警惕仅以思悼世子的视角来看待他的死亡。思悼世子之死与无数百姓之死相关，英祖废掉思悼世子的世子之位时写下的教文中提到仅被思悼世子杀死的无辜之人就多达百余名。思悼世子的滥杀也见于《英祖实录》。从这些无辜之人及其亲人的立场上来看，思悼世子的确该死。

固然要从世子的视角看待他的死亡，但也有必要超越该视角，即不止聚焦思悼世子的“可怜而亡”，而是以更公正的视角进行观察。思悼世子穿了与自身不匹配的衣服，世子之位也并不适合他。雪上加霜的是，他还有一位十分挑剔的父亲。思悼世子之死虽然可怜，但也难说他的死亡纯属冤枉。他非狂易而亡，而是因为试图弑杀父亲英祖才被处死，即企图谋逆。只要仔细阅读《恨中录》就能发现世子谋逆的痕迹。当然，其他的史料也能佐证这一事实。相关史料原本就以委婉方式记述，只是研究者至今未能明确读懂罢了。既然儿子决定弑父，那么英祖不得不处死儿子。

本书旨在阐明思悼世子之死的真相，同时深入当时的宫廷，探讨宫中之人，并一一分析国王、王妃、大妃、后宫、世子、内官、内人等宫中之人面临的现实，以及他们的梦想与欲望。宫廷史相关史料相对丰富，可以在一定程度上对特定事件进行立体考察。立体考察能够更准确、更客观地把握事件真相，有时还能揭示隐藏在权力背面的人性，亦可以解读出英祖、思悼世子、正祖等最高当权者的人性苦恼与内心矛盾。

本书初稿是去年一年上传至互联网的内容。该文稿在 Naver 文学社区出版社的博客上以每周一篇的形式进行连载，总共 48 期，是首次在网络进行连载的人文学科文章。互联网可以提供只要上传文章，就能得到匿名评价的环境。我对这个未知的世界多少有些期待，但仍抱有不安。思悼世子之死本身就是一个大众话题性较高的主题，又加重了我的担忧。文章于连载初期在纸媒上引发些许争议，但所幸在连载中并没有遇到问题。

连载时也遇到不少开心的事。在网络上传连载文章后，有人指出错误之处，也有人提供相关信息。连载中期，我以同一主题在韩国教育放送公社（EBS）的节目《TV 一生大学——历史故事》中进行演讲，也通过这档节目遇见了新读者。去年秋季枫叶正红之时，我在昌德宫与此前长期只在网络上交换意见的诸位朋友碰了面。那日与读者们的古宫探访就像与老友郊游一般令人满足。对我而言，一年的连载既是一场愉快的旅行，又是一段特别的经历。这一年中能与读者们一道踏上令人心动的未知之旅，离不开文学社区出版社工作人员的帮助，再次向各位表达诚挚的谢意。

郑炳说

2012 年 1 月 31 日

写于思悼世子辞世 250 周年之际

导言

思悼世子之死是理解英正祖时代的最重要政治事件。因其极端性，该事件不仅被历史书籍，也被小说、电影、电视剧等反复提及。思悼之死如此广为人知，所以学界有不少人认为该事件在一定程度上已经得到分析与整理。但只要细看先行研究，就会发现其中存在无数漏洞。以概括的形式介绍并附上一两句意见的文章不在少数，专门的研究却十分罕见。

韩国文学界首先展开了针对该事件的正式研究。金用淑先生在 1958 年发表了《思悼世子的悲剧及其精神分析学的考察》。她依据《恨中录》，沿袭了惠庆宫所谓思悼世子是因“狂症”而死的观点。该见解在十年后受到了韩国史学界的批判。韩国史学界的依据是李银顺教授的论文——《〈恨中录〉呈现的思悼世子死因》。李银顺教授沿袭成乐熏先生所著的《韩国党争史》中的观点，从正祖撰写的思悼世子的行状入手，指出世子是党争的牺牲品。

1969 年，李揆东博士发表了题为《关于衣襨症[1]的精神分

[1] 衣襨症：衣襨即衣服的宫廷语说法，衣襨症是《恨中录》中对思悼世子李愃奇怪病症的称呼。按洪氏的描述，李愃无法正常穿上衣服，穿一件衣服要毁掉十余件衣服，还会出现像是为了祭祀鬼神而烧掉衣服的举动。——译注

析学的考察：〈恨中录〉展示的思悼世子病历研究》的论文，这也是他在首尔大学医学院撰写的博士论文的一部分，但史学界在很长一段时间内并没有推进研究。之后虽然出现了如崔凤永的《壬午祸变与英祖末期正祖初期的政治势力》等大量政治学角度的研究成果，但并未出现细致分析思悼世子之死的学术著作，只停留在李德一的《思悼世子的告白》（1998）等大众历史书的阶段。如上所述，将思悼世子之死像讲老故事一般轻率写下的文章虽多，但学术研究成果屈指可数。

本书乍一看像是对早前研究成果的整理，但实际上取得了为数不少的研究新成果。从结论上来看，本书虽沿袭《恨中录》中所谓思悼世子在精神不稳定的状态下试图攻击英祖，犯下谋逆罪的说明，但并不像早期《恨中录》相关研究那样，不加批判地接受其中的观点，而是通过《承政院日记》等各种史料批判分析《恨中录》所揭示的情况，再推导出结论。因此与先行研究相比，本书可以更加缜密明确地解释思悼世子的死亡过程。

为理解思悼世子逐步走向死亡的过程，本书首先对思悼世子生活的宫廷进行说明。在思悼世子出生时，他有四位长辈，分别是国王、大妃、王妃，以及他的生母。本书首先探讨这些人物的性格、地位及其与思悼世子的关系。从他们的生活中可以看出，宫廷生活绝非风平浪静：从执政前就被不安和恐怖裹挟，动辄向周围发火的国王；被这样的丈夫薄待，郁郁寡欢的王妃；作为国王英祖的保护人却常与英祖爆发激烈冲突的大妃；除生下世子外一无所有的可怜生母。世子正是在这种环境下长大成人。

思悼世子在无数人的关注与期待中出生。幼年的他没有辜负父王的期待，备受赞誉，但在十岁左右开始让英祖失望，因为他厌学。思悼世子是个贪吃厌学的傻孩子。这是《恨中录》语焉不详，却在《承政院日记》中呈现的世子模样。当然，世子并不愚蠢无知，只不过与英祖期待的德学兼备、严于律己、忠厚诚笃的治国贤才相去甚远。他比起学者更像是个艺术家。与父亲性格不合的世子在父亲面前小心翼翼、如履薄冰。英祖常在群臣或其他下人面前公然嘲讽羞辱世子，世子想躲避父亲严格又挑剔的目光，却又无处可逃。

世子在极度压力中挣扎，任何人在这样的压力下都可能变得疯狂。这种情况不仅见于《恨中录》，也见于《英祖实录》《承政院日记》。但世间并不鲜见否认世子患上狂症的意见，最近涌现出一大批明确提到思悼世子罹患狂症的史料，如英祖撰写的《废世子颁教》、思悼世子的墓志铭、思悼世子致岳父的书信、正祖对亲家公金祖淳的言说等。

世子的狂症与他的死亡直接相关。狂症虽非直接死因，但他由此采取的行动将其引入死路。英祖并非因为世子狂易才处死他，而是因为他试图谋杀自己。世子在被关入木柜前的一两日夜间，曾试图持刀进入宫阙弑父，英祖听闻此事后才处死了他，即思悼世子死于谋逆罪。相关史料非常谨慎小心地记述了此事，因此研究者至今未能明确指出这一点并进行分析。若将处罚当日英祖颁布于世的《废世子颁教》与《恨中录》对比，情况就昭然若揭。尽管英祖并非对儿子罹患狂症一无所知，但其罪至极，这让英祖无法抑制心中的怒火。英祖对远不及此的琐屑小事都急躁易怒，这样的谋逆之事显然远超他能忍耐的极限。英祖四处寻找处死儿子的各种方法，最终将他关进木柜。

世子死后，针对其死亡的疑问不断产生。这是因为不管以何种理由解释，父亲将儿子关入木柜致其死亡的行为都是难以让人接受的。但制造疑问的始作俑者就是英祖。英祖禁止任何人提及此事，但他本人却时不时提到后悔处死儿子。当然，他并不曾公布这点。国王的后悔随即引发了疑问。国王并无处死儿子之意，而是群臣的煽动所致，说法开始发生变化。但如果考察木柜在世子之死中的使用过程，就能发现这种说法完全站不住脚。世子不是偶发的临时事件，即便有若干名大臣誓死反对，英祖仍强行下令。他把世子关进木柜到致其死亡，仍等待了七八日。此外，当时不少史料也记录了英祖处死世子时的冲天之怒。

随着正祖的即位，该事件也迎来了全新的局面。疯世子之子——正祖成了一国之君，他不可能袖手旁观。正祖在英祖死前一个月上疏英祖，请求删去《承政院日记》中关于父亲胡作非为的内容。正祖早在即位前就迈出了通过销毁记录而歪曲历史的第一步。即位后，他提升了父亲的地位，并大规模地改建祠堂。与此同时，他也一并肃清了思悼世子在世时的朝廷核心势力——英祖时期的权臣。若是已死之人，就以谋逆嫌疑使其后代不得发挥政治影响力；若是存世之人，就要么削职，要么处死。此时思悼世子的死亡责任已被部分转嫁到他们身上。通过销毁记录、转嫁责任，正祖创造出一个全新的思悼世子的形象。

在将父亲的陵墓迁至水原的过程中，正祖进一步加快了神化思悼世子的速度，即在后期执政时通过追崇思悼世子来强化自身权力的正统性。此时他甚至亲自撰写父亲的行状，突然论及“金滕之词”，即试图完全颠覆世人对父亲形象的认知。正祖在思悼世子的行状中绝口不提任何不利于父亲的话，而是写下父亲的二十八年人生中极少从英祖那里听到的称赞、大臣们的赞辞，以及往返温阳[1]温泉时听到的世人称颂等。不论是谁，作为儿子都不会试图将父亲的狂症和恶行写进传记。通过这种只挖掘伟大一面的传记，思悼世子以全新的形象获得了新生，成为贤明温良的世子。正祖进一步捏造了世子因逆贼诬陷而死的故事，当然，他并没有指出这些逆贼的具体谋逆行迹。如果不一一调查事件前后的真相，就只能按照正祖意图的方式进行分析，创造出睿哲贤明的思悼世子形象。

正祖为了父亲、为了王室，同时也是为了自己，着手推进思悼世子的追崇事业。谁都不敢轻易反驳国王小心推进的生父复权事业，因此也出现了冤枉的受害者，即为了掩盖思悼世子的恶行，需要把责任转嫁到牺牲品身上，代表人物就是金尚鲁和洪启禧。他们作为世子的老师，不能说没有责任，但翻阅事件发生前后的史料，可知他们的责任非常有限。但在正祖的操作下，他们成了大逆不道的罪人。他们从未违抗过英祖、思悼世子或正祖，却背上了“逆徒”的罪名。

此事也波及惠庆宫的娘家。当然，国王的外戚虽不会像金尚鲁和洪启禧那般样被指为“逆贼”，但朝中仍不断指责他们对思悼世子之死负有责任。最核心的争议焦点是惠庆宫的父亲洪凤汉是否提议将世子关入木柜。只要是与王室相关的问题，哪怕只有

[1] 温阳：今韩国忠清南道牙山市温阳洞。此地以温泉而闻名，王室在此有行宫。——译注

轻微嫌疑都会被处以大逆罪，惠庆宫必须解释清楚娘家的责任。她的核心观点是，虽然不能说娘家完全没有道义上的责任，但从旁促成世子之死的逆贼罪名却是毫无根据的。这样看来，惠庆宫的观点带有反驳正祖一系列歪曲历史做法的性质。无人能反对正祖歪曲历史的做法，但一旦波及娘家，惠庆宫站了出来。

本书将讨论近一个世纪的历史，包括思悼世子出生、成长、死亡的过程，此后英祖的反应与正祖歪曲历史的做法，以及惠庆宫在纯祖时期撰写《恨中录》的行为。若想准确把握事件的本质，需要了解事件的背景与经过以及相关谈论的变化。更重要的是，如果不了解谈论的变化，就无法批判地解读史料，由是陷入莫名其妙的分析中。我认为此部分是本书取得的重要成果。

宫廷史如同其他历史事件一样，特别需要审慎解读。宫阙是一般人难以进入的场所，即使在宫中有所见闻，也不能传播。惠庆宫初次入宫时，英祖便给予她忠告，即在宫中就算有所见闻，也要装出不知道的样子。不能谈论至尊之人的言行举止，不得已提起的话，也必须以极度委婉的方式叙述。像思悼世子事件，此后常以“某年事”来称呼；木柜以“一物”来指代；君王传位等重大命令以“不忍闻之教”等来代替。凡此种种，都以这种方式记述，若不慎重阅读史料，很容易产生误读，先行研究中，由此引发的失误也比比皆是，本书也不能断言绝无此类失误。我只能说，本书是在力图减少这类失误，而对各种史料进行了全面研究之后的成果罢了。

目录

第一部

思悼世子的长辈们

第一讲
英祖：不安与愤怒的帝王

十岁的惠庆宫初次入宫时，宫中有“三殿”。所谓“三殿”，就是在称呼后添加“殿”的三位人士，即大殿、中殿、大妃殿。大殿即国王，也就是英祖；中殿即王妃，也就是贞圣王后；大妃殿即国王的母亲，也就是肃宗的第三任王妃仁元王后。英祖的生母是原为宫女之婢[1]的淑嫔崔氏，思悼世子的生母是宣禧宫暎嫔李氏，而淑嫔崔氏在惠庆宫入宫前就早已去世，因此惠庆宫见过的宫中长辈除三殿外就只有宣禧宫。我在第一章中将简单介绍这四位长辈的生平。

英祖的偏执症

英祖生于1694年，1724年登极，1776年去世。他享年八十三岁，在位五十三年，不论是寿命还是享国时间，都是历任朝鲜国王中最长的。惠庆宫观察了英祖三十多年，认为他的性格是“详察敏速”，即“观察仔细、行动敏捷”(惠庆宫洪氏著，郑炳说译:《恨中录》，文学社区，2010年，第34页，以下引用仅标注书名与页数)。同时，英祖事事上心的习惯几乎到了病态的地步，惠庆宫对英祖性格的描述如下:

[1] 宫女之婢：韩文作“각심”，无对应汉字，是宫女下人中的一种。——译注

> 英庙用言之时，尽讳“死”字、“归”字。次对、外出所着之衣襁，改着后入内。或酬酢或闻不吉之言，入临之时，漱口洗其耳。又先召人酬酢一言后，再入于内殿。为其好事与不好事，出入之门皆异。所爱之人所居之室，使不爱之人不居焉；所爱之人所行之路，使不爱之人不行焉。吾至极惶恐，不敢仰度其历历爱憎。（《恨中录》，第 40 页）

英祖极度恐惧死亡，因此几乎不使用任何与死亡相关的词语。如果在外听到杀人或与之相关的不祥之语，必须刷牙或清洗耳朵祛除不祥后再进入寝殿。英祖非常严格地区分生死与内外的界限。

不仅如此，他病态地区分好事与坏事，宠爱的人与憎恶的人。好事或坏事发生时，英祖的出入之门都不同。后来惠庆宫仅凭英祖处死世子前从景华门而入的消息，就判断会发生不祥之事。因为英祖平时进入昌德宫璿源殿时，若是经过万安门，则无事发生；若是经过景华门，则必有变故。[1] 璿源殿是供奉英祖父亲肃宗的御真即肖像之处。在行善事前向父亲肖像禀告时，便经过意为“万事平安”的万安门；禀告祸事时，则经过景华门。参考英祖忌讳“死”字的性格，可知他这么做是因为景华门的“华”字，“华”与意为“灾殃”的“祸”是同音。[2]

英祖根据不同的事情出入不同的门，对待不同的人更是如

---

[1]《恨中录》，第 126 页。“自前至璿源殿幸行之路有二，由万安门之幸行无頉，由景华门幸行则生頉。”——译注

[2]“华”与“祸”的韩语发音一致，均为“화”。——译注

此。英祖不允许自己宠爱的人与憎恶的人共处一室，不允许自己憎恶的人走宠爱的人所经过的道路。某次思悼世子前去英祖宠爱的女儿和缓翁主的住处附近，英祖知道后大发雷霆，命令他即刻返回。父王发怒后，世子惊慌失措，翻过高窗后逃走。（《恨中录》，第 62 页）虽然不知思悼世子踩着什么东西翻过窗户，但这是有多恐惧才会让一国的王世子、代理国事的掌权人翻窗逃走?

英祖不仅严格区分生死、内外、好恶和爱憎，而且彻底执行。这样彻底的二分法思考本身就是一种病。某心理学论文曾指出，偏执症的人认识自我的根本方式就是二分法。而且偏执症患者为了自身的“情绪生存”会严格区分善与恶，将坏事全部归咎于外部。[1] 英祖的行为方式与论文的描述惊人地一致。

英祖似乎患上了这样的偏执症。心理学上认为这种偏执症与年少时期遭受的创伤、屈辱、尴尬、虐待等负面经历有一定关联。英祖在年少时期经历过怎样的伤痛？惠庆宫也将英祖的病态性格归结于年少时期经历的考验。惠庆宫提到的相关事件分别为“辛壬年之事（辛丑年 1721 年与壬寅年 1722 年）”与“戊申逆变”。“辛壬年之事”即英祖在即位过程中经历的一系列考验，“戊申逆变”即“李麟佐之乱”，是英祖在执政初期经历的叛乱。换言之，英祖从即位到稳定掌权之间所经历的极端困境彻底击破了他的精神世界。下面就让我们一同回顾他的幼年时期。

---

[1] 黄成勋（音译）、李训振:《偏执症的二分法思考的适用》，《韩国心理学会志》28-4，韩国心理学会，2009 年，第 1012 页与 1020 页。

王子，与生俱来的不安

英祖生于 1694 年，父亲肃宗时年三十四，母亲淑嫔崔氏时年二十五。这一年，曾因张禧嫔而被逐出宫外的仁显王后时隔五年回到宫中。淑嫔崔氏出身寒微，地位甚至不如宫女，只是宫女之婢。崔氏在生下英祖之前还曾生下一子，在生下英祖几年后又生有一子。但除英祖外，这二子均早夭而亡，但从中可以看出崔氏备受肃宗的宠爱。

英祖出生时已有一位兄长，即日后先于英祖登上王位的景宗。景宗是张禧嫔之子，比英祖年长六岁。英祖出生时，景宗已被封为世子，即被定为下一任国王。也就是说，英祖在出生时不过是一介王子。

对无法成为王的王子而言，死亡的阴影常常笼罩在身边。朝鲜王朝末期为高宗生下王子，又失去两岁王子的后宫光华堂李氏对哀悼之人说："在这个恐怖的世界里，即便长大成人，又怎么能平安无事呢？"这件逸事明确道出了王子英祖的处境。思悼世子有四子，除了日后即位的正祖外，其余的儿子均因谋逆罪而被处死。恩信君李禛在正祖登极前就因谋逆罪被发配济州岛，最后在不安与恐惧中死去；恩全君李禶在正祖执政期因谋逆而被处死；恩彦君李裀在纯祖执政期因谋逆而被赐药自尽。无法成为国王的王子，他们的命运大抵如此。因而可以想象根植在王子英祖心中的不安。

在这种处境下，作为王子的英祖实际上也未得到符合王子身份的待遇。这与今日一般人的想法有极大出入。《肃宗实录》（1700

年六月十三日）[1] 记录了统制使闵涵因给时为王子的英祖赠送扇子而被大臣上疏弹劾之事。即使是微不足道的物品，将其私下赠给王子也会引发问题。王子就是这样被警惕的对象。还曾发生过司谏院下吏殴打王子英祖下人的事情，肃宗认为这是士大夫蔑视王室后裔而引发的事件，下令重刑处置。(《肃宗实录》，1704 年十二月二十五日）英祖虽是王子，但却是被权贵们无视的存在。

“辛壬祸狱”与“戊申乱”

王子英祖的与生俱来的不安，在父亲肃宗去世，同父异母的兄长景宗即位后迎来了新局面。景宗虽在父王死后顺理成章地即位，但体弱多病的他难以行使王权。景宗十四岁时，生母张嬉嫔被赐药自尽。坊间流传的无根之言称张嬉嫔为断绝朝鲜王室的后嗣，曾拉扯景宗的生殖器，因此景宗无嗣。景宗在即位翌年就宣称自己病入膏肓，封英祖为王世弟，准备托付国事。最终英祖作为继承人开始分担国事。

但问题在于权力绝对无法分享。从朝鲜王朝初期的两次“王子之乱”中也能看出，权力面前并不存在“父子”与“兄弟”，更何况景宗与英祖只是异母兄弟。景宗虽宣称因当下之疾将一部分权力移交给英祖，但眼看权力像潮水一般退去的他只要发怒，就能立刻处死英祖。因此代理部分国事的“代理听政”并不是什么值得高兴的事。英祖在令人不安的代理听政中度过了一年多的日子。

事件在 1721 年（辛丑年）末爆发。当时南人党已经失势，

[1] 原著标记的日期指阴历日期，下同。——译注

西人党分为老论与少论两派争夺权力。少论主张景宗继续执政、牵制英祖，老论倚重健康的统治者英祖，并试图保护他。老论与少论围绕王世弟代理听政与否展开争论。但在1722年（壬寅年），睦虎龙告发老论谋逆。爱德华·吉本在《罗马帝国衰亡史》（1788年完刊）中提及马可·奥勒留之子——暴君康茂德治下的谋逆诉讼时直言“嫌疑就是证据，审判就是有罪”，即只要有嫌疑都会遭到处罚。虽然有程度上的差异，但在朝鲜时代的谋逆案中，仅凭嫌疑也足以让人处于险境。首先，在审问过程中死亡的人并不在少数。展开大规模调查与审问的话，便会有无数人下狱并死于狱中。睦虎龙的陈述中也有对英祖不利的内容，即英祖曾与逆贼接触。英祖立刻表示愿从王世弟之位退下，这是他面临的最大危机。

事情渐渐变得危急起来。少论一派甚至指使宦官朴尚俭阻拦英祖向景宗问安。一旦无法与国王进行沟通，风言风语会从中觅得可乘之机。这种情况下，国王的亲信只要说上一两句对英祖不利的话，他在顷刻间就会陷入万劫不复的境地。

最后睦虎龙的告变以金昌集、李颐命、李健命、赵泰采所谓“老论四大臣”被处死而告终。被处死的大臣足有四位，更难以想象受其牵连而死的人数。以老论的立场整理此事的《辛壬纪年提要》指出，仅仅在鞫厅遭受拷问而死的人就多达五十三名。如果再加上追随丈夫而自杀的夫人与流放而死之人，受害者人数只会进一步增加。在这种情况下，被怀疑涉嫌谋逆的英祖日复一日地在死亡的恐怖中挣扎，无法知道明日会不会到来。

最终景宗去世，即使不知道对其他人影响如何，但对英祖而言实属幸事。虽然一度危在旦夕，但他总算能将绝对权力收入囊中。所谓“血债血偿”，英祖的即位展示出权力构造发生了根本性变化。在这种情况下，英祖毒杀景宗的说法开始流传，察觉到危机的一些少论派联合部分南人发动叛乱，这就是1728年（戊申年）的叛乱，即“戊申乱”。世人又取中心人物李麟佐之名，将这场叛乱称为“李麟佐之乱”。

朴弼显等少论激进派主张英祖不是肃宗之子，甚至还与景宗之死有牵连。他们试图除掉英祖与老论，拥立昭显世子的曾孙密丰君李坦为王。当时朝鲜面临干旱等自然灾害引发的大饥荒，在这样的社会经济背景下，叛军轻而易举地壮大起来。李麟佐在1728年三月十五日占领清州城后，以替景宗复仇为名进军汉阳。但该月二十四日，叛军在安城败于官军，气势大挫。同时，郑希亮在岭南举事，一时间占领安阴、居昌、陕川、咸阳等地，但遭到少论朴文秀等人的讨伐。

反对势力集结兵力攻入汉阳的叛乱已有仁祖时期“李适之乱”等先例，此前仁祖也是通过军事政变推翻光海君才登上王位。比任何人都熟知这些先例的英祖对叛军进攻汉阳之事自然感到毛骨悚然。换言之，即便成为国王，英祖也无法高枕无忧。因此惠庆宫将这两大事件，即跨越辛丑与壬寅两年的“辛壬祸狱”与“戊申乱”视作英祖的两大心理创伤。

出身情结

惠庆宫虽然不便直说，但英祖更广为人知的心理创伤是他的出身情结。惠庆宫提及父亲洪凤汉科举及第时说道，当时仁元王后家、贞圣王后家无中举之人，思悼世子的亲外祖家更不值一提。(《恨中录》，第 193 页）这不仅是对微贱宫女出身的宣禧宫，也是对自己丈夫暗含炫耀之意的内容。惠庆宫都这么看待丈夫思悼世子了，更不用说怎么看待公公英祖了，她不可能瞧得上生母只是宫女之婢的英祖的出身，其他大臣也是如此。无人不晓，但谁都不便发诸口的“英祖的出身”就是童话中的“国王长着的驴耳朵”。

英祖在六岁时获得“延礽君”的封号，即正式的王子名号。十岁时行意味着成人的冠礼，十一岁时与十三岁的新娘成婚。新娘是进士徐宗悌的女儿，后来她成为贞圣王后。关于这对夫妇的初夜有一则逸话流传于世，金用淑先生在《闲中录研究》中提到此事。

初夜时英祖握着新娘的手称其秀丽，于是新娘回答：“生于富贵而然。”英祖认为新娘的回答是讽刺自己的出身。[1] 他的反应是“生于富贵？这是讽刺我是微贱宫女之婢的儿子”。此后英祖渐渐疏远了贞圣王后，再也不愿意见她。《恨中录》亦详细记述了英祖对贞圣王后的冷淡。

英祖的这种尖锐的自我意识掌控了他的一生，这不仅见于稗官野史，也见于《英祖实录》与个人文集。这里我首先介绍《英祖实录》记录的一则事件。英祖九年（1733 年）十一月初五日(此时英祖正当四十岁)，宣祖的后裔——五卫都总府都总管海兴君李橿上疏。李橿曾出入大臣们的会议室——宾厅，误坐了大臣的座椅，而宗室人士被认为不应坐大臣的座椅，于是他与相当于现在国务会议的议政府发生了冲突。结果左议政徐命均抓捕了管

[1] 金用淑：《闲中录研究》，韩国研究院，1983 年，第 207 页。——译注

理宗室的宗亲府的书吏，随后海兴君的弟弟海春君出面抓捕了议政府的书吏。双方都抓捕下人展开争斗。

因此海兴君上疏国王，而徐命均等人也在国王面前提到了此事。领议政沈寿贤、平定“李麟佐之乱”的功臣朴文秀皆支持徐命均，建议国王处罚海兴君等人。然而英祖的想法却不同，他认为备受警惕而疲软的宗室遭到大臣的打压乃至受罚，实在是有些过分，于是他为海兴君辩护。即便国王为自己的血亲宗室辩护，但大臣们仍坚持主张处罚海兴君。最终英祖暴怒，下令严惩朴文秀等人，并拍案怒道：“尔辈谓予以王子入承此位而轻之，故蔑视宗亲府耶？”[1]

英祖这是在反问大臣们，他们是不是在蔑视非以正式世子的身份继承王位，而是经历了长久的不安岁月，最终以宫女之婢的儿子的身份得登大宝的自己。徐命均、沈寿贤等人比英祖年长十多岁

---

[1]《朝鲜英祖实录》卷三十六，英祖九年十一月初五日。“命均又言：海兴君橿忽来宾厅，坐于大臣座。故臣以下吏不善导，捉囚宗亲府书吏矣，其弟海春君反囚政府书吏。此虽年少宗班，不识事体之致，实是前所无之事也。寿贤曰：宾厅非大臣则不得入处。况大臣属吏，何可执囚乎？上曰：王子大君与大臣绝席，一品宗臣与大臣抗礼。宾厅虽称他人不敢入，予在潜邸时，坐于宾厅而受宣醖矣。且宗亲府为百司之首，非王子大君不得为提调。今则远宗为之，故外朝轻视之。然其囚人之牌，即王子大君所用也。海兴之来坐大臣座，诚甚儱侗，囚其傔从犹可也，书吏则不可直囚矣。命均曰：宗亲府固有所重，而至于政府，事体尤别，决不可囚其吏矣。上曰：岂其然乎？宗亲近来疲软故也。命均曰：况于班行，宗班或有缓忽事，则政府例当检饬矣。上曰：不然，宗府非政府之所干也。正言赵镇世传启讫，仍言：大臣位在百僚之上，体貌自别，宗班发怒于大臣，囚治下吏，此实无前之事。如是则大臣何以总百揆，尊体统乎？宜有警责。灵城君朴文秀曰：敬大臣，所以尊国体也。宗亲府非不尊重，若有王子大君则无可论也。二品宗班，其可直囚政府吏乎？臣不胜慨然矣。上震怒，厉声曰：朴文秀从重推考。尔辈谓予以王子入承此位而轻之，故蔑视宗亲府耶？仍拍案呜咽，诸臣震悚，苍黄屏退。”

乃至三十岁，他们清楚英祖孤单的年幼时节，内心深处未必没有蔑视英祖之意。英祖的心里话是自己什么时候才能大声喊出“我是国王！”既然他已经登上王位，现在大臣们也不得不瑟瑟发抖。

两天后，英祖怒火渐消，再次提到该事。他首先后退一步，提起自己还是王子时经历的一件事情。肃宗去世后，英祖匆忙入宫而被大臣的车马挡路在前，该大臣知道后面跟着王子，但也绝不让路。该举动就是在无视没有继位希望的孤单王子。[1] 英祖没有明示该大臣的名字，但他仍未忘记年少时在路上经历的事情。

英祖的出身情结至死也未消解。以茶山丁若镛的举荐者而闻名的南人领袖蔡济恭在文集《樊岩集》中记有一则《读鲁仲连传》。

“英庙当宝筭八十有余，无以遣日，常使玉堂翰注读古书以听。一日，承旨先读，次至兼春秋。兼春秋所读，即《鲁仲连传》。始读，上卧枕上，以御手加额，鼾睡正甘，兼春秋读过传中‘叱嗟’下四字。”“下四字”即“而母，婢也”。六个字合起来解释的话，即“呵呵，你妈是婢女！”这是鲁仲连为说服对方而举出的例句，原本是出身微贱亦无实力的周显王指责齐威王而被齐威王反骂的句子。[2]

---

[1]《朝鲜英祖实录》卷三十六，英祖九年十一月初七日。“上曰：予自藩邸入承而生长宫中，未尝读礼，只遵祖宗朝礼法而已。曾于庚子大丧后无前导而赴阙，路遇大臣，在前终不让路，故予不欲随后而行，避从他路。予以王子，犹为如此矣。顾今国无储嗣，宗室孤弱，无怙势之气，而又欲裁抑，予不扶植，谁复顾藉耶？宣庙尝曰：此花开后更无花。每念此教，心怀自然不平矣。予非不知海兴之失也。”

[2] 该事件见《战国策·赵策》。“鲁仲连曰：昔齐威王尝为仁义矣，率天下诸侯而朝周。周贫且微，诸侯莫朝，而齐独朝之。居岁余，周烈王崩，诸侯皆吊，齐后往。周怒，赴于齐曰：天崩地坼，天子下席，东藩之臣田婴齐后至，则斮之！威王勃然怒曰：叱嗟！而母，婢也！卒为天下笑。故生则朝周，死则叱之，诚不忍其求也。彼天子固然，其无足怪。”——译注

读书并未到此停下，英祖“忽惊悟，蹶然而坐，以手拍地曰：‘忍读四字入吾耳，读之者谁也？’兼春秋止其声，侍臣皆战栗。时今上以世孙侍傍，对曰：‘臣始终在此，未闻其读四字，所读板未及于此矣。’上曰：‘丁宁入吾耳，诸臣岂有不闻之理乎？’诸臣以世孙先有所仰对，一辞言曰：‘臣等不闻矣。’上玉色稍解，复卧枕上，筵臣遂退出。”在蔡济恭看来：“彼兼春秋者，遐方冷官之人，渠何以知四字之不敢读而为之不读乎？当是时，若无世孙邸下临机捷疾周旋，祸机将无所不至矣。”所以大臣们才会一致感叹世孙（后来的正祖）的超常应变能力，称其为“圣人哉，世孙也！”[1]

蔡济恭称：“余时以药院提举亲见筵中事，今于数十年后，偶读《史记英选·鲁仲连传》，追记之。”[2] 正如上文所述，英祖至死也未能放下出身情结。

---

[1] 蔡济恭：《读鲁仲连传》，《樊岩集》卷五十九，《影印标点韩国文集丛刊》第236册，首尔：民族文化推进会，1999年，第582页。

[2] 按《英祖实录》的记载，引发英祖愤怒的非“而母，婢也”四字，而是“凶逆”四字。《朝鲜英祖实录》卷百二十，英祖四十九年四月十七日。“上命承史读《鲁仲连传》，有墨抹处，不敢读。上曰：必是凶逆四字。”但按时人黄胤锡的记载，英祖确实将“而母，婢也”四字视为冒犯。黄胤锡：《颐斋乱稿》卷十九，壬辰十月初三日甲子，韩国学中央研究院藏书阁藏手抄本扫描件。“岭南故承旨裴正徽者，南人文官也。妾子三人，其二曰胤颖、胤命，俱善科文。胤命于丙辰年间为其切姻文官李观厚代草一疏，而忠州文官正字许锤及申处洙等俱所商议。疏既上，而中有叱嗟之声四起一句。盖叱嗟二字，出战国策及马史齐威王反詈周曰：叱嗟！而母，婢也。周天子其母微故也。胤命辈以凶徒贱孽，沿袭逆心，敢援二字，谓一世莫知出处。而时相宋寅明以本书入启，胤命等次第就鞫。而胤命伏诛，余皆罪废，锤即故乱臣积之从孙也。”（《颐斋乱稿》部分为译者添注）

附录　淑嫔崔氏的出身争议

至今未有证据能明确说明英祖生母淑嫔崔氏的出身。最近六卷本《淑嫔崔氏资料集》(韩国学中央研究院藏书阁，2009—2010年)出版，但这么多的资料也未能明确揭示崔氏的出身。相关史料隐去了她父母的身份与职业，因此现代人不得不依靠口传之言来进行推测。关于淑嫔崔氏的出身，现在最广为人知的说法大致有三种，但均未涉及她父母的身份，而是提到她被肃宗看中时的职位。其一是汲水婢说；其二是针房内人说；其三是宫女之婢说。下面将一一讨论这三种说法。

汲水婢说是流传最广的说法。但汲水婢原本指的是下级婢女，她们需要在宫中上下班，这似乎与淑嫔崔氏并不相符。换言之，这一职业与淑嫔崔氏相关的诸多宫廷传说并不相符。传说淑嫔崔氏在被废位的仁显王后生辰当天陈设盛馔、欲伸诚悃，因而入于肃宗之眼。[1] 若是需要上下班的汲水婢，没有在宫阙里这样做的时间。

针房(负责针线活的地方)内人说是高宗为否定汲水婢说而提出的说法，见于金用淑先生的《朝鲜朝宫中风俗研究》(一志社，1987年，第80页)。英祖某日与母亲淑嫔崔氏聊天，问她以前地位低下之时做什么事最累。她答说在针房劳作之时，制作绗

---

[1] 李闻政:《随闻录》卷一，庚子十一月初四日，韩国学中央研究院藏书阁藏手抄本。"先大王一日则夜深后扶杖周行于宫闱之内，历过内人房。独一内人房灯烛炜煌，自外暗觇陈设盛馔，一内人拱手跪坐于床下。先大王深怪之，开其户而下询其故。内人俯伏奏曰：小女即中殿侍女而偏承宠爱之恩矣。明日即中殿诞辰，废处西宫，罪人自处，不御水剌，朝夕支供乃是麤粝。明日诞辰，谁进馔羞？小女情理不胜，怅然设此中殿所嗜之物，而万无进献之路，以进献样陈设于小女房中欲伸诚悃。上始思之，明日果中殿诞辰也，即有感悟之意，而嘉其诚意，遂近之，自是有胎。"(作者似指该故事，史料引文内容为译者添注)

缝衣服最累，之后英祖再也没有穿过绗缝衣服。由是可知淑嫔崔氏不是汲水婢，而是针房内人，即作为英祖与思悼世子后人的高宗主张自己的先祖并非是地位低下的汲水婢。

宫女之婢说亦见于金用淑先生所著的《闲中录研究》(正音社，1987 年，第 209 页)。宫女之婢是在宫中长期劳作的婢女，是侍奉宫女之人。淑嫔崔氏若是针房内人，英祖就没有理由那么自卑。他的兄长是宫女出身的张禧嫔所生，他的儿子思悼世子也是宫女出身的宣禧宫所生，但他们并没有对出身感到特别自卑。在朝鲜，宫女之子成为国王并不是什么大问题。针房内人是宫女，宫女之婢是宫女的奴婢。宫女和宫女之婢因主仆关系而在身份上天差地别。英祖若是下级宫女之子，没有理由非得自卑，但若是宫女之婢的儿子，那他就有理由感到自卑。正如前文有关英祖出身情结的蔡济恭的记录，英祖因“而母，婢也”的攻击之词而厌恶该部分文段。宫女不是婢女，而是有严格正式职品的女官，也是不亚于朝廷官员的拥有权力的权势家。宫女之婢就是这种宫女的婢女。综合高宗的说法，可以推测淑嫔崔氏最有可能是针房内人的婢女。

翻阅记录惠庆宫生活的官方日记——《惠嫔宫日记》(郑炳说译注，首尔大学出版文化院，2020 年，第 13 页)可知，所谓宫女的下人，即“宫婢”的名称有水赐、乳母、阿只、保姆、水母、陪婢、房子、巴只、阁氏等，并无宫女之婢(각심)。水赐即汲水婢，乳母、阿只、保姆是给王室幼儿喂乳并照顾他们的人。水母主要负责洗手间之事，陪婢扮演的是王室儿童之婢的角色。宫女之婢(각심)应该指的是房子、巴只、阁氏等人。

附录　延礽君肖像：不安与忧愁的表象

英祖的肖像有两幅流传至今。一幅是登上王位前的年轻的延礽君，另一幅是即位二十年后的堂堂正正行使权力时的帝王。据说英祖对画作的理解达到了画家们都认可的高度。(《肃宗实录》，1713 年四月十三日）[1] 因此，他的肖像虽非他本人亲自所画，但也不能等闲视之。

《延礽君肖像》是 1714 年，也就是英祖二十一岁时绘制的肖像画。从他瘦削的脸庞、犀利的目光与固执的鼻尖中可以读到他的不安与忧愁，以及敏锐的性格。延礽君从十一岁时成婚至十九岁出宫为止，多次因住宅问题吃尽了苦头。他曾试图购买惠庆宫伯祖父洪锡辅的宅院，但遭到断然拒绝。(《肃宗实录》，1707 年九月初三日）[2]1714 年的肖像是英祖在宫外思考迷茫的未来，度过不安时期的模样。他若与任何有权者见面，就会被怀疑是不是在与人谋逆。由于王子的身份，他也不能随便见人。无事可做，但也不能放纵年轻的血气，生动描绘这样的不安的画作就是《延礽君肖像》。

然而三十年后，也就是英祖二十年所绘的《英祖御真》中，这样的不安感消失了。眼神变得柔软，眉毛也画得更为沉稳。与年轻时相比，他变得温和了许多。这就是君王的自信感和安全感。

---

[1]《朝鲜肃宗实录》卷五十三，肃宗三十九年四月十三日。“都监提调李颐命等率诸画师入侍，施采于御容上绡新本。颐命奏言：闻画师言，延礽君颇解画理，宜令出示延礽君。遂得旨入参。”

[2]《朝鲜肃宗实录》卷四十五，肃宗三十三年九月初三日。“延礽君家欲买贞明公主家，而公主曾孙洪锡辅呈单该曹，以先训不许卖，不敢违弃为言。传曰：既以岂敢违弃先训缕缕为言，不宜勒买也。”

第二讲
仁元王后：大妃，最高女性掌权人

权力的另一顶点

王朝国家秩序的顶点是国王。谁都不能挑战他的权威，也不能违背他的意思，这就是绝对权力。但是儒教社会的朝鲜还存在另一个绝对权力，那就是父母。儒教最为重视孝道，即便是国王也不能违背父母的吩咐与心意。这就是国王的父母可以拥有与国王不相上下的权力的理由。但王位通常在国王死后被他的儿子继承，所以正常继承权力的国王没有在世的父亲，以国王之父的身份生活并享有权力的兴宣大院君是例外。尚在人世的国王的父母大多是国王的母亲或祖母。所谓大妃即王大妃或大王大妃。[1]

实际上，如果出现国王年少而无法亲自统治的情形，那国家就会由大妃代为统治。朝鲜一般认为十五岁才算长大成人，如果国王不满十五岁，那就由宫中的最高长辈——大妃在国王长大成

---

[1] 大妃是对前王王妃的统称。大妃有王大妃与大王大妃，大王大妃高于王大妃。一般王大妃指前王的王妃，大王大妃指前前国王的王妃。但由孙子继承王位时，可以称前王的王妃为王大妃，也可称大王大妃。这是因为从王统来看，她是前王的王妃，但从家统来看是前前代。以英祖、正祖、纯祖为例。英祖即位后，肃宗妃仁元王后被尊为大王大妃，景宗妃宣懿王后被尊为王大妃。正祖即位后，英祖妃贞纯王后被尊为王大妃，她在纯祖即位后才被尊为大王大妃，此时正祖妃孝懿王后成了王大妃。正祖时期，曾有人建议把贞纯王后尊为大王大妃，提出该建议的人提到了仁祖把宣祖妃仁穆王后尊为大王大妃的先例。仁祖也是以宣祖孙子的身份继承了王位，但把宣祖妃尊为大王大妃。虽然二者之间有光海君，但他是被废之王，不必考虑在内。但正祖认为王位继承顺序比家统更重要，坚持只把贞纯王后尊为王大妃。

人之前代他处理国政。这就是“垂帘听政”。[1] 儒教礼法不允许男女同席，所以垂帘听政时会用帘幕隔开大妃与臣子，之后再讨论国政。朝鲜时代的垂帘听政从世祖妃贞熹王后起，至翼宗妃神贞王后为止，共七次二十九年。从朝鲜王朝五百年的整体历史来看，垂帘听政的时间并不长，但从朝鲜完全由男性统治的社会性质来看，这是令人吃惊的事情。加之这只是官方的、表面上的时间，实际上大妃对国政产生的影响力更为巨大。

把微贱的宫女之婢的儿子，度过不安的王子时期的英祖封为王世弟的人是大妃，保护了毫无权力基础的孤单的王世弟，把大权传给他的人亦是大妃。这就是英祖的母亲——仁元王后。虽然不是生母，但从名分上来看，她俨然就是英祖之母。

景宗与英祖的父亲肃宗有三位夫人。第一位夫人是仁敬王后，她是金万基之女，也是《九云梦》作者金万重的侄女。第二位夫人是因张禧嫔而被逐出宫门的仁显王后，她是闵维重之女。第三位夫人就是仁元王后，她是金柱臣之女。仁元王后作为肃宗的第三任夫人，年龄并不大，仅仅比英祖年长七岁。对英祖来说，她是姐姐年龄的母亲。

仁显王后于 1701 年八月去世，随后十月张禧嫔被赐药自尽。宫中不能长期无女主人，因此肃宗着急成婚，翌年十月仁元王后就进宫了。十六岁的仁元王后成了四十二岁肃宗的妻子。张禧嫔

[1] 林惠莲：《19 世纪垂帘听政研究》，淑明女子大学博士学位论文，2008 年。在朝鲜前期，存在大妃垂帘听政到国王二十岁的情形。也存在如肃宗虽然十四岁即位，但宣称成人直接开始亲政的事例。朝鲜后期的大妃们一般垂帘听政到国王十五岁为止。

之子景宗虽被封为世子，但谁也不知道若年轻的王妃生下儿子，继承情况又将如何。不过仁元王后并没有生下子嗣。

仁元王后虽没能把王位传给自己的亲生儿子，但在肃宗去世后，她作为宫中最高长辈，一手包揽了将王权移交景宗的过程。在王朝国家中，没有比王权继承更重要的事情了，此等大事由大妃负责。国王临终时，大妃在最靠近他的地方倾听遗训，并宣布遗训。国王留下的遗言通过大妃之口得以公开。

仁元王后不仅将权力移交景宗，还支持英祖作为病弱景宗的继承人。景宗在即位第二年就收到了请求立储的上疏。从某种意义上看，该上疏既放肆又危险。景宗向大臣们拖延决定，而大臣们向仁元王后请求定下储君。于是仁元王后下手札给景宗，其中有一句话是："孝宗大王血脉，先大王骨肉，只主上与延礽君而已，有何他意？"[1]也就是说将英祖定为继承人，于是英祖得以成为王世弟。可见册立国王的重任与权力在于大妃，大权通过这样的方式得以确定并移交。

英祖在代理听政期间，也受到仁元王后的保护，后来思悼世子亦是如此。代替国王处理朝政对当事人来说是一件有负担又危险的事情。治国得当、掌握大权的话，会被国王误会是觊觎权力；频繁犯错、造成问题的话，会被认为资质不足，引发失望。反正是世子，就静静地等到适当之时继承权力即可，没必要代理听政惹出事端。此外，在现国王周围享受权力之甜蜜的利益既得者们并不乐见权力被稍微移交给别人。

---

[1]《朝鲜景宗实录》卷四，景宗元年八月二十日。

在这种情况下发生了朴尚俭事件。这是景宗的直属宦官朴尚俭等人与宫女勾结，离间英祖和景宗的事件。在老论与少论忙于党争，英祖的处境极度不安的情况下，朴尚俭等人“托以阙中有狐，设机穽闭清晖门。清晖门，即王世弟问寝之路也”。[1] 这就阻断了英祖直接谒见景宗给自身辩护的机会。此事件过后数月，睦虎龙告发老论人士谋逆时也提到了英祖，可见当时英祖的处境非常危险。

英祖曾请求惩治那些给自己造成危险的离间之徒，但景宗犹豫了。对景宗来说，处置经常在身边辅佐自己的手下并不容易。此时断然惩处他们的人是仁元王后。在朝鲜上下，能做国王不愿做或不能做之事的人只有大妃。大妃的命令即“慈殿的命令”，被称为“慈教”，拥有仅次于国王之令的力量。英祖在生命受到威胁时，依靠仁元王后的慈教活了下来。对于英祖来说，仁元王后既是权力的传授者，也是救命恩人。

国王与大妃的冲突

权力绝无可能两立，它也让父子兄弟产生冲突。如果大妃拥有仅次于国王的权力，那么两者之间的冲突同样无可避免。大妃与国王的冲突在前代已出现多次。代表性的例子有仁粹大妃与燕山君、仁穆大妃与光海君之间的矛盾。表面上看两个绝对权力的冲突通常是以掌权的国王的胜利为结局，但战胜大妃的国王并不能永远地享受胜利，这是因为忤逆母亲违反了儒教的绝对品

---

[1]《朝鲜景宗修正实录》卷二，景宗元年十二月二十二日。“时尚俭内外交结，谋害王世弟，托以阙中有狐，设机穽闭清晖门。清晖门，即王世弟问寝之路也。于是两宫阻隔，危机益急。”

德——孝。舍弃自身存在的基础——儒教，他很难在朝鲜继续担任国王。忤逆大妃的国王们都被赶下了王位。以头冲撞祖母仁粹大妃的燕山君，以及把母亲仁穆大妃囚禁于西宫的光海君都因政变而被逐下王位。

即使不是这种极端的对立，绝对权力之间也随时可能发生冲突。只是由于这是至尊间的冲突，所以在公私记录中都很难留下踪迹，原因是这样的记录本身很可能成为不忠之举。《朝鲜王朝实录》与《恨中录》中也没有明确详细的记录，但仔细阅读史料可以部分窥探到这种冲突。

仁元王后是英祖的恩人。但两人相识五十多年，又作为大妃和国王这样的权力对手相处了三十多年，不可能没有争吵。但英祖与仁元王后关系的相关记录只刻画了英祖的孝顺，就连毫无顾忌地公开各种事实的《恨中录》也没有鲜明勾勒出仁元王后与英祖的矛盾。在漫长的岁月里，两人真的没有任何矛盾吗？

仔细阅读《恨中录》就会发现一件可能发生在仁元王后与英祖之间的矛盾事件，这就是 1752 年十二月的英祖传位骚动。当时英祖突然表示要把王位传给思悼世子，并离开了王宫。思悼世子虽然无罪，但父亲的突然之举却让他不得不谢罪。因为国王要把王位传给自己，所以只能先推辞，而且担心自己犯下了什么错误，不得不先谢罪。这就是朝鲜王朝的逻辑。

当时思悼世子刚刚勉强战胜红疫（即麻疹），以未愈之躯在严寒中俯伏数日而待罪。恰好天降暴雪[1]，世子“俯伏之貌若雪

---

[1]《承政院日记》1752 年十二月初八日条记录该日的天气为“大雪”。

积，难以分拣，亦不为动摇”。一国的世子俯伏地上几乎成了雪人。宣布传位的英祖向仁元王后寻求许可，英祖一提出传位，仁元王后就答以“然”。[1] 国王突然宣布传位，大妃就欣然答应，这令人费解。即使有充分的传位事由，也不能如此。这是劝了再劝，劝了又劝，如果还是不行，才能不得不勉强接受的事情，但仁元王后却像批准几天假期一样欣然应允。

得到仁元王后许可的英祖回到大臣们那里，以“得到了大妃的许可”为由坚持传位。若得到大妃的允许，大臣们就没有可以依靠的地方了，所以大臣们不得不呼吁仁元王后挽留英祖。大臣们请求取消传位许可，仁元王后就立即听从大臣们的呼吁。她以自己耳聋，误听英祖之言为由撤回了许可。仁元王后轻易接受英祖传位令人费解，而因耳聋误听的辩解更加令人费解。王权移让是多么重大的事情，怎么可能因耳聋而误听呢？如果这是事实，那么周围侍奉大妃的人将受到严惩。事情的真相到底是什么？

《恨中录》称提到英祖传位事件的原因是老论派的一位大臣上疏弹劾少论大臣。上疏的内容到底是什么，竟会让国王宣布传位？据说上疏是煽动党争的内容，惹得厌恶党争的英祖大怒。但

---

[1]《恨中录》，第 51—52 页。“其年（1752）腊月，英庙因台谏洪準海之上疏大为激怒，教以禅授世子，俯伏于宣化门外以请大妃之慈教，亦多下严教于小朝。景慕宫大病之后，其时雪寒酷毒，俯伏雪中而待罪。其俯伏之貌若雪积，难以分拣，亦不为动摇。仁元王后命使之起，不听，待英庙过举镇定后始起。可知其天质之沉重。其后圣心怒不止，其月十五日，幸彰义宫，告仁元王后以传位。仁元王后耳部失聪，误听之，答以为然。英庙以为既得慈教之许诺，当传位之。其时东宫之仓皇罔措，何如哉？呼春坊官撰成上疏，不为迟难，其时春坊皆出而嗟叹焉。英庙留于旧邸而不为还宫，仁元王后自以为听荧不善对之事，得罪宗社，下于狭室，且封书英庙，请之还宫。东宫席藁待罪于时敏堂逊志阁之庭冰上，而步行往彰义宫，又为席藁待罪，叩头于石，网巾皆裂，额伤生血。”——译注

若是这样的上疏，仅处罚上疏之人就可以了。这不是需要放弃王位之事，实在让人费解。实际上上疏的洪準海受到了处罚，但这是英祖宣布传位一个多月前发生的事情。不知道英祖为什么因一个多月前的事情突然宣布传位。《英祖实录》或《承政院日记》并没有明确记录英祖传位骚动的原因，只能让人感觉到这是仁元王后与英祖的一种斗气。

汇集思悼世子之死相关记事的《待阐录》简略提及了该事背景。当时英祖宠爱后宫文氏，文氏依仗国王的宠爱，又有金尚鲁等宰相为后盾，气势汹汹。此时思悼世子病重的传闻已甚嚣尘上，甚至有传闻称如果文氏生下儿子，思悼世子的地位将发生动摇。而文氏“承恩”于五十九岁的英祖，已怀孕六七个月。

在这种情况下，某天文氏与思悼世子的生母宣禧宫发生了口角。即使同为后宫，而宣禧宫俨然是世子的生母。此外思悼世子是代理国政的高贵人物，但一介后宫竟敢凭国王的宠爱而顶撞世子的生母。听闻口角的仁元王后作为宫中的最高长辈叱责了文氏。她把文氏叫来，让她在世子面前接受杖责。[1]

这件事传到了英祖耳中，触怒了他。即便是母亲，但自己才是国家的最高掌权人，她怎么能如此干涉自己的事情呢？与其这样，还不如放弃王位。于是英祖为向大妃示威才引发了传位骚动。

---

[1] 朴夏源、朴齐大:《待阐录》卷一，韩国学中央研究院藏书阁藏手抄本。“时上深咈世子，人莫知所由，追闻宫中有争妬云。其时文昭仪承宠，宠倾后宫，一日文女与暎嫔有小诘，多发不逊语。仁元大妃招文女跪前责教至严，教以虽看世子颜面，焉敢若是？招小朝立之，挞文女以惩之。其翌上猝幸松岘宫，教曰：予当自此释负。朝廷鼎沸，盖自后文女之毒日甚云。”——译注

以这种背景为基础重新分析史料，英祖和仁元王后的每一句话都与背景若合符节。虽然谁都不知道《待阐录》中记录的信息是否属实，但比起《恨中录》中所说的理由，《待阐录》更符合前后情况。另外，如果考虑到这点再阅读《英祖实录》，才能理解模糊叙述的部分。同时，有必要考虑这一事件发生时，正逢英祖王妃贞圣王后的花甲生日。下一章将对此再作叙述。

《恨中录》描绘的仁元王后是一位非常严格地遵守宫廷法度的人。即“仁元王后盛德卓越，阙内法度因仁元王后之存而至严”。当惠庆宫与小姑子们，即英祖的翁主们同坐一屋时，仁元王后总是让将来会成为王妃的惠庆宫坐在上座。在宫中，地位不同的人需要遵守曲向而坐——曲坐的法度，该法度必须严格遵守。即使房间狭小，难以曲坐，也必须遵从该法度。某次和柔翁主因房间狭窄，不得不违反法度，仁元王后严厉斥责了她。（《恨中录》，第 74 页）[1] 仁元王后就是这样的人，不可能对无礼的文氏袖手旁观。

权威的基础

仁元王后留下的谚文记录最近被公之于世。[2] 这就是仁元王后撰写的记录父亲金柱臣与母亲赵氏夫人的行迹的《先君遗事》

---

[1]《恨中录》，第 74 页。“（仁元王后）又立严法，使翁主辈不敢交横嫔宫之肩，不得相容于狭房之中。仁元王后殿内，和顺翁主虽在，而病发难行；和柔翁主独在，随吾而行。方坐于狭房之际，横交吾肩，仁元王后以为嫔宫甚重，渠岂敢如是乎？怒而斥之。”

[2] 郑夏英：《肃宗继妃仁元王后的谚文记录》，《韩国文化研究》11，梨花女子大学韩国文化研究院，2006 年。

与《先妣遗事》。文章虽短，但从文中也能读到仁元王后的性格。两篇文章都叙述了仁元王后的父亲与母亲作为王室的姻亲对自己的言行有多么小心谨慎。

《先君遗事》与《先妣遗事》中并未出现该类文章中常见的被记录者的幼年故事，而是以“先君每出入禁中，小心谨慎，惟视木靴之尖，略不转眄他处，故不记识阙中堂号悬板与出入之路，十年亦不分辨前导内人之面”“先妣居戚缘后，小心谨慎，行止必以礼。入禁中数日，遽请出宫”而开始。[1]

这两篇文章被推测是仁元王后写给娘家的，目的在于告诉子孙自己的父母是如何出色地担当王室姻亲之职。惠庆宫在《恨中录》中批评判贞纯王后家，曾说：“自为戚里，持身若如庆恩家[2]，则孰非之?”（《恨中录》，第 326 页）英祖在贞纯王后的兄长金龟柱科举合格后曾赐字劝他学习金柱臣。[3] 仁元王后家事事谨慎，是王室姻亲的典范。

从金龟柱的情况可知，即使成为王室姻亲，稍有放纵或不慎也会死于流放地。[4] 可见权力是如此的冷酷可怕。无论是谁，若不小心的话，随时都有可能面临这样的命运。

---

[1] 郑夏英:《肃宗继妃仁元王后的谚文记录》，第 299 页与 305 页。朴宗勋撰《金柱臣神道碑》(碑立于今京畿道高阳市）中亦有类似表述。“(公）入禁庭，迹踖屏气息，略不转眄。尝入诊慈殿，有宫女幼者立殿庑，不避同列，问之曰：府院君不曾举眼，露立何伤？宫中传为美谈。”——译注

[2] 庆恩家：仁元王后家。仁元王后之父金柱臣被封为庆恩府院君。——译注

[3] 作者不详:《金公可庵遗事》，收入《公车指南》卷一，首尔大学奎章阁韩国学研究院藏手抄本。“上亲书‘勉尔效古清风庆恩’八字以赐。”——译注

[4]《朝鲜正祖实录》卷二十二，正祖十年闰七月二十二日。“全罗道观察使沈颐之，以罗州牧定配罪人金龟柱物故启。”——译注

据说仁元王后的父母在女儿成为王妃后，无论女儿怎么请求，都决不把她当女儿对待，而是一定要待之以王妃之礼。父亲在见女儿时，不敢直视女儿的脸，而是像其他大臣一样俯伏于地。女儿请其暂时直视，他稍微抬头一会儿又低头。母亲虽可以正当出入宫阙，但她一入宫就说王宫不是私家夫人可以长期停留的地方，完成任务就立刻离宫。有时国王会要求她多停留些时日，那她就会多停留一天，但从未停留十天。

仁元王后的母亲入宫后，每次都是凌晨起床，在女儿睡觉的寝门外等待女儿醒来。仁元王后劝说母亲回到睡榻，但母亲总是极力推辞。与女儿在一起的时候，她总小心翼翼地怕碰到女儿的衣领。女儿握着她的手，她就恭敬地接受，仿佛不舒服一样。宫女们有时说："夫人不必行礼。"她会笑着回答："吾岂非人君之臣乎?"

惠庆宫首次入宫后，称："吾入见阙内样貌，三殿俱在，法严礼重，无毫发私情。"十岁的思悼世子谒见父亲时，也像大臣谒见国王一样蜷缩俯伏于地。对此惠庆宫表示："其为十岁之孩童，不敢相对为坐，若臣下样，跼缩俯伏而谒见，何若是过焉?"(《恨中录》，第 35 页)

仁元王后所学所教的宫中法度非常严格。王室的权威来自这种严格的法度，因为这样的法度，王室的权威才得以维护。没有法度就没有标准，没有原则就无法管理别人。如果没有这样的法度，无论国王还是大妃的权威都很难长久维持。

大妃的权力仅次于王权，有时也会超越王权。纯祖的夫人纯元王后是唯一两次垂帘听政的朝鲜王妃，这是宪宗与哲宗时期的事情。两次的垂帘听政时间加起来超过十年，这是朝鲜时代最长的垂帘听政。19 世纪安东金氏的势道政治也得益于此。或许是因为这种自信，纯元王后在哲宗初期垂帘听政时给娘家的族兄弟金兴根写了一封信，信中称名义上的国王哲宗是“无异于村童之上监”。[1] 这是把时任统治者的国王比喻为“乡下的孩童”。大妃的威严以及大妃的权力由是可见一斑。哲宗是思悼世子的庶子恩彦君之孙，他在江华岛务农时一跃被尊为国王，所以任何人都可能认为他是“村童”。但如果不是大妃，没有人敢在信中这样公然地说出来。把国王视为孩童的看法并非纯元王后独有。在任何事情都可能发生的王宫中度过波澜万丈人生的大妃，显然会把年幼的国王视为成王之前不懂事的孩童。

仁元王后非常溺爱孙子思悼世子，思悼世子也依靠跟随着祖母。如果仁元王后享寿更长，那思悼世子被关入木柜致死的事情或许不会发生。思悼世子在生命的最后时期停留在仁元王后的灵堂——昌庆宫通明殿的附属建筑中。

附录　宫中料理的真髓

《恨中录》中几乎没有关于饮食的故事，但却特别记录唯有仁元王后殿的饮食是“别味真馔”。“（仁元王后）爱东宫至极，每设别馔而频数送之。阙内饮食中，仁元王后殿饮食乃别味真馔。”（《恨中录》，第 74 页）她极爱孙子思悼世子，常常送特别的食物给他。这些食物在不缺珍馐的宫中亦是特别的美味。

---

[1] 李胜喜译注：《纯元王后的谚文信件》，蓝色历史，2010 年，第 207 页。上监：朝鲜时代对国王的别称。——译注

一本让人了解仁元王后殿美味秘诀的文献最近被翻译出版了，这就是《谀闻事说》。书名之意是“孤陋寡闻之人记录的一些所知之事”，这样的题目显示出作者的谦虚。该书的作者是肃宗的御医李时弼。他作为侍奉国王的顶级医生，曾多次往返中国和日本等地。与书名的谦虚相反，他是一位博闻广识之人。

除火炕制作法、生活用具制作法、各种其他物品制造法之外，《谀闻事说》还记述了饮食烹饪法。该书的水平和实用性很高，直到朝鲜末期为止，一直在御医之间传承。李时弼特意为在冷屋中看护患病父亲的王子时期的英祖，制作了热效率高的砖式火炕；为保护因病而失去食欲的国王玉体，制作了特别的食物。这是以良食补身，即所谓“食疗”的一环。

该书以首次介绍日本式鱼丸而闻名，在题为《可麻甫串》的项目下介绍了以下制作法：

> 秀鱼或鲈鱼或道味鱼切作片，另以牛肉、猪肉、木耳、石耳、蕈古、海参诸味等及葱苦草芹诸物为末。鱼片一层，加馅物一层，又鱼片一层，又加馅物一层。如是三四层后，卷如周纸样，以菉末为衣，以沸汤煮出后，以刀切作片，则鱼片及馅物相卷回回如太极样，乃以苦草酱食之。馅物诸味，五色为之，刀切后纹理尤佳。[1]

所谓可麻甫串，只要想想放入乌冬面中的鱼饼片就可以了。

[1] 李时弼著，白丞镐、夫裕燮、张裕昇译：《谀闻事说：朝鲜的实用知识研究手册》，Humanist，2011 年，第 244 页。

鱼饼片由蒸、焯、烤、炸等方式制作而成，引文中介绍的可麻甫串制作法似乎是指蒸可麻甫串（蒸しかまぼこ）的过程。在肃宗的大殿里，像可麻甫串一样从外国学来的新食物纷纷被制作出来，它们作为“融合式”食物，被蘸着辣椒酱而食。

李时弼制作这种料理时，肃宗正长期停留在仁元王后生活的大造殿里。[1] 李时弼在仁元王后担任主人的大造殿中受王妃的指挥，向国王献上别味真馔。这就是李时弼的烹饪法传入仁元王后殿的途径。换言之，仁元王后殿是朝鲜后期拥有最佳料理场的宫殿，这就是惠庆宫认定的宫内最佳美食处的秘密。非但肃宗与仁元王后，景宗与英祖也尝到了这些食物的味道。这些秘方传承后，思悼世子与惠庆宫也得以一尝其味。从《承政院日记》来看，仁元王后非常讨厌油腻。她不喜欢肉类，主要吃素。[2] 食物显然要跟随主人的口味，仁元王后殿的别味真馔应该是素食中心的清淡之味。

附录　英祖与苦椒酱

《謏闻事说》一部分异本中有“苦椒酱制法”的条目。如果该条目本来就存于《謏闻事说》中，那就是关于苦椒酱的最早记录。关于韩国的代表酱料——苦椒酱的更确切的最早记录出现在《承政院日记》1749 年七月二十四日的条目中。那天英祖说：“尝

---

[1]《承政院日记》第 1772 册，正祖二十一年正月二十二日。“上曰：……肃庙静摄中，多御内殿，诸臣之晋接绝罕。”

[2]《承政院日记》第 764 册，英祖九年八月二十一日。又见金澔：《朝鲜的食疗传统与王室的食疗饮食》，《朝鲜时代史学报》45，朝鲜时代史学会，2008 年，第 165 页。

见昔年进水剌时，必进咸辛之物，今予亦常嗜川椒之属及苦椒酱。此乃食性渐与少时不同者，其亦胃气之渐衰耶？”

英祖可能是因为心理创伤和压力，消化能力欠佳，基本上是少食，不吃冷面等冷物与不熟的水果。他喜欢把大麦饭泡水吃，也喜欢吃黄花鱼等清淡的鱼类。他食欲欠佳，所以提高食欲很重要，恰好苦椒酱很合他的口味。年纪越大胃口越差，就更期待刺激性的味道。年过七旬的英祖有一天称自己久违地吃得很香：“松茸、生鳆、儿雉、苦椒酱，能有四味，以此善食。以此观之，口味非永老矣。”(《承政院日记》，1768 年七月二十八日）他喜欢辣又甜的苦椒酱，比起内医院呈上的苦椒酱，更喜欢宫外赵宗溥家腌制的苦椒酱。

赵宗溥的本贯是淳昌。也许《謏闻事说》记载的淳昌苦椒酱制法就是赵宗溥家的苦椒酱制法。早期的苦椒酱与现代的苦椒酱略有不同，早期苦椒酱是把鲍鱼和大虾放入而腌着吃。与其说早期的苦椒酱是酱料，不如说是小菜。就这样，18 世纪首次制作出来的苦椒酱逐渐抓住了韩国人的口味。

第三讲
贞圣王后：王妃，耀眼的孤独

凄凉的一生

贞圣王后作为初夜就被英祖疏远的王妃而为人所知。她遇到了拥有极度不安精神世界的丈夫，经历了艰难的岁月，直到三十岁才勉强成为王妃。但即便成为王妃，她孤单的身世并没有改变，因为她没能得到丈夫的爱。她虽然作为王妃活在世人的关注中，但直到死的那天都很孤独。

贞圣王后 1692 年出生于汉阳嘉会洞。她的祖先是朝鲜前期著名学者徐居正，以及把大邱徐氏家族提升为朝鲜最高名门望族的药峰徐渻。徐渻的子孙非常繁盛，以至于后来正祖为了王室子孙的繁荣，将自己名字的汉字发音由“李祘（san）”改为“渻（seong）”的相同发音——“李祘（seong）”。[1] 徐渻是贞圣王后的五代祖，他的后人可以分为贞圣王后的娘家与朝鲜后期著名学者徐命膺的家族。徐命膺与贞圣王后是十寸[2]之亲，他的学问被儿子徐浩修、孙子徐有榘继承。

贞圣王后直系子孙中有像纯祖时期领议政徐龙辅这样的显达子孙，但在贞圣王后结婚时，徐氏家族并不是特别出众的名门。18 世纪 40 年代惠庆宫入宫时，曾简短评价贞圣王后的娘家“无

[1] 安大会:《正祖御讳的改定：李祘（이산）与李祘（이성）》,《韩国文化》52，首尔大学奎章阁韩国学研究院，2010 年，第 102 页。
[2] 十寸：衡量亲属间亲等关系的单位，如堂兄弟之间是四寸。——译注

显达之人”。贞圣王后的父亲徐宗悌在女儿嫁给王子英祖前虽通过了小科科举，但在大科科举时名落孙山，因此他只能担任一种名誉职——进士。徐宗悌在女儿成婚后才勉强得到一些末官职位，郡守是他担任的最高官职。贞圣王后祖父的地位也与儿子类似。如果英祖与贞圣王后的初夜故事属实，那英祖就是对并非出身显达家族的妻子畏缩不前。

贞圣王后的初夜轶事并不是可以公开谈论的内容，但《恨中录》中记载了一则可以佐证英祖薄待贞圣王后的事情。这是1757 年贞圣王后去世时的故事。当时贞圣王后病危，英祖听说了妻子的病势也没有探病，直到贞圣王后濒死才到达病室。惠庆宫提到了英祖夫妇的冷淡关系：“两殿之间，虽不极尽，然病患危重，故来临之。”（《恨中录》，第 71 页）好不容易来到病室的英祖没有探问妻子的念头，只是叱责儿子思悼世子散乱的衣着。[1]当时思悼世子在母后临终之际一边痛哭，一边忙于侍病，顾不上衣着。英祖呵斥了如此仓皇失措的世子。

最终王妃升遐，随后必须进入葬礼程序。这就需要英祖的命令，但英祖却一副泰然自若的样子。先要从发丧开始做起，但英祖把刚刚去世的妻子放在一边，与内人们讲起第一次见到妻子直到现在的事情。几个小时就这样过去了。贞圣王后下午去世，至天黑仍未发丧，思悼世子捶胸顿足地痛哭起来。此时恰巧传来了英祖最宠爱的女儿和缓翁主的丈夫郑致达的噩耗。英祖这才对妻子的死亡表露出形式上的悲伤，随后不顾大臣们的极力挽留，起

[1]《恨中录》，第 73 页。“大朝于其衣冠之样貌，以及所着行缠，大加叱责，以为内殿病患如此，何为持躬若是？”

驾赴驸马家。[1]

虽然葬礼可以进行，但大臣们却要阻止不顾妻子亡故，执意要赴去世的女婿家的国王。国王的妻子不是普通百姓家的夫人，而是国母。哪怕夫妻关系再差，国王也不能无视国母的死亡。英祖的行为无论谁看都会觉得过分。《英祖实录》中记载，承旨、大司谏等官员因劝阻英祖，遭到革职。英祖晚间赴和缓翁主家，过了午夜才回来。[2] 贞圣王后至死未能得到丈夫的爱和关心。

英祖对王妃的漠不关心，在贞圣王后花甲宴之事上也有所体现。1752 年十二月初七是贞圣王后的花甲生日，当时英祖因后宫文氏遭受的处罚与仁元王后对立，引发了传位骚动。那时不是谈论花甲宴的合适之时。但在传位骚动发生前的十一月，药房都提调金若鲁与右议政金尚鲁反复请求筹办王妃的花甲宴，英祖也没有允许。[3] 贞圣王后即使迎来人生最大的庆祝日——花甲，也没有庆祝活动，整个国家只是经历了喧闹的风波而已。英祖的传

[1]《恨中录》，第 73—74 页。“景慕宫下于观理阁之下房，欲为发丧，吾亦发丧，方欲为皋复之际，大朝与许多内人长言其两殿相遇之事，而此时事如许。日暮，东宫叩胸罔极哀痛，时虽相违，不能发丧举哀。罔极罔措之际，日城尉讣音入来，自上始为哀痛痛哭，即为幸行。申时殒命，至暮乃发丧，岂有如许罔极惶悚之事哉？”

[2]《朝鲜英祖实录》卷八十九，英祖三十三年二月十五日。“承旨李最中亟入进前叩头曰：当此罔极之时，殿下奈何作此罔极之举？上连下严教，最中涕泣争益力。上震怒，命最中退出。最中曰：臣不得请，不敢出。上命递最中职，仍闭阁门，遂以步辇出延英门。台谏、玉堂进前争执，上又命并递。大司谏李得宗曰：虽递臣职，殿下此行，决不可为矣。上命三司之臣中途付处，已而只命递差。夜四更，始还宫，以领议政李天辅为总护使。”

[3]《朝鲜正祖实录》卷七十八，英祖二十八年十一月十八日。“若鲁又曰：今当中宫殿周甲之岁，陈贺草记允下，而昨日自大朝收还，臣等不胜抑郁矣。王世子曰：余心亦然矣。”

位骚动正好在他不喜欢的妻子的庆祝日前后发生，实乃巧合。

只要检索一下《承政院日记》就能知道贞圣王后活在英祖的漠视与薄待之中。英祖从未前往贞圣王后生活的大造殿。实际上或许并非如此，但若在《承政院日记》中检索“上御大造殿”，不会出现任何结果。英祖主要住在昌德宫的宣政殿与熙政堂及庆熙宫的集庆堂等日常办公处的偏殿内，他于六十六岁迎娶年仅十五的王妃——贞纯王后之后亦是如此。不过《恨中录》中也有记载，1766 年初英祖因病受苦时，在贞纯王后居住的庆熙宫内殿——会祥殿里连续停留了数个月。[1] 国王久治不愈弥留之时在王妃的内殿里长期停留，也是英祖的父亲——肃宗时的习惯。虽然贞圣王后当了三十三年的王妃，但其间从未留有英祖去王妃住处的记录。

国王夫妇的关系

英祖与贞圣王后的关系在朝鲜后期的国王夫妇中不算非常特殊。思悼世子与惠庆宫生育了二男二女，夫妻关系似乎并不疏远，但正祖与祖父并无不同。《恨中录》多次提到正祖与孝懿王后关系不佳。正祖与孝懿王后不仅未生育任何子女，他在位二十四年也从未有赴王妃住处的记录。《承政院日记》曾记录正祖自称：“予则常处外殿。”[2] 正祖除了使用其他国王也住过的偏

[1]《恨中录》，第 359 页。“丙戌春，英庙患候，积月弥留，同处于中宫殿所处之会祥殿。”

[2]《承政院日记》第 1772 册，正祖二十一年正月二十二日。“上曰：……予则常处外殿，初无卧内之可言。”

殿之外，还经常在观物轩或迎春轩停留。

惠庆宫称正祖与孝懿王后关系变成这样是因为正祖的性格本来就很淡然。她还称正祖的姑母和缓翁主妨碍了他们夫妇的关系。[1] 实际上，正祖的性格似乎比较理性、淡然。但是从他与后宫生育二男二女来看，相对来说他似乎对孝懿王后不太感兴趣。因此不仅是惠庆宫，连大臣们也很担心正祖和王妃的关系。

早年的正祖并不处于可以将注意力集中于王妃的境况。他作为世孙迎娶妻子的当年，父亲被关入木柜而亡。他作为儿子亦作为继承人目睹了这一难以承受的惨剧。1766 年，他十五岁，可以作为成人与世孙嫔同房之时，开始误入与妓生 [2] 游乐的歧途。他与妹夫兴恩副尉郑在和一起带着别监 [3] 与妓生们游玩。[4] 此事以 1769 年惠庆宫的亲生父亲洪凤汉处罚别监而告一段落。惠庆宫认为该事件有非常重要的政治意义，但从另一个角度来看，这也可以展现正祖从一开始就对王妃漠不关心。

正祖一边担任储君，一边忍受英祖随时可能爆发的愤怒。虽然很难明确判断是否属实，但他必须战胜妨碍登极势力的威胁。妨碍势力中有外祖家也有妻子家。从正祖东宫时期的日记——《尊贤阁日记》(1776 年二月二十八日）来看，1770 年和 1771

[1]《恨中录》，第 361 页。“是时，郑妻把持世孙，俾不自惜。至于两宫和乐，亦为沮戏。”

[2] 妓生：朝鲜对以在宴会与游兴场所助兴为业的艺伎的总称。——译注

[3] 别监：掌苑署与掖庭署所属官职，负责差备、侍从等事。——译注

[4]《恨中录》，第 360—361 页。“丙戌，兴恩副尉驸马时容貌、动止甚佳。世孙以妹夫也，甚奇爱之。己丑间，忽然外驰，与别监辈日事游荡，以至陪游东宫，失体居多。世孙以少年之心，嘉纳之，不为退斥。世孙在兴政堂，而与吾处所绝远，吾则全然不知矣。兴恩以总管入直时，必来谒而伴游。”

年惠庆宫的父亲洪凤汉失势后，他的异母弟洪麟汉宣布与其决裂，开始与正祖的岳父金时默互相勾结，逢迎彼此。洪麟汉被认为是妨碍正祖登上王位的势力中最核心之人，而正祖的岳父与他同属一个阵营。正祖这样看待岳父的话，显然不可能喜欢他的女儿。

而且从小就照顾正祖的和缓翁主也阻止正祖把目光投向其他地方。关于和缓翁主，后面还会详细叙述，她的猜忌和嫉妒之心人尽皆知。她像收养儿子一样收养正祖，阻止正祖对除自己以外的其他事情产生兴趣。她不仅会仔细观察正祖是否爱上妻子，也会观察他是否爱上宫女，正祖被记录中国宋朝历史的《宋史》迷住后，她甚至嫉妒起那本书。[1] 在这种情况下，少年正祖的脚步很难迈向妻子。

英祖或正祖与王妃的关系不好并不意味着其他国王都如此。从前代的孝宗、肃宗以及后世的纯祖就可以知道这一点，特别是纯祖经常驾临大造殿。也许正因如此，纯元王后生育了二男三女。纯元王后的娘家安东金氏之所以能够在 19 世纪施行所谓的“势道政治”，也许也是源于国王和王妃之间圆满的夫妻关系。王妃受国王的宠爱，其娘家也能受到国王的信任。可以认为，这样的信任与权力是紧密联系在一起的。

---

[1]《恨中录》，第 355—356 页。“（和缓翁主）又于世孙琴瑟，又恐其和合，千百沮戏，期使睽异。又虑或近宫女，得有嗣续，俾不得流眄于粉黛。又怒世孙注意外家，百计离间，使世孙不得亲于外家，以至己丑年别监事而极矣。若或世孙欲藉清原（指金时默），则忌清原；若或世孙耽看《宋史》而出接宫僚，则并与书而忌之。”

生育压力

王妃最大的任务是生育继承宗庙和社稷的后代。实际上，王室并没有把这件事只交给王妃，但王妃却表现得好像除了自己，谁也做不到似的。王妃与后宫相比仅有优先权。生育对王妃既是责任、义务，也是权限。没有不承担责任的权力。虽然暂时可以回避责任而行使权力，但当事人总有一天会明白权力是以责任为基础的。

即使王妃想对生育负责，那也不能随心所欲。这不仅需要天助，也需要对方的配合。如果不能尽到责任，权力必然会弱化。这时可以采取的方法是夸大自己的责任，即广而告之自己对责任的忠实履行程度。

贞圣王后时常居于大造殿的大房，若有滞症或感冒，则居于大房对面的房间。病重之时她曾说："大造殿乃至重之地，吾不可委身于此殿。"于是急下于西翼之观理阁，于此升遐。(《恨中录》，第 73 页)

该故事不仅充分展示了王妃对生育王子王孙是多么重视，同时也让人感受到王妃为了维护自己的地位是多么凄惨挣扎。不过是得了小病，为了不死在大造殿，下于对面的房间；即使在病危中，也得艰难地移动身体，去对面的房间等死。《恨中录》提到当时贞圣王后吐出的黑血可以装满一个溺缸，而她拖着如此无法正常活动的身体搬离了大房。

贞圣王后很清楚自己的责任是什么。由于没有尽到责任，她作为王妃的样子只能显得寒酸不堪。但对她来说还有其他的办法。虽然她自己没有生育子嗣，但可以让后宫之子成为自己的儿子。思悼世子出生当天，奉朝贺闵镇远请求道：“昔景庙始生，仁显王后取以为子，今亦宜然。”[1] 即遵照张禧嫔的儿子——景宗出生后，就把他当作自己儿子的仁显王后的先例。于是思悼世子也像景宗一样，不是生母宣禧宫的儿子，而是贞圣王后的儿子。

贞圣王后非常爱思悼世子，惠庆宫也多次记录王妃的慈爱。贞圣王后喜欢思悼世子，确实是把他当作自己的儿子。思悼世子也孝顺照顾自己的贞圣王后，也许是她与性格严厉的生母宣禧宫在很多方面形成了鲜明的对比。思悼世子拿着贞圣王后临死前呕吐用的血碗给医官看并哭泣，贞圣王后失去意识后，他哭喊着：“小臣来矣！小臣来矣！”[2]

从英祖前后的五位国王，即肃宗、景宗、英祖、正祖、纯祖来看，与王妃生下儿子的国王只有纯祖。景宗、英祖、正祖的情况前文已有说明，而肃宗也以很早就沉迷于王妃以外的其他女人而出名。肃宗从二十岁开始，比起王妃更痴迷于张禧嫔（《肃宗实录》，1680 年十一月初一日）[3]，所以王妃不可能生育后嗣。肃宗直到老年才经常去大造殿，但为时已晚。这五位国王的九位王妃中，生下儿子的王妃只有一人，其余王妃都没完成自己的责

---

[1]《朝鲜英祖实录》卷四十，英祖十一年正月二十一日。——译注

[2]《恨中录》，第 70—71 页。“既吐血凛缀，景慕宫扶所吐之器，涕泪横流，见者无不感动。未及奏于大朝，使人持其器，亲出于中殿长房，示医官而泣之。……清晨内人来奏曰：中殿昏沉，奏之无答。倏闻此奏，景慕宫惊而上视之，贞圣王后昏沉若睡然，屡奏不应。呼号千万番而奏之曰：小臣来矣！小臣来矣！而亦无所知。”——译注

[3]《朝鲜肃宗实录》卷十，肃宗六年十一月初一日。“是时国哀已出于彗未发之前，是异之现，莫知征应之何在。其后张女以嬖幸进，卒至篡陞壸位，流祸波漫，而其始承宠，实在是时，于此可见上天垂象之不偶然矣。”——译注

任。这当然不是王妃的错，但也很难说是国王的错。王妃没有生育子嗣的三位国王——景宗、英祖、正祖都从幼年起怀有严重的心灵创伤。景宗在十四岁的敏感时期，母亲张禧嫔被赐下死药；英祖的不安，前文已有详述；正祖在十一岁的幼年遭遇父亲的死亡。国王们也很难维持正常的夫妻生活，如果非要责怪的话，只能指责冷酷的权力。

王妃之病

即便没有生育压力，生活环境本身也很难保证王妃的健康。其他两班家庭也是如此，朝鲜的内外法严格控制了女性的外出。即使在私家中，根据女性居内、男性居外的礼法，女性也被禁止外出，更不用说九重宫阙中的王妃了。宫阙是配置了最佳设施和服务的监狱。虽然可以享用美食，但完全不能运动，再加上遭受各种严格的礼法约束和生育压力，身体和心灵都无法健康。

19 世纪末到 20 世纪初访问朝鲜的西方人记录说，朝鲜女性在精神上非常不稳定，上层女性中大部分患有精神病。[1] 朝鲜时代的小说中经常能看到患有统称为“心病”的精神疾病的人，其中女性的比率非常高。男性只是出现相思病，而女性却因各种郁火病而受苦。没有活力的孤立生活与无依无靠的未来等郁闷的环境让她们的身心变得脆弱。王妃就生活在这种生活的顶点上。惠

[1] 英国画家阿诺德·亨利·萨维奇·兰道尔（A. Henry Savage-Landor）在自己的朝鲜游记——《朝鲜：寂静的清晨之国》(*Corea: Land of Morning Calm*, 1895 年）中提到，越是上流阶层，因精神疾病而受苦的夫人就越多，原因就是束缚的生活与丈夫的放纵。申福龙：《重读异乡人眼中的朝鲜》，草色，2002 年，第 113 页。该时期的其他西方人也留下了类似的记录。

庆宫记录贞圣王后在临死前吐出的黑血可以装满一个溺缸，仿佛是把自幼积累下来的东西都吐出来了。惠庆宫看到了贞圣王后心中的郁结。

关于贞圣王后之病，《承政院日记》1743年正月二十九日条有一篇有意思的记录。这是贞圣王后五十二岁时的事情。当天英祖因贞圣王后的事情对大臣们发火，这是由于药房的三提调，也就是王室医疗机构内医院的三位首席大臣求见国王。都提调兼领议政金在鲁首先向国王问安，接着又问候了大王大妃的安康，接下来是王妃，但英祖未等问安就截住了提问。

> 上曰：不待陈达而已知之。坤殿素有痰症，以此不平，元无新般症患。而中间误传，致有三提调请对，此亦纪纲所关，极为骇然。坤殿因此用心过度，至废水剌。传言之侍人，虽互相推诿发明，而不可置之，首医尤为非矣。当初先为禀告于予，则初无是事。而以一时侍人误传之言，转通于提调，极为非矣。误传之侍人，令攸司科罪，首医拿处，可也。

事件的前因后果并不明晰，但看起来是诊察贞圣王后的医员将王妃的病症情况转达给侍从宦官，宦官将此转达给了内医院提调。得知王妃病势严重，提调欲图上奏国王治疗王妃，但国王勃然大怒。外面先得知家里的事情而首先发话，这让英祖感到不快。从大臣的立场来看，这似乎是平时英祖对王妃无动于衷才如此，英祖似乎是因自己的冷漠被察觉而发火的，即“因为我对妻子漠不关心，你们就这样侮辱我吗？”

虽然英祖说王妃之病好像并不严重，但贞圣王后却病得不轻。他把王妃的病称为“痰症”，从《东医宝鉴》等医书来看，这是一个非常宽泛的概念，指的是身上凝结着液状的疙瘩。英祖说自己也患过痰症（《承政院日记》，1738 年二月十四日），年老时因此受了不少罪。贞圣王后的痰症似乎很严重，但英祖平时对贞圣王后的病症却不以为意。《承政院日记》1746 年六月二十日条中记载了大臣们非常担心贞圣王后摔伤之事，但英祖却表现得像并非大事。[1] 料想到尽管王妃病情严重，但直接告诉国王也没什么用，所以医员才如此行事。贞圣王后当时恐怕也心急如焚。

王妃的痼疾并非仅贞圣王后才有的问题。正祖妃孝懿王后之病从正祖登极之初就已成为政治焦点。她成为王妃是在二十来岁，正是最好的年岁，但王妃生育的可能性已然成为政治焦点。朴在源等大臣们呈上了“请延良医，博试坤殿议药之节”的上疏。但正祖却不由分说地驳回该上疏，并把王妃之病定性为“非医药所治之症”（《正祖实录》，1778 年六月初五日）。之后正祖遵照王大妃贞纯王后之命，准备迎纳后宫。在此过程中，李泽徵、李有白等人因批评该计划而受到了严惩。无法判断孝懿王后是否真的患有不治之症，但正祖并没有展现想要治疗王妃的意思。

据说因“仁祖反正”而被逐下王妃之位的光海君的夫人柳氏

[1]《承政院日记》第 1005 册，英祖二十二年六月二十日。“在鲁曰：闻当初圣候未宁之时，坤殿惊动落伤云，果无扑伤之患乎？不无日后之虑。日昨都提调，请以医女入诊，而终靳允许。圣上知其无可虑则已，不然则使医女诊候，何如？上曰：予病翌日，东朝来临坤殿，起坐之际，不无跛足之患，而行步如常，此则传之者过也。”

在王妃时期于宫中供奉佛像，并经常献上供品，祈祷下辈子不要嫁入王室。这是孝宗的驸马郑载仑记录在《公私闻见录》中的故事。[1] 不知道她是预感到以后会成为废妃，还是厌倦了宫中发生的各种阴谋和斗争，抑或是因为丈夫常宠爱后宫，原因不明。她在光海君被逐下王位的前一年，就外交问题向国王上疏，是一位很有自我想法的王妃。[2] 她批评了光海君既不想获罪于明朝，也不想惹怒清朝的等距离外交，主张要明确站在有大义名分的明朝一边。从流传的其他故事中也能看到柳氏耿直的性格。加上她还是生下儿子的地位稳固的王妃，连这样的王妃都厌恶宫廷生活，凡人很难估量其生活的重量。

[1] 郑载仑：《公私闻见录》，韩国学中央研究院藏书阁藏手抄本。“废主光海妃柳氏崇信佛道，辇致金佛于大内，亲事祷奉，以求利益。且于宫中刻木范土造佛像甚多，以赐内外寺刹。常祝天曰：愿后世更勿为王家妇云。”——译注

[2] 参考林致均：《王妃上呈给国王的谚文上疏》，《文献与解释》34，文献与解释社，2006 年。该上疏被收录在汇集以事大思想为基础的对明义理论相关文章的《尊周录》等文献中。

第四讲
宣禧宫：后宫，王的女人

诛杀儿子的母亲

1764 年七月二十六日，宣禧宫暎嫔李氏离开了多恨的人世。她去世的时间点非常巧合，正是其子思悼世子三年丧结束的月份。三年丧指办丧事以年数计算达三年，实际上是在超过两年期间一边思念亡者，一边每天进行祭祀。思悼世子在两年前的1762 年闰五月二十一日去世，算上两个月的葬礼与满两年的丧礼，当时刚好是三年丧结束的时间点。三年丧结束后的七月初七日，思悼世子的牌位被供奉在祠堂里，还未过二十天，母亲就去世了。《恨中录》提及宣禧宫看到儿子神位进入祠堂，不久便离开了人世，并写道“其哀痛为其心病，以毕其命”(《恨中录》，第215 页)。

关于宣禧宫的死因，英祖撰写的《表义录》与正祖撰写的《暎嫔行状》也有同样的说法。[1] 惠庆宫称“(宣禧宫) 忽然背肿出”而辞世 (《恨中录》，第 149 页)，但即便如此，发病的根源还是“心病”。由于去世的时间点过于巧合，有人推测是自杀，但从正祖死后惠庆宫写下的正祖行录 (《正祖实录》收录) 来看，

---

[1] 英祖李昑:《御制表义录》，韩国学中央研究院藏书阁藏木刻本。“疚伤三年，忍过终制。吁嗟！禫月从容以归。”正祖李祘:《暎嫔行状》，韩国学中央研究院藏书阁藏手抄本。“嫔屡经悲疚，过加劳瘁，以宿患乃于甲申七月二十六日弃世于庆熙宫之养德堂，享年六十九。”——译注

宣禧宫去世的那一年，正祖曾代其父看护宣禧宫，所以宣禧宫似乎并非没有痼疾。[1] 不过考虑各种情况，可以说即使自杀不是直接死因，也是宣禧宫自己把自己逼向了死亡。

据《恨中录》记载，当年二月英祖下令将正祖过继给孝章世子为子，宣禧宫便食饮全废，惟欲一死。宣禧宫在儿子死后失去了活下去的欲望。本期待保全孙子正祖，使其为王，但连此事也失去了意义，孙子不再是自己儿子的儿子了。

宣禧宫作为诛杀儿子的母亲而广为人知。思悼世子步入死亡的那天早晨，宣禧宫谒见英祖，哭着请求他处罚思悼世子。同天早晨宣禧宫致信惠庆宫，信中说道："昨夜所闻，尤为可畏，如是之后，我死而不知。生则扶宗社为可，救世孙为可，我不知生而得复见嫔宫乎？"接着她谒见英祖，称"小朝之病渐深，更无可望。小人于情不忍为此言，而护圣躬、拯世孙、扶宗社平安之事为可，请下大处分"。思悼世子病重，不仅不了解状况，而且也不认周围人，稍有不慎，可能生出预想之外的事情，最终她劝英祖"大处分"儿子。(《恨中录》，第 125 页)

听完宣禧宫的话，英祖毫不犹豫地前往思悼世子所在之处。英祖要杀世子，大臣们立刻劝阻。不论知不知道情由，作为大臣，他们必须阻止处死世子。思悼世子是一国之世子，也是代理听政的掌权人，特别是在其子可能成为国王的情况下，没有哪位大臣能对处死世子坐视不理。虽然宣禧宫的选择是无可奈何之举，但大臣们不得不阻止。英祖欲处死思悼世子的意愿因大臣们

---

[1]《朝鲜正祖实录》附录《惠庆宫书下行录》，"甲申，宣禧宫病患沉笃，以移孝之意，竭诚救护"。

的抵抗而难以实现，无奈之下，他只得把当天早晨从宣禧宫那里听到的话转述出来。都承旨李彝章反对道："殿下以深宫一女子之言动摇国本乎？"（《英祖实录》，1762 年闰五月十三日）

宣禧宫向英祖说出不忍言之语是有理由的。但不论有什么不得已的情由，都无法改变她煽动诛杀儿子的事实。宣禧宫在儿子死后总是说："吾为不忍为之事，吾之迹当无草生。"又说："吾之本心乃为宗国、为圣躬，思之则恶且凶，嫔宫知吾之心，世孙兄妹岂可知吾乎？"她"每于夜中，不成寝睡，出坐于东便退轩，望东天而伤心，或曰不为其举措，国家或可保全，吾不善为之矣。又以为不然，此乃妇女之柔弱所见，吾岂不善为之哉？"（《恨中录》，第 151 页）

宣禧宫之命已经随着思悼世子而殒绝。为了保全孙子正祖，她只能勉强活着。然而这期间英祖的过继决定严重损害了正祖的名分，可以说是再处死了一遍已经死去的儿子，最后等于宣禧宫杀了两遍儿子。从那天开始，宣禧宫开始呼吸困难，她只惦记着没剩多少时日的儿子的脱丧。因此，无论直接死因是什么，都可以把她的死亡看作是一种自杀。

从下贱到至尊

惠庆宫被选为世子嫔时，惠庆宫的母亲收到了从宫中送来的信札，这是贞圣王后和宣禧宫送来的。但贞圣王后寄来的信是行四次礼后开读，宣禧宫寄来的信是行两次礼后开读。王妃与后宫在这些小事上也有悬殊的差异。

后宫是国王之妾。虽然也有像纯祖的生母嘉顺宫那样，为了延续后嗣而如挑选王妃一般，特意挑选名门望族之女的情况，但大部分是宫女“承恩”于国王，然后成为后宫。据说光海君在位时，曾与五十多名宫女同床共寝，一月之中大约有半个月会临幸宫女。这是曾在光海君宫廷工作过的宫女告诉孝宗的驸马郑载仑的故事，宫女还表示：“世误以好色称之，其冤甚矣。”[1]

宣禧宫也是宫女出身。就算同为名门出身，后宫的地位与王妃也有天壤之别，更不用说宫女出身的后宫了。宫女大多出身于下贱民家，宫女出身的后宫可以说是国王的贱妾。这样后宫的地位既不稳定，态度也不能高调。宣禧宫也是这样的出身，所以相关记录不多，留下的记录也不详细。下文将汇集《恨中录》以及英祖、正祖所写的短篇文章来复原宣禧宫的人生。[2]

宣禧宫姓李，祖籍全义，1696 年七月十八日出生于位于汉阳景福宫东侧与三清洞南侧的观光坊。1701 年六岁时成为小内人入宫，隶属于肃宗的大殿。肃宗看到年幼的宣禧宫处事周全，符合法度，感叹道：“簪缨家女子如许年齿，尚难免幼少之习，委巷女子夙成，乃能如是耶？”这清楚地表明宣禧宫的出身是委巷。根据宣禧宫的相关记录，她的曾祖父是李正立，祖父是李英

---

[1] 郑载仑：《公私闻见录》。“余九岁时初入大内，光海时老宫人尚多存者，相与话旧，而意余童骏不解听，语无所隐。诸人咸曰：光海过于慎色，一月之间幸后宫者不过十五日，而世误以好色称之，其冤甚矣。”

[2] 此处参照了宣禧宫去世没多久后英祖撰写的《表义录》与《暎嫔李氏墓志》，正祖在即位前应姑母和缓翁主所请而写下的《暎嫔行状》，以及 1770 年正祖以东宫的身份随英祖祭拜宣禧宫墓地而写下的祭文等。正祖在东宫时期创作的两篇文章都未见于正祖的文集——《弘斋全书》，它们清晰展现了正祖对祖母的殷切感情。上述这些文章均可在韩国学中央研究院的“王室图书馆藏书阁数码存档”网站（http：//yoksa.aks.ac.kr）上见到原文。

任，父亲是李榆蕃，外祖父是金佑宗，记录中也列出了祖先的各种官职，但这些官职都是在宣禧宫飞黄腾达后获得的或死后追赠的。宣禧宫的后辈有《恨中录》中出现的侄子李仁康，其子李性默、其孙李宗祥、庶孙李定祥等都是中下级武将。这些都告诉我们宣禧宫是下层民家出身。

宣禧宫在 1724 年英祖即位后被仁元王后看中，在其安排下“承恩”于英祖。英祖当时说：“王家事，莫大于广嗣续，而与其选士夫女之未详者，宁取诸宫中厚德之人。”宣禧宫在三十一岁的 1726 年十一月被封为淑仪，成为英祖的正式后宫。按后宫的品阶，淑仪之上还有昭仪、贵人、嫔，淑仪之下有昭容、淑容、昭媛、淑媛，宣禧宫没有经历下层品阶直接封为淑仪，属于非常破格的举措。这是遵循了肃宗的后宫，即英祖幼时曾称其为母的宁嫔金氏的例子。对此，副提学李炳泰表示：“昔者孝庙朝，安嫔李氏生翁主七年，始封淑媛。……愿殿下深加警省焉。”（《英祖实录》，1727 年二月初六日）

宣禧宫在封为后宫的翌年四月生下了和平翁主，即英祖看着孕肚渐高的宣禧宫，给予了她后宫的地位。此后宣禧宫在 1728 年十月被封为贵人，地位进一步提高，1730 年十一月登上了后宫最高之位——嫔。这时她才获得“暎嫔”之称，宣禧宫这个宫号是在正祖时期推动思悼世子追崇事业时获得的，所以宣禧宫在生前得到的最高名号是暎嫔。她得到暎嫔之名时，正逢景宗妃宣懿王后去世，刚刚结束出殡。宣懿王后的出殡就在前月，整个国家都因国母去世而穿着丧服，英祖不知为何如此急迫，急忙给予珍爱的后宫最高的品阶。《英祖实录》有言：“时因山甫毕，举国缟素，而有此命，中外骇叹。”可见宣禧宫受到的英祖之宠到了什么程度。

正祖之后的朝鲜国王都是宣禧宫的血脉，但直到现在，全义李氏门中仍有一部分人不承认宣禧宫是家族的一员。这是因为宣禧宫低贱的出身。宣禧宫老年时，亲戚只有侄子李仁康，可见她入宫时几乎和孤儿没什么区别。一个没有依靠之处、前途渺茫的汉阳民家之女幸运地入宫还得到国王的宠爱，简直如同灰姑娘。但是，从最低处跃升到最高位的宣禧宫的命运绝非一帆风顺。

同侪的嫉妒

1735 年宣禧宫终于生下世子。当时宣禧宫是四十岁，英祖是四十二岁。这是英祖的长子孝章世子去世七年后的事情。英祖的喜悦毋庸置疑，非常重视这个新生儿。翌年三月，他将刚过周岁的婴儿册封为东宫。思悼世子就这样被定为下一任国王，而宣禧宫也成为下任国王的生母。她作为一介下贱之人，坐在了她能够登上的最高位置。

但是，并不是所有人都乐见她地位的迅速上升。昔日的前辈与同侪们公然无视宣禧宫。《恨中录》有如下记载：

> 次为韩尚宫，能干有为，然心思诡谲，乃猜忌繁多之人。虽为东宫内人，而本是旧时大殿内人，岂有向英庙极尽精诚之理耶？若是之际，卑贱内人，不通大义，不知宣禧宫诞降东宫，乃至极尊贵之人，反思其寒微之时，怠慢侮辱，

言辞犹不恭顺，或有所毁之者。宣禧宫未安于心中，英庙亦岂无不知之理耶？

其时岁初，读经之日，锦城尉亦入来。值日晚迟，读经之排设亦差缓。其内人等本非恭顺之人，竟发厌火，诽谤宣禧宫而相坐窃言云。宣禧宫亦怒，英庙亦知其事端，颇有不快之色。(《恨中录》，第 30 页）

1724 年景宗去世，1730 年景宗的后妃宣懿王后去世，当时隶属国王的大殿与王妃居住的中宫殿的内人全部出宫。但英祖在思悼世子出生后立即重建东宫，把他们召回宫中。虽然勉强可以说将这些人重新召回宫廷的理由是他们经验丰富，但英祖希望通过再次召回对自己不满的隶属景宗的内人，在宫中“导迎和气也”。正祖撰写的思悼世子的墓志中也是这样记载的。[1]

再次回到宫中的景宗的内人马上感受到了这期间的变化。总是不安害怕的英祖成了堂堂正正的帝王，昔日在自己手下跑腿的宣禧宫在英祖身边扮演着女主人的角色。对于重新入宫后以为自己的世界再临而得意洋洋的内人来说，宣禧宫是眼中钉、肉中刺。宣禧宫不仅成为正式后宫，而且作为思悼世子的生母变得更加尊贵，但他们却毫不在意，窃窃私语地诋毁她。

景宗的内人不喜欢宣禧宫到东宫见思悼世子。因此他们主张，“暎嫔虽诞世子，即私亲也，有君臣之义，勿使之频见，见

[1] 正祖李祘：《显隆园志》，《弘斋全书》卷十六，《影印标点韩国文集丛刊》第 262 册，首尔：民族文化推进会，2001 年，第 266 页。“女官寺人皆以逮事景庙而并出于甲辰、庚戌者，悉充之。盖涤染污、安反侧，以导迎和气也。”——译注

必用嫔御谒正殿之礼，以拘制于礼数仪节之间”，这让宣禧宫感到行动不便，步伐也变得更加沉重。此外，他们不仅针对宣禧宫，也用各种话语眩惑英祖，以免他们经常寻见世子。若英祖和宣禧宫来到东宫，正如前文所述，他们会让宣禧宫感到不快，英祖也能意识到。因此思悼世子幼时几乎没有得到父母的爱和关心。许久之后世子才把这样的情况告诉英祖，再加上和平翁主的帮助，最终他从东宫搬到了景春殿。这是 1746 年正月思悼世子十二岁时发生的事情。[1]

英祖虽对景宗的内人感到不快，但也不能将他们一一处罚或驱逐。因为处罚先王的亲信是一件有负担的事情。斩断景宗的手足会被认为是攻击已经去世的国王。1741 年英祖驱逐了内人的头目韩尚宫，留下了其他人。但是他们的态度并没有改变，最终英祖让世子搬离了住处。惠庆宫认为思悼世子受父亲“大处分”而死的根本原因是幼时没有得到父亲的爱。而在未能得到父爱的源头上，同侪们对宣禧宫的嫉妒也占据了一席之地。

王室的蔑视

后宫受到了同侪们的蔑视，她们在王室内部也没有得到像

[1] 正祖李祘：《显隆园志》，第 266 页。“暎嫔虽诞世子，即私亲也，有君臣之义，勿使之频见，见必用嫔御谒正殿之礼，以拘制于礼数仪节之间。于是暎嫔不能频造，或日一至，或间日、间数日至，或月一再至。计既成，又忌大朝之频临，列人宫巷中，觇上动静，日以蜚语眩惑之。小朝以此状细陈于上，上始悔之。然女官寺人，即景庙朝旧物，不忍寘之辟而圣意自不得若常也。时翁主泣陈曰：事关景庙，其嫌甚小。三宗血脉，所系甚大。岂可以一时销刻，不念宗社之重乎？以是两宫之间，和气渐至索然，直欲痛哭而溘然也。”——译注

样的待遇，同样受到蔑视与无视。宣禧宫生下思悼世子，举国欢庆，但她的神情却并不轻松。周围的内人问起原因，她这样回答：

储嗣已定，宗祧攸托，吾之庆幸，自倍于人，而若无戊申之祸，则元子不过一王子也。今位在主鬯，小心之极，不得不然。凡保养诸方，务加慎重。曰：元子，坤殿取以为子也；吾，元子之私亲也。吾岂敢认以为己子也？（正祖：《暎嫔行状》）

宣禧宫生下孩子后拒绝当他的母亲，谦称这只不过是血肉相连的私人关系。也就是说，她根本就没有想过成为正式母亲。据说听到这句话的贞圣王后对宣禧宫赞不绝口。

宣禧宫非常清楚自己的处境，所以更加小心自己的举止。《恨中录》这样记载了宣禧宫的性格：

宣禧宫天性仁爱之中，且肃严。于所生己出，爱之之中，教训严而畏惧之者，不似慈母。其身所诞之子登储位，敬其子而不敢自处以慈母，言语间至极尊待，所以教之，不以爱而解之，其子极惧而小心。此非妇女所能之事也。爱吾之中，所待接者，无异于东宫。吾以子妇之身，每承其过待，不安之心甚矣。(《恨中录》，第 195 页）

宣禧宫首先从严要求自己。从郑载仑的《公私闻见录》来看，后宫连自己的亲生女儿都不能称之“汝”。[1] 亲生女儿都不能以子女轻松相待，这就是后宫的处境，更不用说是成为世子的儿子了。宣禧宫对待儿子严格地遵循了作为臣子的顺从，但并没有因此放弃作为母亲的教诲。她地位低下而表情温柔，却不曾失去平时从严要求自己的庄重感。儿媳惠庆宫也得到过宣禧宫这样的慈爱和教诲。宣禧宫引用古语让她警惕嫉妒，还告诉她宫廷发生的事情。后来正祖同样得到了祖母的慈爱和教诲。

像这样降低自身身份的宣禧宫对子女们来说，是一位相对让人舒适的温和长辈。惠庆宫入宫后，每五日一次向仁元王后与贞圣王后问安，对宣禧宫则是每三日谒见一次，或日日相见。因为宣禧宫温和，所以与她亲近，因为亲近而经常见面。惠庆宫在十岁的幼年入宫，受制于严格的宫廷礼法，又与同龄的翁主们不太合拍。宣禧宫对此感到惋惜，“以为吾心中必欲游戏而不为之，既入阙而修道理者也。可与翁主同为游戏，毋须如是”（《恨中录》，第 196 页）。在令人窒息的宫廷中，宣禧宫是给人喘息机会的人。

在思悼世子去世前的一个月，宣禧宫来到昌德宫，世子为母亲准备了大桌宴席。他摆上像花甲宴一样的大桌，给母亲呈上献寿诗，装饰了车驾，陪同母亲赴后苑。赴后苑之时，他将宣禧宫的小轿装饰成大辇，强行让母亲乘辇，并命吹打陪行。他让宣禧宫坐上了不允许后宫乘坐的，只有国王或王妃才能乘坐的大辇，甚至动用军乐，看起来像大王大妃出行。对于一辈子从严要求自

[1] 郑载仑：《公私闻见录》。“后宫于所产子女不敢尔汝，盖不敢自母于其子也。”

己的宣禧宫来说，这是绝对不能答应的事情，但她无法拒绝已经失去理智的儿子的意愿。虽然不得已坐上轿子，但宣禧宫却非常不安。[1] 看来是无可奈何了。事实上，宣禧宫因英祖不允许，连像样的花甲宴也没能得到。花甲对朝鲜人来说是非常重要的庆典，但英祖连这个庆典都没有为宣禧宫举行。不知道思悼世子是不是意识到了这一点，在死前亲自向母亲奉上花甲宴，而惠庆宫认为思悼世子是向宣禧宫永远告别。

最后的希望——正祖

宣禧宫在获得大桌宴席的次月，劝说英祖诛杀自身存在的唯一意义与目的——比自身更珍贵的儿子。虽然有人认为宣禧宫是被党争所左右，诛杀儿子的冷酷母亲，但这种见解既不了解前后情况，也不了解后宫的地位。虽然有人解释说她是为挽救孙子正祖而如此，但在儿子死亡的情况下，怎么能保证救活孙子呢？惠庆宫也担心丈夫死时儿子正祖会牵连致死。诛杀儿子并不一定就能救活孙子。

随着思悼世子的死亡，宣禧宫其实也死了，但她却无法在留下血孙正祖的情况下结束生命。她把正祖带到身边，照顾他的食宿。祖母照顾年幼的孙子，在民间是寻常之事，但在王室却并非

[1]《恨中录》，第 120—121 页。“其月宣禧宫以世孙嘉礼后初次欲见世孙嫔，下于下大阙。小朝欢喜，贵而接待者，过重也。其心若灵，以永诀而如是。所食之物与设宴盏床极尽，高排果物，置人参果，作寿席诗而献爵，无余件而尽奉之。陪往于后苑之时，以小轿为大辇样，宣禧宫不肯，力劝使之乘。前立大旗帜，吹打陪行。小朝虽曰其样貌极尽孝奉之事，宣禧宫以小朝之病，罔极嗟愕，见其渐渐无可奈何之样，不知其至于何境。对我之时，但垂泪恐惧，不知其终末如何。”——译注

如此。因为即便不是祖母，也有很多人会照顾他。另外正祖是已经成婚的东宫。勤奋的正祖若是凌晨起床，在日出前出去读书，那么宣禧宫也会一起起床，照顾孙子的洗漱与饮食。正祖本来清早不怎么进食，但在宣禧宫的诚恳劝说下，勉强会吃一点。宣禧宫在不知世孙会迎来怎样命运的情况下，为保护世孙而拼命。1770年，十九岁的世孙正祖跟随英祖赴宣禧宫的墓地。在那里，正祖感动地描述了祖母的眷爱：

> 我祖母顾复之恩，既无异于慈母；遇物之诲，亦无异于严父。昊天之德，固罔极矣。而逮夫壬午失怙以来，小子之所以依仰我祖母者，又有倍于前日；祖母之所以怜闷我小子者，尤有甚于前日。得无寒乎？得无饥乎？煦嚅拊畜，一念朝夕。俾此顽喘，得有今日者，何莫非我祖母所赐也哉？（正祖：《暎嫔李氏祭文》）

宣禧宫残余的希望只有正祖。但在思悼世子三年丧即将结束之时，她遭遇了晴天霹雳。英祖下令将正祖之父由思悼世子变更为孝章世子。宣禧宫此前已是既死之身，现在到了整理人生的时候了。在人间处理完可以为儿子做的所有事情后，宣禧宫毫不留恋地踏上了慰藉已在阴间之子的旅途。

— 第二部 —

成长与教育

第五讲
成王之学

世子的常规课程

1735年正月二十一日，思悼世子生于昌庆宫集福轩，他从一开始就带着成为国王的命运来到世上。同父异母的兄长孝章世子已去世七年，英祖年过四十二岁，正处于束手无策的情况中。他是大家翘首期盼的王子，所以很快被册封为世子。思悼世子在出生次年的三月被册封为世子，得到成为下一任君王的资格。虽然他未能登极就逝世了，但他在两岁时就被确定将继承王位。

思悼世子出生后才七个月，宫中就设置了负责抚养世子的辅养厅，一周岁时为世子的学习建立了侍讲院，侍讲院通常被称为春坊。刚过周岁的思悼世子与侍讲院的老师们初次会面。在这次会面上，奉朝贺李光佐称国王首先要实践格物、致知、诚意、正心的学问，让世子得以观摩并学习。世子两周岁后立刻开设了正式课程——书筵，让世子阅读《孝经》与《小学》。此时世子写下了寓意全天下蒙受君王恩泽之春的"天地王春"四个字。(《显隆园行状》与《英祖实录》，1737年二月十四日)

接下来举行了世子拜见师傅的相见礼，这是世子从台阶上走下来向老师行再拜的仪式。这也是下任国王在师傅面前主动降低身份的仪式。世子的"师"与"傅"由最高官员兼任。思悼世子的相见礼上的"师"是领议政李光佐，"傅"是左议政金在鲁。

之后世子学习《千字文》等书，从七岁起开始正式读书。世子读的第一本书是《童蒙先习》。随后在他八岁时，也就是1742年三月二十六日举行了入学礼。这是宣告世子正式走向学习之路的仪式。入学礼不在宫内举行，而是一定要去成均馆举行。在学问面前世子也不过是一名学生，于是在成均馆举行了只有世子一人的入学仪式。

虽然入学仪式是在成均馆举行的，但此后的所有课程都在宫中进行。《恨中录》提及了世子的东宫，称思悼世子居住的储承殿旁有开设讲筵的乐善堂、用于召对的德诚阁、用来接受祝贺及会讲的时敏堂。[1] 这是对房屋的说明，同时也是对世子的主要活动，特别是教育活动的介绍。

讲筵是一种正规课程。国王有经筵，世子有书筵。讲筵有朝讲、昼讲、夕讲，在早晨、白昼、傍晚这三个时间段内随时都可以进行。虽说是授课，但也兼作在读某本书的同时，思考、解读其意义的讲读及讨论。国王的话，常常在经筵上讨论国政悬案，世子的话，主要是讨论经史书籍。

参加讲筵这门正规课程的大臣不仅人数众多，而且职位颇高。与此相比，召对则是简化课程，参加人数较少，且职位也较低。世子在书筵上主要读经书，在召对时读历史书。夜间进行的召对也被称为夜对。另外，会讲每月举行两次，包括世子的"师"与"傅"在内的负责世子教育的官员会聚集在一起，确认世子在此期间的学习情况。这一惯例从世子十一岁时开始执行。(《六典条例》)

---

[1]《恨中录》，第27—28页。"储承殿本是东宫所居之殿，其傍有讲筵之乐善堂；召对之德成阁；东宫受学解讲之时敏堂；其门外有春、桂坊。"

实际上如果所有课程都进行的话，世子将难以承受。思悼世子通常在上午九点左右开始书筵，下午三点左右进行召对。（《英祖实录》，1747 年三月十八日）在此基础上还进行每月两次的会讲。显然这并不是一件容易的事情，因为课程的强度非常大。所有的课程都是为世子一人而进行，作为学生的他不允许走神。所以或隔天进行，或书筵与召对只进行其一，有时还会停课一段时间。思悼世子不仅学习四书三经，也学习《小学》《通鉴》《史略》等。帝王之路并不平坦。

父王的考试

1747 年十一月十一日，十三岁的思悼世子在英祖的经筵上侍坐，侍坐指世子侍奉国王坐下来听政。这是从前代传下来的惯例，他从三岁开始就经常侍坐。该日英祖召见世子侍讲院的官员，确认这段时间的学习内容。下文是英祖与思悼世子的对话：

> 上曰："何必临文而论其义？《小学》是元良所曾读也，予欲考其所学如何耳。立教何先、明伦何次？"东宫对曰："先教而后可以明伦，此立教之所以为先也。"上曰："稽古之意，何也？"对曰："欲博考古事，善者师之、恶者戒之。"上曰："嘉言、善行之次于稽古，何也？"对曰："言之嘉者、行之善者必稽古而后可知也。"上曰："《大学》八条，首格致，何也？"对曰："物必格知，必至然后可以至于平治之域矣。"上笑曰："今闻所对，可见汝平日不虚读也。第以汉朝言之，何帝为优？"对曰："文帝也。"上曰："汝何不称汉

高?”对曰:“文、景之治寔美故矣。”上曰:“汝之气质,必好武帝,而反好文帝,何也?”

英祖按照书筵与召对中学习的科目顺序,对经书和历史一一提问。这些都是不用功学习的话就很难回答的问题。所幸思悼世子学习认真,得以对答如流。《恨中录》中也提到1747年是思悼世子认真学习,不需要操心的时期。

但思悼世子对历史问题的回答让英祖起了疑心。英祖认为按世子的资质本应喜欢武而非文,为何反而喜欢实现文治的君王呢?这让他百思不得其解。英祖在接下来的对话中进一步深入盘问,在次年五月又提起了这个问题:

上问:“文帝与武帝谁优?”对曰:“文帝优矣。”上曰:“是欺予也。尔心必以武帝为快而何优文帝也?”对曰:“文、景之治优于武帝。”上曰:“尔于将来以文、景之半事予足矣。予每以汉武戒尔,而尔诗中‘虎啸深山大风吹’之句,可见其气大胜矣。”侍读官李彝章曰:“虽似气胜而甚安重矣。”上曰:“古有惜寸阴之语,春坊诸臣每于书筵、召对致诚勤勉,使元良惓惓于学,知所以为君之道,则宗社幸矣。”李永福等起拜曰:“谨奉教。”(《英祖实录》,1748年五月十九日)

查阅《承政院日记》可知,此前几天英祖已经看到了世子写的诗,并感到忧虑,即思悼世子因为一首诗被怀疑是否拥有君王的资质。思悼世子的文集中有一首名为《赠人》的汉诗，这首诗与前面引用的汉诗不同，形式上是五言诗，但意思相通。

凤鸣文王世，麟出夫子时。

龙兴云雨下，虎啸冽风吹。

读者通过这首诗可以感受到思悼世子的豁达气概，前文中英祖从世子侍讲院官员那里得到的七言诗也是这样的类型。对于希望世子成为稳重君王的英祖来说，世子看起来不是很适合的继承人。思悼世子的气势太强，难以成为一位沉稳的君王。无论思悼世子回答得如何，都无法打消英祖的疑虑。

思悼世子像这样随时接受英祖的考试，侍讲院的官员们是否好好教导世子，也可由此见分晓。如果世子的学习成果让英祖感到不满意的话，侍讲院官员们就要接受惩罚。(《英祖实录》，1748 年十一月初七日）侍讲院的官员们必须尽力教导世子。世子的成王之学并不简单。

附录　思悼世子的亲笔诗

韩国学中央研究院藏书阁藏有数张思悼世子的亲笔诗稿。其中有与前文提到的类似的表现出思悼世子豁达气概的诗。诗为："灵剑久埋光射斗，大鹏一起翼翩翩。丈夫得志皆如此，何必林泉滞迁延。"此诗收录于思悼世子文集（《凌虚关漫稿》）的《赠人》题目下，是四首中的其一。但文集中的版本与诗稿的版本存在用词出入。（灵剑久淹光铄铄，大鹏初起翼翩翩。丈夫得志皆如此，何必林泉岁月延。)《赠人》中的全部诗稿都留存下来了，唯有亲笔诗稿的最后一首写明是1758年二月十五日赠与黄锡耇。《承政院日记》1796年三月二十二日条提到正祖下令汇集思悼世子温阳温泉之行的记录，从同知黄锡耇那里得到了思悼世子的亲笔字迹。黄锡耇似乎是侍奉思悼世子的武官，有可能由于是赐给低贱之人的诗，在编撰文集时没有标明他们的姓名。藏书阁中收藏的思悼世子亲笔字迹大部分是赐给侍从们的，有1758年赐给别监崔善起的，有1761年平壤之行时赐给长湍梧木里金圣集与平壤李大心的。

第六讲
国政实习

军事篇

英祖不仅教给思悼世子作为君主的基本素养，也教他如何处理国政悬案。从世子三岁起，英祖就让他在自己身边观察国政讨论，在他十五岁时让他代理听政，直接决定重大国事。1749 年二月十六日是代理听政大概半个月后世子首次处理政务之日。这一天的事情在《英祖实录》与《承政院日记》中有详细记录。[1]

这一天的会议在早上七点举行。英祖在会议开始前这样说道："今日即元良侍坐之初政。有禀定事，禀于元良，予欲坐而观也。"大臣们首先向英祖禀报了一些事情，最后向世子询问战船的问题。世子回答："依为之。"听到世子这一回答的英祖斥责道："汝之声音甚微，如尹勤之老史官，必难听知矣。"世子听到了责备，想要摆脱尴尬，这时左议政赵显命为世子辩解道："天威之下，自尔然矣。"英祖对世子说："凡于诸臣奏事，若以'依为之'三字弥缝以答，则必有错误之患。如有可疑者，必问于大臣，参以己见，然后决之。"这是英祖在提醒世子。但"依为之"这样的回答不仅仅是英祖使用，也是其他国王经常使用的。在这件事情上，思悼世子颇为委屈。

讨论了很多问题之后，终于谈到了那天政务的中心问题——

---

[1]《承政院日记》比《英祖实录》更详细，《英祖实录》有若干缩减，此处综合这两种史料。

军事。领议政金在鲁根据咸镜道观察使的报告，提出了将咸镜道防御营设置在城津还是吉州这一搁置已久的军事问题。

> 领议政金在鲁以咸镜监司状达奏曰："城津防营还属吉州为便。"左议政赵显命曰："六镇通路，盖有九岐，吉州当其冲，城津只可御三路矣。"[1]上曰："向见元良，披见咸镜地图矣。"显命达于王世子曰："见之乎？"王世子曰："未能详见矣。"东宫曰："防营虽还属吉州，城津亦有军卒乎？"在鲁曰："镇卒有之。"东宫曰："然则防营移吉州是矣。"上曰："汝言虽是，然当初防营之移属城津，既出于予，则还移吉州，不其轻率乎？宜先问大臣，又禀于予，然后可为之也。"于是东宫询问诸臣，或言可或言不可，仍禀于大朝，上曰："吉州、城津防御形便，当遣备堂看定，谁可往者？"

咸镜道是朝鲜半岛北方的防御要地，历史上外敌入侵频繁，军事上的重要性高于朝鲜其他任何地区，因此咸镜道设有特别的军事组织。组织上的最高职位是三名兵马节度使，又另外设置了防御使。兵马节度使与防御使都是从二品，即设置了四名从二品武官职位。朝鲜在其他地区仅设置了一两名兵马节度使，由此可见咸镜道在战略上的重要性。

咸镜道分为北道与南道，每道各设一名兵马节度使，剩余一名兵马节度使由咸镜道观察使兼任。北道的兵马节度营设于镜

[1]《承政院日记》作"六镇有大路，且有九岐，皆由于吉州，而独磨天岭下一路由城津出来矣"。

城，南道的兵马节度营设于北青，观察使的监营设于咸兴。但是关于防御使管辖的防御营所在地问题，在肃宗之后很长一段时间内都存在争议。

吉州的村庄规模宏大，但也存在一旦失利就会兵败如山倒的缺点。城津的村庄虽然规模较小，但坐落于连接咸镜道北部与南部的要道上，且位于险峻的磨天岭之下，有易于防御的长处。而且城津紧靠大海，也能成为阻挡海上侵略的根据地。英祖在上文争论的几年前曾下令把防御营移至城津，但此时出现了再次移至吉州的言论。十五岁的世子很难理解如此长久的历史。大臣们主张移至吉州，注意到这一情况的世子立刻就支持此观点。于是英祖叱责了思悼世子：怎么能轻易改变我不久前定下的事情呢？

英祖在讨论的最后，令兵曹判书金尚鲁去咸镜道仔细调查，这一年的十月，从咸镜道回来的金尚鲁认为城津过于偏僻，吉州又过于开阔，于是请求将防御营移至吉州以南，也就是位于吉州与城津间的仓德。英祖让防御营先搬到吉州，但由于在仓德挖井无法出水，移至仓德一事就此作罢，因此防御营继续设在吉州。

财政篇

未能按照英祖的期待回答军事问题的思悼世子还需要解答财政的问题。讨论完上文的军事问题后，管理国家财政的户曹负责人——户曹判书朴文秀提出了关于守御厅延迟纳税的问题。守御厅负责朝鲜最重要的要塞——南汉山城的防御工作。从党派来看，朴文秀属少论派，守御厅的负责人——守御使赵观彬属老论派。赵观彬是在 1722 年壬寅狱事时受少论派攻击而亡的老论派大臣赵泰采的儿子。对立的两派首领级大臣为了各自官厅的利益在国王面前爆发了激烈的冲突。

> 户曹判书朴文秀曰："敕行时，本曹贷守御厅银子，未及还报。向日守御米三百石移送户曹事，有所禀定，而诿以换银，终不出给，可闷矣。"观彬曰："户判之事偏僻矣。户曹经费虽重，本厅不虞备之银，贷去而尚不还报，税贡米又欲取用，不知其稳当矣。年前贷银之时至有誓言，而尚不还送，非矣。"文秀曰："小臣虽甚无似，贷银之时岂有誓言乎？误有所言之事，非上闻于筵席者，守御使之言大段非矣。"上曰："户判、守御使之以誓之一字相诘，不可，并从重推考。"(《承政院日记》中标有此处部分原文删除的标记)观彬曰："米则已为作银，故不得送矣。"文秀曰："守御使所谓作银之说，诚无据矣。若自守御厅发卖千余石米，则小臣亦有耳目，岂不闻之乎？况御供所需之米，何可换银乎？"上曰："其则然矣。惟正之贡，作银之说，非矣。"王世子曰："依前下教，移送户曹，可也。"上曰："予欲言之而未果，其所处决是矣。"显命曰："处分诚得宜矣。"诸臣皆曰："处分好矣。"观彬曰："下教诚好。虽千石，当移送矣。"

这个问题看起来比前文的军事问题简单一些，而且也是国王此前十七日已经决定的事情。国王令守御厅向户曹送米，但守御厅一直拖延不从，于是朴文秀旧事重提。现在我们无法得知事态为何发展到如此地步，而朴文秀与赵观彬都是年过花甲的老臣了。由于他们分别是少论派与老论派的代表人物，可以认为他们的争论不只是官厅间的较量，某种程度上也带有一些党争的因素。之后英祖提起了党争的话题也是因此而起。

不同于一般国政讨论，朴文秀与赵观彬在国王面前粗暴激烈地争吵起来。实际上世子袒护任何一方都不太合适，但英祖在事前已有判断，所以不难做出裁决。而且赵观彬口误称将应献给朝廷的米换成了银子，无疑是自掘坟墓。像这样答案明确的情况，思悼世子也非常谨慎，没有像前文的军事问题一样爽快地给出答案，他仿佛因父王的斥责变得有些胆怯。最后国王支持了朴文秀，他才给出自己的答案，复述父王的话语而下令。思悼世子在形式上得到了一部分权力，而实际上什么都做不了。

英祖的嘱托

令世子侍坐，长时间讨论了国政后，英祖长篇大论地训诫了世子。由于是第一天，不可能没有训诫。首先针对军事问题，他嘱咐世子凡事都要慎重：

> （上）顾谓王世子曰："予今谢务，汝则代理。汝生于深宫，长于平安，为君之难，何以知之？凡于处事之际，若不审慎为之，则予虽为太上皇，当指挥为之，予非谚所谓观光食饼之人也。近日见汝酬应之事，似易长进，若然则予可高枕而无忧矣。然俄以吉州事见之，不无容易为之之意，是诚可虑。如此事必问于大臣、诸臣以后禀于予，可也。……予在之时，犹尚如此，他日之事，何可知也？每事若如此，则

后必有见欺之患矣。”

接着英祖提到他认为最重要的政策，也就是朋党间的荡平[1]。

> 予则一政一令，不敢放心，苦心调剂，须发尽白。二十五年之间，未有相杀之举，汝宜守之如金石。人君使臣之道，合而用之可乎？分而用之可乎？彼诸臣推其祖先，皆结姻相好，而党论一出，便成楚、越，各怀相害之心，予之固执调剂者，断然是矣。今之进言者，或曰“调剂反成一党”，或曰“调剂反狭”，或曰“贤愚是非无别”，其所为言，千岐万涂。虽不敢相杀，而相杀之心未尝亡也。日后汝若信听快从，如今吉州之事，则其于宗社臣民何哉？一进一退，外面似快而当启杀戮之患。汝不遵此命，他日何颜见予乎？四百年祖宗基业、一国亿万生灵付托于汝，汝须服膺予言，毋负期望焉。

这样的忠告像是因朴文秀与赵观彬的较量而起。英祖对于自己认为最重要的荡平策进行了冗长的说明，同时也提到外人对荡平策的批判意见。上文虽未言及，但其他记录中提到此前一年英

---

[1] 荡平：源于《尚书》中“无偏无党，王道荡荡；无党无偏，王道平平”之句。所谓“荡平策”，即不拘党派启用人才的政策，国王可以通过该策略达到平衡牵制各党派，从而强化王权的目的，这也是英祖李昑在位期间极力推行的政策之一。——译注

祖谈及李世师的批判荡平策的上疏。即便存在这样的批判，英祖依然没有改变对荡平策的态度。

英祖让思悼世子看看聚集在此的官员们。老论派与少论派混合在一起，而他们原来都是从西人党里分裂出来的，分裂之前他们互相通婚，关系亲密。其实朴文秀与赵观彬的家族往上追溯的话，也有姻亲关系。在五十余年前都是作为西人这个党派而团结、联合在一起的家族，现在就像宿敌一样急于自相残杀。英祖嘱咐世子不要被他们的党论所左右，他们都说对方党派是小人，而自己党派是君子，但国王不能这样划分君子与小人。

涉世未深的世子，听到此人之言会觉得此人正确，听到彼人之言会觉得彼人正确。如果是这样，该如何做出决策呢？英祖让他先询问大臣们，再询问自己。但如果事事询问的话，代理听政又有什么意义呢？年幼世子的脑中纷乱如麻。

第七讲
希望玩乐的世子

饮食，一时之滋味；学问，一生之滋味

没有关于思悼世子的胎梦。其他国王出生前，有人会梦到龙，但有关思悼世子的记录中没有常见的龙梦。英祖的胎梦是一条白龙进入英祖出生的宝庆堂，这是一名宫女的梦。正祖的胎梦也比较类似，说是龙含着如意珠进入了寝殿。这是他父亲思悼世子梦到的，思悼世子还将梦见的龙画在绸缎上，随后挂在寝殿的墙上。据说正祖出生的前日"天大雷雨、流云布濩，彩龙数十蜿蜒腾空，都人士咸睹而异之"。纯祖也与英祖类似，是某位宫女梦到了龙。思悼世子前后的国王们都有龙梦，甚至连惠庆宫出生的前日，她父亲洪凤汉的梦中也出现了黑龙。

《正祖实录》记录的正祖撰写的思悼世子行状[1]里没有提及龙梦，仅仅写道"自诞前数日，有星云之瑞"。儿子正祖已经登极，这些祥瑞并非不能写之语。但思悼世子没有即位，龙梦并不适合他，即便真的梦到了龙也不能记录下来。总之，仅从胎梦来看思悼世子也没有变成龙的命运，而且从一开始思悼世子就不太适合王位，与他父亲英祖所设想的理想国王形象相距甚远。

英祖比朝鲜其他任何一位国王都严格对待自己的角色与责任。他相信自己必须比任何人都博学多闻、勤勉，对自己严格要

[1] 此处非"行状"而是"志文"，见《朝鲜正祖实录》卷二十八，正祖十三年十月初七日。——译注

求。但思悼世子并不如此。惠庆宫说思悼世子“言语沉默，行动之间，不锐不敏。德器虽宏，凡事异之于父王之性”。[1]《恨中录》里描绘的思悼世子不够诚实负责，这应该是他严厉的父亲导致的，但可以看到他小心翼翼的性格。一些学者认为思悼世子这样的性格是惠庆宫歪曲事实的产物，因为正祖撰写的思悼世子行状中，世子是聪明且仁慈的形象。但实际上，仔细阅读《英祖实录》与《承政院日记》的话，可知比起正祖描绘的思悼世子，惠庆宫描绘的思悼世子形象更符合史料。正祖不可能在行状里原原本本地描写他父亲的真实形象。

与思悼世子不同，英祖为人一丝不苟、机智敏捷，是一位严格要求自己的人。他严格要求自己，也以同样的标准要求周围的人。英祖常对思悼世子说一些类似于“吾幼时好学不倦，汝亦以此自勉”的话语。想成为国王，必须熟练掌握帝王之学。英祖很晚才被册封为世弟，所以学习帝王之学也比较晚。但正如他经常自我夸耀的那样，他成为世弟后好学不倦。思悼世子处于比他更好的条件下，但并没有努力学习。

某次英祖曾这样训诫思悼世子。“饮食，一时之滋味；学问，一生之滋味。饱而无滞者，惟学为然也。”（《英祖实录》，1749 年二月十七日）学问是不管怎么努力都不会出现差错的事情，他在劝告世子尽全力学习。思悼世子不爱学习但贪吃，英祖是暗指此事而故意这般描述，即不要傻傻地光贪吃，而是应该把精力放在“饱而无滞”的学习上。但是思悼世子的天性与英祖完全不同。

---

[1]《恨中录》，第 34—35 页。

艰辛毕卷

阅读思悼世子的东宫日志——《庄献世子东宫日记》(首尔大学奎章阁藏品)，可以见到记事前面标有“两筵停”的日子非常多。世子通常上午与下午，一天两次召开书筵与召对，学习典籍与历史，“两筵停”即两堂课均停课之意。世子的课程常因婚礼、葬礼、患病而暂停。思悼世子正是该学习的年纪，却足足四个月都未上课，这成了问题。(《英祖实录》，1744 年正月十八日）当然，此时世子完成了成婚这一人生大事，但这也不能成为长期休学的理由。

当时世子称自己患有眼眩症。听闻此事的大臣们劝英祖下令给世子治疗，但英祖并没有把世子的话当真，他认为世子在装病。英祖称这是孩子成长过程中的常见之事，可以再观察一下。他说世子应该是厌恶读书才如此，大臣们认为世子学习太刻苦才患病，但英祖仍固执己见。思悼世子持续抱怨眼眩时，大臣们再次劝英祖下令给世子治疗。如此一来，英祖更加明确地称世子厌恶读书时就会说眼眩。因为他问了世子，世子就是这么回答的。(《承政院日记》，1743 年十一月初十日与同年同月十四日）对年仅九岁的世子来说，每日都有师傅们在身边让他读无趣的书，不停地劝他学习，这让人难以承受。

思悼世子从小就厌恶读书。这是他八岁行入学礼，正式开始世子课程时的事情。某天世子在英祖面前朗读了《童蒙先习》，读完之后向英祖说：“艰辛毕卷。”(《承政院日记》，1742 年九月十九日）按照现在来看的话，小学二年级的小孩子尚未那么害怕父亲英祖，坦诚地说出了自己的想法。英祖从此开始担忧。

思悼世子并不聪明机智，英祖担心他贪吃厌学。惠庆宫称思悼世子被关入木柜时，身体“硕大”。英祖也说思悼世子是“体甚肥丰”“肥大”等，大概是小儿肥胖。思悼世子有多肥胖？某次英祖甚至称他：“若或跌蹶，则身重易伤，是甚为虑。”英祖对身体肥胖、行动迟缓而厌学的世子说：“汝若有厌读之心，则当奈何云矣。”可见他的担心。（《承政院日记》，1744 年十一月初三日）

英祖经常提及世子的肥胖。他在大臣面前说：“卿不见其腹乎？予则其年不如此矣。”又说：“其肥大如此，故顷者东宫以谓所乘之轿狭甚不堪乘云。此轿即予在东宫时所乘，而东宫还嫌其窄小。”这是说对于十二岁的思悼世子来说，乘坐英祖十八岁时坐过的轿子有些狭窄。（《承政院日记》，1746 年六月二十四日与同年同月二十六日[1]）英祖认为仁元王后让世子吃了太多食物是个问题。（《承政院日记》，1751 年十一月二十三日）据说仁元王后殿的饮食是宫中美味，世子发胖是有原因的。

英祖也清楚经常嘲讽孩子并不好。（《承政院日记》，1745 年六月十三日）但他一见到思悼世子就忍不住，他屡次在大臣们面前无视并嘲笑思悼世子。世子让他感到如此失望，他问世子：“十二月内，汝出好读之心，凡几次乎？”世子回答：“一二次矣。”旁边的大臣甚为惊讶，一边说怎么知道得如此清楚，一边袒护世子，但世子一反常态地明确回答道：“吾已知之矣。”（《承政院日记》，1747 年十月初三日）不过《恨中录》记载这段时

[1] 此处非 1746 年六月二十六日而是 1748 年二月二十六日的记录。——译注

期是思悼世子学习最用心的时节，也就是思悼世子十三岁时的事情。

厌学的世子沉迷玩乐。英祖对世子喜游戏、厌学习的情况感到忧心忡忡。（《承政院日记》，1746 年五月二十一日与 1748 年五月十八日）世子原本就厌学，某位大臣提议："史与小说，译而听之，易生滋味。若使宫僚一一解释事实，毕陈首尾，则东宫必有开悟之端矣。"但遭到英祖的断然拒绝。英祖认为："此有弊，必好闻小说而尤为厌读矣。"（《承政院日记》，1747 年十月初三日）

英祖反对让世子读小说，但世子却自己找来小说与"杂书"阅读。数年后英祖也察觉世子时不时阅读杂书。（《承政院日记》，1750 年五月二十五日）翻阅思悼世子在被关入木柜前数日撰写的《中国小说绘模本》的序文，可以了解到他读了许多小说与杂书。这本画册的序文中提及《金瓶梅》《肉蒲团》等淫秽小说，还提到《圣经直解》《七克》等天主教书籍，总共提到九十三种书名，可以断定这些都是思悼世子读过的书。《中国小说绘模本》展示了思悼世子是多么沉迷于小说与杂书。

思悼世子从三岁起侍坐父王、学习国政。虽说幼时一无所知，但正式开始学习时，他无法扎实地跟上帝王学的课业。英祖知道世子厌学，每次见到他都要斥责一番。每次见面都要挨训，世子开始害怕并躲避父亲。如此一来，从世子去世前十年开始，英祖几乎放弃了世子。在此期间，世子侍坐父王的事例大幅减少。正祖出生后，英祖撇开了世子，频繁地令孙子侍坐于自己身边。

思悼世子在生命的最后十年无心过问国政与书筵，多次暂停书筵，即便召开书筵也是敷衍了事。不仅是简单的召对，连书筵这样正式的课程也不在正堂举行，而是在世子寝殿里进行。(《英祖实录》，1754 年二月十四日）换言之，一位原本应该以端正态度去教室上课的学生把老师叫到家里来，敷衍地学习。

第八讲
艺术家与帝王

艺术家型的人

思悼世子天生厌恶束缚。谁喜欢被束缚呢？即便是与儿子正祖相比，也是思悼世子更无法沉浸于学习这样被动且静态的事情。比起阅读，他更喜欢书写。他喜欢写字，又喜欢作诗。他自己这样说过，实际上他也经常作诗写字赏赐给大臣们。比起安静坐着接受事情，他更喜欢主动去制作东西。思悼世子非常喜欢绘画，英祖在绘画方面也造诣颇高，但没有像思悼世子那样“以作图消日”(《恨中录》，第 37 页)。思悼世子不是学者型的人，而是艺术家型的人。

思悼世子更喜欢去宫阙的后苑挥剑、射箭、骑马，而不是郁闷地呆坐。他对刀剑与武艺的痴迷传遍了宫阙内外，对武艺的兴趣达到了编纂武艺书籍的程度。这些被他的儿子正祖所继承，正祖主导出版了一本著名的武术书籍——《武艺图谱通志》。

思悼世子也沉迷于小说、咒术书等杂书与方术的世界。他喜欢凉爽的室外，厌恶闷热的室内；他喜欢可以尝试多种变身化形的幻象世界，厌恶一潭死水的现实。他曾阅读过据说可以召唤鬼神的道教经书——《玉枢经》，正因如此，他害怕雷声霹雳的病症变得愈发严重。[1]

---

[1]《恨中录》，第 54—55 页。“景慕宫每读经文杂说之属，甚好之，尝曰：读《玉枢经》而学之，可以役鬼神，并试读之。夜则读而学之，果于深夜精神昏迷之时，见雷声普化天尊，呼以恐惧恐惧。病患因而深入，岂不冤痛悲哉？”

对于这样性格的世子来说，帝王学的教诲并没有打动他的心。思悼世子并不是一开始就厌恶读书。周围人回忆思悼世子的幼年，最先想到的是如下逸事：

> 学《千字文》，至“侈”“富”字，执“侈”字而指所着衣衢曰：“此乃侈也！”英庙幼时所御宕巾有笼七宝者，劝着之，谓以“此亦侈也”而不着之。使之衣周岁所着衣衢，亦以奢侈为人所耻，不欲衣也。此乃三岁幼年奇异之事。侍者试置明细与绵布，问以“何者为侈？何者不侈？”景慕宫指明细而谓“此乃奢侈”，指绵布而谓“不侈”。又欲见其所欲之样，问以何者为衣衢则为好。景慕宫指绵布而曰：“衣此为好！”以此观之，可知其卓越。[1]

英祖极其厌恶奢侈，辅佐思悼世子之人自然会从戒奢开始教导。英祖甚至下令撤走尚衣院的织造机，禁止宫中制造奢侈的绸缎衣服。英祖还下令将禁奢令翻译为谚文并颁布。（《英祖实录》，1734年二月初五日）这意味着他率先垂范，百姓听令景从。英祖听闻世子说要穿绵布衣服，非常满意，甚至还向大臣们炫耀此事。（《英祖实录》，1737年九月初十日）[2]

---

[1]《恨中录》，第25—26页。

[2]《朝鲜英祖实录》卷四十五，英祖十三年九月初十日。“领议政李光佐曰：臣等于昨日进见东宫，冲年礼貌，少无愆违，庆幸曷有极乎？三岁进讲，不免太早，唯望亟养德性，使温文日就焉。上曰：卿言是矣。近日能读《文王章》，而尝见䌷与绵布，能辨奢俭，请服绵衣，甚奇矣。若得善导，可冀成就，而予本凉学，唯望辅导之人耳。”

问题在于世子最初学到的俭素美德，实际上与世子的地位并不相符。现实中，世子在朝鲜可以享受最奢华的生活。他处于最接近奢侈的位置，而周围人反而致力于教导他俭素。世子从小学习这些脱离现实的美德，想让他真心地接受这一教导，并不容易。

燕岩朴趾源致俞汉隽的信中曾经提到某个厌恶读书的孩童的例子。“里中孺子为授《千字文》，呵其厌读，曰：‘视天苍苍，天字不碧，是以厌耳。’此儿聪明，馁煞苍颉。”[1] 真是坦率的回答！世子的心思也与这名孩童并无二致。无人会被对自己来说不切实际的东西触动心灵，然而宫廷中进行的正是脱离现实的观念教育。思悼世子不可能喜欢这种教育，而且他经常被诱惑围绕：美味的食物、秀丽的宫女。从幼儿期就教导世子俭素，这只是想尽快将儿子培养为国王的英祖的心思。

从心所欲

英祖很清楚思悼世子的处境。他在思悼世子十四岁时说：“食色之大，尤不可不戒。玉食珍羞列于前，纷华侈靡眩于眼，而当此之时，汝若对臣僚以为‘吾不留心于此’云尔，则是欺心也。况色欲则浮于食欲？”英祖明白教导孩子压抑自己的本能与欲望是多么勉强，但他不得不这样教导。朝鲜国王是以儒教理念统治儒教国家的君王，因此必须是这种理念的代表。他不得不进行哪怕是与现实背道而驰的矛盾教育。

[1] 朴趾源：《燕岩集》卷五，《答苍厓（之三）》，《影印标点韩国文集丛刊》第252册，首尔：民族文化推进会，2000年，第96页。

英祖在1749年正月思悼世子开始代理听政时训诫如下：

> 放僻奢侈皆由于快心，人君之事善则百姓称之，不善则皆笑之，所谓钟街人之骂其君者，是也。一快字于汝为病，戒之戒之。(《英祖实录》，1749年二月十七日)

英祖认为思悼世子“放僻奢侈”。“放僻奢侈”典出《论语·阳货篇》的注释。子曰：“饱食终日，无所用心，难矣哉！不有博弈者乎？为之，犹贤乎已。”该段注文中有“若心不定，便生放僻奢侈之心”。另外《承政院日记》与《英祖实录》中的汉字标记存在出入，《承政院日记》中作“放僻邪侈”。[1] 该段话又见于《孟子·滕文公上》与《孟子·梁惠王上》，作“苟无恒心，放辟邪侈，无不为已”。无论是《英祖实录》还是《承政院日记》，“放辟邪侈”都是指心无定数，把心思放在不适合的错误地方或随性生活。英祖认为这一切都是惦念享乐而生。他是在批评思悼世子只做自己想做的事情，而没有做应该做的事情。

英祖无法理解对艺术家型人格的思悼世子来说，这种脱离现实的、抽象的教育是多么不适合。这是只强调国王的责任，强制实施的灌输教育。英祖称：“所谓钟街人之骂其君者，是也。”不能说英祖强调当权者责任的态度有错，但即使是最好的药品，若强行喂食的话也会产生问题。思悼世子最终还是受不了这样的压迫。

---

[1]“放僻奢侈”与“放僻邪侈”的韩文读法一致，都是“방벽사치”。——译注

思悼世子从小不断被告知禁止奢侈，被训诫要随时端正心态，但他的行为反而遵循着本能与欲望。他胃口大开，身体变得肥胖，随着年龄的增长陷入男女之情。按《恨中录》的记载，思悼世子与许多宫女发生了关系，这超出了英祖的容忍范围。后来他陷入与妓生的玩乐，甚至将女僧带入宫中。

三岁时因选择绵衣而受到表扬的思悼世子，却因为绵衣而加速走向死亡。正祖在父亲思悼世子的行状中提到一则关于绵衣的逸事，即思悼世子因绵衣而受到逆贼们的攻击。据说思悼世子在母亲贞圣王后、祖母仁元王后去世三年丧结束后依然经常穿着作为丧服的粗绵衣。思悼世子的反对势力借此向英祖进谗言，称世子盼望英祖死去所以提前穿上粗绵衣作为丧服。

思悼世子被关入木柜的那天，英祖为处罚世子而令他脱下衮衣，发现衮衣下面是粗绵衣。见到粗绵衣的英祖想起那些谗言而怒火中烧，没有染色的粗绵衣加剧了他的愤怒。粗绵衣是在父母丧礼时所穿的衣服，光是看见粗绵衣就会让英祖质问世子是否希望自己死去。思悼世子年幼时选择绵衣的宣言，仿佛预示了他会穿着绵衣而死。

第九讲
最乐读书

仍下教于王世子曰："予与汝为约矣。若熟读，则自当善讲。今日诸臣所见，必须善诵，可也。"在鲁曰："当背讲乎?"上曰："然矣。"王世子承命读《中庸》序，在鲁曰："序文不少，而邸下外诵，一字不误，甚奇矣。"锡五曰："《中庸》序文之善诵，难矣。而邸下初读外诵，无一字碍误处，臣不胜欣忭之至。"上曰："元良能外诵篇题及第一章大文耶?"王世子曰："并读音释乎?"上曰："以汝意为之。"王世子读篇题及第一章讫。上曰："章下注亦须读之。"王世子承命读之。上曰："今日则善诵矣。"在鲁曰："通也。"上曰："以儒生讲规言之，则当为四通三略矣。"仍下问曰："上智，而何有人心？下愚，而何有道心?"王世子曰："上智亦有形气之私，故不能无人心。虽下愚，性命则一，故能有道心也。"上曰："人心何以听命于道心也?"王世子曰："能制耳目口鼻之欲，有若听命者然，故云耳。"上曰："以汝喻之，游放之心，即人心也；安坐读书之心，即道心也。汝于安坐读书之时，能使游放之心听命耶?"王世子良久乃对曰："似未易矣。"上笑曰："汝曾命之而有违耶?"王世子曰："自然有违矣。"在鲁曰："殿下以实问义，故邸下亦以实仰对。而游放之心，若不听命，则邸下诵读何能若是精熟乎?"上又下教于王世子曰："读书最乐之诗，汝欺李毅敬矣。游戏最乐则可矣，而读书岂汝所乐也哉？”

这是《承政院日记》1748 年九月二十一日条的内容。英祖在一开始就威吓世子：“必须善诵。”这让本来就怕见父亲的世子吓住了。世子背完《中庸》序文后，英祖又让他朗读篇目与正文。该日世子对英祖的提问对答如流，英祖也罕见地称赞了世子。如果这样结束就万事大吉，但英祖在夸奖后又加上了一句“以儒生讲规言之，则当为四通三略矣”，即不能因为今日只妥善完成一项提问就获得“合格”，要妥善回答四项提问，大体流畅回答三项提问才能算合格。英祖的意思是世子不要因为有一项做得很好就过于高兴。他是在不留余地地贬低世子取得的成就。

随后英祖改变了测试方式，开始追问文句的含义。他针对《中庸》序文中的“虽上智不能无人心”的部分进行提问，让世子解释“虽上智不能无人心，虽下愚不能无道心”这句话。英祖起初只是单纯追问字面之意，但思悼世子仍然对答如流，于是他又追问如何压制欲望成为一个正直的人。思悼世子举出了通过学习而了解到的知识，给出了非常妥帖的答案。

随后英祖转向文义的应用与实践方面，即让思悼世子将文义应用于生活中。英祖问他：“汝于安坐读书之时，能使游放之心听命耶？”这不是提问，而是责备。世子半晌无言，最后投降道：“似未易矣。”此时英祖开始嘲笑世子，无论领议政多想帮助世子也无济于事。

英祖又提出了另一个问题，他追问世子：“读书最乐之诗，汝欺李毅敬矣。游戏最乐则可矣，而读书岂汝所乐也哉？”最后思悼世子在众多大臣面前成了笑料。

事发前不久，思悼世子赐给曾在世子翊卫司工作而后还乡的李毅敬一首诗。诗中有“最乐之中读书乐，千金不贵万民贵”之句。李毅敬回到家乡全罗道康津后，向周围人炫耀思悼世子赐诗。听闻此事的人将这首诗告诉了英祖，于是英祖也知道了“最乐读书”这首诗。

此后英祖多次提到这首诗，当众取笑世子道：“读书岂汝所乐也哉?”在上述事件发生前五日，他甚至对思悼世子说：“顷日李毅敬下乡之时，汝以读书最乐书给，汝非但欺李毅敬也，亦尽欺湖南之人矣。”[1]英祖的意思是，李毅敬回到家乡后，向遇到的每个人都炫耀世子的赐诗，于是消息流传，可以说是世子欺骗了湖南地区的所有人。英祖态度严厉，但不知该不该说他是不懂诗才如此。他真是一位用语凶狠、为人凶狠的父亲。

[1]《承政院日记》第1034册，英祖二十四年九月十六日。湖南指全罗道地区。——译注

第十讲
世子教育的问题

惠庆宫曾在思悼世子幼年期的教育中，寻找他发狂而最终离世的根本原因。思悼世子出生后刚满百日就与父母分离，英祖与思悼世子的生母宣禧宫若莅临东宫，曾侍奉景宗、现在侍奉世子的宫女们总会让宣禧宫感到不愉快，因而英祖开始减少前往东宫的次数。[1] 惠庆宫认为，这样世子就不能经常见到父母，也未能形成正常的亲子关系，这是世子教育失败的首要原因。而且世子的抚养与教育仅由东宫的宫女与侍讲院的官员来负责，结果世子陷于宫女之手。

英祖没有像对待民间孩子那样随和对待自己的亲儿子思悼世子，而是仅把他当作可以托付国家重任的继承人。可以理解英祖的严厉，他是为了强调延续社稷的继承人的重大责任。不过父亲对待儿子的态度与方式存在过分的一面，惠庆宫对英祖的态度也很不满。她在初入宫时见到英祖与思悼世子会面的情形，曾说“其为十岁之阿只[2]，不敢相对为坐，若臣下样，跼缩俯伏而谒

---

[1]《恨中录》，第 29—30 页。“元子宫内人辈，皆是景庙内人。保姆崔尚宫者，毫无杂念、确有忠诚，然性品过激猜嫌，远非雍容之人。次为韩尚宫，能干有为，然心思诡谲，乃猜忌繁多之人。虽为东宫内人，而本是旧时大殿内人，岂有向英庙极尽精诚之理耶？若是之际，卑贱内人，不通大义，不知宣禧宫诞降东宫，乃至极尊贵之人，反思其寒微之时，怠慢侮辱，言辞犹不恭顺，或有所毁之者。宣禧宫未安于心中，英庙亦岂无不知之理耶？……英庙欲往东宫，然厌对其内人，于是大减御临东宫处所之日。不能尽举其内人辈而黜之，还置东宫于此等怪异内人之手。由憎其内人，而见东宫之日渐稀，岂非闷迫之事？”

[2] 阿只：韩语“幼儿”的汉字转写，此处从《恨中录》之原文用词。——译注

见，何若是过焉？”

英祖不会经常召见思悼世子。然而一旦会面，他只会训诫世子，而不是表达关爱，甚至在大臣们面前向尚是孩童的世子追问他无法详细回答的文义。如果世子的回答不能让他满意，他就会当众责备世子或者揭世子的短。这样反复几次，世子由于害怕，连明明掌握的内容也不能好好回答。日积月累，他变得害怕英祖，以至于后来将谒见父亲视为举办大事。(《恨中录》，35—38 页) [1]

英祖对待世子的态度与方式，某种程度上来源于他本人的性格。但朝鲜的王世子教育，通常与现实重叠的部分也不多。如果我们通过思悼世子接受的教育，解读朝鲜时代世子教育的常见问题的话，可以认为这是与世子地位不符，从俭素开始教导的观念教育、非自主性教育与反社会性的教育。

前文已经解释了观念教育，现在谈谈自主性与社会性教育。正如惠庆宫所言，思悼世子的穿衣系带等事务都由内人帮忙处理，生而为世子的他无事可做。饭来张口、衣来伸手的情况下，还有什么需要自己亲自动手呢？所有事情都以世子为中心而运转着。自己只要负责下命令，但没有事情需要他亲自动手。只要听父王的话，按师傅的指导来学习就可以了。别的事情没必要做，也不能做，于是导致世子缺乏想要做什么事情的自主性。

---

[1]《恨中录》，第 35—38 页。“众人多会之中，但使景慕宫无颜。虽讲学之属，于次对之日或诸臣多会之时，必召景慕宫问其文意。遇阿只不能详对之节，必穷推而问。本是父王之前，虽所分明知之者，尚踟蹰再三，众会之中，问其不能对者，尤恐惧生怯。若不能对，而为他人所见，英庙则尤加斥责，且言其疵。”

在以世子为中心运转的世界里，世子与他人爆发冲突的话，不必感到难过，也不需要妥协。与他人无法沟通，故而无法培养世子的社会性。孩子们通过游戏建立社会关系，但宫中没有可以与世子一起玩耍的孩子。世子独自学习，游戏的时候则召唤下人一起。在与宫女们或其他孩子一起玩耍时，世子也总是处于中心位置。

《恨中录》提到韩尚宫发明的游戏就是一例。东宫的韩尚宫对崔尚宫说："人皆闻谏而逆，阿只之心必郁积而不能舒。崔尚宫严保而以义引导之，吾则使之有游戏之时，使其消畅。""（韩尚宫）有手巧之术，以木与纸，为月刀、为剑、为弓矢。其与崔尚宫为交替尚宫，趁崔尚宫下去之时，令年幼内人立于门后，使其持所为武器，故作武艺之声，以诱景慕宫同游。"（《恨中录》，第30页）惠庆宫认为就是因为韩尚宫，思悼世子陷入游戏，对刀剑与武艺产生了兴趣，乃至后来被怀疑谋逆。然而这种游戏不是只有思悼世子玩过。

据说高宗之子英亲王幼时在昌德宫乐善斋后院与七八岁的年幼内人玩过军队游戏。英亲王率领年幼的内人们，他们举着竹刀与木枪。问题是世子玩这样的游戏不会培养他的社会性，反而会培养出他的反社会性。这样的游戏对世子来说，只会强化权力的与生俱来的正当性，只会强化他自己是天生统治者这样的想法。对于在任何地方都位处中心的世子来说，需要的是可以使他认识到世界并非如此的特别项目。

在朝鲜时代，并不是没有考虑过给世子安排一些同龄玩伴以培养他的社会性。朝鲜前期的中宗时代，元子出生未久，韩效元等人就上疏讨论元子的教育问题，其中建议挑选十岁至十二岁的大臣子弟，让他们每天出入宫廷与元子一起读书、相处。（《中宗实录》，1517 年正月十九日）不知该建议最终是否实施，即使实施也不过是暂时的，况且也不能期待大臣子弟成为三岁元子的朋友，从而提高元子的社会性。

通常在与世子教育相关的文章中，会以“陪童”来解释这些扮演世子之友角色的孩子们。他们是与世子一起玩耍、学习，为培养世子的社会性而从宫外带入宫中的孩子。但实际上，陪童并不是世子的朋友，也不存在以这样的意思来使用“陪童”一词的例子。陪童就是字面意义上的“侍奉某人的孩子”，即世子的陪童是侍奉世子的，不是与他一起学习、玩耍的孩子。《承政院日记》1784 年七月初二日条中提到，有提议说从民间孩童中选拔陪童辅弼世子，待年纪渐长后给予他宫廷内外的末等官职。陪童大概是给世子跑腿的孩子。按《恨中录》所言，宫中法度禁止十岁以上的男孩子在宫中过夜，所以在宫中男孩子罕见。思悼世子在小舅子过来时，想与年龄相仿的孩子们一起玩耍，甚至不回自己的住所。世子仅有侍从而无一起玩耍的朋友，他从小就是个孤独的孩子。

朝鲜的世子教育基本上就是观念教育、非自主教育与反社会的教育。最近有不少人高度评价朝鲜的世子教育具有高层次的教育理念与合理的体系，我认为固有必要找寻世子教育中的可借鉴之处，但也需要指出其中存在的问题。朝鲜时代的人也提出过这其中存在非自主的、反社会教育的问题。

第三部

狂症的展开

第十一讲
狂症的证据

《英祖实录》

从十岁左右开始令英祖失望，直到死前，思悼世子一直是让英祖头疼的儿子。对思悼世子来说，英祖是令人恐惧而想避开的父亲。《恨中录》称这样的生活持续了整整二十年，世子的精神不健全，这种说法颇有说服力。但从前有几位学者怀疑并否定《恨中录》中关于思悼世子狂易的记录。这种看法源于他们没能正确理解《承政院日记》与《英祖实录》等第一手史料。他们只翻阅了正祖把思悼世子之墓迁往水原时撰写的思悼世子行状与墓志就提出了质疑。他们认为儿子写的父亲传记里没有狂症的说法，世子是贤明的世子，所以不能相信《恨中录》的相关记录。他们怀疑妻子写下记录的意图，但照单全收儿子写下的记录。

针对《恨中录》中思悼世子狂易的说法，首个正式提出质疑的李银顺教授并没有考虑正祖在撰写父亲传记时采取怎样的态度[1]，即没有考虑如果思悼世子真有狂症，儿子正祖会怎样撰写。她急于对《恨中录》提出质疑，都没有仔细查阅最基本的其他史料。基本史料当然是《朝鲜王朝实录》，即《英祖实录》。《朝鲜王朝实录》记录规模庞大，所以很难进行整体研究。但至少有必要细致分析重要日期的记录，而李银顺教授连这样的分析都没有

[1] 李银顺：《思悼世子的政治生涯与时僻的分立：〈显隆园志〉〈行状〉〈恨中录〉的比较》，《朝鲜后期党争史研究》，一潮阁，1988 年。

进行。

《朝鲜王朝实录》中存在所谓的“卒记”，这是史官在名人去世时简单整理并评论其生平的文章。可以推测，思悼世子被关入木柜或去世之日也会有类似的记录。下文是思悼世子被关入木柜的 1762 年闰五月十三日《英祖实录》的记录：

> 世子诞生，天资卓越，上甚爱之。十余岁以后，渐怠于学问，自代理之后，疾发丧性。初不大段，故臣民冀其克瘳矣。自丁丑、戊寅以后，病症益甚，当其疾作之时，杀宫婢宦侍，杀后辄追悔。上每严教切责，世子疑惧添疾。上御庆熙宫，两宫之间，转成疑阻，且与阉寺妓女游嬉无度，专废三朝之礼。上意不合，而既无他嗣，上每为宗国之忧矣。

上文称思悼世子在十五岁开始代理听政后开始发病，并丧失了本性。到底是什么病让他丧失了本性呢？这个病若发作会让他杀死内人与宦官，发作停止后他又会后悔。到底是什么病呢？这个病能被看作是肉体上的疾病吗？无论怎么思考，这个病看起来都不像是肉体上的疾病。引文仿佛把《恨中录》记载的思悼世子传记概括为一段，从而简单阐述了思悼世子狂症的发展过程。总之，《英祖实录》明确提到了思悼世子的狂症。

英祖、思悼世子、正祖之言

此外，还存在多种证据能证明思悼世子患有狂症，这从当事人留下的第一手资料中可以一一确认。首先是英祖的陈述。英祖将思悼世子关入木柜后，把世子从东宫贬为庶人。当时他撰写了所谓的《废世子颁教》颁布于世，该教旨中放入了“虽曰狂何不处分”[1]之语。思悼世子的生母宣禧宫将他的恶行上告英祖后，仍然强调他患有狂症才会有这些举动，请英祖宽大处理，“虽曰狂何不处分”正是英祖对她的回答。在此英祖虽未断定思悼世子患有狂症，但也没有否定该观点。然而，在思悼世子去世两个月后的葬礼上，英祖明确表示思悼世子已“狂”。当时英祖亲自口述并撰写的思悼世子墓志铭中有如下一段话：

> 噫！自古无道之君何限？而于世子时若此者，予所未闻。其本生于丰豫，不能摄心流于狂也。

当然，引文中的“狂”并不一定就是指精神病，也可以将此理解为不具备健全的精神的样子。但参考《废世子颁教》，再考虑到此言所指的对象是至尊的世子，似乎不妨将此视为精神病。

另外，需要注意事件的当事人——思悼世子本人也提到自己的精神疾病。他在1753年与1754年左右写给岳父洪凤汉的信中曾提到自己的郁火症：

> 余本人难知郁火之症，今日暑症之中，入侍罢，火盛郁极则烦若狂。此等之症，不可语与医官也。卿其知悉涤郁之

[1] 英祖李昑：《废世子颁教》，收入《待阐录》卷二。“呜呼！白首暮年遭往牒所无之事，何颜以拜？为宗社为生民，虽曰狂何不处分？亲写于此，涕沾于衫。往徽宁殿处分亦与贞圣同处之意也。”

剂，制剂而潜送如何？事烦未安，从容报之。[1]

当时思悼世子的病症并不严重。按《恨中录》的记载，“癸酉年，至有惊悸之症。甲戌年，此症时时间发，渐为沉痼”（《恨中录》，第 55 页）。总之，思悼世子本人此时似乎也意识到了自己的病症。

思悼世子的状态日渐恶化，发展到后来周围无人不知，所以子女不可能不知道，但正祖在思悼世子的正式传记中只字未提父亲的狂症。他真的不知道父亲的狂症吗？正祖虽然没有公开留下任何话语，但在非正式密谈中却提到了父亲的病症。

1800 年六月，正祖召准亲家金祖淳到当时自己居住的昌庆宫迎春轩会面。正祖在去世当月，儿子纯祖的配偶再拣择[2]也已完成的情况下，召见了将来的亲家进行密谈。他像念遗嘱一样回顾了自己的政治历程，对很多事情发表了看法。金祖淳在密谈结束后记下了当天听到的话语，命名为《迎春玉音记》（该题目的意思是“在迎春轩听到的国王的话语”），并把它藏在家里传给后人。

正祖在密谈中称君王本孤危，拜托世子妻家积极帮助世子。他还提到思悼世子之死：“景慕宫患候而人孰不知？而竟未蒙先朝昭晰洞谕之举。予之至恸，安得不郁结而冥顽？故至今忍过

[1] 权斗焕：《丰山洪门所藏英、庄、正三代御笔札》，《朝鲜学报》220，朝鲜学会，2011 年，第 19 页。

[2] 拣择：为王室成员挑选配偶的仪式，一般由初拣择、再拣择、三拣择组成。——译注

矣。”[1] 也就是说，英祖明知思悼世子的狂症，却把他当作逆贼一样安上罪名，而正祖对此惋惜不已。如果相信《迎春玉音记》的记载，那么可以说英祖、正祖都知道思悼世子患有狂症。

《恨中录》记录狂症的理由

虽然很多记录都证明思悼世子患有狂症，但具体分析并详细记录病症发展过程的只有《恨中录》。《恨中录》为何如此彻底地展露思悼世子的精神状态？这与惠庆宫的执笔动机有关。

正如《恨中录》序言所说，从惠庆宫生活的年代起，对思悼世子之死就存在各种看法。首先，有意见认为思悼世子犯有死罪，即因谋逆罪而死；与之相反，也有人认为思悼世子无罪，是英祖听信亲信的诬陷而处死了他。惠庆宫称这两种说法都与事实不符，即思悼世子既有罪又无罪。这是什么诡辩？事情是这样的。思悼世子确实试图杀死英祖，难逃想杀死父王的谋逆罪。但该罪是他在精神不健全时所犯，所以不能被视为问题。这是狂人世子犯下的罪，不能说有罪。

惠庆宫认为不应该讨论思悼世子有罪无罪，选择哪一方的观点都会出现问题。如果说思悼世子真的有罪，他的后人会怎样呢？思悼世子之子正祖或孙子纯祖会陷入怎样的处境呢？他们必然成为罪人之子与罪人之孙。罪人的子孙怎么能成为朝鲜这个严格的儒教国家的国王呢？这是对国王最恶劣的亵渎，无异于谋逆。说思悼世子无罪也是如此。如果说英祖听信亲信的谗言处死

[1] 金祖淳：《迎春玉音记》，《枫皋集》卷十七，首尔：保景文化社，1986 年，第 402 页。

了儿子，英祖会陷入怎样的处境呢？他会成为一个无法正确决定子女的生死，乃至国家存亡大事的愚蠢国王。这是对已经去世国王的亵渎，也是对整个王室的攻击。

按惠庆宫的说法，思悼世子有罪的逻辑是她娘家最强的政治对手——英祖继妃贞纯王后娘家所主张的。思悼世子去世后，为阻止正祖继承王位，贞纯王后娘家散布了“罪人之子，不可承统。太祖子孙，何人不可？”的凶言。这句话共十六个字，被称为“十六字凶言”[1]，也有取前八字而称其为“八字凶言”。当然现在也无法断定这是不是贞纯王后娘家公然散布的话语，但惠庆宫借正祖之口主张贞纯王后娘家散布凶言是无可怀疑的事实。

另一方面，主张思悼世子无罪逻辑的主要是在野人士。这是被挤出权力场的南人或少论势力为攻击并追究执政势力——老论派的责任而使用的逻辑。惠庆宫娘家在这样的攻击中也难以脱身。按这一逻辑，惠庆宫娘家是要承担最大责任的一方。

惠庆宫不得不在攻击贞纯王后娘家的同时解答针对自己娘家的质疑。惠庆宫逻辑的核心是，自己的娘家从未说要处死思悼世子，他也不是被谁强行诛杀的，仅是应该死而死亡了。惠庆宫认为无论说思悼世子有罪还是无罪，都是不了解实情的郁闷之语。

为了证明自己提出的思悼世子是应该死而死的观点，惠庆宫不得不仔细描绘思悼世子的狂症。无论是认为思悼世子有罪的立

[1]《恨中录》，第 328 页。“某年之后，金汉禄于洪州金氏之会，乃言曰：‘世孙乃罪人之子，不可承统；太祖子孙，何人不可？’此是世所传十六字凶言也，其时诸金皆闻之。传说狼藉，而以至凶也，故不忍誊诸口。吾既闻之，世孙亦闻之，认以凶恶，犹复疑信相半。逮乎近年，先王言于余曰：汉禄、龟柱辈凶言，始终疑讶，今始知其真的矣。”——译注

场，还是无罪的立场，都否认他患有狂症，因此若想批判这些观点，就必须更详细地描绘世子的狂症。站在有罪的立场来看，如果世子患有狂症，那罪过不至于那么大。相反，站在无罪的立场来看，若说世子患有狂症，就等于是玷污无辜的世子。惠庆宫通过具体、详细的描绘，让否定狂症的人无话可说。

我们从其他记录也可以读到思悼世子曾患有狂症。[1] 但如果没有《恨中录》，我们几乎无法知道狂症的程度，因此《恨中录》具有更高的价值。有人认为惠庆宫编造了思悼世子的狂症，但考虑到她描绘的病症内容之细，很难让人同意该观点。像这样缜密分析并描绘某个人的内心世界的记录，在《恨中录》出现之前或之后，都绝无仅有。惠庆宫再怎么是个天才也无法切实描绘史无前例的事情。

[1] 此外，思悼世子去世三个月后洪凤汉向英祖呈上的箚子也是重要证据。（《英祖实录》，1762 年八月二十六日）洪凤汉在此明确提到思悼世子的狂症：“而十余年来，不幸有疾。既无可执之症，又无可指之形，非病而病，作歇无常，临朝而收敛，则未或失仪，处内而任情，则实多隐忧。”该箚子获得英祖“将十三日下教及卿箚与批答庄于史阁，杜宵小之谗，严义理于来世”的批复。可见这是获得英祖认可的内容。

第十二讲
狂症的症状

病症之始

《承政院日记》显示思悼世子从九岁起就患有"眼眩之症"。英祖认为这是思悼世子在装病[1]，但也许这就是神经症初期的症状。惠庆宫在成婚次年的1745年就已经注意到了思悼世子的异常症状。"阿只之行动甚腾骞，而游戏亦不若往时，若有病患之渐。""自十余岁起，有病患之渐，进御饮食及行动之时，皆难如常。"(《恨中录》，第36页与第55页）这样与寻常吵闹的孩子们不相类似的思悼世子的模样，与最近常说的注意力缺陷及多动障碍（ADHD）相似。

自十一岁起的一段时间内，没有对思悼世子之病的记录，而这段时间内他的眩症还在继续。十五岁之时他患上眼疾，眼睛充血近两个月，由于与近视症状重叠，英祖甚至考虑让世子戴上眼镜。(《承政院日记》，1749年三月十四日）[2] 晕眩、看不清字迹的

[1]《承政院日记》第965册，英祖十九年十一月初十日。"在鲁曰：昨日药院启辞中有禀定事云者，盖欲仰候东宫眼眩之症矣。上曰：闻多读书，则辄患眩云，似是厌读而然矣。年稍长则自可差胜，今不可猝然药治矣。"

[2]《承政院日记》第1041册，英祖二十五年三月十四日。"尚鲁曰：王世子眼候犹未如常快差云，伏闷矣。上曰：非不快差，而本来近视，故视物之际，自用眼力而似然矣。顷日左相以为冲年代理，多用心气之致云。而予则三十年为政，犹不如是矣。尚鲁曰：今番眼患，比前不能如常。臣闻宫官之言，两筵进讲时，甚有难之之意云，不可不趁时治疗，而两筵中，一次停止似好矣。上曰：欲使元良着眼镜看文。盖眼镜用之，则眼力颇愈云矣。予亦近视，而元良则甚焉。非有眼疾而然也，盖近视之致矣。"

眼疾在几十年前还是儿童身上几乎看不到的疾病。

《英祖实录》称十五岁代理听政后，世子开始生病。《恨中录》虽没有具体说明是什么时候，但也说代理听政后世子开始出现“病患之萌”。惠庆宫这样解释原因：世子开始代理听政的时候，发生了很多复杂的事情，对于强调党论问题等敏感或重要的事情，世子几乎都会禀告父王。“大朝则以为若此小事，不能决断，频烦于我，有何代理之本意？由是叱责小朝。小朝若不禀，则以为若此之事，何为不禀于我而自断，又叱责之。”(《恨中录》，第45页）思悼世子的处境变得非常困难。

思悼世子在英祖面前本来就畏缩不前。代理听政初期，无论大小事他都过于琐碎地禀告国王，甚至到了大臣们劝他慎重虽好，“可以自断者则自断，当禀者则当禀之”的程度。(《承政院日记》，1749年二月二十日）[1] 虽说是代理听政，却与傀儡没什么两样。按惠庆宫的记载，“至于冻馁或旱灾天变灾异，则以为小朝无德而致此。如此之故，小朝于日气小阴或冬雷，则未知自大朝有何等叱责，忧愁念虑，事事惶怯恐惧，因生邪思妄念，渐致病患之萌”(《恨中录》，第45页)。

世子之病在慢慢发展，转眼到了1752年冬天。这年冬天发生了许多事情。秋季正祖出生，随后宫中出现了红疫。和协翁主

[1]《承政院日记》第1040册，英祖二十五年二月二十日。“显命曰：顷者朝参时，臣既有所仰达而又有区区所怀，敢此仰达矣。今邸下膺此代理之任者，实出于万不得已也。而至于大小难易之事，禀于大朝者多而自断者少，则臣固知邸下盛意有以矣。一则曰谦抑不敢当之意也，二则曰审慎重其事之意。虽然，谦抑慎重之德太过。伏愿邸下可以自断者则自断，当禀者则当禀之，似好矣。在鲁曰：侍坐次对时则自多禀旨之事矣。王世子曰：大臣所达是矣。”

死于该病，而思悼世子好不容易战胜了病魔。但他刚刚痊愈，英祖就引发了传位骚动，这是距离贞圣王后花甲还有两天时发生的事情。在这样的混乱中，思悼世子读起了道教《玉枢经》，这是因为他听说阅读此经可以驱使鬼神。《玉枢经》的最前面有一幅雷声普化天尊的神像，这是掌管雷电的神灵。雷电与雨水联系在一起，人们在祈雨时或读该经。自然现象中最令人惊奇害怕的是雷电，可知人们是把那位神灵放在最高位置侍奉起来。思悼世子想驱使这位雷神而阅读《玉枢经》，但他没能如愿，反而被雷神所驱使。他“夜则读而学之，果于深夜精神昏迷之时见雷声普化天尊，呼以恐惧恐惧”，“天雷时塞耳俯伏，止后始起”。[1] 在因红疫而精神恍惚的状态下，世子最终陷入了鬼神迷思之中。

第二年，他的恐惧症发展成动辄心跳加速的“惊悸症”，由此患上了广泛性焦虑症（Generalized Anxiety Disorder）。[2] 世子就像“纸张洇水一样”，病症渐渐加剧，逐步恶化。面对这样的情况，他只是呻吟而已。

衣襨症

1757 年是世子的狂症进入新阶段的一年。他出现了什么衣服都不能穿的所谓“衣襨症”的强迫症症状，不能抑制冲动而打死人

[1]《恨中录》，第 55 页。“读《玉枢经》后，睿质生变，每呼以恐惧恐惧，不言玉枢二字，不收端午所入之玉枢丹。玉枢丹虽入，亦恐惧不敢佩。其后甚畏天，不敢视雷及霹雳等字。曾前虽忌天雷，不至于太甚。《玉枢经》以后，则天雷时塞耳俯伏，止后始起。若是之状，父王及母嫔岂尽知之？万事切迫罔措，无可形容。”

[2] 心理学家金泰亨博士诊断思悼世子患有恐惧症与广泛性焦虑症。金泰亨：《心理学者分析正祖之心》，历史之晨，2009 年。

的施虐症也正式出现。神经精神科专家李揆东博士将该施虐症称为“施虐癖”（sadism）；旅美神经精神科专家郑有硕博士称其为“反社会性格障碍”；心理学家金泰亨博士称其为“冲动调节障碍”。

1757 年初，英祖的王妃贞圣王后与肃宗的继妃仁元王后先后间隔一个月去世。虽然没有血缘关系，但对思悼世子来说是母亲与祖母几乎同时去世。两位王后是思悼世子最坚强的后盾。当时思悼世子侍奉母亲之病，在侍病中若遇到英祖，每次都会被叱责。两位王后去世后，在居庐厅（供丧主居住的守丧之屋）举行丧礼时也是如此。英祖不是因特别重要的事情，而是因侍病中他的衣冠或行缠（绑腿布）等样貌不整而大加叱责。[1] 世子在母亲生命垂危的情况下，哭泣失神，英祖抓到了他的小失误。

英祖素来对衣着十分敏感。惠庆宫成婚后第一次入宫时，英祖曾给这位年幼的儿媳三项训诫，其中两项与衣着有关：毋只着内衣与丈夫相见，毋让手帕沾上胭脂。即便是夫妻，如果将内心全部展露，也会失去感情。胭脂虽然很美，但沾在手帕上就很脏乱，所以要小心。[2] 十岁的惠庆宫震惊于五十多岁老国王的忠告之琐碎，她直到花甲都还记得这些忠告。

1761 年思悼世子因儿子正祖成婚，曾前往英祖所在的庆熙宫看望儿媳。但他恰好没找到世子佩戴的瑄玉贯子，只好使用文官们佩戴的“通政玉贯子”。英祖见到世子佩戴的贯子后勃然大怒，

[1]《恨中录》，第 72 页。“大朝于其衣冠之样貌，以及所着行缠，大加叱责，以为内殿病患如此，何为持躬若是？”
[2]《恨中录》，第 187 页。“妇女之衣里，不当示于丈夫，世子所见，不当披示衣襟；妇女之帨巾，若染胭脂，虽胭脂亦不佳，毋染之。”

命令他不用见儿媳，直接离去。公公因为戴错一介贯子，连儿媳的脸都没见到就被赶走了。[1] 贯子与冠带一起，是展现官职地位的代表性装饰物。[2] 这与军人帽子上的军衔类似，因此世子不应该使用文官的贯子。当时世子犯下的许多失误比这更严重，他偷偷地去了趟平壤。其实一介贯子并不是什么大事。但英祖如此，世子不得不对衣着敏感，最终患上衣襨症这一空前绝后的奇怪强迫症。

衣襨症在《恨中录》中也被称为“衣襨病患”及“衣襨之頉”。衣襨是宫廷中称呼衣服的用语，因此衣襨症算是一种“衣病”。世子着衣时觉得不合身就脱掉，反复穿上又反复脱掉，或以为有鬼附上而将其烧焦。穿一件衣服，有时候需要十件甚至二三十件，因此好不容易穿上的衣服总穿到脏为止。世子之衣并不能随便使用任何布料，而且需要这么多件，所以很难估计制衣费到底花了多少钱。惠庆宫称所有费用都由自己的父亲洪凤汉承担。[3]

---

[1]《恨中录》，第 111 页。“瑄玉贯子支当不得，巧于其日，小朝着通政玉贯子而去。大小朝逢于思贤阁，岂有顺鉴之圣心？小朝既为视其子之大事而来，其通政玉贯子，似武弁之玉贯子，大而怪异，不合于储君之用。多有加于此事之事，其贯子是何大关系之事？处子未及入来，大朝因贯子而激恼，令小朝不视而还去。”

[2] 洪大容：《乾净衕笔谈》，《湛轩书》外集卷二，《影印标点韩国文集丛刊》第 248 册，首尔：民族文化推进会，2000 年，第 151 页。“国制惟以网巾、贯子分品级耳。”

[3]《恨中录》，第 87—88 页。“此衣襨之病，尤无形容，乃异常怪疾。大抵欲着衣襨一件，需制十件或二、三十件置之。为鬼神或为他物而奉置，亦为销火。顺而遽着一件，实为万幸。侍从之人少不善为，小朝不着衣襨，其为用虑，人皆被伤。此岂非罔极之病？时而太多为之，虽木棉之属，东宫何有多存乎？若未及制之，不得匹布，则杀人在于呼吸之间。我欲为谋免而用虑。先亲闻此言，忧叹无穷之外，悯我用虑及小朝杀人之事，继给其衣襨之资。其病六七年如是，有极盛之时，有少为镇定之时。以不着衣襨而用虑，如何如何，少为镇定之时，以天幸若着一件，小朝当身亦言‘多幸多幸’，至垢而着之。此何许之病，乃如是乎？千百种病中，难着衣襨之病，自古所无。何为至尊之东宫，有如许之病乎？号天而无可知之道。”

施虐症

衣襨症并不单纯只是引发衣裳造价问题，它与施虐症联系在一起。思悼世子为穿衣服而费心，若不如意，常会杀死侍者。思悼世子攻击他人并不一定与衣襨症有关，但衣襨症提高了他的攻击性。若屡次费心，却仍然穿不上衣服，世子就会经常杀人。

思悼世子杀人的传闻传遍了宫外。《玄皋记》中记载了世子杀人无数的传闻，以及制作刀剑的工匠给世子献剑而被砍断脖子的故事。[1] 目前尚不清楚思悼世子是从何时开始杀人。《恨中录》中记载的首位牺牲者是长番内官金汉采。思悼世子砍下金汉采的头，拿进屋里展示给惠庆宫与内人看。[2] 在此之前，思悼世子被英祖斥责后就已经开始殴打内官和内人，从 1757 年六月开始杀人。在杀死金汉采之时，还杀害了好几名内人。《英祖实录》表明当时共有六名死者。

像这样，思悼世子从第一次杀人时就残忍地将受害者斩首并展示首级，而且足足杀了六人。这种残忍与死伤规模让人怀疑该事件是否为第一起杀人案。《玄皋记》称思悼世子在长大成人之前就已经开始杀人了。也许在此之前，惠庆宫也不知道的杀人事件已经发生了很多次，我们也无法准确查明思悼世子到底杀了多

---

[1] 朴宗谦：《玄皋记》卷一，韩国学中央研究院藏书阁藏手抄本。“朴希天幼则言：思悼时，闾阎所谓世子多杀人之说，吾不敢信也。有同巷剑工自东宫召入，未几有人持人头及尸体付剑工之家，曰：铸剑不称意，断其头矣。剑工家埋其尸而哭之。剑工时时以夜潜来其家，数月之后，来往吾所，目覩多杀人云云，岂足信哉？”

[2]《恨中录》，第 79—80 页。“自其六月，火症增加，始为杀人。其时先伤当值内官金汉采，持其头入来，回示内人辈。我于其时，见其斩人之首，汹汹惊惶，岂可道哉？小朝杀人后心乃少解，其时内人多数见伤。我之闷迫，无可测量。”

少人。宣禧宫在思悼世子被关入木柜的那天清晨，将儿子的恶行上告英祖："世子戕杀中官内人奴属将至百余，而烙刑等惨忍之状不可胜言。"[1] 惠庆宫也称无法记住 1760 年以后思悼世子到底杀害了多少人，只是记得世子在去世前几个月，一日之内都能杀害数人。思悼世子周围之人每天都如履薄冰。

思悼世子杀害的人大部分是内官与内人，即不起眼的手下之人。在金汉采以外，惠庆宫还以徐景达举例，称他因延迟送来内需寺的物品而遭到杀害。[2] 在《承政院日记》中，徐景达的名字曾在一段时间内经常出现，直到 1759 年才不见踪影，大概他死于这个时期。我们可以认为内人也有不亚于内官的死伤，但完全查不到内人的名字。1761 年正月，世子甚至杀死了自己最珍爱的侍妾冰爱。事已如此，就更不用说其他内人了。思悼世子不仅杀害自己的内人，还杀害生母宣禧宫的内人。1760 年七月左右，他还向惠庆宫投掷棋盘，使其左眼受伤，即妻子不太听话，所以投掷棋盘。[3] 思悼世子周围之人就这样暴露在他的慢性暴力中。

不管世子杀了多少人，任何人都不敢轻易诉之于口。惠庆宫把世子杀人之事告知宣禧宫，但完全不敢把此事上告英祖，因为

[1] 英祖李昑：《废世子颁教》，收入《待阐录》卷二。"今暎嫔流涕谓予曰：世子戕杀中官内人奴属将至百余，而烙刑等惨忍之状不可胜言，而其刑具皆在于内司等处，无限取用。"

[2]《恨中录》，第 118 页。"庚辰以后，所伤内人内官甚多，不能记忆。所彰显者，乃内需次知徐景达，因内需之物迟滞献上之事被杀。出入番内官辈亦多伤，宣禧宫内人一人死，渐至于难言之境。"

[3]《恨中录》，第 96 页。"我则以为移御则不然，立于小朝之侧，小朝忽投碁盘伤吾左目。若少过，目珠几破。幸免于此而目珠大肿，于移御不能下直，不能以此面目谒宣禧宫，愕然离怀，将如之何？无可生之道，欲死而不忍弃世孙而不能决。各色危难之端无数，岂可尽书哉？"

她没有信心承担后果。但英祖并不是完全不知道世子杀人，内官金汉采遇害事件在翌年年初即被英祖知悉。[1]

1758 年二月二十六日，英祖时隔三四个月见到了世子。当时英祖为召唤世子，让大臣们告知世子自己便血。[2] 世子长期以来以各种借口逃避父王，但父亲认为自己去探望儿子并不合适，所以没能见面。最后英祖让大臣告知世子自己患有重病，才成功召见了世子。时隔许久见到世子的英祖让他“直奏所为之事”，于是世子毫不隐瞒地说出杀人之事。

> 其日对答曰：“心火出，不可抑。杀人或杀鸡禽之类，心乃少定。”问以何为如是，答以心伤而然。问以何为而伤也，答以因大朝不慈而伤痛，因叱责而惧怯成火而然。及杀人之数，无一隐匿，细细尽告。英庙其时一时动于天伦之情，圣心怜恻，以为吾今则不当如是。(《恨中录》，第 85 页）

以上的对话只见于《恨中录》，但从当日的《承政院日记》中也能感受到英祖对思悼世子的和蔼。英祖在对话后对世子说：“汝今如此，吾国其庶几矣。”并对大臣们称赞世子：“今见东宫，予心豁然矣。”这是英祖难得一见的温柔和蔼的样子。

---

[1]《承政院日记》第 1154 册，英祖三十四年三月初六日。“令曰：承旨书之。近来气升之症有时加剧，至有昨秋之举。今于大朝圣教之下，伏不胜感泣。追思往事，深知过尤，痛自追悔，亦切矗伤。内官金汉采等，令该曹恤典从厚举行，以示余悔悟之意。”

[2]《承政院日记》第 1153 册，英祖三十四年二月二十六日。“上谓尚鲁、晚曰：予俄见血便，此盖用虑而然。卿等须以此意求对东宫，可也。尚鲁请诊候。上曰：求对东宫后当召见医官矣，卿等为求对先退，可也。”

英祖在翌日找惠庆宫询问思悼世子的病情，他担心自己的儿子。惠庆宫与英祖交谈后见到了思悼世子，把从英祖那里听到的话转告给世子，并补充道："如是承闻，此后父子间幸或有少愈之道。"但世子大发火症称："子乃爱妇，此等教旨，岂可尽为听信乎？此教不可信也，毕竟我死后乃已。"（《恨中录》，第 86—87 页）英祖与思悼世子之间的不信任已经是痼疾了。

英祖与思悼世子这样温和交谈的景象在《恨中录》中也是绝无仅有，在《承政院日记》中更是几乎找不到痕迹。也许正因如此，惠庆宫破例明确记下了英祖找她的日期是 1758 年二月二十七日，这是惠庆宫终生难忘的一天。

性暴力

思悼世子的施虐症几乎都指向在自己眼中与"禽兽"无异的内官或内人。随着病情加重，施虐的对象范围扩大，他的施虐方式也更多了。他不仅攻击侍妾或妻子，在 1756 年被英祖怀疑喝酒时还试图追打世子侍讲院的官员，即自己的老师们。他在死前似乎还想杀掉生母宣禧宫，乃至父王英祖。[1]

一生研究《恨中录》的金用淑先生曾怀疑思悼世子与妹妹和缓翁主存在近亲通奸的关系，这是基于施虐症容易演变成近亲通奸的心理学研究结果而提出的假设。思悼世子的攻击性自然也会体现在性关系上，即使没有心理学研究，也完全可以想到。1757

[1] 英祖李昑：《废世子颁教》，收入《待阐录》卷二。"近日御苑中造冢，欲埋不敢言之地。令侍人被发傍置利剑，欲行不测之事。顷日往彼阙，几乎被杀，仅以身免。"

年，思悼世子纳侍妾冰爱，其间或与内人发生关系，如果她们不服从，就殴打她们，到血肉淋漓后才与其发生关系。[1] 世子有要求，不过一介“微物”的内人却拒绝，按照朝鲜宫廷的习惯，这是很难想象的事情。思悼世子的精神不健全已经到了内人们不愿听他吩咐的程度。思悼世子还威胁和缓翁主，禁止她向父亲说对自己不利的话，并称：“此后我或有某事，当以此剑斩汝首。”（《恨中录》，第 95 页）在这种情况下，我们无法知道失去正常精神状态的世子会对和缓翁主做出什么样的事情。

[1]《恨中录》，第 81 页。“其间景慕宫或亲近于他内人辈，内人不从则击之，而血肉淋漓之后亦必亲近之，谁其乐之哉？”

第十三讲
试图自杀

自杀的意志

思悼世子死于正值青壮年的二十八岁。但冷静地回顾他的一生，他仿佛活了很久。在受到父亲各种羞辱的同时，他如何熬过来的呢？思悼世子知道自己不会活得太久，希望能自我了断。但世子的自杀企图不可能广为人知，这是因为暴露王室问题的事件很难原封不动地公之于众。尽管如此，《恨中录》仍然记载了思悼世子的三次自杀企图。

最早的自杀企图是在1755年思悼世子二十一岁时。1755年二月发生了“罗州挂书事件”，即尹志等少论派人士在全罗道罗州贴上怨恨朝廷的凶书的事件。因为这是严重的谋逆事件，英祖决定亲鞫（国王亲自审问罪犯），直到半夜还在审问并处死罪犯。这是血染宫廷的时节。英祖在这么不吉的场合一定会召世子前往。如果世子不在场，处理完事务回宫时，英祖再晚也一定会召他来问话。此时英祖只向他扔出一句“吃饭乎？”这是英祖要洗刷当天不吉之气的举动。[1] 经历了这样的事情，世子的病情更加严重了。他偶尔向妻子或内人、内官们发泄怒气，但仅凭此仍无

[1]《恨中录》，第61—62页。“己亥二月逆变生，至于五月，英庙亲鞫。其逆贼正法之时，百官序立，英庙令出送东宫而视之。每日亲鞫殿坐，人定后或初二更，或有至于三四更始还入，不废一日。召东宫而问吃饭乎，对答毕，即时还往。使之对答，以洗其日亲鞫之事而还，实则使东宫不得参好吉之事，而使之参涉不祥之事。”

法解开心中的郁结。

1755年十一月，思悼世子前往集福轩看望生母宣禧宫时，遭到英祖的严厉叱责。英祖厌恶思悼世子待在和缓翁主身边，因而找茬儿训斥他。和缓翁主本已成婚离宫，不知是不是因为英祖的宠爱，她得以常常回宫住在母亲身边。英祖不能忍受自己讨厌的人与喜欢的人聚在一起，得知思悼世子在和缓翁主近处后大怒。思悼世子并没有犯错，听到“速去”的叱责后，情急之余慌忙越过高窗回到自己的住处。世子这样的至尊之人为了不被父亲发现，像小偷一样快速越过窗户。他痛忿难抑，发狂而宣称要“自尽”“饮药”。[1]这是《恨中录》中记载的思悼世子第一次的自杀企图。

进入1756年后，思悼世子变得更畏缩不前。随着病情的加重，他躲在就善堂外小厨房（制作宴席饮食的地方）的一间幽深安静的房屋中。世子变成了“隐遁型孤独者”。五月英祖突然来见世子，世子既不洗漱，衣着也不端正。英祖怀疑他喝了酒，他的样子与醉酒之人没有区别。英祖认为在禁酒令森严的情况下，世子居然违反法令喝酒，于是怒骂如火。[2]

---

[1]《恨中录》，第63页。“至月之际，宣禧宫患候，由是景慕宫为谒见，往留集福轩。英庙嫌其相近于翁主所在，大为怒起，使之速去。景慕宫仓皇踰高窗而还。其日圣教至严，令其在乐善堂，不许入清辉门，读《书传・太甲篇》。景慕宫为谒慈亲病患而去，本无所失，而如是严教，实乃痛冤！景慕宫当此痛冤，呼以‘自尽’‘饮药’，乃以镇定。父子之间，渐渐罔极迂远，何所言哉？”

[2]《恨中录》，第63—64页。“其病患渐深，讲筵亦稀。就善堂外小厨房一舍，为幽静之处，因多留住。何日非愁，何节非焦煎耶？五月，英庙引见于崇文堂，忽往乐善堂而见之。景慕宫梳洗不净，衣襨模样亦不端正。其时禁酒甚严，英庙疑其或饮酒，怒而索献酒之人，严问景慕宫谁为进酒之人。实无饮酒之事，此何吁怨异常之事！”

英祖在位期间一直实行严格的禁酒令，尤其此时实行了宗庙祭祀中都不允许用酒的强硬禁酒政策。英祖本人也严格遵守了这一规定。思悼世子去世的同一年，他曾以违反禁酒令为由处死了兵马节度使尹九渊。[1] 以饮酒问题处决高层将领，看来禁酒令得到了严格执行。从《待阐录》来看，英祖曾叱责世子："酒若复出，朝鲜必亡。"这与"有酒则国亡"的《承政院日记》(1763 年六月二十六日）的记录一脉相通。在禁酒令如此森严的时期，世子被怀疑喝了酒。

世子素来不喝酒。思悼世子的文集《凌虚关漫稿》第一卷中写道："余素不饮酒，时适苑中绿荫可赏，与之酒，使左右醉吟，此以记其景。"[2] 思悼世子不喝酒之事，他本人、惠庆宫、正祖都曾说过。但在受到如此令人委屈的怀疑后，思悼世子开始喝酒。惠庆宫说："英庙以臆见，言其子所不为之事，而其后景慕宫果行此事，似若天诱然。"(《恨中录》，第 64 页）思悼世子似乎试图在父亲无法看到的地方无条件地反抗父亲。

当日英祖的追问仍在继续，最终世子承认喝了实际上没有喝过的酒，于是英祖更严厉地训斥了他。英祖走后，世子难忍郁火。惠庆宫说："其日冤抑伤痛，冲天之壮气尽出。"直到这一天，官员们才看到世子发狂是怎样的模样。虽然他们都已经听说

---

[1]《朝鲜英祖实录》卷一百，英祖三十八年九月十七日。"上御崇礼门斩南兵使尹九渊。先是上命金吾郎拿来九渊，又命宣传官赵峸倍道驰往，执捉酿酒之真赃。至是峸以有酒臭，空壶来纳于上前。上大怒，亲御南门斩九渊。"

[2] 思悼世子李愃：《余素不饮酒，时适苑中绿荫可赏，与之酒，使左右醉吟，此以记其景（甲戌）》，《凌虚关漫稿》卷一，《影印标点韩国文集丛刊》第 251 册，首尔：民族文化推进会，2000 年，第 24 页。

过世子如何如何的传闻，但当天是首次见到真实情况。

世子的发狂导致了失火。英祖要求世子侍讲院的官员们好好教导“喝酒的世子”，但教导世子的官员们反而遭到世子的指责。世子被冤枉得那么厉害，而官员们怎么能在享受俸禄时连一句话都不为世子辩解呢？[1] 崔尚宫虽然只是尚宫，但为世子说了话。[2] 世子的意思是，你们空有官员的名号，在国王面前一句话都不敢说，现在居然来教导我？

看起来像是遭到思悼世子训斥后，官员们又反驳了，于是事情闹大了。生气的世子要攻击官员，乐善堂中上演了世子与官员互相追逐的场面。“逐出之际，座上烛台倒而抵于乐善堂温突之南窗，火遂起。”世子遭到叱责后东宫失火，英祖认为这是纵火。实际上这是把失火误认为纵火。英祖之“震怒十倍有加”，怒斥世子：“汝是不汗党[3] 耶？为何放火乎？”世子害怕而不敢辩解。他觉得又委屈又郁闷，认为“不可支生”，并试图跳入储承殿前庭的井中。[4]

---

[1]《恨中录》，第65—66页。“景慕宫纵有病患，外朝不知，春坊官入来而初下号令：汝等不能使父子间和协，我奉承如许冤抑之言，汝等不敢一言而敢入来乎？尽为出去！”

[2]《恨中录》，第66页。“其日景慕宫立于庭，英庙严问其饮酒之事。实无饮酒之事，而过于畏怯，不敢辨明。甚为追问，无可奈何，以饮作答。又问谁为与之，无可指处，乃曰：外小厨房之大内人海贞与之。英庙击之曰：汝于禁酒之时，饮酒狂悖！严责之下，保姆崔尚宫奏于上曰：饮酒乃至冤之事，敢请嗅其有酒臭否。尚宫所奏之意，乃酒既不入于内，无所可饮，实乃冤痛，如是奏之。”

[3] 不汗党：朝鲜称呼火贼、强盗的说法。——译注

[4]《恨中录》，第67页。“其时悲痛充塞，且于当席不告之以烛台倒之而火起，如饮酒之事而不为辨明，若自为然，节节悲痛而闷迫。其日经过其事，气塞而进清心丸降气，以为不可支生。储承殿前庭有井，往而堕井。其错愕景状及惊懔之色，岂可尽道哉？”

《英祖实录》1756年五月初一日条只简单记载了把违反禁酒令的内人海贞流配巨济岛的命令与火灾事件，《承政院日记》中只有依1776年国王之令抹去四行记录的注释。这是思悼世子第二次试图自杀。

自杀未遂

世子欲死但难死，前两次的自杀企图均无果而终。有可能是他真到了自杀之时因害怕而未能采取果断行动，但也有可能是因为周围人的劝阻。世子旁边总有很多侍奉之人，如果世子自杀，他们将难辞其咎、难保其命。因此如果世子寻死，周围人会拼命阻止。世子是想死而无法死之身。

思悼世子正式采取果断自杀行动是在1757年，该年他的病情急速恶化。思悼世子从数年前就注意到了祖母仁元王后殿里的针房内人冰爱。该年三月仁元王后去世，在居丧期刚结束的九月，他就把冰爱带回自己的住所。世子特别宠爱冰爱，虽然他的女人不止一两位。十一月的时候，英祖发现了这一情况。英祖因世子竟敢染指上殿的内人而大发雷霆。所谓上殿的内人，相当于上殿的女人，下位之人觊觎上殿的内人会成为问题。

十一月十一日冬至的子夜时分，英祖跪伏于孝昭殿，即仁元王后魂殿的门外，思悼世子紧随其后。大臣们问："殿下何为以作如此过举乎？"英祖说自己读到世子写的悔过书，刚开始很高兴，但仔细一看，发现并没有写到底做错了什么。也就是说，世子没有表现出反省之意。大臣们认为这是国王平时太严格了，世子害怕才如此，并异口同声地劝说国王应对世子多施慈爱。[1] 这是《承政院日记》记载的内容。

《承政院日记》中并没有写世子究竟应该反省什么，具体原因见于《恨中录》，即儿子染指了上殿的内人，父亲带着儿子到祖母的魂前谢罪。英祖在母亲面前为自己没有教导好儿子而道歉。他催促世子坦白事实，世子趴在地上流下了眼泪。接着英祖下令把冰爱抓起来，但思悼世子威胁来抓冰爱的下级官吏，不让他们带走冰爱，后来又利用英祖不知冰爱长相的情况，谎称同龄的其他内人是冰爱而将其充数送走。[2] 冰爱被藏在和缓翁主的住处。

当日思悼世子再次被英祖召见并遭到叱责。他一回到住处就跳入养正阁的井中。世子似乎是突然采取行动，这样就可以掉

[1]《承政院日记》第 1150 册，英祖三十三年十一月十一日。“上不设席，跪伏门外，王世子侍伏。尚鲁、晚泣告曰：殿下何为以作如此过举乎？上曰：大臣进前，予当言之矣。仍下教曰：午间承旨持入东宫下令，有悔悟之语，故骤看不觉惊喜，召卿等及诸臣，以为夸美，兼欲加勉矣。细看则无精神所凑处，故召东宫教曰：自古悔过之君，必显言其受病处，如汉武帝轮台之诏，悔其求仙之过，然后人皆信之，而过有所改矣。汝今曰追悔莫及，所悔者何事云尔，则虽略言之而终不洞矣，岂不沓沓乎？尚鲁曰：东宫平日严畏太过，故惶恐似未能仰达矣。岂可以此过加圣虑，为此等过举而发此等严教乎？伏望速为就便，更召臣等入侍，千万千万。上遂移御于斋殿，诸臣更为入侍。上曰：东宫若不宜告其所悔之事，则予心终不解矣，屡下不敢闻之教。尚鲁曰：殿下此教，实非臣等之所敢承闻者，更令东宫入侍，从容下询，千万伏望。上曰：卿言是矣。此几不可过也。更命东宫入侍，东宫遂进伏。上曰：汝既曰追悔莫及而不言其所悔之事，不过掩人耳目，以塞大臣陈勉之意矣。因下严教，东宫跪伏涕泣。”

[2]《恨中录》，第 82 页。“九月率来冰爱，大朝至月始知之，其日即冬至日也。大朝大怒，召东宫而叱责曰：汝何敢如是乎？虽无显露过失之时，尚严责不绝，况此如何？圣怒震叠，命曳出其内人（指朴冰爱——译注）。其时小朝惑于此人，宁死而使之不出。急速拿来之命甚急，小朝则不出送此内人，以生死为胁，期不出送。事急矣！因大朝不识其内人之面，以此处针房内人中年相若者出送，告之曰：此乃冰爱。”

进井里了。身材高大且肥胖的世子，如果掉入井中，无论受到冲击还是溺水，都很有可能立即殒命。但这一切并没有发生。冬至之际，井水结冰，而且也没有多少水。世子既没有溺水，也没有被坚冰撞死。不知是幸运还是不幸，他被侍从们救起后活了下来。[1]

世子的自杀企图不能被如实地记录下来。该日思悼世子的自杀骚动在翌日朝报（朝廷的官方消息志）上被记为“落伤”（《玄皋记》）。[2]《英祖实录》1757 年十一月十三日条中也仅记载了世子的“落伤”。[3] 有伤口而无法隐藏，所以只能说是落伤。

类似的落伤在宫中并不少见。1771 年二月，惠庆宫父亲洪凤汉遭反对派的攻击而被流放，惠庆宫为了喊冤，故意从高处摔下而落伤。《承政院日记》只记录了惠庆宫因父亲之事而惨淡悲戚，但《颐斋乱稿》的作者听到传至宫外的传闻后，记录下了惠庆宫的自杀企图。[4]

这样看来，我们也应该慎重审视《承政院日记》1746 年六月二十日条记录的贞圣王后落伤事件。按此记录，听闻英祖身体

---

[1]《恨中录》，第 83—84 页。“其夜大朝自居庐厅恭默阁召东宫，又多加叱责。小朝痛伤，自其路投于养正阁前之井。岂有如此罔极之光景哉？冰满于井边，水适不满，房直朴世近无事救出。气滞且伤，渐渐如是，有何可言哉？”

[2] 朴宗谦：《玄皋记》卷一。“丁丑，世子不胜上之督责，自投于井，朝报只言落伤。时上深责世子，世子对曰：自和缓出宫后，臣始得罪也。上复怒，责曰：汝复当为不友人耶？”——译注

[3]《朝鲜英祖实录》卷九十，英祖三十三年十一月十三日。“初昏时，上以便服坐涵仁亭下，诸臣趋进。上曰：东宫落伤矣。尚鲁曰：臣等当即诊候。上命左、右相同往，有顷还奏曰：小安矣。”

[4] 黄胤锡：《颐斋乱稿》卷十七，辛卯二月二十二日癸巳。“又闻顷日洪相付处后，惠嫔宫焦闵，自投于地，因成落伤。自上特命宥还。”——译注

违愈的消息后，王妃因惊吓而落伤。但五十岁出头的王妃为何因丈夫生病而惊吓摔伤，实在令人费解。官方记录展示的内容如此有限，这是可以切身感受到历史研究之难的一个事例。

思悼世子很早就想死了，不，是想摆脱可怕的父亲。他曾躲在幽深的房间里，也曾远赴平壤、温阳，但最确定的方法是死亡。自杀并不容易，因为周围总是有拼命劝阻之人。世子真的很想离开。

第十四讲
欲奔于外

世子的首次远足

思悼世子素来喜欢外出。卑躬屈膝的内官与内人、一直板着脸想教导他的世子侍讲院的先生们、嘲弄指责他的父亲，世子想越过由他们组成的藩篱，与真正的人见面。迎风飘扬的华丽仪仗、首尾相继的护卫兵行列、三五成群地围坐在行列路边的身穿白衣的百姓、忙于传达命令的巡令手们的嘹亮声音，以及震撼大地的军乐队的演奏，这一切都充满了活力。

但英祖很少允许世子外出。幼时为举行入学仪式，世子曾去过王宫东侧的成均馆；为参加各种仪式，也曾去过王宫南侧的宗庙。但说这些都是外出，实在太过勉强，不仅距离较近，规模也较小。国王离开汉阳，巡幸远地之事包括定期参拜先王之陵与偶尔为疗养远赴温泉。如果可以跟随国王出行，对于世子来说就是远足。

思悼世子在二十二岁之前，未曾陵幸（为参拜而赴陵墓）随驾（国王出行时随侍国王）。[1] 已经长大成人的世子一次都未曾陵幸随驾，这并不正常。如果与后来世孙正祖屡屡跟随英祖陵幸相比，结果显而易见，何况思悼世子还是代理听政的国政实际负责人。事理如此，若英祖巡幸汉阳城内或近郊，礼曹就会呈上请

---

[1]《恨中录》，第 69 页。“小朝至于二十二岁而不为陵幸随驾，春秋苦待令其随往，而一次不往，此事又为悲痛而成郁火。”

求“东宫随驾之奏禀”，但英祖不同意。而思悼世子“初则怅然，继则憾恨，渐成郁火，或有泣下之时”。[1] 他悲痛于不获父王认可而被抛弃在旁的自身处境。

1756 年八月初一日，思悼世子首次陵幸随驾。该年是英祖的母后仁元王后七旬之年。英祖以庆祝母亲长寿之意，在该年七月举办了面向老年儒生的科举考试——耆老科，考试后还在昌德宫后苑举行了宴会。那天不知为何他还让思悼世子参加了喜庆的聚会。英祖遇到审问或处死死囚的不祥事，常常召世子坐在身边，遇到喜庆的吉祥事则不召世子。但当天或许是仁元王后的恳求，他在喜庆的场合召唤了世子。

此次庆典结束后就是英祖的陵幸。在肃宗诞日（八月十五日）之前，英祖赴肃宗之陵——明陵，举行陵幸。这是每年都会举行的陵幸，唯有该年允许世子随驾。惠庆宫认为这是宣禧宫向和缓翁主表达了思悼世子“至今不为陵幸之事，民心亦当怪异之”之意，让和缓翁主说服了父王。[2] 当然，仁元王后的七旬诞辰也是考虑因素。

思悼世子对第一次远足感到非常高兴。他沐浴斋戒，尽心尽诚地参拜祖父的陵墓。明陵陵幸一般是当天凌晨出发，深夜返回的日程，相当于一日远足。思悼世子在这短短一日内不仅致信祖母仁元王后、嫡母贞圣王后、生母宣禧宫，也致信所有子女。他

---

[1]《恨中录》，第 46 页。“每于城内幸行或陵幸举动，自礼曹入东宫随驾之奏禀，希冀英庙许以随驾，闷迫苦待而终不得行。景慕宫初则怅然，继则憾恨，渐成郁火，或有泣下之时。”

[2]《恨中录》，第 69 页。“初次使小朝陵幸随驾，自宣禧宫以为至今不为陵幸之事，民心亦当怪异之，告于郑妻，使之奏请而为之。”

似乎想效仿君王离宫后仍持续问候王室成员的惯例。自己也是堂堂正正的“小国王”，所以想展示自己可以尽到国王的责任的一面。当时世子病势日益严重，但外出时却什么事都没有发生。心胸舒畅，火症随之舒缓了。世子也觉得自己能无事回还是一件值得庆祝之事。[1]

大雨乃率来小朝之祟

初次陵幸两年后的同一天，思悼世子再次陵幸随驾。这次除了为迎接肃宗的诞日而扫墓外，还有察看前一年去世的仁元王后与贞圣王后的陵墓之意。英祖可能并不情愿，但无法阻止子女扫墓。

英祖于凌晨时分从昌德宫出发。赴明陵的陵幸路线是：昌德宫—钟路—广通桥—崇礼门（南大门）—京营库—迎恩门（独立门）—弘济院—碌磻洞—礴石岘—黔岩昼停所—昌陵—明陵，总长 37 里。英祖没有选择西大门，而是通过南大门前往，这是因为有规模庞大的数千名随行人员，西大门并不合适，而被用作使臣们通行道路的修缮良好的南大门一带才是正路。[2]

陵幸队列终于抵达黔岩的昼停所。昼停所是陵幸路上为暂时停留、睡觉、进餐而设置的临时休息站。正祖还是世孙时，经常跟随祖父英祖赴明陵，在黔岩昼停所睡觉之时往往挣扎着踢开被

[1]《恨中录》，第 69 页。“丙子八月初一日，初为明陵随驾，爽然而喜之。沐浴尽诚，幸无事往返。随驾之时，封书于仁元王后、贞圣王后、宣禧宫，亦及于子女。其手迹，吾至今存之。此等之事，不似有病之人。小朝自知顺成回銮，若大庆然。”

[2] 参考金芝英：《朝鲜后期国王出行与途经道路》，《首尔学研究》30，首尔市立大学首尔学研究所，2008 年。

子而眠，英祖会帮他盖上被子。天明正祖起来时英祖笑着说："予纳冲子于怀，不得接目。"(《弘斋全书》)[1] 昼停所就是这样的地方。

那天距离中秋节只剩半个月，抵达昼停所时，秋天的阵雨倾盆而下。距离目的地仅剩 7 里路，而前路桥梁已断、江水大涨等妨碍陵幸的不祥消息接连传来。[2] 这时英祖突然下令让世子回宫，他本人继续陵幸。为什么让世子回去呢？

《恨中录》的说明如下：英祖不得已才允许思悼世子随行，但内心并不乐意。此时途中下起了阵雨，他大发雷霆。平时英祖极度相信迷信的征兆或禁忌，其中世子总是"晦气的存在"。他不得已让不祥的世子参与陵幸，果然发生了灾变。"大朝以为日势如许，乃率来小朝之祟，未及陵下，命小朝回还而大驾独往。"世子盼望已久的外出化为泡影，他本人也因以荒谬理由叱责自己的父王而再次受挫憋闷。世子呼吸困难，甚至无法正常移动。他没有立即回宫，而是进入西大门外名为京营库的官厅，缓解一度被堵住的呼吸。[3]

---

[1] 正祖李祘：《训语（五）》，《弘斋全书》卷一百七十八，《影印标点韩国文集丛刊》第 267 册，首尔：民族文化推进会，2001 年，第 464 页。"先朝明陵展礼之幸，予多从行。而出宫常在夜半，故至黔岩昼停所，常侍寝于幕次。而予幼时睡性不帖，每披拨衾具，迴辗露卧。先朝必随予所卧而覆之，及明常笑教曰：予纳冲子于怀，不得接目。"

[2]《承政院日记》第 1159 册，英祖三十四年八月初一日。"上曰：雨势如此，诚闷矣。尚鲁曰：前路桥梁已断，江水大涨，实不胜闷迫矣。"

[3]《恨中录》，第 88—89 页。"国恤后，小朝未及行弘陵展谒，不得已使之随驾。其年长霖支离，幸行之日，大雨如霪。大朝以为日势如许，乃率来小朝之祟，未及陵下，命小朝回还而大驾独往。小朝欲展谒，悲缺不已，虽百官军民之所见，岂不疑怪？余攒手而祝其幸行回銮，侥幸善为，而闻此消息，陪宣禧宫而坐，无涯茫然。此外其火症将如何处之，罔措罔措。冒大雨而回还，其心当如何？膈气上升，无直归之道。小朝入于京营库，镇定膈气后入来。其景之愁痛忧惶，将为如何？"

上次陵幸随驾之前，连日下雨，但登程时天色放晴，思悼世子并不是“晦气的存在”。尽管如此，英祖还是很快忘记了美好的记忆，只保留了不好的记忆。英祖对思悼世子的偏见无法改变。

同一事件的不同说明

从《英祖实录》和《承政院日记》中可以看出，陵幸中英祖令思悼世子回宫的理由与《恨中录》完全不同。先看《英祖实录》:

> 上诣明陵，以戎服至剑岩。时大雨如霆，王世子随驾，睿候不宁。上教曰：冷雨沾湿，气不能定。虽欲强行，难以行礼，即以驾轿，命归调理。

英祖在听说思悼世子被雨淋湿生病后才令他回宫。由此看来，英祖真是个慈祥的父亲。《承政院日记》记载的也是类似内容，只是大臣们担心思悼世子之病的话语更加具体。

《恨中录》《英祖实录》《承政院日记》，哪个才是真实的说明呢？世子回宫的真正原因是什么呢？英祖是可怕的父亲，还是慈祥的父亲？虽然现在很难对该问题做出明确的判断，但考虑各种情况，《恨中录》应该是接近实际情况的说明。

首先，即使天降阵雨，也难让人理解六十五岁的国王把二十四岁的儿子送回王宫的行为。反过来才是普遍的、正常的情况。另外，如果情况不便，那么两人都应该回宫。在快抵达目的地的情况下将世子送回，也令人费解。此外，十日后的八月十二日，英祖向大臣们降下“不忍闻之教”。[1] 英祖的震怒不止一两次，但此时的怒火似乎与让世子中途回还有关。考虑这几种情况，可以说比起《英祖实录》，反而是《恨中录》更合理地解释了事件的来龙去脉。

当然，我并不认为《英祖实录》与《承政院日记》捏造了事实。如果重构当时的情况，英祖在送回世子时应该讲了不少话，其中会有以世子生病为借口的话，也会有像《恨中录》中记载的过分之言。史官不会把英祖的过分之言都记录下来。把叱责代理听政世子的内容原封不动地记录下来并非易事，史官似乎只挑选了应该记录的内容。史官只是委婉地记录了情况，但却让后世不了解来龙去脉的我们陷入误读和误解。这一部分为如何解读王室相关记录提供了指南。我认为，再怎么强调史料的批判性理解都不为过。

[1]《承政院日记》第 1159 册，英祖三十四年八月十二日。“天辅泣曰：臣诚有死罪，而至于此下教，则诚冤枉矣。俄闻春坊僚属之言，则东宫欲开两筵，而惶恐不敢云，殿下特许开筵则好矣。上曰：春坊不以诚意导达，每以予意请之，此则决不可为矣。因下不忍闻之教曰：卿亦出去后，欲为胥命乎？天辅泣曰：殿下岂忍为如此下教耶？圣教如此，谨当不为胥命矣。”

第十五讲
简陋而华丽的温泉行

出发时的情况

思悼世子陵幸随驾，被父亲以荒唐的理由赶回来后，欲出于外的念头并没有消失。恰好他腿上出现了湿疹，皮肤开始溃烂[1]，于是希望以治病为由赴温泉。他首先向世子侍讲院的官员们展示了腿上的伤口，让英祖知道自己生病，接着向备受英祖宠爱的妹妹和缓翁主强行要求："但在此阙，亦伤痛而闷迫，汝能使我往温阳乎？余因湿气，脚腿毁伤，汝亦知之，期于得往。"（《恨中录》，第 95 页）

英祖同意了思悼世子赴温阳温泉的请求。这是 1760 年七月十八日出发，八月初四日返回的共十六日的行程。[2] 思悼世子从昌庆宫宣仁门出发，穿过南大门，经过西冰库，渡过汉江前往铜雀渡口，沿冠岳山绕行，到达果川官衙，在此度过了第一个夜晚。第二天，经仁德院，过沙斤川院昼停所，宿于水原府。次日经过振威县大昼停所，到达素砂小昼停所，再经过成欢驿，宿于稷山县。二十二日，经天安到达温阳。（《温宫事实》，首尔大学奎章阁藏）[3] 回宫是八月初一日从温阳出发，八月初四日到达王

[1]《英祖实录》，英祖三十六年七月十八日条记病名为"湿瘇"。虽然这是与湿疹类似的疾病，但湿瘇以肥胖之人常得之病而闻名。

[2] 该年阴历七月无三十日只有二十九日，所以一共是十六日。

[3]《温宫事实》记载是二十一日抵达温阳，但《英祖实录》与一手史料《温泉日记》（首尔大学奎章阁藏）均记录是二十二日抵达温阳。

宫殿。从汉阳到温阳通常花费三天，因为队伍庞大，往返似乎各多了一两天。包括到达之日与回程出发之日，世子在温阳共停留了九天。温阳是思悼世子一生到过的最远的地方，此次行程也是最久的一次正式外出。

惠庆宫认为思悼世子的温阳之行“萧条不成说”。虽然是二十六岁成年世子的第一次单独出行，但规模却非常小。英祖将随行的军人定为 520 名，考虑到通常有数千名士兵跟随国王的远程出行，可以说温阳之行是简陋的出行。思悼世子内心希望这是一场华丽的出行，但不得已同意出行的英祖并没有让他大肆铺陈。[1] 甚至《英祖实录》在出发当日有如是记录：“时师傅、宾客无一人从之者，识者忧叹。”

当时思悼世子的火症已极，因惠庆宫不太听他的话，世子投掷棋盘严重砸伤了她的左眼。惠庆宫感受到了可能会被丈夫杀害的危险，产生了普通妻子不敢想的念头。

> 所天虽重，而罔极危凛，不知吾命毕于何日，一心但愿不见景慕宫，而温行实多幸然。(《恨中录》，第 97 页）

“一心但愿不见景慕宫”之言，即希望自己或思悼世子，两人中有一人尽快死去。把这句话理解为希望世子死去也无妨。感觉生命受到威胁，惠庆宫甚至产生了希望丈夫死去的极端想法。此时世孙正祖请季舅洪乐伦与表兄弟洪守荣入宫，所以惠庆宫也

[1]《恨中录》，第 97 页。“幸行威仪，虑其萧条不成说。故小朝欲多率前陪，快闻巡令手之声，壮其吹打而行，大朝不得已而送之，岂欲如是铺陈？”

让自己的妹妹与嫂子、弟媳一起入宫。[1] 她的意思是不知道生命什么时候就会结束，因此要在世子不在之时提前道别。

温阳之行的神话

令人惊奇的事情发生了。在前往温泉之前几乎步入死亡的思悼世子离开宫殿后，不知何时又恢复了正常。他下严令禁止出行队伍给民家造成麻烦，在途中向百姓展示了威严并施与了恩惠。“时京城民庶多指言东宫失德而怨之，及是湖民[2] 见所以爱恤者甚勤，乃以京民为诬云。”（《待阐录》）百姓称颂在路上见到的世子是出色的君主。

思悼世子第一次听到百姓这样的称颂。这是他第一次正式单独来到宫外，所以也是理所当然。世子的温阳之行是他行迹中唯一显露在宫外的政绩，所以不仅《恨中录》[3]，正祖写的思悼世子行状中也比较具体地提到了这一点。正祖称思悼世子询问路边的百姓生活是否困难，下令减免租税和徭役。他还介绍了世子护卫军的马进入豆田里毁掉豆苗后向主人进行补偿的故事。[4] 正祖将

[1]《恨中录》，第 97 页。“温行之间，世孙请率入季舅与守荣，吾命在朝夕，欲下直于亲戚，令妯娌尽为入来。欲温幸之时，人几尽死。”下直：此处指辞别尊长。——译注

[2] 湖民：忠清道百姓。——译注

[3]《恨中录》，第 97—98 页。“小朝出宫门，膈火少降，下令禁一路之弊，所过之路，恩威并行。百姓鼓舞，以为圣明之主。入于行宫之后，一样垂德。温阳一邑，静寂安定，祝手赞扬睿德。其时爽然若病患退却，本然天性动也。”

[4] 正祖李祘：《显隆园行状》，《弘斋全书》卷十八，《影印标点韩国文集丛刊》第 262 册，首尔：民族文化推进会，2001 年，第 285 页。“辇路所过，父老拥遮争瞻，辄驻驾询疾苦。命减征徭，一路大悦。有一卫士马逸入菽田，蹂且吃。招地方官，厚偿田主，亟治卫士。”

此作为思悼世子的政绩而宣传，但如果成年世子的政绩是这种程度，不能不说是寒酸。

行状说思悼世子到温泉后，日日召开讲筵。这是模仿历代国王温阳幸行时召集弘文馆官员一边学习，一边讨论政务的旧例。[1] 实际上世子在温阳期间可能召开过讲筵，但效果似乎微不足道。不仅师傅与宾客等高位老师都未随行赴温泉，而且从当时承政院每日记录世子温阳行踪的《温泉日记》来看，思悼世子每日几乎连常参（即政务会议）都不举行。不举行常参，当时日记里也没有记录世子的讲筵。即便举行讲筵，也令人怀疑到底是怎样的讲筵。《英祖实录》也记录了思悼世子往返旅程中的一些政绩，但对于温泉的事情，只简单记录"王世子在温宫"。总之，正祖在撰写思悼世子行状时，夸张地叙述了父亲仿佛在温阳做了许多事情。正祖试图通过行状来创造父亲的神话。

若把思悼世子简陋的温阳之行与十年前英祖的温阳幸行相比，就能看出其中的天差地别了。1750 年，英祖时隔三十多年再次到访温阳。他曾作为王子跟随父王肃宗而来，现在作为堂堂正正的国王到温泉治疗。当时英祖皮肤发痒，一开始只是汲来温泉薰洗 [2]，但未能痊愈，所以亲赴温阳。他的温阳之行被承政院记录下来，并编为《温幸日记》(首尔大学奎章阁藏品)。只要翻阅思悼世子的《温泉日记》与英祖的《温幸日记》，就能立即看

[1] 正祖李祘：《显隆园行状》，第 285 页。"及到温泉，逐日开讲筵，遵列朝温幸时召对玉堂官故事也。"
[2]《朝鲜英祖实录》卷七十，英祖二十五年十月二十九日。"上召见药院诸臣。时圣躬搔痒未祛，诸臣请汲来温泉薰洗。"

出两人的行程有多大差异。思悼世子无话可说，每日日记里空空如也；英祖不知为何事务繁多，每日与多人交谈并下达命令。

综合这些记录可知，思悼世子的温阳之行里不存在正祖夸大其词的显著政绩。以当时世子的状态来看，没有引发大问题就已经足够幸运了，更不用说期待政绩了。惠庆宫称思悼世子无事往返温阳。宣禧宫通过担任公州营将的侄子李仁康了解世子的情况[1]，所以惠庆宫似乎也听到了他传来的消息。一介营将很难报告世子引发的琐碎问题。这样看来，现在虽然已经无法了解琐碎的细节，但整个温阳之行中似乎没有发生重大事故。惠庆宫称思悼世子似乎只要一出门火症就会消退，或许正是如此。

正祖的温阳之行纪念事业

温阳有一座供国王出行时临时使用的小型宫殿——行宫。[2]温阳温泉的行宫简称温宫，温宫内有十六间房屋组成的内正殿与十二间房屋组成的外正殿，还有上、中、下三处汤池。思悼世子停留在这里时，洗温泉浴、射箭，以此休息。[3]

思悼世子之后，朝鲜国王们再也不赴温阳。没有国王的出行，该地区居民会觉得更舒服，但行宫却荒废了。茶山丁若镛叹息于孩童们随意攀爬思悼世子栽种的槐树，让槐树无法正常生

[1]《恨中录》，第 96 页。“宣禧宫以慈母之情，虑其何以回还，焦虑之心与不忘之情，岂可尽道哉？续送馔盒，以侄子李仁康为公州营将，令其探小朝如何去往而留度，以所闻奏之。眷眷之情，安得不然耶？”

[2] 关于温阳行宫的历史，参考金南基：《朝鲜王室与温阳温泉》，《文献与解释》23，文献与解释社，2003 年。

[3] 世子择时而洗温泉浴。《温宫事实》七月二十四日条与七月二十六日条记载温泉择时是辰巳时。

长，而且连槐坛都消失的景象，曾作诗以记。[1] 思悼世子在温阳射箭时，对射台没有树荫感到遗憾，便让郡守以品字形栽种三棵槐树。这些树种上不久后就滋长繁荣，因而当地人称其为“灵槐”[2]。思悼世子死后树木很快变得茂盛起来，当地人似乎相信这是因为树中凝聚了思悼世子的灵魂。

正祖已然知晓思悼世子的温阳之行备受外界称赞。岭南儒生们呈上万人疏，提到了这样的情况。[3] 正祖在开展把父亲之墓迁至华城等追崇思悼世子事业的过程中，开始修缮他在温阳留下的行迹。首先改建槐树所在之台，并在其旁竖立了记有槐树之意的石碑。正祖亲自题写了石碑所刻的“灵槐台”三字。该年是思悼世子温阳之行三十五年后，也是世子的花甲之年——1795 年。

正祖还在 1796 年春指示整理思悼世子的温阳行踪，要求寻找当时随行世子之人，列出名单，记录他们的回忆。从《承政院

---

[1] 丁若镛:《温宫有庄献手植槐一株，当时命筑坛以俟其阴，岁久拥肿，坛亦不见，怆然有述》,《与犹堂全书》第一集,《影印标点韩国文集丛刊》第 281 册，首尔：民族文化推进会，2002 年，第 22—23 页。“温泉宫里一树槐，岁久蓁芜没蒿莱。爪蔓兔丝苦相纠，志气郁抑长丈才。枯条涩勒干拥肿，谁识储君旧手种？鹤驾于此射熊帿，铁镞五发皆贯眸。爰植嘉木表其地，且令砌石为坛壝。会见修柯拂云青，拟有浓阴满庭翠。苍旂一去无消息，鸟雀啾啾聚昏黑。杈枒总被众儿攀，瓦砾何曾施一弯。彷徨恻怆不忍去，手决缠缚投篱间。呜呼此树谁不爱，戒尔勿剪且勿拜。吾将归去奏君王。此树尊贵长千载。”

[2] 尹行恁:《先公退岩府君行状》,《硕斋稿》卷二十,《影印标点韩国文集丛刊》第 287 册，首尔：民族文化推进会，2002 年，第 372 页。“丙辰，湖西观察使言温宫有坛曰射台，庚辰临射之地也。射已，命郡守植三槐。时七月，才植而茂。今嘉阴满地，邦人谓其树曰灵槐。”尹行恁的父亲当时是该地郡守。

[3]《朝鲜正祖实录》卷三十五，正祖十六年五月初七日。“有温宫临幸之举，而或虑一事之贻弊，或恐一夫之不获，申申焉管束，眷眷焉慰恤，亿兆士民之瞻望羽旄者，莫不攒手感祝。至今三四十年之间，湖西父老言及旧事，往往流涕者有之，此京外之所共知也。”

日记》中可以略微看到这件事的进行过程，其具体成果是首尔大学奎章阁藏有的《温宫事实》一书。

现在灵槐台位于温阳的一家宾馆内。思悼世子所种的三棵槐树从 20 世纪 90 年代开始次第枯萎，2007 年最终完全死去，现在仅剩下碑阁和碑石。思悼世子在没有父亲的情况下独自来到温阳，首次独立地扮演了君主的角色。世子的出行行列虽然简陋，但他的短暂人生中从未有过如此华丽的时刻。这可以说是简陋但华丽的外出。

从温阳回宫的世子拜托周围人让他去往黄海道的平山温泉。他去了一次温泉后，又产生了再去的想法。但世子没有被允许再次外出，于是他开始偷偷出入宫外。

第十六讲
世子的恶行

荷叶生

备受广泛性焦虑症、强迫症、冲动调节障碍等疾病折磨的世子从 1760 年开始出现幻觉。路上无人，但他却说看到人了并感到害怕。也就是说，他开始患上思维障碍即精神分裂症。惠庆宫不让其他人出现在世子途经的道路上，后来又在世子乘坐的轿檐上“设四面帐而行”，让他看不到外面。[1]

过完 1760 年正月的生日后，思悼世子开始辱骂父亲，越过了不该越过的底线。他对前来祝寿的子女说：“不知父母者，岂知子息乎?”并赶走了他们。他自己明知对父亲的憎恶既是不孝，也是不忠，但却无法控制。不仅子女，连宣禧宫也见到了他那天发狂的样子。宣禧宫此前听说过儿子的狂症，但并不完全相信，直到那天才目睹了真相。[2]

同年七月英祖移御庆熙宫，国王与世子不再同居一宫，世子

[1]《恨中录》，第 127 页。“近来小朝以眼见人则生事，于轿檐设四面帐而行。春坊官及外面，且以为有疟疾也。”

[2]《恨中录》，第 92—93 页。“庚辰诞日，小朝又以何许事，膈火大升，自其日不能于父母为恭敬之言。以常谈言之，乃不分天地之样。怒且伤痛，以为生而何为，于宣禧宫多不恭之言。世孙兄妹问安，高声言曰：不知父母者，岂知子息乎？使之退去。九岁、七岁、五岁之子，以父主之诞日，着龙袍章服，欲为拜谒，承其严厉之号令，大惊而惶惧。此惊怯之景象，何如哉？病患已甚，待吾若恼，于母主则不敢如是。其日始不讳其病患。宣禧宫虽闻病患之言，或疑其过实，而初见之，惊惶骇愕，口不能言。”

有了某种程度的自由。也许是当月往返温阳温泉的缘故，他的状态有所好转。脱离了可怕之人的视线，稍微舒服自由一些，病情就会好转，但要扭转走向破灭的局面，为时已晚。

1761 年正月，世子杀害了自己非常喜爱的宠妾冰爱。他在换衣服时衣襨症发作，杀死了她。[1] 世子还用刀砍伤了冰爱之子恩全君。当然，恩全君也是他自己的孩子。当时恩全君刚满周岁，思悼世子将中刀的恩全君扔到了门外的莲花池里，恰好英祖继妃贞纯王后得知此事，派人救了他，孩子正在荷叶上呱呱啼哭。贞纯王后救了孩子，将“荷叶生”定为他的儿名。英祖听到这个消息后，将他原来的名字从“裎”改为“禶”，取字“怜哉”，即“可怜”之意。[2] 恩全君的这个故事出现在《颐斋乱稿》中，虽然有趣，但令人难以相信。贞纯王后与英祖当时住在庆熙宫，思悼世子住在昌德宫，彼此几乎没有往来，而且英祖是在冰爱事件一年后，也就是处死世子时才得知冰爱之死。

三政丞之死

1761 年春天，发生了三政丞——领议政李天辅、右议政闵百祥、左议政李㻞先后间隔一个月全部去世的史无前例的事

---

[1]《恨中录》，第 100 页。“辛巳正月，小朝欲微行，遽着衣襨。火症出，限死击县主之母而去，渠即刻见毙于阙内。”

[2] 黄胤锡：《颐斋乱稿》卷四十六，庚戌七月十五日癸巳。“闻逆禶己卯生三日，而其母朴氏死于棺锯，渠又被刃，见投于门外池中。其时今大妃在中宫，急令人视之，则抬在池中荷叶上，呱呱不死。大妃神之，赐幼名曰荷叶生三字，先王赐名曰裎，改曰禶，字之曰怜哉。”

件。[1]《英祖实录》记载这三人全部是病死，但如果不是传染病，很难想象会发生这样的事情。另外，各种人名词典中记载，为承担思悼世子潜行平壤的责任，三政丞自杀，但思悼世子的平壤之行是在他们去世后。

领议政李天辅去世前写下了上呈给国王的上疏，即遗疏。该上疏的核心内容是劝告英祖不要经常生气。[2] 李天辅在上疏中担心英祖的气血会因发火而受损，但这也暗示英祖激怒于某事可能是李天辅之死的重要原因。右议政闵百祥也在去世前十多天上疏，内容是担心思悼世子之病。[3] 综合这两人的上疏来看，思悼世子因事惹出麻烦，英祖似乎对负有世子教育责任的丞相们大加叱责。

李天辅与闵百祥在去世前还上呈了吐露自身病情恶化的上疏，因此，将他们的死亡视为病死也并非不可。但左议政李𪻺在去世前，没有提及任何病情，甚至在去世前一周，他还围绕成均馆掌议的任命问题谏诤国王，然后他突然去世了。如上所述，三政丞之死在诸多方面都存在不少疑惑。

目前我未能找到阐明三政丞死因的有说服力的资料。《待阐录》等资料仅用比喻的方式讲述了三政丞因世子而死的故事。昌

---

[1]《恨中录》，第 101 页。“其年二三月，李天辅、李𪻺、闵百祥三相连卒，上候靡宁而无大臣。”

[2]《朝鲜英祖实录》卷九十七，英祖三十七年正月初五日。“领府事李天辅卒。其遗疏略曰：顾今悠悠万事，莫如保啬圣躬。喜怒或有暴发，则非但失其中正，气血有损伤之虑，施措或致激恼，则非但有害于教令，神精有耗败之患。伏愿益懋中和之道，克享康宁之休焉。”

[3]《承政院日记》第 1189 册，英祖三十七年正月二十七日。“右议政闵百祥箚曰：伏以臣连伏见药院启辞，睿候调摄尚在进退，区区焦虑，有不容极。”

德宫后苑有孝宗种下的三棵松树。这些树木连抱在一起，被称为“相松”，也就是“三政丞之松”。因世子砍伐这些树木，三政丞同时死亡。该故事的注释上写有“伐之者，文女之甥”。[1] 文女是当时英祖宠爱的后宫，正祖即位后她被指为导致思悼世子之死的逆贼而被赐死。该注释的意义并不明确，但三政丞之死似乎与文女有什么关系。总之，三政丞之死依然是个未解之谜。

---

[1] 朴夏源、朴齐大:《待阐录》卷一。“辛巳正月初四日，李相天辅卒。二月十四日，右相闵百祥卒。三月初四日，左相李卒。禁苑中有孝庙手植三松，其大连抱，命封曰相松。诬言东宫伐此松，故三相一时并死云。可痛!【伐之者，文女之甥，而故作谗搆之端、讦奏之计也。】”

第十七讲
往返平壤

平壤之行的动机争议

世子的宫外出入，最终发展为争议不断的平壤之行。那是一场从 1761 年三月末开始的持续了二十日左右的旅行。世子究竟为何去平壤?《恨中录》与《英祖实录》并没有赋予世子的平壤之行太大意义，只是视为一场游玩而已。提供其他解释余地的是正祖撰写的思悼世子行状——《显隆园行状》。

> 辛巳，问时措之策于大臣，大臣不能对，遂有西邑之行。盖欲请命于上，以沮贼谋也。贼臣洪启禧欲从中搆乱，小朝闻之，促御径还。时有一承宣白于上，请览廷臣章疏之上小朝者。事机急迫，小朝躬诣上前，悉告以处变之本意，上始释然。后小朝临宾筵，教曰：储君亦君也。名以臣事，包藏奸谋可乎？仍以逆禧之无严，荐下严教，比之江充。自是谋益急。

上列引文理解起来比较困难。乍一看，可以理解成思悼世子是为对抗想要攻击自己的洪启禧一党而往返平壤，但仔细分析下来，则不能这样解释。另外，这一解释在逻辑上也令人难以接受。因为手握重权的世子没有理由为阻止部分逆臣的攻击而直赴遥远的平壤。实际上思悼世子曾当面斥责洪启禧是“江充”[1]，江充是因谋害太子而被处决的中国古代人物。世子握有可以在权臣前直斥他是“江充”的权力，没有为阻止权臣的专横，冒着引起父王误解的危险而直接奔赴遥远之地的理由。[2]

在解释思悼世子行状时尤为需要注意，虽然每个句子大部分符合事实，但将其连起来解释的话，会得出与事实完全不同的说明，看来存在不少被巧妙编辑的部分。对于思悼世子的精神状态，行状中删除了与狂症相关的事迹，只列举了展现世子优秀、明智的逸话，让人误解了真相。因此行状中描绘的世子变成了与其他记录中的世子完全不同的人。正祖在不说谎的同时，为了提高问题缠身的父亲的地位，尽最大努力编辑了行状。关于平壤之行，从《英祖实录》等资料中可以确认：世子的确去了平壤；世子在平壤期间，洪启禧的确做了与世子有关的某件事情；世子从平壤回来后见到了英祖；世子把洪启禧斥为江充等。但将这些事实连接起来而推导出的平壤之行的原因以及针对该原因的解释却

[1] 思悼世子李愃：《筵中以江充事严责重臣后令旨》，《凌虚关漫稿》卷五，第109页。“余之过，余已悔之数。昨夜下令以为余不食言，而世禄之臣，庶可谅矣。近来闻之，台章后多引入人云。此皆余之过，此皆余之过，诸臣何有？古人以为卫太子者诸臣，若为余则辗转生事，纷纷引嫌乎？以此之故，进见之后，欣忭曷喻？而到于今日，不能食饮矣。诸臣知余自新之意，事事待之。事若葛藤，则余有所怀，余有所怀。吁嗟！乔木世臣，若有怀则面陈为可，引入之人，亦为勉强行公。在廷诸臣，宽余心，宽余心。须体须体，谅我谅我！”

[2] 朴光用（《英祖与正祖的国家》，蓝色历史，1998 年，第 110 页）介绍了洪以燮教授对思悼世子平壤之行的看法，即思悼世子为挑战英祖的王权，也就是为准备政变而去了平壤。这很有趣，但却是没有根据的看法。虽然朴光用说“如果这种推测属实，就可以解释英祖将思悼世子关入大柜中残忍杀害的理由”，但这是把思悼世子的死因误认为精神病而产生的看法。《英祖实录》或《恨中录》等史料中举出的思悼世子的直接死因不是精神病，而是谋逆罪。第四部将对此进行详细说明。

很让人接受。如果平壤之行时洪启禧露出一点点谋逆行迹，正祖即位后论处洪启禧家族之罪时一定会提及。甚至在反对派的攻击洪启禧的上疏中，也没有任何话语提到该点。正祖若想主张洪启禧的逆谋，就需要提出一些具体的根据，但同样什么都没有。

正祖虽然想赋予思悼世子的平壤之行特别的意义，但从目前为止公开的世子的处境和情况来看，平壤之行的动机似乎只是单纯的游览，即去以妓生著称的平壤游玩。当时平安道观察使是和缓翁主的婆家叔父郑翚良。世子认为郑翚良受到和缓翁主的庇护，即使自己非公开造访平壤，他也不会贸然上告英祖。[1] 惠庆宫认为思悼世子出于这样的考虑而选择了平壤。而且郑翚良非常了解思悼世子，微行的世子也没必要生硬地告诉他自己是谁。据说郑翚良接待世子一行付出了巨大心血，世子离开平壤时，他甚至呕血。[2]

朝廷的动向

世子曾想瞒着国王与朝廷偷偷访问平壤，但这绝对无法瞒住。尽管说是秘密之行，但世子的出行不可能是只有一两名随从的简陋之行。世子率领五六十名随从启程。[3] 五六十名壮丁踏着尘土奔赴平壤，世上不可能没有传闻。

---

[1]《恨中录》，第 101 页。“三月晦间，小朝微行于关西。此时西伯乃翁主之媤三寸郑翚良也。故往之，度其不可奏禀，直往。”

[2]《恨中录》，第 101 页。“不自称小朝，监司岂敢安坐于营中？郑翚良离而待令于营外，进供馈及出时之所用之物而焦肝肠。闻小朝离发长林之时，渠竟呕血。渠多用心，其侄日城尉虽不在，以大朝偏爱翁主而畏之。”

[3] 朴夏源、朴齐大：《待阐录》卷一。“东宫之行次平壤也，供奉之节，所从下人凡五六十人。”

世子赴平壤期间，安允行、洪启禧等人请求英祖召见世子。不知道他们是否知道世子的平壤之行。但可以确定的是，如果当时英祖想见儿子，肯定会惹出大事。因此，该上疏被认为是洪启禧等部分老论人士为使思悼世子陷入困境而故意策划的。然而呈上上疏的时间虽巧，但大臣们请求英祖召见世子的情况并非只此一次。相反，从当时的情况来看，他们很可能不知道世子的平壤之行。世子从平壤回来后，老论方面立刻呈上批判平壤之行的上疏。如果世子在平壤时他们就知道此事的话，早就呈上上疏了。英祖称："不请元良，反奏于予，轻重倒置。"又称："人君动静，臣子何敢指挥乎？"国王对他们的请求置之不理，并且处罚了安允行与洪启禧。[1]一边在外游玩、一边关注朝廷动向的世子不可能没听到这个消息，于是他急忙返回汉阳。

平壤之行的消息传开后，金龟柱、尹在谦、徐命膺等人试图告知英祖这个情况。他们呈上了要求对偷偷往返平壤的世子进行训诫，并处罚默认或助其前往平壤的人的上疏。惠庆宫认为当时暴露世子的平壤之行并视为问题的人是别有用心。其意图是废掉思悼世子，或攻击惠庆宫娘家。其中金龟柱的上疏虽没有作为正

[1]《承政院日记》第1192册，英祖三十七年四月十六日。"允行曰：王言一出，信如金石。移御时下教，不过数月为期。今几周年，尚不还御，此诚可闷。以今番直宿时言之，世子进见之礼，以惟疾之虑不许。臣民抑郁，当如何哉？若同御一阙，则宁有难便之事乎？上曰：人君动静，臣子何敢指挥乎？安允行罢职，可也。"《朝鲜英祖实录》卷九十七，英祖三十七年四月二十三日。"上曰：顷者安允行之所奏，非徒骇举，以启中外之疑惑。洪启禧不请元良，反奏于予，轻重倒置。意虽为国，何不深谅？以此之故，掌议李骏祥强拂诸议，欲请于予，强为立异，仍不行公。近者掌议之逡巡，亦由乎此。安允行削黜，洪启禧罢职不叙，李骏祥削名儒籍，以解中外之疑惑。"

式上疏流传下来，但可以从《恨中录》与正祖的文章中找到痕迹。[1] 尹在谦与徐命膺的上疏被收录于《英祖实录》等资料中。

金龟柱是英祖继妃贞纯王后的兄长，时年二十二。当时他成为王室外戚不过两年，还未在朝廷站稳脚跟。在这种情况下，他上疏攻击可能成为自己政敌的其他外戚。惠庆宫将此事视为贞纯王后娘家攻击自家的出发点。

在上疏的转达过程中，当时受英祖宠爱的承恩尚宫——李尚宫得知情况后，对新妇贞纯王后这样说道："宅下焉敢为如此之事乎？"并即持器水，急劝洗草。[2] 很难探知是怎样的权力力学在发生作用，但尚宫斥责王妃的场面的确令人惊讶。英祖也斥责了王妃，据说当时备受国王宠爱的十七岁年幼王妃惊慌之余，竟到了"罔极之境"的地步。[3]

惠庆宫称尹在谦与金龟柱家族不仅是姻戚，他也与金龟柱的堂叔兼家族的掌门人金汉禄同门受学，即尹在谦上疏的背后是贞纯王后娘家。但徐命膺只是为博取好名声，"举'冒死而陈之'

---

[1]《恨中录》，第 424 页。"辛巳年夏，龟柱胆敢上书大朝曰：东宫西行乃失德也。请戒饬东宫，严处大臣不善辅导之罪。其时贞纯王后入阙仅三年，似新妇而不知大内事；龟贼不过二十岁之儿辈，露凶意而上书。英庙其时以渠辈为新人，厚待而亲近之，见此上书，讶而震怒，大加叱责，即令洗草。渠已以凶逆之心，设危国之奸计，此非因小曲折而责望此汉，渠若知一毫大内之可畏，君臣分义之截严，岂敢行此等事哉？"正祖李祘：《鳌兴府院君金汉耉致祭文》，《弘斋全书》卷二十，《影印标点韩国文集丛刊》第 262 册，首尔：民族文化推进会，2001 年，第 318 页。"至于辛巳事，虽非白简所登，而为世攻斥之本，亶在于是。"

[2]《恨中录》，第 326 页。"英庙承恩之尚宫，即李启兴之妹也，居常侍侧，多有调制大小朝之事矣。其日见其封书，且惊且愤，告于中宫殿曰：宅下焉敢为如此之事乎？即持器水，急劝洗草。"

[3]《恨中录》，第 424 页。"其时中宫殿亦承英庙之严责，至于罔极之境，岂有如许凶汉耶？此上书之贼，欲害小朝，至于先亲，乃渠辈欲行巧计之初张本也。"

之语，乃欲示好英庙之计也”。徐命膺在上疏末尾称“坐明伦堂而书此疏”，这既是因为他当时是成均馆之首——大司成，也是因为他想表达自己在“伦纪无存”的世界里独自“明其伦纪”之意。连思悼世子都愤其傲慢。[1]

尹在谦与徐命膺的上疏并未立即上呈英祖。虽然不是很确定，但似乎是遭到了政丞洪凤汉的阻止。不知因为何事，九月的时候英祖阅览之前的《承政院日记》，看到了徐命膺的上疏。[2]英祖立即掀起了一场风波，问责并处罚了在世子偷偷前往平壤之时以世子患病为由而假冒世子的内官柳仁植，以及代替世子处理事情的内官朴文兴等相关人员。但由于郑翚良等人的努力，世子本人没有受到责罚。

平壤回还后

思悼世子在平壤之行后的几个月中一直被疟疾折磨。惠庆宫认为该病是外出而得，并回忆道：“吾之此言，于人事或怪

[1]《恨中录》，第 439 页。“尹在谦之上疏，其时英庙谓以‘挟杂’。其上疏有言：贞圣王后在时，邸下圣孝尤笃，而年内孝诚不足也。此言虽异于前日‘侍大朝之孝诚极尽，而近来不足，伏愿留念加勉’之语，而若思其时事势，其语训岂不暗惨乎？又言以西行，而吾先亲以肺腑大臣而不匡救，执此为罪。其时万目所见，谁不知匡救无门耶？其疏恰似龟柱辛巳年封书也。闻尹在谦与龟柱家联姻，以湖中之人与汉禄同门受学，此分明怀他意而上疏也。徐命膺但为要名，举‘冒死而陈之’之语，乃欲示好英庙之计也。‘坐明伦堂而书此疏’之语，乃其时伦纪无存，渠于明伦堂明其伦纪之言也。其时景慕宫切痛愤愤于徐命膺，今日吾岂可忘怀耶？”

[2]《朝鲜英祖实录》卷九十八，英祖三十七年九月二十日。“上命入五六月日记，命承旨李显重考见言事上书以奏。显重曰：无大段言事矣。上曰：果无之乎？显重曰：无之矣。上厉声曰：分明无之乎？显重避席涕泣曰：咫尺前席，臣果欺罔矣。若是可见之书则殿下必已见之，而未见者，以殿下不必见也。殿下何不考出而见之乎。上命读之。显重曰：殿下亦何忍一朝驱入于如此之地？臣虽死，不敢读矣。上遂上日记，见徐命膺书，称善久之。”

异。而经万古所无之事，不如若以此病大归。”（《恨中录》，第106页）世子外出之后，精神状态有所稳定，还举行了书筵。但1761年末和1762年初，他在儿子正祖的婚礼过程中多次因英祖而受心伤，从三月开始病情再次加重。他开始指使内官、内人，乃至来到昌德宫的和缓翁主，强行让其辱骂英祖。

此时的思悼世子就像享受人生最后的盛宴一样，与从宫外带来的女僧、妓生们一起举行宴会。他们玩到深夜，不收拾桌上的食物，上下不分地都睡在一个地方。森严的宫廷中出现这种混乱的景象实在令人难以想象。从四月开始，他把自己的住处装扮得像坟墓一样，竖起类似大红色铭旌（在红布上写上死者的头衔与姓名，立在灵前的旗帜）的东西，还造棺材藏在其中。[1] 他还嫌不够，五月干脆在东宫附近挖地修建了地下室。地下室共有三间，间与间之间设置了门障，每间都像棺材一样。地下室之门向上开，盖上仅容一人进出的小型盖板，再盖上茅草消除痕迹。室内挂上玉灯，世子在地下室开灯而坐，感叹道：“妙哉！”他在地下室里藏了许多刑具和兵器，后来因此受到怀疑。[2] 对于寻找

[1]《恨中录》，第119页。“辛巳微行时率来女僧一人及关西微行时妓女一人置于宫中。设宴之时，以所爱内官之妇与妓生辈入来杂混，万古岂有如许景象？二月晦间，召翁主入来而好意待之，以为吾病伤痛而如此。翁主亦怯而伤痛，为不恭之言。我则不忍闻，抵死为限，不敢助而言之。率翁主于通明殿设宴，设宴之所非后苑则通明殿，留住之所以环翠亭为之。罔措中三月过去，又届四月。小朝居处凡百，岂若生人之处所？若死人之殡所样。以多红铭旌模样者立之，若灵寝之平床而置之，隐于其里。称以设宴，夜深则上下之人皆乏而寝，床上饮食满盘，其景色皆鬼神之事。天所使也，无可奈何。”

[2]《恨中录》，第120页。“忽于五月，掘地而作冢三间，其间设以障，若棺而制之。置出入之门于上，棺盖人仅容身。于其棺上，被茅盖之，无作冢之痕，以为妙，悬玉灯于内而坐之。此大朝欲寻觅小朝所为时，为隐匿军器之属及马之计，无他意也。以此冢事，尤生罔极之语。凶之征兆，若鬼神使之然，岂可以人力为哉？”

避难处的世子来说，地下室是属于自己的秘密基地。于是思悼世子踏上了死亡的门槛。

附录　思悼世子的肖像画

思悼世子停留平壤时，平安道观察使的幕下有一位实力出众的画家，即能把猫画得十分精细，不仅获得“卞古羊”的别名[1]，还因肖像画的手艺被评为国手的卞尚璧。思悼世子令他画下自己的肖像，以后送至汉阳，但世子在生前没有收到这幅肖像画。在思悼世子去世十余年后的1773年，惠庆宫与正祖接到这幅肖像画，他们非常感激，仿佛重新见到了丈夫与父亲。[2]据推测此后该肖像画被供奉在思悼世子的祠堂，但遗憾的是现在已消失不见。

---

[1] 丁若镛:《题家藏画帖》,《与犹堂全书》第一集，第317页。“卞尚璧特以画猫称，世谓之卞古羊。方言猫曰古羊。”“卞古羊”即“卞猫”。——译注

[2] 黄胤锡:《颐斋乱稿》卷二十一，丙申二月初六日戊申。“李生又言：数年前小朝召画员卞尚璧，写真讫，尚璧伏地达曰：臣曾随郑翚良为画师裨将，在西关也，思悼麻立干【마노라，今呼抹楼下】西行至平壤，命臣写真。图成特赐许可曰：尔其归藏于家，待余还乃纳可也。未久沧桑，臣未及奉纳，上在家中矣。小朝愁然涕泣，入内又哭，玉声呜咽彻于外。俄而出次，令曰：尔以余所乘大马出去奉来，余当祗迎。尚璧亟陪以来，则小朝与宫属迎于差备门内，直奉入内。则惠嫔亟召尚璧入于帘前，泣曰：微尔，今世岂得奉审真容？因令小朝赐以所乘马，又赐各色匹段各五匹。无几，令吏曹授尚璧谷城县监。小朝天性之孝，可仰也。”“抹楼下”在19世纪初期之前，用作国王、世子、世子嫔等人的尊称，但到了19世纪中晚期，渐渐用作妇人的尊称，后由于“冒称僭号”的风潮，变成指代市婆（市井老妈子）、老妪的称呼。当代韩语中拼成“마누라”。——译注

第十八讲
狂症的心理学问题

由于近年发现的诸种证据，人们很难再对思悼世子的狂症提出质疑。尽管如此，最近还是有一位心理学家加入了质疑的行列，这就是著有《心理学者分析正祖之心》一书的金泰亨。这本书在史料解读上存在重大失误，让人很难全盘接受其主张，但并不是没有值得思考的地方。金泰亨提出的问题大致有以下三条：

① 为何思悼世子到十五岁才突然发病？

② 为何思悼世子只在私人领域发病？

③ 为何思悼世子没有在极度危急的情况下狂症发作？

①的疑问看起来是基于《英祖实录》1762 年闰五月十三日条中的“十余岁以后，渐怠于学问，自代理之后，疾发丧性”这句话，即十五岁时进行代理听政后出现了丧失本性之病。《英祖实录》只是简短地压缩叙述，没有记述发病经过，并不是说世子“突然发病”。《恨中录》中称思悼世子从十一岁开始就出现了患病的迹象。无论是《英祖实录》还是《恨中录》，都未说世子突然发病。

②的疑问也与史料解读问题相关。另外，我认为金泰亨对世子地位的理解不足是另一个原因。世子没有私人领域。世子管辖的空间——东宫看起来像私人领域，但东宫是拥有职域与职品的官员们执行公务的公共领域。如果一定要举出世子的私人领域，

那就是卧室。但思悼世子的发病空间不仅包括卧室，也超出了东宫，他甚至杀害了生母宣禧宫的内人。

金泰亨还提出了思悼世子若患有狂症，如何进行近十四年代理听政的质疑。从实际情况来看，思悼世子并未正常履行代理听政之责。英祖虽然嘴上说让世子代理听政，但并未给予相应的权力。英祖让思悼世子处理自己难以处理的杂务，把他当作提线木偶，只让世子处理此前自己带着内官处理的日常琐碎之事。更何况，世子让内官们代为处理这些事务的情况似乎也不在少数。思悼世子赴平壤时，内官曾代替世子处理事务。他用这种方式应付代理听政。

谁也不敢轻易提及思悼世子的狂症，但世子之病从发病初期开始，就传到了宫外。消息灵通之人已经听到了宫中的传闻。1756 年，世子在朝廷大臣面前也发狂过，因此朝廷大臣们清楚得知了世子之病。1760 年正月思悼世子生日后，宣禧宫也见到了真实情况。此前听到传闻而半信半疑的宣禧宫目睹了儿子的狂症，从此不再怀疑了。而且英祖在一定程度上也了解世子之病，他 1758 年就清楚思悼世子若发火则杀人。思悼世子的狂症超出了私人领域，在公共领域继续发作。

针对③的回答，不是我能轻易置喙的部分。目前无法弄清楚多年来一直受辱的思悼世子为何不在英祖面前发狂，甚至世子在英祖试图杀死自己的危机中也未发狂。在心理学家眼中，这是可疑的。但精神医学家郑有硕称思悼世子“害怕父王，在他面前连一句话也不敢说，但内心却怒火中烧”，并判断这是美国精神科学会承认的仅限于韩国人的文化精神疾病——“火病”。（《思悼世子的精神病》，收入*Artholic*，Random House Korea，2008年）郑有硕认为，思悼世子没有在英祖面前发狂是可以理解的现象。我期待心理学及精神医学领域的专家对思悼世子的狂症进行深入探讨。

—第四部—

死亡与死后

第十九讲
罗景彦之告变

告变经过

事情终于爆发了，罗景彦告发了思悼世子，《英祖实录》将此事称作“景彦告变”。事情发生在1762年五月二十二日，世子被锁进木柜前的一个月。何为告变？告变指的是告发谋逆，即造反的行为。世子按部就班就能接掌大权，声称这样的世子造反是什么意思呢？另外又是谁敢告发下任君王谋逆呢？

罗景彦是尹汲的傔从。傔从或傔人，其身份并非奴隶，而是类似协管名门之家家事的执事，虽然这些人与奴隶这样的贱民不同，但也不属于两班，充其量算作平民。罗景彦作为这般下等的人物，竟敢做出连两班都无法做的事情。没有某人的唆使或权势之人的协助，这是难以想象的事情。

罗景彦是宫中别监罗尚彦之兄，他也处理过一段时间别监的事务。别监负责宫廷内护卫、运送等各种差事，罗景彦通过弟弟或者以前的同事来了解宫中发生的大小事。但是，并非所知道之事都能说出来，也并非所能说出来之事都能传出去。世子不是罗景彦这种地位的人能够随意讨论的对象。

罗景彦为告发世子的谋逆用尽了心思。他首先把含有宫中内官密谋造反的内容的告变书呈至刑曹，刑曹参议李海重看到告变书后大吃一惊，急忙告诉领议政洪凤汉，李海重是洪凤汉的小舅子。洪凤汉马上向英祖报告了此事，英祖提出要直接审问罗景彦。国王本来无须亲自审问罗景彦这种身份之人的告变，这样做是因为事态十分严重。然而当罗景彦见到英祖时，他从衣缝中掏出了另一封告变书，里面指控世子罪行的内容足足有十几条。他禀告英祖，自己是因为无法上呈这封告变书，才会先向刑曹上呈伪造的告变书，如果一开始上呈的是写有世子罪状的告变书，可能等不到它抵达国王之手，自己就已经死于非命了，所以先抛出诱饵，面圣后再上呈真正想要上呈的告变书。其手段之缜密与狡猾一览无遗。

从程序与过程来看，罗景彦的告变疑点重重。李海重在上报罗景彦的告变时有过于仓促的嫌疑。他在没有查明情况、提审罗景彦再上报的情况下就直接禀告国王，导致世子最后遭难。另外，他在君王亲自审问之前没有对嫌疑人进行搜身，这也备受质疑。罗景彦在直接面见君王时竟然能够从衣服里掏出告变书，李海重对搜身之事疏忽至此实在异常。所有这些疑点都令人怀疑罗景彦背后有人。

英祖看完告变书，斥其悖乱罔测，当天就付之一炬。次日，他处死了罗景彦。然而英祖与诸臣都传阅了告变书，于是其内容也公之于世，英祖还让整个朝廷都知道了世子的不轨行为。根据《英祖实录》的记载，英祖看完这篇告变书后，下决心废黜世子。究竟告变书上有什么内容，竟让英祖做出如此决定？

告变书的内容

现在已无法见到罗景彦当日上呈的告变书，甚至无从得知它的大致内容，但我们可以从《英祖实录》中记录的英祖因此事斥责思悼世子之语而推断出其中几条。英祖斥责世子："汝搏杀王孙之母，引僧尼入宫，西路行役，北城出游，此岂世子可行之事？"

英祖提到了四件事，虽然可能还提到了其他事情，但记在《英祖实录》中的只有这四项。王孙之母指的是侍妾冰爱，一年前的1761年正月，思悼世子指责冰爱更衣失误，将她杀死。女僧指的是安岩洞尼姑假仙。告变后的次月，思悼世子被关入木柜之时，内官、尼姑、妓生等随他一起全部被处以死刑。此处列举了内官朴弼秀、安岩洞尼姑假仙以及五名平壤妓生。此外，英祖还提到了他早就知晓的世子的平壤之行与世子前往北汉山城游玩的事情。除了这四项罪状外，《英祖实录》还通过英祖在告变发生两天后所下的命令揭露了另外一项，即英祖从告变书得知世子曾抢夺汉阳市井之人的财产，还欠下许多债务，便命令户曹偿还。《英祖实录》揭露的世子之过错为以上五项。

那么告变书的其余内容是什么？为何超过一半以上的内容都没有流传下来？英祖决心废掉世子的线索藏在这里，那其中的决定性原因是什么？线索同样藏在《英祖实录》中。《英祖实录》将罗景彦事件称为"告变"，还提到罗景彦一开始上呈刑曹的告变书中有"变在呼吸之间"等语，英祖把思悼世子关入木柜时也说了这句话，这是暗示思悼世子嫌疑中存在谋逆罪的语句。从这些事实来看，罗景彦在面呈英祖的告变书中极有可能部分地提到了思悼世子的谋逆嫌疑，不过《英祖实录》似乎不敢讨论此事，因而没有记录。

然而罗景彦告变书指控的思悼世子谋逆嫌疑，其具体证据既不明确，也算不上严重。如果真的“变在呼吸之间”，那么英祖不可能不立即处置世子就把他遣送回府，让他反省。也就是说，罗景彦所提出的世子谋逆嫌疑，英祖无视也无妨。英祖本来就不把思悼世子当回事，还似乎因为知道世子有病，所以并不着急处理。英祖拿罗景彦的告变来训斥世子，世子辩白道：“此果臣之本病火症也。”英祖对此大发雷霆：“宁为发狂，则岂不反胜乎?”（《英祖实录》，1762 年五月二十二日）英祖轻视世子，认为他无法真的去做一些事情，因此将世子遣回昌庆宫等候处置。然而不到一个月，更大的事情发生了。

罗景彦的后台

罗景彦是一名无异于他人家仆的傔从，这种人不会无缘无故地谋害世子。就算自己的亲人死在世子刀下而决心报复，世子的地位也过于崇高。因此即便怀有这样的心思，如果没有权势之人的帮助，也不可能实施。任谁都不可能不怀疑罗景彦有后台。

但看了罗景彦的告变后，却没有人提及他的后台。义禁府判事韩翼謩请求查明罗景彦的后台，但英祖一怒之下免了他的职位。只有思悼世子在积极调查，他在捕盗厅提审罗景彦的妻儿审问其后台。罗景彦的妻儿声称幕后之人为安城的京主人。京主人指的是地方官衙的驻首都办事处首领。思悼世子逮捕安城的京主人进行审问，得到的答案为“熟人尹光裕”，尹光裕是右议政尹东度的儿子。京主人无法忍受拷打交代了幕后之人，由于没有胡编乱造的空间而供出了政丞的儿子，这要是放在其他地方，此人必死无疑。但思悼世子视此为诬告，听完审问内容后反而安慰了忧心忡忡的尹东度。以上为《英祖实录》所有有关告变后台的记载。[1]

另一方面，惠庆宫认为，罗景彦是尹汲的傔从，而尹汲与英祖的继妃贞纯王后的父亲金汉耉同属一派，因此这是贞纯王后娘家的唆使。如果思悼世子被废黜，贞纯王后一派将是最大的政治受益者。他们即便自身无法掌握实权，至少可以削弱以王室姻亲身份而发挥巨大政治影响的政敌——惠庆宫一族的力量，因此值得怀疑。

《玄皋记》还记载了如下说法。英祖传唤思悼世子进行斥责，但没有任何官员要求查明谁是罗景彦的后台。训斥结束后，英祖让世子回去，世子出去后大声痛骂站立在院子里的官员们："敬大臣，大臣则吾不言也。诸臣无请究指嗾，是皆逆贼也。"面对世子的滔天怒火，臣子们吓得全身发抖，据说郑远达尤其惊恐，以至于辞去职务，后来成了疯子。郑远达平日就有心疾，此事导致他病情加重。另外，据说罗景彦死前曾供出金汉耉、尹汲、洪启禧为幕后之人，此话一出，罗景彦马上就被处斩了。

时至今日，我们很难再去查明幕后之人，毕竟当时也未能找到，不对，当时也未曾认真追查过。按理来说，贞纯王后一族最值得怀疑，但反过来又可以推断出，正因为从一开始就会被怀疑，他们的行动难道不会最为谨慎吗？但最重要的事实并非查

[1]《朝鲜英祖实录》卷九十九，英祖三十八年五月二十四日。"先是王世子使捕厅鞫问景彦妻孥，欲知其指嗾，以安城邸人为招。及捕安城邸人问之，则以所亲尹光裕为招，光裕即东度之子也。后知其诬招，故使谕右相以为开释，又赐手书以慰之。"

明谁是幕后之人，而是没有人试图揭露幕后之人，这在《英祖实录》等资料中都得到了确认。唯有思悼世子一人想要查明罗景彦的后台，但英祖以及所有朝臣，无人试图彻底揭露幕后之人。

查明世子谋逆告变的幕后之人并非易事。提审罗景彦供出的人的过程中会死掉很多人，而在再次提审这些人的过程中又会死掉更多的人。这些人必然是处于当时权力中心的人，调查一旦开始，权力中心便会血流成河。正因为如此，英祖等所有人似乎都害怕或忌讳这样做。某种意义上可以说朝廷里没有人站在世子这一边，比起上述原因，大家都不甚重视世子所处的险境。思悼世子此时已变成朝廷上下的“烫手山芋”。

第二十讲
关入木柜之日

与世长辞

罗景彦告变之后，思悼世子在被称为东宫正堂的时敏堂中庭，即月台等待国王的处置。在此期间英祖也曾赴东宫附近，但他说："元良必生怯，故今归矣。"(《英祖实录》，1762 年闰五月初二日）双方都感受到了危机，事态一触即发。从《英祖实录》来看，在这期间思悼世子整日等待国王的命令，表面上在反省，但实际上他做了许多其他事情。他不仅为自己下令制作的绘本写序，还出过宫。最近广为人知的《中国小说绘模本》收录了《三国志》《水浒志》《西游记》等中国小说的插画，而思悼世子为此书写了序文。也许他是为了缓解紧张情绪，但确实是意料之外的行为。

宣禧宫的奏请割断了这条紧绷的弦。就在世子被关入木柜的当天清晨，宣禧宫向英祖奏请"大处分"，"大处分"即"处死儿子"。英祖即刻动身，从自己居住的庆熙宫前往世子所在的昌庆宫。此前大臣们也曾请求英祖去见世子一面，但每次都遭到英祖的拒绝，他认为只有儿子向父亲请安，没有父亲去找儿子的道理。这样的他居然亲自去见思悼世子。

国王动身的消息马上传到了惠庆宫处，惠庆宫密切关注着英祖的行踪，打听他从哪个门进，又前往哪里。听到英祖经过景华门前去璿源殿的消息后，惠庆宫绝望了。璿源殿是供奉英祖父王肃宗肖像的地方，在行大事之前，英祖每次都谒见他已故的父亲，并告诉他自己的计划与心情。他在那天赴璿源殿也就意味着将有大事发生，但问题在于经过景华门这点。英祖深信宿命之学，所以将行善事时会从万安门通过，而将行祸事时则会从景华门通过。英祖经过景华门，无疑预示着对世子的处置。

思悼世子也时刻留意着父亲的动静。英祖抵达后，派人通知世子前来迎驾，但世子并没有去见英祖。与此同时，世子叫来妻子与她告别，让她把世孙正祖的挥项[1]拿来，打算见父亲时戴上它，说自己患了疟疾。疟疾，即 malaria，是一种浑身发寒的疾病。虽然是夏天，但世子决定通过戴上冬日防寒的帽子——挥项来清楚地表明自己生病了。另外，他之所以戴儿子的挥项，不仅想借此表明自己精神错乱，还想通过表示自己是下下任国王候选人世孙的父亲来博取同情。听到丈夫的最后请求，惠庆宫认为："此挥项小，欲着渠身之挥项，命内人持来小朝之挥项。"她没领会到世子的深意。面对惠庆宫的回应，世子说："君乃凶畏之人，率世孙而久活，忌余今日出而死，不欲余着世孙之挥项，心术可知矣。"思悼世子认为惠庆宫之所以这样回答，是因为担心如果他戴世孙的挥项，祸将延及正祖。对于丈夫的意外之言，惠庆宫大吃一惊，连忙拿出正祖的挥项，但世子没有戴上。[2]

---

[1] 挥项：遮住头部与肩膀的防寒帽。——译注

[2]《恨中录》，第 131—132 页。"大朝召小朝往徽宁殿，小朝不言避、不言走，亦不击左右之人，少无出火症之气色，而快请龙袍而着之，曰：吾患疟疾，持来世孙之挥项。吾以为此挥项小，欲着渠身之挥项，命内人持来小朝之挥项，梦寐之外，小朝乃谓曰：君乃凶畏之人，率世孙而久活，忌余今日出而死，不欲余着世孙之挥项，心术可知矣。吾心不知渠其日至于此境，以为岂必如此，人皆可死之事，未知吾母子之命将如何。无他祟而于千万意外中为此言语，吾尤伤痛，复献世孙之挥项，曰：此乃无心之言，请着之。小朝曰：不欲着。拘忌之物，着之何为？似此之言，岂若有病者？亦岂可恭顺出去耶？"

有人认为这番对话揭示了惠庆宫想要置丈夫于死地的真实意图，但这是一种超出常识的理解。如果这桩轶事在其他地方也有记录的话还好说，但它只见于《恨中录》。倘若惠庆宫真的为了老论而想置丈夫于死地，她不会将这桩可能被抓把柄的轶事收入自己的书中。同时，如果思悼世子真把妻子视作连丈夫都可以杀死的“凶畏之人”，他就不会在最后一刻与她诀别。惠庆宫描绘了丈夫挣扎着想要活下去直到最后一刻的身影。

英祖继续传唤世子出来迎驾，世子只好走出院门，在成为处决场的徽宁殿附近的集英门外迎接了国王的驾轿，然后父子俩一起进入徽宁殿。徽宁殿即现在的昌庆宫文政殿，当时是英祖前王后——贞圣王后的魂殿。国王或王后的神主被移入宗庙供奉前，会临时供奉在魂殿。换言之，徽宁殿是贞圣王后灵魂的居所。英祖决定在妻子的灵魂栖息之地与妻子一起惩处儿子。[1]

徽宁殿风景

1762 年闰五月十三日，即阳历 7 月 4 日，汉阳城干旱了很长时间，两天前迎来一场大雨，天空因此更加晴朗。时值初夏，天色澄明，烈日炎炎，国王与世子在贞圣王后神主前相对而立。国王首先向神灵致礼，然后世子向神灵与父王问安，徽宁殿笼罩在沉重的寂静之中。听闻国王动身的消息，负责教育与护卫世子的世子侍讲院与世子翊卫司的大部分官员就逃走了。他们害怕接下来会发生的事情，因为他们有责任引导世子走上正轨。英祖令

[1] 英祖亲撰的《废世子颁教》称正是因为想与贞圣王后一起惩处儿子才选择了徽宁殿。

军队分四五层围住宫殿，并让身边的武士们拔刀护卫，营造出一种无人能违逆的森严气氛。

英祖突然高呼：“诸臣亦闻神语乎？贞圣王后丁宁谓予曰：‘变在呼吸之间。’”[1] 英祖开始恐吓诸臣，问他们是否听到贞圣王后提及世子的谋逆。在国王面前，世子已然是一名罪人。英祖坐定后，一边用刀敲击地面，一边发布命令。世子摘冠脱袍，赤脚趴伏于地。作为罪人，他通过以头抢地的方式来谢罪，以致额头鲜血直流，这绝非一位将继承国家的世子该有的模样。世子脱去龙袍，露出里面的绵布衣。英祖再次大吃一惊，他曾听闻世子经常穿绵布衣以求父王逝世，眼前这幕证实了这一传闻，而且世子穿的还是在父母葬礼上所穿的未染色的生绵布衣。他痛斥道：“尔作孝服苴杖置土窟者何意也？”[2] 英祖要求世子自裁，干干净净地自我了断。当时的情况如下：

“汝若自处则不失朝鲜世子之名，汝速为自处。”

“吾死则三百年宗社亡矣，汝死则宗社尚保，汝死可矣。”[3]

惠庆宫派人到宫墙底下偷听，听到世子求饶。

“父王！父王！吾之谬误甚矣，自今以后，惟命是从，读书

---

[1]《朝鲜英祖实录》卷九十九，英祖三十八年闰五月十三日。“上仍向徽宁殿，过世子宫，差备审察，无所见。世子祇迎于集英门外，仍为随驾，诣徽宁殿。上行礼毕，世子行四拜礼于庭中毕，上忽叩掌下教曰：诸臣亦闻神语乎？贞圣王后丁宁谓予曰：‘变在呼吸之间。’乃命挟辇军牢塞殿门四五匝，又令总管等排侍，向宫墙露刃。拦宫城门，吹角会军护卫，禁人出入，虽卿宰无一人入来者，独领议政申晚入来。上命世子伏地脱冠，徒跣扣头，仍下不忍闻之教，促其自裁，世子扣额血出。”

[2] 朴宗谦：《玄皋记》卷一。

[3] 李光铉：《壬午日记》，韩国国会图书馆藏手抄本。

且听所教，幸勿如是！”[1]

他还说：“某年臣几不免于剑头魂也，今又命之，死臣当死矣。”[2]

世子垂死之际，开始时身边一个人都没有，也没有官员阻止世子自裁。后来领议政申晚先到，随后左议政洪凤汉、判府事郑翚良、都承旨李彝章、承旨韩光肇依次到来，但他们慑于森严的气氛，无法对英祖说出一句话。英祖当场将他们罢免，而后他们全部退下。随后世孙正祖进入现场，如其父亲一般摘冠脱袍。既然父亲成为罪人跪倒在地，那么作为儿子的世孙也应紧随其后。正祖恳求祖父：“请活我父！”英祖的答复简短而果断：“出去！”正祖被岳祖父汉城判尹金圣应强行抱了出去。之后官员们再次进来试图守护世子，但都遭到了英祖的驱赶，最终世子被关入木柜。子时过后，英祖才颁布了废黜世子的教旨。至此，世子已经踏上死亡之途。

[1]《恨中录》，第133页。
[2] 朴宗谦：《玄皋记》卷一。

第二十一讲
世子的罪名

直接死因——谋逆罪

关于思悼世子的死因，一般有两种说法。一种是认为世子狂易致死，另一种则认为他是党争的牺牲品。主张“党争牺牲说”的人否定“狂症说”，认为世界上没有父亲会因为儿子狂易就杀了他。然而这种说法没有正确理解“狂症说”，惠庆宫所谓的“狂症说”并不意味着世子因狂易而被杀。这一说法认为，英祖杀死思悼世子另有原因，但这一切都源于世子狂易，考虑到这一情况，他应该得到理解与原谅。那么不管“狂症说”还是“党争牺牲说”，英祖处死世子的首要的、直接的原因是什么呢？

英祖处死世子并非偶然。他把世子关入木柜中慢慢治死，因此他惩处世子时，应该提到是什么原因。不过根据现存的记录，这一理由并不明确。思悼世子被关入木柜当天，英祖在贞圣王后魂殿中突然拊掌高呼：“诸臣亦闻神语乎？贞圣王后丁宁谓予曰：‘变在呼吸之间。’”这就是《英祖实录》记载的所有直接原因。

国王大白天念叨神灵的行为十分荒谬，就算他听到了神灵的话语，但以此来征求大臣同意也显得可笑。英祖平日处理国政时总是遵循严正的逻辑，这种行为实在出人意料，更别提他还引用了自己厌恶、无视了一辈子的王妃的话。再申明一次，这部分属于正史《英祖实录》的内容，而非野史。

英祖的言语与行动虽然令人费解，但其含义与意图却十分明确。“变在呼吸之间”的意思是“变乱迫近”，而这句话是对思悼世子说的，也就意味着他把世子视为变乱，即谋逆的主导者。英祖以五年前逝世的王妃的声音证实了世子的谋逆事实。然而倘若世子谋逆，国王需要征求谁的同意来惩处他呢？英祖已经算到了这一点，若说是从某某人那里听来的话，官员们就会追问“谁说的？”“这是真的吗”之类的问题。这样一来，英祖将很难实施他想做的事情，所以干脆说成是亡魂的声音，而大臣们也没有办法对这些话提出异议。官员们若是提出“如何能听到亡魂之语”的质疑，就会变成视君王为精神病患者的逆臣。这种说话方式实在是巧妙。于是英祖判处思悼世子死刑，那么世子的谋逆罪究竟具体是什么内容？

谋逆罪内容——《废世子颁教》

现在很难找到有关思悼世子谋逆嫌疑的具体记录，《承政院日记》是最核心的资料，但其中相关部分已被全部删除了。英祖在逝世前采纳了尚是东宫的正祖的上疏，下令把与思悼世子恶行、嫌疑等相关的记录如数洗草。思悼世子若是谋逆罪人，那么正祖就会成为罪人之子，届时将很难君临朝鲜。从法统上来说，正祖是孝章世子之子，而非思悼世子之子，但既然生父为谋逆罪人，那他的儿子便很难要求臣民的效忠。

《恨中录》是一部比较清楚展示思悼世子谋逆踪迹的记录，但对这一部分的描述也不甚具体。可作为补充材料的有收入《待阐录》《玄皋记》《某年记事》（权正忱后人收藏）等史料中的《废世子颁教》。处死思悼世子前，英祖首先废掉了他的世子之位。这是因为世子被称为“小朝”，即“小国王”，不能以谋逆罪来惩罚君王。此时国王所下的命令就是《废世子颁教》，向全国宣布“废黜世子”。既然告知全国要废黜世子，那就不得不说明缘由。他只在少数官员面前将亡魂之语作为理由，但不能对百姓们说这种荒谬的话。

《废世子颁教》在当时家喻户晓，但现在却不见于《承政院日记》或《英祖实录》。思悼世子死后，与他的死亡相关的一切都成了禁忌，颁教及其痕迹也都被抹除了。所幸一些私撰史书还存有相关内容，鉴于这是国王亲撰的命令，以及其内容的严重性与在当时广为人知的事实，可以说几乎没有伪造的可能性。然而先行研究并不重视这一记录，一些论文在引用时也错误理解了其内容。[1]

《废世子颁教》的中心内容是思悼世子被关入木柜的那天清晨，宣禧宫对英祖所说的话。英祖原封不动地照搬了宣禧宫的话语，并将此作为废黜世子的理由。以下是宣禧宫的原话：

> 世子戕杀中官内人奴属，将至百余，而烙刑等惨忍之状，不可胜言。而其刑具皆在，于内司等处无限取用。长番中官逐之，只小中官别监昼夜同处，取用财货，遍赐此辈，妓生僧俗，淫亵昼夜。余之侍人招来拘囚，近日饰非忒甚，而以母子之恩，不忍以奏。近日御苑中造冢欲埋不敢言之地，令侍人被发，傍置利剑，欲行不测之事。顷日往彼

[1] 金成润:《英祖代中半的政局与“壬午祸变”》,《历史与境界》43，庆南史学会，2002 年，第 88 页。金成润称《废世子颁教》中有听闻宣禧宫的告变后，英祖试图躲避但未成之语，以祈雨祭为借口，英祖赴徽宁殿惩处之语，但实际上《废世子颁教》中并没有这些内容。这些似乎是金成润的失误。此论文有广泛涉猎史料的长处，但正如前文所述，存在较多误读具体史实的错处。

阙，几乎被杀，仅以身免。一身虽不可顾，仰念圣躬，何敢不奏？若此之故，顷日祈雨，御门露处之时，心自祝曰：圣躬若便，则三日内雨下，悖子若得志，不雨矣。果雨，自此心稍定矣。今则圣躬之危，迫在呼吸，何敢牵私不奏？[1]

当日清晨，宣禧宫先是致信惠庆宫，称“昨夜所闻，尤为可畏，如是之后，我死而不知”。[2] 接着她谒见英祖，禀报了儿子迄今为止所做的恶行与前日的传言，请求英祖下“大处分”。英祖也在上个月从罗景彦告变中多少了解到思悼世子的恶行，但尚不知世子杀害了百余名下属，并欲杀宣禧宫，甚至连自己都想杀掉，即“不敢言之地”的事实。听完宣禧宫的话，英祖说：“虽曰狂何不处分。”看来宣禧宫是以儿子狂易为由为其部分辩解，但不管多么狂易，意图杀死国王的世子都是不可饶恕的。[3]

英祖以宣禧宫之言为由，正打算下令处死世子时，相当于国

[1] 此内容根据韩国学中央研究院藏《待阐录》《玄皋记》，韩国国立中央图书馆与奎章阁藏《玄皋记》以及权正忱后人藏《某年记事》等史料校勘。不同的史料存在用字上的出入，但并不影响文意。

[2]《恨中录》，第 125 页。“宣禧宫于病子无可责望而恃之者，慈母之心，以无他子，但于此子托身，何忍欲为此事？小朝初不承慈爱，至于如此，不能无憾于大朝。虽为终身之痛，既已病势若是笃深，至于不识父母之境。以私心不忍为之，悠悠迟迟。若病症急而无所知见，欲做不忍思之事，四百年宗社将何如哉？其道理，以保护圣躬之大义为可。小朝之病，既已无可奈何，宁亡身为可。三宗血脉，在于世孙，千万番思之，保国于此外更无他道也。十三日下书于我，昨夜所闻，尤为可畏，如是之后，我死而不知。生则扶宗社为可，救世孙为可，我不知生而得复见嫔宫乎？吾持其封书而泣涕，岂知其日出大变乎？”

[3] 英祖把思悼世子关入柜中之日，对亲家洪凤汉说：“以任其难言之变，则东土臣庶其将谓以病气所使而有所容之乎？既不容焉，则论以事理，其将置其后于何地？然则三宗血脉无以保，而四百年宗社亦将何所托乎？”见于洪凤汉的袖箚。《朝鲜英祖实录》卷一百，英祖三十八年八月二十六日。

王首席秘书的都承旨李彝章马上反对说：“殿下以深宫一女子之言动摇国本乎?”这个批评十分严厉，可以视为对国王的挑战，但英祖已无暇理会这种批评了，他的心思只放在了处死世子这一件事上。

意图弑父

《废世子颁教》委婉地表达了思悼世子剑指英祖的事实，《恨中录》有更详细的叙述。

> 小朝欲由水口而往上阙，往而不能则还来，其日乃闰五月十一二间也。如是之际，添出惶惶之飞语，狼藉甚矣。前后之事，皆非以本心为之者，不知人事而精神恍惚之时，浮于火而所发之言，或欲以兵火为之，或欲挟刃而往做某事而还，若有一分常情，岂至如是?

在被关进木柜的前一日夜间，即十一日夜晚与十二日清晨之间，思悼世子曾想通过水口前往英祖所在的庆熙宫，此时世子已神志不清，嘴里不停说些“或欲以兵火为之，或欲挟刃而往做某事而还”之类的话，也就是说打算用刀剑杀死住在上阙——庆熙宫生活的某人，即英祖。根据以上引文，思悼世子当晚抱着刺杀英祖的想法，携带刀剑经水口赴庆熙宫。宣禧宫将这一“惶惶之飞语”告诉了惠庆宫与英祖。

从初十日夜间开始，天降大雨，降水持续了一天多，宫殿内外的水渠都满溢了。世子连夜疏通水路赴庆熙宫。要是他的微行与往常无异，估计会有百余名下属跟随。世子与他们冒着倾盆大雨，深夜持刀剑穿过汉阳的街道，即便天色再晚，一队壮汉穿梭于街头的情形，不可能不引起流言蜚语。世子在去庆熙宫的路上才意识到自己在做什么，猛然清醒后回到了自己的住所——昌庆宫通明殿。清晨回过神来的世子担忧不已，又恰好听到房梁仿佛折断的声音，便说："吾将死矣，此何事也？"他预感到了自己的死亡。

就这样，思悼世子死于谋逆罪。[1] 说是世子试图弑父，但作为父亲的英祖并非完全不知道自己的儿子精神不正常。难道世子就不能得到保护与治疗，而非要接受惩罚吗？如果担心他谋逆，那么更严密地监视他不就行了吗？当然，世子不像普通人那样可以轻易放任不管。即便死了百余人，也没有人敢诉之于口，这充分展现了世子之位的性质。其权力如此强大，若放任不管，不知会导致什么事情。即便考虑到这些情况，如果父母真的爱自己的儿子，难道不会去寻找其他出路吗？父亲处死了自己精神不正常的儿子，不论有怎样的理由，其心思都令人费解。英祖比谁都生气，执意要处死儿子。无论是因为权力属性，还是因为个人性格，这在一名深爱儿子的普通父亲眼中，只留下了遗憾。

[1] 按《玄皋记》的记载，祸变当天英祖历数世子罪状时，提到其"欲弑君父"。朴宗谦：《玄皋记》卷一。"方上之数世子也，宫僚皆伏其后而稍间，以故上教听荧。世子忽解法衣冠，臣僚惊何故，顾教曰：以欲弑君父为教矣。"——译注

第二十二讲
为何偏是木柜？

使用木柜的原因

在思悼世子事件中，光是父亲处死儿子这点已足够令人震惊，而更荒唐的是，世子竟然被关入木柜中活活饿死。到底为什么要用这么残忍的方式呢？木柜是解读思悼世子事件的关键，以下是木柜登场的过程。

英祖来到徽宁殿，宣布完世子的罪状后令其自裁。由于世子的身份为“小朝”，不能像普通囚犯一样被处决，所以被要求自行了断。世子辩解了好一会儿，也对死亡表示了反抗，但都无法改变国王心意。最后世子接过剑，打算结束自己的生命。然而官员们穿过护卫军的包围，夺过世子的剑，阻止他自杀。之后世子解开腰带打算上吊自尽，但被大臣们解开绳结而以失败告终。他又试图用头撞砖石，却被官员们用手挡住了。[1] 世子一次次寻死，又一次次失败，而英祖依然不放弃处死他的想法，但一时也无计可施，没人敢上前触碰世子的身体。

---

[1] 李光铉：《壬午日记》。“上不答而曰：何不自处？东宫曰：臣请自处。遂解腰带自缢气塞扑地。讲官左右交辞解其缢环哭遑遑。令注书出谕。分提请进某内医入诊，且以清心丸和水以匙进灌口中，东宫愤不肯饮。……时东宫扑卧地上，承旨李彝章自殿上来候而退，兵判金阳泽来候。东宫谛视阳泽曰：如卿等吾已死矣，须速去。乃起坐以首顿砖石上。司书任珹以掌承其额，手背至剥伤。上怒益震，连命自处。此时前后严教下，而李光铉承命出入合门之际多未得闻，司书任珹进伏阶下顿首哭曰：东宫邸下虽有失德，殿下以止慈之仁，何不为东宫之地以开自新之路也。”

无论如何，思悼世子在名义上仍是代理朝鲜国政的最高掌权人，尽管他现在因谋逆罪被处罚，但谁也不知道结果会如何，而且他的儿子已经注定是下下任国王了。处死现任国王的儿子兼下下任国王的父亲，此事任谁也无法想象，就算有十条命，也不敢贸然行动。哪位官员敢行此事？别说处死世子，他们甚至无法承受世子死在自己眼前的情况。当日东宫大部分官员之所以一听到英祖动身的消息就慌不择路地逃跑，也是基于这样的逻辑。单凭今日未能拼死阻止世子死亡这一点，他们以后就可能会沦为促其死亡的逆贼。即便以后不会因此事被单独问罪，他们仍可能会被治以“以下犯上可恶罪”。精于算计的人当然选择赌上自己的性命来阻止世子死亡，就算当场会受到英祖的惩罚，但按儒教理念，他们最后十有八九会被原谅，而且大概率会因忠诚被推崇为忠臣。这是自己舍命一博，自身乃至家人都会位列功臣的机会。因此无论对世子的忠诚度如何，官员们都只能冒着生命危险阻止他自杀。衣服都不会自己穿的国王也只得亲自撰写《废世子颁教》。谁敢砍世子的头呢？木柜的主意由此产生。

谁的提议？

下午三时许，大殿小厨房的木柜登场。“速为自处！”“幸勿如是！”“速为出去！”各种关于处死世子的争吵已经持续了好几个小时。在此期间，在某人的指示下，木柜进入现场。大殿小厨房是负责准备宫殿各种宴会膳食之处，该处的木柜没有那么宽大。身体肥胖的世子根本无法进入木柜，于是英祖命人再去找更大的木柜。这次抬来的是宣仁门外，位于昌庆宫南边御营厅东营中供军队使用的大型木柜，此时已到傍晚。

御营厅的木柜刚到，英祖马上令世子进入其中。世子一开始竭力拒绝，但在英祖的不断催促下而放弃。看着世子只身进入木柜，没有一位官员上前阻拦。一开始时，不论是世子还是官员都觉得难不成英祖真会把世子困死于柜中吗？随着夜幕降临，木柜里的世子再也无法忍受闷热。世子身体肥胖，本来就很怕热，此时应该极为难受。本来以为“虽终日终夜，待回天之后可以出来”，但英祖最终不发一言。世子后来踢开木板跑了出去，在宫中四处游荡。他违背国王命令逃出来，感到惊惶不宁。英祖得知世子逃出的消息后，命人抓住世子再次关入柜子。《恨中录》也有记载：“初欲跃出而未成。”接着英祖“亲自下来益加封锁矣”。为了让世子再也无法破坏木板逃出来，英祖“命取长板、巨钉、大索牢锁封之”。后来木柜被移至承文院，最终成为世子的棺材。

如此一来，木柜成了将思悼世子引向死亡的道具，究竟是谁提出这个想法就变成了政治争论点。仿佛提出木柜主意的人便是杀死世子的罪魁祸首一般，大家都想找出这个人。韩输、沈仪之、郑履焕等攻击惠庆宫娘家一族的攻洪派主张惠庆宫的父亲洪凤汉是主犯。对此，惠庆宫在《恨中录》中反驳说自己的父亲从未提出过木柜的主意，依据是世子被关入木柜时，父亲还未入宫。洪凤汉于闰五月初二日被罢免了领议政一职，退居东大门外的别墅。同月初七日，英祖重新起用洪凤汉为左议政，但他却没有马上回京，而且在十二日上疏称自己病情加重，恳请英祖让他休息。十三日，洪凤汉得知世子受罚的消息后才赶赴宫中。按惠庆宫的说法，洪凤汉于晚上七时才抵达大殿，到达不久就陷入晕厥，耽搁至九时才进入大殿。不用说第一次抬入的木柜，连第二次木柜登场之时，洪凤汉都不在宫中。惠庆宫称正祖也能证实此事，正祖一听到外祖父昏厥的消息后便派人送去了清心丸。[1]正祖即位后，在批复郑履焕上疏时援引了英祖之语，称木柜先于洪凤汉到达。(《正祖实录》，1776年三月二十七日)

按正祖和惠庆宫的说法，洪凤汉与木柜无关。但按《英祖实录》有关世子被关入木柜那天的记录，在木柜到达之前，洪凤汉好像早已在宫中。另外加出假注书[2]李光铉的《壬午日记》也称洪凤汉似乎在处置世子的现场。只不过问题在于《英祖实录》对时间先后的记录很模糊，而《壬午日记》则被质疑其真实性。李光铉当时是进入承政院不足两日的临时注书，这样身份的官员在《壬午日记》中记录的其斥责大臣等内容很难让人信服。[3]李光铉很少出现在该时代的史料里，但从正祖撰写思悼世子的行状开始，他被刻画成一名为救治思悼世子而把医官带至徽宁殿的功臣。

时至今日，我们已经很难查明究竟是谁提出了木柜的主意。但可以确定的是，试图处死世子的人是英祖，而非提出木柜主意的人。木柜固然把世子引向死亡，但也只在某人想要处死世子的情况下才有可能。

---

[1]《恨中录》，第345页。“又教以‘某年五月十三日申时，罔极之物自外小厨房运来有命，故始知有罔极之举条。进诣文政殿内，则自上命之出去。故出坐王子斋室檐下，其时过申已久，而闻奉朝贺（指洪凤汉）来到阙下而气塞，故以吾所欲进之清心元送之，则一物之入，即出自圣心，非奉贺之提禀，观于时刻先后而可昭然矣。’”

[2] 加出假注书：定员外委派的临时注书，注书是承政院的正七品官。——译注

[3] 金英敏：《正祖代“壬午祸变”论议的展开与社会反响》，《朝鲜时代史学报》40，朝鲜时代史学会，2007年，第303—304页。

附录　木柜骚动

1982 年 11 月，一则新闻报道称发现了囚禁思悼世子的木柜。这个木柜长宽高分别为 110 厘米、70 厘米、105 厘米，内部为标示世子躺着死掉时的位置，写有“上下左右”的字样。收藏者听家中老人说，自己的第七代祖先曾任兵曹参判，受英祖的指示献上了家中的木柜，思悼世子死后，他重新将木柜搬回家时发现里面有很多污物。据说在两百多年间，他们家每年正月初都会在木柜上放装有水的铜盆来进行祭祀。

思悼世子的木柜一经公开，学界内外就其真伪展开了争论。后来虽因各种疑点的出现，这个木柜没有被认定为文化遗产，但也没有人根据《恨中录》或其他记录提出过具体批判。按《恨中录》的记载，木柜来自御营厅东营。收藏者称是献上了自家之物，但正是由于大殿小厨房的木柜太小才搬来了兵营的木柜，所以哪怕是簪缨世家，私宅的木柜也难以进来。而且宫廷内大殿小厨房的木柜肯定比私宅木柜大得多。

另外，虽然记录的真实性多少存在问题，但按李光铉《壬午日记》的描述，木柜“高广以布帛尺计，高下三尺半，广亦如之”。布帛尺每尺大约 46 厘米，那么记录中的木柜长度与高度大概为 161 厘米，明显大于引发争议的木柜。而且思悼世子身材高大，他死时所处的木柜似乎也需要那么大尺寸才合适。

思悼世子死于木柜后成为“木柜大王”。木柜是完全展现处死世子之难与问题严重性的象征物，因此成为朝鲜历史上最沉重的政治物件。

第二十三讲
向死之路

讨伐逆贼！

关于思悼世子之死，有一个“令人震惊的事实”被再三提起，即英祖并无意处死自己的儿子。据说英祖把世子关进木柜只是为了轻罚他，而世子却死在了里面，英祖得知世子死去的消息后悲痛万分。只要稍微思考一下前因后果就能知道这种观点有多荒谬，但普通人愿意相信它，因为他们不能接受父亲处死儿子的事实。在留意这一点的同时，让我们看看思悼世子是怎么死的。

首先，思悼世子在供奉嫡母贞圣王后神主的徽宁殿里进入木柜。按英祖给思悼世子撰写的墓志铭来看，木柜置于讲书院。有些记录称思悼世子进入木柜后，英祖让人把它抬到了承文院，可见承文院与讲书院指的是同一个地方。按《英祖实录》1759 年二月二十四日的记录，讲书院卫从司被转移到了承文院。这两个机构都集中在与徽宁殿（即文政殿）毗邻的昌庆宫崇文堂。看起来英祖不忍在贞圣王后灵魂栖息的地方处死儿子，因而将木柜移到了其他地方。

英祖让人把封死的木柜抬到讲书院，并派一百多名士兵看守。即便如此，英祖还是不放心，总担心会有什么事情发生。他也不返回自己所住的庆熙宫，而是每日监视木柜的情况。直到十九日，思悼世子奄奄一息，英祖这才回宫。惠庆宫认为思悼世子死于二十日，但为了确定他的死亡，直到二十一日木柜才被打开。也许世子在十九日就已经死了，就算有人在十九日将世子从木柜放出来，他活下来的机会也已经微乎其微。英祖目睹世子濒临死亡的情形后，才回到了自己的住所。在这种情况下，称英祖无意处死世子无疑是天方夜谭。另外根据《颐斋乱稿》等记录，英祖在回宫的途中还高奏凯歌，即他把处死儿子之事等同于平定敌国一般而演奏胜利之歌。尽管官员们极力劝阻，可英祖置若罔闻。首都百姓都看着得意洋洋的英祖高奏凯歌沿街行进，处死儿子如同平定逆贼一样。[1] 不幸的是，这就是现实。

二十日下午三点左右，暴雨倾盆而下，电闪雷鸣。惠庆宫认为世子死于此时。自从十年前“《玉枢经》事件”发生后，世子一听到雷声就会害怕得躲起来，而他偏偏在如此可怕的雷电交加之日死去。当天夜里，惠庆宫收到了“无可奈何”的报告，她将这个时间点视为命运的瞬间。[2] 最终，世子在木柜待了整整七日（官方记载为八日）后与世长辞。

死亡时的传言

无数传言提到了木柜中的世子，如《壬午日记》《待阐录》《玄皋记》等各种个人记录中的所传之言。记录与记录之间的巨

---

[1] 黄胤锡:《颐斋乱稿》第十六册。“近日下教，故参判韩光肇之子，更命待阕服调用，赵载溥亦令复职。盖为壬午年大处分时韩光肇请勿奏凯，因之涕泣，不复出仕。”实际上《玄皋记》中有更明确的记录。朴宗谦:《玄皋记》卷一。“初置某物于宣仁门内庭中，曝之烈阳，久乃积草俾薰蒸，以卒百名守视，凡九日。而第七日上乃还庆熙宫，路奏凯歌焉。”——译注

[2]《恨中录》，第 140 页。“二十日申时，暴雨下而雷声无常。小朝素畏雷霆，不知其如何，吾忍而不为之形容。……廿日之夜，无可奈何，雨下之时，似或为垂尽之时，忍忍何堪而至于此境。”

大差异，让人很难完全相信某种记录。而且一些传言还会成为政治攻击的借口，所以需要更加小心。以下介绍其中的几种传言。

关住思悼世子的木柜是军队使用的大型木柜，但身材高大肥胖的世子难以忍受其狭小闷热。加之时值阳历 7 月初，全国干旱许久后，在数日前刚下了一场大雨，天气异常闷热。在这种烦闷、酷热、口渴、饥饿的状况下，世子遭受的痛苦更为深重。世子本来就因为火症而难以忍受炎热，更不用说这样的痛苦了。本来生活得最为奢侈舒适的世子，如今被困在了一个无人能承受的狭小空间里。

正好木柜底部有一个小洞，大臣们通过这个洞给世子递水、饭、药、扇子等物品。有一次他们给世子递去了醍醐汤与清心丸，世子喝了醍醐汤后大呼爽快。[1] 醍醐汤是一种用梅子与蜂蜜等制成的朝鲜传统清凉饮品。然而英祖很快察觉到柜洞的存在，随即命人将它堵上，世子因此再也无法得到任何援助。

世子踢开柜板挣脱出来，又马上被抓了回去。接着，英祖便给木柜加固了一层木板，把所有的洞口与缝隙都堵住，密封得严严实实，还在木柜上盖了一层草，让它变得更热。据说堵住缝隙与铺草是惠庆宫的叔父洪麟汉的进言，目的是让世子早点热死。世子在木柜里听到进言，自言自语道："汝忍为此？汝必殃及子孙矣。"[2] 正祖即位后，果然立即以逆贼之名赐死了洪麟汉。

---

[1] 朴宗谦：《玄驹记》卷一。"（任）珹从袖中进醍醐汤。痛饮曰：快哉！又进清心元水，则饮半而赐珹曰：司书饮之。珹曰：勿以臣为念，留此更进。"

[2] 朴宗谦：《玄驹记》卷一。"世子在囚中，知加板积草出于洪麟汉之请，独语曰：汝忍为此？汝必殃及子孙矣。时守卒闻而归语云。"

此外，也有几则传言提到世子在木柜中时还蒙受了屈辱。当时捕盗大将具善复奉英祖之命负责监视木柜，窥视世子的动静。他为了了解世子的情况，敲打木柜。“世子问：‘谁也?’对曰：‘具善复也。’世子叱曰：‘尔安敢不具衔也?’乃具衔以对，且恣饮食于其傍。”[1]具善复后来被正祖处死。正祖在处理洪麟汉时曾含糊提到：“麟汉之罪，正与复贼一般。”[2]又在亲撰的思悼世子行状中提到，洪麟汉与具善复还一度妨碍试图阻拦思悼世子走向死亡的大臣们的行动。换言之，这些轶事算是与国王判决对应的野史证据。

与思悼世子死亡相关的这类怀疑并没有得到官方承认。不过思悼世子被关入木柜之日，洪麟汉与金阳泽等人在麻浦乘船游玩到深夜的事情成为公开讨论的问题。这一疑点虽是广为人知的事情，但并不是从当时就有的传言，而是在思悼世子去世三十年后，李祉永在上疏中首次披露出来的，他是事件发生时担任世子侍讲院弼善的李万恢的儿子。(《正祖实录》，1792 年闰四月十九日及同年闰四月二十七日）除非是完全不懂人情世故的傻瓜，否则不会有人在得知世子生命消亡的当下还去划船游玩，这一行动无异于将军得知战争爆发还继续饮酒作乐。而且这则传言与另一段告发洪麟汉的传言相冲突。在前者中，世子被关进木柜时，洪

[1] 朴宗谦：《玄驹记》卷一。“上令捕将具善复、玉堂洪乐纯防守。善复以上命有所叩，世子问：谁也？对曰：具善复也。世子叱曰：尔安敢不具衔也？乃具衔以对，且恣饮食于其傍。”

[2]《朝鲜正祖实录》卷三十四，正祖十六年闰四月二十七日。“虽以麟汉处分言之，既在八议之科，且其不必知三字，便同莫须有等语。而竟至致辟者，不但以其时罪犯而已。麟汉之罪，正与复贼一般。虽欲言之，某年某月事，予岂忍言乎?”

麟汉提出了在木柜上盖草的建议；而在后者中，洪麟汉却在同一时刻去了麻浦划船游玩。考虑到这些，洪麟汉的麻浦船游之事在各方面都缺乏可信度。

此外，很多有关木柜中世子的传言都令人难以置信。据说有些守卫木柜的士兵用“欲食饼，进饼乎？欲饮酒，进酒乎？”等话语戏弄世子。[1] 而英祖为了确认世子死亡，曾凿柜洞往里窥视，还直接用手去探世子是否有呼吸。[2] 难以想象底层军卒会做出这样的行为，英祖亲自确认死亡不仅没必要，而且很过分。

英祖为了确认世子是否已死，让人在木柜一侧垫上石头，时不时晃动柜体，世子每次都会出声问是谁在摇。直到第七天，柜子里不再传出一丝声响，再次摇晃之下，木柜里才传出呻吟般的细声：“勿摇也，眩不能耐。”[3] 后来人们把世子的尸身搬出后，发现柜子里有半截折叠起来的扇子。[4] 虽然不知道是谁放进去的，但可以看出世子因无法忍受饥渴曾用扇子来接尿喝。这则传言在一定程度上是可以相信的。

所谓“思悼”之谥号

2015 年 9 月电影《思悼》上映后，“思悼”这个谥号给很多

---

[1] 朴宗谦：《玄驹记》卷一。“守卒往往言：欲食饼，进饼乎？欲饮酒，进酒乎？其敢侮弄乃至于此极。时上番乡卒在其中者，莫不愤骂而归语云。”

[2] 朴夏源、朴齐大：《待阐录》第二册。“第八日申时遂无声，乃以闻焉。上犹虑其不审，凿穴视之，果无动静。更命大凿纳手按身验其温冷，果冷矣。”

[3] 朴夏源、朴齐大：《待阐录》第二册。“初囚世子也，欲验其动静，以石支某物之足而阙其一以摇之，则世子辄问：尔谁也？第七日喘声闻外，喘声残而复摇之，则微声谓曰：勿摇也，眩不能耐。”

[4] 李光铉：《壬午日记》。“至二十一日袭敛时，柜中扇子不知何人所献耳。”

人留下了深刻印象。电影中称这是“思念之思”与“哀悼之悼”，是承载了英祖思念与悲伤的谥号。英祖在正式确认思悼世子死亡的当天（1762 年闰五月二十一日）赐下了“思悼”这一谥号。若仅考虑“思悼”的第一层次的意义，通常会将其译为“思念之思”与“哀悼之悼”，即“思念哀悼”，并将其理解为蕴含了英祖对儿子的感伤之意。但谥号要遵循谥法，谥号的每一个字都要反映该人物的性格与生平。“思”与“悼”在谥法中都有规定的含义，按《朝鲜王朝实录》记载的朝鲜王室谥法用例，“追悔前过曰思”，“年中早夭曰悼”，“思”“悼”都是具有强烈的贬义色彩的恶谥，所以使用时需要极其谨慎。从这一点来看，很难想象英祖会因其他理由赐下这样的谥号。从韩国国立中央图书馆藏《祭文誊抄》收录的题为《英祖祭思悼世子文》的祭文来看，英祖赐下所谓“思悼”谥号的原因更为明确。在谈到思悼世子的错误时，英祖说：“若无尔子，岂免庶人之名？……赐尔谥曰思悼，比诸戾太子，于尔可谓美谥。”英祖称让思悼世子复位是因为有孙子正祖他才有所宽容，虽然“思悼”这个谥号是恶谥，但比汉武帝时举兵失败自杀的戾太子的谥号还是要好。根据谥法，“戾”是“不悔前过”之意，即“没有反省过去的错误”。英祖认为思悼世子比谋逆的戾太子更为恶劣，但他宽容地给予了更好的谥号。由此可见，英祖内心的愤怒要远大于悲伤。

第二十四讲
杀子之父的心情

卿等之罪

无论是抵抗还是叛乱，或是其他理由，处死儿子的父亲都不会感到安心，即便是目睹再多杀戮之事的国王也会如此。也许正因为这样，不少记录都展示了英祖这种不安的心情。在《颐斋乱稿》中，作者黄胤锡记录了他从司成南彦彧那里听到的一则故事（1768 年七月初九日）。数月前，英祖在经筵上与大臣们交谈时提及思悼世子的死亡，他问："其前诸臣果能一番馈药乎？"[1] 即英祖事后才得知思悼世子的病情，并后悔不已。

难道英祖果真不知世子的病情？若按迄今为止的分析，英祖或许不知道世子病症的严重性，但一定知道病情本身。英祖早已知晓思悼世子杀死金汉采等六名内官及内人的事件，在处死世子的当天也从宣禧宫处得知了世子之病，他自己还多次向洪凤汉等身边人提过世子的狂症。如此看来，英祖的后悔只不过是想把自己的失误转嫁给大臣们。

从李祉永的上疏中，我们也能看出英祖的后悔，他是思悼世子死亡时担任世子侍讲院弼善的李万恢的儿子。1764 年某天，都承旨洪重孝去李万恢家中拜访，描述了英祖那日的言行。英祖拍

---

[1] 黄胤锡：《颐斋乱稿》卷十。"昨日南司成言，夏初，上临筵，酬酢忽及壬午事曰：其前诸臣果能一番馈药乎？盖圣意始悟思悼当时有疾患而追悔，厥初未及知闻，因叹诸臣之未能进药治病也。"

案流涕说道："吾之元良，岂或有如何，而实由于卿等之罪也。"在筵诸臣，莫不悚然。(《正祖实录》，1792 年闰四月十九日）英祖否认了给世子冠上的罪名，把问题归结为大臣们的疏忽及诬陷而加以斥责。

《颐斋乱稿》记录的是思悼世子死后刚过六年时出现的传言，而且来源明确，因此可信度很高。李祉永上疏提到的是将近三十年后才出现的传言，但发声者身份明确，内容又是直接从父亲那里听来的话语，因此也不可忽视。从这些资料来看，英祖在处死思悼世子后感到后悔的传言似乎并非空穴来风。英祖真的对自己的行为感到后悔吗？

后悔还是愤怒

英祖的后悔只见于私人记录，而未见于英祖或相关者等公开发布的记录中。不过还是有人能够从英祖为思悼世子亲笔撰写的墓志铭中读出他的后悔。相关内容如下：

> 讲书院多日相守者何？为宗社也，为斯民也。思之及此，良欲无闻。逮至九日，闻不讳之报。尔何心使七十其父遭此境乎？

在首篇介绍该墓志铭的论文中，这段话被翻译为"在讲书院守卫木柜多日，是为宗庙与社稷？还是为百姓？想到这里，真心希望什么事都没有发生，但九天过去后，听到了你死去的悲报。你到底抱有何种心态，竟让七十老父遭遇这等事情?”[1]由此可读出英祖的后悔。按媒体的报道，如果将上文理解为英祖虽把世子关入柜中，却不忍听到儿子死去的消息，最终得知儿子死亡的消息后，心中悲痛，那么从中可以读出英祖最初无意处死儿子。

怎么可能有人把儿子关入狭小的木柜里整整九日，却希望无事发生？关一两天都该担心是否出事，在酷暑中把人关了足足九日，岂会不担心他的安危呢？用“悲报”来形容儿子的死亡，怎么就能将其解释为后悔呢？难道处死儿子的国王会在公开的文字中表达自己的愉悦吗？而且这还是用作墓志铭的文字。虽然介绍该墓志铭的论文中的译文存在误读的可能性，但由此读出这是突发事件而致死或读出英祖的后悔之意实乃脱离常识。

英祖处死世子绝非突发事件，世子并非死于英祖的一时之怒，而是等待了一周以上才最终死去的。而且许多臣子拼死想要阻止世子的死亡，如果英祖对自己的判断稍有迟疑，思悼世子完全可以死里逃生。另外，无论是上述的墓志铭还是《废世子颁教》等其他官方记录，更多展现的是英祖对儿子的愤怒而非对处死儿子的悔恨。毕竟他在处死儿子后，于返回住所的途中奏起了平定敌国一般的凯旋歌。

死后仍受冷待的世子

英祖对思悼世子的愤怒还可以在世子死后的丧礼过程中得以确认。世子死后，英祖的怒火仍未平息。在为世子发丧的二十一

[1] 金郁林（音译）:《徽庆洞出土白磁青华御制思悼世子墓志铭》,《美术资料》66，韩国国立中央博物馆，2001 年，第 110 页。

日晚，英祖将废世子李愃复位，并让世子侍讲院准备灵堂，即让他享受世子之礼。然而在实际的丧礼过程中，英祖却没有给予李愃应有的世子待遇。他不仅让臣子们身穿玉色浅淡服来当丧服，还大大减短了服丧的月数。玉色浅淡服是三年丧后穿的衣服，实在不能被称为丧服。世子代理听政了十几年，在他的丧礼上，英祖竟只让大臣们穿了一小会儿这似是而非的丧服。另外，世子出殡当日，年幼的正祖本来想在大殿门外与父亲诀别，却遭到阻止。此举是为了正式断绝罪人父亲与正祖的关系。

与思悼世子类似，纯祖之子孝明世子也曾代理听政且死于二十来岁，对比两人的丧礼待遇，就可以明显看出英祖对思悼世子的冷待。与思悼世子的简式丧礼相比，孝明世子的丧礼像国王丧礼一般庄重。对于英祖的残忍处置，连史官都在《英祖实录》中指出了其不当之处。史官认为既然位号已复，丧礼就应该符合其地位。此外史官还批评了对英祖这种处置不予谏言的大臣们。(《英祖实录》，1762 年闰五月二十一日及同年七月十三日)

世子生前也好，死后也罢，英祖对他依然严格。他不仅不允许大臣参拜思悼世子的墓地与祠堂，也不允许思悼之子正祖参拜。这是与孝章世子或懿昭世孙完全不同的待遇。1770 年，崔益男以此为由上疏，但直到 1774 年英祖濒死，他才准许正祖扫墓。(《待阐录》《玄皋记》等）英祖在官方场合对自己处死儿子的决定从未表示过后悔。既然在官方场合如此决然，那么传言为什么再三提及他的后悔呢？如果这些传言不是被人编造出来的话，英祖为什么在言行上如此矛盾呢？对此，著名传记作家斯蒂芬·茨威格在有关苏格兰女王玛丽·斯图亚特的著作中提供了值得思考的内容。

英国女王伊丽莎白一世最后把既是个人竞争对手又是政敌的玛丽·斯图亚特送上了断头台。但是当玛丽·斯图亚特的死讯传来后，伊丽莎白一世像疯了一般高声叫喊，捶胸顿足，辱骂内阁官员未经自己允许就擅自执行死刑。实际上明明是她自己杀人，却表现得好像是下属不听从她的命令就执行死刑一样。

> 伊丽莎白声称自己毫不知情，可是没有人相信这一厚颜无耻的谎言，也只有一个人会认为这个编造的故事是事实，那就是伊丽莎白本人。
>
> 癔病（hysterie）患者，或者说具有癔病倾向的人的特性之一是，不仅非常擅长说谎，而且自己还会被这一谎言所欺骗。他们会完全相信自己想要相信的东西。他们的证词是所有谎言中最率直的谎言，也是最危险的谎言。
>
> （中略）
>
> 伊丽莎白努力将自己推入一个自我暗示，即处决玛丽·斯图亚特一事违背了自己的命令。因此她的话里流露出确信的态度。[1]

伊丽莎白一世制造了自我辩解与逃避责任的理论，是一名欺骗他人乃至自己的癔病患者。英祖也许与伊丽莎白一世怀有同样

[1] 斯蒂芬·茨威格著，安仁熙（音译）译:《玛丽·斯图亚特》，Imago 出版社，2008 年（原著 1935 年），第 518 页。

的心情、患有同样的神经症。英祖就算不后悔处死世子，也希望摆脱处死他的责任，而且至少需要作为国王在诸臣面前摆出父亲的样子，假装自己痛苦不安、遗憾惋惜。我们应该要考虑到这些情况，然后再去解读英祖的后悔。

第二十五讲
金縢之书的秘密

金縢之书

每当论及英祖处死思悼世子后心有悔意之时，最常被提及的便是金縢之书或金縢之词。金縢之书甚至被用作某部著名小说的核心素材，该小说还被改编成电影。金縢意为金属质的丝带，是捆束装有中国古代皇室秘密文书匣子的绳子。因此金縢也象征着王室的秘密。据说英祖在处死思悼世子不久后便感到后悔，并用文字记录了自己的心情，然后交给都承旨蔡济恭，命其藏于贞圣王后魂殿放置神位处的下方。虽然这具体是何时之事并不明确，但我们从蔡济恭官居都承旨可推测事情应当发生于 1767 年至 1769 年间。然而这一事件在世子去世三十余年后才为世人所知。1793 年八月初八日，正祖将此事全面公之于世。正祖为何要在即位二十年之时突然公开这段尘封已久的往事呢？

金縢之书的实物并未被公开展示，全文内容也无从得知。正祖仅将文中的二十字汉诗示于大臣们，即“血衫血衫，桐兮桐兮，谁是金藏千秋，予怀归来望思”。[1]

文中所述的“血衫”与“桐”是指思悼世子为嫡母贞圣王后服三年丧时之事。据说思悼世子在嫡母死后极为伤心，流下

[1] 这首诗在不同资料上的标记稍有不同。事件当事人之一蔡济恭在文集《樊岩集》中记录为“血衫血衫，桐兮桐兮，孰是金藏千秋？予悔望思之台”。文意并无差别，本文采用的是《正祖实录》的版本。

血泪，血泪浸湿了衣角。桐木指代丧杖，思悼世子在三年丧结束后，因为思母心切，仍旧保有丧杖。他怀着极大的孝心保留丧杖，却被反对势力诬陷为在期盼父亲早日去世。世子被关入木柜之日，英祖为找到世子谋逆的证据，命人将世子“常时所用细干，尽为出之”，一番搜查之后发现世子在宫殿后苑挖有一处地下室，其中藏有环刀、宝剑等各类武器及数根丧杖。此时已是完成贞圣王后三年丧的两年后，世子不仅持有丧杖，还有多根。即便是世子，也没有必要持有多根丧杖。而且这些丧杖中还有部分是暗藏机关的宝剑。当剑插入剑鞘时看起来如普通丧杖一般，去掉剑鞘则是宝剑，这是刺客暗杀时常用的武器。[1] 虽然大臣们辩解称这是世子为玩乐而制作的物件，但是这一解释却没能打消英祖的疑虑。桐杖既是世子的孝心的象征，同时也是英祖对世子误会的象征。

后两句诗说是展现出英祖处死儿子后的后悔与遗憾。“谁是金藏千秋”经常被误读为“谁会永远把它当成金縢收藏？”[2] 从上下文来看，该句诗应当理解为“谁是像安金藏与车千秋这样的忠臣？为何没有这样的忠臣呢？”《高宗实录》等同时代其他资料的解释也是如此。

安金藏是中国唐朝人。唐睿宗还是太子时，曾被人诬告谋

---

[1]《恨中录》，第 141—142 页。“大朝命曰：常时所用细干，尽为出之。其中至于军器，必不无之。虽曰国恤，丧杖一介之外，岂可再有？景慕宫以异常之病，屡次造丧杖也。一生所不离左右者，环刀宝剑也。所思之外，若丧杖样制造，伸刃于其里。若合其两盖，若丧杖也。持而行之，示于余，而予所见惊怯。此件不为之除去，而所得之中有此件，大朝尤为惊愤。”

[2] 我所译注的《恨中录》第一版印刷时也沿用了这一误译，在第二版印刷时进行了纠正。

逆。案件开始审理时，其他大臣都经受不住严刑拷打，做伪证称太子确有谋逆之心。只有安金藏用刀剖开自己的肚子，坚持称太子无辜。于是武则天终止了审讯，睿宗得以幸免于难。

车千秋是中国汉武帝时期的人物。当时太子与权臣江充关系恶劣，江充诬陷太子诅咒皇帝。太子听闻后气愤难耐，遂领兵杀死了江充，随后逃亡，最终自杀。汉武帝因此觉得太子确实有谋逆之心，后来听了车千秋的话才了解到太子是无辜的，遂灭了江充三族。汉武帝对自己导致儿子死亡一事感到十分后悔，修筑了“思子宫”与“归来望思之台”以表对亡儿的思念。最后一句“予怀归来望思”虽然常被译为“望你回到我的怀抱来”，但是更准确的解释应当是英祖如汉武帝一般对自己导致儿子死亡的事情感到十分后悔，表达了思念亡儿之意。

将金縢之诗如此解读之后，我们可知其内容着实令人震惊。如果这首诗属实的话，那么英祖不仅后悔处死思悼世子，而且怨恨当时的权臣。若论党派，那便是怨恨老论一派。在车千秋与“归来望思之台”这段典故中曾出现名为“江充”的人，思悼世子平壤一行之后，也曾以“江充”指责洪启禧。据说洪启禧因此加快了除掉世子的步伐。总之，英祖是在批判没有像安金藏与车千秋那样的忠臣，他们宁愿剖腹也要阻止逆贼的诬陷。在私人领域以传言流传的英祖之悔，直到孙子正祖在位时才被公之于世。

改造历史

金縢之书为何在二十余年后才被公开呢？无论是英祖还是正祖都曾禁止公开谈论世子之死。英祖在位期间无人敢谈论思悼世子之死。1771 年，韩输、沈仪之等人大胆言及木柜，犯大逆不道罪而被处死。被处死的沈仪之甚至都没有说出“木柜”一词，仅以“一物”，也就是“一个物品”进行指代。对此英祖批判了他们欲提及木柜的用意，并诘问道：“一物何物乎？”当然英祖并非不知道答案，他更多的是在诘责。对此沈仪之回答道：“所谓木器，殿下岂不知之云？”最终沈仪之因攻击国王而成为大逆不道的罪人。

正祖在位期间，情况也没有发生太大变化。正祖无法突然推翻英祖立下的规矩。对于正祖来说，思悼世子之死是已经结痂的伤疤。但在正祖即位不足一月之时，李德师等人便想要揭开这块伤疤，称思悼世子含冤而死。正祖即位后曾立刻发布命令，禁止以思悼世子之事挑起争端。可以说国王的话语刚落下，李德师等人就公然提出相关议论。正祖随即处死了违背王命的李德师等人。但未过数月，安东儒生李应元等人就再次呈上相同内容的上疏。按李应元等人的说法，根据曾任世子侍讲院说书一职的权正忱所著日记，世子是仁德贤明之人，却由于掌权派的错误最后含冤而死，必须给世子申冤。李应元本人是权正忱的同乡，所以可以听到这样的故事。他的上疏内容或许令正祖感到高兴，但是违背了国家政策。屡次上疏后，正祖不但处死了李应元，还将安东由府降级为县。

曾经对思悼世子问题如此强势处理的正祖慢慢改变了态度。在思悼世子去世三十年后的 1792 年，气氛逐渐发生变化。这是 1789 年思悼世子之墓被迁至水原华城，已然开始的追崇思悼世子的氛围的延续。事情的开端始于一封毫无关联的上疏。1792

年四月，时任正言的柳星汉上疏劝诫正祖不要被女色迷惑，要全心钻研学术。可能当时正祖正颇为宠爱某位宫女。[1] 此上疏遭到多人的批判，传来传去之后，变成了柳星汉仿佛在批判思悼世子的恶行。这与柳星汉上疏的原意不同，问题往出乎意料的方向扩大。对此，岭南上万名儒生联名呈上万人疏，批判柳星汉，请求为思悼世子申冤。(《正祖实录》，1792 年闰四月二十七日）这些儒生虽与正祖即位初年的那几人一样触犯了国家禁忌，但正祖的态度却截然不同。呈上万人疏的人不仅得到了宽大处理，为首的儒生甚至受到了正祖隆重热情的款待。上疏之路由此开启，次月又有人进呈万人疏，之后便是次年蔡济恭的上疏。(《正祖实录》，1793 年五月二十八日）

领议政蔡济恭非常清楚不能谈论思悼世子，然而他却参与了为世子申冤之事。蔡济恭称："当时诸贼之为谗为诬，若架凿以货利声色，构捏以驰骋弋猎，则其罪固上通于天，而殿下之以事属先朝，隐忍不发。"他对此无法袖手旁观故而上疏进言。蔡济恭的上疏实际是将思悼世子之死归结于"老论逆贼"之错。因此老论左议政金钟秀等人随即反驳，而正祖最终拿出了金縢之书。

正祖谨慎地提起了这份展示英祖处死思悼世子后感到后悔的文书，同时确立了一种任谁都不敢发声质疑文书真伪的氛围。他说："今日诸臣每因一番事端，辄有一番妄度，以典礼间事致疑

[1] 正祖除了孝懿王后外另有四名正式的后宫嫔御，按照顺序依次册封为元嫔洪氏、和嫔尹氏、宜嫔成氏、绥嫔朴氏，其中元嫔洪氏为洪国荣的妹妹，绥嫔朴氏为纯祖生母，她是在 1787 年最后被册封的。由此可以推测上疏中所说的宫女是四位嫔御外的其他女子，且并未在官方史料上留下记录。

于不当疑之地，此岂敢萌于心者乎？”即便这份文书疑点重重，也没有人胆敢提出确认文书实物的请求。正祖公开了金縢之书后，蔡济恭立刻将这一情况告知了庆尚道儒生，称国王也认可了思悼世子含冤而死的言论，要求诸生顺正祖之意，加快为思悼世子申冤的步伐。因此，为思悼世子申冤的氛围受到鼓舞。

1794年十二月，距思悼世子花甲还有一个月之时，正祖在世子灵前为其上八字尊号。这次正祖尽可能保留了金縢之书的意思，即展示出仁德聪慧的世子因逆贼诬陷含冤而死的情况。起初准备的八字尊号为“隆范熙功开运彰休”，随后正祖下令修改以凸显金縢之书的意思，改为“章伦隆范基命彰休”。丁若镛在《自撰墓志铭》中称“章伦隆范”蕴含了金縢之书的意思。从意为伦理的“伦”字即可看出思悼世子并不是违逆英祖意思的逆贼，而是顺从父母之意的孝子。

于是英祖时期绝对禁止谈论思悼世子的情势，在世子花甲来临之际发生了逆转，发展成追崇世子的氛围。这一连串的过程看起来似乎早有谋划，但正祖在这一过程中却未披露任何具体的东西。他绝口不提父亲的病情，也未具体反驳父亲之罪，而仅用模糊的表述去掩盖病情与罪行。1789年，正祖将父亲之墓迁至水原时撰写了思悼世子行状，文中将世子写成仿佛无病之人，又称世子未曾犯罪，是在与逆贼对峙的过程中成了牺牲羊。但正祖并未再具体披露相关内容。与其说正祖一直否定或批判思悼世子的病情与罪行，倒不如说他是在销毁或搁置对其不利的记录以推动事情发展，从而重构思悼世子的形象。换言之，正祖通过销毁或搁置来改造历史，企图歪曲历史。

乔治·奥威尔在著名小说《1984》中写道，在“老大哥”（Big Brother）的专制统治下，“过去不仅被改变了，而且是持续被改变”（The past not only changed，but changed continuously）。正祖为了父亲，也为了自身与朝鲜王室的正统性及正当性，递进式地改变了思悼世子的形象。我们可以推测，金縢之书是在这一过程中被编造出来的产物。

第二十六讲
世子死亡的责任

金尚鲁与洪启禧

一国的世子成为罪人并被处死，最直接的原因当然在于世子自己，但世子获罪而死必须有人出来负责。引导世子胡作非为的人应当负责，同时辅佐世子的人也需要负责。但宰相们作为师与傅，只是兼任世子的老师，位于其下的世子侍讲院的官员也是名官，因此难以问责这些身居高位的官员们，这时候便需要一两只替罪羊。

众所周知，金尚鲁与洪启禧是导致世子死亡的代表性人物。金尚鲁在世子死后就立刻受到了英祖的处罚，理由是 1757 年思悼世子杀死内官金汉采等人时，他未马上将此事禀告英祖。（《英祖实录》，1762 年六月初五日）其实英祖在事发次年年初就已知晓，在四年多后才把这一事件当成处罚理由并不能成立。《颐斋乱稿》曾记录如下传言，即世子被关入木柜后，英祖曾派人搜查东宫，搜出了一幅金尚鲁的肖像画，画上有世子手书词句“知余心者，惟卿一人”，金尚鲁因此获罪。[1] 具体罪名并未公开，但有可能是金尚鲁十分清楚世子的情况，却不一一向国王禀告。这

[1] 黄胤锡:《颐斋乱稿》卷二十一。“若尚鲁，壬午以前，丁丑以后妄构大小朝一节，非有圣上所受于先朝密教者，则外人何由闻知？但壬午处分日闻自东宫文书搜括中忽出尚鲁画像，而思悼庙亲制像赞，写其侧畔曰：知余心者，惟卿一人。尚鲁因此得罪，窜湖西荐棘。无几宥还，而勒令致仕奉朝贺，不复饶假而没。”

种程度的嫌疑是否真的构成犯罪，我们不得而知，但后来金尚鲁的子孙击铮鸣冤，要求给祖先申冤时曾将这句话作为金尚鲁对世子忠心耿耿的证据。

起初，金尚鲁因没有将世子的情况如实禀告给英祖而获罪，正祖即位后，金尚鲁又因将思悼世子的恶行一一上报而成了离间世子与英祖关系的逆贼。正祖追夺金尚鲁官爵，且对其猛烈批判。

> 壬午复设东宫后，教予曰："尚鲁，汝之仇也。予之勒令致仕，白予心于天下后世也。壬午虽不敢更提于他日，前壬午五年之时，酿壬午五年后兆，即一尚鲁而已。"拜稽闻命，铭诸心腑。(《正祖实录》，1776 年三月三十日)

英祖对孙子正祖说："尚鲁，汝之仇也。"同日正祖还批判金尚鲁，称其"以大朝事告小朝，以小朝事告大朝，互相欺蔽，谗构罔极"。惠庆宫在《恨中录》中也曾记录金尚鲁用手指在房间地板上写字，向病中的英祖报告思悼世子的恶行。因思悼世子的生母宣禧宫在旁，而她不懂汉文，金尚鲁便故意用此向英祖告密，英祖看完后扣扃叹息。[1] 如上所述，金尚鲁的罪名在正祖即位后完全反转，由原先的未如实禀告之罪变成了事事告密之罪。

---

[1]《恨中录》，第 90 页。"恭默阁居庐之处有房二间，大朝卧于里房户底，三提调及医官入侍于外房。大臣直伏，以秘密细语足以为之，忌其内侍奉之人，每以指书于房面而示之。大朝扣扃叹息，尚鲁俯伏而伤痛。其时景象，体国大臣岂不欲痛哭哉？尚鲁阴凶之言，言于殿宫之间，焉有如许之事哉？宣禧宫每在于此，见其书字示之，极为痛忿，以为凶人。"

洪启禧成为罪人的过程与金尚鲁并无二致。洪启禧是金尚鲁的侄女婿，还与金尚鲁之子存在姻戚关系。洪启禧的岳父是金尚鲁之兄金取鲁，金取鲁又把金尚鲁之子金致永立为养子。虽然与金尚鲁关系如此之近，但洪启禧却与金尚鲁不同，他在英祖在位期间没有受到任何处罚，甚至官至最高名誉职——奉朝贺，并于1771年平静地结束了一生。然而，在英祖执政期间可谓享尽荣华富贵的洪启禧在正祖即位后不久就变成了逆贼。洪启禧的儿子与孙子因刺杀正祖未遂之嫌被追夺官爵，洪启禧作为逆贼之父也受到牵连，被扣上了罪名。后来正祖亲撰思悼世子行状时，洪启禧成了导致世子之死的主谋。若论洪启禧与思悼世子的关系，其实英祖应当比正祖知道得更清楚。但是洪启禧在英祖时期却全身而退，反倒是在正祖即位后因子孙犯罪变成了逆贼，他本人也变成了谋害思悼世子与正祖的罪人。

人们一般取金尚鲁与洪启禧姓名中的“鲁”和“禧”两字将两人合称为“鲁禧”。他们都在正祖时期变成了代表性的逆臣。鲁禧两人不仅是正祖眼中的逆贼，也是全天下人眼中的逆贼，甚至同属老论一派的人也这样认为。那么他们是如何在正祖即位后突然变成了乱臣贼子呢？

逆贼之路

《韩国民族文化大百科事典》（韩国精神文化研究院1991年出版）叙述了金尚鲁与洪启禧的罪状及嫌疑：

金尚鲁：积极参与1762年对世子的处罚，获得了英祖

的认可，但随着国王开始后悔，金尚鲁被流放清州。后来得到英祖特令的赦免，官至奉朝贺。（金驲起编辑）

洪启禧：1762 年时任京畿道观察使的洪启禧让人告发世子的恶行，这成为世子死亡的契机。……洪启禧勾结英祖继妃之父金汉耇等人弄权逐利，被士林视作小人甚至奸臣。（郑万祚编辑）

按《韩国民族文化大百科事典》的表述，金尚鲁“积极参与处罚世子”，洪启禧“让人告发世子的恶行”。然而这样的表述既不准确，也缺乏确凿的证据。若说金尚鲁没有冒死阻止英祖处罚世子，或许还有可信度，但当时包含金尚鲁在内的大臣们任谁都不会胆大包天，站出来主张处死世子。另外，英祖因后悔处死思悼世子而流放金尚鲁的说法也与当时的史料记载有出入。金尚鲁在思悼世子死后半个月就受到了处罚。此外，撰写洪启禧词条的郑万祚曾在其他论文中写道：“我们至今仍然无法确切知晓他（洪启禧）到底与壬午祸变有多大关系。”郑万祚在百科事典里因为篇幅限制而采纳了通论，但在论文中具体阐述了通论的局限之处。[1]

如上所述，金尚鲁与洪启禧的具体罪行并没有被披露出来。无论是试图刺杀思悼世子，还是试图用其他方法置世子于死地，或是策划某些阴谋，我们都无法找到具体内容。即便没有具体罪行，他们却仍在正祖时期变成了最恶劣的逆臣。金尚鲁时而因漠

[1] 郑万祚：《澹窝洪启禧的政治生涯》，《仁荷史学》10，仁荷大学历史系，2003 年，第 666 页。

视世子的恶行而成为逆臣，时而因向英祖禀告世子恶行而成为逆臣。实际上《承政院日记》还曾记录领议政金尚鲁包容世子的失误与不足，为其辩解的情形。就算金尚鲁并非真心要包容世子的不足，但起码在公开场合他也不得不如此行动。然而并非所有的事情都能保密，金尚鲁作为世子的老师，有时不得不把世子的行踪与问题上告英祖。这样的处境导致金尚鲁不得不成为罪人，处于如此两难的境地，早日退出权力场对他来说才是上策，但他却没有这么做。金尚鲁之罪不在于谋逆，而在于无法果断抛弃权力。

对于这样的情况，无论是当事者本人，还是周边的亲友、后世子孙都感到愤懑难平，心情难以言说。后世子孙可谓是有口难言，毕竟作为罪人之后又能说什么呢？子孙们认为即便当下不能开口，日后终会有机会辩明真相，所以着手整理相关资料。洪启禧因为遭遇满门抄斩，没有留下子孙，但金尚鲁的子孙却在等待时机的来临。金尚鲁文集《霞溪集》附录《事实记》中有相关的记载。1797 年金尚鲁之孙金钟杰进行了第一轮整理，1917 年金尚鲁第七代孙金镇汉进行了补充整理。

《事实记》按年份整理了金尚鲁辅佐英祖的政绩，同时添加了对罪行的辩解。按金尚鲁后人的逻辑，他可能会因没有辅佐好世子，在世子死后被罢职。哪怕退一万步来说，金尚鲁都不可能是谋反的逆臣。其证据是 1766 年金尚鲁去世时英祖对他的若干肯定评价以及后来赐下的谥号。

最让金尚鲁后人感到惋惜的部分是英祖对正祖说的“尚鲁，汝之仇也”这句话，这是后世子孙无法辩解的致命一击。因为这是正祖亲口转述的原话，无法否定。因此《事实记》试图从其他角度去解读这句话，即英祖之所以对正祖说“尚鲁，汝之仇也”是为了问责金尚鲁没有好好教导世子，导致世子走向死亡，后来因奸臣洪国荣等人的挑拨，其本意被曲解。在思悼世子离世百年后的高宗初年，金尚鲁的玄孙金东翰察觉到可为“逆贼”先祖申冤的政治征兆，便立即击铮鸣冤。这次行动多少洗刷了家族百年来的逆贼污名。

被创造出来的罪人

加图立大学神父尹义炳所著的描写 19 世纪当局迫害天主教教徒的小说《隐花》里对“逆贼”，即“国家的罪人”有如下解释：

> 所谓“国家的罪人”，这句话在这片土地上是一句空话，它被狡猾的群体用做圈套，失去意义已经有几百年之久了。在党派斗争的时候，随着占据上风的势力的变化，有的人可能今天是忠臣，明天就会变成国家的罪人，昨天是国家的罪人，今天又有可能变成忠臣受到表彰。对于这片土地上的人们来说，这就像太阳东升西落一般自然正常。正义、忠义、善恶的观念与“国家的罪人”一词变得毫无关系已经很久了。(《隐花》下卷，韩国教会史研究所，2007 年，第 195—196 页)

上述引文是对朝鲜朝廷将天主教教徒定义为“国家的罪人”

一事的解释，却也说明了在朝鲜时代的政治环境中创造罪人的过程。金尚鲁与洪启禧虽被视为大逆不道的罪人，却未显现谋逆的蛛丝马迹。忠臣、功臣、叛臣、罪人并非依据正义或者善恶界定，而是根据政治情况与需求来定义，这种情况不只出现在天主教教徒身上。

一旦被贴上逆贼标签，这个人不仅要经历物理意义上的死亡，也要经历历史性、社会性的死亡。逆贼的所有相关记录，尤其是正面记录会被全部销毁。金尚鲁的子孙起码为金尚鲁进行了辩解，而洪启禧则是连辩明的机会都没有。他就像百科事典里的评价一样，是小人、奸臣以及权力的走狗。其实除去后世这种单方面的评价以外，洪启禧还拥有另一种形象。洪启禧并不把自己视为官僚，而更认可自己的儒学家身份。他有《三韵声汇》《均役事实》《国朝丧礼补编》等多部编书、著书流传后世。洪启禧年轻时阅读了柳馨远的实学著述——《磻溪随录》，深受启发，后来担任官员时制定并推进了均役法、结布制等多项改革政策。不论是学术上，还是政治上，洪启禧都是不容小觑的人物。[1]

金尚鲁与洪启禧在思悼世子生前掌握滔天权势，对于世子之死，不能说他们没有责任，然而这种程度的责任并不足以让他们成为逆贼。他们虽然被指为罪人，但具体罪状又未被披露，这是因为没有罪。那他们为何会变成逆贼呢？我认为原因有二：第一是他们的为人；第二是政治需求。考虑到他们曾拥有巨大的权

[1] 洪启禧的学术主张及其作为政治改革家的一面可以参考赵成山：《18 世纪洛论界的〈磻溪随录〉认识与洪启禧的经世学思想基础》，《朝鲜时代史学报》30，2004 年等。

力，不难想象他们可能做过一些让国王之外的其他王室成员感到不快的事情。例如，金尚鲁用手指在地板上写字、洪启禧被世子叱责为“江充之流”等等，我们不难推测他们曾经对世子、世孙等人所做的事情。《待阐录》曾记录一则逸话。1759 年，思悼世子下严令叱责洪启禧，而洪启禧未发一语就离开了座位，世子感到十分不快。[1] 这些行为变成了一种“以下犯上可恶罪”，加之正祖想为自己的父亲申冤，两者不谋而合，于是金尚鲁、洪启禧便成了替罪羊。说到底，他们也只不过是无情的绝对权力的受害者。

[1] 朴夏源、朴齐大：《待阐录》第一册。“五月二十日，东宫次对时，判义禁洪启禧言曰：邸下之血气即大朝之血气，一动一静皆不得自私也。邸下之有过而改过，不闻知乎？自诸臣言之，不敢形言。不然而在邸下则以悔悟追愆之意一一仰陈，断不可已也。语未毕，下令曰：勿为尽言，重臣所奏非矣。下令益严，启禧乃起而出。下令曰：彼出去者，欲彰其事也。诸宰曰：勿去也，启禧不听而出。”

第二十七讲
岳父家的责任

要知进退

世子之死，岳父家的责任比任何人都大。即便说本家与外祖家也有责任，但其中并无承担责任的合适人选。而世子的岳父洪凤汉作为一人之下万人之上的宰相，即使与女婿的死亡没有直接关系，也需要承担一定责任。然而世子岳父家却未承担任何责任，洪凤汉在世子死后不过十日就上疏英祖发表如下言论：

> 左议政洪凤汉白上曰："以今番事言之，非殿下何以处之耶？外间则惟恐殿下不能辨得，而毕竟所辨，无异血气盛壮之时，臣固钦仰矣。"（《英祖实录》，1762 年闰五月二十八日）

岳父称赞亲家英祖处死了自己的女婿。对此史官批判道："凤汉身为师傅，且居姻娅，既未能殚诚辅导以尽臣节，则处分之后，固宜谢过引罪，惟愿速死之不暇。而筵对之际，乃敢曰'外人惟恐不能辨得'，此岂前席之所可言者耶？无严甚矣。"所言极是。若论以事理，史官的评论可谓完全正确。

洪凤汉当然不是连这种道理都不懂的愚笨之人。从他同年八月二十六日上呈的论述思悼世子处分的著名劄子可以一探他的想法。洪凤汉很清楚自己应当怎样处事，但因收拾残局之事无法托付给他人，他又无法拒绝英祖的挽留，只得留下。在需要让英祖息怒，顺应英祖心意从而不再扩大事态，同时从中周旋为世子举办符合规制的葬礼的情况下，洪凤汉的选择可能也是无奈之举。从这个角度来看，上述引文可能是洪凤汉为了让愤怒的英祖息怒而说的话，却被史官视为迎合英祖的奉承之语，从而遭到严厉批判。

惠庆宫写道："先亲当此之境，少若不善为之，虽若一毫违于圣心，其时圣怒若火，吾家之湛灭犹为第二事，而世孙不得保全也。先亲期于不失圣心，不辜负丧逝之人，不欲遗恨于世孙，竭忠尽诚，左右周旋也。"（《恨中录》，第 142 页）即便没有世子一事，英祖一触即怒、暴跳如雷的性格也是历史书中公认的事实。从当时的情况考虑，也不是不能理解洪凤汉的发言。问题在于洪凤汉在事态平息之后依旧没有放弃权力，这一点不论惠庆宫如何辩解都无法令人信服。她曾有如下发言：

> 大抵先亲不幸，当艰险之时，久掌朝局。以若恩遇之郑重，处地之自别，欲退之心，虽夙宵耿耿，而眷恋宗国，又以世孙幼冲，身不得自由，苟且弥缝，不得尽古人之直截。尚朝野如有刚直之人，不谅本心，责以无古大臣凛然之风，则先亲必当笑而受之，吾亦何以介怀？吾家世以仕宦之家，当门运亨通之时，子弟连科，门阑盛满，权势过重，人怒鬼猜，无足怪矣。到今思之，不能绝迹于荣途，沾身于科宦，悔恨莫及。千万意外，遭此诬陷，至于此境，实是至冤。盛衰祸福，譬如循环。已盛至衰，暴此至冤，自有转祸为福之

时。泣血祝天。(《恨中录》，第 323—324 页)

惠庆宫很清楚本家的失误。从情理上来看，理当隐退，但她的家族反而官运亨通。1761 年兄长洪乐仁科举及第，此后两位弟弟洪乐信、洪乐任又分别在 1766 年与 1769 年科举及第。兄长洪乐仁在家族兴盛之时曾多次对惠庆宫强调："每以保家乃荫官之主簿、奉事为长享之道，抹楼下勿喜于本家之盛。"(《恨中录》，第 260 页) 话虽如此，他们却没有及时从权力场抽身。权势滔天时会受到牵制，醉心权力时会受制于权力。惠庆宫在家族衰败之后才明白这一真理。

惠庆宫是加害者还是受害者?

主张思悼世子是党争牺牲者的一派认为，世子受到岳父家及妻子的攻击而死。惠庆宫及其娘家不是受害者，而是加害者。思悼世子的岳父家分明对世子之死负有责任，却并未负责。但是，把他们视为杀害思悼世子的加害者又是另一个层次的问题了。

英祖与正祖从未提过以洪凤汉为代表的惠庆宫娘家对思悼世子之死负有什么责任。攻击洪家的人，即被称为"攻洪派"的人主张洪凤汉有错，但英祖与正祖反而维护洪凤汉。攻洪派提出是洪凤汉想出木柜的主意并上告英祖，但正祖却公开澄清，称这一说法并非事实。洪凤汉若有稍许过失，便会被攻洪派抓住把柄，然而正祖去世后贞纯王后一派掌权时，攻洪派却不再提起洪凤汉与世子之死的相关嫌疑，可见主张惠庆宫及其娘家是杀害思悼世子的加害者的观点毫无根据。世间传言惠庆宫的叔父洪麟汉进言将关押世子的木柜封得严严实实，但又有人传言当时洪麟汉不在现场而是在麻浦游玩。这种前后矛盾的传言无法佐证惠庆宫娘家是加害者的观点。

正祖即位后惠庆宫娘家受到正祖的攻击，常有人因此认为惠庆宫娘家对思悼世子之死负有责任。这种观点缺乏对事实的具体考证。正祖问责外祖父洪凤汉并不是因为他与思悼世子之死相关，而是因为尚在东宫时曾受到洪凤汉的威胁。正祖尚在东宫时，洪凤汉曾私下威胁正祖，称正祖即位后必须追崇思悼世子，如若不然，少论、南人等反对势力可能会拥戴其同父异母的兄弟。正祖即位后郑履焕曾上疏论洪凤汉之罪，正祖批示道："大抵原其心虽出于虑患，论其言实归于妄发，闻之者声罪宜也，言之者自明亦宜也。"(《正祖实录》，1776 年三月二十七日）换言之，正祖明白外祖父本意可能并非如此，但自己确实感到了威胁。

正祖这一句话完全阻断了惠庆宫娘家的出仕之路。洪凤汉发言的那天，惠庆宫也在现场，她却表示自己未听到父亲说过追崇思悼世子，反而主张应当遵从英祖的意见，不讨论追崇世子之事。[1] 我认为正祖用不存在的事情去批示上疏意在牵制外祖家，是为了让权势滔天的外祖家不再参与国政，提前抓住其弱点，使其动弹不得。正祖一方面希望牵制外祖家，另一方面又强调洪凤

[1]《恨中录》，第 446 页。"此异于他事，乃吾于座上亲听之言。天日在上，岂可言'推戴'二字？其时酬酌，如上所言，无一毫多语之事，足可辨明，而'推戴'二字既御书于批答，面目非善，至今执以为罪。吾先亲即以怪异之意强曰'追崇甚善'，而岂可以何许心，胁以'不为追崇，即有推戴之举'乎？况父女之间，虽为至切，而宫中体面分义自别，岂有吾于座上而以此言胁吾之子乎？"

汉本意不坏，为外祖家留下了辩解的空间与退路。对此，惠庆宫认为："如是如是一节，若吾家之发明，若渠辈执而攻之，乃下两是双非之含混批答。"(《恨中录》，第446页)[1]

思悼世子的岳父家既是老论一派的名门望族，也是当时最有权势的家族。他们在手握大权的同时，也受到了很多批判。岳父洪凤汉在女婿以谋逆罪被处死后，依旧官居领议政、左议政等高位。这在失去父亲的世孙眼里很不合情理，他无法喜欢这样一个借王室权威而狐假虎威、无所不为的外祖家。我认为这是正祖即位后惠庆宫娘家遭到排斥的重要原因。正祖没有将洪凤汉论以谋逆罪而处死，但在执政初期就给洪凤汉扣上了各种嫌疑，让他无法干涉国政。权力的流失终究导致了家破人亡。正祖即位后第二年，惠庆宫的兄长离世，次年父亲离世。惠庆宫认为父亲忧虑于一连串的政治攻势，最终折寿而亡。

没有任何明确证据可以证明思悼世子的岳父家杀害了世子。从常识思考，世子的岳父家也没有动机杀害作为自己权力根基的女婿。人一旦深陷权力便很难抽离。权力只会展示飞黄腾达之路，却不会展示偃蹇困穷之途。不考虑退路的权力最终会在某个瞬间坠落。惠庆宫一族忽视了这一真理，最终走向没落。

---

[1]《恨中录》，第446页。"而吾一生伤痛悲愤乃先王亦发此言。丙申年履焕上疏之批答，一物事以英庙下教而立证清脱；人参事则以丙申都提调金致仁伸暴而归于虚言。其时吾家样貌，祸色到天，龟柱之党皆出，挟国荣而作奸计。先王为国荣所壅蔽，一时受之。如是如是一节，若吾家之发明，若渠辈执而攻之，乃下两是双非之含混批答。"

—第五部—

正祖之路

第二十八讲
正祖的年幼时节

思悼世子离开了，但他的死亡却成了炽热的政治争论点。尤其是随着儿子正祖成为国王，思悼世子事件成了必须解决的政治悬案。正祖是加害者英祖的孙子，同时也是被害者思悼世子的儿子。不能说加害者做错了，也不能说是被害者的问题。在解决这个矛盾问题的过程中，许多人付出了生命的代价。

此子肥天下

正祖从出生开始就非同常人。与思悼世子出生时没有任何胎梦不同，正祖的父亲梦见了龙。思悼世子梦见龙叼着如意珠进入睡榻。梦境如此生动，以至于世子可以把梦到的场景画出来贴在墙壁上。

正祖生于1752年九月二十二日。实际上他并不是长子。在他出生前两年，思悼世子与惠庆宫已经育有懿昭世孙，但懿昭世孙未过两岁就夭折了。所幸懿昭世孙夭折时，惠庆宫腹中已怀有正祖。惠庆宫这样描述幼儿期的正祖：

> 周岁时能识字，夙进异于凡儿。三岁定辅养官，四岁学《孝经》，少无幼冲之事，好学无教之之劳。如长者然早梳洗，持书而游戏，非常之事异于凡儿。(《恨中录》，第200页)

正祖很聪明，这不仅仅是“爱子女而蒙蔽双眼的母亲”的判断。不断嘲弄、叱责思悼世子的英祖也对正祖赞不绝口。1759年英祖称赞年仅八岁的正祖：“年妙夙成，俯伏节措，莫不中度，可谓神异矣。”(《英祖实录》，1759年闰六月二十二日）另外，在思悼世子被关入木柜的1762年三月二十九日（《英祖实录》与《承政院日记》)，英祖问了十一岁的正祖各种各样的问题。或许是正祖回答得过于出色，英祖说：“无忘壬午三月二十九日为可矣。”甚至下令把当日的问答内容编成书，传于后世。在次月的会讲中，英祖与年幼的孙子就国家管理问题进行了如下问答：

> 上谓世孙曰：……朝鲜异于齐楚，统三韩而为一，脱有疆域有事，则守其本之外无他道矣。太王之去邠，昭烈之率民，虽有轻重，其仁心则一也。予必欲守城，舍我赤子而更往何处？曾见《南汉日记》，下城时百姓呼号曰：吾君何以弃我？每读此句，不觉流涕。今虽有金城汤池，不可往矣。上曰：尧之授舜，舜之授禹，即精一心法也，无他道矣。行仁义，则精一在此矣。予得于古书者如此，故乃有今日之教矣。夏禹以干戚，能格有苗，此乃圣诚感天而然矣。自古帝王之统一。与我国无异，如有不虞，守乎？否乎？世孙曰：守国可矣。上笑曰：守社者何意耶？世孙曰：不可弃而然矣。上曰：社稷之设，为君乎？为民乎？世孙曰：有君，而亦有朝鲜矣。上曰：其对好矣，而犹有未畅焉。其本为民而设也。

…………

上曰：天之所以立君，何也？世孙曰：非欲食民之力，欲存吾民也。上曰：何以则存民乎？世孙曰：行仁义，则可存矣。上曰：何以则行仁乎？行之难乎？易乎？他日汝能久而能思今日之言乎？其于饮食之节亦有欲焉。汝能刚克乎？世孙曰：非仁义之饮食，不可矣。上曰：何者不可食乎？世孙曰：不多不少，乃仁义之道也。(《承政院日记》，1762 年四月二十五日）

正祖回答得十分出色，不像是十一岁的孩童。英祖要求为百姓而守国，正祖称须"不多不少"，即持中庸之道，以仁慈公正的道路引导百姓。英祖称赞了这样的正祖，还高度评价了教导正祖的讲书院官员们的工作。他特别称赞谕善朴圣源，并向正祖发问道："汝之学问乃朴圣源之力也。……汝他日能爱朴圣源乎?"在《恨中录》中，惠庆宫对朴圣源的称呼也与其他大臣不同，唯独尊称朴圣源为"故谕善朴圣源"。[1]

英祖为聪明的孙子感到自豪，经常把外面的孩子们召到宫里，让他们与孙子较量。他又召在汉阳的学校里教导孩子们的童蒙教官及其学生，以及成均馆儒生至世孙面前，让他们与世孙就经典展开问答。(《英祖实录》与《承政院日记》，1762 年九

[1] 韩国学中央研究院藏书阁藏有朴圣源记录下来的《讲书院日录》(全四册）与《王世孙讲学说话》，《讲书院日录》的表题为《朴谕善讲义》。《讲书院日录》按日记录了 1759 年至 1761 年正祖接受的朴圣源的授课内容，《王世孙讲学说话》与《讲书院日录》第一册内容几乎一致。

月二十三日）某天英祖对正祖的聪明感到非常满意，他说："以予此气，如此酬应，此唐玄宗吾瘦天下肥之意也。"英祖相信正祖会成为"肥天下"的贤君。(《承政院日记》，1765年五月二十五日）

帝王家父子间

若要家道兴，子须胜父。因此祖父或父亲总是希望儿子胜过自身，孙子胜过儿子。这是普通人的心思。但王室却不同，因为父亲和儿子会围绕权力展开竞争。正祖出生时，思悼世子已经失去了英祖的青睐。幸好孙子令祖父心满意足。

英祖很满意正祖，也非常疼爱他。正祖不仅学习认真，而且懂得聪明地回答提问，所做之事情都很出色。英祖经常把正祖带在身边，然后在臣子面前动辄担心世子。担心之余，他往往说一些为了宗庙和社稷，将重托国家于世孙之类的话。世子还健康地活着，而且代理听政，负责部分国政，在这样的情况下，英祖居然说要把国家托付给孙子。思悼世子不得不对这样的发言做出敏感反应。

思悼世子对父王的动态和意图感到好奇，想了解英祖在经筵上说的话。他让人抄录了史官撰写的《承政院日记》的草本。这又变成一个问题。如果世子了解英祖的意图，可能会惹出大事。正如惠庆宫所说："帝王家父子间，自古为难，况于病中乎?"(《恨中录》，第98页）不知道会发生怎样的事情，因此惠庆宫特别拜托内官在抄写史官记录时，删去英祖称赞正祖的部分。她有时亲自指出需要删掉的部分，有时拜托担任政丞的父亲洪凤汉，让他在外面提前删掉相关部分[1]，即伪造文书。即使处理得如此周到缜密，思悼世子也不可能不察觉其端倪。他在去世前一年与惠庆宫有如下的交谈：

> 其日谓吾曰：意必无无事之理，何为？吾郁郁对之曰：闷矣，岂有如许之事？小朝曰：岂或然哉？贵爱世孙，既有世孙，吾之不在，有何关系于世孙乎？吾答曰：世孙乃抹楼下之子，父子间福祸同之，有何虑乎？小朝曰：汝思之不及也。疾之已甚，生路渐难，若废吾而以世孙为孝章世子之养子，当以为如何？（《恨中录》，第 107 页）

思悼世子虽未明确表露出来，但他深知因为儿子正祖，自己的立足之地更为缩小。他在临死前对前来贺寿的子女们说："不知父母者，岂知子息乎？"并大声斥退他们。正祖从小就不得不在严格的祖父与走向疯狂的父亲间如履薄冰。

---

[1]《恨中录》，第 98 页。"世孙无事之道理，在于使小朝不见其筵说。无可使其不见筵说之道，故谓之内官曰：此等辞缘，改书示之。危急之时，吾先亲言于内官，使之削去。致书此意于先亲，务求世孙平安之道。先亲以忧国之忠极力周旋，尽削此等说话而使之书来。"

第二十九讲
少年正祖

离开母亲的怀抱

正祖年仅十一岁时父亲就去世了。他见到了成为罪人，向国王乞求原谅的父亲的最后样子。如何忘记那天的冲击和恐惧呢？正祖突然成了大逆不道罪人的儿子，不知道愤怒的祖父会将事态导向何方。英祖没有其他的选择，不大可能处罚思悼世子的妻儿，但愤怒的火花有可能溅到任何地方。

幸好正祖没有出现问题。宣禧宫与惠庆宫曾担心英祖会伤害孙子，但英祖并没有这样做。父亲的葬礼一结束，正祖就成了东宫，即被定为下一任国王。正祖成为东宫后，与之相关的机构名称也全部变更。讲书院即春坊，被改为侍讲院；卫从司即桂坊，被改为翊卫司。(《英祖实录》，1762 年八月初一日）就是在这个月，英祖在思悼世子去世后第一次与惠庆宫见面。

> 母子保全，皆圣恩也，泣涕而奏之。英庙执手而泣曰：不及思汝能若此，吾之见汝之心，难矣。令吾心舒之，嘉哉！听此下教，吾之心益塞，命顽甚矣。吾因而奏之曰：望率世孙于庆熙宫而教诲之。英庙曰：汝能耐相离以过乎？吾垂泪而奏之曰：别而惆怅乃小事，侍上而学乃大事也。(《恨中录》，第 144—145 页）

有些人无法理解思悼世子死后惠庆宫的处事方式，为何丈夫都死了也不抵抗。这不是当时人而是现代人说的话。这是在问后来娘家遭到攻击时绝食的惠庆宫为何在丈夫去世时没有抵抗呢？当时惠庆宫并非处于可以抵抗的境地。她是大逆罪人的夫人，需要一起受罚。自己须跟儿子一起等待惩罚，为丈夫而抵抗不符合情理。朝鲜王朝不是像现在这样可以将大逆罪人与其家人的命运分开考虑的社会，那是连坐制这种法律形式存在的时代。假设她反抗了，又能说什么呢？即便不是关入木柜而死，英祖也必须处罚思悼世子，这是连他的生母宣禧宫都已经同意的事情。

因此惠庆宫见到英祖后首先表示感谢。她的意思是感谢他赦免本应诛杀的罪人的妻儿。如果只剩下惠庆宫一人，那么她表达感谢是不恰当的。世子丈夫死了，不能说自己将独活。如果是她自身一人，就应该说“请赐一死”。但惠庆宫有会成为下一任国王的儿子。考虑到宗庙与社稷，她不能请求赐死。

英祖因儿媳的话语而哽咽，因为他自己的心情也很沉重。他无奈之下处死了儿子，把儿媳变成了寡妇，把孙子变成了无父之子，心理上不可能没有负担。此时惠庆宫一提到圣恩，英祖就非常感动。他称赞了让自己心情舒畅的儿媳，并赐名惠庆宫居住之屋为“嘉孝堂”，意思是美好的孝性。[1]

惠庆宫认为思悼世子被英祖厌恶的根本原因是父亲与儿子相

---

[1]《恨中录》，第 145—146 页。“其年逢千秋节，吾之行迹，似不可动，而因上教不得已上去。英庙见而抚恤怜恻，有加于前。吾之居庐处在景春殿之南侧低屋，上去之时，英庙号其屋曰‘嘉孝堂’，亲写悬板而悬之，曰：为汝之孝心，今日报而书赐之。”

距甚远，即父子分开居住，两人因不能经常见面而关系疏远。所以为了让儿子正祖不与国王产生距离，她请求英祖带走正祖。当时英祖住在西大门附近的庆熙宫，惠庆宫住在东大门附近的昌庆宫。她请求祖父把孙子带走，好好实施国王教育。她认为在失去丈夫、独自一人的情况下，如果连儿子也送走，会更加孤独与凄凉，但应克服这种私情。

送正祖“留学”的惠庆宫的方法，从结果来看取得了一半的成功。留在英祖身边的正祖缩短了与国王的距离，顺利登上了王位，但反过来与母亲的距离变远了。如果说思悼世子与父王相距甚远，最终导致了他的死亡，那么可以说正祖与母亲相距甚远，最后他攻击了外祖家。从正祖即位后打击外祖家来看，他对外祖家并没有深厚的感情。我们可以说送正祖去“留学”的惠庆宫的计谋对正祖而言是成功的，但对她自己而言则是失败的。

如母之和缓翁主

来到庆熙宫的正祖在祖母宣禧宫与姑姑和缓翁主的保护下专心学习。宣禧宫在余生的最后两年只为保护孙子而活。正祖也非常顺从母亲与祖母的期待，为了生存而不得不努力学习。

1764 年二月，他们再次遭遇晴天霹雳。英祖下令把正祖的父亲由思悼世子变更为其同父异母的兄长——孝章世子。如果想把正祖送上王座，就不能让因谋逆罪而死的思悼世子继续担任他的父亲，不能让罪人之子成为一国之君。因此英祖变更了正祖的父亲，改变了王统。这一命令让正祖再次失去了父亲。上次失去的是父亲的身体，这次失去的是父子关系。当时正祖正为父亲思悼世子守三年丧，失去了父子关系后就不能守丧了。惠庆宫回忆当时正祖的反应：“脱丧服之时，哭泣之声，彻天极地，有加于初丧时天地晦塞之悲。”(《恨中录》，第148页)

该年七月宣禧宫去世了，儿子的三年丧一结束她就撒手人寰。正祖居住的庆熙宫中，现在能信任并依靠的人只剩下姑姑和缓翁主了。惠庆宫嘱咐和缓翁主：“毋违圣心。”又嘱咐正祖：“厚待姑母，事之如我。”于是和缓翁主成了正祖的保护人。

和缓翁主是英祖与宣禧宫的女儿。她是后宫之女，所以不能被称为公主，只能被称为翁主。和缓翁主深受英祖宠爱。她的丈夫郑致达与英祖的夫人贞圣王后在同一天去世，英祖觉得自己寂寞，女儿也可怜，于是更加偏爱和缓翁主。《英祖实录》(1754年正月初七日）曾记载：“主于诸王姬中，最为上钟爱，性且妖慧。朝士之无耻躁竞者，莫不暗通声气于羽良及其弟翚良。”《颐斋乱稿》亦称：“三相六乡方伯，多出其门。”

正祖登极后，和缓翁主因妨碍正祖登极获罪，被贬称为郑妻，即郑某的夫人。惠庆宫说：“到今时移事变，其所为人，判作前后二人。其人虽凶恶而遭谴，予岂不为直言乎?”她又说，和缓翁主刚开始还不错，丈夫与母亲宣禧宫先后去世后，婆家与娘家都不再有可以教导并牵制她的人，于是她变得放肆与奇怪。惠庆宫比任何人都讨厌和缓翁主，她在需要把和缓翁主与其他翁主并列叙述时，也不称“和缓翁主”，而是称“戊午生翁主即今所谓郑妻者”。也就是说，惠庆宫仅厌恶和缓翁主一人，不愿称她为“和缓翁主”，而以她出生在戊午年（1738年）称其为“戊午生翁主”。

和缓翁主被惠庆宫憎恶，后来还惹上妨碍正祖登极的嫌疑，原因在于和缓翁主成为正祖的保护者后，慢慢流露出与生俱来的嫉妒心。惠庆宫对和缓翁主的看法是“大抵其为性也，妇女中好胜多猜，偏嗜用权，自是有别之人”。她认为和缓翁主为了独揽英祖与世孙正祖的宠爱与眷爱，不仅排挤英祖信任的内人，而且表现得像是正祖的母亲一样，乃至排挤惠庆宫这个真正的正祖之母。另外，和缓翁主担心正祖与世孙嫔过于亲密，以离间计与诽谤将两人的夫妻关系挑拨得势如水火，而且让正祖都不敢亲近宫女。甚至正祖为重新编辑《宋史》而制作新书时[1]，若在外面停留稍久，她就会嫉妒这本书。(《恨中录》，第 355 页）和缓翁主出身高贵，但最终只能是翁主，于是她嫉妒惠庆宫虽然出生于私邸，却因生下好儿子，可以登上国王之母的最高位。[2]不仅如此，她还说养子郑厚谦的资质不亚于正祖。[3]但自己的儿子不能成为国王，而嫂子的儿子可以掌握最高权力，她十分嫉妒。

和缓翁主既然接受了拜托，就应该爱护并照顾正祖，并劝自己比正祖大三岁的儿子好好辅佐正祖。但由于嫉妒与猜忌之心，她经常与正祖对抗。对于和缓翁主来说，正祖一直是个好欺负的孩子，因为她看着正祖长大，但她没想到正祖一下子长成了“小国王”。翁主总是与绝对掌权人顶嘴，反驳并训导他，这就是挑

---

[1] 此处新书指《宋史筌》。——译注

[2]《恨中录》，第 355 页。“以余为世孙之母譬视之，渠欲以母自处，忌我将来得成大妃而渠不然，至于酿出甲申之处分。”

[3]《恨中录》，第 368 页。“常谓其子文艺行实与礼重，胜于世孙。渠安敢如是为言乎?”

战，最终或与谋逆连接在一起。郑厚谦也跟随母亲轻视正祖，不知不觉走上了谋逆之路。他们怠慢作为侄子或弟弟的正祖，做梦也没想到这会被视为对绝对权力的挑战。对于绝对掌权人来说，再微小的反驳也会被看作巨大的谋逆。

第三十讲
少年国王的逸脱

国王的妓生游戏

不知不觉间，正祖成长为一名血气旺盛的健壮青年。对于正祖这样的模范生，彷徨与逸脱也如期而至。英祖说："世孙绝无一毫走作意。禁苑花发，非从予，未尝一往游赏，日静坐读书。此岂勉强可为？即其天性然也。"（《正祖实录》附录续编《正祖迁陵志文》）但这样的正祖也是无可奈何的。

1766 年正祖的妹妹清璿郡主与郑在和成婚。妹夫郑在和比正祖小两岁，容貌与举止都很不错。郑在和担任了经常由驸马出任的，负责护卫宫城的五卫都总府的总管，因此经常出入宫廷，与正祖关系密切。与此同时，他引导在沉闷宫廷里只会学习的正祖走上了游乐之路。下一任国王与妹夫一道，以叱咤汉阳花柳界的别监们为前导，陷入了"妓生游戏"。[1] 这是正祖十八岁时发生的事情。

国王青年时的逸脱行为几乎没有留下记录。《恨中录》比较详细地提到这件事，而《承政院日记》或《明义录》等官方记录

[1]《恨中录》，第 360 页。"兴恩副尉驸马，时容貌、动止甚佳。世孙以妹夫也，甚奇爱之。己丑间，忽然外驰，与别监辈日事游荡，以至陪游东宫，失体居多。世孙以少年之心，嘉纳之而不为退斥。世孙在兴政堂而与吾处所绝远，吾则全然不知矣。兴恩以总管入直时，必来谒而伴游。"

只留有痕迹。[1]惠庆宫为何记录已经成为国王的儿子的逸脱行为呢？因为她认为这是自己的娘家被正祖攻击的起因。惠庆宫称，从该事件开始，正祖就背弃了外祖家，并称这是“吾家祸之根柢”。这究竟是什么事，导致正祖因此冷落了外祖家呢？

首先来听《恨中录》的说法。正祖的逸脱是和缓翁主先察觉的，当时和缓翁主在照顾正祖。和缓翁主请求惠庆宫处罚将正祖带离正轨的别监，又恐吓道，思悼世子也是与别监们一道陷入妓生游戏，如果放任此事不管，壬午祸变会再次发生。这是无法上告英祖之事，只能告知惠庆宫的父亲洪凤汉，让他处理。惠庆宫请父亲解决该事，洪凤汉犹豫了。因为如果轻率阻止东宫的行动，说不定将来会遭殃。惠庆宫采取了非常手段。她绝食了三四天，表示若不听从，她会先正祖一步而死。对此，洪凤汉一边说“任他死生祸福”，一边与正祖的岳父——判书金时默商议，让刑曹参判赵荣顺出面流放领头的别监。赵荣顺起初拒绝，后来改口道：“帝王家与凡有异，将来此事有必大之虑。而大监以为国苦心，不计他日祸福而决之，令人钦感云。”于是抓捕了别监，没经审讯就送去流放。之后洪凤汉在见到正祖时称“误了兴恩之别监，不得不治罪云”，暗示他应该停止与妓生

[1]《续明义录》的记载如下：“先是己丑年间，一仪宾挟掖隶乘夜群行，作挐闾巷。荣顺方为刑曹参判，时相嘱荣顺捕治掖隶，荣顺希指捕治乃于公座中，掩匿仪宾事，隐然归于不敢言之地，至有不道语。凶徒之煽动讹言，诳惑人心，以为谋危储君之计者，实昉于此。人到于今，莫不愤惋骇痛。”从《续明义录》来看，赵荣顺将郑在和所为之事情编成了仿佛是正祖所为，但反过来看，即便不知情，将驸马罪责转嫁给东宫，也是很难用朝鲜的权力等级来理解的一件事。

游玩。[1] 正祖对外祖的行为感到十分不快。他怒不可遏，认为其竟然胆敢剪掉东宫的手足。

正祖震怒于外祖行为的传闻很快传到了外面，说是东宫憎恶外祖家。此后不久，反对派们开始了针对惠庆宫娘家的攻击。洪氏家族向反对派显露了垄断权力的缝隙。对洪家的攻击始于清州乡曲士人韩镒。1770 年三月，韩镒以洪凤汉不忠为由，上疏请斩洪凤汉。针对不了解汉阳政界氛围的乡曲士人上疏一事，惠庆宫怀疑幕后有人操纵，并认为背后的操纵方是英祖继妃贞纯王后的娘家。此后对洪家的攻击之言发展为洪家受到正祖的憎恶后，决定放弃正祖，让思悼世子的庶子——正祖的同父异母弟恩彦君与恩信君成为国王。[2] 惠庆宫说这是无稽之谈，但 1772 年二月英祖怀疑洪凤汉的意图，下达了宫城护卫令。

---

[1]《恨中录》，第 363—366 页。“则先亲以为扰乱，而置之不施，子弟辈亦为力谏挽止耳。吾则惊魂于某年复出之说，苦心于世孙外入之虑，累次书恳于先亲，而终不见施。则郑妻又向我激动言曰：以领相处地，为国之心，不行如此当然之事，若使世孙至于外入，则谁复阻搪乎？忧慨之说，无所不至矣。吾自闻此语以后，焦虑废食，连为书恳于先亲曰：若不除去厥汉辈，使世孙外入之境，则生亦何为？宁绝谷自处云，而涕泣苦恳。则先亲屡回思量，不得已以为世孙之心，任他死生祸福，因与清原议论而决之。其时刑参即赵荣顺也，邀致备言配送别监事。则荣顺初则以为不可，终听先亲之说，以为帝王家与凡有异，将来此事有必大之虑。而大监以为国苦心，不计他日祸福而决之，令人钦感云。而捉来世孙宫别监辈，不问事端，而直为发配。先亲上书于世孙曰：如兴恩豪侠无状之貌，何为昵近乎？误了兴恩之别监，不得不治罪云。”

[2]《恨中录》，第 332—333 页。“先王以冲年之心，未及察外祖与老母之为国苦心血忱，因一时之怒而变待外家之情，且厚谦与吾家不好，龟柱知此两机，谓此时可乘反生荷杖之计。敢言曰自谓渠辈忠于东宫，先亲则与一王孙、二王孙亲，将不利于东宫，以此言纳谄于东宫，宣布于世上。谓洪家不利于东宫，东宫薄待于洪家之说，公传道之。此时世人之急于荣利，随时化身之徒，一时投入，号为十学士、攻洪党，并为一套，欲害先亲。庚寅三月，募得清州韩镒之徒，嗾出凶疏，此龟柱之所作头也。”

持续的攻击导致洪家失去了英祖的宠爱，最终下台。到了这个地步，惠庆宫开始担心娘家的安危。在娘家陷入危机后，惠庆宫不仅绝食，还故意从高处跳下，向英祖强烈地表达娘家之冤。惠庆宫的抵抗消减了英祖的决心。另外，惠庆宫为了让娘家度过危机，联合了可以让英祖回心转意的势力，其主轴就是和缓翁主。她试图把垄断英祖宠爱的和缓翁主变成自己人，从而保障娘家的安全。在联合和缓翁主的第一线，惠庆宫的弟弟洪乐任站了出来。他与和缓翁主的养子郑厚谦在同一年科举考试及第，因此有一种同年意识。洪家与郑厚谦联手，多少可以让家族安全一些。[1] 但这才是更大的祸根。随着郑厚谦让东宫正祖感到不快，洪家也与郑厚谦一起成了妨碍正祖登极的势力。这一切的起因都在于正祖的妓生游戏。

谁阻吾路？

新政权经常进行大换血，正祖也在登极初期展开了大规模的政治肃清。因为这是发生在 1776 年丙申年的事情，所以被称为“丙申处分”。他剥夺了早已不在人世的权臣金尚鲁与洪启禧的名

[1]《恨中录》，第 401—402 页。“庚寅、辛卯间，先亲祸色，日以急迫。吾念龟柱难以解怨，欲向郑妻而缓颊，则其人专听其子之言，与前情谊大异，难以龃龉动得，必也交结其子，而可图免祸。而先兄（指洪乐仁）、仲弟（指洪乐信）缘何见忤于谦也。叔弟则志操高尚，规模谨拙，不染于富贵，不驰逐于世路。世无通情，客鲜知面，以此为人，决无苟且鄙陋之举。而于谦也，差小年纪，幸无衅隙。故余贻书劝之曰：古人有为亲死孝之道，则吾亲祸色，迫在朝夕，追此纳交谦也，以救门户之祸，可矣。且厚谦以翁主之子，恃上宠而弄权，既异宦寺，且非逆贼，则难于一时染迹，不顾家亲之急危，则岂是人子之道乎云。则叔弟初则抵死不肯，其奈祸机已迫，阖门将灭，且吾恳劝益力，叔弟不得已，不顾己身而往交厚谦。幸得其力，而免于祸。以此而忤于一边，由我之咎也。”

誉与职位，追究了深受英祖宠爱的后宫文女等人牵涉思悼世子之死的责任。另外，他称贞纯王后的兄长金龟柱傲慢放肆，将其流放黑山岛，又以妨碍登极为由赐死叔外祖洪麟汉与和缓翁主的养子郑厚谦。1777 年，洪启禧后人等主导的谋逆事件被揭发出来，从此英祖时期的权势家陷入了无法东山再起的状态。像这样，正祖在即位一年后推翻了此前所有的既得利益层，构建了以洪国荣等东宫宫僚为中心的亲政体制。

那么明知道正祖会成为下任国王，为何权势人物还要对抗东宫呢?《明义录》是详细记录正祖即位后的肃清过程并将此公之于众的书。下面将以此书为中心，来审视权势人物妨碍登极的嫌疑。《明义录》最重要的部分是《尊贤阁日记》。尊贤阁是东宫正祖在庆熙宫的住所，也是正祖在即位翌年移御昌德宫之前的所住之地。《尊贤阁日记》是正祖在即位前一年（1775 年）至即位翌年（1777 年）间写下的日记。正祖将每日写下的简短记录编辑成该书，主要内容是和缓翁主、郑厚谦、洪麟汉一党对他的无礼行为。历史书上一般说他们似乎是为阻止正祖登极而用尽一切方法攻击正祖，但在《尊贤阁日记》中，只留有他们为得到正祖的眷爱而“纠缠”的样子。他们要求正祖不要只眷爱宫僚洪国荣、郑民始等人，要珍惜既是王室姻戚，又能真正成为肱股之臣的自己。正祖一直冷漠地对待他们，他们的诉求被正祖视为不忠乃至谋逆。

当然，正祖也不是不知道自己的肃清行动是政治性的。他很清楚这并不是真正的逆贼肃清，而是担心他们会妨碍自己行使绝对权力才采取的措施。如果他们是像李适与李麟佐一样发动叛乱的逆贼，那么以后也难再复权了。正因为如此，他们在正祖统治末期被正祖复权。首先是赵荣顺。

1769 年负责处罚别监的赵荣顺在正祖即位后，受儿子赵贞喆的谋逆事件牵连而遭处罚，被追夺官爵。当时正祖说："荣顺曾于秋曹开座时对刑推罪人，有某年复出之说。渠若有一分严畏储君之心，何敢乃尔?"(《承政院日记》，1777 年八月十六日与十七日)《恨中录》称"某年复出之说"是和缓翁主所说。赵荣顺似乎将这句话告知他人。在处理别监事件时，赵荣顺的若这些人引导正祖走上歧途，他落得思悼世子一样的结局该怎么办的发言等被认为是对正祖的攻击。

正祖在去世当年的 1800 年二月，以了解当时所有情况为由赦免了赵荣顺之罪，即作为逆贼而名登《明义录》的赵荣顺不再是逆贼。赦免赵荣顺是替正祖初年被斥为逆贼之人申冤的信号弹。察觉到这一点的老论派僻派的先锋沈焕之站出来反对正祖的决定。他反驳道："荣顺之凶言，既出于清原[1]之所传，则清原亦岂无所闻而言之乎？且其刑配掖隶之时，已有摇动储位之意。其情迹可谓尽露无余矣。"但正祖依然否定了自己立下的《明义录》之义理，赦免了赵荣顺之罪。(《承政院日记》，1800 年二月初八日）制造逆贼的是正祖，赦免逆贼的也是正祖。正祖统治初年的肃清很大程度上都是政治性的。

[1] 清原：正祖李祘的岳父清原府院君金时默。——译注

第三十一讲
“三不必知”与阻碍登极

东宫不必知

以阻碍正祖登极而被处决的代表性逆贼是洪麟汉与郑厚谦。洪麟汉是惠庆宫的叔父，郑厚谦是和缓翁主的养子。正祖即位四个月后，他们在同日被赐死。他们并未向正祖显露杀意，就被当作逆贼处死。他们到底犯了什么罪？我们来看看其中最具代表性的事件，即所谓的“三不必知”。

这是英祖去世前几个月，也就是1775年冬天发生的事情。八十二岁高龄的英祖病势沉笃。他痰症严重，经常昏迷并说胡话，“或有猝出大庭试令，或有无事而出陈贺之令，或有以肃庙朝宰臣金镇龟除授药院提举之命”。[1] 英祖很了解自己的身体状况。他知道自己不能再执掌国政，所以想把国政交给东宫。但洪麟汉等人极力阻止英祖传下东宫代理听政之令。这是“三不必知”事件的核心。

据记录洪麟汉、郑厚谦等人成为逆贼经过的《明义录》所言，当时英祖的病愈发严重，但洪麟汉等人以为只要熬过冬天，病势会有好转，所以阻止将国政交给东宫。最终在1775年十一月二十日，英祖表示要将国政交给东宫，并有如下发言：

---

[1]《恨中录》，第376—377页。“英庙精神，渐渐昏眩，谵语居半。或有猝出大庭试令，或有无事而出陈贺之令，或有以肃庙朝宰臣金镇龟除授药院提举之命。及于省觉之后，则每以‘如此传教，胡为颁布’，反多悔责之时。”

上曰：神气益苶，虽一张公事，诚难酬应。如此而为万几乎？言念国事，夜不能寝者久矣。冲子知老论乎？知少论乎？知南人乎？知少北乎？知国事乎？知朝事乎？知兵判谁可为，吏判谁可为乎？如此而置宗社于何地？予欲使冲子为之，予欲见之矣。昔我皇兄，有世弟可乎，左右可乎之教。今时比皇兄时，尤不啻百倍矣。欲为二字下教而恐伤冲子之心，故泯默。而至于听政等事，自有国朝故事，卿等之意何如？麟汉曰：东宫不必知老论、少论，不必知吏判、兵判，尤不必知朝事矣。诸大臣曰：圣候益胜矣。上曰：予意如此，卿等不知，诚慨然矣。欲授心法于冲子，《自省编》《警世问答》即予之事业也。(《英祖实录》，1775年十一月二十日)

英祖的主张是，自身体衰，难以顾及国政，来日无多，但东宫并没有做好处理国政的准备，因此应该尽快让他代理听政学习处理国政。然而洪麟汉等人觉得尽管目前国王身体违和，但还没有到把国政传给世孙的程度，而且病势会有好转，于是请求他收回代理听政的命令。因此洪麟汉称东宫没有必要知道国王所说的三件事，即“三不必知”。

原本国王下令“传位”或“代理听政”，大臣们就不能立刻接受。对下属来说，绝对掌权人谈论自己权力的向背是最危险的时刻，加上此时还有继承人，就更加难以处理了。那天就是这样的场合。如果立刻接受命令，想要移交权力的人可能会感到遗憾，如果不接受，继承人可能会感到不快。在听到这样的命令时，一般正确答案是劝阻权力移交。

惠庆宫称国王与臣子会面的一般场合上，以上对话不会像《英祖实录》记录的那样进行，即英祖不是集中进行提问，而是一个一个地扔出问题。也就是说，英祖问：“东宫知老论、少论乎？”洪麟汉回答：“不必知。”稍微休息了一会儿，英祖又问：“东宫知吏判、兵判乎？”洪麟汉回答：“不必知。”然后又休息了一会儿，英祖最后问：“东宫知朝事乎？”洪麟汉又回答：“不必知。”[1] 国王与大臣的对话通常如此进行，特别是考虑到老年重病患者英祖的病势，这种可能性很高。惠庆宫称，如果在英祖问东宫是否知老少论时回答知道，那么英祖会认为自己这么强调荡平，东宫竟然违反荡平，所以更不能这样回答。[2] 与其说洪麟汉是想阻止正祖的代理听政，不如说是只能这样回答。

对此，主张洪麟汉有罪的《明义录》称：“朝诊麟汉以三不必知之说仰对矣，惠庆宫闻之，以小纸具道，必欲分劳之圣意，缕缕懃恳之下教，通于麟汉。而及至夕筵，其所奏对，又如朝

[1]《恨中录》，第 378 页。“其时成罪，‘东宫不必知吏判、兵判，亦不必知老论、少论，尤不必知朝事矣’，谓之以‘三不必知’。实乃英庙下询为三条，而非以第次下问，亦非第次仰对也。圣心或虑世孙幼冲，其于国事，于吏、兵判，于老、少论，都无所知，闷叹为教。仲父之心，以为老、少论之说，即时终条，故以‘不必知’为对也。”

[2]《恨中录》，第 378—379 页。“而英庙痛憎偏论，筵席奏对，诸臣莫敢以老、少论字肆然发说矣。仲父心内，以为令之下询，必是试验，若以东宫必无不知老、少论之理为对，则圣意以为‘吾所痛禁者，世孙何以知之？’如是而恐或激怒，计出弥缝，所以‘不必知’为对也。”

诊。”[1] 这是问题所在。虽然早晨的事情可以看作是惯行的权宜之计，但到了傍晚，洪麟汉明知英祖之意，却做出了与早晨一样的回答，这分明有妨碍正祖代理听政的意图。

但寄信的真正当事人惠庆宫在《恨中录》中表示，那天并未给叔父寄过这样的信。她说虽然知道英祖想让正祖代理听政的意图，但即便正祖那天不接受代理听政，她也会说“当何处去之，岂必如是？”并不会告诉洪麟汉“阙内之事势与世孙之睿意”。[2] 现在无法断定这是惠庆宫寄信后说谎，还是她捏造了正祖未参与的事实，或是彼此之间有什么误会。但从当时的情况来看，洪麟汉试图阻止代理听政的事实本身很难令人理解。国王几乎就在死亡的边缘，而二十多岁的英明健壮的继承人作为东宫已经巩固了自己的地位。洪麟汉既然不是傻子，就不应该与继承人唱反调。

当时劝阻代理听政的并非只有洪麟汉一人。英祖主张代理听政，并担心左右之人代替自己处理事务时出现失误，领议政韩翼謩回答：“左右不足忧。”[3] 即没有必要因担心左右之人的失误而

---

[1] 这样的记载也见于《英祖实录》。《朝鲜英祖实录》卷一百二十五，英祖五十一年十一月二十日。“朝诊麟汉以三不必知之说仰对矣。惠庆宫闻之，以小纸具道，必欲分劳之圣意，缕缕勤恳之下教，通于麟汉。而及至夕筵，其所奏对，又如朝诊。”

[2]《恨中录》，第 379—380 页。“吾于其时，若知阙内之事势与世孙之睿意，而预通于仲父，仲父知睿意之如此，则宁有此妄发之境耶？吾心本无权变，以为当何处去之，岂必如是？虽家内书封，嫌其慊然，虑在烦说。”惠庆宫的意思是哪怕没有代理听政，王位自然也会由世孙正祖继承，她不必多事。——译注

[3]《恨中录》，第 381 页。“英庙教曰：吾眼昏，不能手自落点，使左右代行。其他公事，亦多付之内宦之手。念昔景庙，以‘世弟可乎？左右可乎？’之教，近之吾亦欲授于世孙，可乎？其时领相韩翼謩惶怯，亦以‘左右不足忧’而对，果以妄发，同时遭弹。韩相以重大之事，目前不可遽然奉承，故其言出于目前弥缝之计而已，其人亦岂有他意也哉？”

进行代理听政。韩翼謩也因此受到处罚，但不到一年就解除流放，在正祖执政之初就已复权。但洪麟汉因同样的罪名不但被处死，而且复权也用了近百年时间。洪麟汉有什么其他的问题呢？

臣服于绝对权力

《明义录》将洪麟汉、郑厚谦一党试图铲除正祖的心腹洪国荣与郑民始等人的举动记为重要罪行。（《尊贤阁日记》，1775 年七月初十日）如果他们真的想斩断东宫的手足，可以说这是重大的谋逆之举。但翻阅《恨中录》可知，洪麟汉反而按正祖之意，努力让洪国荣留在正祖身边。1775 年冬，英祖想派洪国荣赴济州岛担任监督饥荒救济工作的御史，洪麟汉受东宫正祖之托，让其他人代洪国荣而去。如果洪麟汉真有剪除洪国荣之心，那应该抓住这个好机会派他去济州岛，何必要阻拦呢？[1]《承政院日记》1775 年闰十月二十六日条中的相关记录如下：

> 上曰：耽罗，为国甚重，今番予欲送督运御史，儒臣中谁可合者？翼謩曰：安大济好矣。其弟今为湖南伯，尤好矣。上曰：洪国荣、柳烱，予思之，似可合矣。麟汉曰：洪国荣，他日则何处不可用？而年少未经事，恐不合于今日之用矣。上曰：柳烱，何如？麟汉曰：好矣。

阅读以上问答，可知洪麟汉正像惠庆宫所说的那样，试图阻

---

[1]《恨中录》，第 374 页。“乙未十月，英庙欲差国荣以济州监赈御史，而世孙要其图免。仲父奏于大朝以国荣是春坊久任，请以他文官代之，竟送柳烱竣其事。果若有剪除之心，则乘此好机会而不逐济州乎？”

止英祖派洪国荣赴济州岛。当然，仅凭这一件事情很难做出判断，按《明义录》的记录，该时期洪麟汉一党为剪除洪国荣而煞费苦心，也出现过与引文不同的事件。但从此次事件来看，洪麟汉不一定就像《明义录》中强调的那样，试图与正祖对抗。

正祖在登极后首次把洪麟汉流放砺山之时，曾祖护洪麟汉道："今日诸臣之曰有逆情，曰有异志者，此则是情外之言也。"然而几个月后，正祖把洪麟汉围篱安置在全罗南道古今岛随后赐死他时，明确表示洪麟汉是逆贼。虽然没有新查明的事实，但仅数月后，判决就完全改变了。正祖处死洪麟汉后过了近十五年，他在开始逐步洗脱外祖家之罪时说："不必知三字，便同莫须有等。"(《正祖实录》，1792 年闰四月二十七日)"莫须有"即不能说一定有之意。在无根据地诋毁对方时说"虽然不能说一定有，但也有可能"，这种说法是"没有就算了"式的找出对方失误的句式。"莫须有"是毫无根据的代表性诬告，"三不必知"亦是如此。也就是说洪麟汉无辜地被扣上罪名。正祖还说："麟汉之罪，正与复（指具善复）贼一般。虽欲言之，某年某月事，予岂忍言乎?"虽然正祖说洪麟汉像具善复一样在与思悼世子之死相关的事情上有罪，但并没有具体说明其罪行。[1] 就这样，正祖洗脱了

[1]《朝鲜正祖实录》卷三十四，正祖十六年闰四月二十七日。"虽以麟汉处分言之，既在八议之科，且其不必知三字，便同莫须有等语。而竟至致辟者，不但以其时罪犯而已。麟汉之罪，正与复贼一般。虽欲言之，某年某月事，予岂忍言乎?"具善复长期担任训练大将，因勾结恩彦君李裀长子完丰君等人在 1786 年十二月初九日被处死。正祖李祘此处说洪麟汉与具善复都是因为"某年事"受到惩处，即壬午祸变时犯下的罪过才是遭到严罚的根本原因。按行司直徐有邻的说法，壬午祸变时，"麟汉，三浦张帆之游；复贼，当日穷凶绝悖之举。"见《承政院日记》1705 册，正祖十六年五月初五日。

洪麟汉之前的全部罪名，但又给他扣上了新的罪名。正祖向惠庆宫这样解释情况：

> 其时筵说，为“莫须有”之言。又曰：而丙申三不必知，不可为罪。实则以某年事，有此处分，至对我亦言“欲伸三不必知之罪，从今归之，以某年则以脱罪至易，甚幸”云云。余不胜惊讶曰：丙申事，已极冤痛，而某年事，尤是千万不当之事，岂有如此之言乎？先王以为：若以某年罪案，胪列以如许如许，则固难矣。既无历举罪名，则后世谁知其罪也？今番稍解丙申之罪，甲子当解某年之罪。故今姑移送于某年罪案，以待甲子之大赦。(《恨中录》，第382—383页)

正祖将洪麟汉的罪名归咎于他处的发言让惠庆宫大吃一惊。重新冠上模糊不清的罪名，以后可能会成为更大的麻烦。洪麟汉已经受到了这样的批判，即他在思悼世子被困木柜的当天，还与其他官员在汉江张帆游玩。在这种情况下，添加新嫌疑不是摘掉赘瘤，而是增加赘瘤。

洪麟汉是正祖的逆贼。他以逆贼身份而死，但正祖却三次改变判断，此事令人惊讶。第一次是流放罪人，第二次是处死罪人，最后一次是无罪，最终还改变了罪名。现代人的看法是，如果说是逆贼，就应该有策划了什么谋逆或发动了军事政变等显露于外的明显的叛逆行迹。但在朝鲜时代，像洪麟汉那样没有明显的叛逆行迹的人也可以成为逆贼。当时的逆贼是冒犯了绝对掌权人的人，即触碰了龙的逆鳞。

从当时的记录——成大中的《青城杂记》来看，洪麟汉在担任全罗道观察使期间，让妓生们在宴会上演奏音乐，结束时一定会故意找妓生的失误再杖打她们，看到妓生流血他才感到痛快。[1] 这样的故事流传开来，不知道是因洪麟汉被打上逆贼的烙印，还是他的品性真的那么暴戾，因为据传大部分“逆贼”都是这样的品性。为洪麟汉辩护的惠庆宫也认为他性格不佳，他过于敏感且能敏锐地捕捉权力的变动。[2]

惠庆宫为何对叔父的品性持否定评价呢？即使有想法，但非要写下来的理由又是什么？正如正祖指出的那样，洪麟汉家族与惠庆宫的娘家——洪凤汉家族的关系并不好。[3] 洪麟汉起初追随兄长洪凤汉，但洪凤汉失势后，他公开宣称自己是洪凤汉的同父异母弟，彼此的政治倾向不同。(《明义录》) 坊间也将洪氏兄弟分别视为大洪与小洪。(《颐斋乱稿》) [4] 我认为正因如此，惠庆宫才在《恨中录》中指出了叔父的性格缺陷。当然，这也是为“三

[1] 成大中:《醒言》,《青城杂记》卷四，韩国古典翻译院数据库。“洪麟汉为监司，每设乐，将终则辄寻妓罪，杖之见血，然后以为快。当乐则庭必厉杖而待，此何异于石邃之饰美姬以娱宴，终乃烹食之以为乐耶？大抵女之有色，如男之有才，天不虚生之也。暴之岂非逆天乎？吾未见侮才而昌者也，妓独不然乎哉？况且故杖之为其快，豺狼逊其虐也。宜其以逆败也。”——译注

[2]《恨中录》，第 374 页。“仲父惯于世路，事多机警。”

[3]《朝鲜正祖实录》卷十八，正祖八年八月初三日。“况麟贼平日不恭不协于乃兄，别立门庭之状，人孰不知？其自来凶悖之习，不但为奉朝贺之深忧隐痛，即我慈宫亦然，此予之所习闻习知。”

[4] 黄胤锡:《颐斋乱稿》卷二十一，丙申二月初四日丙午。“大抵小朝自来严饬洪氏，无令汲汲科宦权势。则大洪家今方奉承，而小洪则入相前后，诸子连叠科宦，已被小朝所厌。而大朝代理有命之时，又不免依违弥缝，则小朝尤以为不安，至于上疏辞逊矣。小洪情势，岂不臬兀哉？”——译注

不必知”辩护所需。对权力变动如此敏感的人阻止下任权力者的进入，这根本说不过去。惠庆宫虽然厌恶洪麟汉，但因为是一家人，只能这样评价叔父并为其辩护。

把洪麟汉看成傲慢暴戾之人，那就大致可以推测出他是如何冒犯正祖的。正祖说：“吾自对人接物，以至衣襨之饬，皆是效则于罪相。”（《恨中录》，第 384 页）洪麟汉教导了孙子辈的正祖。既然教导正祖，他有时会在正祖面前展露傲慢。他在教导长大成人的东宫时，如果东宫不听话，他也会提出逆耳的建议与忠告。忠告一旦失去信任就会成为指责，对绝对掌权人的指责就是对抗，就是谋逆。可以这样理解《明义录》中记述的洪麟汉的谋逆之举。机警的洪麟汉也没能计算到这一点。如果被权力蒙蔽双眼，再机灵的人也会误判。

第三十二讲
洗草相关记录

消除记忆

1776 年二月初四日，东宫正祖向英祖上疏。这是距离八十三岁的英祖去世刚好还差一个月时发生的事情，也是正祖代替英祖处理国政还不满两个月的时间点。正祖在上疏中请求洗草与父亲思悼世子恶行相关的《承政院日记》记录，即用水洗去相关内容。正祖一接手国政，就试图删除与父亲相关的记录，他选择抹去历史作为迈向执政的第一步。英祖接受了孙子的恳求，并认为此意难能可贵，乃至亲自写下“孝孙”的字样。

正祖惋惜于父亲思悼世子之死，加上父亲是获罪于祖父而死就更加如此。但现在的问题不是去世的父亲，而是自己。父亲是罪人已是过去之事而无可奈何，但自己成为罪人之子，就很难主张作为国王的正当性和正统性。英祖早有预料，于是在宗统上把正祖由思悼世子之子改为孝章世子之子，但他的生父并没有因此改变。再怎么否认继统，世人也都知道他是思悼世子的儿子。

英祖曾下严令禁止谈及与思悼世子相关的事情，比任何人都清楚这一点的正祖居然上疏，请求删除有关思悼世子的记录。该上疏可能令正祖陷入危险，这不但触及了英祖严禁提及的问题，而且也可能会被认为是对英祖的处分不满。换句话说，孙子试图抹去英祖都没有删除的记录。

从《英祖实录》来看，上疏过程与后续措施似乎都进展顺利，但只要是了解壬午祸变经过的人，都会料到这个过程中的麻烦。实际上正祖在上疏之前，已经从多个角度进行事前探问。他上疏之前先向多人征求意见，特别是与可能提出反对的人协调了意见，并打探了英祖的心思，做好万全准备后才呈上上疏。

《迎春玉音记》《恨中录》《金公可庵遗事》（收入《公车指南》，首尔大学奎章阁藏品）等记录的上疏前后事如下。《迎春玉音记》是正祖的亲家金祖淳记下的正祖在去世之月于住所召见自己并密谈的内容。该书称正祖在上疏前派心腹洪国荣去寻求金龟柱的协助，劝说对方一起努力让英祖写下思悼世子平时有病而最终死亡的话，即思悼世子并不是因罪而死，而是因病才如此。听到这句话后，金龟柱拿出了朝鲜的法典《续大典》，其中有“癫狂失性而杀人者，减死定配”的语句。简而言之，朝鲜存在不对狂易之人执行死刑的法律条款。思悼世子“有病”（即发疯），说明英祖违反了法律条款，误杀了人。[1] 也就是说，金龟柱出于不能将英祖的处分归于错误的考虑，拿出了《续大典》。但如果再进一步，这就等于说思悼世子真的有罪。洪国荣将金龟柱的行为告知正祖，正祖非常愤怒。

《恨中录》也提到此事，事情经过基本与《迎春玉音记》相同，但称正祖派去的不是洪国荣而是郑民始。这里提到洗草《承政院日记》中思悼世子相关部分的计划时，金龟柱拿出的是《大

[1] 金祖淳：《迎春玉音记》，第 402 页。“乙未听政后，殿下使国荣往见龟柱，使之导达于大朝，以先世子素有疾病下洞谕于中外为恳。龟柱听毕，默无一言，起取架上所在《续大典》，展示一条曰：如此矣，然则大朝处分当如何乎？此则不可为也。其色甚戾。”按《续大典 · 刑典》的规定，“癫狂失性而杀人者，减死定配”。——译注

明律》。[1]《金公可庵遗事》也称正祖派去的人是洪国荣，而“狂易毋诛”实际上不是《大明律》而是《续大典》中的条款，由此观之，《恨中录》在细节上似乎存在一些错误。

而在据推断是金龟柱的后人所写的，记录金龟柱一生的《金公可庵遗事》中，事情的发展略有不同。正祖首先召见了贞纯王后的叔父金汉耉，请他站出来建议删除与思悼世子相关的记录。金汉耉将从正祖那里听来的话转给侄子金龟柱，金龟柱的建议是正祖直接向英祖请求为妥。金汉耉再将这个建议转给洪国荣，洪国荣也觉得不错并表示同意。洪国荣在上疏前一天还带来了正祖的书信，其中拜托金家通过贞纯王后提前透口风给英祖。[2]

从金龟柱方面的记录来看，他们在正祖上疏的过程中似乎帮过他，但冷静阅读的话，就会发现其中不乏让正祖伤心的部分。

---

[1]《恨中录》，第 441 页。“郑民始依东宫之下教，削《日记》之议论。龟柱曰：《大明律》言‘狂易毋诛’，若思悼因疾而归，国之处分非严正光明，《日记》不可削也。此与渠辈自初所谓‘罪人’之言同一也。”

[2] 著者不详：《金公可庵遗事》，收入《公车指南》卷一。“东宫命召判书公，执手流涕曰：余之隐痛，卿应知之。《壬午日记》某某事，若以病患删改为说，则即可以少慰余情。事，卿须与叔侄相议，仰禀坤圣，极力周章也。判书公出语于公，公曰：东宫情理，安得不如此？而此事决非自下周旋者。若删改日记，则他日漫漶事实之责，吾家当之而置圣上东宫于何地乎？有死而已。实难奉承矣。寻思久之，竟得一计曰：东宫之必欲删改日记者，盖以不忍闻不忍见又不忍流布耳目故也，而非但自下周旋万万未安，虽欲周旋其势，似难顺成。今有两优之道，与其删改其语句，曷若尽去其原本也。虽无政院原本，亦有石室秘史，固无损于圣上处分之实，尤有光于东宫情理之伸。而且东宫席藁陈章，涕泣恳请，则以圣上慈爱之德，岂有不许之理乎？然则上之所以俯施下之所以仰请者，岂非两得之圣德胡？遂送报于判书公，邀致国荣。荣来见公曰：即今东宫以日记删改事用虑，寝膳全却矣。公曰：东宫之罔极情事，贱臣辈亦岂不知？而第日记删改，决非自下周旋者，设或自内恳请于大朝，终是难成之事。且虽顺成，亦非光明之事。吾意如此，如此则其于慈孝之道，俱得稳当矣。须以此入禀也。国荣连声称好而去。”

金家没有欣然接受正祖的建议，而是让正祖冒险亲自上疏。为了上疏正祖必须冒险，但金家却把这件事完全推给了他。正祖清楚如果不解决这个问题，很难进行国政管理，所以亲自站了出来，但我们可以推知，这件事想必令他非常伤心。

上疏的步骤与内容

正祖完成了这些幕后工作后，向英祖呈上了上疏。他在如此周密准备上疏的同时，也没有忘记打动与说服大臣们的步骤。《英祖实录》这样说明了整个过程。上疏当天，正祖参拜完思悼世子的祠堂垂恩庙后，在斋室见到了大臣们。他在大臣们面前哗哗流泪，哽咽到无法自已，最后说出如下的话：

> 其时处分，余何敢言？而《政院日记》多载不忍闻不忍见之语，传播一世，涂人耳目。今余苟活至今者，已非人理之所堪，而顽若无知者，特以大朝在上，且伊时处分，有不敢议到而然也。顾余罔极之痛，何尝食息间少弛？而今又承大朝之命，猥当听断之任，某年日记，岂忍见之乎？若置此而怡然视之，此岂人子之道乎？方今义理，至于某年事，君臣上下，勿复涂于眼目挂于齿牙可也。至若史草，则藏之名山，传之万世，体段重大，非所可论，而日记与此异焉，其有无无所关系矣。今若存此，余于听政之后，将何颜对百僚乎？余欲谕者多，而掩抑不忍言矣。(《英祖实录》，1776 年二月初四日)

正祖首先明确表示，对处分思悼世子说三道四是不对的。但他又说，自己不但痛苦至极，而且现在代理国政，接下来即将成为国王，出入朝廷的大臣们却可以轻易读到记录国王生父恶行的记录，这一事实令人惋惜。他接着说，虽然知道删除记录的行为不具正当性，但反正有编纂历史的基本资料——史草的存在，所以即便删除《承政院日记》中的记录也没有什么关系。也就是说，历史真相反正会被留在实录中，因此只删除把国王生父写成狂易逆贼的《承政院日记》中的相关部分不也可以吗？

正祖的恳切呼吁让大臣们感动地流下了眼泪。演绎完东宫与大臣们的感动场面后，正祖回到庆熙宫的住处，在尊贤阁的前庭里让都承旨朗读上疏，然后将疏文呈给了国王。换句话说，正祖为了让自己能够堂堂正正地处理国政，要求删除《承政院日记》中与思悼世子相关的部分。正祖表达得非常谨慎，但想要传递的内容非常明确。英祖接受了正祖的恳求，传下教旨令承旨与注书在汉阳北门彰义门外的遮日岩洗去相关部分。《英祖实录》虽然把当天正祖的眼泪记载得像突然出现一样，但从上一节披露的前后过程来看，这是准备好的眼泪。

由于历史记录被删除了，思悼世子的恶行罪状的核心内容几乎消失殆尽。《承政院日记》中明示因当时的命令而被删除的部分就超过十处。特别是与思悼世子有关的内容中，简单标明出“传教”，即因传下教旨而删除的部分就有多处。正祖通过周密的准备，抹去了痛苦的记忆与历史，以此应对执政。始于洗草的正祖的歪曲历史的做法，后来发展成巧妙的捏造。他创作了新的《龙飞御天歌》，让父亲思悼世子获得重生。

第三十三讲
执政初期的正祖

呜呼！寡人思悼世子之子也

1776 年三月初十日，正祖登上了王位。他是二十五岁的年轻国王，并不是乳臭未干的孩童。他已经是一位老练的政治家。这是由于他在除父亲去世之外，还经历了无数的苦难，又跟随严格的祖父忠实地学习了帝王学。斥退谁、启用谁、与谁保持距离，以及重用谁，他已经全部计算好了。

国王正祖对世界的宣告是“呜呼！寡人思悼世子之子也”。有人将这句话解读为正祖对杀害思悼世子的仇敌们的复仇宣告，但这是把正祖视为政治新手的观点。刚刚登上权力宝座的人先提复仇的话，实在是愚蠢至极。只要是稍微了解政治的人就不会这样说，准备好的政治家正祖当然也是如此。

当天正祖的发言是这样的。我是思悼世子的儿子，但英祖不得已将我的宗统改为来自孝章世子，所以首先要遵从英祖的意愿。但对亲生父母的人情同样重要，所以我也想对思悼世子尽孝。然而如果有人推测我对亲生父母感到惋惜，并提议追崇思悼世子，我将坚决予以惩罚。这就是先大王英祖之意。[1]

---

[1]《朝鲜正祖实录》卷一，正祖即位年三月初十日。“召见大臣于殡殿门外，下纶音曰：呜呼！寡人思悼世子之子也。先大王为宗统之重，命予嗣孝章世子。呜呼！前日上章于先大王者，大可见不贰本之予意也。礼虽不可不严，情亦不可不伸。飨祀之节，宜从祭以大夫之礼，而不可与太庙同。惠庆宫亦当有京外贡献之仪，不可与大妃等。其令所司，议于大臣，讲定节目以闻。既下此教，怪鬼不逞之徒，藉此而有追崇之论，则先大王遗教在焉，当以当律论，以告先王之灵。”

正祖表达了作为儿子，在内心深处保留的对父亲的心意。但该发言的主旨是，新国王基本上不会改变英祖的统治基调。正祖为了让因新国王登极而动摇的集团安心，恫吓要坚决严惩试图推翻目前局面的势力。尽管有正祖的强硬发言，但不到一个月，李德师、李一和、柳翰申等人就呈上了称思悼世子冤枉而死的上疏。无论正祖如何说要稳定政局，但世人都不照单全收这句话。于是正祖处死了他们，表明了自己的坚定意志。然而该年八月英祖的葬礼一结束，安东儒生李应元又呈上了类似内容的上疏。正祖这次不仅处死了李应元与其父李道显，还干脆将他们的故乡安东从府降级为县。

正祖在执政初期虽标榜稳定，但在这样的标榜中逐渐肃清了既得利益层。也就是说，正祖在政局不会发生太大动摇的前提下，铲除了给政权带来负担的势力。正祖登极后，任命老论大臣金阳泽为领议政、少论大臣金尚喆为左议政，这都是按照之前的权力构图进行的。然而正祖在保守稳定的基调下，超高速提拔心腹洪国荣，以及与洪国荣同为东宫羽翼的郑民始、徐命善等人。正祖在维持既往局面的同时，在大的框架上逐渐编制了以自己为中心的政治版图。

1777 年暗杀正祖未遂事件

正祖将政局变更为以自己为中心的最后契机是所谓的“丁酉逆变”，即 1777 年丁酉年发生的谋逆事件。这是洪启禧之孙洪相范等人试图推戴思悼世子的庶子恩全君李禶为王的逆谋事件。记录并公开正祖在执政过程中铲除妨碍势力经过的《明义录》的续集——《续明义录》详细记载了此事。

这是 1777 年七月二十八日晚十一时左右发生的事情。正祖结束政务工作后，在住处后堂看书。正好身边的小内官出去查看护卫们是否做好了警卫工作，正祖身边没有其他人。但突然宝章门东北部的屋顶上传来了脚步声，并向尊贤阁靠近。瓦片破碎的声音越来越清晰，正祖急忙召唤手下之人点灯搜查，结果声音停止了，而屋顶上到处散落着碎瓦。

正祖立即召唤禁卫大将洪国荣，对宫殿进行紧急大规模搜查，但未能抓到犯人。不安的正祖将住处从庆熙宫搬到了昌德宫。在此期间，他罢免了消极抓捕犯人的右捕盗大将李柱国，把工作交给了具善复。正祖要求迅速抓捕犯人。负责人变更后，犯人就落网了。八月九日晚，为暗杀国王而越过昌德宫西侧围墙的犯人被抓获。显然，紧接着就是大规模的狱事。

该事件以展现正祖即位初期政局的危险程度而闻名，在史剧中也出现过多次。但若仔细观察该事件，就会发现漏洞百出。现代如果发生这样的事件，几乎不会有人相信上述的事件说明。刺客们只做了一些与目的无关的奇怪行动，公然在国王住处的屋顶上闹出骚乱已经令人奇怪，而且失败一次后，在戒备森严的情况下再次尝试更加让人觉得不可思议。此外，侍从经常随侍在国王身侧，偏偏在左右无人的瞬间发生了事情。追究事件负责人的责任后，立即抓获了犯人，这一点也很可疑。案件的发展似乎没有一处合乎情理，不得不让人怀疑可能是造假。无论正祖亲自指挥还是洪国荣指挥，该事件都是为一网打尽以洪启禧后代为核心的，牵制正祖的势力而策划的。从结果来看，该事件彻底扫灭了正祖的牵制势力，完成了所谓《明义录》的大义。

洪国荣，掌权人之友

英祖时期的权贵们空出的位置被正祖的亲信们占据了。他们是引领并帮助东宫时期正祖的东宫宫僚，代表性人物是洪国荣。洪国荣也属于惠庆宫娘家一族，惠庆宫和洪国荣之父洪乐春是十寸的近亲。换句话说，洪国荣可以算是惠庆宫的侄子。洪国荣因才华横溢、相貌出众，深受长辈们的喜爱。据说英祖也很疼爱他，甚至称他是“我孙”。洪国荣仅比正祖大四岁，因此成了正祖的好友。[1] 谁也不能轻易向正祖说一句玩笑话，所以洪国荣成了向孤独的东宫讲述世上故事的亲密友人。[2]

正祖即位后，洪国荣一飞冲天。他还不满三十岁，无法成为政丞，但担任了宣惠厅提调与各军营大将，他还组织了护卫宫城的亲卫部队——宿卫所，并兼任大将，把金钱与武力等实权全部掌握在手中。掌握权力后，洪国荣立刻沉醉于其中。他的权欲日

---

[1]《恨中录》，第 387—388 页。“国荣，壬辰秋登科。自在童时，乃外驰无赖之徒。而其父乐春，本来狂者，则乃是不教之子。渠自放荡虚浪，嗜酒贪色，行已无状，不容于门族，为一世之所弃。虽然薄有才调，而文亦强以为能。又能机警而敏捷，胆大而气豪，剽悍贼滑。不怕天、不怕地。以此妄物，常谓天下万事都在渠之掌握云。则侪类视以骇愕，无不冷笑。登科后行公翰林，数年长处禁中，英庙颇爱之，至呼以‘我孙’。且东宫则年纪相敌，而状貌媚妩，机警而敏捷。适丁时运生乱之会，东宫一次见之，二次见之，自然际遇隆重，至极无间。”

[2]《恨中录》，第 388 页。“盖世孙于春宫，每日引接，但是师傅、宾客与官僚，而所与讨论，即讲学而已，又能为何说话？其外朝廷事与闾巷事，谁敢发言而入闻哉？东宫常谓郁郁无味矣。一自国荣入来后，外间事无事不奏，无言不传，东宫以为新奇爽异。之前此宫官之略有际遇者，渐次疏远，而国荣为第一人，比如丈夫惑于妖妾。”

益增大，傲慢逐日膨胀。多种资料记载他在宫廷内放肆地与妓生玩耍、对国王肆意妄为等，做出各种目中无人的行动。[1]

洪国荣称霸天下后，依然不知足，甚至想扮演国王外祖家的角色。与英祖一样，正祖与王妃的关系也不好。正祖与王妃之间没有子女，洪国荣认为中殿有无法生育子女的腹病，于是拉拢贞纯王后，让贞纯王后下令挑选后宫。接着洪国荣把自己十三岁的妹妹送入宫中，并为她要到不该用于后宫的名号——“元嫔”，“元嫔”之意是“第一嫔宫”。元嫔入宫不满一年即卒，洪国荣怀疑她的死因。作为大臣，他竟然怀疑王妃，并审问中殿内人等，表现出挑战王权的姿态。[2] 另外，他还让恩彦君之子常溪君李湛过继为元嫔的养子，掌管元嫔的祭祀，并担任守护墓地的代奠官与守园官。这是想把李湛推为东宫而采取的行动。洪国荣将常溪君更名为完丰君，“完”指的是王室李氏的本贯全州，即“完山”，而“丰”指的是洪国荣的本贯丰山。从名号来看，他有把正祖侄子推戴为国王的嫌疑。

洪国荣的这种姿态被认为是对王室的挑战，这导致了他的没

---

[1]《恨中录》，第 389 页。“盖闻渠在禁中，率畜内医女，如处私室。且为提举，内局备进外水剌二床，而一则渠自食之，无所差等，悖慢于上前也，陵轹乎大臣也，可谓罔测。”

[2]《恨中录》，第 392—393 页。“以中宫殿二十二岁，素无腹病，而乃谓有疾，图出慈教，使两殿不复和合，其罪可胜诛哉！纵使非渠所为，先王春秋近三十，嗣续无望，必也选择壮盛处子，颙祝斯男之庆，乃是臣分。忽出妖恶之计，敢以十三岁稚儿妹纳之。何时长成，见其嗣哉？号曰‘元嫔’，宫号以‘淑昌’。‘元’字之号，意尤叵测。安有坤殿在位，而敢称元字于妃嫔乎？天道神明，罪恶贯盈。己亥，渠妹致夭。国荣不胜其悍毒恚愤，敢以渠妹之事，致疑于坤殿，挑先王之愤。内殿宫女，屡施栲掠，至于拔刃恐吓，期欲得招于内殿指嗾，惨诬几及于内殿。”

落。对掌权人来说，即便有像朋友一样亲近之人，也不存在真正的朋友，更何况没有永远的朋友。只有铭记这一点，才能长久地享受权力，但洪国荣没有意识到。1779 年九月，洪国荣抛置朝廷内部的争议，辞去了官职。正祖封被赶下台的洪国荣为奉朝贺。他这是把赐给退休老大臣的名誉职位赏给了三十二岁的年轻臣子。洪国荣的待遇是如此独特，因此“黑发奉朝贺”成了洪国荣的别称。洪国荣从汉阳近郊被赶到了江原道横城，之后又被移送江陵。1781 年四月初五日，三十四岁的洪国荣在东海海边结束了短暂的一生。

> 白鸥片片莫惊飞，世弃吾将从汝归。
> 五六春光风景好，花明柳暗拂珠玑。[1]

这首广为传唱的歌谣据说是洪国荣创作的时调，他在三十出头的年纪意识到了权力的无常。唯一的友人洪国荣也离开了朝廷，正祖成了不受任何干涉的绝对掌权人，只有彻底的孤独才是他的朋友。

---

[1] 原文是韩文写成的时调，此处采用李裕元的汉译。李裕元：《白鸥词》，《嘉梧稿略》第一册，《影印标点韩国文集丛刊》第 315 册，首尔：民族文化推进会，2003 年，第 23 页。——译注

第三十四讲
正祖的统治哲学

万川明月主人翁

洪国荣被赶走后，朝鲜终于迎来了正祖的世界，变成了正祖的国家。当然，这并不是说正祖实行了暴力独裁。无论是在学术上还是道德上，正祖都是可以成为臣民模范的圣君。正祖不是大臣们可以提出建议并教导的国王，而是应该听其言、顺其行的老师，即所谓的“君师”。

正祖对学问的关注与热情早已是众所周知。《恨中录》中有这样一段话。“春秋几近五旬，万机无暇，而每冬必读一帙经传。岁己未冬，又毕《左氏传》。余以志喜之意，效幼时洗册之礼，略具汤饼以进之。”

正祖的孝顺也自不必说。俭素的品性让他“朝夕馔品，不过三四器，亦不许高排”。甚至晚年居住的迎春轩漏雨也没有修理。惠庆宫劝说正祖，虽然俭素很好，但作为国王的话，是不是有些过分。正祖反倒以“崇俭非惜财也，乃惜福之道也”来教导母亲。[1]

这种模范行为的基础是自信。正祖从东宫时期起，就在居处

---

[1]《恨中录》，第 300 页。“先王天禀朴素，晚益崇俭，常时所御之堂，短檐窄室，不施丹雘，不许修葺，萧然若寒士所居。衣服则衮袍之外，锦绮不近于身。衾裯必取绵布，而不用细缎。朝夕馔品，不过三四器，亦不许高排。吾或言其太薄，则必亹亹陈奢侈之弊曰：‘崇俭非惜财也，乃惜福之道也。’反以此而勉我，吾所叹服。”

挂上“弘斋”匾额，并以此为号。“弘斋”出自《论语》中“士不可以不弘毅，任重而道远”之句。正祖自幼怀抱的这种远大梦想延续至其晚年的“万川明月主人翁”之号。此号指的是他自己是照亮全世界溪水的明月。正祖写过一篇文章，详细地解释了此号之意，即“月者太极也，太极者吾也，是岂非昔人所以喻之以万川之明月而寓之以太极之神用者耶?”(《万川明月主人翁自序》）在正祖面前，党派、派别、才能、学识等不过都是细枝末节。他说，世人无论怀有怎样的心情与才能，都只在自己照亮他们时才会显露出来。这真是威风凛凛的君王形象。

金钟秀与蔡济恭是屈指可数的代表正祖时期的大臣。金钟秀自诩清白正直，以清流自处。他还向正祖主张，尊崇生父思悼世子于义理不合（即他忠告国王不要尊崇生父），所以也被称为“义理主人”。由此金钟秀自称是敢于发表正论的大臣，据《恨中录》记载，这也是正祖一手策划的，即正祖指使了金钟秀。正祖经常对惠庆宫这样说：

> 先王每曰：“钟秀之名论，乃予成就也。钟秀承顺予之义理，世上不知而谓钟秀先主论也，岂不可笑?”又曰：“予若不欲追崇，岂亲纂景慕宫八字尊号与玉册金印耶？予即今若示追崇之意，钟秀亦主论欲追崇之。癸丑年腊月，渠揣度予加意洪氏之意，于筵中奏渠乃洪氏之至亲，未曾行攻洪之论。大体情态，如九尾狐也！”(《恨中录》，第451—452页)

世人以为金钟秀是主张高见、引导君王的名臣，但实际上他是被正祖之言操纵的大臣，即按其本性，也就是自身利益行动的小人。翻阅最近公开的正祖的秘密信件，可知正祖利用信件操纵了大臣。在写给沈焕之的一封信中，正祖称金钟秀已死，现在你将成为“义理主人”，并详细指示沈焕之在朝廷中该如何行动。[1]蔡济恭的情况也不例外。如果想通过《正祖实录》等资料来了解正祖，必须考虑正祖的幕后操纵。无论大臣的本性为何，正祖都是能够照出他特定面貌的月亮。那是一轮照亮整个世界的明月。

马基雅维利主义者

正祖把展现自己统治哲学的《万川明月主人翁自序》制作成匾额，挂在宫中各处。一般来说，“万川明月”的“明月”可以被理解为普照世界的国王之恩，但实际上正祖的月光并非恩惠之光，而是监视、操纵、控制世界的统治之光。国王照亮每个人的某个角落，塑造他们的形象，将其捆绑在一起，放入政治中调和。在这里，国王是引领世界的唯一操纵者。

操纵世界并不容易。利益不同、视角不同、行为不同。要操纵他们，必须按他们各自的要求做出回应。马基雅维利在《君主论》中写道：“当遵守信义反而对自己不利的时候，或者原来使自己做出诺言的理由现在不复存在的时候，一位英明的统治者绝不能够，也不应当遵守信义。君主必须做一个伟大的伪装者和假好人。”正祖为了操纵世界，不得不说谎。《正祖实录》呈现的正祖形象，与其说是“真实的儒生典型”，不如说是经常欺骗与独

[1] 白丞镐等编译：《正祖御札帖》，成均馆大学校出版部，2009 年，第 324 页。

断的政治家，对此连国王的支持势力都感到困惑。[1]

母亲惠庆宫也是正祖操纵与控制的对象。从《恨中录》来看，正祖与惠庆宫的说法有三四处相左。1769年，洪凤汉在会见东宫正祖时威胁说，若将来不追崇思悼世子，可能会推戴他人为王。正祖在回答郑履焕的上疏时公开表示，洪凤汉曾说过“推戴”。但同在场的惠庆宫称洪凤汉从未说过这样的话。也就是说，在同一场合，母亲没有听到儿子听到的话。[2] 惠庆宫认为，正祖这样答复上疏是为了抓住自己父亲的弱点，不让外祖家动弹。

另一件事发生在1776年正祖处死惠庆宫的叔父洪麟汉时。正祖在赐死洪麟汉时，称惠庆宫认为国法至严，忍着私人的痛苦允许了此事。于是正祖以母亲为借口，判处叔外祖死刑。(《正祖实录》，1776年七月初五日）对此惠庆宫表示，借自己的话处死叔父是把自己也一并处死。她称，世人不知情，把自己看成是不救叔父于危难中反而同意此事的伦纪罪人。她反问世上哪有这样的冤痛之事？[3]

对于同一事件，母亲与儿子的说法完全不同，让人很难判断真伪。但考虑到正祖的政治哲学与行为，我无法不对正祖产

---

[1] 朴贤谋:《政治家正祖》，蓝色历史，2001年，第23页。

[2]《恨中录》，第446页。“此异于他事，乃吾于座上亲听之言。天日在上，岂可言‘推戴’二字？其时酬酌，如上所言，无一毫多语之事，足可辨明，而‘推戴’二字既御书于批答，面目非善，至今执以为罪。吾先亲即以怪异之意强曰‘追崇甚善’，而岂可以何许心，胁以‘不为追崇，即有推戴之举’乎？况父女之间，虽为至切，而宫中体面分义自别，岂有吾于座上而以此言胁吾之子乎？”

[3]《恨中录》，第386页。“吾则丙申七月，仲父之处分传教，谓吾有知，则便是由我而致死也。世人不知，或知余不救仲父之被祸而为然之样，而责我以伦纪之罪人，吾亦难明矣。万古岂有杀其仲父而为然之人哉？”

生怀疑。正祖不止一两次欺骗母亲，《恨中录》中也有这样的例子。某次正祖与惠庆宫进行了母子交谈。正祖称，到 1804 年纯祖成年能够承担国政后，将全面赦免外祖家之罪。惠庆宫怀疑道："其时吾年七十矣，吾难期满七，或与今日之言有舛，则将若之何?"对此正祖正色道："何敢欺七十老人乎?"从此事可推知，正祖不止一两次做过让母亲无法相信的事。此外，在洪麟汉说"三不必知"的当天早晨，正祖称惠庆宫致信洪麟汉，而惠庆宫说没有这样的事情。

就连母亲惠庆宫也不相信正祖的言行。也许对于独自高挂天空、照耀世界的正祖来说只能如此。他的生活非常寂寞孤单。正祖在去世之月曾召见亲家金祖淳说："人君地极孤危，非妻家则何以为依乎?"（《迎春玉音记》）当然这可能是对亲家说的祝福语，但也可能因为是临死前说的话，可以像遗嘱一样让人感受到真情。正祖在即位初年斥退了妻家与外祖家，不久又赶走了亲信。此后二十年间，他独自主导国政，人生极度孤危。

第三十五讲
正祖之死与《恨中录》

贞纯王后的攻击

1800 年六月二十八日，正祖去世。正祖的权力虽不是民主的权力，但却是深受百姓爱戴的善良权力。正祖不仅保护了百姓免受第二、第三权力的侵害，还努力实现儒教社会的理想，并且在这一点上也获得了很高评价。这位从朝鲜理念与体制中诞生的最优秀的国王抛弃了自己钟爱的国家，来到了生养教导他的祖先们所在的地方。

就像大部分的死亡一样，无论是对本人还是周围的人，正祖之死都是突然的。虽然未满五十岁的正祖并非年轻，但也不是面临死亡的年龄。更何况儿子纯祖与正祖失去父亲时一样年幼，只有十一岁。对于刚结束初拣择、再拣择，即将与金祖淳之女完婚的纯祖来说，父王之死是晴天霹雳。纯祖虽背上了朝鲜这个国家的负担，但同时也获得了作为国王的荣耀。

年幼的纯祖无法立刻治国。在举行成年仪式的十五岁之前，年幼国王在大臣的帮助下亲自治国并非没有先例，即便如此，十一岁的年纪还是太小了。因此直到纯祖成年，宫中长辈将代他负责国政。当时宫中最高长辈是贞纯王后。从年龄来说，惠庆宫虽年长十岁，但她在辈分上是贞纯王后的儿媳，加上她的丈夫没有成为国王，她不能成为大妃，仅仅只是国王的亲祖母而已。无论从辈分还是地位来看，贞纯王后都是宫中最高长辈。

对贞纯王后来说，正祖意外的死亡是一次好机会。贞纯王后出身于寒微的儒生家庭。对于这样出身的人成为王妃的背景，有很多说法，而她入宫前后受到惠庆宫娘家庇护之事可以在《恨中录》等资料中得到确认。[1] 但贞纯王后成为王妃后，其家族不再柔弱可欺了。当时惠庆宫娘家无法再对自家依靠的思悼世子有所期待，万一贞纯王后给年近七旬的英祖生下王子，思悼世子可能会失去世子之位。在这种情况下，贞纯王后娘家持续攻击拥有既得利益的惠庆宫娘家，成为所谓“攻洪派”的主轴。

在贞纯王后入宫不到两年的 1761 年，她的兄长金龟柱以思悼世子的平壤之行为由，呈上了请求处罚负责世子教育之人的上疏。英祖知道该上疏的主要攻击目标是惠庆宫娘家，认为这会引发外戚之间的政治斗争，于是严厉批评了贞纯王后。1763 年，金龟柱在中举后的次日获得英祖写下的“勉尔效古清风庆恩”八个赐字。这句话的意思是“勉励你效仿之前的清风府院君与庆恩府院君”。清风指显宗妃的父亲金佑明，庆恩指肃宗妃的父亲金柱臣。这两人都是国王的外戚，为人低调安静，英祖是在嘱咐金龟柱作为外戚要为人低调。英祖亲自写下这八个字，并嘱咐他千万不要忘记。从某种角度看，英祖的这句话与其说是称赞，不如说是责骂，后被记入金龟柱后代编纂的金龟柱年谱《可庵年谱》中。1769 年，金龟柱之父金汉耈在去世前对儿子

[1]《恨中录》，第 435 页。“吾家与龟柱家原不相识，国婚定后，先亲于再拣之日即访之，极尽而言休戚与共之意。贫穷士子之家，猝然当此大事，岂有可知之道，而先亲每事导而助之。先亲时任户判，其家与本宫所用之物，凡百各别厚待之。持身之道、宫禁出入之理、戚里之规，甚至于出任大将之节次，如骨肉至亲，实心教导。”

说："凤汉眼无君父久矣，必将恣行脑臆，以危宗国。汝须勿忘吾言，竭力报国也。"贞纯王后娘家是惠庆宫娘家不共戴天的死对头。

贞纯王后娘家在英祖健在时依靠国王的眷爱维持势力，但随着正祖的即位，家势最终完全衰落。王大妃的亲兄长金龟柱被流放到死亡之岛黑山岛。1786年金龟柱死后，其家就如《恨中录》所描述的那样，变成了"唯存寡妇、孤儿之家"。虽然这一时期惠庆宫娘家也被打压得支离破碎，但还是作为国王的外祖家保有一定程度的待遇。贞纯王后娘家陷入了远不如惠庆宫娘家的困境。在这种情况下，正祖突然去世，贞纯王后掌握了权力。

贞纯王后掌权后，立即恢复自身一派的权力，开始攻击敌对之人。于是她家的长期政敌——惠庆宫娘家的处境宛如风前灯烛。贞纯王后方面翻开了三十年的旧账，不仅重新攻击惠庆宫娘家，还把微不足道的罪过也全部找出。就这样，贞纯王后一派试图损害死者的名誉，结束活人的生命，惠庆宫的弟弟洪乐任成了复仇的绝好目标。贞纯王后一派把惠庆宫娘家贬为逆贼之党并大肆攻击，而惠庆宫在正祖的葬礼结束后立即赴正祖去世时居住的迎春轩，拒绝药房的问安，表示要卧而赴死。[1]贞纯王后认为惠

---

[1]《恨中录》，第413页。"吾之形势残弱，满朝蔑视，而万无禁制之道。一切万事以谢绝，心中为定。而卒哭后，自处以废人，移处于迎春轩以俟终命。余之生死若梦，亦何所惜，而甘心捱此怨愤？八月，欲为所定之事，不受药房问安之意，以谚书以下，而长卧于迎春轩，抚念先王之遗迹，而号天痛哭，昏绝而卧。万古岂有如许光景，如许情理也？"

庆宫的抵抗是洪乐任在幕后操纵，下令流放洪乐任。[1] 此事因年幼纯祖的出面而中止，但恰好黄嗣永事件爆发，洪乐任被怀疑是天主教信徒。

当时天主教在朝鲜获得迅速发展，在此期间，黄嗣永为朝鲜天主教向西方请求军事援助的事情被察觉。也就是说，此时可以以大逆之罪随意杀害天主教信徒。贞纯王后一派在此加上了洪乐任的名字，即洪乐任与南人天主教信徒吴锡忠有过交往。洪乐任与吴锡忠交往之事，不仅惠庆宫不知，连与吴锡忠同属南人党的丁若镛亦称其荒唐而加以否认。没能经受住严刑拷打的吴锡忠称曾见过一次洪乐任，但丁若镛说这不是事实。[2] 流放济州岛后，洪乐任被赐死，同日思悼世子的庶子恩彦君也在济州岛被赐死。恩彦君因妻子、儿媳与天主教有牵扯而被连累，这是无可奈何之事，但洪乐任与天主教的关系是不清楚的，他是蒙冤而死。

《恨中录》，惠庆宫的反驳

惠庆宫遇到了人生最大的危机，在不共戴天的贞纯王后掌权的情况下，完全看不到活路。唯一的希望是时间，留给贞纯王后

[1]《恨中录》，第 413—414 页。“东朝闻知而大怒大怒，多般责教，而勿令出颁谚书。自内禁止余之所为之事，不是异事，而千万意外乃东朝谓之以‘冲动有人’，欲罪其人云，而自有所入闻矣。其月念七下谚教，以叔弟诱我致此举措声罪，而三水远窜。”

[2] 按丁若镛的说法，吴锡忠承认与洪乐任相识乃屈打成招。丁若镛：《梅丈吴锡忠墓志铭》，《与犹堂全书》第一集，第 336 页。“辛酉春，睦万中、洪乐安等嗾大司谏申凤朝发启曰：吴锡忠即家焕护法善神。又缔结凶孽，以为声援。所谓凶孽，阴指洪凤汉之子洪乐任也。既逮入狱，问缔结之情，拷掠惨酷，无可比拟。公既迷，自诬云丙申秋一往见之。呜呼！丙申秋者，洪麟汉赐死之时也，有往见洪乐任者乎？”

的时间只剩三年多，之后纯祖将亲政，直接进行统治。惠庆宫一边祈祷纯祖三年内不死，一边为纯祖亲政做准备。这就是《恨中录》主要部分的执笔动机。该书大致由三篇文章组成，其中一篇是在正祖生前执笔的，但讲述思悼世子死亡经过与辩解娘家嫌疑的文章是在正祖死后执笔的。这两篇文章的主要读者都是纯祖。惠庆宫想明白地告诉孙子，自己的娘家不是逆贼。她希望娘家不要再被视为逆贼了。

惠庆宫的心愿实现了。三年后，纯祖顺利开始亲政，而贞纯王后可能是因为承受不住放权的压力，在结束垂帘听政的一年后就去世了。此时纯祖周围只有惠庆宫一派。金祖淳之所以能够维系安东金氏的势道政治，也是因为这样的政治环境。但权力时常不知道什么时候就会变幻，一辈子生活在宫中的老练政治人物惠庆宫不可能不知道这一点。因此，惠庆宫希望在为娘家辩解的同时，在政治上巩固娘家的稳定地位。虽然现在谁都不敢攻击自己的娘家，但为彻底洗清之前的嫌疑，惠庆宫整理了历史。整理家中内外与王室的往返信件是第一步工作，第二步工作是撰写《恨中录》。惠庆宫找出了数千封与王室的往返信件，并经过彻底的资料整理，创造了《恨中录》里坚实的自我辩护逻辑。

惠庆宫想通过《恨中录》传达的信息非常明确，即自己的娘家没有犯下任何谋逆罪行。至于思悼世子之死，惠庆宫称自己娘家没有罪，此后各种琐碎的嫌疑也不属实。积极主张惠庆宫娘家嫌疑的是以贞纯王后一派为中心的所谓“攻洪派”，他们此时已完全失势，几乎没有东山再起的可能。在这样的情况下，惠庆宫为何如此卖力地为娘家辩解？乍一看，《恨中录》似乎是在批判

"攻洪派"，但实际上针对的是更强的对手，即正祖。

正祖为牵制外戚，将外祖家的罪过与"攻洪派"提出的嫌疑捆绑起来。另外，他为了掩盖世间对父亲思悼世子的侮辱与否定，最终设定了不利于惠庆宫娘家的情境。正祖构筑了将思悼世子的恶行与过错转嫁给外祖等周围人的逻辑。乍一看，《恨中录》引用了正祖的话，似乎赞同正祖的逻辑，但其背后分明是对正祖创造的逻辑的反驳。

第三十六讲
惠庆宫，哲之女性

宫中女性政治人物的一生

惠庆宫是宣祖之女贞明公主的后人。贞明公主与洪柱元成婚，其孙洪重箕是惠庆宫的曾祖父。洪重箕去世后，惠庆宫的伯祖父洪锡辅将遗产全部占为己有，而惠庆宫之家虽是祖父洪铉辅出任过判书的名门望族，但也难逃窘境。《恨中录》的某本异本略微透露了惠庆宫对伯祖父没有把财产分给祖父的怨恨。她称祖父去世后，如果没有姑母的帮助，在一段时期内饔飧不济。

随着惠庆宫入宫，家中的情况发生了翻天覆地的变化。《恨中录》中介绍了惠庆宫入宫时的一则逸话。惠庆宫被选为世子嫔后，很多亲戚为在她入宫前见最后一面而涌向她家。惠庆宫感叹世态炎凉，称那些在她家家道凋零后不怎么往来的人也来了。但在那么多亲戚中，惠庆宫唯独只记得一个人，这就是洪鉴辅。他是惠庆宫的再从祖父，即祖父的堂兄弟。惠庆宫在那天第一次见到了洪鉴辅。九岁那年就见过一次的人，竟然一辈子也忘不了，这是为什么呢？

那天洪鉴辅在告诫族中孙女惠庆宫的同时也道了别。他说："宫禁至严，入去后不可谒，永诀也。恭敬谨慎以过！"又补充道："吾名鉴字辅字，入阙后复记之。"（《恨中录》，第 174 页）洪鉴辅作为一族的祖父，训诫成为世子嫔的年幼堂侄孙女。他称自己不是靠这个孙女就可以出入宫廷的近亲，所以这是第一次也是最后一次的训诫。训诫的内容是让人听不进的话：用心侍奉宫中的长辈，要时刻小心。这种无趣的训诫原本不可能给惠庆宫留下深刻的印象，更不是九岁听完后直到花甲都能记住的内容。洪鉴辅的训诫特征是利用了自己的名字。训诫完毕，洪鉴辅要求惠庆宫入宫后，记住这些话与自己的名字。“鉴”指把自己的话或古代圣贤的话当作镜子，小心举止。“辅”指辅佐宫中长辈或宫殿之事。这些话听起来像是自己要好好帮助惠庆宫。洪鉴辅称要训诫孙女，实际上是提出了让惠庆宫终生难忘的请托。

或许正是因为如此，从《承政院日记》与《英祖实录》来看，洪鉴辅在惠庆宫入宫后，出任了多个官职。首尔大学奎章阁藏有一本名为《麾事总要》的书，该书是由他在担任地方官期间收集的文件编辑而成。年幼的世子嫔惠庆宫在入宫前就已经是请托的对象。虽然不知道正是因为如此还是其他原因，但在这则逸话的结尾，惠庆宫说：“闻其言，悲之。”不论惠庆宫自身愿意与否，她已经坐在政治位置上了。

聪明与坚韧

记载洪凤汉初年年谱的《翼翼斋漫录》称，惠庆宫被选为世子嫔时，首次呈上的拣择单子有七十九件。在初拣择时，筛选为八件，再拣择时压缩为三件。步入最后竞争的姑娘除惠庆宫之外，还有都事崔景兴与承旨郑俊一的女儿。惠庆宫从 79：1 的竞争中脱颖而出，成为世子嫔。虽然英祖的亲信们对拣择惠庆宫起到了作用，但也绝不能忽视惠庆宫的资质。

正祖生前曾这样向大臣们提到母亲惠庆宫：“我慈宫自少凡

耳目之所经涉，终身不忘。自宫中故事，以至国朝典宪，人家氏族，靡所不记。予或有所疑，未尝不仰质，仰质未尝不历历指教。聪明博识，予不敢仰企也。”(《惠庆宫志文》，见《纯祖实录》1816年正月二十一日）正祖以聪明而闻名，惠庆宫作为他的母亲，即使没有这样的话，我们也可以想象到她的聪明。另外，从惠庆宫娘家也能看出她的才华。父亲洪凤汉，兄长洪乐仁，弟弟洪乐信、洪乐任接连通过了科举考试。此外，从《恨中录》中也可以看出惠庆宫极佳的记忆力与井然的逻辑。小说家李泰俊称“《恨中录》才是朝鲜的经典散文”，也是事出有因。

惠庆宫既聪明又坚韧。她也对自己年轻时几乎每天凌晨就起床打扮，穿上正式礼服，克服困难向各位宫中长辈问安而感到自豪。她说：“吾又以十岁年幼，为人刚坚，入而问安不敢怠。”她还说：“虽隆冬盛暑风雨大雪之中，若问安之日，不敢不往。宫中之法，比于近来，何如是其严也。吾之未尝苦之之事，亦古人为人或能当之也。”(《恨中录》，195—196页）

这种坚韧似乎成了她在丈夫去世、娘家被儿子打压得几乎灭门时继续活下去的力量，而且这样的坚韧也仿佛与毫无顾忌的表达方式连接在一起。惠庆宫在文章中明确展现出了党派的偏颇与对娘家的偏爱。当然，《恨中录》原本就不是针对普通读者所写的，而是让自己的家人与后人阅读，因此没有理由在这个问题上小心翼翼。但即便考虑到这样的情况，从朝鲜时代两班家的女性，特别是宫廷女性所具有的极度谨慎态度来看，也不能不说惠庆宫撰写的《恨中录》是一种大胆的表达。若与肃宗的继妃仁元王后留下的文字对比，结果显而易见。

惠庆宫是一生都生活在几乎没有私人领域的公共空间里的人。对于这样的人而言，可以说《恨中录》使用了相当直接、大胆的表达方式。在《恨中录》研究的起步阶段，由于上述偏颇与偏爱，有人对整体内容的真实性提出了质疑。但最近的研究对作为历史记录的《恨中录》的价值给予了更高的评价。[1] 因为它不仅在内容上与包括《承政院日记》在内的各种一手史料基本一致，而且在逻辑上也井然有序。

惠庆宫眼看着丈夫去世、娘家家道凋零，但也活满了八十年。儿子与妓生游玩时，她要求处罚与儿子一起出游的别监而绝食数日；父亲被攻击为逆贼时，她自投于地而寻死；在她老年时，贞纯王后攻击她的娘家，她赴正祖曾居之处，饮食全废，卧而待死。聪明、冷静、坚韧的惠庆宫作为女性政治人物，在并不短暂的人生中激烈地活着。1815 年十二月十五日，惠庆宫在生育正祖的昌庆宫景春殿走完了曲折的一生。

---

[1] 崔诚桓:《〈恨中录〉的政治史理解》,《历史教育》115，历史教育研究会，2010 年。

结语

权力是美丽的宝石，任何人看一眼就想拥有。世子嫔拣择令下达后，惠庆宫家里很犹豫是否该安排女儿参与拣择。惠庆宫母亲说："儒士之女，不欲入于拣择，岂有害耶?"惠庆宫父亲说："为臣子者，何可欺罔?"决定参加拣择。惠庆宫表示，自己家对把孩子送入宫中没有兴趣。不知道是不是因为惠庆宫的家族真的对权力没有欲望，但我不认为他们会超然于世子嫔这块玲珑的宝石。初拣择一结束，惠庆宫就说："拣择后有所闻然，族党多来访者。门下人自庚申后绝迹，而来者亦多，人心怪异矣。"(《恨中录》，第171—172页）即使在获得宝石之前，权力仍然让人蜂拥而至。对权力漠不关心就等于没有欲望，放弃权力是仅次于放弃一切的困难之事。惠庆宫的家族并不像后来她自认的那样，是一个会轻易放弃权力的家族。

权力在落入手中之前并不属于自己，但一旦拥有，就会出现主体与客体的同一化。我即权力，权力即我。我会认为权力原本就是自己的，因为这是给予自己的，所以也会出现这样的逻辑跳跃，即只有自己才有资格拥有。如果同一化进行得更顺畅，之后还会产生对此的责任感与义务感，即自身有责任维护，并认为此事是自身的义务。惠庆宫之父洪凤汉在思悼世子去世后未能退出朝廷也是出于这个缘故。这是若没有自己，谁来收拾混乱政局的责任意识。虽以责任为借口，但仔细分析的话，这实际上也是一种权力欲。惠庆宫娘家的政治反对派——贞纯王后娘家也是如此。起初贞纯王后娘家向惠庆宫娘家低头，但女儿成为王妃后，就像先前的王室外戚一样行动。贞纯王后之父金汉耈给儿女们留下了对抗洪凤汉之权的遗言。两家在政治上持不同立场，但在权力欲方面却是一致的。惠庆宫直到娘家陷入困局才意识到思悼世子去世后，父亲未能从朝中退下的原因其实是权力欲。

与权力合为一体的国王也没有什么不同。英祖总说不会留恋国王之位，于是他动辄宣布“传位”，但无人相信他的传位宣言是出自真心。只要国王表现出对国家与百姓的担忧，他就决不会脱离权力。若想摆脱权力，就要抛弃自我而去相信其他人，即要相信继承人，因为相信继承人，所以现在该下台了。把部分国政交给世子的代理听政并不是抛弃权力欲，反而是对权力的更强烈的执着，这表示要把世子也直接置于自己的权力之下。因为深知这些内情，继承人大都不是乐意接受而是害怕代理听政。

就像世事一样，人到了时候就应该离开。因害怕死亡，一辈子连“死”与“归”字都不敢提的英祖也去世了。到了时候就应该放下权力，但就像不知道死亡之时一样，人无法知道该放下权力的时间。所谓权力的宝石既有大而华丽的，也有小而朴素的。大部分人连小而朴素的都无法放下，所以放弃大的真的很难。更何况如果抛弃大而华丽的宝石，连受其光环影响的人都会失去光彩。因此他们也会加入进来，劝阻不要放弃权力。

我们可以把朝鲜后期党争也理解成是为占据权力光环而进行的斗争。老论与少论展开对决，扶洪与攻洪展开争斗，最后演变成时派与僻派对立的党争的本质同样是如此。若某一方乘势独断专行，就会形成在无意中与国王争夺权力的局面，而让国王感到危机。绝对掌权人会攻击想要抢夺自己东西的人，但拥有夺权力量的人也会提前斩草除根。为了权力的存立，双方都寸步不让。

权力的无情正是来源于此。英祖平时对思悼世子冷漠而严格，都到了要杀子的地步，这就更不用说了。英祖声称为了宗庙与社稷，要求思悼世子赴死。但从本质上看，他所说的四百年宗社不是其他，正是他自己的权力。对权力的核心，也就是对他本人的挑战，一丝一毫都不会得到原谅，子女也概莫能外。对于平凡的父亲来说，这是完全无法理解的事情，但根据权力的一般逻辑，这并非无法理解。正祖亦是一样的无情。正祖登极后，立即打压外祖家，在此过程中还欺骗了母亲，后来又把像朋友一样亲近的洪国荣逼入死亡。对掌权人来说，没有朋友、家人、父母、子女。

无情令人孤独。没有可以分享东西的人，只能是一个人。即便周围许多人聚在一起笑闹，自己不向他们分享真情，他们也不会回以真心。这样的独自之身自然岌岌可危，因为要时刻担心权力的安危。掌权人虽然只是独自孤危，但多疑的权力总是不断给周围之人带来痛苦。周围之人害怕掌权人的愤怒，失望于掌权人的骗术，于是时而哭泣，时而捶胸顿足，但如果不知道从权力周围退下的适当之时，最终会跌入谷底。明知道这一点却不能轻易离开，这就是权力。权力是如此美丽的宝石，所以人们不知道离开的适当之时，无法离开，而即使知道又不忍离开。

现实就是现实。虽然普通人看起来觉得有些扭曲，但这样的国王们打造了朝鲜的全盛期，即以愤怒与恐怖为长技的英祖，以欺骗为长技的正祖成就了朝鲜的“文艺复兴”。马基雅维利在《君主论》中提出了“作为君主，受人畏惧和受人爱戴哪个更好”的问题，回答是“如果一个人对两者必须有所取舍，那么受人畏惧比受人爱戴安全得多”。马基雅维利还忠告道：“在不可避免出现流血事态的情况下，一定要树立强有力的、明确的逻辑与大义名分，然后推进事情。”他还说：“君主必须做一个伟大的伪装者和假好人。”可以说，他把恐怖与欺骗说成是君主的品德。英祖与正祖正是具有马基雅维利式君主品德的国王。

可以说因英祖与正祖忠于马基雅维利式君主的品德，所以创造了最好的时代吗？这两人作为统治者所具备的资质里，可以高度评价的是他们不仅对周围人，对自己也非常严格。他们欣然放弃了作为帝王可以享有的奢侈生活，比任何人都彻底、诚实地实践了俭约这一品德，此外他们在孝道等其他儒教品德的实践上也比任何人都彻底。虽然他们有时用愤怒来威胁大臣，有时用欺骗来安抚大臣，但两位国王的权威从根本上来说，是来自彻底的自我管理。大臣们就像学生跟随老师一样，不得不亦步亦趋地跟随国王，不敢慢待国王。这与为民统治连接在一起，让他们从百姓那里收获了“仁君”的称颂。

现在，绝对君主的时代已经过去了。但在政治领域之外，其他领域还留有类似的权力。最具代表性的就是经济权力。有些人拥有与人类生存息息相关的经济财富，不受任何干涉，行使着强大的权力。但是仔细分析就会发现，就像朝鲜不是国王的所有物一样，经济财富也不是资本家的所有物。即便自己努力积累财富，但也没有权力把它世世代代传下去，应该将此视为暂时委任的权力。但是有人利用这样的权力，甚至影响了他人的生存。不分享的权力是孤独而危险的。

附录一

对先行著述的批判

第一讲
近来围绕思悼世子之死的争议[1]

这本出版于2012年的《权力与人》批判了成乐熏的《韩国党争史》与李银顺的《朝鲜后期党争史研究》等书提出的思悼世子因党争而死的观点，即此前学界视为通论的“党争说”。本书主张思悼世子“狂症说”与“谋逆罪人说”，出版后在学界内外引起了一定的争议。首尔大学国史系教授吴洙彰在书评中写道：“《权力与人》是实至名归的历史著作。其在令历史学者汗颜的严谨文献考证基础上，阐明了许多新的史实，给朝鲜时代史研究带来了很大冲击。”吴洙彰教授几乎全盘接受我的观点，而汉文文献学学者张裕昇与历史学泰斗韩永愚也与我见解一致。[2] 但是也有几位学者通过书评或论文对本人的观点进行批判，其中代表性的评论可列举如下：

白敏贞（音译），《观察历史权力问题的视线》，《人文论丛》68，首尔大学人文学研究院，2012。

崔诚桓①，《从朝鲜后期政治脉络解读荡平国王正祖》，《正祖与正祖以后》，历史批评社，2017。

---

[1] 本文摘选自郑炳说：《围绕思悼世子之死的争议》，《东亚研究》58，首尔大学东亚文化研究所，2020。

[2] 吴洙彰：《从文学视角确认的朝鲜后期政治史的基础》，《民族文学史研究》48，民族文学史研究所，2012。张裕昇：《玄皋记—原文》，水原华城博物馆，2015，第7、16页。韩永愚：《正祖评传，圣君之路》，知识产业社，2017。

崔诚桓②,《〈恨中录〉的多面事实性及史料价值》,《惠庆宫及其时代》，华城市厅，2015。

丁海得,《〈恨中录〉及相关记录的比较探讨》,《惠庆宫及其时代》，华城市厅，2015。

针对这些批判，我曾撰写了简略的反驳文章，但一直没有找到合适的刊物发表。此后首尔大学东亚文化研究所提议邀请持有批判观点的学者与另外四五位学者举办讨论会。这次特殊形式的研讨会举办于 2020 年 11 月 16 日，我进行简短报告后，由六名学者进行评论。这次研讨会由李庆求（翰林大学翰林科学院）主持，金文植（檀国大学历史学系）、崔诚桓（首尔大学历史教育系）、丁海得（韩信大学国史学系）、朴范（公州大学历史学系）、张裕昇（檀国大学东洋学研究院）、白丞镐（韩南大学国文系）等参与集中讨论。本文是对前述四篇文章及这次研讨会上所提问题的答复。[1]

思悼世子的死因

关于思悼世子之死，我主要采纳《恨中录》中的表述，书中解释道：思悼世子与父王英祖不和而患狂症，做出威胁英祖的举动，受到处罚而死亡。这是《承政院日记》《英祖实录》以及其他一手史料中也可以确认的内容。但依照正祖为父亲思悼世子撰写

[1] 为避免对前述文章引用的繁冗，以下内容只提及研究者的名字。因为都是篇幅不长的文章，为避免繁琐，不再单独标出页数。而且若没有其他特定内容，不再重复加注。

的墓志——《显隆园志》而做出的解释，不仅否定了思悼世子之罪，也否定他身患狂症。或是因为我的研究，还是其他理由，现在罕见否定思悼世子身患狂症的研究，但至今仍有一些论文对思悼世子获罪受罚而死的解读持批判态度。

我说过无论是“狂症说”还是“党争说”都不是直接死因。英祖并非以思悼世子狂易为由将其处死，党争也不是思悼世子的直接死因。若是要找出英祖处死思悼世子的直接原因，我认为应该是谋逆罪。我的看法是，英祖降谋逆罪于世子并将其处死，思悼世子获叛逆罪的原因是他对英祖的攻击性的言行，而思悼世子攻击父王言行的根本来源是狂症。此前有研究认为思悼世子身患狂症是因为父子间的性格差异，但未仔细考察他们是否有政治立场的差异。有观点认为英祖受老论派的支持，思悼世子对少论派有好感，在思悼世子代理听政时，英祖称朝廷分为父党与子党，即分为亲英祖的一派与亲思悼世子的一派，但不清楚这能否被看作是父子间政治意见的差异。

否定思悼世子“谋逆罪说”的学者有崔诚桓与丁海得，论文崔诚桓①对我的书评价道：“现在文学界试图超越作品分析，从而纠正对英正祖时代的历史叙述，《权力与人》即顶峰。该书否定了韩国史学界的主要说明模式，即党争史视角，是彻底地从作为人的英祖、思悼世子、正祖的观点分析壬午祸变前后英正祖时代的研究成果。”并整理了我的见解：“郑炳说在该书中不仅否定了李德一，也全面否定了历史学界的‘党争说’，以思悼世子的‘谋逆罪人说’取而代之。他不仅将英祖的处分视为对世子谋逆意图的合适措施，而且认为英祖后悔该处分而写下的‘金縢之书’有可能是正祖的捏造，从而改变了讨论的方向。他在关于壬午祸变原因的传统解说中，唯独排除‘党争说’，反而提出‘谋逆罪人说’，这是会引发争论的主张。”

针对思悼世子的死因，崔诚桓继续提及此前的“党争说”“性格冲突说”“狂症说”，并断定：“最初该事件就不是从某一方面可以下结论的事情，也不是争论的对象。”针对“谋逆罪人说”他主张道：“没有实施谋逆的证据，英祖也调查了思悼世子谋逆的企图，由于没有证据而最终未将其公开，所以不能将谋逆认为是历史事实。”他又说：“这是因为壬午祸变时，英祖在极度激动的状态下颁布《废世子颁教》，公布了世子想谋害自己的情况，但在给世子办丧事时又恢复了他的地位，乃至降下谥号，使大臣们无法再提世子之罪。我们应该认为《废世子颁教》最终被英祖撤回。”

丁海得也提出了与崔诚桓类似的主张：“英祖确认世子死后即刻撤回了废世子的举措，恢复了世子的位号，公开了世子之死。”同时，他说朝鲜的正式文书把思悼世子之死记为“薨逝”，从“薨逝”这个用语可以看出思悼世子并非作为逆贼被赐死，因而不能将他的死亡与谋逆罪联系到一起，即英祖处死思悼世子时，是因某种理由废掉他的世子之位并赐死，但在世子死后又恢复了他的地位，所以世子并非因谋逆罪而死。

两位学者对思悼世子受英祖处罚而死并未提出异议，也不反对英祖在降下处罚时，正如《英祖实录》所展示的一样，意识到了某种叛乱的事实。他们亦未对英祖在处罚思悼世子之前，已经意识到了世子的威胁性言行这一情况提出异议。这些都是可以在

《恨中录》《英祖实录》《废世子颁教》等史料中确认的事实，特别是《废世子颁教》借思悼世子生母暎嫔李氏之口较为详细地传达了世子的恶行。但他们认为，不能将这些行为视为谋逆，因此不能断定思悼世子因谋逆罪而受到处罚，而且不存在思悼世子谋逆的证据，这在世子死后英祖即刻撤回废世子之举使之复位，并令大臣们无法言及世子之罪等方面已经体现出来了。

在此需要严格区分“犯谋逆罪而死”与“有谋逆之举”。这就如某人获杀人罪被执行死刑，但不能说他一定是杀人犯。而且因时代的不同，某一罪名的适用范围也会有较大差别，即现代人认为的“谋逆”与朝鲜时代的人认为的“谋逆”在具体行为方面会有较大差异。朝鲜时代使用的刑法典——《大明律》里的谋逆罪出现在最前面的《名例律》中的“十恶”与《刑律》中的“贼盗”等处。“十恶”中第一条“谋反”、第二条“谋大逆”、第三条“谋叛”、第四条“恶逆”、第五条“不道”等都是指谋逆罪，“贼盗”律中的掠夺对象若是国家，即为谋逆罪。但观察罪名的实际适用情况，谋逆并不一定指的是率军入侵宫殿或直接攻击君王。未能立刻执行君王的命令或使君王不悦，这些都可被视为谋逆罪。例如 1771 年八月沈仪之在英祖面前提到了英祖忌讳提及的思悼世子死时所用的木柜，触发逆律而获死刑。英祖的教旨如下：“今者沈仪之万万阴惨，故虽施逆律，此与关系大逆者有间，应坐人特除一律，为奴窜配。”（《英祖实录》，1771 年八月初三日）思悼世子若率手下的武士出去，即使没有入侵英祖的宫殿而归，仅在英祖不在的地方抽刀说了将刺杀国王这样的话，也足以被定为谋逆罪。崔诚桓与丁海得认为英祖后来恢复了世子之位，所以很难说思悼世子犯下谋逆罪。但即使死后复权，处罚时的罪名也不会消失，上述观点是颠倒顺序而产生的误解。

2020 年 11 月的研讨会上，崔诚桓与丁海得不再坚持自己先前的主张，而提出无法断定为谋逆罪。崔诚桓认为是英祖察觉到叛乱的迹象，为防止事情发生，提前将世子处死；丁海得认为比起谋逆罪，世子应该是因对父亲言行无礼之罪，即触犯纲常罪而被处死。任何记录都没有明确说明思悼世子的罪名，因而可以自由推断。但深知国法之严的国王，未能给世子定上一个明确的罪名就提前将其随意处死，这一解释似乎难以说通。朝鲜时代，尤其是英祖的统治不会如此简单又随意。若要提出这样的观点，应当查阅朝鲜时代是否存在单独将谋逆未遂定为罪名进行处罚的法条或是否存在前例。我们从前述的沈仪之的情况可以了解到，在朝鲜时代即使仅仅展露谋逆的迹象也不会被单独视为谋逆未遂，而是直接定为谋逆。

国王处死世子，不可能不依据法律而随意为之。特别是像英祖这样强调原则的国王在处罚世子时，绝不会降下超越法律、脱离法律的处罚，即绝不会无视法律而处罚一国至尊的世子。英祖为使处罚正式化，在处分之前首先废掉思悼世子的世子之位，再通过《废世子颁教》以文书的形式将此事告知全国百姓。思悼世子是“小朝”，即小国王，从法制上来看，不能处死国王，这是因为不存在处罚国王的法条。所以若要处死世子，首先需要废掉他的世子之位。英祖的做法是如此彻底。

但亦如丁海得所说，英祖也可能给思悼世子定下纲常罪并处死他。英祖与思悼世子是君臣关系，同时也是父子关系，因此思悼世子对英祖的威胁性行动既是不忠，亦是不孝，谋逆罪与纲常罪可以同时成立。我认为，英祖提到与思悼世子的官方关系，甚至在私人场合通常是把君臣关系放在首位，所以先以谋逆罪论处，但说是纲常罪也没有错。不过有一点需要明确，即便是纲常罪，思悼世子之罪也绝没有减轻。《大明律》没有直接点出纲常罪，前述的“十恶”中第七条是“不孝”，在现实中常适用于纲常罪。网络检索《朝鲜王朝实录》数据库的话，可以确认纲常罪的多数适用情况，《秋官志》第二卷《详覆部》的“伦常”中列举了杀害或殴打父母等罪，并介绍了实际判例。这些到了英祖时期，在《续大典》(《刑典》“推断”）中变成了明文规定的法条，其规定为：“纲常罪人（弑父、母、夫，奴弑主，官奴弑官长者）结案正法后，妻、子、女为奴，破家潴泽，降其邑号，罢其守令。”英祖没有不能采用纲常罪的理由，但真的实施的话，会有更严厉的处罚伴随而来。他需要把惠庆宫与正祖等人降为奴婢，把思悼世子的住处刨为水池。但既然英祖没有这样做，可见他没必要勉强采用纲常罪。

历史学泰斗韩永愚也在最近的著作中提到谋逆罪是直接死因。他写道：“世子的谋逆事件一败露，英祖终于打出了最后一张牌，也就是他决定处死世子。”(韩永愚：前揭书，第 216 页）形成谋逆罪存在多种原因，而思悼世子的狂症是最接近的原因，且狂症的主要成因是他与父亲不和。

英祖之悔

关于思悼世子之死的另一个争论点是世子死后英祖是否真的

原谅了世子，以及是否后悔处罚他。这不是与死因直接相关的问题。或许会产生这样的疑问：将死因及之后的行动与感情联系起来有什么意义呢？处死世子后再原谅他，并且后悔，不能证明在处死他的时候不讨厌他。但英祖的原谅与后悔是正祖将其作为追崇生父的重要依据，因而实际意义并不小。思悼世子虽然受到英祖的处分而死，但英祖此后的原谅与后悔，可以与追崇世子未违背英祖之意的逻辑相连接。英祖的原谅与后悔可以看作是对思悼世子的一种赦免。

我曾说过，英祖在处死思悼世子后从未正式表示过后悔，而且我认为展现英祖后悔的代表性事件“金縢之书”也是为追崇思悼世子而捏造的。关于这一点，崔诚桓①中写道：“应将英祖的后悔或‘金縢之书’视为事实。祸变发生时英祖提到了世子的叛乱，即弑杀自己的可能性。但时过境迁，在英祖四十年代中期[1]后表露后悔之情也是事实。后悔的表现在《英祖实录》中处处可见。”他在论文的注解中列举了《英祖实录》中可作为证据的三个部分，其中英祖四十四年（1768 年）五月十四日条、同年十一月二十六日条中未见后悔迹象。英祖四十七年（1771 年）八月初七日条中的如下内容或可读到某种程度的后悔。

> 自韩錀疏后，圣心烦恼，每中朝而叹曰：“吾儿贤矣，而臣下不匡，以至于此。彼虽曰凤汉所献之物，既献之后，用此物者，岂非予乎？天下后世，将谓予何？”至是特除两

[1] 英祖四十年代中期：英祖四十年为 1764 年，英祖四十年代中期即 1769 年前后。——译注

司长官，荣进等不得已发凤汉之启。

此事件发生前的上一年三月，韩输上疏批判惠庆宫的父亲洪凤汉，内容是洪凤汉献上了木柜，导致思悼世子死亡。他认为思悼世子之死是献上木柜的洪凤汉之错。对此英祖说思悼世子本来贤良，是下面的臣子没有好好引导以致其死亡，木柜虽是洪凤汉所献之物，但所用之人是他自己，后世岂非最终将此归咎于他？英祖的话语中存在可被理解为他对思悼世子之死深感惋惜的部分，但我们不能就此判断他认为自己处死思悼世子是错误的，因而感到后悔。即使把这部分解读为后悔，那也是杀子之父对儿子之死感到惋惜的后悔，而不是因自己误判而处死儿子的后悔。崔诚桓参与翻译的《玄皋记》中有以“英祖之悔”为题的条目，其中的后悔也与上文类似。

此外，丁海得说思悼世子的“思悼”谥号蕴含了英祖作为父亲期望反省的恳切之心，而不是对儿子的愤怒。他认为：“世子的谥号‘思悼’，其谥法为‘追悔前过曰思，中年早夭曰悼’，这也反映了英祖希望世子能像太甲一样反省自己过错的心情。”但若正确理解思悼世子谥号的含义，就不会如此解读。英祖降下“思悼”这一谥号中的“思”与“悼”都是含否定意义的恶谥。简单来说，他称思悼世子为“虽然犯错但反省的年轻离世的人”。当然，我们可以说既然英祖称世子还知道反省，那就避开了连反省都没有的最差的否定谥号。查阅《祭文誊抄》记录的英祖亲自撰写的思悼世子祭文，他说：“闻尔不讳，追思近卅载父子之恩，曲尽处分，复其故号赐尔谥曰思悼，比诸戾太子，于尔可谓美谥。”英祖是如此愤怒，他的意思不是期待思悼世子反省，而是世子做了比谋逆举兵的戾太子更恶劣的事情，但他以宽容的态度放其一马。

英祖的原谅与后悔是后世研究者要谨慎考虑的部分。若要阐明后悔，就需要寻找相关记录与证据，但即使发现这样的内容，也需要慎重解读。宽容与后悔基本上是感情的问题，而感情是难以明确解读的。有哪位父亲能在处死儿子后，宣称自己的行动出色又觉得骄傲呢？在重视“父子有亲”的儒教社会，即使父亲有理由杀害儿子且毫无悔意，但在外也要对儿子的死亡表示惋惜或遗憾，这是外界期待的感情表达方式。英祖作为国王，哪怕毫无遗憾，也要迎合大臣与百姓的期待而表示惋惜。我们要牢记这些注意事项再谨慎解读史料。不过即便英祖有某种程度上的明显后悔表现，我们也难以相信其真实性，因为他从未正式或明确地好好表现过后悔。

能够更加明确展示英祖的原谅与后悔的是他的行为。一边说着同样爱儿子与女儿，一边又把全部财产都传给儿子，女儿是否能从这样的父母身上感受到平等的爱呢？每天对配偶说“我爱你”，同时又出轨的人是真的爱配偶吗？原谅且后悔的话，若有与之相称的行为，我们可以认为是真实的。英祖处死思悼世子后恢复了他的世子之位，我们可以认为他展示了原谅与后悔，但我们很难判断复位到底是意味真的后悔，还是英祖作为父亲、作为国王为了顾及颜面所采取的最低层面行动。若能找到当时人们对英祖行为的反应与评价，我们就可以大致了解情况。

在为思悼世子举丧之时，英祖恢复了他的世子之位，但没有按世子之位的标准举办丧礼，因而受到史官的批评。服丧的月数及丧服的标准均低于世子丧礼的规定。一段时间过后，英祖说是后悔，但不允许大臣与正祖参拜思悼世子墓所与祠堂，以至于有人上疏批判，这些事情均无法展现英祖原谅死去的思悼世子。差不多到了他离世前的 1774 年，他才允许正祖去给生父扫墓。

无论从任何角度都无法读到英祖真正的原谅与后悔，但仍有一些学者不断读出这一点。若问处死儿子的父亲心中怎能没有一丝悔意，英祖之悔是可以理解的，但任何解读都应有依据。在找到表现与行为依据之前，我们是不能如此解读的。无法解读的话不如保留解读更为妥当。

正祖对思悼世子传记的歪曲

声称英祖后悔处死思悼世子，正祖举出的代表性证据就是所谓的“金縢之书”。1793 年八月初八日，正祖公开了二十字的汉诗。[1] 我怀疑“金縢”事件是正祖伪造的，而崔诚桓①认为：“若是造假，对正祖试图变更‘壬午义理’持批判态度的诸多大臣都会提出质疑。”他以正祖公开“金縢之书”后近十年主持国政期间，大臣们未表示丝毫怀疑为由否定了造假说。但我认为无法放下对“金縢之书”的怀疑有以下三个理由。

第一，一贯性问题。如前文所述，英祖在一生的言行中都没有展现后悔，反而经常表露愤怒。但这样的人某天隐瞒了深深的后悔，把“金縢之书”转交给秘书，事后过了很久，相关人员才

[1] 此诗内容为“血衫血衫，桐兮桐兮，谁是金藏千秋？予怀归来望思。”——译注

拿出了证据，这不得不引人怀疑。当然，也可能是英祖意识到自己判断错误，但在至尊的国王之位上无法表露。然而问题是，如果看到“金縢之书”，也不一定非要隐藏。是大臣们没能好好辅佐世子导致其死亡，英祖像这样哀叹世子的死亡，因而埋怨大臣的情形在其他场合也发生过。如果说“金縢之书”有比这种后悔更迫切的内容，就应该展现出来，但并未如此。令人怀疑的是，正祖为何在即位快满二十年之时，才像公开大秘密一样公开“金縢之书”？如果这真的具有重大意义，那早就应该公开，为什么不公开呢？正祖度过即位初期后，分步完成追崇父亲思悼世子的程序，但为何迟至那时才公开如此重要的文书，实在令人费解。即位之初时，可以说他是因为很难违背实际掌握朝廷的大臣们的意愿，但即位十年后，他已经成了无所不能的国王，却也没有立即公开。不仅是英祖，连正祖的言行也无法展现一贯性。我们遇到研究对象的出人意料的言行首先会产生怀疑，这种情况就是如此。

第二，证据的充分性问题。正祖提出的证据并不充分。如果存在记录了英祖之悔的“金縢之书”，正祖就可以拿出原件，也可以展示全文，但他只向部分大臣展示了副本的部分内容。如果展示原件的话，就会被问“这是真的吗？”如果展示全文，就会被问“还有其他的吗？”但只拿出部分与副本，就表示没有继续全部展示的意思，大臣们也无法再要求了。正祖只拿出证据的末端，就让大家相信了。“金縢之书”是在当初属于老论派的左议政金钟秀等人就思悼世子的生平展开争论后拿出来的，针对这个问题，正祖说：“今日诸臣每因一番事端，辄有一番妄度，以典礼间事致疑于不当疑之地，此岂敢萌于心者乎？”从而禁止提出异议，堵住了悠悠之口。崔诚桓认为当初大臣们争论思悼世子的生平问题时，正祖拿出来的正是“金縢之书”，如果“金縢之书”存在问题，大臣们会提出异议，但未有人如此为之。如果继续追问国王，可能触犯“犯上不道”的谋逆罪。正祖就这样展示了“金縢之书”，堵住了悠悠之口。崔诚桓似乎认为朝鲜的朝廷是无论国王如何堵住大臣们的嘴，但只要有疑点，他们就一定会提出质疑的地方。不知他如此看待正祖朝廷的依据是什么。我对朝鲜或正祖的朝廷看法与崔诚桓不同。虽然每个国王都不同，但像英祖或正祖一样具有绝对权威的国王强势提出自己的主张的话，大臣们不敢在朝廷提出异议。

第三，证据提供者的信赖度问题。许多学者称正祖为贤君、学者君主从而抬高他的时候，研究正祖并出版著作的政治学家朴贤谋认为《正祖实录》中的正祖是“经常使用欺骗手段的专断政治家，甚至让国王的支持势力都感到困惑”。我曾把正祖称为马基雅维利式的君主，近来大量公之于众的正祖寄给大臣们的秘密简札也证明了这一点。

关于证据提供者的信赖度问题，白敏贞（音译）曾提出过反驳。针对我对正祖的怀疑，她表示：“如果把正祖的历史歪曲之举视为严重的历史欺诈行为，那么作者如何对正祖的治世赋予意义呢？”意思是我在详细论述正祖歪曲思悼世子相关事实的同时，如何给他的治世赋予一定的意义？世间对正祖的评价极为不同，有些人认为他是改革的圣君或启蒙君主，但也有人认为他是导致朝鲜走向灭亡的暴君。旅德历史学家卞媛琳认为答案是后者。我认为正祖的政治统治在朝鲜历代国王中相对优秀，但不能视正祖时代为太平盛世，也不能视他为圣君。当然，更不能认为他是圣君，所以就不会歪曲事实，即我不认为政治与道德具有必然或密切的关联性。另外，我认为正祖歪曲事实，是为追崇父亲而歪曲父亲传记，可能并不违背当时的道德准则。崔诚桓辩护说，英祖末年，正祖还是东宫时向英祖请求删去《承政院日记》中有关思悼世子恶行的部分，这可以视为“一种统治行为”而不是歪曲事实。不知他是不是因歪曲这一说法所含有的否定意味而想要否定此事，但不论这是不是统治行为，想隐瞒事实这一点并没有变化。

正祖为制作不同于事实的思悼世子的传记，制定了多种对策。他采取了一切可能的办法来歪曲事实，即减少、隐瞒、删除、编辑、夸张等。去掉《承政院日记》中思悼世子的恶行部分是删除，而且他不正当地介入《英祖实录》的编纂确实与他试图减少思悼世子恶行的动机相关，后文将详述。另外，在迁葬思悼世子坟墓的过程中发现的《英祖亲制志文》被他放置不管最后自动废弃，取而代之的是选取思悼世子传记内容中正面的部分，与他亲自撰写的《显隆园志》。在此过程中，正祖还搜集整理了思悼世子温阳温泉之行的相关传闻，使思悼世子的行踪看起来比实际夸张。从正祖所做的一系列事情来看，“金縢之书”的事情完全有可能造假。

第四，情况的问题。这与统治体制的性质有关。崔诚桓①表示，如果“金縢之书”是伪造，对正祖试图追崇思悼世子持批判态度的大臣们不会坐视不理。从大臣们不发一语来看，这不是伪造。如果国王朝着与大臣们意愿不同的方向做出可疑的行为，大臣们就会纠正他的信念与朝鲜或正祖的统治体制性质相关。君臣关系是压迫的、单方面的，还是能动的相互批判与牵制，观察者对此的认识不同，该问题的答案也会有所不同。崔诚桓似乎认为朝鲜朝廷是实现活跃的公论政治的地方，而我认为，可能偶尔出现理想的双向沟通，但从根本上看，专制的、压迫的单向沟通占主导地位。

想要讨论这个问题的话，一两本书都说不完。虽然正祖的统治风格与相对更加压抑的英祖不同，但这并不意味大臣们易于向正祖追究问题或提出反对意见。尽管存在极度小心翼翼向国王陈述自己意见的大臣们，但一旦国王严格确立政策方向后，他们就再也说不出话来。与“金縢之书”相关，类似情形也见于《正祖实录》。从近来公之于众的正祖寄给近臣们的秘密简札来看，偶尔出现的大臣们提出异见的行为，其实是正祖操纵下的产物。尽管不能认为大臣们的异见调整全都是通过国王的秘密操纵实现的，但可以看出，国王单向的统治方式比表面看起来更为强烈。

关于朝鲜统治体制的性质，我最近与政治思想家金英敏展开过争论。他在批判我的书《朝鲜时代小说的生产与流通》时说：“很难将朝鲜王朝视为专制权力统治的王朝。”同时他还举例说，在以行使强大王权而闻名的国王——英祖的统治时期，从《推案及鞫案》来看，谋逆事件多达八十三件[1]，即从近百起谋反事件的数量来看，英祖的统治权力出乎意料的脆弱。对此我反驳道：

[1] 金英敏：《从国文学论争来看朝鲜后期的国家、社会、行为者》，《日本批评》19，首尔大学日本学研究所，2018 年。

“《推案及鞫案》提及的逆谋案中，近一半是有令国王不悦的言行，即所谓的‘犯上不道’罪。最近我们所想的那种拿着刀剑的谋逆行为，只有 1728 年戊申乱这一件。”[1] 虽然不能把英祖统治推及整个朝鲜时代，但朝鲜政治大体上具有百姓或大臣们无法轻易动摇的严肃特性。同样，即使“金縢之书”之事被怀疑是国王伪造的，只要国王下定决心坚持，就无人胆敢反对，这就是朝鲜朝廷的基本性质。

正祖是否伪造了“金縢之书”，目前谁也不能断定。造假是伪造了“金縢之书”中的诗，还是诗是英祖写的，但被正祖夸大其词，说成英祖悔不当初一样，尚不清楚。无论如何，从以上四种理由来看，我认为“金縢之书”是十分值得怀疑的。历史学泰斗韩永愚对“金縢之书”也持类似见解，他说：“事实上‘金縢之书’很可能是正祖为了挽救父亲与祖父的声誉而与心腹大臣蔡济恭合谋编造的假文书。”（韩永愚：前揭书，第 349 页）

接近历史真实的方法

迄今为止，围绕思悼世子的死亡，争议不断的原因在于这是父亲处死儿子，国家最高统治者处死接班人的令人难以言说的事件。无论是加害者，还是死者之子，都忌讳把伤口原原本本地展现出来。政治争议以此为契机而爆发，其中特定的视角得到进一步强化。由于事件被掩盖、歪曲，所以越来越难以接近真相。后世学者应该充分考虑这些情况并查阅史料，但他们却懒得注意，

[1] 郑炳说：《再论朝鲜后期小说流通的政治经济学背景》，《冠岳语文研究》43，首尔大学国语国文系，2018 年。

反而沿着特定一方的视角继续扩散错误。虽然很难完全查明数百年前的事件真相，但我认为只要注意以下几点，就不会与真相背道而驰。在我看来，上述的若干批判也是没有注意这几点，所以得出了错误的结论。

第一，应尽可能广泛地涉猎相关史料。不仅是核心资料《恨中录》《显隆园志》，也包括《朝鲜王朝实录》《承政院日记》等编年史料中的相关部分。同时，需要仔细研读《废世子颁教》《英祖亲制志文》《英祖亲制致祭文》等未被广泛研究的第一手资料，并将此作为研究对象。前述的对我的书持批判态度的学者中，除了崔诚桓之外，大部分看起来都没有读过这些资料。

第二，要正确翻译、解读资料。王室相关的文书具有委婉表达的特征，尤其要更加小心感情表达等难以准确掌握意义的部分。部分学者对于《英祖实录》与《英祖亲制志文》中相关内容的解释，没有按前后脉络正确读出英祖的感情。

第三，需要严密地批判资料。我们不能完全相信资料中揭示的情况，有必要了解资料的可信度与资料的性质。想要准确掌握资料的性质，我们有必要了解编纂动机、目的及过程。如果不了解资料的性质就去解读的话，会拘泥于文面，最终导致错误地解释整个事件。《恨中录》作为核心史料，因为是个人记录，被怀疑存在记录不准与党派狭隘性，但通过最近的几项研究，我们查明了惠庆宫在编纂过程中下了很大功夫，该书是相当准确、相对公正的资料。相反，与《恨中录》对立的正祖亲撰的思悼世子传记——《显隆园志》因为是国王所写的记录，曾被预测是准确、公正的资料，但实际上是正祖为美化父亲而撰写的。

从《显隆园志》的制作过程来看，该资料的性质非常明显。英祖在处死思悼世子后，于东大门外的拜峰山下建造坟墓埋葬了他，同时埋下亲撰的墓志。正祖即位后，挑选了更好的墓址，下决心将父亲移葬水原。在移葬过程中，他接到了原墓址中出现英祖亲撰墓志的报告，但他并没有按惯例将墓志移葬到新墓址，而是就地掩埋将其湮灭，然后在新墓址中埋下自己亲撰的新墓志。正祖埋葬的英祖亲撰墓志在 1968 年建筑新建施工中出土。如果把英祖撰写的墓志与正祖撰写的墓志进行比较，我们就能看到完全相反的内容，就像《恨中录》与《显隆园志》分别刻画了“疯世子”与“贤世子”一样，前者刻画了狂易悖恶的世子，后者刻画了仁慈贤明的世子。我们从英祖撰写的墓志可以推测，正祖为何会违背惯例就地掩埋先王撰写的墓志，并且重新葬下自己撰写的墓志。我们只能认为，正祖想改变祖父确立的思悼世子的传记。据《玄皋记》的记载，正祖为了不让大臣们读到自己撰写的《显隆园志》而费尽心思，甚至不顾大臣们的反对，拒绝将其收入《列圣志状》。也就是说，正祖不希望《显隆园志》成为众人关注的焦点。他虽然想改变父亲的负面形象，但认为最好还是不要引发争议地将墓志埋葬。

另外，我们需要掌握严肃、公正且以非常客观而著称的史料——《朝鲜王朝实录》的性质，并批判地加以阅读。《朝鲜王朝实录》是在某位国王死后，由下一任国王主导编纂的史料，并不是所有王代的实录都同样公正与严肃。正祖时代编纂的《英祖实录》存在正祖介入的情况，由此可以确认其偏向性与指向性。

从首尔大学奎章阁韩国学研究院收藏的《英宗大王实录厅

仪轨》来看，正祖即位后编纂《英祖实录》时，破例将部分时期的《时政记》删节任务交给特定之人。部分时期是指1758年至1762年思悼世子生命的最后时期与1773年至1776年正祖即位前的时期，负责人是李徽之。针对思悼世子人生最后五年的记录，正祖甚至下达了如下的命令。“上曰:《时政记》及《政院日记》中戊寅以后癸未以前所载者，或不无不可烦人眼目处，而此则虽三房罢后，都厅犹可抄节，姑勿输去。”(《英宗大王实录厅仪轨》，删节厅誊录，1778年三月二十三日）正祖针对思悼世子的恶行达到极点的时期，让特定之人编辑“烦人眼目处”的部分。他为什么要这样做？毫无疑问，“烦人眼目处”指的是思悼世子的恶行，为什么把这部分交给特定之人呢？李徽之到底是什么人？

李徽之是因“辛壬狱事”而死的老论大臣李颐命的侄子，也是李观命的儿子，他属于因少论家破人亡而恨意满满的铁杆老论派。与之相关需要关注的是《景宗实录》的改修。《景宗实录》在英祖初年编纂完成，由少论派主导编纂。该实录把因“辛壬狱事”而死的老论大臣们视为逆贼，老论派对此感到非常不满。正祖允许修改《景宗实录》，以平息老论派的不满。与此同时，他还全权委托老论大臣编纂记录自己父亲多项恶行的史料。正祖非常小心翼翼地处理与父亲恶行相关的部分，实际上最终结果是重要的部分被删去，其中正祖与老论的交易值得怀疑。虽然不能进一步查明真相，但我们必须铭记，连所谓客观性高的实录都需要留意其性质再加以阅读。

第四，要根据合理的推论进行解释。思悼世子犯下某罪受罚，后来却被赦免了，所以崔诚桓与丁海得主张应视其无罪。我不认为他们是从逻辑上掌握了死因。赦免后无罪，不能就此认为赦免前无罪。另外，这两位学者在研讨会上称，不存在断定谋逆罪的证据，还不如视作谋逆未遂罪或纲常罪。这可以说是对当时法制理解不足而提出的意见。按朝鲜王朝的法律，哪怕试图谋逆，就可以适用谋逆罪，英祖时代的纲常罪比普通叛国罪更须加重处罚。我们要想通过推论主张某种假设，必须有情况与证据的支持。

最后，要警惕偶像化研究对象。白敏贞（音译）认为正祖是优秀的统治者，不可能说谎。崔诚桓则辩护道："即使正祖编造了思悼世子的传记，也应将其视为统治行为的一环。"我怀疑两位学者是把正祖偶像化成优秀的君主。优秀的统治者也会说谎，即使把编造视为统治行为，编造这一事实本身也不会改变。不应该说某某不是那样的人，而应承认这样的事实。如果学者们不具备严格的客观与冷静，那普通人就会偶像化历史人物。

第二讲
对思悼世子党争牺牲说的批判

当时的“党争牺牲说”

关于思悼世子死亡原因的各种说法中，最具代表性的是“狂症说”与“党争牺牲说”。前文已详细分析过“狂症说”，接下来要正式探讨“党争牺牲说”。尽管都是主张“党争牺牲说”，说法也略有差异，但基本上都认为思悼世子本无病，开始代理听政，表现出反老论的倾向后，受到了老论的牵制与诬陷，再加上英祖亦赞同老论，最终使其走向死亡。如果这一说法要成立，就必须确认思悼世子是否真的表现出反老论的态度，以及在党派问题上是否与英祖的立场不同等。

“党争牺牲说”在惠庆宫撰写《恨中录》时就已出现。惠庆宫称，关于思悼世子之死，世间存在两种说法。一是思悼世子犯下死罪而死；二是思悼世子本无罪无病，却遭诬陷而死。(《恨中录》，第 152 页）前者不仅把思悼世子视为谋逆罪人，而且把其子正祖也视为罪人之子，该说法在正祖即位后很难发之于口。后者是正祖开展思悼世子追崇事业后开始成为主流的说法，在后世发展为“党争牺牲说”。在“党争牺牲说”的扩散中，正祖发挥了巨大作用。支持“党争牺牲说”的最重要论据是正祖撰写的思悼世子行状。

比正祖撰写的思悼世子行状呈现出更明确、更典型党争立场的资料，还有赵翰逵的《壬午本末》(收入《紫桥小藏》《角亭集》

等)。该短篇文献汇集了民间对思悼世子之死的传闻，其中有不少传闻支持“党争牺牲说”。赵翰逵和惠庆宫生活在同时代，他是少论巨头赵泰亿的曾孙。换言之，该文献展现了少论对壬午祸变的理解，主要内容是思悼世子被老论一派诬陷而死。该书收录的大部分记事似乎是无法验证的传闻，我挑选了其中几条还算像话的记录罗列如下。

○ 思悼世子在十八岁时与英祖谈话，思悼世子称：“不忠于景庙者，岂有忠于殿下之理乎？至于荡平诸臣，忘先王、附国贼，皆反复小人也。”上奇其见识高明，益加爱重曰：“皇兄借腹而生汝也。”

○ 1757 年冬的某天，金尚鲁向英祖建议废掉世子。“上大惊曰：‘此何说也？谁使卿为此言乎？’尚鲁惶怯曰：‘洪启禧也。’”

○思悼世子叱责洪启禧是汉武帝时的逆臣江充，而“(洪启禧)少不畏怵，乃敢勃然曰：‘邸下宜熟看《阐义昭鉴》。’”

第一个事件是年幼的思悼世子向英祖称，对景宗不忠的人“岂有忠于殿下之理乎”。该发言可以被解读为是在批判老论。听到该发言的英祖认为思悼世子见识高明，并称思悼世子是景宗的转世。这是在批判英祖的支持势力——老论与荡平派，英祖怎么可能会称赞他？第二个与第三个事件是宰相向国王抛出的令人震惊的发言，以及权臣与世子顶嘴。考虑到朝鲜严格的君臣关系，这也令人难以接受。上文提到的《阐义昭鉴》是1755年罗州挂书事件后，朝鲜朝廷颁布的记录讨伐少论、南人过程的书。

像这样，《壬午本末》由来源不明、令人怀疑是否发生过的短篇记事罗列堆积而成。加之几乎不存在可以验证其真伪的其他信息，因此很难将其作为研究的主要资料。

现代的“党争牺牲说”

像传闻一样流传的党争牺牲说被收入成乐熏的《韩国党争史》(《韩国文化史大系2》，高丽大学民族文化研究所，1966年)，这也是该说法首次被学术著作所采用。成乐熏说：“正祖是贤明的君主，我相信他绝不会为制造生父思悼世子的无罪而对是非持有黑暗的见解。”他同时依据正祖撰写的与思悼世子相关的文字来树立主张，即成乐熏未能逐一考察史料与事实，而是在正祖是值得信赖的国王的前提下展开讨论。本应与研究对象保持客观距离的学术著作从立论开始就存在问题。

在《韩国党争史》中，作为“党争牺牲说”的证据而被提出的只有《壬午本末》中出现的若干传闻，即便如此，成乐熏将此作为有力证据，从基本事实关系开始就犯下错误。

> 世子代理听政的当年，庆尚道儒生赵进道登科。正言李允郁上疏请求削去赵进道的科名。这是因为赵进道属于南人党，他的祖父赵德麟在上一年上疏，称辛壬去世的金昌集等人是逆贼。赵德麟死于流放济州的途中，所以不能让他的孙子登科。世子不允许削去赵进道的科名，但老论向英祖告发

了此事，英祖怒于世子的处理，立即下令削去赵进道的科名。(《韩国党争史》，第 380 页)

成乐熏认为，“赵进道的削科事件”，即取消赵进道科举合格资格的事件是展示思悼世子与英祖党派立场差异的代表性事件。成乐熏称该事件发生在“世子代理听政的当年”，即 1749 年，但实际上该事件是在十年后的 1759 年发生的。到了 1759 年，世子的病症已经到了无药可救的阶段，无法因政治问题与父王对立。《英祖实录》等资料也未展现在处理该事件的过程中，思悼世子与英祖存在立场差异。崔凤永亦在名为《壬午祸变与英祖末期正祖初期的政治势力》(《朝鲜后期党争的综合性检讨》，韩国精神文化研究院，1992 年，第 256 页）的论文中提到这个问题，他认为思悼世子并未强烈提出反对意见，只是模棱两可间被强硬派拖入立场尴尬的境地。就思悼世子代理听政时的态度，朴光用也在《英祖与正祖之国》(蓝色历史，1998 年，第 104—105 页）中表示：“虽说是思悼世子在代理听政，但重要的实务事案大都是经过备边司的讨论后处理的，重要的政治事案总要获得英祖的批准才得以决定，因此不太可能发生这种事情。”可以说，《韩国党争史》至少对思悼世子的死因问题未能提出任何可信依据。崔凤永亦批判成乐熏的该书：“不仅内容粗略，而且错误严重。”

李银顺的《〈恨中录〉呈现的思悼世子死因》(1968 年）等一系列文章将成乐熏的“党争牺牲说”变得更为具体化。李银顺的论文最终结集为《朝鲜后期党争史研究》(一志社，1988 年)。李银顺也和成乐熏一样，以正祖的文章为基础，批判《恨中录》的观点，从而提出“党争牺牲说”。她认为《恨中录》是“惠庆宫洪氏以回忆录体例编写的自我辩解”，《英祖实录》则是“编纂者多属于老论一派，所以不能排除掩盖该事件的可能性”，而通过正祖的文章，“不仅可以了解思悼世子的一生，还可以找到壬午祸变准确始末的线索”。与成乐熏类似，她给予正祖的文章毫无批判的信任。

李银顺以正祖的文章为基础，认为不能称思悼世子为病人，思悼世子不仅正常，而且优秀。他在代理听政时，不仅实施了为民的税收政策，而且因为果断做出了违背英祖意愿的独立政策判断，与英祖正面对立。父子间的政治意见分歧导致了思悼世子之死。但李银顺的观点源于误读思悼世子的行状。

首先，我们来阅读一下她所谓的思悼世子在代理听政过程中做出了独立的政治判断的例子。

> 甲戌年，……太学儒生以斋隶持御赐银杯而夜出为逻卒所捕，遂捲食堂。教曰：大朝重儒之德意何如？敢因微事起闹，致令圣庙无人可乎？重推本兵长，仍命劝入斋儒。（《显隆园行状》）

李银顺将画线部分分别解释为“废除食堂”与“胆敢因小事闹事，所以降下了命令，因而圣庙中无人才正确”，从而将整段部分理解为思悼世子在没有与英祖商议的情况下单独“关闭成均馆的食堂”。（《朝鲜后期党争史研究》，第 116 页与第 203 页）该事件在《英祖实录》1754 年正月二十八日条中有详细说明，即孝宗曾赐给成均馆所谓“赐太学”的银杯，后来逐渐形成了成均馆的奴仆夜晚持该银杯上街，哪怕违反宵禁，巡逻军士也不敢问罪的传统。当天成均馆儒生也以奴仆持杯，结果意外被巡逻军士抓获而受罚。成均馆儒生们认为这是巡逻军士在无视成均馆，因此采取了“捲堂”措施，即某种共同罢课。听闻这一事件的思悼世子遵照英祖之意严惩了大将。[1] 这样解读的话，此时思悼世子的判断是遵照英祖之意，而不是李银顺所谓的“在没有与英祖商议的情况下单独”决定。李银顺对该事件的分析，因对“捲堂”理解不足以及对“可乎”的错读而误解了文脉。

继成均馆事件，李银顺又称思悼世子“在重要政治问题上与英祖产生意见分歧，父子之间形成对立。对立针对的是与英祖的即位义理名分相关的辛壬士祸。此时父子均引用中国典故来表明意见”。她没有具体说明父子围绕辛壬士祸的政治分歧在何处，可以推测或是上揭引文的延续部分，但无论在这一部分，还是在行状的其他任何部分，都不存在可以视为思悼世子与英祖产生政治分歧而对立的内容。李银顺在误读了思悼世子行状的情况下发表了自己的见解。

正如前文所述，解读正祖撰写的思悼世子行状并不容易，在解读时须极度小心。崔凤永也严厉批判了李银顺的论文，但就李银顺对正祖的文章的信任，他宣称：“这只不过是在未分析《英

[1]《朝鲜英祖实录》卷八十一，正祖三十年八月二十八日。“先是孝庙朝赐银杯于太学中，刻以赐太学三字。或值释菜及陈疏之时，则虽深夜泮隶持杯而出，逻卒莫敢何问。至是禁营巡卒捉泮隶之持杯出者，棍其人而还其杯，诸生谓受其凌侮，至于捲堂。上命该大将重推。”

祖实录》或其他记录的情况下做出的模糊推定而已。”李银顺对《恨中录》的真实性提出了各种质疑，试图主张思悼世子死于党争，但最终没能提出支撑自身主张的依据。

李德一在《思悼世子的告白》中用小说笔调润色了这种贫乏的“党争牺牲说”。我将在下文中针对该书展开详细批判，暂且分析他提出的两件作为“党争牺牲说”的有力证据。

对“思悼世子反老论说”的批判

“党争牺牲说”的核心是思悼世子具有反老论的倾向，成了老论的威胁。李德一为阐述思悼世子的反老论态度，提出了若干论据，其核心是以下两点。一是围绕1755年罗州挂书事件（乙亥狱事）的处理，思悼世子排斥老论的主张，保护少论；二是他被关入木柜而死之前，向少论赵载浩请求帮助。总之，思悼世子反对、排斥老论，反过来保护少论，并试图依靠少论。

罗州挂书事件是少论一派在全罗道罗州贴出了表达自身不满之文的事件。英祖把此事件视为执政初期将自己陷入恐慌的李麟佐之乱的延续，并严肃处理了该事件。在三四个月期间，谋逆嫌疑人连续遭到审问，许多人因此被处决。李德一认为在这种情况下，思悼世子与英祖不同，袒护了少论。当时上疏堆积如山，要求立即处死逆谋嫌疑人及其妻子，而思悼世子没有完全接受这样的要求，李德一因而主张思悼世子站在少论一边。仅从几个事例来看，我们可以认为思悼世子试图救活嫌疑人，但英祖亦是如此，英祖也没有完全接受大臣们处死嫌疑人的要求。若从整体角度来看罗州挂书事件的处理过程，我们就不能断定思悼世子与英祖立场相反。朴光用也说:“对于乙亥狱事,存在主张有问题与主张没问题这两种观点,但没有发现能够直接掌握思悼世子立场的记录。”(《英祖与正祖之国》,第104页)

思悼世子向孝章世子嫔的兄长赵载浩求助也与此别无二致。在世子被关入木柜之前,朝中无人能帮助他。因此世子只有向不了解自己情况,远在他方的元老大臣求助,这就是少论领袖赵载浩。因而仅凭该事实,我们不能认为思悼世子本来就亲少论。虽然不是像《英祖实录》一样的官方记录,但《待阐录》也记载当时连洪凤汉都为保护世子而向赵载浩求助。在当时的情况下,为了保护世子,根本无法追究是老论还是少论。崔凤永也认为,思悼世子向赵载浩求助是无可奈何之举。(前文,第260页)由此可见,所谓思悼世子是反老论亲少论而引发英祖的不满,最终走向死亡的“党争牺牲说”毫无根据。

“党争牺牲说”等阴谋论总是若有其事。如果抓住弱点而提出质疑,看起来会比一般说法更合理、更正当。但从整体上看,阴谋论往往本身存在更大的疑问。“党争牺牲说”若只是传闻的程度,倒是可以谈论,但要想成为学术假设,其依据与逻辑还远远不足。迄今为止的“党争牺牲说”只不过是误读与臆测的说法而已。没有任何事实是绝对的、完美的,我们只希望能出现更准确、更精密、更合理的学说。

第三讲

迷失方向的历史大众化：对李德一《思悼世子的告白》的批判[1]

从孔洞窥见的历史

我认为，所有人都只能通过自己凿出的孔洞（peephole）来窥视世界。观察历史也一样，学识渊博的人拥有更多的大型孔洞，而学识浅薄的人拥有的孔洞非少即小，有眼光的人会占据视野更好的孔洞，差异无非这些。归根到底，无论多么优秀的人，在观察世界与历史时，都只能从自己凿出的几个孔中窥视世界。

而历史只不过是用适当的理论或方法论，有逻辑地对这些透过孔洞看到的情形进行编织的东西。因此，所有历史在本质上都具有局限性。我们之所以承认某段历史属实，不是因为历史本身属实，而是因为我们认为可以接受构建该段历史时所使用的证据与逻辑。所以任何历史如果存在论据或逻辑上的问题，都不能被称作历史。

本章将探讨一册“历史著作”，即韩伽蓝（Hangaram）历史文化研究所所长李德一撰写的《思悼世子的告白》。[2] 该书因“李德一”三个字广为人知，被评价为引领历史大众化的著作。

[1] 本文原刊于《历史批评》2011 年春季号，由于是引起争议的文章，所以我不会进行修改，而是按照原文收录于此，仅在个别脚注增添了新的内容。

[2] 李德一，《思悼世子的告白》，humanist 出版社，2004 年的版本是我要批判的对象。该书由蓝色历史出版社首版于 1998 年，2004 年再刊时更换为 humanist 出版社。下文引用该书时将只标记书名与页数。

另外，该书以小说体来叙述历史事件，也被称为融合事实（fact）与虚构（fiction）的纪实小说（faction）。不过该书虽被称为纪实小说，却并不是说它不是“历史著作”，因为作者与读者都将它视为“历史”。

但遗憾的是，《思悼世子的告白》并不能被称为以事实为基础的历史著作，其虚构的程度几近小说，而其小说性质上的逻辑又远不足支撑它成为小说，我将在下文详述为何要如此苛评该书。当然，在我指摘的内容中也可能存在看错的地方。就像李德一会失误一样，我也会犯错。然而即便如此，我还是坚持批判该书，因为其中的谬误不止一两处。整本书不仅逻辑崩坏，所使用的论据也错误百出。

对核心逻辑的批判

《思悼世子的告白》一书批判了惠庆宫在《恨中录》中提出的思悼世子之死的原因与背景。惠庆宫把思悼世子的死因归于狂症，认为英祖之所以把思悼世子关入木柜致其死亡是因为世子狂易。一位父亲因为子女狂易便将其杀害，这让人难以接受，疑点自然也会随之而来。但《恨中录》非常详细地叙述了这一过程：思悼世子自幼因性格挑剔的父亲英祖而饱受煎熬，精神疾病加剧，死前还做出意图弑父等荒谬举动，被英祖发现后，因涉嫌谋逆而被处死。

而李德一认为惠庆宫是为隐藏及歪曲事实而编造了这样的逻辑。他主张：思悼世子非但不狂易，反而很聪明。世子从小对少论派持同情态度，这种倾向外露后受到掌权派——老论派的牵制，最终与亲老论的英祖背道而驰。他因担心受老论操纵的英祖会攻击自己，便试图发起政变，结果落得死亡的下场。简而言之，李德一认为思悼世子是党争的牺牲品，而且惠庆宫因娘家是纯粹的老论派，出于自家与党派的利益、安全将世子置于死地。思悼世子之子正祖即位后把外祖家视为杀父凶手加以攻击，惠庆宫为辩解自家罪行而写下《恨中录》。李德一把《恨中录》视为具有党派偏论的虚假记录，称惠庆宫是为了娘家与党派而"把丈夫逼向死亡的恶妻"(《思悼世子的告白》，第25页)。

李德一的逻辑可整理为以下简短论点。

> ① 思悼世子并未狂易。
>
> ② 思悼世子亲近少论派。
>
> ③ 思悼世子受老论派的牵制而死。
>
> ④ 惠庆宫的娘家因思悼世子之事而没落，她为辩解而创作《恨中录》。

上述核心逻辑无一符合事实。

首先，思悼世子患有精神疾病之事并非只见于《恨中录》，像《玄皋记》这样的野史也记录了一些传闻，但不知有无必要列为证据。英祖为思悼世子亲手撰写的墓志铭、思悼世子寄给岳父洪凤汉的简札、正祖对亲家金祖淳说的话等都是不可轻易忽略的资料。[1] 在这些资料中，直接相关者所说的思悼世子的"狂

[1] 见惠庆宫洪氏著，郑炳说译：《恨中录》，文学社区，2010年，第58—59页。《思悼世子狂易乎?》(《恨中录》深度阅读5）一文详细叙述了这些论据。

症”“郁火症”“病”都可以被理解为精神疾病。甚至《英祖实录》也有若干内容部分透露思悼世子患有狂症，例证如下：

> 上御兴化门，召各廛市民，下询曰：“昨日予有所见，（谓景彦书也。）知内司四宫，多债于市人。且汝有抱冤之事，悉陈无隐。”盖世子本病日甚，昼夜与掖属豪悍之徒，游戏失度，赏赐无限，内司尽空，乃敛市人之物以进之，掖属藉威势夺市人，怨言载路。上至是始知之，命市人等各言所负，命户曹惠厅及骑曹以偿。（《英祖实录》，1762年五月二十四日）

上述引文内容发生在英祖处死思悼世子前约二十天，其中提到的“本病”到底是什么病？思悼世子因病与掖属的豪悍之徒，即别监们一起游戏，那么这个“本病”就很难被视为某种肉体上的病症。虽然《英祖实录》没有明确说出世子患有精神疾病，但其叙述足以让人推测出这点。《英祖实录》中还有与之类似的其他记录，可以说像这样直接或间接提及思悼世子精神疾病的文字不止一两处。就算像李德一那样批判《恨中录》，也不能否认思悼世子患有精神疾病。

世子将继承一国大权，还会成为后世国王们的祖先，谁都不敢说他狂易，因而官方史料并没有详细记载思悼世子的严重病症。正祖对亲家金祖淳说：“景慕宫患候，人孰不知？”[1] 因此没

[1] 金祖淳：《迎春玉音记》，《枫皋集》卷十七，首尔：保景文化社，1986年，第402页。

有必要在官方史料中披露这种无须再言的问题。无论存在多少思悼世子狂易与否的相关资料，数百年后的人们也不敢妄加断定。但从各种证据来看，我们可以确认《恨中录》中所说的思悼世子的狂症是很难否认的事实。

即便思悼世子未曾狂易，从党争、老论派与少论派的对立中寻找其死亡背景的做法也是超出常识的推论。一国世子有何不满，竟豁命支持一方党派？这根本找不出合适的理由与合理的根据。如果他厌恶老论，那么最简单的方法是在登上王位前隐藏自己的想法。如果思悼世子连这种常识性判断都没有，要为了少论而与老论对抗，也应该有一定的依据。但《思悼世子的告白》根本没有提供任何合理的证据。

《恨中录》也提到思悼世子对少论派持同情态度，但问题在于“这是否达到了让整个老论派都感到危险的程度”。而且重要的事实是，思悼世子在世时，老论派与少论派在现实中并未形成严重的政治对立格局。少论派在权力斗争中已败下阵来，从现实来看，比起老、少论的对立，老论内部的矛盾反而更加严重。从《恨中录》也能清楚看到，这一时期的权力斗争主要集中在攻洪派与扶洪派之间，即惠庆宫洪氏一族的反对者与支持者之间。当时称这些人为南党与北党，或南汉党与北汉党[1]，他们后来分别演变成僻派与时派。

惠庆宫认为是反对自己娘家的一派导致了思悼世子之死。她

[1] 南党之所以被称为南党，是因为贞纯王后的娘家位于南山之下，北党则是因为惠庆宫娘家位于汉阳北边的安国洞。按《正祖实录》1776 年四月初一日的记录，既不支持南汉党也不支持北汉党的人被称为“不汉党”。

先指责“逆贼鲁、禧”，即金尚鲁与洪启禧，待贞纯王后入宫后，又把矛头指向金汉耇与金龟柱等贞纯王后的娘家人。少论派甚至未出现在她的批判中，她反而还多次提到少论派郑翚良曾帮助洪凤汉。

即便情况如此，李德一还是一直谈论老论与少论的对立，这让人怀疑他对18世纪朝鲜政治史的理解水平。另外，思悼世子临死前曾向少论派赵载浩求救，李德一认为这是亲少论派的思悼世子为抵挡老论派攻击而试图借助少论派力量，并将此视为思悼世子是老少论党争牺牲品的有力证据。

但是，如是解释这一事件让人难以理解。在此之前，思悼世子也从老论派人士那里获得过许多帮助，难道这就能说他是亲老论派吗？从当时的情况来看，思悼世子已经无法再得到周围人的帮助了，连生母都放弃他了，还建议处罚他。也就是说，思悼世子再也不能向包括老论在内的周围人求助了，所以只能依靠少论派赵载浩。这一解释才符合当时的状况。若要解读某一事件，就需要相符的论据与逻辑。在学术上，我们应该警惕像李德一这样对某件事过度解读、强行科普的行为。

论点①主张思悼世子并未狂易，但反对证据更多；主张思悼世子受老论派的牵制而死的论点②与③与当时的政治现实不符；因此，认为惠庆宫为娘家辩护而撰写《恨中录》的论点④也不可能正确。李德一将惠庆宫撰写《恨中录》的动机归结如下：

> 思悼世子死后，惠庆宫的娘家丰山洪氏一族乘胜长驱，

> 兄弟[1]官至政丞，成为当时最著名的望族，但偏偏就在思悼世子与惠庆宫的儿子正祖即位不久便走向了没落。其过程十分曲折，因为惠庆宫的娘家丰山洪氏一族被视为导致思悼世子死亡的主犯（又称“丙申处分”）。世人也怀疑惠庆宫是“将丈夫逼向死亡的恶妻”。如果无此没落，大抵惠庆宫也不会撰写《恨中录》。(《思悼世子的告白》，第24—25页）

李德一认为惠庆宫撰写《恨中录》的动机与正祖即位后惠庆宫娘家的没落直接相关。然而事实并非如此。《恨中录》大致由三篇组成[2]，其中只有一篇写于正祖时期，其余两篇都写于纯祖时期，正祖时期的部分也不是写于惠庆宫娘家没落的情况下，而是写成于没落的娘家再次见到曙光之时。李德一似乎连自己用力批判的《恨中录》的编纂过程都不甚清楚。

如此一来，《思悼世子的告白》的核心逻辑没有一个清楚把握住事情的脉络。2011年1月，李德一在网络上传了文字，针对的是我撰写的《对〈思悼世子的告白〉批判》一文，他忠告说：“要关注提出的逻辑框架，而不是纠缠细枝末节。”[3]他似乎没读到我对其所述的核心逻辑，即“框架”的批评。另外，他仿佛认为历史的论据只是“细枝末节”，这句话让人怀疑是否真的

---

[1] 即洪凤汉与洪麟汉。——译注

[2] 惠庆宫洪氏著，郑炳说译：《恨中录》，文学社区，2010年，参阅《解题》。此前通常认为《恨中录》由四个篇章组成，但该文驳斥了这一观点。

[3] 2011年1月5日，我在文学社区的网络论坛（http://cafe.naver.com/mhdn）以“权力与人”为主题，开始了关于《恨中录》的连载，在连载开头就批判了李德一的《思悼世子的告白》。相关报道首先刊登在2011年1月13日的《韩民族日报》上，而2011年1月18日的《首尔新闻》继续了这一争论。

出自历史学家之口。如果没有论据与史料这种“细枝末节”，历史如何成为历史？更为严重的问题是，李德一引以为豪的这一“框架”实际上并非由他首创。

李德一所用的逻辑框架，即思悼世子的“党争牺牲说”在朝鲜后期党论书中非常常见：思悼世子未曾狂易，是在党争中遭到老论及老论一派的攻击而死。惠庆宫在《恨中录》中也提到了这种说法，并对此进行了强烈的批判。进入现代后，成乐熏使“党争牺牲说”重焕生机[1]，而将成乐熏的见解具体化的人是李银顺。

早在《思悼世子的告白》出版三十年前，李银顺就在《〈恨中录〉呈现的思悼世子死因》一文中提出了这样的假说，并进一步完善，在1981年的《韩国学报》上刊登了名为《〈显隆园志〉〈行状〉与〈恨中录〉的比较研究》的论文，这篇论文后来被收录进她的著作《朝鲜后期党争史研究》(1988年出版）中。[2]通过一系列文章，李银顺首先对《恨中录》的真实性提出了质疑，因为正祖编纂的思悼世子墓志及行状里都没出现《恨中录》提到的世子身患的狂症。她还进一步得出结论，即思悼世子事实上很可能不是死于狂症，而是死于老少论的对立。但她不忘在结论后面附加了以下条件。她在第一篇论文中提到：“这里要明确的是，即便可以得出这样的推论，但我并没有见到直接的支撑材

[1] 成乐熏：《韩国党争史》，《韩国文化史大系2：政治经济史（上）》，高丽大学民族文化研究所，1966年，第380页。

[2] 李银顺：《〈恨中录〉呈现的思悼世子死因》，《梨花史学研究》3，梨花史学研究所，1968年；李银顺：《〈显隆园志〉〈行状〉与〈恨中录〉的比较研究》，《韩国学报》7卷1号，一志社，1981年；李银顺：《思悼世子的政治生涯与时僻分立》，《朝鲜后期党争史研究》，一志社，1988年。

料。”她在最后那篇文章中写道：“南人、少论等派把与父王英祖政见不同的思悼世子推到前台，试图颠覆保守性较强的老论政权，最后以失败告终，以此事件来解读‘壬午祸变’不是没有道理。……但我相信，要想完善这一心证，对少论派李宗城及南人蔡济恭等人的个案研究是必不可少的。”她凭良心承认了“党争牺牲说”说到底只是一种学术假设。

可见思悼世子的“党争牺牲说”并不是由李德一首创，而是从朝鲜后期党论书开始一直延续下来的一种假说。但李德一却表现得像这一说法的创始人那样，“激烈回应”道：“我提出了主流历史未曾记录的其他框架，你不对这个框架进行正面批判，而是将若干部分视为问题，混淆了整个讨论主题。”当我指出这个框架以前便存在时，他回答道：“我查阅过几乎所有关于思悼世子的论文，但未曾听说过李教授的论文。”[1]他拥有历史学博士的头衔，在撰写相关领域的著作时，竟然声称自己未曾看过如此著名的论文与书籍，不禁令人目瞪口呆。如果真的未曾读过，应该感到羞耻而不是理直气壮地叫喊。《思悼世子的告白》没有对相关论著标注任何引用与参考。

李银顺虽然不断将自己的假说具体化，但也把根据寄托于后续研究，李德一以何为据而将这一假说确立为定论呢？现在我们来逐一看看李德一提出的证据。先说结论，李德一列举的证据“全部”来自夸张、谬误与曲解，甚至到了让人想要反问一句整本书里到底有没有一处算得上是证据的程度。在我看来，《思

[1] 前揭《韩民族日报》新闻及《首尔新闻》报道。

悼世子的告白》是一本从第一个扣子就扣错，总体上都是谬论的书，无论如何都不能将它视为历史著作。

对《恨中录》批判的批判

正如《思悼世子的告白》的逻辑，某种程度上人们也会接受《恨中录》是谎言、惠庆宫是恶女的说法。如果这是事实，学界就应该澄清，哪怕没有明确的证据。毕竟在过往的事情中，有多少真相能被彻底查明？只罗列、沉溺资料的过分实证主义值得警惕，仅凭间接证据来构成合理逻辑的做法也可以采纳。但如果既没有任何根据，又没有合理逻辑，就绝对不能接受。那只是造假与谎言。

把太庙读作太祖陵

我先指出《思悼世子的告白》里史料解读的低水平错误。按《恨中录》的记载，思悼世子因年满二十二也未能陵幸随驾而深以为憾。李德一对此称，从《英祖实录》来看，思悼世子曾多次跟随英祖参拜陵园，所以《恨中录》是虚假记录。

> 惠庆宫在《恨中录》中提到，世子直到二十二岁也未能陵幸随驾。……但这只不过是惠庆宫为了展示父子间矛盾而故意捏造出来的谎言。世子在此之前已多次随英祖参拜陵园，早在惠庆宫首次如此主张的四年前，即英祖二十八年（1752 年）二月，英祖前往太庙（太祖之墓，即健元陵）与永禧殿，以及次年即英祖二十九年（1753 年）七月前往太

庙时，思悼世子就随驾左右。另外，英祖在同年十二月赴太室及次年元日陵幸太庙时，世子也一样跟随其后。(《思悼世子的告白》，第 181 页)

李德一称，思悼世子事实上已多次随驾陵幸"太庙"，惠庆宫所言为虚。他竟然把"太庙"解读为"太祖之墓"，这一误读实在令人无语。太庙并非坟墓，"太庙"的"庙"指的是祠堂而不是"墓"。[1] 太庙即宗庙，是位于首尔钟路边、昌德宫之下的王室祠堂。李德一连"太庙"与"太室"(即"宗庙")这么基础的历史常识都不懂，就对《恨中录》提出批判。他把太庙理解为位于京畿道九里市的太祖之墓，认为思悼世子随驾到了那里。

思悼世子居住的东宫位于昌德宫，与宗庙在同一院墙之内。虽然现在宫殿遭到损坏，有一条大道分割昌德宫与宗庙，但两处原先是在同一院墙内的建筑。因此，前往太庙与随驾陵幸这种大型外出活动不是一回事。李德一将太庙误读为太祖之墓，把思悼世子前往位于自己住处前方的宗庙之事视作去了数十公里外的健元陵。

温阳之行的规模

再来看一下李德一为证明《恨中录》不可信而提出的另一个例子——1760 年七月的思悼世子的温阳之行。和其他先行研究一样，李德一将思悼世子的温阳之行视为他未患狂症的证据，而

[1] 韩语的"庙"与"墓"读音与拼写相同，皆为"묘"。——译注

《恨中录》也称这次出巡非常神奇，思悼世子竟毫无差池地回来了。有了温阳之行一事，思悼世子患有狂症与否的问题似乎变得扑朔迷离。只是李德一的如下叙述的确存在问题。

《恨中录》称这次出巡："幸行威仪，虑其萧条不成说。故小朝欲多率前陪，快闻巡令手之声，壮其吹打而行，大朝不得已而送之，岂欲如是铺陈？"而李德一认为这种说辞与事实大相径庭，因为《英祖实录》记录了这是乘辇而出，"仅护卫兵力就多达五百二十名的庄严行列"[1]，绝不是"萧条不成说"。他认为惠庆宫为了展示英祖没有给予思悼世子应有的待遇，故意曲解了出巡规模。

在说明行列的规模与水平之前，我们需要先考虑一件事，才是做学问：必须通过比较其他行列来看看"五百二十人的行列"到底是什么程度。如果是县监、郡守级别的出巡，这种程度可以说是特别大的规模，但对于世子这样代理一国国政的最高掌权人而言，我们需要单独考虑这种程度究竟是怎样的水平。金芝英的最新研究表明，在都城内与都城外的出巡，规模不尽相同，都城外的出巡通常会出动四千名以上的护卫军。[2] 当然，这是国王的出巡情况，世子的情况会存在差异，而且随着时期与目的地的不同，规模也有所不同。考虑到这些因素，我们自然很难把握一

[1]《朝鲜英祖实录》卷九十六，英祖三十六年七月十一日。"教曰：王世子温行时，挟辇军、训局军百二十名替运，前后厢军禁御两营军各二百名，令旗三双，黑号衣黑旗红字朱杖手二双，令守御厅替运。前导开闭门六角，令各其本官待令。三吹以炮代行，军器寺待令。陪卫一依常例，分承旨、分都总府、分兵曹、分五卫将差下，陪从只该道臣境上待候，帅臣置之。"

[2] 金芝英：《朝鲜后期国王出行与途经道路》，《首尔学研究》30，首尔市立大学首尔学研究所，2008 年，第 44 页。

般情况下的出巡随行人员数目。但我要强调的是，没有这样的比较，就不能草率地判定行列规模，更不能以随意判断而得出的结论来批评其他史料。

仔细阅读《英祖实录》的话，此次行列的确就像《恨中录》的叙述一样，队伍寒酸而简陋。就在温阳之行的当月，《英祖实录》中另一则记录提到："师傅宾客，无一人从之者，识者忧叹。"（《英祖实录》，1760 年七月十八日）明明是世子的出巡，世子的师傅大臣及侍讲院的宫官竟然无一人跟随，可见世子的出巡规模并不符合世子的地位，这点令识者忧叹不已。从《朝鲜王朝实录》一向不太积极记录国王的负面情况来看，这种程度的记述似可证明惠庆宫所言不虚，当时情况可谓严重，而李德一甚至不曾考虑到如此重要的相关记录。

封闭式解读

除了上述例子外，《思悼世子的告白》还列举了许多其他案例来否定《恨中录》的真实性，但其中似乎没有一件合理。

李德一首先怀疑惠庆宫对英祖与周围人关系的描述，以此作为否定《恨中录》的第一步。惠庆宫称英祖厌恶和协翁主，李德一认为这是谎言，因为从《英祖实录》来看，英祖在和协翁主临终前曾不顾大臣们的反对，亲赴其宅探视，可见惠庆宫所言为虚。（《思悼世子的告白》，第 18 页）另外，《恨中录》称英祖对惠庆宫爱护有加，而根据《英祖实录》的记载，英祖对长媳孝章世子嫔赞不绝口，却几乎未曾称赞过惠庆宫，李德一把这点用作否定的依据。（《思悼世子的告白》，第 22 页）

李德一所用逻辑的特征是封闭式结构，仿佛完全不去考虑其他思维方式的可能性。厌恶女儿，所以连她最后一面都不见，但就不能想一想这样的父亲会被外界怎样评价？当然，还存在其他的可能性。这一时期，英祖正因洪準海的上疏等事而勃然大怒，说要把王位传给思悼世子（后文将详述）。英祖赴翁主家宅的原因不能以仅出自对女儿的爱来考虑，还存在各种可能。另外，英祖对长媳孝章世子嫔赞不绝口是因为她早已不在人世。人们公开称赞逝者的情况很多，对生者却难以做到，事理如此。虽然不一定是恰当的比较，但在《英祖实录》中几乎也见不到英祖称赞十分珍爱的和缓翁主。[1]

此外，以下例子也能说明《思悼世子的告白》对《恨中录》的解读错得离谱。李德一写道："惠庆宫在《恨中录》中称和平翁主缓解了英祖与世子之间的矛盾，但考虑到和平翁主的死亡时期，这一主张也令人摇头。（中略）但到那时为止，仍难以找到英祖与世子之间存在严重矛盾的证据。"（《思悼世子的告白》，第23页）而实际上，《恨中录》也不曾提到和平翁主在世时，英祖与思悼世子之间存在"严重矛盾"。

和平翁主在思悼世子十四岁时就去世了。那时思悼世子尚未代理听政，病症也未严重。《恨中录》只是说和平翁主在世时很好调节了英祖与思悼世子的关系，大家勉强相处得挺好，但和平

[1] 惠庆宫称思悼世子在代理听政期间曾因英祖而遭遇种种困难，《思悼世子的告白》第183页批判了这样的叙述，举了一个似乎引用自《英祖实录》的英祖与思悼世子相互称赞的例子，以此否认惠庆宫之言的真实性。我在《思悼世子的告白》中实在找不到真正意义上的史料批判，真的能够以官方史书中出现的一两次父子互相称赞的话来说明他们的关系融洽吗？

翁主去世后，再也没有人能扮演这个角色，令人感到遗憾。李德一甚至编造了《恨中录》里没有的话，继而反过来将此当作批判的材料。

倒转过来阅读原文

“寡人，思悼世子之子也”

李德一的其他书中也出现过只截取资料的一部分，180 度推翻原文意思的情况。吴恒宁在批判李德一的另外一篇文章时，曾指责他通过“断章取义”来曲解史料。[1]《思悼世子的告白》中也出现了两处这样的事例，这一部分对书的整体逻辑来说非常重要，因此问题显得格外严重。他颠倒了史料的意思，并以此为立论提供依据。

因《思悼世子的告白》而出名的句子莫过于“寡人，思悼世子之子也”，这是正祖即位当日对外宣布的话语。思悼世子死后的 1764 年初，英祖下令将孙子，即正祖过继给孝章世子。孝章世子是思悼世子同父异母的兄长，早已去世，也就是说英祖把虽然生父已不在人世，但俨然有生父的正祖过继给了早夭的孝章世子。从英祖的立场来看，他这样做是为了让继承王统的世孙免为罪人之子。但站在正祖的立场来看，父亲冷不丁地被夺走，加上这等于宣告了父亲乃罪人，他自然心痛。《恨中录》也提到正祖因此事而十分难过。所以我们完全可以理解他为何在即位当日如此宣告。

[1] 吴恒宁:《朝鲜之力》，历史批评社，2010 年，第 275—276 页。

问题在于，正祖即位当日的发言中蕴含的政治逻辑并不简单，从整篇文章来看，其主旨也与我们的先入之见截然不同。正祖当日说：“寡人，思悼世子之子也。先大王为宗统之重，命予嗣孝章世子。呜呼！前日上章于先大王者，大可见不贰本之予意也。”还说：“既下此教，怪鬼不逞之徒，藉此而有追崇之论，则先大王遗教在焉，当以当律论，以告先王之灵。”当然，正祖也想尊崇生父思悼世子，但如果一即位就立即推翻英祖的重大决定，政局将发生巨变。正祖仿佛也很担心这一点，在自己尚未完全掌握政局的情况下，这可能会招致危险。所以说正祖的发言既稍微透露出了内心的真实想法，同时也警告了意图扰乱政局的人。但李德一却这样解释这一部分：

> 正祖召见大臣于殡殿门外，发表了自壬午年（思悼世子死亡之年）以来深藏内心，一日不曾忘记的话语。
>
> “呜呼！寡人，思悼世子之子也。”
>
> 大臣们惊骇于他即位后的惊世一声，曾将思悼世子逼向死亡的老论派尤其恐慌，他们清楚地看到了十四年前在木柜中悲惨死去的思悼世子复活的样子。（《思悼世子的告白》，第 345 页）

上述引用部分似乎参阅了《正祖实录》1776 年三月初十日的记录，第一句“召见大臣于殡殿门外”与《正祖实录》完全一致。但从第二句开始，其内容不仅无法从《正祖实录》中找到根据，反而与上文介绍的《正祖实录》的内容完全相反。

实际上，那些未能正确领会正祖话语的人立即遭了殃。正祖的纶音发布不到一个月，李德师、李一和、柳翰申上疏为思悼世子申冤，结果被处死。当时大规模狱事爆发，许多人因此丢了性命。即便如此，同年八月，英祖的国葬刚结束，安东儒生李应元再次上呈了相似内容的上疏。这次正祖不仅处死了李应元与他父亲李道显，还索性把他们的出生地安东从府降级为县。[1] 正祖明确展示了纶音并非空话。

如此一来，现实中并没有发生《思悼世子的告白》里所说的事情：听到正祖的纶音后，“大臣们感到惊骇，老论派陷入恐慌”。当然，如果是惧怕正祖即位后的势力，那他们无论听到什么都会紧张。所以正祖才故意说些让他们安心的话，不过他们仍然无法放松。但无论在什么情况下，即使存在这样的史料，历史著作也不会把“惊骇”“恐慌”等表述写在文面上。这是明显的谬误，是对史料的曲解。

把惠庆宫娘家与贞纯王后娘家视为一派

在《恨中录》中，惠庆宫最厌恶的人是贞纯王后的娘家人，这不仅包括贞纯王后的父亲金汉耉与兄长金龟柱，还包括因是自己婆婆而不能明目张胆说出来的贞纯王后本人。期盼思悼世子死去，策划阴谋的人是贞纯王后娘家人；思悼世子死后，密谋阻止正祖登上王位的人还是贞纯王后娘家人；正祖执政后没落了一段时间，后来凭借贞纯王后垂帘听政，在掌握权力时攻击惠庆宫娘

[1]《朝鲜正祖实录》卷一与卷二，正祖即位年四月初一日、八月初六日及八月十九日条。

家，最终杀害惠庆宫弟弟的人依旧是贞纯王后娘家人。据称贞纯王后娘家人在贞纯王后成为英祖继妃前与入宫初期都对惠庆宫娘家低头伏小，但在宫里站稳脚跟后立即与惠庆宫娘家对抗。无论阅读当时哪本历史记述（即使不是《恨中录》），这种程度的事实都是能够轻易获知的内容。这是18世纪朝鲜政治史的常识。但按李德一的说法，在1800年贞纯王后开始垂帘听政之前，贞纯王后娘家似乎与惠庆宫娘家保持着合作的关系。

> 以下是《恨中录》中有关鳌兴府院君金汉耉与他女儿贞纯王后金氏的记录。
>
> "且己卯大婚后，鳌兴为国舅。其以儒生，不意间尊贵而凡百生疏。先亲以国恩至重，休戚同为之心指导之，若至亲然，俾不生頉。凡事顾见指挥，渠初则为之感激。余亦仰大妃殿（指贞纯王后），敢以不思入阙之先与年纪之多而一心恭敬。大妃殿所以待余者亦至极，无纤芥之隙，期以百年之相依。而形势张大，既知之后，渠则忌先入之人，负指导之意。"
>
> 金汉耉与贞纯王后为推翻世子倾尽全力，而洪凤汉家的方针是与这一势力"期以百年之相依"。换言之，洪凤汉与惠庆宫洪氏抛弃了世子，与贞纯王后家串通一气。所谓"形势张大""负指导之意"指的是纯祖即位后，贞纯王后以大妃的身份垂帘听政，对洪凤汉家发起了攻击。（下划线为引用者所加，《思悼世子的告白》，第220—221页）

实际上贞纯王后娘家与惠庆宫娘家的矛盾早在贞纯王后入宫

（1759 年）后的 1761 年就已浮出水面，贞纯王后的兄长金龟柱上疏弹劾了惠庆宫一家。即便李德一不太了解这些历史事实，但只要仔细阅读上引《恨中录》内容的后续部分，就不至于出现上述失误。《恨中录》的相关部分还记录了另一件事，1766 年，惠庆宫父亲洪凤汉因继母之丧须居丧三年所以辞去官职，贞纯王后娘家便对惠庆宫娘家发起了猛烈的攻击。李德一未能全面掌握史实，只读了资料的前一部分，把两家的“对立”解读成意思完全相反的“勾结”。

如果按李德一的见解，就无法解释贞纯王后垂帘听政时为何会突然攻击惠庆宫娘家。也许正因如此，在上述的引文中，李德一未做任何前后说明，只强调贞纯王后攻击惠庆宫娘家一事。

空想的历史

《思悼世子的告白》中若干处叙述干脆脱离了历史著作的书写范畴，只能被视为小说，我们根本无从考究其叙述的依据究竟是什么。

正祖之梦

李德一认为正祖憎恶老论派，因为他们杀死了自己的父亲。但正祖却选择老论派金祖淳作为自己的亲家。为何如此？尽管这个提问本身就是错误的，但按李德一的逻辑，这是不得不提出的问题。他抛出一个不着边际的问题后，又从不着边际的地方找到了答案。他马上谈到了正祖之梦。

> 正祖为何会拣择老论派的女儿为世子嫔？无论时派还是僻派，老论都是妨碍正祖实现王权强化这一政治目标的绊脚石。尽管如此，正祖出人意料地选择老论派的女儿为世子嫔。这与他在显隆园中所做的梦有关，而对这场梦的错误解读招致了严重的后果。（《思悼世子的告白》，第 385 页）

到底是怎样的梦，竟让正祖把“政敌”之女定为儿媳？关于正祖在 1800 年正月十六日夜间所梦，《思悼世子的告白》称：“正祖不顾大臣们的反对，于正月十六日亲赴显隆园祭祀，而后留宿斋室。当晚他做了一个与世子嫔拣择相关的梦。”正祖之梦的出处为何？李德一并没有列出根据。

然而按其亲家金祖淳留下的记录——《迎春玉音记》，正祖早在正月初三日便已向金祖淳许下了拣择他女儿为儿媳的承诺。《迎春玉音记》记载了正祖去世前在其所宿迎春轩中与金祖淳的密谈。该书作为一部由金祖淳撰写，于金氏一族秘密流传的资料，在历史学界早已广为人知。[1] 我们无从得知李德一所说的正祖之梦究竟是什么，哪怕这场梦是事实，但按《迎春玉音记》的记载，金祖淳被定为亲家的时间早于此梦。如果无法证明《迎春玉音记》所传之事为虚，那么李德一的逻辑就站不住脚。

英祖传位事件的背景

《思悼世子的告白》第四部最后一章《以何面目去见皇兄?》

[1] 金东昱：《正祖与金祖淳的密谈，〈迎春玉音记〉》，《文献与解释》49，文献与解释社，2010 年。

与第五部第一章《如果有其他王子》均与 1752 年十二月发生的英祖传位骚动相关。两章讨论的是同一事件，本来不应该分章，而《思悼世子的告白》却将此分开进行叙述。这已让人产生疑问：该书是否错解了事件的实质？实际上，就算阅读《英祖实录》，我们也完全无法得知英祖的传位骚动到底因何而起。但《思悼世子的告白》不揭示出处，就断定这是“英祖以即将到来的六旬为借口，彻底扑灭‘景宗毒杀说’的行动”。我们无法得知他究竟是根据什么资料而发表如此看法。

《恨中录》认为该事件的起源是老论派司谏院正言洪準海弹劾少论派领议政李宗城。但我曾经说过，惠庆宫对这一部分的说明有些令人难以接受。[1] 李宗城弹劾事件与传位骚动在时间上相距一个多月，而且我不认为这样的大臣上疏足以让君王决定传位。只要处罚洪準海就够了，而洪準海早在传位骚动前便已受到了处罚。

在我看来，最能说明此事件背景的资料是《待阐录》。《待阐录》称传位骚动的起因是思悼世子生母宣禧宫与当时深受英祖宠爱的后宫——文女的对立。文女仗着英祖的宠爱顶撞宣禧宫，英祖的母后仁元王后以扰乱宫中法度为由惩治文女，英祖听闻消息后便声称要传位于世子。英祖对大王大妃惩戒自己宠爱的后宫女子感到愤怒，他是为了向仁元王后示威才引发传位骚动。

尽管不清楚该记录可信度有多少，但按这一说明，我们能够更顺畅地理解对此含糊记录的《英祖实录》与似乎省略了相关内容的

[1] 见《恨中录》，第 53 页，《洪準海上疏与传位事件的真实》（《恨中录》深度阅读 4）。

《恨中录》。无论如何，我们很难把握当时英祖传位骚动的来龙去脉，这不禁让人好奇李德一究竟是基于什么依据而断定其为“扑灭‘景宗毒杀说’的行动”。如果是在毫无根据的情况下如此叙述，这就不是历史著作，而是小说。不，也不是小说，而是空想。

小说式撰写方式

李德一总是像小说家描绘出场人物性格一样去描述历史人物的心境与意图，却不说明自己是如何得知其意图的。到此为止，考虑到这是一本大众历史著作，这种方式尚可接受。但问题在于他误解了人物性格。

> 当晚，英祖突然身着服丧时所穿的衰服，然后步行至崇化门外，伏地痛哭。世子对英祖这突如其来的举动感到惊慌。但是，面对父王身着衰服伏地痛哭的情况，世子不能装作不知道，他也跟随英祖跪了下来。
>
> 英祖经过算计选择的示威场所在崇化门外。崇化门是孝昭殿，即“彰显孝道之殿”的外门。英祖这场丧服示威的意思是，自己之所以身着丧服，是因为世子不尽孝道，会导致朝鲜灭亡。(《思悼世子的告白》，第 231 页)

上述引文展示了英祖与思悼世子之间的矛盾。这一部分叙述英祖故意身着丧服跪到崇化门外，仿佛是为了谴责思悼世子的不孝。但这一解释与事实不符。《英祖实录》1757 年十一月十一日条记录了这天发生的事情：“初更，上以衰服步出崇化门外，露地伏哭，东宫亦以衰服伏于后。崇化门即孝昭殿外门也。”

当时是该年三月去世的英祖母后仁元王后的居丧期，所以英祖身着丧服的行动并非突如其来，反而是一件很自然的事情。而且孝昭殿是仁元王后的魂殿，英祖在那里俯伏于地并不奇怪，而是理所应当。魂殿是供奉灵魂，实际上是暂时供奉神主的殿阁。[1] 换言之，魂殿是用于供奉三年丧结束后将移至宗庙的神主的地方。英祖赴孝昭殿的意图是要向仁元王后进行汇报。《英祖实录》同日的记录中也提到英祖当日已经在孝昭殿举办过祭祀。他在崇化门外痛哭，分明是表达对思悼世子的不满。[2] 但不能像李德一那样解释，即不能以“丧服示威”“孝昭殿如何”的方式来进行说明。英祖理应穿丧服，理应去那个地方，孝昭殿也不是因为思悼世子而得名。

对李德一的先行批判

李德一因《思悼世子的告白》一书而声名显赫，之后又顶着历史评论家的头衔展开活动，至今出版了近四十种六十册的书

[1] 李德一似乎并不了解魂殿究竟是怎样的地方，《思悼世子的告白》第 304 页在解释英祖的王妃贞圣王后的魂殿时提到：“徽宁殿也被称为文政殿。”由于魂殿只是暂时的名称，所以，正确的说法应该是“文政殿在那时也被称为徽宁殿”。这种小失误多到无法一一指出。从该书的第 276 页来看，他还将掖庭别监称作“中人”。也许有人认为这是无关紧要的失误，但把宫中下人——别监视为“中人”的行为不禁让人怀疑他对朝鲜身份制度的了解程度。另外，该书第 351 页提到了所谓的“甲子年构想”，即正祖向惠庆宫许诺将在 1804 年洗清外祖家的冤屈，李德一在这里称“甲子年构想”并不见于《恨中录》以外的资料。但这是错误信息，“甲子年构想”还出现在上文提及的《迎春玉音记》一书中。不过有关“甲子年构想”的资料近几年才为人所知，因此不能只归咎于李德一一人。

[2] 当日之事之所以爆发，是因为英祖得知思悼世子把仁元王后的内人冰爱纳为侍妾。

籍。此外，他还活跃在各种有影响力的媒体上，执笔固定专栏。他以研究抗日独立运动获得博士学位，但目前的著述范畴横贯了韩国古代史至近代史。他自诩纵横韩国史全时期与各领域，正在撰写批判历史学界主流学说的具有挑战性的历史著作。他跨领域、跨专业的积极活动已经多次成为批判的焦点。据我的统计，这样的批判以版面公开刊行的就有四次。

首先是忠南大学名誉教授、汉学家赵钟业的批判[1]，他针对的是李德一的《宋时烈与他的国家》(Gimmyoung 出版社，2000 年)。文章有几处地方以事实为根据进行了指正，核心是批判李德一以狭隘视角来看待宋时烈，可以说是对李德一闭塞视野的批评。但这一批评在学界与舆论界并不怎么为人所知。

其次是首尔大学韩国史系教授吴洙彰的批判。[2] 吴洙彰针对的是大众历史著作中有关“丙子胡乱”原因的记述，他批判了李德一的《生动的韩国史 3》(humanist 出版社，2003 年）与李离和的《韩国史故事 12》(韩吉社，2000 年)。吴洙彰称：“上述这些错误评价与逻辑矛盾都是来自对事实的大量误解。”[3] 他指出了李德一的若干处史料误读之例以及随之而来的逻辑问题。

再次是韩信大学韩国史系教授刘奉学与成均馆大学汉文系教授安大会的批判。[4] 他们针对的是李德一主张的“正祖毒杀说”。

---

[1] 赵钟业：《李德一的虚构历史著作》,《宋子学论丛》6・7 合订本，忠南大学宋子学研究所，2000 年。

[2] 吴洙彰：《对清外交的实状与“丙子胡乱”》,《韩国史市民讲座》36，2005 年。该文再收入吴洙彰：《朝鲜时代政治框架与人》，翰林大学出版部，2010 年。

[3] 吴洙彰：前揭书，第 56 页。

[4]《每日新闻》2010.7.31;《京乡新闻》2009.2.25; 安大会：《正祖的秘密信件》，文学社区，2010 年，见第七章《晚年病情与“正祖毒杀说”》。

刘奉学此前已经批评过二人化（笔名，原名柳哲钧）在小说《永恒的帝国》（世界社，1994 年）中提出的“正祖毒杀说”。[1] 此外李德一在《谁杀死了国王?》（蓝色历史，1999 年）中首次提出了“正祖毒杀说”，该书在更换书名与出版社后重新刊行，获得了很高的人气。（《朝鲜国王毒杀事件》，茶山草堂，2005 年）但随着 2009 年大量正祖御札被公之于世，“正祖毒杀说”重新成为问题。二人化的小说反正是虚构的，不是学术性事实争论的对象。但李德一的书不一样，因为他将其定义为历史著作。

“正祖毒杀说”的相关争论在新闻报刊上展开，但李德一突然抛出不着边际的逻辑，指责对方有出身问题。因此，争论未能继续，最终中断。李德一毫无道理地把刘奉学、安大会说成是老论与殖民史观的后裔，试图以此摆脱争论。后来，主要负责介绍正祖御札的安大会在他的著作中逐一批判了李德一的见解。正祖究竟是自然死亡还是被毒死，现在谁也不能断言。但从纯粹史料解说的观点来看，李德一的见解可谓全无道理。

最后是全州大学历史文化系教授吴恒宁的批判。[2] 他围绕栗谷李珥的“十万养兵说”，详细指出了李德一的误读与曲解。但李德一对此不做答复，称吴恒宁提出了繁冗的版本问题。这是脱离了争议焦点从而回避争论。吴恒宁提出了作为历史理解基础的一手史料选择与解读问题，而李德一却将此推脱为“繁冗的版本问题”。普通人或许能这样说，但历史学者万万不可如此。历史学博士怎么能把史料说成是“繁冗的版本问题”呢？在我看来，

[1] 刘奉学：《正祖大王之梦——改革与矛盾的时代》，新丘文化社，2001 年，见第一章第一节《大王之死：毒杀说的谬误》。

[2] 吴恒宁：前揭书，2010 年。该书第七章正文部分整理了与李德一的争论。

想从争论中挣脱出来的人正是李德一。

此外，网络上也有不少值得一听的批判李德一的古代史与近代史撰述的声音，还有人上传了相当尖锐的批评《思悼世子的告白》的文章。[1] 就像这样，尽管李德一的著述受到不少批评，但他仍是世人熟知的历史著述家。问题出在哪里呢？

历史大众化的道路

《思悼世子的告白》是一部大众历史著述的代表作，将以前晦涩难懂的历史著作简单有趣地诠释出来。从图书销售量与舆论好评来看，该书是一部成功的“历史著作”。成功的原因是什么呢？我认为在于它迎合了读者的感情。《思悼世子的告白》将《恨中录》视为“胜者的记录”，旨在复原被埋没在历史中的“败者的记录”，为含冤而死的思悼世子申冤。在这里，胜者指的是老论，而败者指的是少论；同时，胜者还指惠庆宫，而败者指思悼世子。在这一逻辑下，思悼世子之后的所有朝鲜国王都是其后代这一显然的事实被理直气壮地无视掉了。也就是说，书中出现了视思悼世子一方为败者的奇怪逻辑。思悼世子即使拥有圣君资质却还是被锁进木柜悲惨死去，读者们同情他并感到愤怒。另外，他们还感动于真相被掌权势力掩盖的通俗小说逻辑，“我竟然至今都不知道这段隐藏的历史”，罪恶感和愤怒一下子涌上心头。这是很难从事事计较与考证的过去历史著述中体会到的感动。

既然制造出这样的感动来试图贴近大众，那么他提出的论据

[1]《我们的宫殿与宫中文化遗产踏勘》，Naver 网络社区（http://cafe.naver.com/kkskor）。

或可不必个个都重要。为了贴近大众而简单解读历史，几处错误可能也是无可避免的。这就像不能指责一位画坛巨匠画错了路上的一块石头、一撮泥土一样。但如果他画出违背常理的画作，却硬说是事实，就不能置之不理了。更不能把石头称作鲜花，把鲜花称作泥土。即便是大众历史著作，我们也不能容忍曲解事实、描述出与真相不同画面的行为。这不是大众历史著作，而是假冒历史著作，它不属于历史著作的范畴。

就算把《思悼世子的告白》的逻辑与事实不符这点放在次要位置，书中提出的论据也没有一个具备充分的说服力。在我眼里，这只不过是一本使用学界的陈旧假说，并为迎合这一假说而夸大、曲解史料的著作。

即便如此，《思悼世子的告白》还是成了阅读界的畅销书与稳销书。该书于 1998 年首次出版，在 2004 年更换出版社后重新发行，本文引用的是新出版社于 2010 年 3 月 22 日刊行的第 1 版第 17 次印刷的版本。该书在很多地方都是“鼓励图书”或“推荐图书”，为初高中生及普通人广泛阅读。学生读者认为这是不会出现在学校课程中的真实历史，媒体已经多次高度评价了李德一的历史大众化工作，他毕业的大学还设立了媒体人奖，并把他评选为首届获奖者，因此学生与普通读者很难否认其权威。如此一来，《思悼世子的告白》便被阅读界与教育界视为学界的定论。[1]

[1] 由“全国历史教师组织”撰写的“代案教科书”（具有相当于韩国史教科书的影响力）在说明思悼世子之死时也采用了李德一主张的所谓“党争牺牲说”。“正祖的父亲是留下‘饶了我吧，父王’的泣血呐喊，最终被关入木柜而死去的思悼世子。而此事的祸根在于，他作为即将继承大统的世子，经常与当时掌权的老论发生冲突，反而与处于老论对立面的少论、南人走得很近。”（《生动的韩国史教科书 1》，humanist 出版社，2002 年，第 230 页）

《思悼世子的告白》取得了大众化的胜利，但无法成为历史。历史大众化不是迎合大众的历史关注点，这是不行的。在“历史”大众化中，绝对不能丢弃的是历史。只有成为历史，大众化才有意义。大众化历史不能是迎合大众感情的曲解的历史，而必须是提高大众历史意识的历史。所谓韩国史，不应该是公然只助长民族感情、煽动国粹主义的历史，而应该是能让人正视民族现实的历史。提高韩国人的自豪感固然重要，但不能因为自豪感便歪曲历史。我们需要基于真实的历史大众化。

从某种角度看，历史小说或历史电视剧的历史歪曲影响反而没那么大。虽然有不少人把这种编造的历史视为真实的历史，但大部分人都知道它们建立在虚构的基础上。当然，制作者也认同它们的虚构性。针对这样的历史小说，历史学家还是会将它们斥为歪曲，抛出无数批评的文章，甚至连李德一都曾是其中的一员。[1]

大众历史著作的作者主张自己写的是事实与历史，而大部分读者也接受了这种说法，因此难以找到对这种大众历史书正式而缜密的批判。这里指的不是针对一两处见解的批评，而是说见不到针对书本身或其作者本身的缜密批评，偶尔能见到的只是一时性的争论。作为讨论仲裁者的媒体不过是截取双方的部分意见进行传播，并没有积极分辨真伪的意图，就算问题不难辨别也是如此。当然，我期待媒体今后会发挥更加积极的作用，但大众历史著作曲解历史的问题不能只交给媒体来解决，何况报纸、杂志等

[1] 李德一：《无法忍受的史剧批判：干脆称为空想电视剧吧》，《月刊语》186号，2001.12。

媒体本身还受到了版面等各种限制。从根本上说，这是学界应该做的事情。

现在各界要求加强韩国史教育的呼声日渐高涨。但如果一边要求加强历史教育，一边对这种曲解历史的行为不加批判，那么普通人最终便会产生历史不信任感或历史虚无感，“学这种荒诞历史干什么”的话语也可能出现。为了我们的学生，为了我们的历史，有必要对大众历史著作进行全面探讨。而这一工作要在学界——具体来说要在学会层面进行。专家们必须给历史大众化指明方向，只有这样才能真正实现基于真实历史而非“似是而非”历史的历史教育。

—附录二—

宫阙介绍

第一讲
环视朝鲜宫阙：思悼世子遗迹踏勘

宫阙的历史

所谓宫，即国王即位前后所居之处，或给有宫号的王室成员冠以的生前或死后居所（即祠堂）的称号。英祖与高宗即位前居住的“彰义宫”与“云岘宫”，惠庆宫洪氏的“惠庆宫”，思悼世子的祠堂“景慕宫”，英祖的生母淑嫔崔氏与思悼世子的生母暎嫔李氏的祠堂“毓祥宫”与“宣禧宫”都被冠以“宫”字。此外，还有在君王短时出行停留的地方建立的“华城行宫”与“温阳行宫”等“宫”。与这些“宫”不同，在位中的国王正式长期居住的宫阙——法宫只有数座。严格来说，符合这一条件的宫阙只有三处。

1. 随着朝鲜开国而于 1395 年竣工的景福宫，这是北阙。

2. 作为景福宫的离宫（辅助宫殿），分别于 1405 年与 1484 年竣工的昌德宫与昌庆宫，这是东阙。

3. 1622 年光海君时期竣工的庆熙宫，这是西阙。

昌德宫与昌庆宫在《宫阙志》等书中被设定为单独之项，世人将其视为其他宫殿的情况并不罕见。但实际上这两座宫与宗庙一起，原本就在同一堵墙内，墙内可以相对自由地往来。在《朝鲜王朝实录》中，国王从昌德宫迁至庆熙宫时，会被明确称为“移御”，但从昌德宫迁至昌庆宫，变更“时御所”时并不会这样称呼。从昌庆宫的中心殿阁——明政殿的布局中可以看出，国王在这里并不能对南面的臣子进行统治，这不是可以朝向“南面”的宫阙。按原则来说，礼法上国王在北，臣子在南，但明政殿朝东，这说明昌庆宫本不是为国王使用而建立的宫阙。昌庆宫最初是为大妃建立的居所。因此，昌德宫与昌庆宫通常被视为一座宫阙，又因位于汉阳东侧，而被称为“东阙”。

不把德寿宫纳入法宫可能会让人诧异。德寿宫原本是壬辰倭乱时逃难归来的宣祖临时停留的地方，当时汉阳的宫阙全被烧毁，国王无处可居。德寿宫当时被称为庆运宫，之后又因仁穆大妃被幽禁于此而被称为西宫。高宗在俄馆播迁后的 1897 年认为此地靠近俄罗斯公使馆，于是在此建造新房居住，并于 1907 年将其命名为德寿宫。高宗将德寿宫作为法宫且停留了一段时间，但从停留时间不长这一点来看，可以说德寿宫的离宫色彩非常浓厚。

按照位置，景福宫被称为北阙，昌德宫与昌庆宫被称为东阙，庆熙宫被称为西阙。景福宫在朝鲜王朝初期被短暂使用，而从世宗时期开始，国王们几乎都住在东阙。据说历代国王都回避景福宫，理由是这里曾发生过王子之乱等王室凶杀事件。壬辰倭乱爆发的 1592 年，景福宫被烧毁，直到 1868 年的高宗时期才重建。但是重建后，高宗也没有继续留在景福宫，此后的纯宗也主要生活在昌德宫。

东阙是整个朝鲜王朝时期国王们使用时间最长的宫阙。可能是因为规模庞大，供奉历代国王神位的宗庙也位于同一堵墙内，便于国王留居。国王们大部分时间居住在东阙，也会暂时停留于西阙，而英祖是在西阙停留较久的国王。英祖在庆熙宫停留时，

《恨中录》中称其为“上大阙”，而称思悼世子居住的东阙为“下大阙”。

朝鲜的宫阙在日本帝国主义强占时期遭遇了磨难。庆熙宫被拆除的位置上建立起了京城中学（后改为首尔高等学校），昌庆宫则随着动物园、植物园等入驻而变为公园。虽然庆熙宫现已复原，但几乎让人找不到原型，甚至其正殿崇政殿都被拆毁后卖给曹溪宗，现已成为东国大学内的法堂——正觉院。至于昌庆宫，虽然现在改修并复原了剩下的部分建筑，但剩有的原来的宫中建筑并不多。除 19 世纪中后期新建的景福宫与德寿宫外，只有昌德宫保存着较为完整的朝鲜宫阙原型。

像这样，宫阙并不是固定不变的，它们是与在那里生活的主人共命运的历史空间。国王们从东阙迁往西阙，再从西阙迁往东阙，即使在同一宫阙里也经常更换住处。世子居住过后宫曾经生活过的地方，世子嫔居住过大妃曾经生活过的地方。另外，作为木制建筑的朝鲜宫阙遭遇过多次火灾，烧毁的位置也长期被置之不理，需要时再重新建造。

宫阙的布局

宫殿空间大致可分为三部分，即治朝、燕朝、外朝。治朝是统治空间，位于宫阙的中心，拥有最庞大的建筑，包括举行国家重大活动的正殿及附近国王处理日常业务的便殿等。昌德宫的仁政殿是正殿，旁边的宣政殿、熙政堂等起到了偏殿的作用。宫阙的各级机关，即阙内各司位于治朝的前方与左右，也被称为外朝。另外，就像两班家中男性居住的厢房后面是女眷们的内屋一样，偏殿后面是国王的起居空间，也是王妃的住处——燕朝，而大妃的住处比王妃的住处更靠后。东阙之中，后宫大多居于东侧的昌庆宫区域，世子的东宫位于南侧的昌德宫与昌庆宫的交汇处。除了这样的居住与办公空间外，燕朝的后面还有宫阙的庭院。此处常被称为后苑、禁苑，既是王室的休息空间，也是保管蕴含宫廷重要传统的绘画、书籍等的收藏库。

昌德宫与昌庆宫现在虽然分属不同的管理主体，但原本在同一堵围墙内。东阙位于北侧北岳山向南延伸的地方，宙合楼与暎花堂所在的春塘台北侧的后苑是昌德宫与昌庆宫共同使用的东阙后苑，后苑下方有小巧的东山，以山丘为界，西侧的高处是昌德宫，东侧的低处是昌庆宫。东山再向南延伸，高低逐渐接近，其交汇处就是现在的乐善斋区域。

朝鲜宫阙的特征

宫阙是朝鲜的中心，它不仅是政治中心，也是文化中心与学术中心。与其他国家相比，朝鲜的中央集权程度较强，因此宫阙的中心性也非常强。只有了解宫阙，才能了解朝鲜。与其他国家相比，朝鲜宫阙的特征大致可以归纳为以下三种。

第一，宫殿小巧而朴实。这可以说是把崇尚节俭的儒教理念反映到建筑上的结果。正祖晚年居住在昌庆宫迎春轩，雨季来临时经常漏雨。大臣们劝他进行全面修理，但正祖担心工程会扩大，只允许维修局部地方，即国王带头力行节俭。在这种情况下，宫阙不可能修造得宏大又华丽。到了 19 世纪，王室在昌德宫乐善斋与后苑建造了演庆堂等连丹青都未涂刷的建筑物，这是因为国王及世子试图在自己家中实现淡泊的儒生取向与理想。

第二，国王在宫内务农。昌德宫后苑有一座像凉棚一样以草为顶的亭子，名为清漪亭，亭前是一小片农田，这表明国王在宫内务农。18 世纪日本的朝鲜语译官雨森芳洲撰写的朝鲜文化介绍书——《交邻提醒》中，针对朝鲜与日本的文化差异有如下一段描述：

> 我人曾问曰："国王之庭所栽何物？"朴佥知答曰："种麦。"我人拍手笑曰："噫！下国也。"国王之庭栽草花之属乃常事，一国之君不忘稼穑，亦古来人君之美德，故渠人以我人必同感也。而如是答之，反招我人之讥。将来诸事，须深思及此。[1]

朝鲜的宫阙基本上是体现儒教理念的空间，而宫中的农田也是体现重农思想与爱民思想的空间。昌庆宫春塘台下有一方名为春塘池的大型池塘。原来此地曾有宽广的农田。英祖曾前往农田南侧的观丰阁，让思悼世子随侍左右，向他讲述农事之难；秋天还将从这里收获的稻谷分给大臣们。英祖对思悼世子来说是位苛刻的父亲，但他同时也是一位为理解百姓的艰辛生活而努力的贤君。

---

[1] 原史料为候文，原著引用的是候文的现代韩语译文，候文原文见雨森芳洲著，田代和生校注：《交邻提醒》，东京：平凡社，2014 年，第 211 页。此处引文的汉译，曾获日本东北大学程永超准教授、上海外国语大学博士后流动站王侃良老师的帮助，谨此致谢。——译注

第三是矮墙。任何国家的宫阙都设有严格的防御设施，而且严格管制普通人的出入，因此宫阙也被称为禁宫。但朝鲜宫阙的围墙低矮，与开挖宽阔的防御用水道——垓子而把宫阙建得像岛屿一样的日本宫阙，以及用高耸厚实围墙围起来的中国宫殿相比，只有民间普通富贵之家的家墙那么高，只要两个壮丁齐心协力，就能翻越。围墙低矮一方面可以说是展现了王室对外敌和内乱的担忧较少，但另一方面也说明与百姓的隔阂程度相对较低。朝鲜的宫阙是让国王与百姓可以沟通的宽广的开放空间。

最明显的例子就是科举考试，科举考试的最终步骤在宫中举行。宫阙是一个开放的空间，可以容纳许许多多的人进宫参加科举。在宫中举办的科举考试中，最有名的是被称为“春塘台试”的在昌庆宫春塘台进行的考试。在《春香传》中，李道令遇到的科举试题里出现了“春塘春色古今同”的诗句，可见春塘台非常著名。正祖在去世的那一年，即 1800 年三月二十二日，于昌庆宫春塘台下的观德亭与观丰阁之间举行了廷试，应试者达到 103579 人，提交答案者有 32884 人。当时汉阳人口只有二三十万，竟有十多万人涌向如此狭窄的考场，不难想象考场的混乱情况。这也反映出，宫阙对百姓来说是一个宽广的开放空间。

朝鲜的淫谈稗说集《纪伊斋常谈》中有这样一则故事。庆尚道丰基的一位乡村儒生为参加科举来到春塘台，写完答案却找不到交卷的地方，最终把卷子扔到考场的梨树上而后离去。另一位书生捡到了这份考卷交了上去，高中状元。这个故事反映了科举考场的混乱状况，但同时也展现了朝鲜宫阙是对乡村儒生都打开宫门的开放空间。

踏勘一　景慕宫

昌庆宫正门弘化门朝向的马路对面是首尔大学医院，该地原来是王室的庭院含春苑。思悼世子去世后，在该地的一侧建起了世子祠堂景慕宫。景慕宫存续了近一个半世纪，1899 年思悼世子被追尊为庄祖，其神主被迁往宗庙后，景慕宫失去了原来的用途。1907 年，大韩医院在景慕宫旧址旁建立，后来成为现在的首尔大学医院，景慕宫位于首尔大学医院本馆的后面。

现存的景慕宫遗址只有被称为“含春门”的三间门与通往景慕宫正堂的石阶。从当时的平面图来看，“含春门”就是“内神门”。景慕宫是朝鲜最大的私人祠堂，大概相当于供奉历代国王神主的宗庙的一半大小。这既展现了正祖对父亲的心意，同时也展现了作为国王的生父，无人像思悼世子一样长期无法被追尊的历史。

原来思悼世子的祠堂位于汉阳北部的顺化坊（景福宫西侧），也被称为思悼庙。1764 年春，英祖下令将正祖过继给孝章世子，正祖便脱去了为父亲守丧的丧服，思悼世子的神位也被转移。这年夏天，正式丧礼结束后，思悼世子的祠堂被迁到现在的首尔大学医院的位置，名为垂恩庙。正祖即位后改建了垂恩庙，并改称为景慕宫。

正祖首次改建景慕宫之时，从昌庆宫弘化门出宫再经过景慕宫日瞻门进行参拜。1779 年，为了方便参拜景慕宫，又在昌庆宫北侧另建了用于参拜的月觐门。他经过昌庆宫月觐门，进入景慕宫逌觐门，再登上山丘，经过日瞻门进行参拜。正祖为在无法亲自参拜时也能见到父亲，于景慕宫望庙楼挂上了自己的肖像。

踏勘二 昌庆宫

月觐门

月觐门之意是每月都要参拜的门。正祖经过该门出宫，登上东侧首尔大学医院的山丘，经过日瞻门进入景慕宫。日瞻门之意是每日都瞻望，据推测，该门位于现在首尔大学医院主楼西北侧的语言教育院的附近。可以说，该门有每日瞻望，缓解对父亲的思念的寓意。

月觐门西侧也有山丘，这就是在地形上划分昌德宫与昌庆宫的界线。此处分别有正祖居住的诚正阁（及重熙堂、观物轩）与惠庆宫居住的慈庆殿。正祖晚年住在昌庆宫迎春轩，诚正阁、慈庆殿、迎春轩、景慕宫几乎位于同一条直线上。正祖与惠庆宫在自己的住处随时都能看到父亲与丈夫的祠堂入口。像这样，思悼世子的家人在世子死后仍然与他聚居在一起。

文政殿

把思悼世子关入木柜的场所文政殿，在处置思悼世子时是贞圣王后的魂殿。南侧是世子的住所——东宫，西侧是崇文堂，英祖在文政殿前庭把世子关入木柜。在处罚世子时，惠庆宫从德成阁派人到文政殿墙下探听世子的动静，这是几乎与文政殿连在一起的近在咫尺之地。墙外传来的声音如下。“父王、父王，吾之误谬甚矣。自今以后，惟命是从，读书且听所教，幸勿如是。”（《恨中录》，第 133 页）后来正祖出现，请求留父亲一命，但被赶到了文政殿东侧的王子斋室。之后英祖亲自严密封住的这一木柜被运到了世孙讲书院与承文院所在的崇文堂。与崇文堂相邻的勤读阁正是正祖的住处，可以说父亲就在儿子生活的地方离世。正祖的无限憾恨可想而知。

其他建筑

昌庆宫到处是思悼世子的气息。思悼世子生于集福轩，他的孙子纯祖也生于此。他自己的住处东宫更不用说，他在生命最后几年曾长期停留在祖母仁元王后魂殿所在的通明殿附近，他似乎非常思念生前给自己准备美食的祖母。现在也如此，通明殿周围山丘下有装饰秀丽的雅静之处，因此比其他地方更美好。他的妻子惠庆宫在住处景春殿生下了正祖，正祖出生时，思悼世子在胎梦中梦见了龙，并把梦中所见画出来贴在屋内。纯祖亦见到过那幅画，看来挂了很久。迎春轩作为正祖晚年的住处而出名，当时他的生活由纯祖的生母嘉顺宫朴氏负责照料。据说正祖经常召见让他满意的大臣来此处吃“家常饭”，但从未给贪于权势的金钟秀等人赐食。[1] 该记录出自《恨中录》。

踏勘三　昌德宫后苑

后苑是王室的休息空间，后苑深处的溪谷旁建有亭子，可以让因国政而疲倦的国王休息。思悼世子在英祖移御庆熙宫后，在后苑骑马射箭。朝鲜是野生动物的天堂，宫殿内也有虎豹出没。

---

[1]《恨中录》，第 450 页。“先王每笑对余曰：凡狱事，金钟秀无不干涉，刽子手也！先王知渠为凶国祸家之徒，未曾召渠于迎春轩。先王与今上进御之水剌，嘉顺宫亲作之食，未曾赐与钟秀。由是知圣心之深恶痛切也。”

思悼世子在此应该也打过猎。原先春塘台一带是宽敞的开放空间，所以经常举行武科科举。

沿玉流川而上，在美丽的枫叶林中，可以遇到许多拥有奇特屋顶的亭子，其中双顶亭子——尊德亭上挂着正祖的“万川明月主人翁自序”悬板。他说自己是明月，大臣与百姓是世上的众多溪流，溪流只有被月亮映照才会显露出自身的模样。该文章展现了能够完美操纵百姓与臣子的神王形象，与映照玉流川下莲花池的月光完美融合。正祖在统治期间建造了多个这样的悬板，并将它们挂在宫中各处，但现在只能在这里见到。

昌德宫后苑的山丘被称为东山。此处有许多栗子树，秋天散步时可以捡到掉在路上的栗子。纯宗时期，会在九月末或十月初举行所谓的“拾栗会”，王妃会奖赏捡到栗子的孩子们。但在 1771 年二月，因为栗子，英祖甚至下达了一种戒严令——宫城扈卫令。按惯例，这里收获的栗子会作为正月十五时所用的坚果分发给王室成员，但其中一部分被送给思悼世子的庶子恩彦君与恩信君。听闻洪凤汉给他们送栗子的消息后，英祖怀疑比起正祖，洪凤汉更庇护的是思悼世子的庶子们，因此下达了戒严令。[1] 小小的栗子隐藏着这样令人毛骨悚然的历史。

[1]《恨中录》，第 339 页。“每年拾东山栗，进献于各殿宫，亦及于诸郡主矣。辛卯正月晦间，依前进献，并及于二王孙，因此为始，圣怒震叠。二月初，幸彰义宫，将有急变，宫城扈卫。彼皆安置济州，先亲祸色，迫在呼吸。”

第二讲
国王寝殿的风景：《大造殿修理时记事》

国王何时迎接初夜

国王与王妃于何时何地又如何迎接初夜呢？在开放的现代社会中人们也很难知晓夫妻隐秘的卧室之事，更不用说严格强调内外之分的朝鲜时代了。这是九重宫阙中的国王寝殿，其中之事既不需要让外人知道，也不能让外人知道。因此世人无从知晓。

朝鲜的国王与王子很早就成婚。英祖在十一岁时成婚，思悼世子在十岁，正祖也在十一岁成婚。十岁的话，在现代是上小学三年级。在朝鲜时代，只有满十五岁才算成人，因此就算举办婚礼也不会让孩子们同寝一屋。那么他们是何时度过初夜呢？

1744 年正月，十岁的惠庆宫与同岁的思悼世子成婚。惠庆宫在於义洞别宫接受了新娘教育，然后入宫，在昌庆宫通明殿与新郎同喝一杯酒，举行了同牢宴。同牢宴是宣布两人合二为一的仪式，若在民间，就在当天度过初夜，但思悼世子夫妇年幼，所以当天并没有立刻举行“合礼”。

思悼世子夫妇直到惠庆宫十五岁成人后的 1749 年正月才举行合礼。同年正月二十二日举行了惠庆宫的冠礼，思悼世子的生日是正月二十一日，即在他生日的次日举行了冠礼。该礼是成年仪式，思悼世子在婚前的 1743 年三月十七日就已经举行了冠礼。像这样，王子在婚前举行冠礼是常例，但在惠庆宫冠礼当天的深夜，英祖突然向思悼世子下达了代理听政令，并于当月二十七日向全国宣告由思悼世子代理听政。此日也是思悼世子与惠庆宫预定举办合礼的日子。思悼世子不得不在一日之内完成一生中最重要的两件事情。惠庆宫将当日的情况记录如下：

> 英庙以晚得之子，为十五岁至于合礼，从容得见其滋味，此乃盛事也。未知圣意如何，忽下代理之令，即吾冠礼之日也。此后亿万事，皆由代理而起，岂不痛哉？（《恨中录》，第39—40页）

代理听政被认为是导致思悼世子死亡的原因之一。英祖在思悼世子夫妇度过初夜后立刻向全国公布由世子代理听政。思悼不是别人，是亲儿子，英祖竟然对儿子的合礼这一重大事情都不管不顾，惠庆宫不由地发出了长叹。

此外，十一岁时举行婚礼的正祖，在十五岁时的1766年十二月举办了合礼。（《英祖实录》，1766年十二月十七日）世孙嫔孝懿王后比正祖小一岁，生于1753年十二月十三日，当时十四岁。孝懿王后的冠礼在1766年十二月初十日，也就是在不满十五岁之前举行了冠礼。正祖已经年满十五，世孙嫔则即将过生日迎来十五岁，成为成年人，在这样的情况下，他们的合礼似乎提前了半个月。考虑到这种情况，《恨中录》称正祖在同牢宴的当晚，与世孙嫔在光明殿中“过夜”，这样的“过夜”与其说是同睡一觉，不如说是同睡一屋。

正祖之子纯祖与思悼世子、正祖不同，不是以世子身份，而是以国王的身份迎娶王妃。1799年正祖为迎娶世子嫔下达了拣择令，并预定金祖淳之女为儿媳。但是1800年六月完成了世子嫔的再拣择程序后，正祖突然去世了。由于正祖的去世，纯祖的婚姻自然而然地被推迟。因为按照儒教礼仪，父母丧中不能举行婚礼。于是纯祖直到正祖三年丧结束后的1802年十月才举行婚礼。拣择的最终程序——三拣择是在此前一个月1802年九月初六日进行的。

大王大妃贞纯王后将纯祖与纯元王后的同牢宴场所定为昌德宫大造殿。思悼世子在昌庆宫通明殿、正祖在庆熙宫光明殿举行了同牢宴，但纯祖的情况有所不同。纯祖的婚礼是名正言顺的国王的婚礼，所以在王妃的住处大造殿里举办了同牢宴。

纯祖因父亲的三年丧而婚娶较晚，在十三岁迎来了十四岁的王妃。纯祖的生日是1790年六月十八日，纯元王后的生日是1789年五月十五日。纯祖虽然成婚晚，但是合礼较早。虽然无法确认精确的合礼之日，但从纯元王后的冠礼于1803年十月初三日举行的情况来看，可以推测当时可能已经办过合礼。纯元王后比纯祖大一岁，过了十五岁还没举行冠礼。她的冠礼与两人的合礼可能是在大王大妃结束垂帘听政而纯祖即将年满十五亲政的情况下匆忙举行的。刚刚结束“过家家”游戏的初中一年级与二年级的稚嫩的国王与王妃在全国民众的关心中度过了初夜。

纯祖的新婚寝殿

国王如何在装饰好的寝殿中度过甜蜜的新婚之夜呢？这本身就是隐秘空间，也根本找不到描绘寝殿的绘画。此外，现在的寝殿也不是以前的建筑，空荡荡的房中，不仅没有新婚房的气息，连寝室的温馨气氛都无法让人感受到。在资料几乎全无的情况下，幸亏存有一篇描写国王正式寝殿——昌德宫大造殿室内室外的文章。这是庆尚道奉化出身的乡村儒生李颐淳撰写的《大造殿修理时记事》(见《后溪集》)。

这篇文章记录了李颐淳参与大造殿修理工作中所经历的事情与大造殿的风景。当时是 1802 年，纯祖即将成婚。该年八月，大王大妃贞纯王后下令全面修缮大造殿。大造殿是国王夫妇举行同牢宴的地方，也是王妃终生居住的地方，同时还是国王的正式寝殿，因此修缮空置两年以上的大造殿是当务之急。

李颐淳是退溪李滉的九世孙，在通过生员试的二十七岁时，即 1780 年进入成均馆学习，1799 年出任位于京畿道高阳的仁宗之墓——孝陵的参奉，开始登上仕途。他于 1802 年七月末出任负责建造宫中建筑与修缮等工作的缮工监奉事，以此为契机被选中参与大造殿修理工作。

乡村儒生登上仕途进入宫中就已经很荣耀了，而李颐淳进入了大臣们都不能轻易进入的宫阙最深处。那种感激之情无法用语言来表达，在李颐淳的人生中，没有比这更大的事情了。他一生都在夸耀这段经历，而且把自己见到的景象像绘画一样详细地描写出来。李颐淳作为假传体寓言《花王传》的作者，在韩国国文学界广为人知，甚至有人说他是汉文长篇小说《一乐亭记》的作者，可见其文学才能非常出众。李颐淳的这种文字展现力使得他可以细致描绘在别处难得一见的空间。

《大造殿修理时记事》大致由三个段落组成。第一段记录了参与修缮工作的经过，第二段记录了大造殿室内室外的风景，最后一段记录了修理工作后的感怀。

修理的经过与感怀

负责修缮工作的官厅是户曹，而负责修缮宫内各殿阁的是紫门监，掌管官厅经费支出的户曹别例房与紫门监共事。当时户曹判书是赵镇宽，他的父亲是朝鲜最早引进红薯的通信使赵曮。赵镇宽也是惠庆宫的从表兄弟，同时也是纯祖的姻戚——他是纯祖的儿媳神贞王后的祖父。实际上总管修缮工作的是户曹参判朴宗辅，他是纯祖的生母嘉顺宫的兄长，即由王妃的媤舅指挥工作。此外别例房的郎厅是户曹正郎尹光心，他是曾历任工曹判书、汉城府判尹等职的尹东晳之子。

李颐淳于1802年八月十五日经过金虎门进入昌德宫，在延英门见到了尹光心。在此处等了判书赵镇宽一会儿，然后同行赴大造殿。他们经过端阳门，又走了数十步，抵达神佑门。神佑门是在内殿的差备门内。差备门是区分宫中殿阁内部与外部的门，无法带入内部的事情就在此处理。李颐淳终于进入了大造殿内部。进入大造殿的李颐淳察看需要修缮的地方、搬入修缮所需的物品等，立即着手工作。

十六日因月食而暂停工作，十七日正式开始工作。此日也收到嘉顺宫赐下的食物。《大造殿修理时记事》中记载了当日的工作。

> 于是贡人禊进火，长木禊进木，铁物禊进斯器及铁物，鸭岛禊进帚，修理禊进纸，小麦禊进糊，尚衣院进帘，济用监进帐，长兴库进席，义盈库进油蜡，平市署掌涂褙。木手、右手、泥匠、印匠、冶匠、加漆匠、涂褙匠、屏风匠、

金工、画员各执其艺、各趋其事。其中使令者曰官使唤，举行者曰紫门军士，赴役者曰募军。各自衙门一时排进，而户曹总摄。使计士一员、书吏一名，分掌董役，汛扫其尘垢，洗涤其污染，修筑其倾仄。石砌之不正者正之，木槛之伤者补之，丹雘之黝昧者改采，屏幛之漫漶者改饰，庭除之荒芜者锄治，窗户之剥落者加漆。新涂墙壁，复张铺陈。[1]

二十日，贞纯王后赐下了食物，其他人用油纸包好食物送到家里，但李颐淳因为家太远而无法送回，感到非常遗憾。他把自己份内的两盘食物中的一盘送给了在司饔院值班的父亲友人——主簿金珩吉，另一盘送给了自己寄宿的主家。

修缮国王龙床前的灯台时，尹光心负责下面部分的画杆，李颐淳负责上面部分的玉台。画杆擦了一两次后焕然如新，但玉台尘垢深染，经过多次打磨洗涤后，才显现出本色。尹光心见此开玩笑说自己敏捷而李颐淳迟钝。李颐淳回答说："钝敏虽相悬，玉石琢磨之功，何如竹木攻治之事耶？"于是尹光心笑着道歉。到了二十四日，所有修缮工作结束。

李颐淳感动于得以进入大造殿，乃至亲眼见到此处所挂先王撰写的"正心修身""苍蝇月光"八字御笔。回到值房后，在记忆和感动被遗忘之前，他立即着手写下了文章。

李颐淳修缮的大造殿不是现存的大造殿，现存的大造殿是1920年新建的。1917年大造殿因火灾被烧毁，于是拆景福宫交

[1] 李颐淳：《大造殿修理时记事》，《后溪集》卷五，《影印标点韩国文集丛刊》第269册，首尔：民族文化推进会，2001年，第178页。

泰殿移到此处。不过李颐淳见到的大造殿也不是1917年消失的大造殿，因为1833年十月发生的昌德宫火灾不仅烧毁了大造殿，还烧毁了熙政堂、澄光楼。

现在几乎找不到有关李颐淳见到的大造殿的其他记录。被推测为1830年左右绘制的《东阙图》在一定程度上展示了大造殿的外形，而记录了因火灾被毁的昌德宫重建过程的书册——《昌德宫营建都监仪轨》(1834年）中也留有一些记录与图像。此外，通过《宫阙志》等记录，多少可以了解到大造殿的历史，而通过1907年左右制作的《东阙图形》等书可以推测出大造殿的房间布局。但无论在哪，都无法找到有关大造殿寝殿室内情况的记录，由是可见李颐淳的文章具有很高的价值。

李颐淳描绘的大造殿

现在来利用《大造殿修理时记事》正式察看大造殿内外的情况，以下将摘抄原文的数个段落再加以解说。

> 殿在仁政殿东、熙政堂北最深处。中六间为正堂。左六间为东上房，右六间为西上房。东上房六房，西上房八房，前后皆有退，总之为三十六间。前后左右四方，皆设窗户及装子而无土壁矣。堂板之隙涂以纸，铺以旧地衣，乃以彩花新地衣加之。[1]

[1] 李颐淳:《大造殿修理时记事》，第178页。

大造殿是国王的正式寝殿，也是王妃的日常住所。有些国王还召大臣到大造殿处理政务。大造殿大致可以分为三个区域，中间有正堂，正堂左右有东上房与西上房。正堂是具有客厅功能的空间，东上房与西上房是寝殿。东上房与西上房分别被称为东温突与西温突。金用淑先生在《朝鲜朝宫中风俗研究》中提到，东温突是国王的寝殿，西温突是王妃的寝殿，《大造殿修理时记事》也提到东上房被称为国王的正寝，即正式寝殿。但从《承政院日记》来看，肃宗与景宗主要住在西温突。

> 堂之北壁当中，设金笺屏两片，著以广头钉，其前设瑶池宴屏十帖。置龙床，床上铺龙文席，问之则安东席匠之所贡云。龙文席上，立交椅，椅前置踏床。左右列笔砚几案香火罏，床下东偏，立短檠而画竿玉台，其上挂诸窗户钥匙。堂之西偏，立月刀手旂于画机上。西南偏，立篗衡，其制如钟鐻样，涂纸两边，画以山水以障之，疑古所称树塞门也。东南隅，设红色方席，置铜鴈金蟾金鱼，而鱼口插金莲花。南偏两柱，挂大镜一双。北退两柱，挂中镜一双。南退两柱，又挂中镜一双。堂南二柱，南退二柱，各挂长剑一双，而以黄鹿皮为绶。堂南三间出入处，皆挂朱帘。南北退堂，始铺藁席，上加彩花席，席外边端，著尺木。[1]

参考《戊申年进馔图》屏风中的“通明殿进馔”部分，就很

[1] 李颐淳：《大造殿修理时记事》，第 178—179 页。

容易理解大造殿政堂的器物布局了。这幅画描绘的是1848年通明殿举行的宴会的场景，通明殿被用作大妃的寝殿，规模也与大造殿类似。正堂的后墙放着两片金纸屏风，日本出产的金纸屏风最为有名，不仅出口到中国，而且常会被作为礼物送给朝鲜通信使。韩国国立古宫博物馆收藏的《源氏物语》屏风是18世纪日本制造的，推测是通信使从日本所获之物。《源氏物语》是11世纪的日本小说，该屏风每帖绘制六个小说场面，共十二个场面。绘有这种画面的屏风或没有任何画面的金纸屏风似乎被用来装饰正堂的最后面。后文出现的装饰大造殿所用的鹤金屏应该也是从日本进口的。

金纸屏风前摆放着十帖《瑶池宴图》屏风。《瑶池宴图》屏风描绘了中国古代传说中的人物西王母举行瑶池宴的空幻盛景。现存的《瑶池宴图》屏风中，罕有十帖巨作。大造殿中的十帖《瑶池宴图》屏风看来是特做的，因为宫中的《瑶池宴图》屏风逢成婚纪念（正祖）、世子册封（纯祖）、世子诞生（翼宗）等大事才被制作。《瑶池宴图》可以说是展现宫中的庆事、国王的长寿乃至太平盛世理想的画作。

篚衡似指在木架上镶嵌画板的插屏，尺木似指珠子。《五洲衍文长笺散稿》中的尺木是如意珠的名字，与博山炉相似。据说没有如意珠，龙就不能升天，也有说法称这是龙背上的宝珠。

> 正寝三间，东壁立牧丹屏，北壁付九雏凤图，中两栋付苍蝇月光隶字，西付正心修身八分字，最中一间房西壁立梅花屏，北壁立竹叶屏。东一户付梅竹画，铺黄花席，加彩花

灯。每其上，设莲花方席一双，此是正中寝。左右及后诸夹室，或设屏风，或置衣装。南退堂悬龟甲镜一双，置输火炉大如釜者而以盖覆之。[1]

这是国王正式寝殿的室内景象。虽然无法准确掌握房间的布局情况，但东上房共有六间，其中有三间正寝，最中间的一间有正中寝。紧挨着中间的房间，左右两侧与后侧都有夹室，仿佛是在屋中再安置房间的样子。

三间正寝的东侧墙壁上摆放着画有“花中之王”牡丹的屏风。《京都杂志》称，宫中活动中摆放的济用监的大型“牡丹图屏风”也被士族们借走用于婚宴。此图有象征荣华富贵之意，其华丽的形象也很适合婚房。此外，北墙的《九雏凤图》描绘了九只小凤凰。凤凰是象征朝鲜国王的动物，可以说九只凤凰幼崽表达了希望得到更多王子的心愿。《晋书·穆帝纪》等书中有凤凰引领九只幼崽的“凤引九雏”之说，这与东晋拓宽版图的穆帝相关，也被理解为宣告太平盛世的吉兆。

房内的两块木板分别写着“苍蝇”“月光”。“苍蝇月光”出自《诗经》中的《鸡鸣篇》。在该诗中，妻子称鸡已打鸣，而懒惰的丈夫说不是鸡鸣而是苍蝇之声；妻子称太阳已经升起，丈夫说不是阳光而是月光。诗歌的主要内容是训诫厌恶早起的懒惰丈夫，即劝告国王勤劳，同时也含有要王妃好好辅佐国王之意。

后文说这字迹是“先王”的，当时是纯祖时期，先王通常

[1] 李颐淳:《大造殿修理时记事》，第 179 页。

指正祖。从同一时期写下的《恨中录》来看，正祖被称为“先王”，英祖被称为“先大王”，两者有严格区分。但《承政院日记》1770年十月初八日条记录的英祖备忘记有云：“诗传苍蝇月光章，殿中书揭。”英祖非常喜爱“苍蝇月光”，不仅亲自写下字迹，又将其悬挂，甚至把它画出来，并在画上题字。（《列圣御制·月光苍蝇图赞颂》）也许李颐淳见到的是英祖的御笔。

在寝殿贴上了警惕懒惰的“苍蝇月光”与《大学》中的一篇篇名“正心修身”，这是要求国王端正心态，修身养性，哪怕在卧榻上都不能失去作为统治者的正确姿态。

国王的寝殿既华丽又沉静。如果立体地塑造这种形象，似乎会不太协调，但在寝殿却巧妙地融合在一起。在既不显眼又不沉闷的精致空间里，在彩灯闪烁的梦幻空间里，十岁出头的国王与王妃迎来了初夜。

西上房二间，南设影窗，余皆一间以户通之。北偏两房，皆置大藏矣。

凡寝室盘子装子，皆涂以白菱花纸，而以青箔纸为缘。窗户涂以草注纸，漆以蜡油。房室底则付油张板，铺彩花席。独东上房各间，则彩花席底铺黄花席为重席。外窗户矢门之内，兼设小装子为重户。窃伏意东上房为临御正寝故也。屏风凡为十余部，而金屏一画七鹤，其余画仙人者，飞龙者，画珍禽奇兽名花异草者，不可胜记。

堂之北偏扁额曰积善无为，画大如肱。南曰思无邪，御笔。南退前扁额曰大造殿，今皆改金。惟思无邪三字，色不渝故不改。[1]

西上房是王妃的寝殿。不知是王妃的寝殿没有着意装扮，还是因为不便言里屋之事，李颐淳没有详细描述。西上房的特别之处在于“影窗”，这是安装在推拉门内的可以防风与保温的双重门。《林园经济志》中称其为“映窗”，李裕元的《林下笔记》（1871 年）称，这是原来在宫中使用的窗户，最近民间也开始使用。影窗能让在大造殿里度过长久时光的王妃感到更加温暖。第二段中描述了大造殿的窗户、天花板与地板布置。盘子指的是天花板上的纹样。

大造殿的南北悬挂着金字匾额，上面写着“大造殿”“思无邪”“积善无为”。“大造殿”即寝殿之名，“思无邪”是孔子对《诗经》的评价，意为“没有邪思”。另外，“积善无为”中的“积善”与“无为”都是常用之词，但两词连用的话，有退溪李滉之例。退溪在写给李宏中的一封信中表示：“天地无为而任运，人道积善以回天。”总而言之，就是多做善事，以求得天意的意思。

东西房南檐西檐，各悬蓟帘二部。东檐揭遮阳，灶口皆遮以铁窗。南檐东门曰延春，西曰延秋。堂之南筑石阶，环以板墙。东西南三方。皆设门机，或以帐蔽之，独揭扁额于南曰景福门。筑御路，下七层阶，以抵宣平门。石阶上，造

[1] 李颐淳：《大造殿修理时记事》，第 179 页。

置石鸡。又立铁杖三枝，以铜索三条，贯于铁杖头，分属于西南行廊，总会于殿之南柱，所谓悬铃索也。东北隅有集祥殿而无屋脊，与本殿同。西北隅，有澄光楼而与本殿相通。北庭树以怪石花草，有幽闲之致。西偏行廊，即内人侍婢之所居处，并使修理。[1]

以上描写的是大造殿建筑周围的景象。殿门前的露台即月台，以石头砌成的月台上方有板墙环绕，这在《东阙图》中也有呈现。原本孤立的内殿仿佛因板墙完全变成了一座要塞或监狱。

月台上放有石鸡。《宫阙志》中收录的大造殿《重建上梁文》（1834 年）称："房而鸣珮，陛而奏鸡。"人们相信鸡具有辟邪，即驱除邪恶的力量。因为鸡一打鸣，黑暗就会退去，光明的世界就会到来。《世宗实录 · 五礼》在解释"鸡彝"的同时，还引用《礼书》称："鸡彝鸟彝，谓刻而画之，为鸡凤之形。春祀夏禴，裸用鸡彝鸟彝。夫鸡，东方之物，仁也；鸟，南方之物，礼也。"这是祈望石鸡像给万物注入生机的春风一样，把温暖、良善的气息带至大造殿。

悬铃索在民间也被当作呼叫下人的工具，所以大造殿使用悬铃索并不奇怪。1876 年作为修信使前往日本的金绮秀第一次见到电信机后，曾将其形容为"舌铃索"而加以说明。(《日东记游》)可以说悬铃索是前近代的通信器具。但大造殿悬铃索的特别之处

[1] 李颐淳：《大造殿修理时记事》，第 179—180 页。

在于设置了三排，即可以向多处下达命令。设置在这里的悬铃索应是纯祖夫妇所用之物。纯祖的文集《纯斋稿》有题为《悬铃》的二十二句七言诗，其中有云：“殿庭深远难言传，玉阶铜索金铃悬。殿中一摇声闻外，言语传命莫此先。”

主要参考文献

《英祖实录》《正祖实录》，韩国国史编纂委员会数据库。

《承政院日记》，韩国国史编纂委员会数据库。

黄胤锡：《颐斋乱稿》，韩国学中央研究院藏书阁数据库。

朴宗谦：《玄皋记》，韩国学中央研究院藏书阁数据库。

朴夏源、朴齐大：《待阐录》，韩国学中央研究院藏书阁数据库。

惠庆宫洪氏著，郑炳说译：《恨中录》，文学社区，2010 年。

《庄献世子东宫日记》，首尔大学奎章阁韩国学研究院藏本。

《翼翼斋漫录》，首尔大学奎章阁韩国学研究院藏本。

金尚鲁：《霞溪集》，韩国国立中央图书馆藏本。

金龟柱：《可庵遗稿》，成均馆大学大东文化研究院印影本，2007 年。

《金公可庵遗事》，收入《公车指南》，首尔大学奎章阁韩国学研究院藏本。

英祖：《废世子颁教》，收入权正忱：《某年记事》等。

赵翰逵：《壬午本末》，收入《紫桥小藏》，见《朝鲜党争关系资料集》。

金致仁等:《明义录》，民族文化推进会，2006年（含《尊贤阁日记》）。

郑载仑:《公私闻见录》。

郑炳说译注:《惠嫔宫日记：现存唯一的宫阙女性处所日志》，首尔大学出版文化院，2020年。

郑炳说:《从核心史料看思悼世子的人生与死亡》，收入《思悼世子》，水原华城博物馆，2012年。

郑炳说:《宫阙之犬，思悼世子之犬》，收入《韩国学，画下图画》，太学社，2013年。

郑炳说:《开胃的甜辣之味：英祖的食性与苦椒酱之爱》，收入《18世纪的味道》，文学社区，2014年。

郑炳说:《历史电影化的一个事例：〈思悼（2015）〉》，《人文论丛》74，首尔大学人文研究院，2017年。

郑炳说:《从移葬过程所见的〈显隆园志〉的性质》，《藏书阁》43，韩国学中央研究院，2020年。

郑炳说:《围绕思悼世子之死的争议》，《东亚文化》58，首尔大学东亚文化研究所，2021年。

翻译说明

1. 书中引用的《朝鲜王朝实录》等编年史料，史料虽为阴历日期，但原著中郑炳说教授按当今韩国学界的通行标注习惯使用阿拉伯数字标记日期，译文中阴历月日调整为以汉字标注，年份依然使用阿拉伯数字。

2. 史料引文若有汉文原文，则直接引汉文；若以谚文、日语候文写成而无汉文原文，则由译者自译。书中多次引用的《恨中录》为译者参考朝鲜时代的汉文行文习惯而译成。

3. 书中出现的韩国学者姓名的汉字，均为该学者的实际汉字名，但偶有无法查到的汉字名，则以“×××（音译）”标记。

图书在版编目(CIP)数据

权力与人:思悼世子之死与朝鲜王室/(韩)郑炳说著;丁晨楠,叶梦怡译. —上海:上海书店出版社,2023.1

ISBN 978-7-5458-2184-0

Ⅰ.①权… Ⅱ.①郑… ②丁… ③叶… Ⅲ.①宫廷-史料-朝鲜-18世纪 Ⅳ.①K312.34

中国版本图书馆CIP数据核字(2022)第130696号

责任编辑 范 晶
营销编辑 王 慧
封面设计 陈威伸 wscgraphic.com
版式设计 汪 昊

权力与人:思悼世子之死与朝鲜王室
[韩]郑炳说 著 丁晨楠 叶梦怡 译

出　版 上海书店出版社
(201101 上海市闵行区号景路159弄C座)
发　行 上海人民出版社发行中心
印　刷 江阴市机关印刷服务有限公司
开　本 889×1194 1/32
印　张 11.625
字　数 250,000
版　次 2023年1月第1版
印　次 2023年1月第1次印刷
ISBN 978-7-5458-2184-0/K·449
定　价 88.00元